桑華蒙求の基礎的研究

本間洋一　編著

和泉書院

目次

『桑華蒙求』について

――編纂素材と後続書への影響の一斑から――

一

『桑華蒙求』は備前足守藩主木下谷定《きんさだ》（公）[1]（一六五三～一七三〇）の編になる漢文体人物故事譚であり、唐土の『蒙求』や本朝の先行版『本朝蒙求』[2]などに倣った続撰本蒙求に挙げられる通俗教養書である。その特色は書名にも窺われるように、基本的に本朝故事と類同の中国のそれとを番えさせた点にあると言って良かろう。稿の成ったのは宝永七年（一七一〇）初夏以前と思われるが、刊行年月は必ずしも明らかではない。巻頭の林鳳岡「桑華蒙求序」は宝永七年孟夏付であり、巻末の「桑華蒙求跋」（後学桃原埜沂魯南甫識）には「正徳扶嚮八月」とある。それに依れば正徳年間（一七一一～六）には印行されていたのではないかと思われる。

その後、本書は天保十五年（一八四四）にも木活字版に依り再刊され[3]、更に明治十六年頃には『箋註桑華蒙求』[4]として出版されたこともあるのだが（今日では一般に流通していない）、上記のいずれも入手が容易というわけではない。

そして、本書の研究についてもつい近年迄本格的なものはなかったと言って良い。その基礎的研究として注目すべきは、岡山市在住の市井の篤学吉田哲郎氏の業績である。吉田氏には『新桑華蒙求物語』（上巻五冊、中巻二冊。昭和六十二年二月～平成二年二月。＊現代語訳篇）『桑華蒙求訳註』（上巻二冊、中巻二冊、下巻四冊。平成元年四月～

六年四月。＊本文訓読・頭注・補注・余滴から成る）『年代順桑華蒙求一覧扶桑之部』（平成三年十月）がある。いずれも原稿用紙に手書した上電子複写し、簡易製本にして、同好の士の数名に配布されたもののようである。現在その一揃えが岡山県総合文化センターに寄贈されて閲覧できる。これは出典研究の嚆矢としても画期的であり――但し稿者の出典調査と一致しない処も多少あるが――『桑華蒙求』研究の出発として稿者は高く評価されるべきではないかと考える。

二

さて、本書には巻頭に二篇の序と凡例の後に「新撰自註桑華蒙求引書」として、日本・中国の二国別に使用文献のリストが掲げられている。先ず〔本朝書史〕として記されているものを記すと次の如くである（書名の一部を補うカッコ部分を付したのは稿者である）。

日本書紀　続日本紀　釈日本紀　三代実録　大和物語　本朝文粋　栄華物語　枕草子　袋草子
　万葉集抄　八代集抄　百人一首抄　源氏物語抄　夫木和歌抄　古今著聞（集）　江談抄　江記
徒然草抄　倭漢朗詠集註　宇治大納言記（物語）　元亨釈書　連歌新式　保元（物語）平治物語　源平盛衰記
平家物語　東鑑　世継物語　増鑑　太平記大全　鎌倉大草子　今昔物語（集）　高名録　難太
平記　十訓抄　公卿補任　大系図　続古事談　（本朝）一人一首　将軍家譜　羅山文集　（本朝）
神社考　本朝医考　史館茗話　図絵宝鑑続編伝　天文雑記（説）　三国筆海（全書）　本朝蒙求　（日本古今）本朝人
物志　扶桑僧宝伝　扶桑隠逸伝

右の掲載書につき、稿者の視点から若干気になるものについて付言しておきたい。『図絵宝鑑続編伝』は恐らく明・韓昂撰のもので、〔本朝書史〕ではなく〔中華経籍〕に移すべきである（本書編纂者の思い違いに依るだろう）。また、『高名録』は『本朝書籍目録』に「高名録　一巻　江帥抄」と見えるものを指すのだろうか。とすれば、『河海抄』や『続経口伝明鏡集』に引用され（和田英松『本朝書籍目録考証』明治書院、昭和十一年）、『本朝語園』（巻五・261金岡画図）などにも引かれるものの、今日伝本を聞かない書であるから孫引きの可能性も（猶、本書編纂当時存し披見していた可能性も皆無とはいえないが）あるということになるまいか。『天文雑説』は現今では吉田幸一蔵本が天下の孤本（古典文庫配本番号六二八〈平成十一年三月〉）とされているが、『本朝語園』引用書の一書でもあったから、この頃はよく用いられたものであったのかも知れない。『三国筆海全書』（木戸常陽〈真幸正心〉撰。全二〇巻。慶安三年〈一六五〇〉初刊か。同五年版他無刊記本もある）の利用も少々珍しいと言って良いであろうか。

次いで〔中華経籍〕として挙げられているものを掲げる。

論語疏　孟子　詩経翼　春秋左氏伝　（春秋）穀梁伝　史記　前漢書　後漢書　新唐書　貞観政要　十八史略　列女伝　荘子　淮南子　蒙求《（徐注本）》　捜神記　世説（新語）　事文類聚　続蒙求　（分註）開天《（元）》（天宝）遺事　説郛裏　文選　韓昌黎文集　柳河東文集　黄山谷詩集　古文（真宝）前集　古文真宝（後集）　三体詩備考　劉貢父詩話　瀛奎律髄　詩人玉屑　国老談苑　法原捷録　瑯琊代酔編　文献通考　潜確居類書　書言故事（大全）　円機活法　排韻氏族　五車韻瑞　続韻府　楽府雑録　正字通　因話録　無冤録　法書要録　画禅　小名録　揮麈録　江行雑録　（山中）一夕話　医学入門　本草綱目　医学正伝標註　（景徳）伝燈録　僧史略　祖庭事苑　石門文字禅　教乗法数　鑑古録

これらについてもやはり言及しておきたいものがある。殊に後半にはあまり馴染みのない書名が並んでいるように思われる。『国老談苑』（宋・王銍）『楽府雑録』（唐・段安節）『因話録』（唐・趙璘）『画禅』（明・釈蓮儒）『小名録』

（唐・陸亀蒙）『揮麈録』（宋・王清臣）『江行雑録』（宋・廖瑩中）などの書は単行していたというより叢書『説郛』に所収されていたものを利用したとみた方が蓋然性が高いように思われる。『無寃録』（元・王与。二巻）『山中一夕話』（明・李贄。『開巻一笑』とも称す。上集・下集各七巻）『医学入門』（明・李梴。七巻首一巻）『医学正伝標註』（明・余応奎。一六巻）『教乗法数』（明・円瀞。四〇巻）『石門文字禅』（宋・釈恵洪。三〇巻）などについては明刊本や朝鮮刊本、更には本朝の刊本が見えるものもあるので、単刊書を利用したかと一応思われるのだが、猶注意されるのは『事文類聚』（宋・祝穆等。全二三六巻）『潜確居類書』（明・陳仁錫。一二〇巻）『円機活法』（明・王世貞。二四巻）『五車韻瑞』（明・凌稚隆。一六〇巻）『氏族大全』（一〇巻）[5]などといった大部の類書が利用されているということであろうか（こうした類書中に引かれた書名を孫引きであるにも関わらず掲げている可能性も皆無とは言えないのではあるまいか）。稿者には猶、『劉貢父詩話』『法原捷録』『続韻府』（『増続会通韻府群玉』か）『鑑古録』についての知見がない。御高見の方の教示を賜ることができれば幸いである。

本書の編纂はまずは基本的に以上のような書籍を利用して成ったと考えて良いだろう。但し、如上書中の一書を引用するに止まるものもあれば、複数の引用書を組合わせて本文に用いる場合もあり、事は必ずしも単純ではない。本朝書に関して言えば、例えば中世説話書の直接利用ではなく、本書に先行して江戸初期に刊行された再録書籍に依ることも少なくない。以下ではそうした点にも聊か配慮しながら、編纂素材の一端を明らかにし、併せて後続書への影響の一斑（此稿では本朝故事に偏ることになるが）についても窺ってみたい。

三

まずは、対の偶数番に見える中国故事の様相から見てゆくこととしよう。単独の典拠としてよく用いられているも

のには、例えば、

蒙求　十八史略　春秋左氏伝　古文真宝　世説新語

のような極めてオーソドックスな作品があり、本文をそのまま利用することも多いのであるが、一方で、これらの複数の書籍の文を断章し取合わせて用いることも少なくない。以下そのパターンをいくつか具体的に採挙げて記してみよう。

『桑華蒙求』（巻下・48趙武袴中）に次のような文が見える。

春秋時有二趙夙者一、事レ晋。夙生二成子衰《ママ》一、衰《ママ》生二宣子盾一、盾生レ朔、朔娶二成公姉一為二夫人一。大夫屠岸賈滅二朔之族一。朔有二遺腹子武一。賈聞レ之索二於宮中一。夫人置二児袴中一、祝曰、趙宗滅乎、若号、即不レ滅、若無レ声。及レ索竟無レ声、已脱。

この文は、左記に掲げるように、前半「朔有二遺腹子武一」迄はほぼ『十八史略』からの、後半は『史記』からの引用で成立っていることは一目瞭然であろうと思う。

趙之先本与レ秦同姓。……春秋時有二趙夙者一事レ晋。夙生二成子衰一、衰生二宣子盾一、……盾生レ朔。大夫屠岸賈滅二朔之族一。朔有二遺腹子武一。賈索レ之不レ得。……。

（『十八史略』巻一・春秋戦国・趙）

趙朔妻成公姉。有二遺腹一、走二公宮一匿。……屠岸賈聞レ之、索二於宮中一。夫人置二児絝中一、祝曰、趙宗滅乎、若号、即不レ滅、若無レ声。及レ索児竟無レ声。已脱……。

（『史記』巻四三・趙世家第一三）

次に本書巻上（16孔明尽忠）には次のように見えている。

蜀諸葛亮、字孔明、瑯邪陽都人。躬耕二隴畝一。先主及レ称二尊号一、以レ亮為二丞相一。史称、亮開二誠心一、布二公道一、刑政雖レ峻而無二怨者一。真識レ治之良材。而謂下其材長二於治レ国、将略非上レ所レ長、則非也。初丞相亮嘗表二於帝一曰、臣成都有二桑八百株薄田十五頃一、子弟衣食自有レ餘、不三別治レ生、以長二尺寸一、臣死之日、不下使三内有二餘帛一、外有二嬴財一以負中陛下上。至レ是卒。如二其言一、謚二忠武一。

この文章の素材源は、初めから「隴畝」迄の部分（A）と「先主」から「為二丞相一」迄の部分（B）、そして、「史称」以下（C）の三部に分けて考えられ、次の如く前半のAとBは『蒙求』から、Cは『十八史略』からの抄出と知られるであろう。

蜀志。A諸葛亮字孔明、瑯邪陽都人。躬耕二隴畝一、好為二梁父吟一。……B先主曰、孤之有二孔明一猶二魚之有レ水也。……及レ称二尊号一、以レ亮為二丞相一。……。

（『蒙求』3孔明臥龍）

……C史称、亮開二誠心一、布二公道一、刑政雖レ峻而無二怨者一、真識レ治之良材。而謂下其材長二於治レ国、将略非上レ所レ長、則非也。初丞相亮、嘗表二於帝一曰、臣成都有二桑八百株薄田十五頃一、子弟衣食自有レ餘、不三別治レ生以長二尺寸一、臣死之日、不レ使下内有二餘帛一、外有二嬴財一以負中陛下上。至レ是卒。如二其言一、謚二忠武一。

（『十八史略』巻三・三国・後皇帝）

また、本書巻下「54棟琳作檄」には次のように見える。

広陵陳琳、字孔璋。避二難冀州一。袁本初使レ典二文章一、作レ檄以告二劉備一言、曹公失レ徳不レ堪二依附一、宜レ帰二本初一也。後紹敗琳帰二曹公一。曹公曰、卿昔為二本初一移書、但可レ罪二状孤一而已。何乃上及二父祖一邪。琳謝レ罪曰、矢在二弦上一、不レ可レ不レ発。曹公愛二其才一不レ責レ之。為二司空軍謀祭酒一、管二記室一。典略曰、琳作二諸書及檄一、草成呈二太祖一。太祖先苦二頭風一、是日疾発臥。読二琳所レ作、翕然而起曰、此愈二我病一。数加二厚賜一。

この文も、冒頭から「字孔璋」迄の部分（A）、「避難」から「不責之」迄の部分（B）、「為」より「記室」迄の部分（C）と「典略」以下（D）の四つの部分から成ると考えて良い。そして、これらの部分は、次に掲げるように、ACDが『蒙求』から、Bは和刻本『六臣注文選』（汲古書院刊行の慶安五年〈一六五二〉刊本を利用）の注文（左掲図版の傍線部参照）からの抄引であることが知られる。

魏志。A広陵陳琳字孔璋、陳留阮瑀字元瑜。琳避二難冀州一。袁紹使レ典二文章一。袁氏敗、帰二太祖一。太祖愛二其才一、並C以二琳瑀一為二司空軍謀祭酒一管二記室一。軍国書檄多琳瑀所レ作。D典略曰、琳作二諸書及檄一、草成呈二太祖一。太祖先苦二頭風一。是日疾発、臥読二琳所レ作、翕然而起曰、此愈二我病一。数加二厚賜一。太祖嘗使三瑀作レ書与二韓遂一。時従二太祖一出。因於二馬上一具レ草、書成呈レ之。太祖攬レ筆欲レ有レ所レ定、而竟不レ能二増損一。魏文帝与二呉質一書曰、孔璋章表殊健、微為二繁富一。元瑜書記翩々致足レ楽。

（『蒙求』592陳琳書檄）

所掲の図版のように和刻本『六臣注文選』については、その本文のみではなく付された注そのものが利用されることは次のような例でも確認される。「洛神凌波」（『桑華蒙求』巻下・12）は有名な曹植「洛神賦」に因む故事で次のように記されている。

魏曹植字子建、魏武帝第三子也。初封二東阿王一、後改封二雍丘王一。洛神謂溺二於洛水一為レ神。植有レ所レ感、託而賦焉。賦曰、揚二軽袿之綺靡一、翳二脩袖一以延佇、体迅二飛鳧一、飄忽若レ神、陵レ波微歩、羅襪生レ塵。云云。

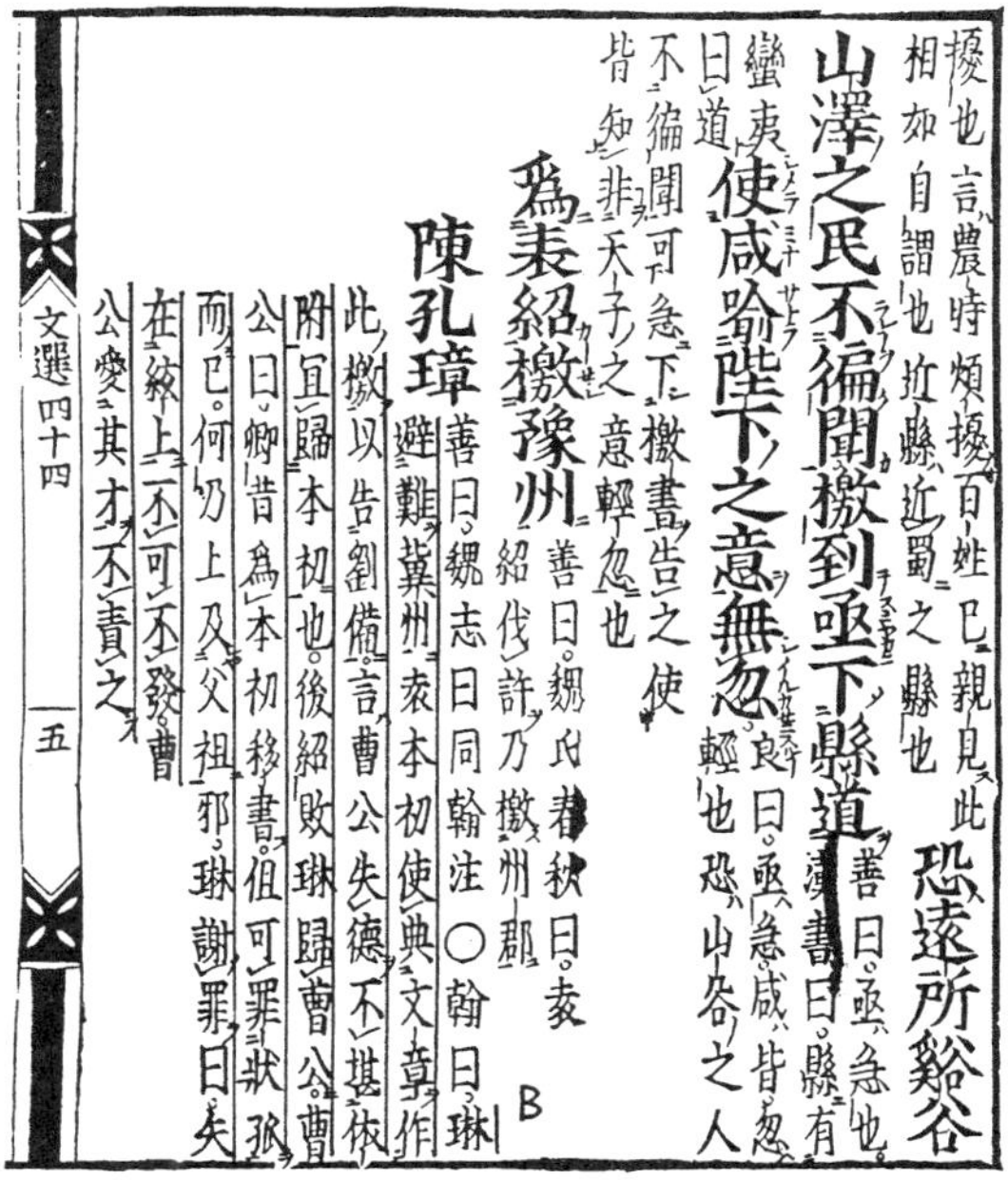
擾也言農時煩擾百姓已親見此
相如自謂也近縣近蜀之縣也　恐遠所谿谷
山澤之民不徧聞檄到亟下縣道　善曰亟急也漢書曰縣有
蠻夷曰道　使咸喩陛下之意無忽　良曰亟急咸皆忽輕也恐山谷之人
不徧聞可急下檄書告之使
皆知非天子之意輕忽也
爲袁紹檄豫州　善曰魏氏春秋曰袁紹伐許乃檄州郡
B
陳孔璋　善曰魏志曰同翰注　○翰曰琳
避難冀州袁本初使典文章作
此檄以告劉備言曹公失德不堪依
附宜歸本初也後紹敗琳歸曹公曹
公曰卿昔爲本初移書但可罪狀孤
而已何乃上及父祖邪琳謝罪曰矢
在絃上不可不發曹
公愛其才不責之
文選四十四　五

（和刻本『六臣注文選』巻四四）

この文は、初めから「雍丘王」、「洛神……賦焉」、「賦曰……云云」の三部から成り、『文選』の巻一九（十八丁、二十三丁）所収「洛神賦」の作者「曹子建」下の李周翰に依る人物注記からの抄出と、賦本文からの抜

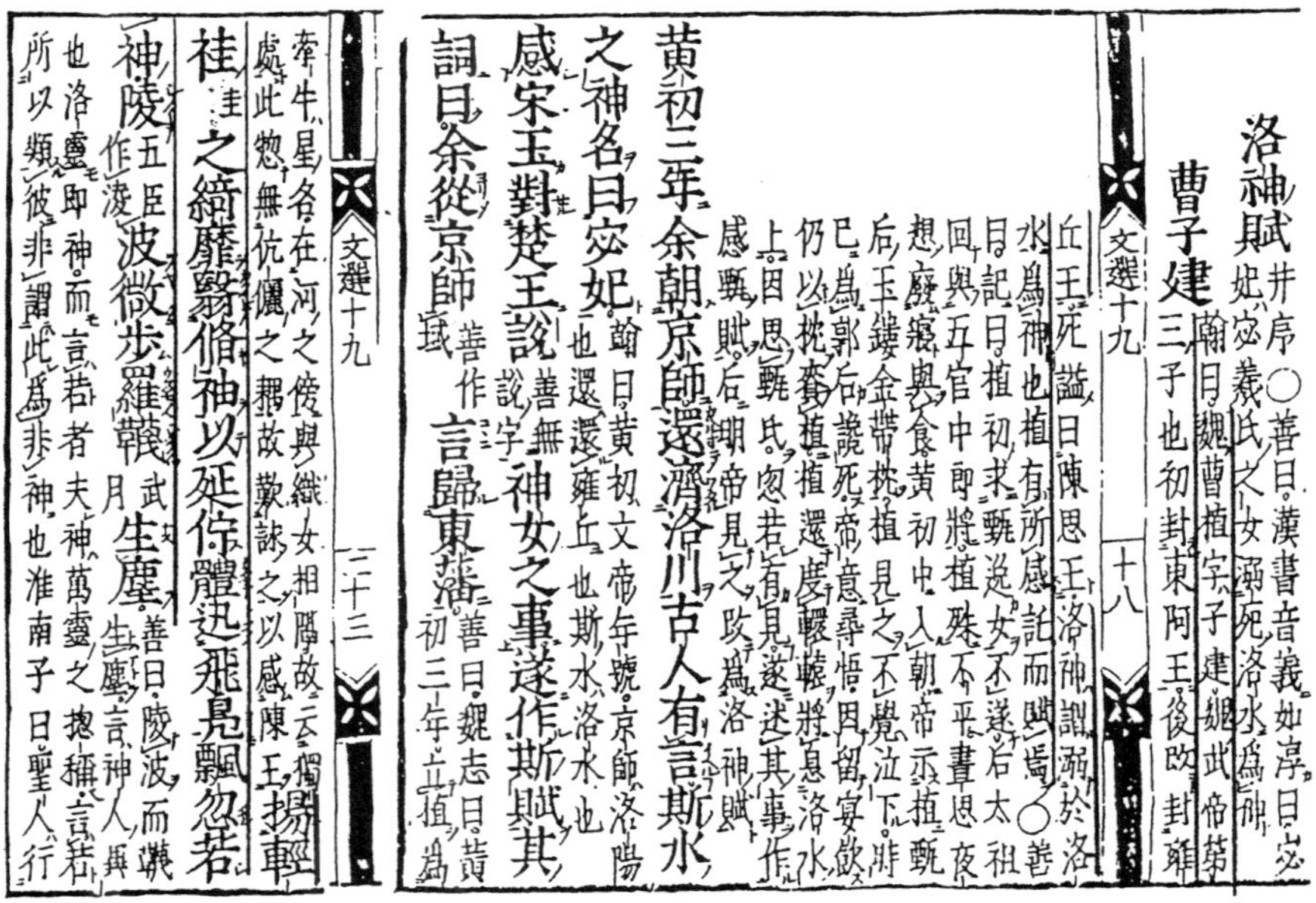
洛神賦井序 ○善曰漢書音義如淳曰宓妃宓羲氏之女溺死洛水爲神
曹子建 翰曰魏曹植字子建魏武帝第三子也初封東阿王後改封雍丘王死謚曰陳思王洛神謂溺於洛水爲神也植有所感託而賦焉○善曰記曰植初求甄逸女不遂太祖回與五官中郎將植殊不平晝思夜想廢寢與食黄初中入朝帝示植甄后玉鏤金帶枕植見之不覺泣下時已爲郭后讒死帝意尋悟因留宴飲仍以枕賚植植還度轘轅將息洛水上因思甄氏忽若有見遂述其事作爲感甄賦後明帝見之改爲洛神賦
黄初三年余朝京師還濟洛川古人有言斯水之神名曰宓妃 翰曰黄初文帝年號京師洛陽也還還雍丘也斯水洛水也
感宋玉對楚王說 善無説字 神女之事遂作斯賦其詞曰余從京師 善作域 言歸東藩 善曰魏志曰黄初三年立植爲

牽牛星名在河之傍與織女相隔故云獨處此愁無伉儷之耦故歎詠之以感陳王 揚輕袿之綺靡翳脩袖以延佇體迅飛鳧飄忽若神 陵 五臣作淩 波微步羅襪生塵 善曰陵波而襪生塵言神人異也洛靈即神而言若者夫神萬靈之總稱言若所以頻彼非謂此爲非神也淮南子曰聖人行

（和刻本『六臣注文選』巻一九　十八丁、二十三丁）

萃であることは上記図版に提示する通りである。

曹植の伝と言えば、先ず『三国志』（巻一九・魏書・陳思王植伝）に詳しく、要略も『世説新語』（文学第四・66話所引『魏志』）に見えると恐らく知られていると思うが、それらをわざわざ検引するまでもなく、注釈本の記述がいかに簡便で有用な役割を果たすものであったかが察せられよう（それは時に安易さとうつるかも知れないが）。

注釈本の利用と言えば、『古文真宝』の場合も同様である。例えば「陶潜帰去」（『桑華蒙求』巻下・190）には次のように記されている。

朱文公云。帰去来詞、乃晋陶潜淵明之所レ作也。潜為二彭沢県令一。時郡守遣二督郵一至。吏白、当三束帯見レ之。潜歎曰、吾安能為二五斗米一折レ腰、向二郷里小児一耶。即日解二印綬一帰去、遂作二此詞一以見二其志一。後以二劉裕将レ移二晋祚一、恥レ事二二姓一。遂不二復仕一。宋文帝時、特徴不レ至。卒諡二靖節徴士一。欧陽公言、両晋無二文章一、幸独有二此篇一耳。其詞義夷曠蕭散。雖二楚声一而無二尤怨切蹙之病一。

この故事の話柄そのものは『蒙求』（488陶潜帰去）にも実は全く同題で見える。[6]従ってその『蒙求』の本文をそのまま引用して済ませることも可能なはずであったし、実際本書では『蒙求』をそのまま利用したところも少なくないのである。ところがここでは何を用いたかと言えば、稿者は『古文真宝後集諺解大成』（『箋解古文真宝後集』でも良い）あたりかと考える。「朱文公云」以下の文章は『諺解大成』本の「帰去来辞」題下に記された注記と完全に一致するのである。[7]

次に類書の活用の一斑についても触れておきたい。「望帝杜鵑」（『桑華蒙求』巻上・4）は次のような文である。

蜀之先肇二於人皇之際一。黄帝子昌意娶二蜀人女一生二帝嚳一。后封二其支庶於蜀一。始称レ王者、自名二蚕叢一、次伯灌、次魚鳧、后王曰二杜宇一、号二望帝一。荊人鼈霊、其尸随レ水上至二汶山下一、見二望帝一。立為レ相。自以徳不レ如二鼈霊一、禅二位鼈霊一号二開明一。遂自亡去、化為二子規一。蜀人聴二其鳴一曰、我帝魂也。

蜀の望帝（杜宇）が没して子規（時鳥）に成ったというこの有名な故事そのものは、例えば、『文選』（巻四・左思「蜀都賦」）の「鳥生二杜宇之魄一」とある劉淵林注[8]、『蒙求』（92鼈令王蜀）[9]『華陽国志』（巻三・蜀志）[10]『太平寰宇記』[11]『禽経』[12]などもろもろの中国書に見え、本朝でも浅井了意『新語園』（巻七・杜鵑付杜宇事実）[13]のような先行書に窺え、更にはこの頃比較的よく用いられた『事文類聚』（後集巻四四・羽虫部・杜鵑）[14]にも勿論言及されているのだが、本書本文に最も近いのは実は次に記す『円機活法』（巻二三・飛禽門・子規）ではないかと思われるのである。

望帝魂

寰宇記云。蜀之先肇二於人皇之際一。黄帝子昌意娶二蜀人女一生二帝嚳一。后封二其支庶於蜀一。始称レ王者、自名二蚕叢一、次伯灌、次魚鳧、后王曰二杜宇一、号二望帝一。荊人鱉《ママ》霊、其尸随レ水、上至二汶山下一、見二望帝一。立為レ相。自以徳不レ如二鱉《ママ》霊一。禅二位鱉《ママ》霊一。号二開明一。遂自亡去、化為二子規一。蜀人听二其鳴一曰、我帝魂也。

〈注。文中「鰵」字は「鼈」に同じ（異体字）で、「听」と「聴」は通用〉
ところで、本書に見える中国故事が、後続書の記述とどう絡むのか、その影響についても必ずしも明らかではない。類似の故事書も少なくないということが背景の一端になくもないが、今後更なる調査を重ねる必要があるであろう。

四

次に対の奇数番に見える日本の故事につき、その記事の一斑に触れておきたい。本朝の書籍で比較的利用度の高いものを挙げるとすれば、次のようなものであろうか。

日本書紀　平家物語或は源平盛衰記　十訓抄　元亨釈書　本朝神社考　日本古今人物史　本朝蒙求
本朝語園

前半の『日本書紀』（その注書『釈日本紀』の利用も散見する）『平家物語』（或は『盛衰記』とも）『十訓抄』『元亨釈書』など、中世以前の書（刊本）の利用については殊に特色あるものとは言えないが、近世に入って編された後半の四著にやや新鮮味を窺うことも可能と言うべきか。就中『日本古今人物史』（宇都宮遯庵。寛文九年〈一六六九〉刊）『本朝蒙求』（菅仲徹。貞享三年〈一六八六〉刊）『本朝語園』（孤山居士。宝永三年〈一七〇六〉刊）といった通俗人物志を積極的に利用している点には意を留めておいて良いかも知れない。既に『本朝蒙求』の小考で言及したこともあるが(15)、本書の場合も人物説話等の典拠は必ずしも所謂原拠書に限定されるものではないことが少なくない（つまり孫引きも多く存するということ）。抑、説話は書承されることで諸書に播敷して拡がり、それに依って時人の教養として広く定着してゆくものであれば、その事自体に何の不思議もないわけだが、以下ではそうした書承の流れの中における『桑華蒙求』の位置について、その一端を窺ってみることとしたい。

例えば、聊か長いが、賀茂神社をめぐる次のような記事が『本朝神社考』（上之一・賀茂）に見える。

（前略）昔城北出雲路有㆓小女㆒。浣㆓衣鴨河㆒。一箭流来、鴨羽加㆑笴。女取帰㆑家、挿㆓之檐牙㆒。已而女娠産㆑男。父母問㆓其夫㆒。女曰、無㆓父母㆒。以為㆑匿而不㆑言。児三歳時、父母議以為、世豈有㆓無㆑父之児㆒哉。思、此里人乎。宜㆘具㆓酒膳㆒宴㆗里夫㆖。令㆓児持㆑杯、試告言、以㆓此杯㆒置㆓汝父所㆒。其得㆑杯之人、乃児父也。於㆑是大会㆓郷人㆒、数爵後令㆓児送㆑杯。児取㆑杯、穿㆓稠人㆒出㆑堂、置㆓簷上鴨箭所㆒。父母及諸人怪焉。僉曰、此矢鴨羽、宜㆘姓㆓此児㆒為㆗賀茂氏㆖〈鴨、和訓賀茂〉。於㆑是児化為㆑雷上㆑天、母又同時登㆑天。今之賀茂中祠、昔為㆓田中㆒時、田主播㆑秧其苗俄変成㆓槻樹㆒。母氏降㆓樹下㆒為㆑神。今賀茂中宮是也。児又降為㆑神。賀茂上宮是也〈日本僧史〉。公事根源云。下賀茂御祖、上賀茂別雷。御祖神者号㆓玉依姫㆒。賀茂健角身命之女也。或時逍㆓遥于瀬見小河辺㆒。有㆓丹塗矢㆒、自㆓河上㆒流下。玉依姫採㆑矢夾㆓屋上㆒。頃之有㆑身、遂生㆓男子㆒。不㆑知㆓其父為㆑誰也。一日謀聚㆓里人㆒設㆑宴、授㆓盃于男子㆒曰、此盃可㆑与㆓汝父㆒。時児擲㆓盃于虚空㆒、踏㆓破家屋㆒曰、我是天神之子也。飛而上㆑天。是即別雷神也。其丹塗矢者、今松尾大明神是也。神書抄云。丹塗矢者、大己貴之所㆑化也。（下略）

この記事[16]の後半の傍線部（即ち『公事根源』所引文）をそのまま抜出して作られているのが実は『桑華蒙求』（巻下・13玉依夾矢）の本文であり、更にその記事の賛言（「或時」「自㆓河上㆒」「玉依」、「採㆑矢」の「矢」、「為㆑誰」、「大明神」の「大」、「是也」）を削り、わかり易く言換え（「有㆑身」を「有㆑娠」とする）、文字を改め（「授㆓盃于男子㆒」を「採㆓杯于男子㆒」とする。但しこの変更は好ましくないが）たりしたものが、次の『扶桑蒙求』（巻上・2玉依夾矢）の本文である。

下賀茂御祖上賀茂別雷御祖神者、号㆓玉依姫㆒。賀茂健角身命之女也。逍㆓遥瀬見小河辺㆒、有㆓丹塗矢㆒流下。姫採夾㆓屋上㆒。頃之有㆑娠、遂生㆓男子㆒。不㆑知㆓其父㆒也。一日謀聚㆓里人㆒設㆑宴、採㆓杯于男子㆒曰、此盃可㆑与㆓汝父㆒。時児擲㆓杯于虚空㆒、踏㆓破家屋㆒曰、我是天神之子也。飛而上㆑天。是即別雷神也。其丹塗矢者今松尾明神。

この『扶桑蒙求』（岸鳳質著。全三巻。天保十四年〈一八四三〉十月刊。東都書肆〈江戸下谷御成道〉青雲堂英文蔵梓）は著しく『桑華蒙求』の影響を受けており、大部分がその抜書ではないかと思われる[17]程なのであるが、それとは異なる場合もなくはない。

林読耕斎の『本朝遯史』（巻下・紀俊長）に次のような記述が見える。[18]

俊長者世世居二南紀一。為二日前国懸宮之神職一。俊長喜読レ書、善二詠歌一、叙二従三位一。後小松帝有レ詔采二其歌詞一者凡百餘篇。毎レ有二禁苑遊宴一、遠召預レ之、為二侍従一、聴二内昇殿一。俊長不レ慕二栄利一、不レ好二紛冗一。応永十二年三月、出二俗塵一、退二居于南紀之舎一、改名二宗傑一。其所レ居有二梅数百株竹数千茎一。乃以二梅竹一為二軒之榜一。蓋効二山陰之種レ竹者一曰二竹隠一、擬二孤山之詠レ梅者一曰二梅隠一也。又貯二書籍万軸一、誦読而楽焉。往往引二酒徒琴侶一、宴酔而娯焉。論者謂、此人朝之則以二宏才奥学一擢二身於雲霄之上一、野之則以二優遊自得一、棲二情於山水之間一、晏如淡如、以レ此自終。不二亦賢一哉。俊長倭歌新後拾遺集新続古今集各載レ之。

この記述の冒頭から四行目「宴酔而娯焉」迄をほぼそのままに引用（但し途中の「応永十二年三月」を「応永年中」に改む）したのが『日本古今人物史』（巻二・名家伝・5俊長伝）であり、『桑華蒙求』（巻中・87俊長万軸）はその『古今人物史』から全文を借用（但し「退二居于南紀之舎一」の「于」の一字だけは削除される）しているのだが、『扶桑蒙求』（巻下・97俊長梅竹）の次の文は『遯史』の記事を抄出しわずかに表現を変えた（傍点部分参照）ものなのであった。[19]

紀俊長者肥前国県官之神職也。嗜二詠歌一、叙二従三位一。後小松帝有レ詔、毎レ有二禁苑遊宴一、遠召預レ之。応永十二年春退二居于南紀一、改名二宗傑一。其所レ居有二梅数百株、竹数千茎一。乃以二梅竹一為二軒之榜一。蓋効二山陰之値（植）レ竹者一曰二竹隠一、擬二孤山之詠レ梅者一、曰二梅隠一也。書籍巨万、誦読唯耽日、招二酒徒琴侶一宴酔而娯焉。此人朝則以二宏才博学一、擢二身於雲霄之上一、夕則以二優遊自得一、棲二情於山水之間一。不二亦賢一哉。歌詠載在二新後拾遺新続古今等一。

猶、本朝故事の書承の在りようについては、更に様々なケースがあり、今後も全三百話を越えるそれらの一つ一つに照明が当てられねばなるまいが、その更なる詳細については、後掲の「概略・出典・参考」（もとより完璧なものではないが）を参照されたい。

五

ところで、本書の中には従来知られている話柄とは異なり、その由来の経路が必ずしも明らかでない（或は誤伝かと思われる）ものも見えるようだ。最後にその一節に触れておきたい。「匡房文預」（巻中・165）の記事は次のようなものである。

正二位権中納言大江匡房、博学洽聞、並工二詩歌一。家系出レ自二音人一。従四位信濃守成衡子也。世継二儒業一。曾祖匡衡擅二名博識一、故蔵書汗充。匡房毎恐二古巻蠹腐一、貼背整頓、褾軸印記。人問二其故一。答曰、予是江家文預〈猶レ言レ掌レ籍〉也。何翅為二己有一焉。匡房拝二太宰府帥一。故時人称二江帥一不レ名。

文中に出てくる「江家の文預」という故事は実は次のように『江談抄』（第一・48亡考道心事、第二・17音人卿為二別当一時長岡獄移二洛陽一事）に見出せるものである。

命《おほ》せられて云はく、亡考は道心者なり。毎日念誦読経してあへてもつて懈《おこた》らず。……あるいはまた、常に累代の文書を抜《ひら》きてその朽ち損じたるを修理《すり》し、皆悉くに捺印《なついん》し、重んずること極まりなし。ある人問ひて云はく、「何故かくのごとくなる」と問ひければ、「弊身は江家の文預かりなり」とぞ命せられける、と云々。（第一・48）

身において学びて抜群ならしむるは、先考無才為りといへども、能く伝家の文書の条々、書写を為して加へらるるの致すところなり。先考は明障子をもつて四面に立て、その中に家の文書を曝涼し、皆ことごとく印を捺《お》せり。

また、損じ失せたるところには、必ずその本を尋ね求めて共継せらるるなり。常には「我はこれ江家の文預かりなり」とぞ申され侍りし。青侍四人をもつて件の障子の中に置き、一人には続飯《そくひ》を糊せしめ、一人には文を披かしめ、一人には継ぎ立たしめ、一人には書き継がしむ。かくのごとくして年月を送る。後代の物語なり。披露せらるべからざるか、と。

（第二・17）

但し、『江談抄』新大系本の注に指摘する通り、「江家の文預かり」だと言ったのは、『桑華蒙求』に記す「匡房」などではなく、その「父の成衡」であり、蔵書の修補や印を押したのも父に他ならない。ではこの齟齬はいかにして生じたものなのか。本書著者が『江談抄』の記事を誤解したものなのか、と思っていたところ、本書に先行する『本朝語園』（巻四・195江家文預）の次の如き記述に逢遇した。

江匡房常ニ累代文書ヲヒラキ其朽損ズルヲ悉クミナ修理シ印ヲ捺《タヽ》シテ、是ヲ重ズル事極リナシ。或人故ヲ問ケレバ、幣人《ヘイシン》《ワレ》ハ江家ノ文預《フンヨ》《フミツカサ》ナリトゾ。（＊「幣」は「弊」の誤り）

匡房が「江家ノ文預」であると述べたものとしては、現在迄のところこの記事が管見では最も古いものではないかと思うが、猶、この誤りの淵源は他にもあるのかも知れない、という思いを未だに払拭できないでいる。

注

（1）木下利貞の嫡男。足守藩二万五千石（但し、公定の頃の年貢収納高は一万二千～四千石台であったようである）四代目藩主。延宝七年（一六七九）八月十四日に襲封し、享保十四年（一七二九）五月二日に退くが、その五十年間に及ぶ治世には、延宝・享保の大飢饉や三度にわたる江戸屋敷の炎上、また公役（朝鮮使節馳走役や御所普請役など）を仰せつかることも少なくなく、逼迫する財政の立直しに追われていたようである。所謂松の廊下刃傷事件後の、浅野家取潰しに伴う赤穂城請取に出向き、脇坂淡路守に引渡したのも公定である。他に『桑華雑俎』や謡曲「菊之下水」などの作品がある。彼は若年の頃より文学（学問）に志し、日夜史書を繙く好学の人として聞こえ、岡山県史の中でも明君と称えられている。

（2） 拙編著『本朝蒙求の基礎的研究』（和泉書院・二〇〇六年）で、『桑華蒙求』が『本朝蒙求』の大きな影響の下にあることを論じているので参照されたい。

（3） 稿者の披見したのは京都大学附属図書館蔵本（61—ソ—6。全三冊）で、書名題簽は篆書。縦二十六・七センチ、横十八・九センチの大本で、表紙の色は朱色。木活字を使用しているものの活字がやや痩せて不分明なところも少々ある。送り仮名・ルビ・返り点等はすべてない無点本で、下冊末尾には以下の識語が見える。「右桑華蒙求三巻、備中足守侯所レ著。蓋倣二李瀚蒙求一、比二類和漢之故事一也。其書非二唯童蒙之益一、大方之人亦於レ検二和漢比偶一、大有レ益。刻本今存者尠矣。今茲長暑之餘暇、以二活字一印二数十部一、頒二同好一以省二謄写之労一耳。天保十五年歳次甲辰晩秋。源玄寧誌印印」。

（4） 福田宇中箋註、林正躬訂正（全三冊）。浪華書林〈積玉圃　積善館〉蔵梓。冒頭に西周の「桑華蒙求序」（明治十六年二月一日付）、中村敬宇の序（明治十六年五月六日付）があり、鳳岡の序（版本収載）の後に福田宇中の序（明治十六年一月付）が記され、下冊の末尾には「明治十五年十二月十六日版権免許、定価金一円二拾五銭、著者〈故人〉葵峰豊公定、箋註者〈徳島県士族〉福田宇中〈同県下名東郡富田浦町二千三百壱番地〉出版社〈大阪府平民〉柳原喜兵衛〈東区北久太郎町四丁目拾五番地〉〈大阪府平民〉花井卯助〈東区安土町四丁目拾壹番地〉」と見えている。猶、本書は「箋註」と言っても、上欄外に各話の感想・賛辞めいた語を若干連ね、少しばかり細字双行の語注を本文に挿入する程度で、出典等の内容の子細に及ぶものではなく、その点遺憾とせざるをえない。また、原本本文を抄略や増補したり、書換えたりしている点も注意される。就中く、人の手になる以上魯魚の語りは致し方ないにしても、原本の標題・本文を一部削除しているのはやはり問題ではないかと稿者は考える。

（5） 黄昱「漢訳される『徒然草』—異種『蒙求』をめぐって—」（『総研大 文化科学研究』第十号、平成二十六年三月）により、「排韻氏族」が『氏族大全』であることが指摘された。当時披見したのは、恐らく『〈新編排韻増広事類〉氏族大全』（一〇巻。明徳四年〈一三九三〉八月刊）であろうと思われる。

（6） 因みにその本文を掲げる。「晋陶潜字元亮、潯陽人、大司馬侃曽孫。少懐二高尚一、博学善属レ文。穎脱不羈、任レ真自得、為二郷隣所レ貴。嘗著二五柳先生伝一以自況。時人謂二之実録一。為二彭沢令一、在レ県公田悉令レ種二秫穀一。曰、令三吾常酔二於酒一足矣。妻子固請レ種レ秔。乃使二一頃五十畝種レ秫、五十畝種レ秔。素簡貴不三私事二上官一。郡遣二督郵一至レ県。吏白、応二束帯見レ之。潜歎曰、吾不レ能下為二五斗米一折上腰。拳々事二郷里小人一邪。即解二印綬一去レ県、乃賦二帰去来一。後徴二著作郎一不レ就。又不レ営二生

業一、遇レ酒則飲。嘗言夏月虚間、高二臥北窓之下一、清風颯至、自謂二羲皇上人一。性不レ解レ音、畜二素琴一張一。絃徽不レ具。毎二朋酒之会一、則撫而和レ之曰、但識二琴中趣一。何労二絃上声一」。

（7）猶、「帰去来辞」は『文章軌範』（巻七）などにも採られているが、注記の様態が一致するという点では『古文真宝後集諺解大成』（或は『箋解古文真宝後集』）に一籌を輸するべきものと考えられる。猶、出典に注が大いに用いられたことは、漢籍のみのものではなく、国書も同様である。一例を挙げれば、本書には『徒然草』の引用が見える（使用文献リストに「徒然草抄」と見える）が、使用しているのは『野槌』（林羅山）以後の古注釈書（加藤磐斎『徒然草抄』であろう）と考えられる。その漢籍出典は実は『野槌』の成果を以後の古注釈書は継承引用する。その意味で『野槌』の功は大きい。猶、『野槌』の近世学芸への浸透については、神谷勝広『近世文学と和製類書』（若草書房、一九九九年）が広く採挙げ論じている。

（8）「蜀記曰、昔有レ人、姓杜、名宇。王レ蜀。号曰二望帝一。宇死。俗説曰、宇化為二子規一。子規、鳥名也。蜀人聞二子規鳴一、皆曰二望帝一」。

（9）「蜀王本記曰、荊人鼈令死。其屍流亡、随二江水一上至二成都一、見二蜀王杜宇一。立以為レ相。杜宇号二望帝一。自以徳不レ如二鼈令一。以二其国一禅レ之。開明帝下至二五代一、有二開明尚一。始去二帝号一、復称レ王」には少し類似する部分もある。

（10）「蜀之為レ国、肇二於人皇一、与レ巴同レ囿。至三黄帝為二其子昌意一娶二蜀山氏之女一、生二子高陽一。是為二帝嚳一。封二其支庶於蜀一、世為二侯伯一。歴二（唐虞）夏商周一……周失二綱紀一、蜀先称レ王。有二蜀侯蚕叢一。其目縦、始称レ王。……次王曰二柏灌一、次王曰二魚鳧一。王田二於湔山一、忽得二仙道一。……後有レ王曰二杜宇一。教レ民務レ農。……七国称レ王、杜宇称レ帝。号曰二望帝一。……会有二水災一、其相開明、決二玉塁山一、以除二水害一。帝遂委以二政事一。法二尭舜禅授之義一、遂禅二位於開明一。帝升二西山一隠焉。時適二月、子鵑鳥鳴。故蜀人悲二子鵑鳥鳴一也。巴亦化二其教一而力二農務一、迄レ今巴蜀民農時、先祀二杜主《（若）》君開明一。（開明）位号曰二叢帝一。……」。

（11）「寰宇記。蜀之先肇二於人皇之際一。其後有二王者一曰杜宇一、称レ帝曰二望帝一。時有二荊人鼈霊一。其尸随レ水上至二汶山下一。忽復生見二望帝一。帝立以為レ相。後帝自以其徳不レ如二鼈霊一。因禅二位於鼈霊一、号二開明一。遂自亡去化為二子鵑一。故蜀人間子鵑鳴曰、是我望帝也〈蜀王本紀云、杜宇為二望帝一、淫二其臣一。鼈霊妻乃禅レ位亡去時、子鳺《（ママ）》鳥鳴。故蜀人見二鵑鳴一而思二望帝一〉」（『淵鑑類函』〈巻四二八・杜鵑〉所引の『太平寰宇記』に依った）もかなり近い。

（12）「江介曰二子規一、蜀右曰二杜宇一。望帝杜宇者、蓋天精也。李膺蜀志曰、望帝称二王於蜀一。時荊州有二一人一、化従二井中一出、名曰二鼈霊一。於レ楚身死、屍反二泝流一上、至二汶山之陽一、忽復生、乃見二望帝一。立以為レ相、其後巫山龍鬭、壅レ江不レ流。蜀民墊溺。鼈霊乃鑿二巫山一、開二三峡一、降レ丘宅レ土。人得二陸居一、蜀人住二江南羌住城北一、始立二木柵一。周三十里。令二鼈霊為一レ刺史一。号曰二西州一。後数歳望帝以二其功高一、禅二位於鼈霊一、号曰二開明氏一。望帝修レ道処二西山一而隠化為二杜鵑鳥一。或云化為二杜宇鳥一、亦曰二子規鳥一。至レ春則啼、聞者悽惻」。

(13)「(蜀王本記) 杜宇ハ蜀ノ望帝ノ名ナリ。始メ鼈霊ト云フ者ノ楚ニ死シテ尸ヲ河ニ投ニ泝テ汶山ノ下ニ至リ、忽ニ蘇ヘル。乃シ望帝是ヲ立テテ相トス。其頃巫山崩テ江ヲ壅グ。蜀国ノ民多ク洪水ニ遭テ患トス。鼈霊乃シ巫山ヲ鑿テ三峡口ヲ開ク。即チ賞シテ西川皇帝トシ、功ヲ以テ位ヲ禅リテ蜀山ニ死ス。時ニ子規ノ鳴故ニ蜀人是ヲ聞テ望帝ヲ悲テ、杜宇ノ霊魂ナリト云フ。荊楚歳時記ニ、杜鵑初テ鳴時ニ先ヅ聞ク者ハ別離ノ悲ニ遇ト。厠ニ在リテ聞コト有ハ不祥ナリ。狗声ヲ作テ厭ト云ヘリ。異苑及ビ西陽雑俎ニ、嘗テ人アリ、出デテ行山中ニシテ一群ヲ見ル。聊カ其声ヲ学ブニ即チ死。此鳥啼テ吻ヨリ血出ヅ。鳥ノ状雀鷂ノ如シ。色惨黒ニシテ小冠アリ。春ノ暮ヲリ鳴初テ、夜啼テ旦ニ達ス。鳴バ則チ北ニ向フ。其声哀切ニシテ昼夜止ズ。田家是ヲ候テ以テ農事ヲ興《オコス》。只虫蠹ヲ食フ。自ラ巣《スツクル》コト能ハズ、他ノ巣ニ居テ子ヲ生ス。冬ハ則チ蔵蟄ス。古詩曰、杜宇曽為二蜀帝王一、化レ禽飛去旧城荒、年年来叫桃花月、為向二春風一訴二国亡一矣。羅鄴詩曰、蜀魂千年尚怨レ誰、声々啼レ血向二花枝一、満山明月東風夜、正是愁人不レ寐時矣」。

(14)「望帝化二杜鵑一〈蜀之先肇二於人皇之際一、至二黄帝一子昌意娶二蜀人女一、生二帝嚳一。後封二其支庶於蜀一、歴二夏殷周一始称レ王者、自名二蚕叢一。次曰二柏灌一、次曰二魚鳧一。其後有レ王曰二杜宇一。杜宇称レ帝号二望帝一。自恃二功徳高一。乃以二褒斜一為二前門熊一耳。霊関為後戸玉塁峨眉為二池沢一。時有二刑人(ママ)鱉霊(ママ)一。其尸随レ水上、荊人求レ之不レ可レ得。鱉霊(ママ)至二汶山下一、忽復見二望帝一。帝立以為レ相。後帝自以其徳不レ如二鱉霊(ママ)一。因禅二位於鱉霊(ママ)一。号二開明一。遂自亡去、化為二杜鵑一。故蜀人聞二子鵑(ママ)鳴一曰、是我望帝也〉寰宇記李膺蜀志大略同」はかなり近い文章ではある。

(15) 注(2)所引拙編著参照。

(16) 猶、類似の故事は『釈日本紀』(巻九所引『山城国風土記』)『本朝月令』(四月)『伊呂波字類抄』(加)『古事記伝』(巻一二)などにも見え知られていたはずだが、『神社考』を利用した事が注意される。

(17) 相田満「『蒙求』型類書の世界」(和漢比較文学叢書八『和漢比較文学研究の諸問題』汲古書院、一九八八年)参照。

(18) 猶、紀俊長については、『遯史』(寛文四年〈一六六四〉孟夏刊)と同年(仲冬刊)に出版された『扶桑隠逸伝』(巻下)にも以下のように記されている。「俊長者、紀長谷雄之後也。世居二紀州一、為二名艸宮神官一。叙二光禄大夫一。常喜読レ書、能作二

和歌一。至徳帝詔采二其歌一百餘章。毎遠召与レ宴。俊長性清高、不レ栄二此遇一。応永十二年春、卒出二俗塵一、退二遯乎南紀一、易二名宗傑一。而其所居、有二梅数百株、竹数千挺一。俊長吟二哦其間一、自称二梅隠一、曰二竹隠一。又以二梅竹一掲二其軒一。積二書万巻一、読且楽焉。俊長詠歌、載二于至徳永享二代勅撰一。賛曰、林家梅、王家竹、清隠楽事、只斯而已足矣。況軒頭插二万軸一耶。況復和歌之承二於神世一、而国之好風俗耶」。

(19) 但し、妙な変更もある。末尾の「夕則以二優遊自得一……」は恐らく対になる前文中の「朝則以二宏才博学一……」とあったのを意識しての変更と思えるが、勿論この「朝」は「朝廷」の意であって「朝夕」の意ではないのであるから、『遯史』本文に記す「野」(「在野」の意)こそ対置される意味を有するはずのものなのである。猶、『扶桑蒙求』については『大東世語』の影響も指摘されている(注5所引黄昱論文参照)。

『桑華蒙求』本文翻字篇

はじめに

翻字の底本には内閣文庫本刊本（和２３５６、函号２１０・７７。全三冊）を用いた。それは下に掲げたように、半丁（一頁）につき十行、毎行二十字詰であるが、翻字に際しては、毎頁十八行、毎行二十五字詰とした上、現行の字体に書き改めることを原則とした（一部異体字を意図的に残したところもある）。版本に見える訓点は、判読しにくいところや問題のある点もなくはないが、参考の意味も込め、できる限り原本に忠実に付すようにつとめた。読者の方々には批判的に御利用戴けたら幸いである。また、本文の亥豕の誤りかと思われる字については、当該本文の右側に括弧に入れて傍書した。

本書翻刻に際し、所蔵書を利用させて戴きました独立行政法人国立公文書館に御礼申し上げます。

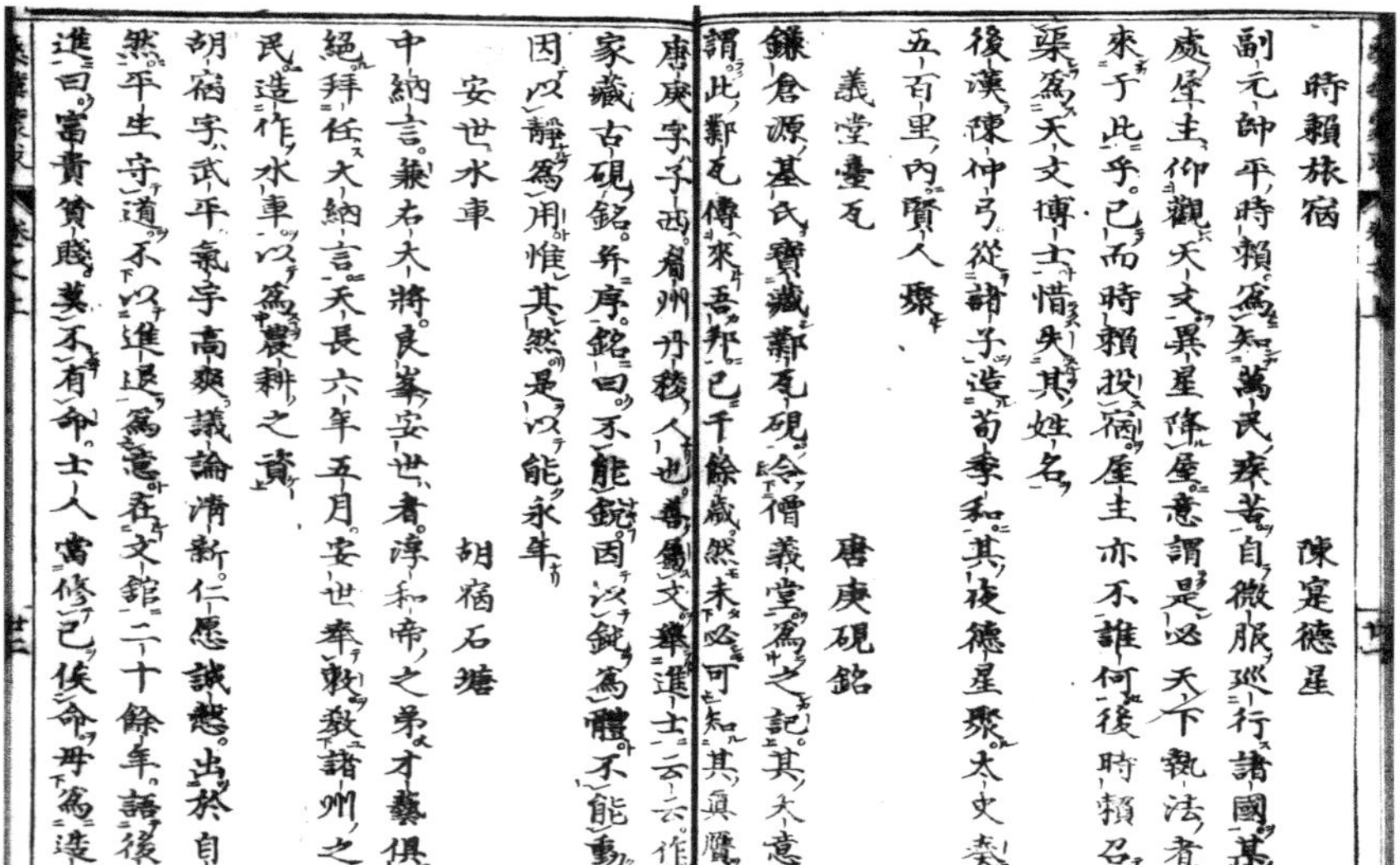
時賴旅宿　陳定德星
副元帥平時賴爲知萬民疾苦自微服巡行諸國某
處屋主仰觀天文異星降屋意謂是必天下執法者
來于此乎已而時賴投宿屋主亦不詳何後時賴召
渠爲天文博士惜失其姓名
後漢陳仲弓從諸子造荀季和其夜德星聚太史奏
五百里內賢人聚
義堂臺瓦　唐庚硯銘
鎌倉源基氏寶藏鄴瓦硯令僧義堂爲之記其大意
謂此鄴瓦傳來吾邦已千餘歲然未必可知其眞贋
唐庚字子西眉州丹稜人也善屬文舉進士云云作
家藏古硯銘并序銘曰不能銳因以鈍爲體不能動
因以靜爲用惟其然是以能永年
安世水車　胡宿石塘
中納言兼右大將良峯安世者淳和帝之弟才藝倶
絕拜任大納言天長六年五月安世奏敕諸州之
民造作水車以爲農耕之資
胡宿字武平氣宇高爽議論淸新仁愿誠慤出於自
然平生守道不以進退爲意在文館二十餘年語後
進曰富貴貧賤莫不有命士人當修己俟命毋爲造

新撰自註

桑華蒙求

上巻

桑華蒙求序

中華本朝。振古至今載籍極博。汗牛充棟有尚博者。有崇約者。尚
博者。含咀六籍。蹂躙百氏抉五車之秘発二酉之蔵。崇約者。瓊瑤
之寡為奇磧礫之多為賤。寸轄制輪。尺枢運闔。凡博而寡要。則労
而罔功。約而不博。則或託空寂。博約之訓。鎔洙泗出也。以理衡事。
以事求多。則何識不恢。何用不裕。博取約収之道。方寸為淵源。而
群籍為筌蹄。則当自得之也。書林冊府。山経地誌。稗官小史之記。
難旁捜遐覧之。偶雖総習篇章久則惘然莫憶。故古人務極其耳
目之所加。神識之所詣。聚類分等彙而成編。然拘于天文地理節
序器用動植等之類。不以一事之肖而為要。比物不能醜類。知類
而不能通達。雖益于校讎。童課有不足也。従五位下肥後守足守
邑主豊臣公定。頃間倣李瀚蒙求之体。而作桑華蒙求示之。顧其
為書。則音律成編。対偶固当。不繁多而従簡約。読而有功。実而不
空。稽古之力。応蒙之訓。拾片玉於崑山。獲寸金于麗沢也。地雖斉
楚胡越。合則眉目肝胆。中華本朝。人異域殊。行事之実。合符同轍。
亦此之謂也。慕彼土之風。揚我国之美。有所感奨。有所庶幾。因応
其需。以為之序

宝永七年庚寅孟夏某日　従五位下守大学頭藤原信篤

桑華蒙求叙

有異域有焉。本朝無焉者邪。曰。虎豹是也。有上古有焉。後世無焉者邪。曰。聖人是也。然虎豹遺皮。則雖不見血肉足矣。聖人垂教。則雖不対面。目亦可也。吾邦雖小。文物制度。頗与中華相類。決非如被髪文身。鯷冠秫縫之族。况太古天神降地祇産。夫神人超過聖人。蓋亦一等矣。昔舎人王著日本書紀。爾来史才世不匱。続日本書紀。日本後紀。続日本後紀。文徳実録。三代実録等書。比比並出。但惜中世以降。無継武而作者。間雖史館有記録。秘在官庫。非凡下容易所閲覧。幸有稗官小説。而足知古今梗概。故予読書之暇。毎見彼人物行実。可以勧懲者。自摘抄之。却将中華人才性行相似者来配偶焉。実得数百件。遂用韻語。自号曰桑華蒙求。夫蒙求

佐玄龍写 印

玉堂金馬

林氏

之作。權輿于有唐李翰氏。逮于皇明柳氏續蒙求。及雪堂禅蒙求。継作不啻于此而已。今予所著述唱以扶桑之前蹤。対以中華之故事。只恐不免円鑿方枘之誚。然亦千里蓴羹。対王家羊酪之遺意歟。不敢望博洽君子之一顧。偏助吾家童蒙已矣

葵峯豊公定

豊臣公定

玄譲

佐玄龍写　印

新撰自註桑華蒙求

凡例

一 太古本朝神霊。及君臣名号。有十餘字者。然蒙求標題不過二名。故数字内。択其精要者。挙用焉。若伊弉諾尊称諸尊。伊弉冊(冉)尊称冊(冉)尊等也。猶如称氏。称菩提達磨作磨。称鳩摩羅什作什。

一 人数事可録者。蒙求之例。一則称名。一則称字及別号。但本朝臣庶有名。而称字与別号者。未多聞。故雖有二事。共称名。蓋不得已矣

一 本朝事蹟国史及小説所載。有語辞重複者。今概括以随簡便

一 此編所引用也。書有古今之異。事有雅俗之分。是以如不出于一手。然未遑折衷。皆存旧文

一 日本書紀。旧事紀等書。我朝中古典籍。賢哲所著。吾輩不得容喙於其間。然或有造語与和訓相矛盾者。或有文字偏傍。恐似舛訛者。未必為無疑。是故皆仍旧文。須以理違矣

一 本朝人物。書名称及官爵。而不書姓氏者。間亦有之。未遑捜索。故依拠旧文。窃倣易家称蜀才。史記称臣瓚之例

一 予独学寡聞。文献不足。而強作自註。便于童稚。昔沈幼新書。謝

一 霊運《カ》山居賦。皆自《ラ》註《ス》焉。亦不為無《シト》例
此書掲杲東杳三字《ヲ》。以代上中下也。按《スルニ》正字通。東字註引鄭樵《カ》
通志《ヲ》云《ク》。曰在《ルヲ》木中《ニ》曰《ヒ》東《ト》。在《ルヲ》上《ニ》曰《ヒ》杲《ト》。在《ルヲ》下《ニ》曰《フ》杳《ト》。木《ハ》若木也《ナリ》。日所升
降《スル》。蓋取諸《コレヲ》桑国之意

新撰自註桑華蒙求引書

本朝書史

日本書紀　続日本書紀　釈日本書紀　三代実録　大和物語
本朝文粋　栄花物語　枕草子　袋草子　萬葉集抄
八代集抄　百人一首抄　源氏物語抄　夫木和歌抄　古今著聞
江談抄　江記　徒然草抄　倭漢朗詠集註　宇治大納言記
元亨釈書　連歌新式　保元平治物語　源平盛衰記　平家物語
東鑑　世継物語　増鏡　太平記大全　鎌倉大草子
今昔物語　高名録　難太平記　十訓抄　公卿補任
大系図　続古事談　一人一首　将軍家譜　羅山文集
神社考　本朝医考　史館茗話　図絵宝鑑続編伝　天文雑記
三国筆海　本朝蒙求　本朝人物志　扶桑僧宝伝　扶桑隠逸伝

中華経籍

論語疏
史記
十八史略
捜神記
説郛裏
古文前集
詩人玉屑
潜確居類書
続韻府
法書要録
一夕話
僧史略

孟子
前漢書
列女伝
世説
文選
古文真宝
国老談苑
書言故事
楽府雑録
画禅
医学入門
祖庭事苑

詩経翼
後漢書
荘子
事文類聚
韓昌黎文集
三体詩備考
法原捷録
円機活法
正字通
小名録
本艸綱目
石門文字禅

春秋左氏伝
新唐書
淮南子
続蒙求
柳河東文集
劉貢父詩話
瑯琊代酔編
排韻氏族
因話録
揮麈録
医学正伝標註
教乗法数

穀梁伝
貞観政要
蒙求
開(元)天遺事
黄山谷詩集
瀛奎律髄
文献通考
五車韻瑞
無冤録
江行雑録
伝燈録
鑑古録

新撰自註桑華蒙求

杲弓

1 諾尊探海
2 女媧補天
3 武尊白鳥
4 望帝杜鵑
5 敏蔭教琴
6 蔡邕絶絃
7 時政投鱗
8 楊震感鱣
9 仁徳煙竈
10 虞舜薫風
11 諸兄賜橘
12 叔虞剪桐
13 藤家南北
14 李氏西東
15 正成守義
16 孔明尽忠
17 景行火見
18 孝武山呼
19 河勝殺覡
20 西門投巫
21 義経白旗
22 劉秀赤符
23 頼之童坊
24 優旃侏儒
25 良貞蛙歌
26 冶長鳥語
27 教道硯蓋
28 李漢文序
29 実定鳳闕
30 袁宏牛渚
31 節信贈蟇
32 子産献紵
33 道長牛仏
34 臧孫鶢鶋
35 有国長押
36 于公高閭
37 藤房掛冠
38 辛毘引裾
39 正行療創
40 呉起吮疽
41 孝徳大化
42 漢武建元
43 伏翁如唖
44 浄名無言
45 川成図障
46 荀勗画門
47 保胤禅林
48 韓愈愁恩
49 小角虎隊(ママ)
50 左慈羊群
51 興風昔友
52 子敬此君
53 赤染怨歌
54 若蘭回文
55 良縄所天
56 仁傑望雲
57 久米染心
58 摩達愛慾
59 博雅琵琶
60 楊志楽曲
61 実方撲冠
62 蔡系擲蒱
63 室町記文
64 順宗実録
65 谷雄他国
66 卜商冥府
67 本康薫物
68 劉安豆腐
69 雅忠小童
70 医緩二豎
71 繊妙慕親
72 緹縈請父
73 高光文選
74 伏勝書経
75 安徳沈海
76 帝昺没溟
77 時頼旅宿
78 陳寔徳星
79 義堂臺瓦
80 唐庚硯銘
81 安世水車
82 胡宿石塘
83 廷尉流弓
84 闔閭失艎
85 良懐僭帝
86 盧芳詐皇
87 義教望富
88 隠公如棠
89 蘇民縮茅
90 魏顆結艸
91 継体三相
92 東帝四皓
93 義仲平幕
94 王敦乾棗
95 仲時野堂
96 田横海島
97 良香索句
98 文靖改事(ママ)
99 空海仮名
100 程邈隷字
101 俊寛鬼界
102 蘇武胡地

103 親房職原
104 劉昭官志
105 広世太素
106 思邈千金
107 江妓普賢
108 馬郎観音
109 中書前後
110 相如古今
111 閑院藤波
112 召公棠陰
113 宗峻斬猪
114 晋霊嗾獒
115 瀧守護桜
116 夢得題桃
117 菅氏文草
118 屈原離騒
119 武文怒浪
120 子胥憤濤
121 珍彦授笥
122 呂望釣璜
123 仲王忘鈴
124 韓寿窃香
125 顕宗曲水
126 周公泛觴
127 高家青麦
128 盛飄騎桑
129 成範祷桜
130 放翁化梅
131 高倉宸楓
132 景公宮槐
133 定家九品
134 王粲七哀
135 良秀笑杖
136 柳元賀災
137 円臣燔宅
138 仲由結纓
139 淑望詞林
140 長卿詩城
141 釈阿九旬
142 桓栄五更
143 義満花亭
144 亜父卿裳
145 博雅双吹
146 桓伊三弄
147 道長狗功
148 周象虎夢
149 長清拆桑
150 揚雄吐鳳
151 忠常窮穴
152 毛萇尋洞
153 伊尹慟哭
154 孟郊悲悼
155 仲子羅疾
156 長孫止濤
157 師賢衮衣
158 紀信左纛
159 兼良騎矜
160 審言褰歳
161 藤太勢多
162 漁客武陵
163 高綱渡河
164 王覇蹈氷
165 鷲尾釈褐
166 潅嬰敗繒
167 暁月詠鼠
168 欧陽憎蠅
169 頼光四王
170 漢高三傑
171 経信多藝
172 世南五絶
173 頼業学庸
174 茂叔図説
175 心願雨泥
176 陶侃庁雪
177 菟道反魚
178 伯夷采薇
179 伊実挽禅
180 令文庄衣
181 橘氏答蔵
182 謝女解囲
183 禅尼繕障
184 孟母断機
185 源融塩竈
186 徳裕平泉
187 道風筆滴
188 張旭艸顛
189 直実先鋒
190 祖逖著鞭
191 道雅江城
192 王維輞川
193 持統臨朝
194 宣仁垂簾
195 新田詠鬢
196 退之誤髯
197 保憲暦道
198 京房易占
199 実時黒(ママ)印
200 鄭侯紅鐵

新撰自註桑華蒙求

杲弓

備前　葵峯豊公定讓甫　彙輯

1 諾尊探海　2 女媧補天

伊奘諾。伊奘冊(再)。二尊《フタハシラノ》奉《タケテ》詔《ミコトノリヲ》立《タヽシテ》於天《アマノ》浮《ウキ》橋《ハシノ》之上《ウヘニ》。共計《ハカリテ》謂《ノタマハク》。有物若浮《ウカヘル》膏《アフラノ》。其中蓋有国乎。迺以天瓊矛《ホコヲ》而探《カキサクル》之。獲是《コヽニ》滄海《アヲウナハラヲ》。則指《サシ》下《ヲロシ》其矛。而因画《カキナシ》滄海《アヲウナハラヲ》。而引《ヒキ》上《アクル》之時。自矛《ホコノ》末《スエ》。落垂滴瀝《シタヽル》之潮《シホ》。凝《コリ》結而為島《シマト》。名曰磤馭《コ》盧《ロ》島《シマト》矣

往古之時。四極廃。九州裂。天不兼覆。地不周載。火爁炎而不滅。水浩洋而不息。猛獣食顓民。鷙鳥攫《ツカム》老弱。於是女媧錬五色石以補蒼天。断鼇足。以立四極。殺黒龍以済冀州。積蘆灰以止淫水。蒼天補。四極正。淫水涸。冀州平。狡虫死。顓民生。

3 武尊白鳥　4 望帝杜鵑

日本武尊。帰自東征。而至伊勢能褒野崩。時年三十。仍葬能褒野陵。其神化白鳥出。指倭《ヤマトノ》国而飛。群臣開棺見之。空留明衣。白鳥停于倭琴《コト》弾《ヒキノ》原。仍造陵其処。白鳥更飛至河内。留旧《フル》市《イチノ》邑。亦造陵。故三陵曰白鳥陵。然遂高翔上天。従(徒)葬衣冠

蜀之先。肇於人皇之際。黄帝子昌意。娶蜀人女。生帝嚳。后封其支庶於蜀。始称王者。自名蚕叢。次伯雍。次魚鳧。后王曰杜宇。号望帝。荊人鼈霊。其尸随水上。至汶山下。見望帝。立為相。自以徳不如鼈霊。禅位鼈霊。号開明。遂自亡去。化為子規。蜀人聴其鳴曰我帝魂也

5 敏蔭教琴

清原敏蔭。未詳何代人。礼部員外郎某子也。天資英発。幼読書。善属文。天皇嘉其才識絶倫。勅従遣唐使某。遊学中華。海上遇悪風。人船倶覆没。唯敏蔭得神助不死。遂漂到波斯国。居数年。遇異人。而伝琴曲。得奇材而造数琴帰来本朝。條奏往事。天皇深感驚累遷礼部員外郎。本部尚書参知政事。一時称疾掛冠帰隠于京極旧宅。造頗以弾琴為業。有一女。才貌並美。敏蔭鍾愛。尽授琴曲云

6 蔡邕絶絃

後漢蔡琰。邕之女。年六歳。邕夜弾琴絃絶。問之。琰曰。第十絃也。復故折一絃。曰。第四絃也。邕曰。偶中耳。琰曰。季札観風。知四国興衰。師広《曠》吹律。知南風不競。由是言之。何得不知乎

7 時政授鱗

8 楊震感鱣

遠江守平時政。相州北條人也。微賤時。往詣本州江島弁才天祠。黙禱七日夜。夢寐間。神女降臨。容貌端麗。告曰。汝依宿世善根。受生此土。子孫繁栄冠于天下。若有悖逆者。不可過七世。言畢将帰。忽変神龍。約二十丈。見其蹤跡。遺三箇鱗。時政感拝。神既逝。為家紋。爾後官禄累遷。子孫盛衰。果如神言云。

後漢楊震。字伯起。弘農華陰人。少好学。明経。博覧無不窮究云云。常客居於湖。不答州郡礼命。数十年。衆謂之晩暮。而志愈篤。後有鸛雀銜三鱣魚。飛集講堂前。都講取魚進曰。蛇鱣者卿大夫服之象也。数三者法三台也。先生自此升矣。年五十。乃始仕州郡。安帝時。為太尉。

9 仁徳煙竈

10 虞舜薫風

仁徳天皇四年。春二月己未朔甲子。詔群臣曰。朕登高臺。以遠望之。煙気《ケフリ》不起於域中。以為百姓既貧。而家無炊者《イ井カシクヒト》。朕聞古聖王之世。人人誦詠徳之音。家家有康哉歌。今朕臨億兆《オホムタカラ》。於茲三年。頌音不聆。炊煙《イ井カシクケフリ》転疎。即知五穀《タナツモノ》不登。百姓《オホンタカラ》窮乏也。封畿《ウチツクニ》之内。尚有不給者。況乎畿外諸国耶。三月己丑朔己酉詔曰。自今之後。至于三歳。悉除課役《オホセツカヒ》。息百姓之苦云云。是後風雨順時。五穀豊穣《ユタカナリ》。三稔之間。

百姓富《ユタカナリ》寛。頌《ホムルコエ》徳既満。炊煙《イヰカシクケブリ》亦繁

帝舜有虞氏姚姓。或曰。名重華。瞽瞍之子。顓頊六世孫也。遂相堯

摂政云云。四海之内。咸《ミナ》戴舜功。弾五絃之琴。歌南風之詩。而天下

治。詩曰。南風之薫兮可以解吾民之慍兮。南風之時兮可以阜《アツクス》吾

民之財兮

11　諸兄賜橘

橘諸兄。初曰葛城《カツラキノ》王《オホキミ》。敏達帝玄孫。而礼部尚書。通議大夫。美奴王

子也。聖武皇帝天平元(八)年。冬十一月。帝自取橘。賜葛城王。勅使以

之為姓。且改名諸兄。十年補右僕射。十有五年。転左僕射。号井手

左大臣。二十有一年。叙文散位。孝謙帝。宝字元年。享歳七十四而

薨矣

12　叔虞剪桐

唐叔虞姫姓。成王弟。唐叔虞之所封也。成王幼与叔虞戯。削桐葉

為圭曰。以此封若。史佚請択日。王曰。吾与之戯耳。佚曰。天子無戯

言。遂封唐

13　藤家南北　　14　李氏西東

右大臣藤不比等。元明聖武両帝之際人。有四男。長男右大臣武

智麻呂。南家之始也。二男参議房前。北家之始也。三男参議宇合。式家之始也。四男参議麻呂。京家之始也

柳河東集。伯祖妣（妣）趙郡李夫人墓誌銘註曰。賛皇趙州県名。六国時。武安君李牧事趙。遂為趙人。晋司農丞楷。従居常山。有五子。韓晃芬勁叡。叡子勗兄弟。居巷東。勁子盛。居巷西。故叡為東祖。芬与弟勁共称西祖。韓与弟晃共称南祖

15　正成守義

楠正成者。姓橘。諸兄公之遠胤。字曰多門兵衛。居河州金剛山西。後醍醐帝。幸于笠置。聞正成素負武勇。兼有智謀。勅藤氏藤房。聘召焉。正成応勅。詣行在所。帝問策所出。正成答曰。奉詔問罪。鼓誅而進。有征無戦。何不為之有。然而撥乱反正之事。非智与勇。不能克済。帝大悦。正成奇計籌策。悉合機宜。軍之所向。莫不利也

16　孔明尽忠

蜀諸葛亮。字孔明。瑯邪陽都人。躬耕隴畝。先主及称尊号。以亮為丞相。史称。亮開誠心。布公道。刑政雖峻。而無怨者。真識治之良材。而謂其材。長於治国。将略非所長。則非也。初丞相亮嘗表於帝曰。臣成都有桑八百株。薄田十五頃。子弟衣食自有餘。不別治生。以長尺寸。臣死之日。不使内有餘帛。外有贏財。以負陛下。至是卒。如

其言。謚忠武

17 景行火見

景行天皇。践極十八年。夏五月。壬辰朔。従葦北発《タチス》船《フネ》。夜冥《クラクシ》不知着《ツカンコトヲ》岸。遥視火光。因指火往之。天皇問其火光処。曰何《ナニト》謂邑也。国人対曰。是八《ヤツ》代《シロノ》県豊村。亦尋《トヒタヅヌハク》其火。是誰人之火也。然不得主《ヌシヲ》。茲知非人火。故名其国曰火国。

18 孝武山呼

漢孝武皇帝。元封元年。遂東幸緱氏。礼登中嶽太室。従官在山下。聞若有言万歳云。問上上不言。問下下不言。於是以三百戸封太室奉祠。命曰崇高邑。

19 河勝殺覡

皇極帝三年。秋七月。東国不尽河辺人。大生部多。勧祭虫於村里之人。曰。此者常世神也。祭此神者。致富与寿。巫覡等。遂詐《アザムキ》託於神語云。云。其費極甚。於是葛野秦河勝。悪民所惑。打大生部多。其巫覡等。休其勧祭也

20 西門投巫

西門豹為鄴令。鄴三老廷掾。歳為河伯娶婦。視小家女好《カホヨキ》者。浮之河中。豹曰。是女子不好。煩大巫嫗。為入報河伯。更求好女。投巫嫗

河中有頃復以弟子一人投河中凡三投豹曰是皆不能白事復投三老豹良久欲復使廷掾趣之皆叩頭流血遂罷去吏民大驚自此不敢言

21　義経白旗

源義経与平氏大戦于長州赤間関于時有物如雲自九霄下覆其所乗之船就見之則一白旗也義経悦曰奇哉真天之所賜也即脱冑拝之

22　劉秀赤符

東漢光武皇帝名秀字文叔長沙定王発之後也云云秀竟従白水起隆準日角受尚書通大義更始遣使立秀為蕭王王還至中山諸将上尊号不許会儒生強華自関中奉赤伏符来曰劉秀発兵捕不道四夷雲集龍闘野四七之際火為主群臣因復請乃即皇帝位于鄗南改元建武

23　頼之童坊

細川頼之輔佐幼君以天下為己任退佞臣而進正人且使有文才者侍左右従容匡導之為敬老納諫之媒又擇法師六人蒙異体衣著袴横帯大小刀似俳優者名曰侫坊又曰童坊称某阿弥

24　優旃侏儒

讒諂佞媚。妄言謔傲。徘徊宮中。屢為諸大名。毎被玩侮。以為笑。是欲使義満疾佞者也

優旃者秦倡侏儒也。善為笑言。然合於大道。秦始皇時。置酒而天雨。陛楯者皆沾寒。優旃見而哀之。謂之曰。汝欲休乎。陛楯者皆曰幸甚。優旃曰。我即呼汝。汝疾応曰諾。居有頃。殿上上寿。呼万歳。優旃臨檻大呼曰。陛楯郎。郎曰諾。優旃曰。汝雖長何益。幸雨立。我雖短也幸休居。於是始皇使陛楯者得半相代

25 良貞蛙歌

紀良貞者。不知何代人。適遊摂州住吉里。与一女子有情。已帰郷里。多歴年所。再到住吉。尋訪旧女。不相得。孤懐彷徨。行吟海浜。時小蛙跳行過前。視其沙痕。髣髴有歌字。乃託合歓不譲之語云

26 冶長鳥語

公冶長弁鳥雀語云。啨啨嘖嘖。白蓮水辺。有車覆粟。車脚淪泥。犢牛折角。収之不尽。相呼共啄。人験之果然

27 教道硯蓋

亜相藤公任有女。許嫁大二條教道公。公任自撰朗詠集。以為硯蓋之贄幣

28 李漢文序

唐李漢。字南紀。少事韓愈。通古学。属詞雄蔚。愈愛重。以子妻之。愈卒後。漢集昌黎文序

29 実定鳳闕

治承四年。夏六月。遷都於摂州福原。至于中秋。諸卿各随意。玩清影於名区。或吟住吉浜。或賞須磨浦。唯徳大寺亜相実定。憶旧都省蓬堂間庭月影。荒叢露華。興情可以想見。乃及清暁。吟詠而帰

30 袁宏牛渚

晋袁宏。字彦伯。陳郡陽夏人。有逸才。文章絶美。謝尚時鎮牛渚。秋夜乗月。与左右微服泛江。会宏在舫《フナ》中。諷詠声清。辞文藻抜遣問焉。即迎升舟与譚論。申《イタルマテ》旦不寐。自此名誉日茂《サカンナリ》

31 節信贈墓

帯刀節信。能因法師。共有歌名。一日邂逅。能因捜錦嚢示之曰。這箇長柄橋創造之木屑也。分与足下。節信甚欣謝。且出示所佩之一物曰。這件井堤之蛙脯也。以贈和尚。能因亦幸謝。其好事如此

32 子産献紵

左伝。襄公二十九年云。斉晏平仲聘於鄭。見子産。如旧相識。与之縞帯。子産献紵衣

33 道長牛仏

万寿二年。江州関寺住僧某。将営大堂。安置慈尊像。群材巨大。唯有一牛。負重致遠。或将借此牛。当他支用。前夕其人夢。牛乃人語曰。我是迦葉仏。為助此営構。仮化牛身。何労他事。其人驚嗟。以謝牛主。仍華夷来集。尊称牛仏。博陸道長公。敬信最至

34 臧孫鶏鶡

左伝文公二年。仲尼曰。臧文仲。其不仁者二。不知者三。云云。作虚器。縦逆祀。祀鶏鶡。三不知也

35 有国長押

藤原有国。仕関白道長公。公東三条建甲第。令有国監視之。南廊一所両柱之際。不架承塵。数年後。公女徳子冊立皇后。乃出南廊而上車。有国曽闕承塵。恐妨后車之出入也。固可言前見哉

36 于公高閭

前漢于定国。字曼倩。東海郯人。其父于公為県獄吏。郡決曹。決獄平。罹文法者。于公所決皆不恨。郡中為之生立祠。始其閭門壊。父老方共治之。于公謂曰。少高大閭門。令容駟馬高蓋車。我治獄多陰徳。未嘗有所冤。子孫必有興者。至定国。宣帝時。為丞相。封西平侯。子永為御史大夫。封侯。伝世云

37 藤房掛冠

中納言藤藤房。亜相宣房男也。事于後醍醐帝。嘗励忠勤。帝北狩之後。重践宝祚。未幾課征税於州郡。造大内裏。藤房切諫不聴。時雲州献龍馬。帝大悦。誇示群臣。相国以下皆称賀。且勅問吉凶于藤房。藤房対曰。天馬之出于本邦。祥災難勘。臣謹按。漢帝却之以興。周王愛之以衰。天未棄君。降此妖孽。幸陛下監之。方今兵革之後。民始蘇息。大興土木。至若牝雞司晨。豺狼当路。大凡有功者。未必褒賞。有罪者。亦無顕戮。伏冀陛下。修徳施仁。以応天譴。禍害速消。福祥畢臻。帝作色而起。諸臣黙然。他日藤房侍坐。却知諫言不従。従容言曰。龍逢比干。諫死而不悔。伯夷叔斉。餓死而不怨。陛下亦思之乎。帝遂不寤。退而言曰。吁已矣乎。竟晦迹于北山。帝聞藤房行。驚歎不措。因詔宣房。追尋遂不得。乃大慟哭而還。帝亦甚悔愧焉

38 辛毘引裾

辛毘字佐治。潁川陽翟人。文帝践祚。遷侍中。帝欲従冀州士家十万戸。実河南。時連蝗民饑。群（郡）司以為不可。而帝意甚盛。毘与朝臣。倶求見。帝知其欲諫。作色以見之。皆莫敢言。毘曰。陛下不以臣不肖。置之左右。廁之謀議之官。安得不与臣議。臣所言非私。乃社稷之慮也。帝不答。起入内。毘随而引其裾。帝遂奮衣不還。良久乃出

曰。御持我何太急耶。毘曰。今従既失民心。又無以食。帝遂従其半

39 正行療創

楠帯刀正行。正成之長男。年二十五。而率軍。与細川顕氏。山名時氏大闘。士卒皆危。師不利而退。泉州安部埜之戦。渡辺橋陥敵軍。士卒溺水漂流者。五百有餘人。時厳寒落指。風霜凝鬢。正行性慈恵寛容。見而愍之。命其士卒令援上岸。不堪其痛苦者。即与之衣。救之饑。温身畀薬療其傷疵。給鞍馬。尽還送焉。後感此恩情。敵軍属正行。為四條縄手之戦。皆討死云

40 呉起吮疽

呉起者。衛人也。好用兵。嘗学於曽子。事魯君。魯君疑之。謝呉起。呉起於是聞魏文侯賢。欲事之。文侯以為将。撃秦抜五城。起之為将。与士卒最下者。同衣食。臥不設席。行不騎乗。親裹贏糧。与士卒分労苦。卒有病疽者。起為吮之。卒母聞而哭之。人曰。子卒也而将軍自吮其疽。何哭為。母曰。非然也。往年呉公吮其父。其父戦不旋踵。遂死於敵。呉公今又吮其子。妾不知其死所矣。是以哭之

41 孝徳大化

人皇第三十七代。孝徳帝即位。初建元為大化元年

42 漢武建元

西漢孝武皇帝名徹。即位之元年。始改元曰建元。年有号始此

43 伏翁如唖

伏見翁不知何許人。臥和州平城菅原寺側岡。三年不起又不言。人呼為唖者。時時拳首見東方。天平八年。行基法師。迎婆羅門僧菩提帰於菅原寺設供。于時翁俄起入寺。

44 浄名無言

維摩会上。三十二菩薩。各説不二法門。文殊曰。我於一切法。無言無説。無示無識。離諸問答。是為菩薩入不二法門。於是文殊問維摩詰我等各自説已。仁者当説。何等是菩薩入不二門。時維摩詰黙然無言。文殊歎曰。善哉善哉。乃至無有文字語言。菩薩真入不二法門

45 川成図障

飛騨木匠某。与画工百済川成。相友善。然時闘其藝。某語川成曰。我有新廬。敢冀一顧。且画壁上。川成速来望其廬。四面皆有戸。将入南戸。戸閉自開。北戸還閉。又赴北戸。其戸自閉。南戸乍開。東西亦復如此。某在傍拘手而笑。川成不平退矣。他日川成簡某。請鼎来視某物。某恐報東門之役。不敢往。川成頻懇請焉。某遂往。将入

46 荀勗画門

其戸。傍有死尸。膨脹腐爛。猶触臭穢。乃驚怪不前。川成捧腹絶倒。某熟視之。則図障之彩画也。相顧一笑而退。

鍾会是荀済北従舅。二人情好不協。荀有宝剣。可直百万。常在母鍾夫人許。会善書。学荀手跡。作書与母取剣。仍窃不還。荀勗知是鍾而無由得也。思所以報之。後鍾兄弟以千万起一宅。始成甚精麗。未得移住。荀極善画。乃潜往画鍾門堂。作太傅形象。衣冠状貌如平生。二鍾入門。便大感慟。宅遂空廃。

47 保胤禅林　48 韓愈慈恩

慶保胤者。賀茂忠行第二子也。才博贍文章冠絶于時。佳句多在人口。少師事菅文時。為高弟。天暦之末。試独中第。早拝著作郎。少年慕仏教。帰心清泰。嘗著日本往生伝一巻。寛和中。児女冠笄才畢遂解塵纓。游歴四方。仏事為務。毎遇仏像経巻。必容止而過。天性慈和。愛及禽獣。雖乗肥牛壮馬。猶涕泣而哀焉。長徳三年。終於東山如意輪寺。保胤禅林寺勧学会文云。台山禅侶二十口。翰林書生二十人云云

韓文公慈恩寺塔題名云。韓愈退之。李翶習之。孟郊東野。柳宗元子厚。石洪濬川。同登。按韓文注。西京雑記。西京外郭城。進業坊慈

恩寺。隋無漏寺之故基。武徳初廃。貞観中高宗在春宮為文徳皇后立。故以慈恩為名。寺西浮図六級。高三百尺。永徽三年沙門玄奘立。

49 小角虎隊（？）

古記曰。道昭師在唐時。五百群虎共来作礼。一虎人語曰。新羅山中衆虎之所伏《カクル》也。願師赴山。導我暴獰。昭黙受請。乃至彼講法華。群虎側聴《ソバダチキク》。其中有和語者。進曰。我是日本国役小角也。昭愕然問曰。何在此。対曰。本国神曲諂。是以我遁去。化異類耳

50 左慈羊群

左慈字元放。廬江人。少明五経。兼通星気。乃学道術。尤明六甲。能役鬼神。坐致行厨。精思於天柱山中。得石室九丹金液経。能変万端。曹操聞而召之。云云操欲殺慈。慈走入羊群。化為一老羝。人立競往赴之。群羊数百。皆化為羝。

51 興風昔友

藤原興風者贈相国麻呂裔。正六位相模守道成男也。工倭歌。藤時雨軒。采撰百人一首之集。其歌曰。誰《タレ》茂遠《ヲ》伽《カ》識《シル》人《ヒト》仁《ニ》為年《ム》高《タカ》砂《サゴ》乃松《マツ》茂《モ》昔《ムカシ》乃友《トモ》無《ナ》良《ラ》奈《ナ》久《ク》仁《ニ》

52 子猷此君

呉中士大夫家。有好竹。王子猷一見便輿造竹下。諷詠良久。主人
灑掃請坐。不顧而去。嘗借居空宅中。便令栽竹。曰何可一日無此
君

53 赤染怨歌

赤染右衛門者。大江匡衡妻也。衡潜通稲荷祠祢宜某女。赤染怨
恨詠歌。録寄衡於祢宜家。蓋警作也。於是衡大感愧。其為夫妻如
故《モトノ》。

54 若蘭回文

晋竇滔妻蘇若蘭。滔被徙流沙。妻思之。織錦為回文詩八百餘字。
以贈滔。宛転回旋。辞甚凄惋

55 良縄所天

長秋監藤良縄者。左府内麻呂孫而備前守大津子也。風容閑雅。
天性謹孝。父在任所。疾病危篤。縄告暇《イトマヲ》欲省之。不許。遂已属纊。縄
聞訃。嘔血死絶。数刻而蘇

56 仁傑望雲

唐狄仁傑。授并州法曹参軍。親在河陽。登太行山。反顧白雲孤飛
曰。吾親舎其下。瞻望久之。雲移乃去

57 久米染心

久米仙者和州上郡人。入深山学仙法。一旦騰空飛過故里。会婦人以足踏浣衣。其脛甚白。忽生染心。即時墜落。漸喫煙火。復塵寰

58 摩達愛慾

達摩達恨師子尊者不令嗣祖渡渓。見女子浣。露其足。念曰。此脛乃爾白皙耶。師子忽至曰。今日之心。可嗣祖乎。師子之求弟子何其審也。大法寝遠。名存実亡云云

59 博雅琵琶

源博雅者兵部尚書克明親王之子。延喜帝之孫也。後登三品。城南木幡山麓。有一盲人。能鼓琵琶三秘曲。雅夜夜潜如山麓。伏匿庭叢。将一百夜。遂認得其秘調

60 楊志楽曲

段安節楽府雑録曰。某門中有楽史楊志。善琵琶。其姑尤更妙絶。姑本宣徽弟子。後放出宮。於永穆観中住。自惜其藝。常畏人聞。每至夜方弾。楊志懇求教授。堅不允。且曰。誓死不伝於人也。志乃賂其観主。求寄宿於観。窃聴其姑弾弄。仍繋指軽帯。以手画帯。記節奏。遂得一両曲調。明日携楽器詣姑。姑大驚異。志即告其事。姑意乃回。尽伝其能矣

61 実方撲冠

中将藤実方、定時男也。工倭歌善楽舞。一日与権大納言藤行成、侍列殿上。言論違忤。勃怒揮笏、撲行成冠飛翻。行成自若、令人采地上冠冠焉。従容謂曰、卿何甚激怒。至令下官脱冠。実方愧恨而去。一條帝在簾櫳間、明察曲直。遂貶実方奥州刺史。長徳四年冬。卒於謫所。

62 蔡系擲褥

支道林還東。時賢並送於征虜亭。蔡子叔前至、坐近林公。謝万石後来、坐小遠。蔡暫起。謝移就其処。蔡還見謝在焉。因合褥挙謝擲地、自復坐。謝冠幘傾脱。乃徐起振衣就席、神意甚平。不覚瞋沮。坐定謂蔡曰、卿奇人。殆壊我面。蔡答曰、我本不為卿面作計。其二人倶不介意。

63 室町記文

慈照院義政公。命嫡男義尚公、広捜索纂祖事実。然説多阿諛。未必足信用。故更扣公家之記文、猶未無疑。或献私記、就中有二三條識弾当家者。尚公大喜謝焉。

64 順宗実録

唐路隋伝。文宗嗣位。隋以宰相監修国史。初韓愈撰順宗実録。書禁中事太切直。宦寺不喜、訾其非実。帝詔隋刊正。隋建言。衛尉卿周君巣(居)諫議大夫王彦威。給事中李固言。史官蘇景裔(亂)皆言。改修非是。夫史冊者。褒貶所在。匹夫善悪。尚不可誣。況人君乎

65 谷雄他国

黄門紀長谷雄。曽有心願。詣于長谷寺。夜夢観音大士告曰。汝文章才人。故欲遣往他国。雄覚後。不暁其意。還京未幾病卒

66 卜商冥府

王隠晋書。蘇韶死而甦云。顔淵卜商。為地下修文郎

67 本康薫物

吏部尚書本康親王。号八條宮。仁明帝第七子也。雅《モトヨリ》有香癖。修合薫物《タキモノ》。命名黒方侍従

68 劉安豆腐

時珍曰。豆腐之法。始於漢淮南王劉安。凡黒豆黄豆及白豆。泥豆。豌豆。緑豆之類。皆可為之。造法。水浸磑砕。濾去滓煎成。以塩鹵汁。或山礬葉。或酸漿醋澱。就釜収之。又有入缸内。以石膏末収者。大抵得鹹苦酸辛之物。皆可収斂爾。其面上凝結者。掲取晾乾。名豆腐皮。入饌甚佳也

69 雅忠小童

70 医緩二豎

大医丹波雅忠。嘗夢小童可七八歳。告忠曰。昔君乃祖康頼。懇祈于我。故衛護蔵書多年于茲。近日有災。可以豫備。果而家罹池魚。方書幸無恙。其刀圭之術。得名于時世。

晋景侯疾病。求医于秦。秦伯使医緩為之。未至。公夢疾為二竪子曰。彼良医也。懼傷我。焉逃之。其一曰。居肓之上。膏之下。若我何。医至曰。疾不可為也。在肓之上。膏之下。攻之不可。達之不及。薬不至焉。不可為也。公曰。良医也。厚為之礼而帰之

71 徽妙慕親　72 緹縈請父

名妓徽妙者。京兆人也。応大樹源君頼家之徴。来于鎌倉。屢歌舞供宴筵。時比企能員。白君曰。徽妙有愁訴。故不遠千里。君以問妙。妙泣曰。妾父武衛校尉為成。遭讒繋獄。遂遠隷奥夷。故妾幼学賎技。纔続命脈。至于今日云。君甚憫惻。還其父於奥州。時父既死。妙不堪悲悔。即入栄西師之籌室。永為戒尼

漢孝文帝十三年。太倉令淳于意。有罪当刑。少女緹縈上書曰。死者不可復生。刑者不可復属。願没入為官婢。以贖父刑。上憐其意。詔除肉刑

73 高光文選

藤高光者。右府師輔公子也。村上帝時徽官。而奉勅暗誦文選三都賦。後拝羽林次将。然厭世塵。薙染入山

74 伏勝書経

高(孔)安国尚書序曰。漢室龍興。開設学校。旁求儒雅。以闡大猷。済南伏生。年過九十。失其本経。口以伝授。裁二十余篇。以其上古之書。謂之尚書云云

75 安徳沈海

寿永二年。安徳帝外戚内府平宗盛等挟帝赴西海与東軍相戦。所所不利。越元暦元年春。自讃州八島奔長州赤間浦。東軍大将源義経。逐北逼近矣。平知盛屡買項羽之勇。終蹈下壺之義。時帝甫八歳。外祖母二位尼深恥敵鋒犯玉座。泣誘帝挟剣璽抱玉体。共没海底。宗盛父子等猶豫狼狽為東軍所囚。与彼尼君勇義。不可同日而語焉

76 帝昺没溟

宋帝昺端宗皇帝弟也。年八歳即位。改元祥興。皇太后楊氏聴政云云。適有黄龍見海中。遂改祥興而升碙州。為翔龍県。以陸秀夫為左丞相兼枢密使。時播越海浜。庶事疎略。毎時節朝会。独秀夫儼然正笏立。如治朝。或在行中。悽然泣下。以朝衣収涙。衣尽溼。左

右無不悲慟者矣。二年。春二月戊寅朔。越甲申。元帥蒲宋中軍。会日暮。風雨昏霧四塞。咫尺不弁。張世傑乃与蘇劉義断維。以十六舟奪港而去。秀夫走帝舟。帝舟大。且諸舟環結。度不得出。走乃先駆其妻子入海。即負帝同溺焉。帝崩。後宮諸臣従死者甚衆。越七日。屍浮海上者。十餘万人。因得帝屍。及詔書之宝云云

77 時頼旅宿

副元帥平時頼。為知万民疾苦。自微服巡行諸国。某処屋主。仰観天文。異星降屋。意謂是必天下執法者。来于此乎。已而時頼投宿。屋主亦不誰何。後時頼召渠為天文博士。惜失其姓名

78 陳寔徳星

後漢陳仲弓。従諸子。造荀季和。其夜徳星聚。太史奏。五百里内。賢人聚

79 義堂臺瓦

鎌倉源基氏。室蔵鄴瓦硯。令僧義堂為之記。其大意謂此鄴瓦伝来吾邦。已千餘歳。然未必可知其真贋

80 唐庚硯銘

唐庚字子西。眉州丹稜人也。善属文。挙進士云云。作家蔵古硯銘。并序。銘曰。不能鋭。因以鈍為体。不能動。因以静為用。惟其然是以

能永年

81 安世水車

中納言。兼右大将良峯安世者。淳和帝之弟也。才藝倶絶。拝任大納言。天長六年五月。安世奉勅。教諸州之民。造作水車。以為農耕之資。

82 胡宿石塘

胡宿字武平。気宇高爽。議論清新。仁愿誠愨。出於於自然。平生守道。不以進退為意。在文館二十餘年。語後進曰。富貴貧賤。莫不有命。士人当修己俟命。毋為造物者所強。当世以為名言。平生以誠事主。今白首矣。不忍糸髪欺君。宋仁宗朝。在翰林十年。位至枢副。謚文恭。又云。宿知湖州。築石塘百里。捍水患。号胡公塘。

83 廷尉流弓

84 闔閭失艎

元暦元年春三月。源平両軍。戦于讃州檀浦。東軍陣陸地。西軍泛数艦。相去不過数百歩。既而東軍若干勇士。馳馬巨浪間。大将源廷尉亦混在其中。酣戦躁急之際。誤墜所手之弓。倏忽翻流。抵触敵船。廷尉鞭馬逐弓。西軍将用鉤鑲留住廷尉首兜。俄抽刀遮却鉤柄。遂得失弓而帰営。時有老臣泣諫者曰。公軽千金之身。吝一

箇之弓。不大誤乎。廷尉曰。我敢吝一弓。若敵兵得之。則譏笑我矮身弱力。是所以軽一死。保永名。諸軍皆拭涙感服矣

左伝昭公十七年云。呉伐楚。戦于長岸。楚師継之。大敗呉師。獲其乗舟餘皇。云云。呉公子光請於其衆曰。喪先王之乗舟。豈唯光之罪。衆亦有焉。請藉取之。以救死。衆許之。使長鬣者三人。潜伏於舟側曰。我呼餘皇則対。師夜従之。三呼皆迭対。楚人従而殺之。楚師乱。呉人大敗之。取餘皇以帰

85 良懐僭帝

後光厳帝応安中。菊池武政居紫陽。自鎮護九州。振威于関西。尊南朝之皇子良懐。称関西之王。遣書於皇明。以通隣好。皇明以良懐為日本国之真王也

86 盧芳詐皇

東漢建武十八年。代王盧芳死於匈奴。芳安定人。詐称武帝曾孫劉文伯

87 義教望富

永享四年。九月十日。公為見富士山。発京都。十七日。到駿州藤枝鬼巌寺。国主今川範政奉迎。十八日。登高亭。観望富山。賜詠歌於

88 隠公如棠

範政。範政献報歌云云
左伝隠公五年春。公将如棠観魚。臧僖伯諌曰云云。公曰。吾将略
地焉。遂往陳魚而観之

89 蘇民縮茅
進雄《ソサノオノ》尊《ミコト》為児時。号武荅天神行南海。日暮而索宿於民家。村有二
人。兄曰蘇民弟曰巨旦。兄貧弟富。尊到巨旦之許。而求宿不許。到
蘇民許之。炊粟飯而饗之。尊大喜。欲報之。後有八年来曰。昔汝奉
我甚厚矣。我欲報其徳。汝須縮茅為輪且別造一小簡書蘇民将
来之子孫以茅輪懸之門戸。或係之衣袂則必免時疫于時郡
国民人多罹疫疾死。惟蘇民家得免之

90 魏顆結艸
晋魏顆武子之子。初武子有嬖妾無子。武子疾命顆曰。必嫁是疾
病則曰。必以為殉。及卒。顆嫁之曰。疾病則乱。吾従其治也。及敗秦
師于輔氏。獲杜回。秦之力人也。顆見老人結艸以亢杜回。杜回躓
而顛。故獲之。夜夢之曰。余而所嫁婦人之父也。爾用先人之治命。
余是以報

91 継体三相

92 恵帝四皓

武烈帝崩無嗣。於是執政之臣。大伴金村。巨(許)勢男人。物部鹿(麁鹿火)人。相議迎継体帝於越郎立之。帝応神帝曽孫。而彦主人王之子也

漢高祖。初戚姫有寵。生趙王如意。呂后見疏。太子仁弱。上以如意類己。欲廃太子而立之。群臣争之。皆不能得。呂后使人彊要張良画計。良曰。此難以口舌争也。顧上所不能致者四人。曰東園公。綺里季。夏黄公。角里先生。以上嫚侮士。故逃匿山中。義不為漢臣。上高此四人。今令太子為書卑詞。安車固請。宜来。至以為客。時従入朝令上見之。則一助也。呂后使人奉太子書招之。四人至。帝撃布還。愈欲易太子。後置酒太子侍。良所招四人者従。年皆八十餘。鬚眉皓白。衣冠甚偉。上怪問之。四人前対。各言姓名。上大驚曰。吾求公数歳。公避逃我。今何自従吾児游乎。四人曰。陛下軽士善罵。臣等義不辱。今聞太子仁孝恭敬愛士。天下莫不延頸願為太子死者。故臣等来耳。上曰。煩公幸卒調護。四人出。上召戚夫人。指示之曰。我欲易之。彼四人者輔之。羽翼已成。難動矣

93 義仲平萱　　94 王敦乾裹

左馬頭源義仲者。帯刀先生義方次男也。久寿二年。義方在鎌倉。有故為同族悪源太義平遭害。時義仲二歳。其母襁負。走于信州

木曽郷就旧臣中三(原)兼遠家晦迹遂生兼遠忠義兼備故義仲倚頼以得成長然生質長大勇豪且有膂力常覬覦平氏之隙後承上皇旨警衛京師故恩遇優渥一日使猫間中納言光高訪問義仲邸義仲俄聞通名誤為真猫児少焉暁悟遂延接堂上応対礼数鄙野可笑須臾饗飯乃将平葺為羹盛以大合子義仲亦伴食猶間意厭嚢悪未下箸義仲強侑之且自大嚼傍若無人猫間潜賤其為人不至通情語而去凡義仲平生言行皆此類也

王敦初尚主如廁見漆箱盛乾棗本以塞鼻王謂廁上亦下果食遂至尽既還婢擎金澡盤盛水瑠璃盌盛澡豆因倒著水中而飲之謂是乾飯群婢莫不掩口而笑之

95 仲時野堂

96 田横海島

越後守平仲時時政曽孫相模守基時男也平高時襲父祖官職為副元帥鎮相州鎌倉握天下兵権故差遣同族仲時左近将監時益於京都分治六婆羅俗称西六婆羅時天下糜沸後醍醐帝播遷海外而号南朝光厳帝践祚洛都而号北朝平族推于北朝源尊氏源義貞楠正成等義士窃謀興復南軍先攻六婆羅造顛之際不能墨守仲時時益守護北帝及上皇赴于東関近州士民

雲集。奉南帝第五皇子為大将軍。与北軍相戦。時益護鑾輿。而中流矢没。仲時前駆到于番馬邑。忽聞佐佐木判官時信降敵。且後陣不継。進退惟谷。過野径入艸堂坐。向士卒抆涕励義。遂伏剣而死。於是糟屋三郎宗秋等勇士重義軽命皆自截矣。通計四百三十二員。姓名載在旧記。文繁不贅于此。

漢高皇帝。迺詔衛尉酈商曰。斉王田横即至。人馬従者敢動揺者致族夷。迺復使使持節具告以詔商状曰。田横来。大者王。小者迺侯耳。不来。且挙兵加誅焉。田横迺与其客二人。乗伝詣雒陽。未至三十里。至尸郷厩置。横謝使者曰。人臣見天子。当洗沐。止留。謂其客曰。横始与漢王倶南面称孤。今漢王為天子。而横迺為亡虜而北面事之。其恥固已甚矣。且吾烹人之兄。与其弟併肩而事其主。縦彼畏天子之詔。不敢動我。我独不媿於心乎。且陛下所以欲見我者。不過欲一見吾面貌耳。今陛下在洛陽。今斬吾頭。馳三十里間。形容尚未能敗。猶可観也。遂自剄。令客奉其頭従使者馳奏之高帝。高帝曰。嗟乎有以也夫。起自布衣。兄弟三人更王。豈不賢乎哉。為之流涕。而拝其二客為都尉。発卒二千人。以王者礼葬田横。既葬。二客穿其冢旁孔。皆自剄。下従之。高帝聞之。迺大驚。以田横之客皆賢。吾聞其餘尚五百人。在海中。使使召之。至則聞田横死。

亦皆自殺。於是迺知田横兄弟能得士也

97 良香索句

都良香者。京兆人。度支郎中貞継男也。文才冠世。仕到著作郎。一日過羅城門前。偶得気霽風梳新柳髪句。而欲求属対。忽門楼上有声。続冰消浪洗旧苔鬚句。他日良香示一聯於菅丞相。丞相沈吟久之曰。句意甚好。但下句似鬼句。良香愕然以実告云

98 文靖用事

寇文靖在宜黄時。嘗倚楼吟詩。有五更鼓角吹残雪之句。忽隔渓一童揖而言曰。角可吹。鼓不可吹。亟命召之。已失所在。蓋詩鬼也

99 空海仮名

釈空海。佐伯氏。讃州多度郡人。父田公。母阿刀氏。小字曰貴物《タツトモノ》。甫冠歳。就沙門勤操落髪。延暦乙酉入唐。大同元年帰朝。天長之始為僧都。承和乙卯。在南紀金剛峯寺入定。延喜辛巳年。賜謚弘法大師。其智徳霊験学才書法。載在僧史。世有以呂波者。本朝仮名四十七字母也。即空之所為。而梵語也。世下愚而有難学真行艸者。為之作仮字。艸中艸也。若和唐詩。詠倭歌。聯之看四時変。宣之観四句偈。僅不出四十七字。而能通一切音義。是和国神妙也。所

100 程邈隷字

謂四句偈。諸行無常。是生滅法。生滅滅已。寂滅為楽也。或曰。勤操与空海。始作以呂波

秦時下士（王）人程邈。為衙獄吏。得罪幽繫雲陽十年。従獄中作大篆少者増益。多者損減。方者使円。円者使方。奏之始皇。始皇善之。出以為御史。使定書。或曰。邈所定。乃隷字也。自秦壊古文。有八体。一曰大篆。二曰小篆。三曰刻符。四曰虫書。五曰摹印。六曰署書。七曰殳書。八曰隷書

101 俊寛鬼界　102 蘇武胡地

嘉応三年。上皇有将討平氏之事。法勝寺執行俊寛僧都。首勧之。少将藤成経。判官平康頼。亦預焉。於是事泄。平相国大怒。矯詔遠流三子鬼界島。穴処谷飲。既経三年。会中宮有身。乃欲行非常之赦。徼天福之報。故遣丹左衛門尉基康往鬼界島。舟行数旬。遂至海島。寛遥望之。不問可否。雀躍歓迎。少焉二子亦至。基康出赦書。寛不敢揖譲。而采領捧読之。書中唯記藤平之慶宥。不及寛之官名。寛疑怪嗟傷。詰基康。謝以不知焉。須臾二子乗舟。寛仰天号泣。把二子袂。惜別乞憐。且腰海水。攀舳艫。従望行帆而帰海浜。相摩両脚。為小児啼。後不堪悲憤。容死島中

漢蘇武。字子卿。武帝時。以郎将持節使匈奴。単于欲降之。乃幽武。置大窖中絶食。天雨雪。武臥齧雪与旃毛并相咽之。数日不死。匈奴以為神。乃徙武北海上牧羝。羝乳乃得帰。武既至海上。廩食不至。掘野鼠去艸実而食。杖漢節牧羊。臥起操持節旄尽落。以始元六年春至京師。詔武奉一大牢謁武帝園廟。拝為典属国。秩二千石。賜銭二百万。公田二頃。宅一区。武留匈奴凡十九歳。始以彊壮出。及還須(髭須)髪尽白。

103 親房職原

北畠准后源親房卿者。具平親王之苗裔。大納言師重之子也。事後醍醐天皇也。天皇亡北條高時。而天下一統。後又依足利尊氏之叛逆。而遷在于吉野宮。号之南帝。又曰南朝。尊氏立光明院。為京都之天皇。故天下悉称南北両京。其後南朝北朝。各建紀元。南朝延文四年。八月十六日。南帝崩。第七皇子。後村上院即位。明年改元興国。北朝之光明院。暦応三年也。後村上院幼。公奉後醍醐帝之遺詔。而執政。南帝初以公之嫡子北畠中納言。鎮守将軍顕家卿為傅也。夫官職者。禁裏之大事大本。故興国元年。二月下旬。撰職原鈔。奉教幼帝

104 劉昭官志

後漢書百官志。梁劉昭序曰、云云。唯班固著百官公卿表。記漢承秦置官本末。訖于王莽。差有條貫。然皆孝武奢広之事。又職分未悉。世祖節約之制。宜為常憲。故依其官簿、粗注職分。以為百官志。凡置官之本。及中興所省。無因復見者。既在漢書百官表。不復悉載

105　広世太素

和気広世者、清麻呂長子也。除国子祭酒。博学多才。兼善医術。是以撰薬経太素若干巻。其子時雨継業。拝大医令。按昔大己貴《オホアナムチ》命、与少彦名《スクナヒコナ》命、戮《アハセ》力一心、経営天下。復為顕見《ウツシキ》蒼生《アヲヒトクサ》及畜産《ケモノ》、則定其療《ヲサメル》病之方。又為攘鳥獣《トリケダモノ》昆虫《ハフムシ》之災異《ワザハヒ》、則定其禁厭《マジナヒヤムル》之法《ノリ》。是以百姓《ヲホンタカラ》至今咸《コトゴトク》蒙恩頼《フリミタマノフユ》。爾来吾邦良医。不為不多。然如広世者。特杏林之翹楚也

106　思邈千金

唐孫思邈、京兆華原人。幼称聖童。隋文帝召不拝。太宗即位。召見拝諫議大夫。固辞隠太白山。学道養気。求度世之術。洞暁天文。精究医業。著千金方三十巻。脈経一巻。独於傷寒不及。朱子小学箋註謂、思邈為唐名進士。因知医賤為技流。惜哉

107 江妓普賢

播州書写山。釈性空。奉仏誦経。旦夕精勤。常誓願。親拝普賢大士。夜夢異人告曰。上人欲瞻仰肉身大士。往摂州神崎。就見倡妓。空便往潜窺青楼。衆妓与狎客数輩飲宴。妓首撃鼓而歌。空閉目観念。則大士清容赫奕。正演法文。忽開目。則但見妓首鼓歌。於是空雨涙感激而去。妓首問道逐空曰。上人勿泄事。不日妓首帰泉云

108 馬郎観音

伝燈録。僧問風穴。如何是仏。穴曰。金沙灘頭馬郎婦。世言観音化身。未見所出。按続玄怪録。昔延州有婦人。頗有姿貌。少年子悉与之狎昵数歳而殁。人共葬之道左。大暦中。有胡僧。敬礼其墓曰。斯乃大慈悲喜捨。世俗之欲。無不徇焉。此即鎖骨菩薩。順縁已尽爾。衆人開墓以視其骨。鉤結皆如鎖状。為起塔焉。馬郎婦事。大率類此。

109 中書前後

兼明親王。醍醐帝第二皇子。特賜源姓。天禄二年。任左大臣。貞元二年。勅為親王。除中務卿。為人俊秀。博学多識。関白藤兼通。猜忌屡譖焉。親王聴之辞官。退隠洛西別墅。因作菟裘賦而著志。延永元年鬱鬱而薨矣。

110 相如古今

具平親王。村上帝皇子。亦任中務卿。文才贍富。

且能書。後人称兼明王為前中書、具平王為後中書。然前王才識稍優、遺文不多。裔孫漸絶。後王詩文載在麗藻、雲仍繁栄、永照竹帛云。

藺相如仕趙。初為舎人。奉璧入秦。易城。秦留趙璧、无意償城。相如紿取璧、却去倚柱。怒髪上衝冠曰、今臣頭与璧倶擗(砕)於此柱矣。睨柱欲撃。秦王辞謝。相如全璧以帰。趙王拝為上卿、与廉頗為刎頸交。漢司馬相如字長卿。蜀人。嘗著子虚賦。武帝読而善之曰、朕独不得与此人同時哉。時楊得意為狗監侍上。因薦之。得召見。奏大人賦。飄飄有凌雲気、游天地間意。奉使至蜀。太守以下郊迎、県令負弩矢先駆。為孝文園令。初長卿慕藺為人、自名相如。

111 閑院藤波　112 召公棠陰

閑院左府藤冬嗣、贈太政大臣内麻呂仲子也。和銅三年。藤丞相不比等於和州平城建興福寺。其大殿之像、大織冠之所造也。初皇極元年十一月。蘇入鹿弑山背大兄王子弟。其後奢侈甚、簒逆端露。宅曰宮闕、子称王子。中大兄王子及中臣鎌足愁之。帝与軽皇子及二人謀誅入鹿。而恐事不済。於是鎌足発大誓、作文六釈迦像乞援。四年六月、刺入鹿於宮中。自是藤氏繁延。是以不比等営寺。安斯像。又鎌足之遺意也。弘仁四年。冬嗣於寺。建南円堂。安不空羂索。并四天王像。荘麗殊特也。役夫中有一老翁。詠歌云。補陀落夜。南乃岸仁。堂建天。今曽栄牟。北能藤波。詠畢。翁不見。時人疑春日明神化現。爾時藤氏寝微。公営構。願栄家族。果大夫登宰輔。藤氏益茂。

召公奭与周同姓。姓姫氏。周武王之滅紂。封召公於北燕。其在成王時。召公為三公。自陝以西。召公主之。自陝以東。周公主之。成王既幼《ワカシ》。周公摂政。当国践祚。召公疑之。作君奭。君奭不説周公。周公乃称。湯時有伊尹。仮于皇天。在太戊時。則有若伊陟臣扈。仮于上帝。巫咸治王家。在祖乙時。則有若巫賢。在武丁時。則有若甘般。率維茲有陳。保乂《タモチオサムト云リ》有殷。於是召公乃説。召公之治西方。甚得兆民和。召公巡行郷邑。有棠樹。決獄政事其下。自侯伯至庶人。各得其所。無失職者。召公卒。而民人思召公之政。懐棠樹。不敢伐。歌詠之。作甘棠之詩。自召公已下九世。至恵侯。

113 崇峻斬猪　114 晋霊嗾獒

泊瀬部天皇。崇峻帝也。欽明帝第十二子。用明帝弟也。天皇常悪大臣馬子。蘇我稲目之子。誇威擅権。五年。冬十月丙子。有献山猪。天皇指猪。詔曰。何

時断朕所嫌之人。如断此猪之頸。多設兵仗。有異於常。于時大伴
嬪小手子。恨寵之衰。使人告諸馬子。壬午。馬子恐嫌於己。招聚儻
与謀弑天皇。十一月乙巳。馬子詐於群臣曰。今日進東国之調。乃
使東漢直駒弑帝。(九)
左伝宣公二年。秋七月。晋霊公飲趙盾酒。伏甲将攻之。其右提弥
明知之。趨登曰。臣侍若(君)宴。過三爵。非礼也。遂扶以下。公嗾夫獒焉。
明搏而殺之。盾曰。棄人用犬。雖猛何為。闘且出。提弥明死之。乙丑
趙穿攻霊公於桃園。宣子未出山而復。太史書曰。趙盾弑其君。以
示於朝。宣子曰。不然。対曰。子為正卿。亡不越境。反不討賊。非子而
誰。宣子曰。烏呼我之懐矣。自詒伊慼。其我之謂矣

115 瀧守護桜
南殿桜。在紫宸殿巽角。是大内草創時之樹也。貞観中。此樹枯朽。
而亦自根蘖萌芽。坂上瀧守奉勅護之。枝葉花蕊。於是繁茂也。村
上帝天徳中。有池魚之災。為煨燼。康保元年正月。栽之又枯。十一
月。又栽之云

116 夢得題桃
唐劉夢得桃花詩引云。予貞観(元)二十一年。為尚書屯田員外郎。時
玄都観。未有花木。是歳出牧連州。尋貶朗州司馬。居十年。召至京

師。人人皆言。有道士。植仙桃満観。爍如晨霞。遂作看花君子詩云。紫陌紅塵払面来。無人不道看花回。玄都観裏桃千樹。尽是劉郎去後栽。蓋以誌一時之事爾。已而復左遷出牧。于今十有四年。得為主客郎中。重遊茲観。蕩然無復一存。唯兎葵燕麦。動揺春風耳。再題詩云。百畝庭中半是苔。桃花浄尽菜花開。種桃道士帰何処。前度劉郎今又来

117 菅氏文草

118 屈原離騒

菅丞相。名道真。字三。其先出自天穂日命。天穂日命。十有四世孫。曰野見宿祢。野見宿祢之後。遠江介土師宿祢古人。散位土師宿祢道長奏請。依其所居地名。改土師為菅原姓。詔許之。古人之子曰清公。博学多聞也。清公之子曰是善。能継家業。侍読清和帝。是善之子。乃丞相也。幼而穎悟。才過父祖。及壮文采月進。属文章作詩賦。貞観四年。補文章生。九年為得業生。十二年。対策及第。十八年進為侍従。元慶六年。渤海国使者来。諸儒往鴻臚館見之。使者一日見公所作詩藁。称曰。風製似白楽天。公聞而悦之。仁和年中。任南海讃岐国守。爾後経参議中納言大納言。兼大将。累進至右大臣。昌泰四年。左遷太宰権帥。延喜三年。二月二十五日。薨于配所。

年五十九。平生所詠和歌。曰菅家御集。其詩文。曰菅家文草。其在宰府。所著詩文曰菅家後集。

史記云。屈原字平。仕楚為三閭大夫。上官靳尚妒其才能。譖毀之王。乃流屈原於江南。不知所訴。乃作離騒経。離別。騒愁也。言已遭放逐。離別愁苦。猶陳正道以諷諫也。上述唐堯。下序桀紂。以香草善為龍鳳。以譬忠貞君子。以霊脩美人。以喩於君。以臭草悪禽。飄風雲霓。比小人。援天引聖。終不見省。遂赴汨淵而死。

119 武文怒浪　120 子胥憤濤

元弘元年。南帝在和州笠置山。官軍与東軍戦不利。二年。副元帥平高時。矯北帝詔。遷南帝於隠州。流尊良親王於土州。播多親王有妃藤氏。琴瑟克諧。既自辰商隔離。朝思暮想。暫無止時。随侍唯有右衛門府生秦武文者。親王一日密諭武文。迎藤氏。武文唯諾。往京師訪幽居。遂奉藤氏出洛。僕妾才数人。到摂州尼崎旅村舎。待帆風。会有松浦五郎者。筑紫之武士也。将解纜而帰郷。時寓傍舎。偸見藤氏。慾火熾燃。且採聴其流寓。而欲姦占焉。我率百餘兵士。囲藤氏旅舎。武文以為豪賊闌入。独冒白刃。斬数十級。是以敵兵稍退。然知一刀不可支。背着藤氏。趨于港口。乞憫行舟。少坐藤氏。挺身回舎。賊火蔓延。僕妾何之。再往海畔。前舟既遠。挙扇招示。舟客拍掌揶揄。即是松浦属舟也。武文不堪忿怒。悪言罵詈。竟自裁沈海矣。五郎在舟中。挑藤氏。藤氏香声掩面伏地。比《コロホヒ》舟過阿州鳴門。颶風暴起。巨浪簸舟。経信宿未少止。舟中稠衆祷神倭仏。叫号不措。雲海渺茫之際。彷彿見異類。或武文擐甲騎馬。馳驟波上。時有一老柁工曰。言前来海中無斯災異。恐龍神貪娘子容色。請試之可乎。五郎為然。命从小艇。乗一舟子。移坐藤氏。少焉海上分風。放去松浦舟於西洋。吹送小艇。漂著淡州武島。於是藤氏累日苦辛。気息殆絶。舟子与蜑戸救助百計。遂得醒蘇。然不知氏族貴賤。纔給与衣食。歴過歳月。正慶二年。平族以下朝敵滅亡。南帝重祚于京都。親王及藤氏。亦復合歓于旧第。相共感想武文忠死。云

呉王既賜子胥死。乃取其屍。盛以鴟夷。浮之江中。子胥因流揚波。依潮往来。或有見乗白馬素車。在潮頭者。毎歳仲秋既望。潮水極大。杭人以旗鼓迓之。弄潮之戯蓋始于此

121 珍彦授篙

神武天皇。太歳《オホトシ》甲寅。其年冬十月《カムナツキ》。丁巳朔。辛酉。天皇親帥《ヒキヰテ》諸皇子《ミコタチヲ》。舟師東征《フナイクサシテヒムカシヲウチ玉フ》。至速吸之門《イタリマスハヤスヒノミナト》。時有一漁人《アマ》。乗艇《ヲフネニ》而至《マイル》。天皇招之《メシヨセテ》。因問曰。

122 呂望釣璜

汝《イマシハ》誰《ソ》也。対《テ》曰《ク》。臣《ヤツコハ》是《ノ》国《ツ》神《ナリ》。名《ヲ》曰《ス》珍《ウツ》彦《ヒコト》。釣魚《ツリス》於曲浦《ワタノウラニ》。聞《ウケタマハリテ》天《ノ》神《ノ》子《ミコ》来《イキマスト》。故《ニ》即
奉《ル》迎《ヘ》。又問《テ》之曰《ク》。汝能為《ツカマツランヤ》我《カ》導《ミチヒキ》耶。対《テ》曰《ク》。導《ヒキツカマツラン》之矣。天皇勅《シテ》授《ケ》漁人《アマニ》椎《シヒ》篙《サホノ》
末《スヱヲ》。令《メテ》執《トラヘ》而牽《ヒキ》納《イレ》於皇《ミ》舟《フネニ》。以《テ》為《ス》海《ミ》導《チヒキ》者《ト》。乃特《ニ》賜《テ》名《ヲ》為椎根津彦《ト》。椎此云辞毗。
此即倭《ノ》直部《アタヒニラカ》始《ノ》祖《ナリ》也。行《テ》至《イタリマス》筑紫《ノ》国《ノ》菟《ウ》狭《サニ》。菟狭者。地名也。此云宇佐《ト》。時有《ハヘリ》菟狭国《クニツ》造《コノ》祖。
号《ナヲ》曰菟狭津彦菟狭津媛《ト》。乃於菟狭川上。造《テ》一柱《アシヒトツ》騰宮《アカリノミヤヲ》。而奉《タテマツル》饗《ミアヘ》焉。
一柱騰宮。此云阿斯毗苫徒鞅餓離能宮《ト》。是《ノ》時勅《ミコトノリシテ》以《テ》菟狭津媛《ヲ》。賜妻《アハセタマフ》之於侍臣《オホマチキミ》天《アマ》種《タ子》子命。天種子
命《ハ》。是中臣氏之遠祖《トホツヲヤナリ》也。十有一月。丙戌朔。甲午《ヒ》。天皇至筑紫国岡
水門《ミナト》。十有二月。丙辰朔。壬午。至《イタリマシテ》安芸国《ニ》。居《マシマス》于埃《チノ》宮。
大公望呂尚《ハ》者。東海上《ノ》人也。其《ノ》先祖。嘗為《シテ》四嶽《ト》。佐《ケ》禹《ヲ》平《テ》水土《ヲ》。甚《タ》有《リ》功。
虞夏之際。封《セラレ》於呂。或《ハ》封《セラレタリ》於申。姓《ハ》姜氏。夏商之時。申呂或《ハ》封《ス》枝庶子《ヲ》。
孫或《ハ》為《タリ》庶人。尚《ハ》其《ノ》後苗裔也。本姓《ハ》姜氏。従《テ》其封姓《トス》。故《ニ》曰《フ》呂尚《ト》。呂尚
蓋《シ》嘗《ムカシ》窮困年老《タリ》矣。以《テ》漁釣《ヲ》奸《ヲカス》周《ノ》西伯《ヲ》。西伯将《ニ》出《テ》猟《セント》。卜《スルニ》之曰《ク》。所獲《ル》非《ス》
龍《ニ》非《ス》彲《ニ》。非《ス》虎《ニ》非《ス》羆《ニ》。所獲《エン》霸王之輔《タスケナラン》。於《テ》是周《ノ》西伯猟《ス》。果《ソ》遇《ス》太公《ニ》於渭《ノ》
之陽《ニ》。与《ニ》語《テ》大《ニ》説《ヨロコフ》。曰《ク》。自《リ》吾《カ》先君太公曰《シク》。当《ヘシ》有《テ》聖人適《ユク》周《ニ》。周以《テ》興《ント》。子真是《カ》
邪。吾《カ》太公望《ンメルコト》子《ヲ》久《シ》矣。故《ニ》号《テ》之曰《フ》太公望《ト》。載《ノセテ》与《ニ》倶《ニ》帰《ル》。立《テ》為《ス》師《ト》。或《ハ》云《ク》。太
公釣《リ》磻渓《ニ》。得《タリ》玉璜《ヲ》。刻《テ》曰《ク》。姫受《ケ》命《ヲ》。呂佐《ク》之《ヲ》。報在《リト》斉《ニ》。或《ハ》云。魚腹中《ニ》得《タリ》玉
璜《ヲ》

123 仲王忘鈴

履中帝未即尊位《タカミクラ》之間。以羽田矢代宿祢之女黒媛、欲為妃。納采既訖。遣住吉仲皇子。而告吉日。時仲皇子。冒太子名。以姧黒媛。是夜仲皇子。忘手鈴於黒媛之家。而帰焉。明日之夜。太子不知仲皇子自姧而到之。乃入室。開帳居於王床。時床頭有鈴音。太子異之。問黒媛曰。何鈴也。対曰。昨夜之非太子所賷鈴乎。何更問妾。太子自知仲皇子。冒名以姧黒媛。則黙之避也

124 韓寿窃香

韓寿美姿容。賈充辟以為掾。充毎聚会。賈女於青瑣中。看見寿説(悦)之。恒懐存想。発於吟咏。後婢往寿家。具述如此。并言女光麗。寿聞之心動。遂請婢潜脩音問。及期往宿。寿蹻捷絶人。踰牆而入。家中莫知。自是充覚女盛自払拭。説(悦)暢有異於常。後会諸吏。聞寿有奇香之気。是外国所貢。一著人。歴月不歇。充計武帝唯賜己及陳騫。餘家無此香。疑寿与女通。而垣牆重密。門閤急峻。何由得爾。乃託言有盗。令人修牆。使反曰。其餘無異。唯東北角。如有人跡。而牆高非人所踰。充乃取女左右婢考問。即以状対。充秘之。以女妻寿

125 顕宗曲水

顕宗帝。一名弘計天皇。去来穂別天皇孫《ミマコニシテ》。而市辺押盤皇子之子

126 周公泛觴

也。母曰、姜嫄。帝初久居辺裔。悉知黎民憂苦。恒見枉屈。若自転四支於溝壑。即詐布徳施恵。政令流行。卹窮養孀。宇内親附。元年三月上巳。始開曲水宴。幸後苑。二年三月上巳。又後苑設曲水宴。是時会集公卿大夫。臣連国造伴造為宴。群臣頌称万歳。三年又有三月上巳宴。即年四月庚辰。崩于八釣宮。

晋書。束晳伝。武帝問摯虞。三日曲水何義。答曰。東漢時。平原徐肇以三月初生三女。至三日倶亡。俗以為怪。乃相携於水浜而洗。遂因以泛觴。曲水之義起於此。帝曰。若如所談。便非好事。束晳曰。仲治小生不足以知此。昔周公城洛邑。因流水以泛羽觴。故逸詩有云。羽觴随波。又秦昭王。以三日置酒于河。見金人捧水心剣曰。令君制有西夏。乃覇諸侯。因此也。帝大悦。

127 高家青麦

延元元年。新田義貞。帥軍西征。赴播州。預約令軍中。榜于道傍曰。有叨刈採田麦。犯凌民屋者。抵罪。是以軍之所過。農不廃耕。商不止市。時義貞部将小山田高家。潜行田隴。芟其青麦。駄之鞍馬。入其軍営。長浜某適見之。欲加高家以侵令之罪。義貞聞之曰。高家豈代其身於一青麦者乎。顧其意以其所侵之地。誤為敵軍境

128 霊輙翳桑

乎。否則兵食已罄。糗糧無継。以故為士卒之饑。自忘法乎。於是遣人点検其陣処。果無糗食。唯有馬与軍器而已。義貞自大愧曰。高家犯法。果為饑卒。自忘其罪也。夫使士卒疲苦。至於如此者。豈非将之恥耶。勇士不可失。軍法不可乱。於是以衣二襲与其田主。令謝之。又賜粮穀十石於高家以賑之。高家益感其恩情。後代義貞之命而死。

晋趙宣子田首山。舎于翳桑。見霊輙病不食三日。宣子食之。舎其半。問之。曰。宦三年矣。未知母之存否。今近焉。請以遺之。使尽之。而為之箪(簞)食与肉。寘諸橐以与之。既而与公為介。倒戟以禦公徒而免之。問何故。対曰。翳桑之饑人也。問其名居。不告而退。遂自亡也

129 成範祷桜

藤原成範。日向守通憲仲子也。為人風流閒雅。綽有餘裕。官至中納言。性甚愛桜花。毎聞吉野春花。慕想境景。乃其所居。環植桜樹。構亭其中。毎歳春日。含芬吐芳。郁郁菲菲。成範酔吟其間。以為娯楽。然憂花時不過数日。因祭祷于泰山府君。求延花寿。自是経三七日。猶不衰謝。時人呼為桜町中納言。

130 放翁化梅

陸游字務観。自号放翁。仕宋為秘書監。性愛梅。其詩曰。聞説(道)梅花

（坼）拆暁風。雪堆遍満四山中。何方可化身千億。一樹梅花（前）一放翁

131 高倉宸楓　132 景公宮槐

高倉天皇。妙齢即位。天性仁孝。且穎悟。甫十歳。太愛霜葉。於内園。築仮山。移栽葉樹。遂成林。毎歳秋後。万機餘暇。朝観夕覧。率以為常。会一夜暴風。万葉辞枝。錦繍布地。於是帝謂。待明日。賞残紅。園丁部野。早晨掃尽落紅。宿衛諸士。亦焼葉煖酒。園吏行窺御園。樹辺更無顔色。乃愕然而懼罪責。膝行扣頭以聞。帝無憂怒色。従容言曰。林間煖酒焼紅葉。不是白賓客詩乎。何卑賤衛士。有斯雅趣。不復再問。吏退而嗟嘆久焉。四海伝聞大服恩徳。蓋御衆慈仁。皆此類也。情天吝才徳。寔算不永。可勝歎哉

有傷槐衍之女婧。景公有所愛槐。使人守之。下令曰。犯槐者刑。傷槐者死。於是衍酔而傷槐。景公使拘之。且加罪焉。婧懼先造於晏子之門曰。妾聞明君不為六畜傷人民。不為埜草傷禾苗。吾君以槐故。殺婧父。隣国聞之。皆謂君愛樹而賤人。其可乎云云。景公即出犯槐之囚

133 定家九品　134 王粲七哀

権中納言藤原定家。詠九品和歌。所謂九品者。観経曰。上輩三品。上品上生。発三種心願生彼国。中生。深信因果。不謗大乗。下生。亦信不謗。発心求生中輩三品。中品上生。受持齋戒無諸禍患。中生。一日一夜。齋戒威儀不欠。下生。孝養父母行世仁慈。下輩三品。下品上生。作悪謗経。臨終称仏。中生。犯戒偸盗。終聞仏法。下生。五逆十悪。臨終十念。

王粲字仲宣。山陽人。献帝西遷。従至長安。已之荊州依劉表。後魏武辟為右丞相掾。為魏王侍中。曽哀漢乱。作七哀詩。呂尚(向)曰。七哀。謂痛而哀。義而哀。感而哀。怨而哀。耳目聞見而哀。口歎而哀。鼻酸而哀也

135 良秀笑焚

往歳有画工。名曰良秀。失火于家。屋宇悉焚焼。良秀莫有憂色。又無救火意。独立其傍。点頭喜笑数次矣。或問之曰。汝何為悦其失火乎。答曰。我年来図不動尊。而不能備獲火炎之形容。今幸得見其真。所以悦也。又曰。人之有業。精得其意。則資財自盈于家矣。何惜家財之焼失乎

136 柳元賀災

柳河東文集。有賀進士王参元失火書。茅坤曰。昔晋公蔵宝臺焼。

公子晏子。独束帛而賀。王參元失火。子厚亦以弔更賀。且曰。是視融回禄之相《タスクルセト》吾子也。両事可為駭人。然均有卓見処

137 円臣燔宅

安康帝曽為眉輪王見弑。謂報父仇也。雄略帝即位後。始聞其事実。深驚歎。因捜検犯人。遍問眉輪王。及坂合黒彦皇子。於是二王恐懼。走匿円《ツブラノ》大臣宅。上差官兵。囲其宅。大臣出于庭叩頭。為二王乞憐。不許。又奉献臣女韓媛与葛城宅七区。請以贖罪。猶不許。縦火燔宅。於是大臣与二王。倶被燔死。

138 仲由結纓

仲由字子路。卞人也。孔門十哲之一也。性鄙好勇力。志伉直。冠雄雞佩《オビ》猳豚。陵暴孔子。孔子設礼。稍誘《ヤウヤクニコシラフ》子路。子路後儒服委質矣。衛霊公有寵姫。曰南子。霊公太子蕢聵得過南子。懼誅出奔。及霊公卒。霊公夫人欲立公子郢。郢不肯曰。亡人太子之子輒在。於是衛立輒為君。是為出公。出公立十二年。其父蕢聵居外不得入。子路為衛大夫孔悝之邑宰。蕢聵乃与孔悝作乱。謀入孔悝家。遂与其徒。襲攻出公。出公奔魯。而蕢聵入立。是為荘公。方孔悝作乱。子路在外聞之。而馳往。遇子羔出衛城門。謂子路曰。出公去矣。而門已閉。子可還矣。毋空受其禍。子路曰。食其食者。不避其難。子羔卒去。有

使者入城。城門開。子路随而入。造蒯聵。蒯聵与孔悝登臺。子路曰。君焉用孔悝。請得而殺之。蒯聵弗聴。於是子路欲燔臺。蒯聵懼乃下石乞壺黶攻子路。撃断子路之纓。子路曰。君子死而冠不免。遂結纓而死。孔子聞衛乱曰。嗟乎由死矣。已而果死

139　淑望詞林

延喜帝。勅紀貫之等。撰古今和歌集。貫之有序。且使紀淑望更作真序。破題曰。夫和歌者。託其根於心地。発其花於詞林

140　長卿詩城

唐劉長卿字文房。河間人也。少居嵩山読書。後移家来鄱陽。最久。開元二十一年。徐徴榜及第。終随州刺史。灞陵碧澗有別業。長卿与秦系為詩相贈答。権徳輿曰。長卿自謂五言長城。系以偏師攻之

141　釈阿九旬

藤俊成者。中（権中）納言俊忠季子也。叙正二（三）位。拝長秋監。以和歌才称。保（文治）元二（三）年。奉勅撰千載集。伝于世。寛（安）元二年薙髪自号釈阿。建仁三年。詔於和歌所。賜九秩賀宴。時文武両班。各贈寿歌。其恩寵之渥。福寿之昌。古来未曽有焉。元久元年卒。年九十一

142　桓栄五更

後漢明帝。永平二年。臨辟雍。行養老礼。以李躬為三老。桓栄為五更。三老東面。五更南面。上親袒割牲。執醤而饋。執爵而酳。礼畢。引栄及弟子升堂。諸儒執経問難。冠帯搢紳之人。圜橋門而観聴者。億万許

143 義満花亭

源義満者義詮子也。祖父尊氏。清和帝之後。与頼朝同祖。以足利為氏族。而世為鎌倉甲族。北條氏滅後。尊氏有寵於後醍醐帝。領関東八州。兵威強大。遂叛于朝廷。自称征夷大将軍。漸復頼朝之旧業。居山城之京都。統制諸国。治世二十五年薨。子義詮襲位。治世十年薨。義満幼嗣位。細川頼之輔佐之。義満生長。有才智。闔国悉服威権。過於父祖。其儀制擬王堂。永和四年三月。移従花亭。号室町殿。其館内多種名花。其餘威福奢侈。未遑勝計矣。官爵累至征夷大将軍。太政大臣。従一位。準(准)三宮。応永十五年五月六日薨於北山亭。享年五十一

144 亜夫柳営

西漢文帝六年。匈奴寇上郡雲中。詔将軍周亜夫屯細柳。劉礼次覇上。徐厲次棘門。以備胡。上自労軍。至覇上及棘門軍。直馳入。大将以下騎送迎。已而之細柳。不得入。先駆曰。天子且至。軍門都尉

曰。軍中聞将軍令。不聞天子詔。上乃使使持節。詔将軍亜夫。乃伝言開門。門士請車騎曰。将軍約。軍中不得駆馳。上乃按轡徐行。至営成礼而去。群臣皆驚。上曰。嗟呼此真将軍矣。向者覇上棘門軍。児戯耳

145 博雅双吹

博雅三位。能通音律。或時乗月明。徘徊朱雀門辺。終夕弄笛。忽有一冠服者。来亦弄笛。奇韻嘹亮。可以愛尚。爾後同往。相対弄笛。未曾通一語。三位了知彼管勝我管。試相換玩弄。而不詰難。遂以為家器。三位卒後。帝勅献其笛。普詔楽工吹弄。無出本声者。久之有浄蔵者。吹之得本声。因勅夜到朱雀門弄之。時門楼上。有大声嘆曰。逸物哉。浄蔵驚怖還奏。帝悦以為鬼管。乃賜笛名葉二。永宝蓄于官庫云

146 桓伊三弄

晋桓伊。有蔡邕柯亭笛。嘗自吹之。王徽之赴召京師。泊舟清渓側。素不識伊。伊於岸上過。有人曰。此桓野王也。徽之便使人謂曰。聞君善吹笛。試為一奏。伊已貴顕。素聞徽之名。便下車。拠胡床。為三弄畢。便上車去。主客不交一言。野王伊小字也

147 道長狗功

博陸侯藤、道長公。剏建法成寺。日往自試功課。一日復往。到門下車。将出履際。有所愛白狗。衝公朝服。如留住状。公疑其馴擾。移歩自若。狗頻挽衣裔。仍怪召安太史清（晴）明問故。清（晴）明卜筮言曰。恐有為厭術害殿下者。当路穿土。必有験矣。公命左右穿掘。果得一物就見之。一双土器相合。将黄紙條十字纏結。既開之。朱写一字。清（晴）明驚曰。此是僕家秘訣也。請試見主者。乃剪紙作鳥形。抛擲空中。則忽化白鷺。翩翩飛去。因使数人。認所止処。竟至于六條坊門万里小路。落下于小竹門裏。於是遣士卒数員。捜索屋内。捕獲道満法師。即清（晴）明弟子也。衆人窮詰問之。道満自供曰。僕頃承堀川左府顕光公。密旨。為所致也。道長公聞不忍致法。禁誡将来。放逐道満於播州。故里云

148 周象虎夢

周象者。好畋猟。後為汾陽令。忽夢一乳虎相逼。驚而睡覚。因茲染疾。後有僧海寧者。因過象門。謂隣叟曰。此居有妖気。久則不可救也。隣叟遂聞於象。象召僧令視之。僧曰。当与君禳之。遂択日設壇持剣為歩。誦呪自大門而入。至於寝所。繞患人数遍。而叱之。忽於牀下。作一虎声。家人悉驚奔散。周象亦不覚投牀下。伏死於地。僧以水噀之。須臾如故。

149 長清折桑　150 楊（揚）雄吐鳳

戸部侍郎藤長清者。越前権守光章仲男也。少学儒業。兼善和歌。嘗謂歌集除万葉。及三七之勅撰外。難波津潤。必有漏網之魚。浅香山深。不無未磨之璞。以故多年覃研於斯道。纂輯千古歌詞。乃五部分題以為三十六巻。歌数滋繁。不言可知矣。庶幾後代奉勅撰集者且自求詞材者。皆欲倚此書得援助焉。書成未得題名。或時夢白衣老翁告曰。吾子所著。斯道至宝也。吾邦高風。舎和歌何歟。宜号扶桑集。長清曰。幸荷顧恵。敢問公為誰。翁曰。黄門侍郎江匡房。言畢不見。長清覚後。且喜且怪。覓挙示黄門冷泉為相。為相曰。瑞夢可賀。但扶桑吾邦総名也。恐嫌于家集。宜折両字偏傍。長清悦服。乃号之夫木和歌鈔。今盛伝乎世。

楊（揚）雄字子雲。少好学。口吃不能劇談。漢元鼎中。居岷山之陽。有田一廛。有宅一区。漢成帝朝。有薦雄者。上召雄。待詔承明之庭。奏甘泉河東校猟長楊四賦。又楊雄作甘泉賦成。夢吐白鳳。

151 忠常窮穴　152 毛義尋洞

仁田四郎忠常。姓源。出於清和帝。而桃園親王貞純之支流也。建仁三年六月。大樹頼家。狩于駿州富士。其山麓有空谷。号之人穴。命忠常。使窮其穴。賜以宝剣。忠常承命。直入於穴中。翌日而出。言大樹云。洞口甚狭隘。不可廻踵。故進歩難渉。其中暗昧。而難知途。傷心魂多。吾与従者。各執炬火進。行路水流浸足。蝙蝠多飛遮顔。不知其幾千万。前有巨川。逆浪奔漲。欲渡之。足失拠。時倏見火光。之怪異。従者四人頓死矣。忠常投剣于河中。得生還

庭山記曰。洞庭有二穴。東南入洞。幽邃莫測。昔闔閭使令威丈人尋洞。秉燭昼夜而行。総七十日不窮。返啓王曰。初入洞口。狭隘傴僂而入。約数里。忽遇一石室。可高二丈。常垂津液。内有石床枕硯。石几上有素書三巻。持回上于闔閭。不識。乃請孔子弁之。孔子曰。此夏禹之書。並神仙之事。言大道也。王又令再入。経二十日却返云。不似前也。唯上聞風水波濤。又有異虫撓入撲火。石燕蝙蝠。大如烏。前去不得。文人姓毛名褒号曰毛公。今洞庭有毛公宅。石室併壇存焉

153 伊尹慟哭　154 孟郊悲悼

謙徳公藤伊尹。称一条摂政。有子。長曰挙賢。次曰義孝。母恵子女王。各有姿才。共任少将。故有前少将後少将之称。二子不幸。一日

病故。公及夫人。呑声悲哭。因家人弔客。為之顰眉掩泣焉孟郊字東野。少隠嵩山。貧居苦吟。年五十。第進士。調溧(溧)陽尉。鄭餘慶鎮興元。奏為参謀卒。張籍(籍)諡曰貞曜先生。韓文云。東野連産三子。不数日輒失之。幾老念無後以悲其友人昌黎韓愈。懼其傷也推天仮其命以喩之

155 仲子羅疾

藤太后仲子者。藤亜相兼綱女。而後円融帝之母后也。初号梅町殿。後称崇賢皇后。有病臥牀。医薬無効。其命幾危。公卿僉奏曰。奉幣諸神。且請祈祭太山府君。太后聴之曰。以一人之命不顧国之耗費悪在其為民父母也。何使労煩人民。擾乱政事。則雖有鬼神之助。而延我命期。豈我所欲。且我平素勤善。必不為餘殃。何請禱之有哉。今我有終者。天也。即止之。九十三歳崩

156 長孫止禱

唐書文徳長孫皇后伝曰。后従幸九成宮。方属疾。会柴紹等急変。聞帝甲而起。后輿疾以従。宮司諫止。后曰。上震驚。吾何自安。疾稍亟。太子欲請大赦汎度道人。祓塞災会。后曰。死生有命。非人力所支。若脩福可延。吾不為悪。使善無効。我尚何求。且赦令。国大事。仏老異方教耳。皆上所不為。豈宜以吾乱天下法。太子不敢奏。以告

房玄齢。玄齢以聞帝嗟美而群臣請遂赦。帝既許右国争止。及大漸与帝訣

157 師賢袞衣　158 紀信左纛

元弘元年。平高時聞朝廷之軍謀。遣使節於京師。欲遷天王暨青宮於遠地。天王懼潜出洛。留車駕於笠置。方此時西相藤師賢身披袞衣繍裳。佯為天王形而登叡嶺。聚諸軍東兵聞之以為信然乃率士卒攻之叡山。於是天王幸于摂州笠置。召軍士也

前漢紀信為将軍。項羽囲漢王栄陽。信曰事急矣。臣請誑楚可以間出。於是夜出女子東門二千餘人。楚因四面撃之。信乃乗王車黄屋左纛曰。食尽漢王降楚。楚皆呼万歳之城東観。以故漢王得与数十騎出西門遁。羽見信問漢王安在。曰已出去矣。羽焼殺信

159 兼良驕矜　160 審言蹇傲

大相国一條藤兼良者。成恩寺関白経嗣子也。博識多才所著之書不少。又兼通神道仏学倭歌。是故於今人皆推之。称博洽。仕于後花園後土御門二朝。文明五年齢七十二而剃髪改名覚恵号後成恩寺。嘗自負広才有言。若使菅丞相再生而其博洽之才不

知与吾何如也。蓋自謂不可及己之才也。文明十有三年。歳八旬而薨于正寝。有子曰教房。又為関白。次曰冬良。為内府。

唐杜審言。甫之祖也。恃才蹇傲。為時輩所疾。登封中。蘇味道為天官侍郎。審言預選試。判訖謂人曰。味道必死。人問其故。審言曰。見吾判。自当羞死。又謂人曰。吾之文章。合得屈宋作衙官。吾之書迹。合得王羲之北面。其矜誕如此。

161 藤太勢多

162 漁客武陵

俵藤太秀郷者。出自房前公。公五世孫村雄子也。仕至武蔵守。朱雀帝時。遣諸将於東州相馬郡。伐逆臣平将門。秀郷与焉。遂為秀郷被梟首。以功拝鎮守府将軍。賜采地于東州。裔孫繁盛矣。世伝。初秀郷微行近江勢多。橋上有大蛇。両眸光耀。双角尖鋭。焔口鉄牙。甚可懼也。秀郷心不動。目不逃。直前跨蛇而行。蛇亦不驚。已而有一男。忽来謂秀郷曰。我在勢多橋下。二千余年。見人不鮮。未嘗有勇剛如公者。願為我誅寇。恩不可忘也。秀郷諾。与男倶帰勢多。自橋下。凌湖水行数里。到一門。入而見。水精為砂。珠石為甃。朱楼紫閣。金欄銀楹。其壮麗不可言矣。請秀郷坐上座。男整衣冠。指呼左右。具膳設宴。及夜闌。僉云。寇可来。秀郷挟弓矢而待之。雨風一陣。電又激起。於是見白比良峯。有光来。其形二千許松明。燃于二行也。秀郷以為百足馬蚿。及近前而射之。中而不洞。又射之而不貫。秀郷怪思。唾鏃以射。中眉間貫喉下。其光俄滅。有山倒声。果百足馬蚿也。彼男大歓曰。此所是龍宮也。彼頻侵我。我輩遭彼侮辱。今也公之恵也。以絹一巻。鎧一領縛俵一。銅鐘一。授秀郷曰。公之家。必有将軍。秀郷出。男又送瞑目聞波浪声。已而至橋側秀郷旋都。絹随裁随長。俵従取米。而従満中。（和俗謂米包曰俵）故号曰俵藤太。又送其鐘三井寺。文保二年。三井回禄。山徒取鐘。鐘不鳴。衆人多力以巨杵撞之。其音如蒲牢之吼。山徒悪之。転于無動寺巌下。砕破片散。聚拾而遺三井。一日小蛇来。挙尾敲之。経宿鐘如故。無跡云

陶潜桃花源記云。晋太元中。武陵人捕魚。縁渓行。忘路之遠近。忽逢桃花林。夾岸数百歩。中無雑樹。芳華鮮美。落英繽紛。漁人甚異之。復前行。欲窮其林。林尽水源。得一山。山有小口。髣髴若有光。便捨船従口入。初極狭纔通人。復行数十歩。豁然開朗。土地平曠。屋舎儼然。有良田美池桑竹之属。阡陌交通。雞犬相聞。其中往来種作。男女衣著。悉如外人。黄髪垂髫。怡然自楽。見漁人大驚。問所従来。具答之。便邀還家。為設酒殺雞作食。村中咸来問訊。自云。先世避秦乱。率妻子邑人。来此絶境。不復出。遂与外人間隔。問今是何

世。乃不知有漢。無論魏晉。此人為具言。聞皆歎惋。餘人各復延至其家。皆出酒食。停数日辞去。既出得其船。便扶向路。処処誌之。及郡詣太守説。太守即遣人随往。尋向所誌。遂迷不復得路。

163 高綱渡河

佐佐木高綱者。秀義之四男也。石橋合戦。源軍敗覆而敵軍屢襲頼朝。高綱為後拒。当敵者尤多。頼朝曰。吾若領日本。以其半与汝矣。已而頼朝得免焉。頼朝征義仲之日。自賜龍蹄。令励戦志。宇治戦場。挺出渡河。為功之魁。文治初。頼朝賜七州守護職。然以違其約。遂剃髪隠遁。吁《アヽ》可惜哉。高綱非勇敢而軽死而已。又精兵士之技。建仁之際。其子重綱属経高盛綱之攻叡岳之軍。高綱来訪而見戦具不協其体。而思不可免其死。頻涕泣矣。果而戦死。且述戦闘之事。無不符合矣

164 王覇踏氷

後漢王覇字元伯。潁川潁陽人也。従光武為功曹令史。光武曰。潁川従我者皆逝。而子独留。努力。疾風知勁艸。及王郎起。光武在薊。即南馳。聞郎兵在後。従者皆恐。至滹沱河。候吏還白。河水流澌。無船不可済。令覇往視。覇恐驚衆。欲且前阻水。還即詭曰。氷堅可渡。官属皆喜。光武笑曰。候吏果妄語。遂前比至河。河氷亦合。乃令覇護

渡。未畢数騎。而氷解。上謂曰。安吾衆。得済者。卿之力也。又謂官属曰。王覇権以済事。殆天瑞也。以為軍正。後至上谷太守。

165 鷲尾釈褐

寿永二年春。源廷尉義経。率大軍攻平氏於摂州一谷。城堡堅牢。数旬不降。廷尉定策。将廻丹波路。攻鵯越谷。時宿雪未消。径路難認。或放老馬於広野。效管子之遺法。俄而武蔵坊弁慶。以一老叟来。乃猟客鷲尾武久者也。廷尉命為前導。武久以老羸固辞。且薦其男熊王自代。歳才十八。廷尉悦令釈褐。賜名曰鷲尾三郎義久。遂渉艱険得勝利。平氏亡。右大将頼朝。信讒却譴責廷尉。廷尉避害。微服蹈踏。経北陸遯東奥。右大将遣軍将。撃廷尉。廷尉自尽於衣川城。義久始終随従。亦死之云

166 潅嬰販繒

前漢潅嬰。睢陽販繒者也。以中涓従高祖。及項籍敗垓下。嬰以御史大夫将軍騎別追至東城破之。所将卒五人共斬籍。以功賜爵潁陰侯。文帝時為丞相

167 暁月詠虱

昔日有詠倭歌者。自号暁月。尤工狂詞。有蟣虱之百詠。並行乎世。

168 欧陽憎蝿

其詠物之妙。靡不曲尽。蓋昔時滑稽之徒也。或曰。藤原俊成之孫也。未詳是非

欧陽脩字永叔。初従尹師魯遊。迭相師友。為古文。以文章名冠天下。蘇内翰序公之文曰。韓愈之後。三百餘年。而後得欧陽子。出云云。天下争自濯磨。以通経学古為高。撰五代史記。法厳詞約。取春秋遺意。其在滁也。自号酔翁。晩年卜居於潁。号六一居士。宋嘉祐中。参大政。以太子少師致仕。謚文忠。嘗作憎蒼蠅賦。按註。蠅之為物。賦性至微。害物至重。猶姦人邪佞。以敗君徳。変黒白以為物之害。此詩人托物比興

169 頼光四王

源頼光者。満仲之長子也。勇材武烈。天下無不知之。爵至鎮守府将軍。誅伊吹山之凶賊。殺市原野之狡童。其餘戦勲奇策。載在口碑。嘗麾下有四雄士。所謂源綱平貞道平季武平公時也。各以膂力武技聞。世謂之四天王。譬諸持国増長広目多聞四天王。分居四埵。護衛仏法云

170 漢高三傑

漢王即皇帝位。置酒洛陽南宮。上曰。徹侯諸将。皆言吾所以得天下者何。項氏所以失天下者何。高起王陵対曰。陛下使人攻城掠

地。因而与之。与天下同其利。項羽不然。有功者害之。賢者疑之。戦勝而不予人功。得地而不与人利。上曰。公知其一。未知其二。夫運籌帷幄之中。決勝千里之外。吾不如子房。鎮国家。撫百姓。給餽餉不絶粮道。吾不如蕭何。連百万之衆。戦必勝。攻必取。吾不如韓信。此三人者。皆人傑也。吾能用之。此吾所以取天下。項羽有一范増。而不能用。此其所以為我禽。群臣悦服。

171 経信多藝

源経信。字多。帝之玄孫也。帝生敦実親王。親王生雅信重信。重信生道方。道方生経信。補大納言。称曰桂大納言。初円融上皇遊幸大井河。分詩歌管絃三船。群臣各因其所長。以施其藝。藤公任併逢其三藝。船司問曰。君可乗何船。公任乗倭歌船。献秀歌。即而悔曰。和歌者人人詠之。不如駕詩船之愈也。白河帝。又幸大井河。又連三船。経信乗管絃船。勤其事而併献詩歌。時人服其多藝。蓋聞公任之所以悔而然也。嘉保九年六月。遷太宰帥。而赴柴陽。承徳元年正月。於府卒。歳八十二

172 世南五絶

虞世南。字伯施。会稽人。仕隋為秘書郎。煬帝知其才。嫉其鯁直。止為七品十餘年。仕唐至秘書監。文皇曰。世南一人。遂兼五絶。一曰

博学。二曰徳行。三曰書翰。四曰詞藻。五曰忠直。有一於此。足謂名臣

173 頼業学庸

174 茂叔図説

頼業姓清原。舎人親王之遠裔。音博士祐隆之子也。初侍読於高倉帝。補穀倉院別当。旧名顕長。後改今名。拝中散大夫。常読礼記。謂大学中庸両篇。後世必有広才達理之人。則紬繹之矣。後四書集註。始来于中華。謂河南二程子於礼記篇中表出学庸二篇。以合論孟。為四書。然則頼業先見果然。蓋雖地異世殊。其意気相感如此乎。後鳥羽院文治五年。閏四月十有四日。享年六十八。卒于私寝。

周惇頤字茂叔。号濂渓先生。山谷云舂陵周茂叔。人品甚高。胸中洒落。如光風霽月。雅意林壑。初不為窘束。作太極図。及通書数十篇。上接洙泗千載之統。下啓河洛百世之伝。宋景祐中奏補。熙寧中。除提刑。謚元公。

175 心願雨泥

176 陶侃庁雪

佐佐木入道心願者。隠岐前司義清嫡男也。嘗仕鎌倉幕府宗尊

王。一日王与近臣蹴鞠。時雨餘泥溼。心願遽献鋸屑数車地上布之。士議称其平日用意矣

陶侃字士行。晋成帝咸和中都督交広荊江等八州軍事。封長沙公。年七十六薨。贈大司馬。諡曰桓。嘗造船。其木屑竹頭。皆令籍而掌之。元会大雪始晴。庁事前猶溼。於是以所貯木屑布地。其綜理微密。皆比類也

177 菟道反魚

菟道稚《ワカ》郎《イラツ》子者。応神天皇太子也。天皇崩。太子譲位于鷦鷯皇子曰。今我者弟且無才徳。何敢継鴻緒乎。大王岐嶷。仁孝遠聞。而歯亦長宜登位。我則為臣輔佐之。願王勿疑。鷦鷯曰。微軀雖不賢豈違先皇之命。輙従儲君之願乎。固辞不承。各相譲之。太子興宮室於菟道而居之。久不即皇位。皇位空之。既経三載。時有海人齎鮮魚之苞苴献于菟道宮。太子令海人曰。我非天皇。乃反之。令進難波宮。鷦鷯亦反之。令献菟道。於是海人之苞苴。魚鯘於往還更反之。取他鮮魚而献焉。譲如前日。鮮魚亦鯘。太子曰。我知不可奪兄王之志。豈久生之煩《ワツラハサン》天下乎。乃自死焉。鷦鷯聞太子薨。以驚之。従難波馳到菟道宮。摽擗叫哭。不知所如。乃解髪踏屍。以三呼

178 伯夷采薇

曰。我弟皇子。於是鷦鷯素服発哀。慟哭之甚。仍葬於菟道山上也
伯夷叔斉孤竹君之二子也。父欲立叔斉。及父卒。叔斉譲伯夷。伯夷曰。父命也。遂逃去。叔斉亦不肯立。而逃之。国人立其中子。於是伯夷叔斉。聞西伯昌。善養老。盍往帰焉。及至西伯卒。武王載木主。号為文王。東伐紂。伯夷叔斉。叩馬而諫曰。父死不葬。爰及干戈。可謂孝乎。以臣弑君。可謂仁乎。左右欲兵之。太公曰。此義人也。扶而去之。武王已平殷乱。天下宗周。而伯夷叔斉恥之。義不食周粟。隠於首陽山。采薇而食之。及餓且死。作歌。其辞曰。登彼西山兮采其薇矣。以暴易暴兮。不知其非矣。神農虞夏忽焉没兮。我安適帰矣。于嗟徂兮。命之衰矣。遂餓死於首陽山。

179 伊実挽褌

長秋監藤伊実。号鳥養中納言。九條相国伊通公男也。少壮時。不勤学業。競馬角力唯嗜。公常切誡不従。時有角力士某。遇敵手則将吾頭頂扶彼心腹。以転倒百不失一。故人目之曰扶腹。公聞召某。対伊実曰。汝喜角力不従我誡。今也須与某力技。彼勝則汝勿再作技。汝却勝則我不永制。遂二豪相争。某依旧恣扶伊実心腹。技既酣。伊実摑某褌結頭。以前挽。某不勝痛楚。顛沛倒地。公駭歎

180 令文压衣

不復制止某晦迹遠逝云
宋令文工書富文辞有勇力号三絶令文以五指撮碓觜壁上書
得四十字詩為大学生以一手挟講堂柱起屋同舎生衣於柱下
許重設酒乃為之出焉

181 橋氏答戯　182 謝女解囲

小式部内侍給仕上東門院藤太后内侍父和泉守橘道貞母式
部江氏再嫁藤原保昌在丹後国時宮中有歌会内侍預焉先期
中納言定頼過内侍房前戯問曰既有丹後消息否言其仮母江
氏之才力以為吟案内侍卒爾作歌曰於保延野末伊久能能弥
智遥等乎計礼婆摩多賦未毛弥儒阿馬能波志陀氏歌云大江
山路杳杳未曾試踏天橋蓋大江山天橋皆丹後名区也試踏与
見書和訓相近故酬弁其戯定頼聞之驚服
晋王凝之妻謝氏字道韞聡識有才弁凝之弟献之嘗与賓客談
議詞理将屈道韞遣婢白献之曰欲為小郎解囲乃施青綾歩障
自蔽申献之前議客不能屈

183 禅尼繕障　184 孟母断機

松下禅尼者。秋田城介景盛女。而嫁副元帥相模守平時氏。生経時時頼。時頼襲父職。禅尼為人貞秀清倹晩節愈堅。一日手自繕補障子破紙。（格眼戸扇。糊貼薄紙。以取透明。謂之明障子。）時禅尼兄義景来訪。見之曰。賢妹何執鄙事。我家有糊工。請命完繕全障。成功甚易。為費不多。禅尼答曰。老婦亦期他日繕修之。凡物補小破。則不至大壊。今日時頼将至。故欲挙亦以諷暁焉耳

鄒孟軻母。其舎近墓。孟子少好遊。為墓間之事。孟母曰。此非吾所以居処子也。乃去舎市傍。其嬉戯。乃賈八(人)衒売之事。又曰。此非吾所以居処子也。復徙舎学宮之旁。其嬉戯。乃設俎豆。揖譲進退。孟母曰。真可以居吾子矣。遂居。及孟子既学而帰。孟母問学所至。孟子曰。自若也。孟母以刀断其織曰。子之廃学。若吾断斯織也。孟子懼旦夕勤学不息。師事子思。遂成名儒。君子謂孟母知為人母之道

185　源融塩竈　　186　徳裕平泉

源融公者。嵯峨帝之子。官拝左丞相。位授儀同三司。性好遊楽。愛動植。故於洛陽六条宅地。営建河原院。築山鑿池。而模倣陸之塩竈。日使役夫遥運潮水於浪速之浦。起煮海之煙。又於西峨。創棲

霞観。皆是為吟遊之資矣。宇多帝寛平元年十有一月。許《ユルサル》衆輦《テクルマニ》出入宮中。七年薨。寿七十三。公没後。久之紀貫之。目撃河院荒廃而有君没煙断之悲歌。鱠炙人口。

李徳裕字文饒。唐宝暦中。為浙西観察使。献丹扆六箴。太和中従剣南蜀川。建籌辺楼。置平泉荘。周回十里。建臺榭百余所。奇花異卉。珍松怪石靡不畢致。会昌初入相。当相六年。決策制勝。平諸藩鎮。策功拝太尉。封衛国公。末年一僧相之曰。相公当食万羊。其数将満。其不還乎。貶崖州司戸卒。賈氏談録云。賛皇公平泉荘。周回十里。建堂榭百余所。今基址猶存。天下奇花異艸。珍松怪石。靡不畢致。今悉蕪絶。唯雁翅檜。珠子柏。蓮房玉蘂等。蓋僅存之怪石名品甚多。為洛城有力者取去。

187 道風筆病

道風姓小埜。諫議大夫岑守孫。筑府都督葛絃子也。延長七年。醍醐帝召道風於鳳闕。教於賢聖図像障子。題其姓名。蓋以其精于臨池之業也。村上帝康保三年卒。歳七十一。官位至通議大夫将作大匠。道風晩年手顫。字勢震掉。然気韻尚可愛矣。世伝道風譏評空海師之額書。故有陰譏。不知是否。

188 張旭艸顛

張旭善艸書。大酔呼叫狂走。乃下筆。或以頭濡墨而書。既醒自視以為神。不可復得。世呼張顛。又張旭艸書。如驚蛇入艸。飛鳥出林

189 直実先鋒

熊谷直実。姓平氏。武州人也。平治之擾乱。属源義平。而守郁芳門十六騎之一員也。後属于頼朝。常州佐竹之役。摂州一谷之戦。与平山季重。以先登而軍功不少。且斬獲敦盛。而世人知武名。後出家名蓮生。入洛東黒谷之寺。師事于源空。承元二年九月十四日死。死之日豫指期云

190 祖逖著鞭

祖逖字士稚。有英気。晋元帝。拝為豫州刺史。渡江中流。撃楫而誓曰。逖不能清中原。而復済者。有如大江。慨定河南。復欲推鋒越河掃清冀朔。会有妖星見。逖曰。為我矣。果卒。劉琨後聞逖被用。与親故書曰。吾枕戈待旦。志梟叛逆。常恐祖生先我著鞭

191 道灌江城

太田持資者。上杉家臣也。剃髪名道灌。創構武州江戸城。村菴簫（蕭）菴之二僧。作叙跋。而述城中風景。又営一軒於城内。名静勝。西曰含雪。東曰泊船。招僧万里。作銘。作序。作詩。又令関左名緇題詩。加

192 王維網川

之。蔵書数千餘巻於軒中。所謂医方。兵書。史伝。小説。及和邦之歌書。代代撰集。家家之私記。不勝毛挙也。滝有兵馬之暇。則開詩歌之雅筵而会集于竃友。実風騒之士也。復建菅祠於江城北。而信敬焉。今之湯島神是也。父曰道真共有武勇之名也。時人呼称之真滝矣。此時有両上梠。而管領関東。称顕定於山内。称定正於扇谷。両家争権。而数相攻戦矣。滝佐定正。而忠策尽力。以故顕定之軍。不能有利也。顕定以間者使定正疑滝。於是定正遣人刺滝於浴中而殺焉。滝臨死曰。定正亡家之兆也。果滝没而後。定正威不再振也。滝言不虚者歟

王維字摩詰。開元中。維為尚書左(右)丞。弟縉為蜀州刺史。維表己五短。縉五長。別墅在輞川。有歌湖。柳浪。茱萸泮。辛夷塢。与裴迪遊其中。賦詩為楽。東坡云。摩詰詩中有画。画中有詩。禄山乱。為所得宴凝碧池。維詩云。万戸傷心生野煙。百官何日再朝天。秋槐花落空宮裏。凝碧池辺奏管絃。賊平。維以此詩獲宥

193 持統臨朝
194 宣仁垂簾

持統天皇。少《ワカキトキ》名鸕野讃良皇女。天智天皇第二女也。母曰遠智娘。天皇深沈《シメヤカニソ》有大度。斉明天皇三年。適《ミアヒテ》天武天皇為妃。雖帝王《ミカトノ》女《ミコト》。而

好礼《ヰヤ》節倹《オシヘリタマフ》。有母儀徳《オモタルイキホヒ》。天智帝元年。生《アレマス》艸壁皇子。尊於大津宮。十年十月。従天武帝。入《タマフ》於吉野。避《タマフ》朝猜忌《ソ子ミ》。天武帝元年。夏六月。従天武帝。避難《タマフワザハヒヲ》東国。鞠《ヤシナヒ》旅《イクサ》会衆《モロ〳〵》。遂与定謀。廼分命敢死者《タケキヒト》数万。置諸要害之地。秋七月。美濃軍将等。与大倭桀豪《イサ》。共誅《コロシテ》大友皇子。伝首詣不破宮。二年。立為皇后。皇后従始迄今。佐天皇定天下。毎於侍執《ツカムマツリタマフ》之際。輙言《コト》及政事。多所毗補《タスケオギナフ》。朱鳥元年。九月。戊戌朔。丙午。天武帝崩。皇后臨朝《ミカトマツリコト》称制《キコシメス》。十一年。秋八月。乙丑朔。天皇定策《ミハカリ》禁中。禅《ユヅリタマフ》天皇位於皇太子。

宣仁聖烈太后高氏。神宗母。神宗崩。哲宗即位。尊為太皇太后。哲宗甫《ハシメ》十歳。太皇太后。同聴政。熙寧中。太后已嘗流涕。為神宗言安石変法不便。既垂簾知天下厭苦日久。首罷東京戸馬。罷京東西路保馬。罷京東西物貨場。罷諸州鎮塞市易抵当。罷汴河堤岸司地課。放市易常平。免役息銭。罷在京免行銭。罷提挙保甲銭粮巡教等官。罷方田等。皆従中出。大臣不与。元祐八年。太后崩。聴政九年。称為女中尭舜。

195 新田詠鬚　196 退之誤髯

新田部皇子。遊勝間田池。不堪興趣。乗涼晩帰。語愛妾曰。今日我観池蓮香艶可愛。留連殆忘帰。妾不信詠歌曰。伽都末陀能以計波和礼志留播智須奈之。嗣軻伊布幾弥我。比気那枳餓誤等。称曰。勝問田池我知無蓮。譬諸君無鬚。載在乎万葉集。後人以為皇子無鬚。澄(証)観法師曰。不然。池本無蓮。却言有。則君有美鬚。亦言無鬚可也。聴者解頤矣

世人面韓退之。小面美髯。乃江南韓熙載耳。熙載謚文靖。亦謂之韓文公。因此謬為退之。退之肥而寡髯。後世不復弁也

197 保憲暦道

賀茂保憲。其先孝霊天皇第三子。彦命尊。以功封于備之中州。其後胤吉備公。霊亀二年。入中華。五経三史。陰陽諸藝。悉伝而帰朝。於是乎。聖武帝進位於右大臣。孝謙帝賜姓於賀茂氏。賀茂氏七世後胤保憲。奉勅造暦云云。陰陽寮。掌天文暦数事。昔者一家兼両道。而賀茂保憲。以暦道伝其子光栄。以天文道伝弟子安倍晴明。自此已後両道相分

198 京房易占

京房字君明。治易長於災変。分六十卦。更日用事。以風雨寒温為候。初事焦延寿。延寿曰。伝(得)吾道以亡身者。京生也。後果因上封事。言災異。下獄棄市。漢元帝朝。為魏郡太守。秩八百石

199 実時墨印　　200 鄴侯紅籤

金沢実時者。北条氏之後也。性耽書籍。嘗庫蔵於金沢。納于万巻書。以金沢文庫之四字刻之印。仏経以朱印。儒書以墨印。為之証矣。後世得其書者為珍焉。実時之裔貞顕。令清原教隆講群書治要於金沢焉。今時行于世者。其遺本也

李泌為鄴侯。多書。経書用紅牙籤。史書緑牙籤。子書青牙籤。集書白牙籤

新撰旬註桑華蒙求巻上畢

新撰自註

桑華蒙求

中巻

新撰自註桑華蒙求

東弓

1 冊(再)尊感鴿
2 簡秋呑亂
3 鈿女俳優
4 伶倫呂律
5 蝉丸藁屋
6 禹錫陋室
7 夏井留二
8 寇恂借一
9 武尊染波
10 漢武柏梁
11 弟媛衣通
12 寿陽梅粧
13 聖武鑄像
14 梁祖建堂
15 季仲黒帥
16 何晏粉郎
17 姪子滄海
18 鼈令江流
19 道臣設宴
20 張良運籌
21 菅相止狩
22 申屠諫遊
23 頼員泄事
24 盧蒲告誅
25 県守斬虬
26 周処殺虎
27 佐国蝴蝶
28 禰衡鸚鵡
29 東人壺碑
30 伏波銅柱
31 政子尼将
32 呂后女主
33 金櫛向臀
34 秀実唾面
35 聖徳勝鬘
36 昭明文選
37 房平徳帥
38 閔損心戦
39 加賀伏柴
40 婕妤棄扇
41 宿祢探湯
42 述古摸鐘
43 田村討賊
44 衛青征匈
45 活目逐准
46 粛宗見龍
47 兼家関雪
48 丁固腹松
49 物主笥蛇
50 王喬網鳧
51 有間不軌
52 呉濞伏誅
53 宗清去国
54 范蠡泛湖
55 清盛福原
56 曹操許都
57 源順和名
58 周公爾雅
59 雅経白河
60 裴度緑野
61 仲綱惜騮
62 宋地奪馬
63 源空稲岡
64 慧遠蓮社
65 入鹿覆尸
66 董卓然臍
67 善成河海
68 方回瀛奎
69 彬子莬田
70 李広桃蹊
71 頼家窃妾
72 康王奪妻
73 助種退蝮
74 瓠巴躍魚
75 泰親焦衣
76 夏侯読書
77 武正落馬
78 葛恪賜驢
79 継信中矢
80 嵇紹護輿
81 押坂喫芝
82 劉晨飯麻
83 重衡牡丹
84 呂宗蓮華
85 茂光鳴篥
86 劉琨吹笳
87 俊長万軸
88 恵施五車
89 垂仁埴像
90 梁武麪牲
91 赫耶竹胎
92 任氏螺生
93 義経一谷
94 鄧艾陰平
95 泰時分財
96 田真伐荊
97 浦(蒲)見焼鳥
98 趙高指鹿
99 百川不睡
100 史丹俯伏
101 玄昉還郷
102 岑彭投宿

103 野篁憑蛩
104 賈誼賦鵩
105 秋津到門
106 夏婕対墀
107 吉平勧杯
108 張衡造儀
109 藤綱買炬
110 公儀抜葵
111 高忠循吏
112 仲淹良医
113 弘計屯倉
114 病已認獄
115 柿本明石
116 李老函谷
117 寛蓮金枕
118 道古博局
119 成範鸚鵡
120 謝尚鸜鵒
121 欽明韓像
122 漢帝竺神
123 桓武土像
124 秦始金人
125 岑継改励
126 張充自新
127 採男刈蘆
128 買臣売薪
129 宝字薬院
130 大観局方
131 金岡図馬
132 李王画羊
133 頼朝再栄
134 桓公一匡
135 上池三仏
136 馬氏五常
137 假（蝦）夷侑舞
138 季孫擁徹
139 顕季影供
140 子儀像設
141 宗信水藻
142 無社井経
143 景時鉞誅
144 商鞅車裂
145 佐用振巾
146 趙姉磨笄
147 孝謙婬虐
148 則天姦迷
149 伊通戯謔
150 淳于滑稽
151 高時聚犬
152 元宗闘雞
153 以言紅白
154 賈島敲推
155 時棟小奴
156 陸羽遺児
157 美材写屏
158 羲之臨池
159 義家奥賊
160 裴度淮夷
161 葦姫竹屋
162 夸父鄧林
163 河辺臣舶
164 趙道人琴
165 匡房文預
166 劉峻書淫
167 国基不食
168 東野苦吟
169 天智倹素
170 孝文敦朴
171 真備励業
172 李泌嗜学
173 賀之蟻通
174 韓愈衡嶽
175 景高執弓
176 孟徳横槊
177 中姫凝鋺
178 李后捧匜
179 軽王獣行
180 斉襄狐綏
181 嵯篁戯字
182 曹楊読碑
183 元信僧正
184 道子鐘馗
185 赤人富峰
186 鄭綮灞橋
187 南北二帝
188 宋魏両朝
189 為憲吟囊
190 唐求詩瓢
191 等楊墨帝
192 摩詰雪蕉
193 少彦作醥
194 杜康造酒
195 頼（ママ）実汲婢
196 謝鯤織婦
197 信頼掘尸
198 道子罵首
199 明達啖瓜
200 固言染柳
201 弁慶乞刀
202 管仲射鉤
203 政顕二恥
204 孫昉四休
205 時頼残醤
206 晏嬰弊裘
207 朝村籠鳥
208 尭咨葫油

新撰自註桑華蒙求　東弓

備陽　葵峯豊公定譲甫　彙輯

1 冊(再)尊感鴒

伊弉諾尊。伊弉冊(再)尊。於是《コヽニ》雌雄初会《アヒテ》。欲将交合《ミトノマグハヒシ》。産生《タマント》於国土。而不知其術《ミチヲ》。于時鶺鴒《ニハクナブリ》飛来。撼《タヽク》其首尾。二神見学之。即得交通(道)之術《ミチヲ》矣。

2 簡狄呑鳦

殷契母曰簡狄。有娀氏之女。為帝嚳次妃。三人行浴《ユイテアラフ》。見玄鳥随其卵。取呑之。因孕生契。契長而佐禹。治水有功。帝舜乃命契曰。百姓不親。五品不訓。汝為司徒而敬敷五教。五教在寛。封於商賜姓子氏。契興於唐虞大禹之際。功業著於百姓。百姓以平。

3 鈿女俳優

天照大神。謂素戔嗚尊曰。汝《イマシ》猶有黒心《キタナキコヽロ》。不欲与汝相《アヒ》見。乃入于天《アマノ》石窟。而閉著磐戸《イハトヲ》焉。於是《コヽニ》天下《アメノシタ》恒闇。無復《マタ》昼《ヒル》夜《ヨル》之殊。故《カレ》会八十万神。於天《アマノ》高市《タケイチ》。而問之。又猿《サル》女君《キミノ》遠祖。天《アメノ》鈿女命。則手持茅纏之稍《ホコヲ》立《タテ》於天《アマノ》石窟戸之前《マヘニ》。巧《タクミニ》作俳優。亦以天《アマノ》香山《カコヤマ》之真《マ》坂樹《サカキ》為鬘《カツラニ》。以蘿《ヒカゲ》為手繦《タスキ》。而火処焼《ホトコロヤキ》。覆槽置。顕神明之憑談。是時天照大神聞《キコシメシテ》之而曰。吾《アレ》比《コノゴロ》閉居《コモリヰ》石窟。謂《オモフニ》当《マサニ》豊《トヨ》葦原《アシハラ》中国《ナカツクニ》。必為長夜。云何《イカンソ》天《アマノ》鈿女命嘘

4 伶倫呂律

楽如此者。乃以御手細開磐戸窺之。時手力雄神則奉承天照大神之手引而奉出。

黄帝使伶倫自大夏之西崑崘之陰取竹之嶰谷生其竅厚均者断両節間吹之為黄鐘之宮。制十二筩以聴鳳之鳴。其雄鳴六。雌鳴六。比黄鐘之宮。皆可以生之。是為律本。

5 蝉丸藁屋

蝉丸者。仁明帝時人。其姓氏不詳。亦不識何人継胤。蓋古之隠遁士也。居相坂。結茅盧幽棲焉。尤善弾琴琵琶。又能吟倭歌。寓其志。施名後世。其一曰。世間《ヨノナカ》波兎天毛角天毛同事。宮毛藁屋毛。果之無礼波。其平素所手琵琶。所謂無名也。深草帝勅良岑宗貞使往習和琴。世云。相坂関明神者。乃蝉翁也

6 禹錫陋室

唐劉禹錫。字夢得。擢進士第。登博学宏辞科。工文章。作陋室銘曰。山不在高。有僊則名。水不在深。有龍則霊。斯是陋室。惟吾徳馨。苔痕上堦緑。草色入簾青。談笑有鴻儒。往来無白丁。可以調素琴。閲金経。無糸竹之乱耳。無案牘之労形。南陽諸葛盧。西蜀子雲亭。孔子云。何陋之有。

7 夏井留二　　8 寇恂借一

右中弁紀夏井。左京人。美濃守善岑第三子也。美姿貌。身長六尺三寸。性温和事母至孝。有才思。工隷書。承和始。文徳帝詔学書法於小野篁。久之篁歎称曰。紀三郎可謂真書之聖矣。後詔徴之。冠服麤悪。左右窃笑。帝曰。是疲駿非汝等所知。遂被渥遇。累右遷帝崩後。任讃岐守。政化大行。吏民懐恵。任満将去。百姓詣闕請之。為留二年。年穀豊充。新造四十倉。及帰吏民惜別。贐贈一無所受。又将銭穀貨器寄献其家。唯留紙筆。餘皆封還焉。且善卜筮工医術。囲棊無敵。蓋一世偉人也

後漢寇恂。字子翼。上谷昌平人。光武拝恂河内太守。行大将軍事。謂曰。昔高祖留蕭何鎮関中。今吾委公以河内。堅守転運給足軍粮率厲士馬防遏它兵。勿令北度而已。後拝潁(頴)川太守。入為執金吾。明年潁(頴)川盗賊起。謂曰。潁(頴)川迫近京師。当以時定。惟念独御能平之耳。従九卿復出。以憂国可知也。即日車駕南征。従至潁(頴)川。盗賊悉降。而竟不拝郡。百姓遮道曰。願従陛下復借寇君一年。乃留恂長社鎮撫吏人受納餘降

9 武尊築波　　10 漢武柏梁

日本武尊。承詔旨。征東夷。蝦夷既平。自日高見国。還之西南《ヒツチサルノ方》歴常陸。至甲斐国。居于酒折宮。時挙燭《ヒトモシテ》而進食《ミヲシス》。是夜以歌之。問侍者《サフラヒトニ》曰。珥比磨利菟玖波塢須擬氐。異玖用加禰菟流。諸侍者不能答言《ミコタヘモウサス》。時有秉燭《ヒトモシノ》者。続王歌《ミウタ》之末而歌曰。伽餓奈倍氐。用珥波虚虚能用。比珥波苔塢伽塢。即美《タマヒテ》秉燭人之聡《サトキヲ》而敦賞《メクミタマフ》。則居是宮。以靫部賜。大伴連之遠祖武日也

漢武帝。元封三年。作柏梁台。詔群臣二千石。有能為七言詩。乃得上坐。其詩毎句用韻。後人謂此体。為柏梁体。蓋聯句之権輿也

11 弟媛衣通　　12 寿陽梅粧

衣通《ソトヲリ》郎《イラツ》姫《ヒメハ》。允恭帝之皇后。忍坂大中姫命之妹。名弟姫《ヲトヒメ》。容姿絶妙無比。其艶色徹衣而晃《テレリ》。時人号曰衣通《ソトヲリ》姫《ヒメト》。初天皇讌《シエフ》于新室。皇后令弟姫舞。天皇問皇后曰。所舞娘子誰也。皇后不獲已。答曰。妾弟也。天皇志通于弟姫。故強皇后而進之《メシム》。日有寵。皇后不喜嫉之。故別造宮室於河内茅渟。而使衣通姫居焉。天皇屢幸茲

宋武帝女《ムスメ》寿陽公主。人日臥于含章簷下。梅花落公主額上。成五出之花。払之不去。自後有梅花粧

13 聖武鋳像

聖武皇帝者。文武之太子也。養老八年二月即位。饗《ウクル》国二十五年。流王沢。崇仏乗。創東大寺。天平十五年。十月十五。帝於近州信楽《シカラキ》京創之。鋳盧舎那仏銅像。長一十六丈。帝製発願疏。普告天下。天平勝宝元年。十一月二十四日大像成。経年三歳。改鋳八度。殿高二十五丈六尺。東西二十九丈。南北十七丈。東西両塔。各高二十三丈

14 梁祖建堂

梁高祖武皇帝。姓蕭氏。名衍。斉之陳族也。因宝巻失政。起義襄陽。以宰制天下数其在位可録者多。至於晩年。溺異教云云。帝問達摩大師云。朕自即位已来。起寺写経度僧不可勝紀。未審有何功徳。師云。実無功徳。帝曰。師何言無。師云。此乃人天小果。有漏之因。如影随形。雖有非実。帝云。如何是真実功徳。師云。浄知妙円。体自空寂。如是功徳。不以世求。

15 季仲黒帥

16 何晏粉郎

季仲者。藤清慎公実頼之来孫。特進経季之子也。拝中納言。堀河帝康和四年六月任太宰帥。赴于紫陽。面深黒。故時人呼之曰黒帥。長治二年十一月。移常州。爵累大柱国。

何晏字平叔。美姿儀。面至白。魏明帝疑其傅粉。正夏月。与熱湯餅。既啖大汗出。以朱衣自拭。色転皎然

17　蛭子滄海

伊弉諾尊。伊弉冊（再）尊。坐于高天原。曰。当有国耶。乃以天瓊矛《アマノヌホコ》。画成《カキサクリナス》磤馭盧島。二神《フタハシラノカミ》降居《アマクダリマス》彼島。共生《ウミマツリス》日神。号大日孁貴。此子光華明彩《ウルハシク》。照徹《テリトホル》於六合之内。故二神喜曰。自当早送于天。而授以天上之事。次生月神。其光彩亜日。可以配日而治。故亦送之于天。次生蛭児。雖已三歳。脚猶不立。故載之於天磐櫲樟船。順流放棄。

18　鼈令江流

荊人鼈令死。其屍流亡。随江水上至成都。見蜀王杜宇。立以為相。杜宇号望帝。自以徳不如鼈令。以其国禅之。開明帝下至五代有開明尚始去帝号。復称王。

19　道臣設宴

神武天皇。戊午元年。冬十月《カミナツキ》。癸巳朔。天皇嘗其厳瓮《イツヘ》之粮。勒兵《トトノヘテ》而出。先撃八十梟帥於国見丘。破斬之。既而餘党《アマリノトモガラ》猶繁。其情難測。乃顧勅道臣命。汝宜帥大来目部。作大室於忍坂邑。盛設宴饗《トヨノアカリヲ》。誘虜而取之。道臣命。於是奉密旨。掘窨於忍坂。而選我猛卒。与虜雑居。

20　張良運籌

陰《ヒソカニ》期《チギリテ》之曰。酒酣《タケナハ》之後。吾則起歌。汝等聞吾歌声。則一時刺虜。已而坐《ヰ》定《シヅマリテ》酒《サケ》行。虜不知我之有陰謀《シノビノハカリコト》。任情径酔。時道臣命乃起而歌之。時我卒《イクサ》聞歌。倶抜其頭椎《ツチノ》剣。一時《モロトモニ》殺虜。虜無復噍類者。

前漢張良字子房。其先韓人。嘗《ムカシ》遊下邳圯上。有一老父。授一編書曰。読是則為王者師。後十年興。十三年。孺子見我済北穀城山下。黄石即我已。遂去不見。旦日視其書。迺太公兵法。良異之。常習誦。後良数以兵法説高祖。常用其策。帝曰。運籌帷幄中。決勝千里外。子房功也。迺封為留侯。

21 菅相止狩

右丞相菅公。幼而穎秀。才識踰輩。昌泰二年為相。後与左丞相藤時平共受上皇勅。輔佐天子。摂行万機。初帝年十四即位。至此聡明。一日行幸朱雀院。上皇謂帝曰。右丞年高才賢。挙国之所望也。専宜任用。乃召右相。宣其旨。公固辞而止。已而左相聞大恨。於是左相与光郷(卿)朝臣。菅根朝臣等相謀。遂譖之。故有海西之謫。先是上皇在位時。詔禁天下殺生。次年上頻遊猟。公奏曰。陛下仁恩。昔及禽獣。今也毛羽何罪。復《アリテカ》羅弋射。上黙然回轅。

22 中屠諫遊

後漢中屠剛字巨卿。扶風茂陵人。丞相嘉七世孫。剛性方直。常慕史鰌汲黯之為人。平帝時。挙賢良方正対策。王莽給元后下詔。罷帰建武七年。徴拝侍御史。遷尚書令。光武嘗欲出遊。剛以隴蜀未平。不宜宴安逸予。諫不見聴。遂以頭軔乗輿輪。帝遂為止。以数切諫失旨。出為平陰令。復拝大中大夫。

23 頼員泄事　24 盧蒲告謀

副元帥相模守平高時。開府鎌倉。修暴驕横。漸有不臣之迹。於是元徳元年後醍醐帝。潜有滅平氏之挙。土岐左近蔵人頼員。本平氏家士。謀于京師六波羅府。時与同族頼貞。多治見国長等。同承勅与陰謀。頼員為人怯懦浅愚。退密語之妻斎藤氏。斎藤氏聴説黙驚馳告其父府小吏利行。利行急召頼員。詰問之。遂暁諭利害。欲以為告謀者。頼員畏服焉。於是六波羅将帥。分遣将卒若干。征伐頼貞及国長。帝亦蒙塵海外。

左伝襄公二十八年云。斉慶封好田而嗜酒。与其子慶舎政。然父子各有党。将相滅。盧蒲癸妻舎女也。盧蒲姜謂癸曰。有事而不告我必不捷矣。癸告之。姜曰。夫子愎。莫之止。将不出。我請止之。癸曰諾。十一月乙亥。嘗于大公之廟。慶舎涖事。盧蒲姜告之。且止之。弗聴誰敢者。遂如公云云。故遭難矣

25 県守斬虬

仁徳天皇六十七年。冬十月甲申。吉備中国川鳴(嶋)河派。有大虬。令苦人。時路人。触其処而行。必被其毒。以多死亡。於是。笠臣祖県守。為人勇悍而強力。即挙剣入淵斬虬。河水変血。故号其水。曰県守淵。

26 周処殺虎

晋周処。字子隠。義興陽羨人。膂力絶人。不修細行。州曲患之。処自知為所悪。慨然有改励之志。謂父老曰。今時和歳豊。何苦自不楽。父老歎曰。三害未除。何楽之有。処曰。何謂也。答曰。南山白額猛虎。長橋下蛟。并子為三矣。処曰。吾能除之。乃入山射殺猛虎。投水搏殺蛟。遂励志好学。有文思。志存義烈。言必忠信克己。期年州府交辟。仕呉為御史中丞。

27 佐国蝴蝶

大江佐国。未詳其所出。性太愛花。遊長楽寺。翫花吟曰。迎老蹉跎双鬢雪。見花染着九春風。又雲林院林下吟曰。一道寺深花簇雪。数奇命薄鬢垂糸。又詠庭前桜曰。庭上両三樹。洛陽第一花。又喜手栽梅開曰。随分他年栽此樹。豈図今日見其花。晩年吟曰。六十

28 禰衡鸚鵡

餘回看不足。他生定作愛花人。伝言佐国没後。其子夢亡父来告曰。我化蝴蝶。毎春遶栩於花園。其子不堪追慕。栽種花。毎花房塗蜜以供群蝶。

後漢禰衡。字正平。平原般人也。少有才弁。而尚気傲。曹操欲見之。不肯往。操懐忿。而以才名不欲殺之。送劉表。復侮慢於表。表不能容。以江夏太守黄祖性急。故送衡与之。祖長子射為章陵太守。尤善於衡。射大会賓客。人有献鸚鵡者。射挙札於衡前曰。願先生賦之。攬筆而作。辞彩甚麗。後黄祖殺之。時年二十六。○江水至江夏沙羨県西北。又東経勲父山。江右岸南鸚鵡洲。禰衡作鸚鵡賦死葬此洲。因名。

29 東人壺碑

壺碑者。在于奥州宮城郡。石高六尺。幅三尺。其銘云。多賀城去京一千五百里。去蝦夷国一千(ナシ)百二十里。去常陸国界四百十二里。去下野国界二百七十四里。去靺鞨国界三千里。此神亀元年歳次甲子按察使兼鎮府将軍従四位上勲四等大野東人朝臣之所建也

30 伏波銅柱

後漢馬援。字文淵。扶風茂陵人。少有大志。嘗謂賓客曰。丈夫為志。

窮当益堅。老当益壮。建武中。歴虎賁《ホン》中郎将。数被進見。為人明鬚髪。眉目如画。閑於進対。又善兵策。帝嘗言。伏波論兵。与我意合。有謀未嘗不用。後交阯女子徴側等反。蛮夷皆応之。拝援為伏波将軍撃破之。封新息侯。広州記曰。援到交阯。立銅柱。為漢之極界。

31 政子尼将

平政子《マサコ》者。遠江守北条時政之女也。嫁于源頼朝。生頼家実朝。正治元年。頼朝捐館。政子鬀髪為尼。順徳帝時。授従二位。謂之二位禅尼。承久元年実朝薨。自此後。二位尼聴天下政。故世俗呼称尼将軍。後堀河帝嘉禄元年。齢六十九卒。

32 呂后女主

呂太后者。高祖微時妃也。生孝恵帝。女《ムスメ》魯元公主。太史公曰。孝恵皇帝高后之時。黎民得離戦国之苦。君臣倶欲休息乎無為。故恵帝垂拱。高后女主称制。政不出房戸。天下晏然。刑罰罕用。罪人是希。民務稼穡。衣食滋殖。

33 企儺向隣

34 秀実唾面

欽明天皇二十三年。春正月《ムツキ》。新羅打滅任那官家。秋七月。遣大将軍紀男麻呂宿禰将兵出哆唎。副将河辺臣瓊缶出居曽山。瓊缶独進転闘。所向皆抜。新羅更挙白旗、投兵降首。瓊缶元不暁兵対。挙白旗空、爾独進。新羅闘将曰。将軍《イクサノキミ》河辺臣。今欲降矣。乃進軍逆《ムカヘ》戦。尽鋭遄攻破之。前鋒《トキサキノ》所傷甚衆《オホシ》。於是瓊缶遂引兵退。急営於野。士卒尽相欺蔑。莫有遵承。闘将自就営中、悉生虜瓊缶等。同時所虜調吉士伊企儺。為人勇烈。終不降服。新羅闘将、抜刀欲斬。逼而脱褌《ハカマヲ》。追令以尻臀《シリタフラヲ》向日本。大号叫曰。日本将、齧我臆脽。即号叫曰。新羅王啗我臆脽。雖被苦逼。尚如前叫。由是見殺

唐徳宗。建中四年李希烈寇襄城。詔発涇原等道兵救之。涇原節度使姚令言将兵。過京師犒師。惟糲食菜餤。衆怒作乱入城。上出奔。乱兵奉太尉朱泚為主。司農卿段秀実。謀誅泚不克。泚召衆議称帝。秀実唾其面大罵。以笏撃泚額。血濺地。泚殺之。泚遂僭号大秦皇帝。

35 聖徳勝鬘

聖徳太子者。用明帝第一子也。母后夢金色比丘語曰。我有救世願。願託后胎。后問誰乎。対曰。我是救世菩薩。家在西方。后曰。妾腹垢穢。豈当聖居。対曰。吾不厭穢。唯欲拯済。言已躍入口中。覚後喉裏若呑物而娠。敏達二年癸巳正月朔。后虞遊至厩閑。不覚而誕。

36 昭明文選

時赤黄之光。自西来。照宮中。至此已十二月焉。六年冬十月。百済国貢仏経論等。太子奏曰。欲披閲。帝驚而問之。対曰。昔在陳国。住南嶽。粗見斯文。帝怪喜焉。推古三年夏五月。高麗沙門慧慈来。号為博物。勅慈為太子師。十四年秋七月。帝請太子講勝鬘経。太子披袈裟。握麈尾。坐師子座。儀則如沙門。講已天雨蓮華。大三尺。帝大喜。即其地建伽藍。今橘寺是也。十七年。製勝鬘経疏。

梁武帝太子蕭統。仁明孝倹。好学有文。在東宮三十年而終。謚昭明太子。太子自撰文選三十巻。自序略曰。余監撫餘閑。居多暇日。歴観文囿。泛覧辞林。未嘗不心遊目想。移晷忘倦。自姫漢以来。眇焉悠邈。時更七代。数逾千祀。詞人才子。則名溢於縹嚢。飛文染翰。則巻盈乎緗帙。自非略其蕪穢。集其清英。蓋欲兼功太半難矣。又云。蓋乃事美一時。語流千載。概見墳籍。旁出子史。若斯之流。又亦繁博。雖伝之簡牘。而事異篇章。今之所集。亦所不取。至於記事之史。繫年之書。所以褒貶是非。紀別異同。方之篇翰。亦已不同。若其讃論之綜緝辞采。序述之錯比文華。事出於沈思。義帰乎翰藻。故与夫篇什。雑而集之。遠自周室。迄于聖代。都為三十巻。名曰文選。云爾。凡次文之体。各以彙聚。詩賦体既不一。又以類分之中。各以時代相次。

37 房平徳帥　38 閑損心戦

後昭光院関白房平公語曰。一心之中。有善与悪。善者為我軍旅。悪者為我寇讎。二者日戦于胸臆間。但須使仁義之士。為前軍将。礼信之士。為後軍将。日夜力戦。以滅彼奸敵。假令妄念邪志。巧其軍術。七情之謀。窺之間隙。而明徳之帥。為之固備。則寇讎自敗。天下遂平也。房平文明中薨。

閑子騫肥。子貢曰。何肥也。子騫曰。吾出見其美車馬。則欲之。入聞先生之言。又欲之。而心相与戦。今先生之言勝。故肥。

39 加賀伏柴　40 婕妤棄扇

加賀者。鳥羽帝皇后待賢門院之官女也。善倭歌。嘗有宿構之吟。其心自謂秀作。而不語人。為俟時出之。偶遭花園左府源有仁之恋之。加賀与源公契情密也。経時月。源公会有誕節。加賀以宿構之吟贈之。源公以其吟之清絶甚賞美焉。世人遂呼称伏柴加賀。其歌云。兼底与利思之事与伏柴乃樵波加利奈留歎幾世年登波

漢宮斑(班)婕妤。寵眷既衰。託興於紈扇。作怨歌行。其詞曰。新裂斉紈素。皎潔如霜雪。裁為合歓扇。団円似明月。出入君懐袖。動揺微風

発《シ》。常《ニ》恐秋節至《テ》。涼飆奪炎熱《ヲ》。棄捐《セラレテ》篋笥《ノ》中《ニ》。恩情中道《ニ》絶《センコヲ》

41 宿祢探湯

応神帝九年夏四月。遣《シ》武内宿祢《ヲ》於築(筑)紫《ニ》監察百姓《ヲ》。時《ニ》武内《ノ》弟甘美内、宿祢讒愬《シテ》于帝《ニ》曰《ク》。臣《カ》兄武内宿祢窃《ニ》謀不軌《ヲ》。将《ニ》割拠《シテ》築(筑)紫《ヲ》招《キ》致《シト》三韓《ヲ》。帝乃将《ニ》誅《セント》之《ヲ》。武内聞《テ》之《ヲ》潜《カニ》歎《シテ》曰。吾無《シテ》弐心。以《テ》忠《ヲ》事《フ》君《ニ》。何為《ソ》罹《ルヤ》此禍患《ニ》耶。因《テ》請《テ》詣《テ》闕《ニ》而訴《ス》赤心《ヲ》。於《テ》是《ニ》召還《シ》武内《ヲ》与甘美内廷弁《セシム》。二人相争《テ》不決。是以《テ》勅《シテ》二人《ニ》共《ニ》出《テ》于磯城川浜《ニ》探《ラシム》熱湯《ヲ》。蓋試《ルニ》無実者《ハ》手即焦爛《シ》。有理者《ハ》自若《タラン》也。遂《ニ》武内雪《ク》冤《ヲ》。便按《シテ》剣《ヲ》欲撃殺《サント》甘美内《ヲ》。帝勅《シテ》釈《ルス》之

42 述古摸鐘

陳述古知《タリ》浦城県《ニ》。有《テ》失物《スルコト》莫《シ》知《ル》為《ル》盗者《ヲ》。乃紿《テ》曰《ク》。某《ノ》廟有《リ》鐘。能《ク》弁《ス》盗《ヲ》。為《ス》盗者《ヲ》摸《スレハ》之《ヲ》則有《リ》声。陰《カニ》使《メ》人《ヲ》以《テ》墨《ヲ》塗《エ》而帷《シ》之《ニ》。令《シム》囚《ヲ》入《テ》帷《ニ》摸《セ》之《ヲ》。惟《タ》一囚無《シ》墨。訊《ヘハ》之《ヲ》果《シテ》盗《ヒ》

43 田村討賊

坂上田村麻呂《ハ》者。犬養之孫。苅田麻呂之子也。為《リ》人《ト》身《ノ》長《ケ》八尺八寸。胸《ノ》広《サ》尺有二寸。勇烈武毅。衆皆推《ス》之《ヲ》。延暦年中。承《テ》詔《ヲ》伐《ツ》東夷《ヲ》。又弘仁元年。誅《ス》藤原仲成《ヲ》。其功居《ル》多《ヒ》也。歴《テ》官《ヲ》為《ナリ》征夷将軍《ト》。至《リ》中納言《ニ》。

44 衛青征匈

兼左近大将

前漢衛青。字仲卿。其父鄭季。河東平陽人。以県吏給事侯家。平陽侯曹寿。尚武帝姉陽信長公主。季与主家僮衛媼通。生青。青有同母兄衛長君及姉子夫。子夫自平陽公主家得幸武帝。故青冒姓衛氏。給事建章。后(後)拝車騎将軍。撃匈奴。以功封長平侯。元朔中将三万騎出高闕。追匈奴右賢王。得賢裨(裨)王十餘人。衆男女万五千餘人。畜数十百万。引兵還。至塞天子使使者持大将軍印。即軍中拝青為大将軍。諸将皆以兵属。立号而帰。

45 活目逐雀

崇神天皇四十八年。春正月己卯朔戊子。天皇勅豊城命。活目尊曰。汝《イマシ》等二子《ミコ》。慈愛《ウツクシビ》共斉。不知曷為嗣。各宜夢。朕以夢占《ウラムル》之。二皇子於是被命。浄沐《ユカハアミシテ》而祈《ノミテ》寐《イネタリ》。各得夢也。会明《アケホノ》。兄豊城命。以夢辞奏于天皇曰。自登御諸山。向東而八廻《ヤタビ》弄槍《ホコユケシ》。八廻《ヤタビ》撃刀《タチカキス》。弟活目尊。以夢辞奏言。自登御諸山之嶺。縄絚《ハヘテ》四方。逐食粟雀。則天皇相夢《ユメアハセシテ》。謂二子曰。兄則一片《ヒトカタニ》向東《アツマニユキテ》。当治《シラム》東国。弟是悉《アマネク》臨四方。宜継朕位。四月戊申朔。丙寅。立活目尊。為皇太子。（垂仁帝也）以豊城命。令治東《アツマクニヲ》。是上毛野君。下毛野君之始祖也

46 蕭宗見龍

粛宗在春宮。嘗与諸王従玄宗謁太清宮。有龍見于殿之東梁。玄宗目之。顧問諸王。有所見乎。皆曰無之。問太子。太子俛而未対。上問頭在何処。曰在東。上撫之曰。真我児也

47 兼家関雪

東三條藤兼家公。為大納言時。夢経過逢坂関。満目深雪。覚後以為夢雪凶兆。乃召占夢某告之。曰吉夢也。明日有人献斑牛。果然。厚賞某。他日挙示大江匡衡。匡衡曰。此夢大吉不可言。蓋逢坂関者。即関字也。雪色最白。即白字也。公必有博陸之慶。但宜追奪某賞賜。公従之。明年果転任関白

48 丁固腹松

呉志。丁固仕孫晧。為司徒。呉書曰。初固為尚書。夢松生其腹上。謂人曰。松字十八公也。後十八歳吾其為公乎。卒如夢焉

49 物主笥蛇

50 王喬網鳧

昔大物主神。以倭迹迹日百襲姫命為妻。然夕来暁帰。襲姫白言。君子毎移玉趾於妾。唯卜夜。故未嘗覩尊容。請願清晨帰去。大神答曰。良人言実然。明早試看君櫛笥。莫敢驚怪。及期襲姫開見櫛笥。好箇小蛇蟠屈其中。襲姫大驚怖。時小蛇化作大神。乃告襲

姫曰。君変約羞我。自此永別。便踏太虚。隠于和州三諸山。襄姫慚悔。用箸刺陰而薨。葬送大市。時人号為箸塚。

後漢王喬、河東人。為葉令。喬有神術。毎月朔望。常自詣台朝。顕宗怪其来数而不見車騎。密令太史伺望之。言其臨至。輙有双鳬自南飛来。於是候鳬至。挙羅張之。但得一双舄焉。後天下玉棺於堂前。喬曰。天帝独召我耶。乃沐浴服飾寝其中。蓋便立覆。葬於城東。百姓為立廟。号葉君祠。

51 有馬不軌

有馬皇子者。孝徳之子。斉明之姪也。斉明帝幸於紀之温湯。留守官蘇我赤兄。語有馬王曰、天皇政事有三失。大起倉廩。聚民財、一也。遠穿渠。費公糧。二也。運石為丘。三也。皇子知赤兄之善己。而欣然答曰。我可用兵時也。赤兄偽詐。其夜囲皇子於市経家。遣駅使奏之帝。帝捕以遣皇子于行在所。帝下詔。絞殺皇子於紀藤白坂。皇子赴紀州時。結岩代之松枝。咏一首歌。以祈其赦帰也

52 呉濞伏誅

漢初呉王名濞。高帝従子。封呉王。王故荊三郡地五十餘城。呉太子入見。与皇太子博争道。皇太子殺之。濞称疾不朝。文帝賜之几杖。景帝三年反。敗走東越。東越殺之。

53 宗清去国

弥平左衛門尉宗清者、池禅尼之臣季宗之子也。平治之役、義朝父子敗走。宗清虜頼朝、献清盛。清盛属頼朝於宗清護之。頼朝行年十三歳。孤苦特為甚。是故宗清憐遇之懇至也。既而頼朝謫蛭島矣。寿永之秋、平家出奔之後、頼朝感旧恩、欲厚報宗清。寄言於池頼盛、請同到鎌倉。頼盛告宗清。宗清曰、君若向戦場、則臣豈不先登乎。顧頼朝招引君及臣者、欲謝旧時之恩也。今也平族零落。独就源氏承恩、我恥之。即日馳駆至八島。而奉前内府宗盛。君子曰、宗清愛育頼朝者、可謂無先見之智。然不応其招者、可謂知義人也

54 范蠡泛湖

史記、范蠡事越王句践。苦身戮力、与句践深謀二十余年。竟滅呉報会稽之恥。以為大名之下、難以久居。且句践可与同患、難与処安。乃装其軽宝珠玉、与其私徒属、乗舟浮海以行。終不反

55 清盛福原

故相国平清盛為安徳帝外祖。性執拗慣戻。志情所欲、莫不遂焉。於摂州福原新築一島。乃将小石、石写法華一字、沈没海底。以為

56 曹操許都

基址。故謂之経島。東船西舶稍為便。公以為有大勲労。遂奏朝廷。遷都於福原。帝甫三歳。左右公卿懼公権威。無敢言者。於是新都経営未全備。官僚邸第。或有或無。竟以治承四年六月。促法駕。済済搢紳。攢眉扈従。未幾公薨。然後諸卿議奏。還幸旧都。

曹操自討董卓時。戦于栄(滎)陽。還屯河内。尋領東郡太守。治東武陽。已而入兗州拠之。自領刺史。遣使上書。以為兗州牧。上還洛陽。操入朝。遷上於許都。

57 源順和名

朝請大夫源能州刺史順者。其先出自弘仁帝。帝生定賜姓曰源。号曰楊院大納言。定生至。仕擢中大夫左京兆尹。至生挙(擧)。挙(擧)生順。順為人博聞強記。属文賦詩。又詠倭歌。比壮挙名進士。直奨学院。邑上帝天暦五年。詔順等撰後撰和歌集。又嘗著倭名類聚行乎世矣

58 周公爾雅

文献通考云。爾雅三巻。鼂(鼂)氏曰。世伝釈詁周公書也。餘篇仲尼子夏叔孫通。梁文増補之。晋郭璞注。文字之学。凡有三。其一体制。謂点画有縦横曲直之殊。其二訓詁。謂称謂有古今雅俗之異。其三音韻。謂呼吸有清濁高下之不同。論体製之書。説文之類是也。論

訓詁之書。爾雅方言之類是也。論音韻之書。沈約四声譜。及西域反切之学是也。三者雖各名一家。其実皆小学之類。而芸文志。独以爾雅附孝経類。経籍志。又以附論語類。皆非是。今依四庫目。置于小学之首。

59 雅経　白河

従三位参議藤原雅経。別称飛鳥井。従四位下刑部卿頼経子也。世以和歌蹴鞠二技為業。洛陽白河里。有最勝寺。園中有数株名桜。毎春花時。搢紳貴客。携手来遊。蹴鞠樹陰。率以為常。雅経以名芸必与焉。一時桜樹朽枯。寺僧移植他樹代之。適雅経遊于此。不勝懐旧之情。歌詠云。馴馴天。見之波名残乃。春曽登毛。何等白河乃花能下陰。予窃釈歌意謂。白河園花。陰玩幾春。豈図不然。遺一樹使我発懐旧之感。

60 裴度　緑野

司徒中書令晋公裴度。自憲宗時罷相後。無意世事。治園地。有緑野堂子午橋等別墅之勝。与詩人觴詠自娯。穆宗敬宗時。皆嘗一入輔政。至上之世。亦嘗平章軍国重事。与時浮沈而已。然四朝将相。威望遠達四夷。四夷見唐使。輒問度安否。以身繋国家軽重。如郭子儀者。二十餘年

61 仲綱惜騮

豆州刺史源仲綱、光禄大夫頼政子也。仲綱有良馬。太甚愛養。命名樹陰。其馬即騮。騮和訓鹿毛。蓋小鹿毛与樹陰和訓相近。故云爾。時相国平清盛身居外戚、位極人臣。驕奢跋扈。朝廷側目。其子右府宗盛亦成長富貴、豁奢無飽。聞仲綱有良馬、強請之。辞以病羸不果。遂受其老父暁諭而献之。宗盛一見後歸、且喜且怒。俄命圉人、烙印仲綱字於馬額。鞭笞急劇、怒罵不措。仲綱不堪憤激、以告頼政。頼政亦不能容忍、潜謀茂仁親王。謀討平族、事已発覚。親王出奔于江州三井寺。頼政父子従焉。比到山州宇治、官軍追及、戦闘交鋒矣。仲綱有家士渡辺競。為亡命者、入于六波羅営、白言、僕有故怨旧主。幸賜属麾下、倒戈攻渠。願賜一馬。宗盛大喜、給鹿毛馬。競跨鞍揚策、趨于宇治。仲綱握手猜賞之。且剪其馬鬣尾、亦烙記平宗盛字於額上、以遂放六波羅。於是怒気少洩、身命遂亡。長削北闕之官、纔報東門之役。吁惜哉。

62 宋地奪馬

左伝定公十年。宋公子地嬖蘧富猟。十一分其室、而以其五与之。公子地有白馬四。公嬖向魋。魋欲之。公取而朱其尾鬣、以与之。地怒、使其徒扶魋而奪之。魋懼将走。公閉門而泣之、目尽腫。母弟辰曰、子分室以与猟也。而独卑魋、亦有頗焉。子為君礼、不過出竟。君必止子。公子地出奔陳。公弗止。辰為之請弗聽。辰曰。是我廷（誑）吾兄也。吾以国人出。君誰与処。冬母弟辰。暨仲佗石彄（枢）出奔陳。

63 源空稲岡

釈源空。姓漆氏。作州稲岡人也。父時国。母秦氏。父母無子。祈仏神。母夢呑剃刀。覚語于夫。夫曰。汝其有身乎。恐離染之人矣。因而孕。母不茹葷腥。長承二年四月七日生。頭圩而稜。眼黄而光。宗族異之。至四五歳。挙止動向西。郡之菩提寺観覚聞之。乞為弟子。性善習学。覚嘆曰。此器児。何可居草沢乎。送与延暦寺源光。光曰。此童駿驥也。非吾朽索之所羇也。即投功徳院皇円。剃髪受戒。時年十五。三期之間。通受台教。又従黒谷睿空。稟密乗。及大乗律。晩見信師往生要集。乃棄所業。倡浄土専念之宗。承安四年。出黒谷居洛東吉水。盛説専修。及円頓菩薩大戒。緇白靡然向風。嘉応帝召入宮受戒。藤相国兼実。延問浄土之事。空述選択集呈之。建永二年。春二月。竄讃州。居五稔。空曰。吾不因譴。争布専修之道於海裔乎。亦我一化之幸也。建暦元年。詔追赴都城。二年正月居大谷染疾。二十五日朝。高唱仏号。諸徒助和。久而皆声嗄。空独不衰。而至午時。其後著伝持之慈覚僧伽梨。頭北面西。誦光明遍照偈而寂。年

64 慧遠蓮社

八十臘六十六。空亡之前二三日。紫雲降垂坊上。釈慧遠。本姓賈氏。雁門樓煩人也。弱而好書。珪璋秀発。年十三。随舅令狐氏。遊学許洛。故少為諸生。博綜六経。尤善荘老。性度弘偉。風鑒朗抜。雖宿儒英達。莫不服其深致。年二十一。欲度江東就范宣子共契。値石虎暴死。中原寇乱。南路阻塞。志不獲従。時沙門釈道安。立寺於太行恒山。弘讃像法。声甚著聞。遠遂往帰之。一面尽敬。以為真吾師也。後聞安講般若経。豁然而悟。乃歎曰。儒道九流。皆糠粃耳。便与弟慧持。投簪落髪。委命受業。既入乎道。云云。仏祖統記云。謝霊運到廬山。一見遠公。粛然心服。乃即寺築台。翻涅般(槃)経云。鑿池植白蓮。時遠公。与諸賢同修浄土業。号白蓮社。

65 入鹿覆尸

蘇我入鹿。大臣蝦夷子也。皇極帝時。為大臣。有政権。奢侈姦虐。臣庶側目。故中大兄皇子。与藤鎌足同心相謀。以三韓進調之日。刺殺入鹿於御座傍。是日雨潦溢庭。乃以席障覆其尸。

66 董卓然臍

後漢孝献皇帝名協。九歳為将軍董卓所立。司徒王允等密謀誅卓。中郎将呂布膂力過人。卓信愛之。嘗小失卓意。卓手戟擲布。布避得免。允結布為内応。卓入朝。伏勇士於北掖門刺之。卓随車大呼名布布曰。有詔討賊臣。応声持矛刺卓。趣《スミヤカニ》斬之。先是卓築塢于郿。積穀為三十年儲。金銀綺錦奇玩。積如丘山。自云。事成雄拠天下。不成守此以老。至是暴屍於市。卓素肥。吏為大炷置臍中然之。光達曙者数日

67 善成河海

左府善成。順徳帝曽孫。学才敏贍。手《ミヅカラ》註光源氏物語。四辻（辻字音十。即十字街也）号之。河海抄弁説精細。援拠詳明。其為書名。取諸仏書所謂四河入海之語。蓋此物語者。寛弘始。上東門院侍女紫式部所著述也。世称我朝彤史之最者云

68 方回瀛奎

紫陽虚谷居士方回撰瀛奎律髄。自序曰。瀛者何。十八学士登瀛州（洲）也。奎者何。五星聚奎也。律者何。五七言之近体也。髄者何。非得皮得骨之謂也。斯登也。斯聚也。而後八代五季之文弊革也。文之精者為詩。詩之精者為律。所選詩格也。所註詩話也。学者求之髄由是可得也。方回者誰。家於歙。嘗守睦。其字万里也。至元癸未良月旦日序

69 衫子茨田

70 李広桃蹊

仁徳天皇十一年。築茨田堤。是時有両処之築。而乃壊之難塞。時天皇夢。有神誨之曰。武蔵人強頸。河内人茨田連衫子(衫子此云莒呂母能古)二人以祭於河伯。必獲塞。則覓二人而得之。因以禱于河神。爰強頸泣悲之。没水而死。乃其堤成焉。唯衫子取全匏両箇。臨于難塞水。乃取両箇匏。投於水中。請之曰。河神祟之。以吾為幣。是以今吾来也。必欲得我者沈是匏而不合(令)泛。則吾知真神。親入水中。若不得沈匏者。自知為偽神。何徒亡吾身。於是飄風忽起。引匏没水。匏転浪上而不沈。則翕(淪)翕(淪)沈(汎)以遠流。是以衫子雖不死。而其堤且成也。是因衫子之幹。其身非亡耳。故時人号其両処。曰強頸断間。衫子断間也

前漢李広。隴西成紀人也。武帝時。拝右北平太守。匈奴号曰漢飛将軍。避之。数歳不入界。広歴七郡太守。前後四十年。得賞賜輒分其戯下。飲食与士卒共之。寛緩不苛。士楽為用云云。賛曰。李将軍恂恂如鄙人。口不能出辞。及死之日。天下知与不知。皆為流涕。彼其中心。誠信於士大夫也。諺曰。桃李不言。下自成蹊。此言雖小可以喩大。

71 頼家窃妾

72 康王奪妻

安達弥九郎景盛。曽仕大樹源頼家。景盛有愛妾。頼家聞其姿色、通書挑之。不応。故遣景盛参州。討豪賊室平重広。乃時其亡、劫奪其妾。景盛凱旋聞之。密吐怨言。頼家命某等将誅景盛。母公政子責詰之。故忿兵遂解

大夫韓朋一名憑。其女美。康王奪之朋怨。王囚之。朋自殺。妻乃陰腐其衣。王与之登台。自投台下。左右捉衣。衣不勝手。遺書于帝曰。願以尸還韓氏。而合葬。王怒令埋之。両塚相望。経宿忽見有梓木。生二塚之上。根交于下。枝連其上。又有鳥如鴛鴦。常棲其樹。朝暮悲鳴。南人謂此禽即韓朋夫婦之精魄

73 助種退蝮

清原助種。嘗禁護左近府。艾夜有一蝮蛇。来迫身辺。欲施螫毒。助種頳色自若。横笛一弄。還城楽曲。其音瀏亮。蛇如聴之。俄走竄矣。仍名其笛曰蛇逃

74 瓠巴躍魚

孫卿子曰。瓠巴鼓瑟。游魚出聴。伯牙鼓琴。六馬仰秣。註。瓠巴楚人。言音楽之妙。足以感物如此

75 秦親焦衣

76 夏候読書

安倍泰親者。清明(晴)五世孫。善術数。其占験如指掌。世称指神子。一日霹靂震于屋宅。衣服雖焦毀。身体無恙。蓋平常護持使然歟。治承三年冬十一月七日。京師地動。泰親急入朝。上勘文曰。天譴所誡。事太危急。言未畢。平清盛。俄率兵囲宮。幽上皇於鳥羽離宮。流竄群臣於辺遠。四年。夏五月十二日鳥羽殿鼬鼠成群。上皇驚怪。問泰親吉凶。泰親卜筮曰。三日有喜。三日有憂。果而清盛納嫡子重盛切諌。出上皇於幽宮。所謂三日有喜是也。又源三位頼政。勧誘茂仁親王。起兵将伐平族。於是京師擾動。上皇亦攢眉。所謂三日有憂是也

夏侯玄字太初。譙国人。夏侯尚之子。風格高朗。弘弁博暢。正始中。護軍曹爽誅。徴為太常。嘗倚柱読書。時暴雨霹靂。破所倚柱。衣服焦。然神色無変。読書如故。

77 武正落馬　　78 葛恪賜驢

下野武正者。法性寺相公家士也。武正随相公。詣天王寺。過山崎時。誤落馬。相公顧而不問。帰程復到于山崎。指顧曰。此是武正之処乎。武正対曰。唯唯。他日武正。自領山崎邑曰。殿下指此地以為武正之処。他人胡為争訟之哉

呉諸葛瑾。長面似驢。孫権使人牽一驢。題面曰、諸葛子瑜。瑾子恪。請筆続両字。曰之驢。挙坐歎咲。乃賜恪此驢。

79 継信中矢

佐藤継信忠信、信者、信夫荘司元《モト》治《ハルカ》之二子。鎮守府将軍秀衡之臣也。源義経征平氏之時。秀衡以二子属義経。兄弟発於奥州処処攻撃。無不有武功也。八島之一戦。源平争雄。継信出群而進。為蔽護軍将。中矢而死。弟忠信射殺敵。而報仇。

80 嵆紹護輿

晋嵆紹。字延祖。父康。与山濤善。臨誅謂紹曰、巨源在。汝不孤矣。後濤薦為秘書丞。始入洛。或謂王戎曰、昨於稠人中、始見嵆紹。昂昂然若野鶴之在鶏群。裴頠亦深器之。毎曰、使延祖為吏部尚書。可使天下無復遺才。累遷侍中。及恵帝蒙塵、馳詣行在所。王師敗績。百官及侍衛散潰。唯紹儼然端冕。以身捍衛。兵交御輦。飛箭雨集。遂被害於帝側。血濺御服。帝深哀嘆之。及事定、左右欲浣衣。帝曰、此嵆侍中血。勿去。元帝表贈太尉。謚曰忠穆。祠太牢。

81 押坂嗅芝

皇極帝時。菟田郡人。押坂直。将一童子。欣遊雪上。登菟田山。便見

82 劉晨飯麻

紫菌。挺雪而生。高六寸餘。満四町許。乃使童子採取。還示鄰家。皆
不知。疑毒物於是。押坂与童子。煮而食之。大有気味。明日往見。都
不在焉。押坂与童子。嚶菌羹。無病而寿。或曰。蓋国俗不知芝草。而
妄言菌耶。
漢明帝。永平中。剡県有劉晨阮肇。入天台山採藥。迷失道路。粮尽
望山頭。有桃。共取食之。如覚少健。下山得澗水飲之。並澡洗。望見
蔓菁菜葉。従山復出。次見一杯流出。中有胡麻飯屑。二人相謂曰。
去人不遠。因過水行一里。又度一山。出大渓。見二女。顔容絶妙世
未有。便喚劉阮姓名。如有旧。喜問郎等来何晩。因邀還家。庁館服
飾精華。東西各有床。帳帷設七宝瓔珞。非世所有。左右直悉青衣
端正。都無男子。須臾下胡麻飯。山羊脯。甚美。又設甘酒。有数千(十)客。
将三五桃至云。来慶女壻。各出楽器。歌調作楽。日向暮。仙女各還
去。劉阮就所邀女家止宿。行夫婦之道。留十五日。求還。女曰。来此
皆是宿福所招。得与仙女交接。流俗何所楽。遊住半年。天気和適。
常如三二月。百鳥哀鳴。悲思求帰甚切。女曰。罪根未滅。使君等如
此。更喚諸仙女。共作歌吹。送劉阮。従此山東洞口去。不遠至大道。
随其言。果得還家郷。並無相識。郷里怪異。乃験得七代子孫。伝聞
上祖入山不出。不知何在。既無親属。栖泊無所。却欲還女家。尋山

路。不獲。至太康八年。失二人所在。

83 重衡牡丹

三位中将重衡。平清盛之四子也。及平族敗。重衡為虜。頼朝甚憐之。能遇之。使倡妓千寿弾鼓琴。而慰其愁情。重衡亦能弾琵琶。時時遣悶。一夕重衡憂鬱於邑。以不自禁。遂自誦橘相公燈暗数行虞氏涙之句。頼朝聞之。深嘆曰。平氏甲冑弓矢之外。復有如此之風流乎。斎院次官親義侍坐曰。平氏有歌才者。不為少。曽以比族。比喩百花。則比重衡於牡丹。其優閑如此。

84 昌宗蓮華

則天太后。遂大殺唐宗室。自名曌。称皇帝。因号周。後寵張易之張昌宗兄弟。居中用事。易之五郎。昌宗六郎。佞者曰。人言六郎似蓮花。吾謂蓮花似六郎耳。

85 茂光鳴篥

高倉帝時。有市允茂光者。不知何許人。亦不詳其祖先。能吹觱篥。馳誉於時。朝廷聞其芸。詔徴不起。茂光嘗旅行。過海浜。適値海賊。茂光無由趨避。庶幾幸免。乃謂賊曰。我平素嗜音律。願待吹一曲。而後殺我。賊領之。乃出篳篥。吹小調子。賊聞甚感歎。竟許之去矣。

86 劉琨吹笳

名其篳篥。号海賊丸云

晋劉琨在晋陽。為賊所囲。中夜奏胡笳。胡騎流涕歔欷。有懐土之思。向暁弃囲去。琨懐慙時。為并州刺史。終太尉

87 俊長万軸

俊長者。世世居南紀。為日前国懸宮之神職。俊長喜読書。善詠歌。叙従三品。後小松帝。有詔采其歌詞者。凡百餘篇。毎有禁苑遊宴。遠召預之。為侍従聴内昇殿。俊長不慕栄利。不好紛冗。応永年中。出俗塵退居南紀之舎。改名宗傑。其所居有梅数百株。竹数千茎。乃以梅竹為軒之榜。蓋効山陰種竹者曰竹隠。擬孤山詠梅者曰梅隠也。又貯書籍万軸。誦読而楽。往往引酒徒琴侶。宴酔而娯焉

88 恵施五車

荘子曰。恵施多方。其書五車。其道舛駁。其言也不中。厤(暦)物之意曰。至大無外。謂之大一。至小無内。謂之小一。無厚不可積也。其大千里。天与地卑。山与沢平。日方中方睨。物方生方死。大同而与小同異。此之謂小同異。万物畢同畢異。此之謂大同異。南方無窮而有窮。今日適越而昔来。連環可解也。我知天下之中央。燕之北越之南是也。汎愛万物。天地一体也。恵施以此為大観於天下。而暁弁者。天下之弁者。相与楽之

89 垂仁埴像

天穂日命十有四世孫。曰野見宿祢。居出雲国。纏向珠城宮御宇。野見宿祢奉詔。到大和国。与当麻蹶速。角力而羸。当是之時。人死者。多殉葬。帝甚哀之。野見宿祢。率土部三百人。採埴造像。以代殉。帝大嘉之。賜土師姓。

90 梁武麪牲

梁武帝。一夜夢神僧告曰。六道四生。受苦無量。陛下何不作水陸大斎。普済群霊。帝覚乃披覧蔵経。製成儀文。勅僧於金山寺。修建大彰感応。又聞涅槃経。知食肉断大慈悲種子。勅大医不得以生類為薬。郊廟牲牷。皆代以麪。宗廟祭祀。而用蔬果。毎至断刑。終日不懌。

91 赫耶竹胎

上古有采竹翁者。不知何許人。旦暮以伐竹為業。一朝林中一竹根有光。割之中有小女兒。大可三寸。美艶不可言。翁擎之箏上而帰。与老媼鞠養備至。爾来翁毎伐竹。必於筒中得少金。積日漸富。竟至廃業。三月後。女兒長如笄歳。才貌日益進。因字赫耶姫。時貴公子及軽薄徒。通花鳥使挑之。皆不応。後帝聞其美。徴披庭。亦不

92 任氏螺生

起。生平毎月夜。仰望不措。一時嘯月。忽仙女成群。奏天楽而来迎。媛与翁嫗永訣。乗雲上昇。不知其所之。

閩越記云。有任氏子。家貧以孝称世。因釣得一巨螺。中有一女子。既将而帰。善織布。有識者曰。此龍須布也。倍与重価。益喜。且足以養親。

93 義経一谷

寿永二年秋。平氏要幼主遯海西。時築仮城於摂州一谷。以生田、邑為正門。周廻殆二十里。城背重山。林巌深険。自以為得百二之関要。東軍数万。旬日攻撃。互相死傷。東将源義経。倦久戦。貪速功。乃撰勝兵数千。潜登城後高峰。直下懸崖千仞。巌秀苔滑。中認一道鹿跡。因鞭峻馬。墜降幽谷。多士接武。魚貫櫛比。人馬磕擦。死傷頗多。竟逼近敵営。一炬焼却。於是公卿将士。遽擁護幼主。混乗数艦播遷海外。東軍得利。自此始矣

94 鄧艾陰平

蜀姜維。屡伐魏。司馬昭患之。遣鄧艾鍾会将兵入寇。会従斜谷駱谷子午谷。趨漢中。艾自狄道。趨甘松沓中。以綴姜維。維聞会已入漢中。引兵従沓中還。艾追躡之。大戦。維敗走。還守剣閣以拒会艾。進至陰平。行無人之地七百里。鑿山通道。造作橋閣。山高谷深。艾

以氈自裹。推轉而下。將士皆攀木緣崖。魚貫而進。至江油。以書誘漢將諸葛瞻。瞻斬其使。列陣綿竹。以待。敗績。漢將軍諸葛瞻死之。瞻子尚曰。父子荷国重恩。不早斬黄皓。使敗国殄民。用生何為。策馬冒陳而死。艾至成都。帝出降。魏封為安楽公。

95 泰時分財

平泰時若北條義時之子也。性廉有慈。常好聞理義。有人来而語一理。則必悦感之。双眸帯涕。曾与叔父時房。俗識定五十条式目。使大外記清教隆記焉。其政事無容私。是故宇内安寧。軍国無虞之也。初其父義時。愛泰時弟朝時重時。喩于泰時。而義時頓没。無有遺与。泰時追憶父志。乃以其采地。多与朝時等。而自取其少也。人皆美之。仁治元(三)年卒。時年六十

96 田真伐荊

田真兄弟三人。堂前有紫荊一株茂甚。共議破之為三。未幾枯死。兄弟曰。本同株。因分析而憔悴。況人兄弟孔懐。而可離乎。相感復合。荊亦復茂。

97 蒲見焼烏

98 趙高指鹿

仲哀天皇元年。冬十一月。乙酉朔。詔群臣曰。朕未逮于弱冠。而父

王《キミ》既崩之。乃神霊《ミタマシヰ》化《ナリテ》白《シラ》鳥《トリト》上天。仰望《シノヒタテマツル》之情。一日勿《ナシ》息《ヤムコト》。是以冀獲白鳥。養《カハム》之於陵域《メクリ》之池。因以覩其鳥。欲慰顧《シノヒタテマツル》情。於是令諸国。俾貢白鳥。閏十一月。乙卯朔戊午。越国貢白鳥四双《ヨツヲ》（隻）。於是送《タテマツル》鳥使人《ツカヒ》。宿《ヤトル》菟道河辺時。蘆《アシ》髪《カミノ》蒲見《ミ》別《ワケノ》王。視其白鳥而問之曰。何処《イツク》将《モテ》去白鳥也。越人答曰。天皇恋《タマヒ》父王。而将《シタマフ》養《カヒ》狎《ナツケムト》。故貢之。則蒲見別王謂越人曰。雖白鳥而焼《スハ》之則為黒鳥。仍強《アナカチニ》之。奪白鳥而将《モテ》去《イヌ》。爰越人参赴《マウキテ》之請《マウス》焉。天皇於是悪《タマヒテ》蒲見別王無礼《コトヲ》於先《サキノ》王。乃遣兵卒《ツハモノヲ》而誅《コロサシム》矣。蒲見別王。則天皇之異母《ハラコトノ》弟《イロトヒ》也。時人曰。父《カゾハ》是天也。兄亦君也。其慢天違君。何得《シヤ》免《ルコトヲ》誅《ツミヲ》耶

趙高欲専《モハラニセント》秦権。恐群臣不聴《シテヲカ》。乃先設験。持《モテ》鹿《カタ》献於二世曰。馬也。二世笑曰。丞相誤《テルカ》邪。指鹿為馬。問左右。或黙、或言。高陰《ヒソカニ》中《アツル》諸言鹿者。以法。後群臣皆畏高。莫敢言其過。先是。趙高数言。関東盗無《ケトレ》能為《スルコト》。及秦兵数敗。高恐二世怒。遂使《シムルニ》婿閻楽。弑二世於望夷宮。立公子嬰。為秦王。二世之兄子也。嬰既立。族殺趙高。

99 百川不睡

称徳帝昇遐後。藤原百川。与藤原良継。合謀以施基王子白壁《カベ》王。為太子。年六十二。而遂即天子位。謂之光仁天皇云云。天皇召群

100 史丹俯伏

臣。議建春宮。石川奏曰。山部皇子。可為春宮。天皇欲立皇女酒人内親王。藤原浜成曰。山部者。其母賤。宜以第二皇子稗田為春宮。石川曰。太子何択母之貴賤乎。天皇猶未決。石川切歯。立殿前四十餘日。其間不少睡。曰。臣不聞東宮之定。不肯退。是以天皇不得止。遂立山部為皇太子。遂令即帝位。即桓武帝是也

前漢史丹。字君仲。魯国人。元帝即位為侍中。時定陶共王。有材芸。子母倶愛幸。而太子頗有酒色之失。母王皇后無寵。上寝疾。皇后太子皆憂。丹以親密臣。得侍疾。候上間独寝時。直入臥内。伏青蒲上。涕泣言曰。皇太子以適長立。十餘年名号繫於百姓。天下莫不帰心。臣子見定陶王愛幸。道路流言。以為太子有動揺之議。審若此。公卿以下。必以死争。不奉詔。臣願先賜死以示群臣。天子素仁見丹涕泣言。又切至。大感曰。皇后謹慎。先帝又愛太子。吾豈可違指。太子由是為嗣。成帝立。累遷左将軍。

101 玄昉還郷　102 岑彭投宿

釈玄昉。姓阿刀氏。従義淵学唯識。霊亀二年。奉勅入唐。謁智周法師。稟相宗深旨。唐帝賜紫衣。天平七年。伴大使多治広成帰。以伝来経論章疏五千餘巻。及仏像等。献尚書省。八年賜封一百戸。田

一百畝。及扶翼童子八人。九年八月為僧正。十八年六月。築(筑)紫観世音寺成。昉為慶導師。乗輿入殿。忽空中捉提昉。昉騰不見。後日昉頭落興福寺唐院。蓋藤広継之霊為之也。其霊今之松浦明神也。昉之伝来経籍勅蔵興福寺。世伝。初昉之在唐也。唐人相昉曰。玄昉者。還《ゲン》亡《バウ》也。子還於日本。必亡矣。与其及之。不如留焉。昉忌之。而不能無心於故国。竟帰而遇害。

岑彭字君然。南陽棘陽人也。王莽時。守本県長。漢兵起。攻抜棘陽。及彭至武陽。繞出延岑軍後。蜀地震駭。公孫述大驚。以杖撃地曰。是何神也。彭所営地。名亡彭。聞而悪之。欲徙会日暮。蜀刺客詐為亡奴降。夜刺殺彭。彭首破荊門。長駆武陽。持軍整斉。秋毫無犯。邛穀王任貴。聞彭威信。数千里遣使迎降。会彭已薨。帝尽以任貴所献賜彭妻子。謚曰壮侯。蜀人憐之。為立廟武陽。歳時祠焉。

103 野篁憑蛩

参議小野篁。従四位下。内蔵頭岑守男也。博洽強記。工詩能書。歴仕于(元)嵯峨淳和仁明文徳四帝。由東宮学士。累遷参議左大弁。承和三年。詔参議藤原常嗣為遣唐大使。篁為副使。四年三月発船。海路遇風波。常嗣所乗第一船破壊。常嗣移第二船。退篁第三船。

104 賈誼賦鵩

於是篁怏怏。称病道帰。作文譏評常嗣。且有軽上之意。上皇大怒。
減死配流隠州。是以不耐旅泊悲寂之情。詠歌以寄親朋云。和多
能波羅（滄海也）野曽志摩加計氏（兼八十島也）胡岐伊題奴等（漕出也）比登邇播都
気与（請告人也）阿未能途利輔祢（蜑之釣舟也）七年。会赦帰京。八年復本官。初詔
撰淳和朝令義解。藤（清）原夏野為総裁。然篁筆力為多。篁為下野国
司時。於足利邑立学校。実有功於斯道。仁寿二年卒。歳五十二
前漢賈誼。洛陽人。年十八。能誦詩書。属文称於郡中。河南守呉公。
聞其秀材。召置門下。及為廷尉。迺言誼年少。頗通諸家書。文帝召
為博士。毎詔令議下。諸老先生未能言。誼尽為之対。人人各如其
意所出。諸生以為能。帝説之。超遷。歳中至太中大夫。誼以為漢興
当改正朔。易服色。制度。定官名。興礼楽。迺草具其儀。帝謙譲未皇
也。然諸法令所更定。皆誼発之。天子以誼任公卿之位。絳灌之属
害之。於是上亦疏之。不用其議。以為長沙王太傅。三年。有服（鵩）飛入
舎。止於坐隅。服似鴞。不祥鳥也。誼既謫居長沙。卑湿。自傷悼以為
寿不得長。迺為賦以自広。歳余帝思誼。徴之。入見。上方受釐坐宣
室。因感鬼神事。而問鬼神之本。誼具道所以然之故。至夜半。帝前
席。既罷曰。吾久不見賈生。自以為過之。今不及也。迺拝誼梁王太
傅。死年三十三。孔臧鴞賦云。昔賈生有識之士。忌茲服鳥

105 秋津到門

宗岡秋津。奉試登第。帝賜書曰。秋津久在学館。齢算已積。頻逢数年課試。常歎一身之論落。方今適擅擒藻之美。以入攀桂之列。云云。秋津感詔旨之辱。拝戴捧出。舞踏大庭。秉興且歌且行。白髪戴霜。青衫乗月。不覚到建礼門。忽得両句曰。今宵奉詔歓無極。建礼門前舞踏人。高吟三四。衛兵士異之問曰。何人。答曰。新進士。老学生。宗岡秋津也。衛士責曰。此是建礼門也。匪汝所到也。況高吟驚耳乎。秋津愕然謝之。

106 夏竦対墀

夏英公竦。字子喬。江州人。挙制科。対策廷下。有老宦者。以呉綾手巾。乞題詩。詩云。殿上袞衣明日月。硯中旗影動龍蛇。縦横礼楽三千字。独対丹墀日未斜。百官志。尚書郎。奉事明光殿。以胡粉塗壁。画古賢烈士。以丹朱漆地。謂之丹墀。

107 吉平勧杯

安倍吉平。清(晴)明子也。継業善卜。一日与官医雅忠対飲。雅忠挙盃。吉平告曰。即今将震。宜急飲尽。語未了。乍地動。杯酒傾覆矣

108 張衡造儀

張衡字平子。南陽西鄂人。祖堪。蜀郡太守。衡少善属文。後游大学。

遂通五経。善機巧。尤致思於天文陰陽暦算之学。作渾天儀。復造候風地動儀。以精銅鋳成。員径八尺。合蓋隆起。形似酒尊。其牙機巧制。皆隠在尊中。覆蓋周密無際。如有地動。尊則振。龍機発吐丸。而蟾蜍銜之。振声激揚。伺者因此覚知。雖一龍発機。而七首不動。尋其方面。乃知震之所在。合契若神。嘗一龍機発。而地不動。咸怪其無徴。後数日駅至。果地震隴西。于是皆服其妙。官太史令。出為河間相。徴拝尚書。

109 藤綱買炬

青砥左衛門藤綱。嘗仕相模守平貞時。賜管内地数十所。為采邑。仍資財不乏。然平常裁服以棉布。佐飯以焼塩。倹素守身。多此類也。性慈仁愛人。見饑餓者。与之飲食。貧窮者。与之銭布。夜偶出行。途経一水。曰滑川。従者誤随所帯之銭十文於水中。藤綱雇村民。且買松炬。直約五十銭。用照水中。滞(擲)得随銭而還。或謗曰。所失太多。所得太少。何哉。藤綱嚬頓曰。子不知所以恵民済世。若今不捜索之。則永為滞貨。蓋所支費。則散在民間。以成利用。是乃不両得者乎。其人大感服焉

110 公儀抜葵

公儀休相魯。使食禄者。不得与民争利之。其家食茹而美。慍而抜

去其葵。見其家織帛、好怒而出其婦、燔其機曰。令農夫工女安所售其貨乎。董子曰。夫天亦有所分予。予之歯者。去其角。傅之翼者。両其足。所受大者。不得取小。公儀休之相魯。真君子所当取法者也。朱子曰。公儀子抜園葵。去織婦。即大学絜矩之道也

111 高忠循吏

豊後守多賀高忠者。江州人。京極之族親也。応仁文明之際。京極持清。補京師之所司。高忠為所司代。掌雑務。聞訴事。時人服善政。称徳化焉。其事蹟載在于口碑矣。高忠嘗遣船於朝鮮。為盟約矣

112 仲淹良医

范仲淹字希文。呉県人。刻苦読書。大通六経之旨。大中祥符間第進士。慨然有志於当世。少貧而篤学。日食虀粥一角。秀才時便以天下事為己任。嘗謁一相士。徐問之云。能作宰相不。相士曰否。又問能作名医不。相士訝曰。何前高而後卑也。公曰。惟両者可以救人耳。相士讃曰。仁心如此。真宰相也。仁宗時為右司諫。極論時政。歴州所至。有恵政。以龍図学士。知延州。西賊大懼。召拝枢密副使。進参知政事。未竟所施卒。諡文正。追封楚国公

113 弘計屯倉

114 病己(已)詔獄

顕宗天皇。諱弘《コ》計《ケ》。履中天皇孫。市辺押磐皇子第三子。仁賢天皇弟也。安康三年十月。父押磐讒死。其帳内《トネリ》日《ク》下《サカ》部《ベ》連使主。与其子吾《ア》田彦。窃奉億計弘計。避難于丹波国余社郡。仍恐見害。更逃往播磨国縮見山石室。使主私自経死。弘計勧億計。赴明石。俱就仕縮見屯倉《ミヤケ》首。海部造細目。吾田彦未嘗離王。固執臣礼。清寧二年十一月。播磨国司山辺連先祖来目部小楯。親弁新嘗供物于赤石郡。適会縮見屯倉首飲宴累日。首令弘計居竈傍秉燭。夜深酒酣。次第儛訖。首対小楯特称億計弘計兄弟徳行。小楯撫琴命兄弟起儛。億計儛訖。弘計亦起儛。既而数闋。小楯深異。而令称其族。弘計謂押磐皇子裔也。小楯大驚離席再拝。欽伏承事。於是悉発郡民。不日造宮。権奉安置。乃詣京都以聞。天皇大喜。命小楯持節将左右舎人。至赤石奉迎。養為皇子。遂立為太子。天皇升遐。太子億計与皇子弘計相譲。不即位。由是弘計姉飯豊青皇女。臨朝於忍海角刺宮。自称尊。十一月崩。十二月。百官大会。太子亦推譲之。皇子益固辞。太子慷慨流涕。皇子自知不終居。而恐逆兄意。即聴之。而不御世

漢孝宣皇帝。初名病已（已）。後改名詢。武帝之曽孫也。初戻太子。拠納史良娣生史皇孫進。進生病已。数月遭巫蠱事。皆繋獄。望気者言。

長安獄中有天子気。武帝遣使令尽殺獄中人。丙吉時治獄。拒不納曰。他人無辜。尚不可。況皇曾孫乎。使者還報。武帝曰。天也。及長高材好学。亦喜游侠。具知閭里姦邪。吏治得失。昭帝元鳳中。泰山有大石。自起立。上林有僵樹。復起。蚕食其葉曰。公孫病己〔巳〕立。及賀慶〔廢〕。病己〔巳〕年十八矣。霍光等奏。病己〔巳〕躬節倹。慈仁愛人。可以嗣孝昭後。迎入即位。既立六年光卒。始親政。

115 柿本明石

116 李老函谷

柿本大夫人麻呂。其先出自孝昭天皇之皇子。天足彦《タラシヒコ》国《クニ》押《オシ》人《ヒト》命。世世綿綿歴事敏達天皇。門辺有柿樹。故以柿本為氏。人麻呂事持統文武両朝。以倭歌最善鳴。或過滋賀之旧都。感春草之茂。或侍雷岳《ヲカ》之御遊。頌皇威之尊。或陪吉野之仙蹕。指山桜為白雲。或従紀州之行幸。結小松。後栄。其所交遊長皇子。高市。新田部。弓削。舎人。忍坂部諸皇子。伯瀬部皇女。及丹比《タヂヒ》真人等。皆是当時貴顕也。其所経歴播州讃州筑紫国。所到所在。述羈旅之懐。就中明石浦朝霧扁舟之歌者。詞林之絶唱。膾炙人口者也。其晩年在石見国。将没。自悼作歌。其妻依羅《ヨサミ》娘女《ヲトメ》和之而悲。蓋夫当文武天皇之末年乎。或曰。存而在聖武朝者。伝説之誤乎老子名耳。字伯陽。謚曰聃。母懐之八十一歳乃生。従母左腋而出。指李為姓。周武王時為柱下史。所出度世之法。九丹八石。玉醴金液。治心養性。絶粒変化。役使鬼神。説道徳五千言。嘗乗青牛薄版車。徐甲為御。度函谷関。関吏尹喜先望見紫気而知之。乃授以長生之術。

117 寛蓮金枕

釈寛蓮肥前州藤津郡大村人也。俗名橘良利。後薙染。侍于寛平上皇。蒙殊遇。上皇毎与蓮囲碁賭金枕。一日蓮得賭而退。勅年少郎官奪取之。他日復対御局。得賭如向。郎官将奪却之。蓮遽投諸宮井而去。仍降人於井中探之。則木枕貼金箔者也。郎官以聞。上皇大笑。蓮竟将金枕之資相彼洛北新造弥勒寺。

118 道古博局

唐昭武校尉李道古者。曹成王皐之子也。史称道古巧于宦。便佞傾下。游公卿間。常与奕博。偽不勝。厚進所償。嗜利者多得其歓心。故少盗美名。及死売宅以葬。

119 成範鸂鶒

黄門侍郎藤成範。給事中通憲子也。有罪謫遠郡。数年会赦而還。

120 謝尚鴝鵒

或時登闕。官女寄示和歌曰。久毛能宇倍波。雲上也阿利之年伽志爾。在昔也加播羅祢等。不変也弥之多摩多礼廼。宇智椰由介嗣幾。珠簾追憶既見之中否也成範勿卒之際。将燈拱焦尾。書一曽字於片箋。以報答焉。蓋曽字。決語也。答其追憶珠簾否之語。決断自己志情。古来有此一体。称鸚鵡返。

晋謝尚。字仁祖。八歳神悟夙成。其父鯤。嘗携之送客。或曰。此児一座之顔回也。尚曰。座無尼父。焉別顔回。席賓歎異。及長善音楽。博綜衆芸。王導比之王戎。長呼為小安豊。辟為掾。始到府通謁。導以其有勝会。謂曰。聞君能作鴝鵒舞。一座傾想。尚便著衣幘而舞。導令坐者撫掌撃節。尚俯仰其中。旁若無人。其率詣如此。終衛将軍散騎常侍。

121　欽明韓像　　122　漢帝竺神

欽明皇帝十三年。十月十三日。百済国聖明王。使西部姫氏達率怒利斯致。貢献釈迦銅像。経論幡蓋若干品。上表曰云云。帝大悦。詔使者曰。朕従昔以来。未曽聞如是微妙之法。然朕不自決。姑待議焉。乃歴問群臣曰。西蕃献仏。其貌偉麗。不知可拝不。大臣蘇稲目奏対曰。海藩諸国。一皆礼奉。豊秋日本。豈独否乎。況百済王。世承皇化。若貢妖神、為忠藩。願陛下勿慶也。大連物尾輿・中臣鎌子等言、我国家之治天下也、恒以天地社稷一百八十神、春夏秋冬、祭拝有典。方今改拝蕃神、恐致国神之怒。帝曰、卿等言爾也。然聖明之貢、不可舎也。誰奉斯神者。稲目稽首請之。帝賜像蘇氏。稲目安小墾田家。又捨向原宅為寺、奉像。

漢明帝夜夢金人、長丈餘、身有日光、飛空而至。以問群臣。有通事舎人傅毅対曰、臣聞西域有神。其名曰仏。其形長丈六尺、而黄金色。軽挙能飛。陛下所夢、得無是乎。帝于是遣蔡愔・張騫・秦景・王遵等十二人、往天竺、写取仏経四十二章、及沙門摩騰・竺法蘭以来。帝令蔵経蘭台石室、起白馬寺于雍門外、以処摩騰。録是化流中国。

123 桓武土像

桓武帝遷都平安城時、勅群臣及諸博士、議王都長久之策。於是造八尺土偶人、衣鉄甲冑、持鉄弓矢。帝自祝曰、為此京守護神。因埋東山峰、西面立焉。今之将軍塚是也。

124 秦始金人

秦王初并天下、自以徳兼三皇、功過五帝、更号曰皇帝。命為制、令為詔、自称曰朕。制曰、死而以行為謚、則是子議父、臣議君也。甚無

謂。自今以来。除諡法。朕為始皇帝。後世以計数二世三世。至于万
世。伝之無窮。収天下兵。聚咸陽。銷以為鐘鐻金人十二。重各千石

125 岑継改励

黄門侍郎橋岑継者。右丞相氏公長子。氏公仁明帝外舅也。帝即
位。以岑継為近侍。受寵遇。岑継為人。身長六尺餘。性遅鈍不読書。
帝謂岑継不才。雖戚族難登庸。岑継潜聞眷旨。忽改節研精。竟成
学業。

126 張充自新

張充字延符。少不拘検。肆意略遊。父思曼請暇還呉。始入西郭。延
符正猟。左手臂鷹。右手牽犬。遥望見思曼。乃放鷹紲犬。向舟而拝。
思曼曰。一身両役無乃労乎。延符跪曰。充聞三十而立。今二十九
矣。請至来歳終身折節。思曼曰。過而能改。乃顔子矣。明年番(翻)然易
操。尋師就学。博覧古籍。爵為名士。

127 摂男刈蘆

128 買臣売薪

昔摂州難波里。有一男子。失姓名。有婦某氏。共華族。然家貧無
儋石儲。男語婦曰。我与爾同居年久。方今生産已竭。朝不謀夕。往
将仆溝壑。不若離索。各為人奴婢。僥倖遭遇。則再会豈無期耶。婦

然諸泣従焉。婦遂入洛陽。先容旧識。仕于一富家。起臥唯想慕夫男。久之富家内子掩粧。未幾。主翁不耐寂寞之情。顧眄摂婦。漸至専房。然想旧夫不舎。一日陽告主翁曰。妾頃有故郷念至切。且江畔嫩蘆亦可愛玩。伏請暫遊摂江。主翁許之。便促緑輿従奴婢行到江畔。時有一男子。顔色憔悴。鶉衣百結。担荷蘆葉過于輿前。婦人使奴呼来男子。買却蘆葉。而隔輿簾注目。即旧夫也。乃潸(潸)然慚悔。多与銭貨去。且他日潜寄和歌并衣帯。然竟無餅飾之佳期。惜哉

前漢朱買臣。字翁子。呉人。家貧好読書。不治家産。常艾薪樵。売以給食。担束薪行且誦書。其妻亦負戴相随。羞之求去。買臣笑曰。我年五十当富貴。今已四十余矣。女苦日久。待我富貴報女功。妻恚怒曰。如公等終餓死溝中矣。何能富貴。買臣即聴去。後数歳随上計吏。為卒将重車至長安。詣闕上書待詔公車。会邑子厳助貴幸。薦買臣召見。説春秋言楚詞。武帝説之。拝中大夫与厳助倶侍中。久拝会稽太守。上謂曰。富貴不帰故郷如衣綉(繍)夜行。今子何如。買臣頓首謝。入呉界見其故妻。妻夫治道。買臣呼命後車載其夫妻到太守舎置園中給食之。妻自経死。買臣乞其夫銭令葬。悉召見故人与飲食。諸嘗有恩者皆報復焉

129 宝字薬院

称徳皇帝。天平宝字元年。十二月辛亥。勅普為救養疾病。及貧乏之徒。以越前国墾田一百町。永施山階寺施薬院。伏願因此善業。朕与衆生。三檀福田窮於来際。十身薬樹。蔭於塵区。永滅病苦之憂。共保延寿之楽。遂契真妙之深理。自証円満之妙身。

130 大観局方

宋徽宗大観中。庫部郎中陳師文等。上太平恵民和剤局方表略云。昔神農嘗百薬之味。以救万民之疾。周官設疾医之政。以掌万民之病。著有簡編。為万世法。我宋勃興。神聖相授。咸以至仁厚徳涵養生類。且謂札瘥薦臻。四時代有。救恤之術。莫先方書。故自開宝以来。每勅近臣。讎校本草。厥後纂次神医普救。刊行太平聖恵。重定鍼艾兪穴。校正千金外台。又作慶暦善救簡要済衆等方。以恵天下。或範金掲石。或鏤版聯編。雖神農之用心。成周之致治。無以過也。天錫神考。睿聖承統。其好生之徳。不特見於方論而已。又設太医局。熟薬所於京師。其恤民瘼。可謂勤矣。主上天縦深仁孝述前烈。爰自崇寧。増置七局。掲以和剤恵民之名。俾夫修製給売。各有所司。又設収買薬材所。以革偽濫之弊。比詔会府。咸置薬局。所以推広祖考之徳沢。可謂曲尽。云云。文献通考云。和剤局方

十巻。晁子(鼂氏)曰。大観中。詔通医。刊正薬局方書。不閲歳書成。校正七百八字。増損七十餘方

131 金岡図馬　132 李王画羊

巨勢金岡中納言野足子也。歴仕清和陽成光孝宇多醍醐五朝。累官至大納言。工画図。因詔画賢聖像於紫宸殿障子。自此遂為故事。金岡以濃淡墨汁。図山十五層。巧分遠近之勢矣。世伝。金岡嘗画馬於洛北仁和寺壁。然後毎夜逸馬。喰近邑田禾。里民漸察画馬所為。窃刺其点眼。後復無害土毛。太宗朝。李王献画羊。昼則齧草欄外。夜則帰臥欄中。莫暁其理。僧賛寧曰。此幻薬所画。南海倭国有蚌涙。和色著物。昼見夜隠。沃焦山石。磨色染物。昼隠夜見。

133 頼朝再栄　134 桓公一匡

源頼朝者。清和天皇裔孫。左馬頭義朝三男。母熱田大宮司。散位藤季範女也。平治元年。義朝以有与平清盛宿怨。党右衛門督藤信頼不軌。囲上皇宮。清盛及子重盛。俄率兵討信頼義朝。遂伏誅。時頼朝幼従義朝。軍敗以単身遁奔。為追騎被捕。当(将)斬矣。清盛後

母池禅尼𢛉頼朝髫年就死。懇乞清盛。減死一等。流竄豆州蛭島。多歴寒暑。至治承三年。陰承上皇旨。挙義旗。撃滅無道之平氏。於海西。寿永二年。亦承勅。征伐反人。同族伊予守義仲。爾来朝恩歳加。武威日盛。文治五年。叙正二位。建久元年。任権大納言。同年。兼右大将。三年。任征夷大将軍。正治元年正月十三日。薨于相州鎌倉府。年五十三

斉姜姓。太公望呂尚之所封也。至桓公覇諸侯。五覇桓公為始。名小白。兄襄公無道。群弟恐禍及。子糾奔魯。小白奔莒。襄公為弟無知所弑。無知亦為人所殺。斉人召小白於莒。至斉而立。鮑叔牙薦管仲為政。桓公九合諸侯。一匡天下。皆仲之謀。

135　上池三仏　　136　馬氏五常

惟天姓源。頼光之苗裔也。其先在和州。十世之祖九仏。始従洛城土著。以医称于世。其子十仏。十仏之子曰士仏。士字。以従十従一。而亜十仏之謂也。士仏諱慧勇。別号健叟。通医術。又嗜詩歌。後光厳後円融後小松三帝。共賜上池院号。叙法印。上池之称。肇于此。而奕世医名籍甚。到惟天而益盛也。惟天諱貴祐。篤志診視。多奇効。叙民部卿法印。仕光源院義輝公。及信長公。秀吉公。蒙寵遇。慶

長三年。六十六歳而卒。子孫到于今侍幕府矣。吁上池之水。混混不竭。汎濫于十餘世。可謂積善之餘慶也矣

馬良字季常。襄陽(宜)城人。兄弟五人。並有才名。郷里為之諺曰。馬氏五常。白眉最良。良眉中有白毛。故以称之。先主称尊号。以良為侍中。及東征呉。遣良入武陵。招納五渓蛮夷。蛮夷渠帥。皆受印号。咸如意指

137 假(蝦)夷佾舞

皇極帝時。蘇我蝦蛦(夷)為大臣。行政執権甚侈。建己之祖廟於葛城。而為八佾之舞。遂作歌。其儀礼僭于天子也

138 季孫雍徹

論語。孔子謂季氏。八佾舞於庭。是可忍。孰不可忍也。三家者。以雍徹。子曰。相維辟公。天子穆穆。奚取於三家之堂。朱子註。三家魯大夫。孟孫叔孫季孫之家也。雍周頌篇名。徹祭畢而収其俎也

139 顕季影供

140 子儀像設

栗田讃岐守兼房。嘗嗜和歌。以未得秀逸為慊。是故平日。想慕柿本大夫人麻呂才貌。蓋人麻呂。上世之歌人。仕持統文武之朝矣。或時兼房夢遊西坂下。落梅満地。芬馥襲人。傍有一老翁。容姿不

凡袍袴烏帽。左手持紙。右手執毫。如有所尋思。未知其為誰。翁告
曰。君久想念人麻呂。故得邂逅。言畢不見。兼房覚後甚喜。雇画工。屢
写所夢之像。換数紙乃成。既装潢。長掛壁間。卯酒拝敬焉。他後
得佳句。如有神助。晩年以奉献白河帝。帝悦宝畜于鳥羽宮庫。後
将作大匠藤顕季。奏請模写焉。久之被許。因令妙工臨模。且請藤
敦光。作讃。源顕仲浄書。錦繍装背。歳時設影供。酒肴茶果。点燈焚
香。大会吟友。終日觴詠。顕季有三男。季曰顕輔。為京兆尹。以歌才
超過伯仲。遂授与這箇肖像云
祥符天禧中。楊大年。銭文僖。晏元献。劉子儀。以文章立朝。為詩皆
宗尚李義山。号西崑体。子儀画義山像。写其詩句。列左右。貴重之
如此

141　宗信水藻　　142　無杜井経

六条大夫宗信者。以仁皇子乳媼之子也。源光禄頼政。嘗与平大
師清盛有隙。故託大師僭乱。奨動皇子。謀誅平族。已発覚。挟皇子
拠于宇治。大師大怒。遣左武衛知盛等襲之。頼政敗績自殺。皇子
将奔寧楽。道中流矢而殂。士卒悉死之。唯宗信深匿新野池心。以
水藻自蔽。待敵軍過去。笮其湮袖。竊帰京師。人皆唖罵焉

左伝。宣公十二年冬。楚子伐蕭。宋華椒以蔡人救蕭。蕭人囚熊相宜僚。及公子丙。王曰。勿殺吾退。蕭人殺之。王怒遂囲蕭。蕭潰。申公巫臣曰。師人多寒。王巡三軍。拊而勉之。三軍之士。皆如挟纊。遂伝於蕭。還無社与司馬卯言。号申叔展。叔展曰。有麦麹乎。曰無。有山鞠窮乎。曰無。河魚腹疾奈何。曰目於眢井而拯之。若為茅絰。哭井則已。明日蕭潰。申叔視其井。則茅絰存焉。号而出之。

143 景時銭誅

梶原景時者。姓平氏。奸雄而巧言語。容邪媚於源二位。頗得心矣。譖義経。愬朝光。其餘陥語穿鑿讒刃者。不可勝数之。同朝之諸臣。忿怒之。衆議而締党者六十六人。同請頼家。以逐景時父子。頼家不能已。聴其請。後又謀逆而伏誅。

144 商鞅車裂

衛公孫鞅入秦。因嬖人景監以見。説以帝道王道。三変為覇道。而後及強国之術。廃井田開阡陌。更為賦税法。秦人富強。封鞅商於十五邑。号曰商君。孝公薨。恵文王立。公子虔之徒。告鞅欲反。鞅出亡欲止客舎。舎人曰。商君之法。舎人無験者坐之。鞅歎曰。為法之弊。一至此哉。去之魏。魏不受。内之秦。秦人車裂以徇。鞅用法酷。歩過六尺者有罰。棄灰於道者被刑。嘗臨渭論囚。渭水尽赤。

145 佐用振巾

宣化欽明之際。大伴狭手彦。奉詔率兵航渡。以破高麗。其妻曰佐用姫。傷分袂之悲。登松浦山。而振領巾。遥招狭手彦之船。遂名其山。曰領巾振山。山在肥之前州

146 趙姉磨笄

史記趙世家云。襄子姉前為代王夫人。簡子既葬。未除服。北登夏屋。請代王。使厨人操銅料以食代王及従者行斟。陰令宰人各以料撃殺代王及従官。遂興兵平代地。其姉聞之泣而呼天。磨笄自殺。代人憐之。所死地名之。為磨笄之山。

147 孝謙婬虐

聖武帝有女。曰高野姫。母光明后藤氏。帝晩年倦政。譲位於高野姫。謂之孝謙女皇。在位十年。内禅于舎人王之子大炊王。然威福玉食不異日時。遂廃新帝。而移于淡路州。世謂之淡路廃帝。未幾遣内人潜縊死焉。於是女皇重祚。謂之称徳帝。蓋一帝二謚。前史未聞有之。女皇性驕奢婬虐。時大師藤仲麻呂為帝辟陽侯。故権威傾朝。百官側目。遂至賜恵美押勝号。後謀反伏誅。又嬖幸山階寺僧道鏡。呼為大臣禅師。道鏡伐于朝恩。蔑視公卿。且雖流涎宝

148 則天姦迷

鼎。神人不与焉。宝亀元年女皇崩。即日立白壁王。是為光仁帝。寛仁敦厚。曽雖聞先皇醜声不忍顕揚之。故貶道鏡於下野国薬師寺別当云

則天武氏。故荊州都督武士彠之女也。太原人。年十四。太宗聞其美召入後宮。以貞観十一年為才人。太宗崩。才人年二十四矣。為尼。高宗幸寺見之而泣。時王皇后与蕭淑妃争寵。密令長髪。勧高宗納之。既入而后与淑妃皆失寵。武氏年三十二。遂自昭儀為后。王蕭皆為所殺。高宗既崩。子哲即位。廃為廬陵王。而立子旦。后臨朝称制。立武氏七廟。太后遂大殺唐宗室。自名曌称皇帝国号周。以旦為皇嗣。改姓武。時曌年六十七矣。初寵僧懐義。後寵張易之張昌宗兄弟。居中用事云云。曌寝疾甚。柬之与崔玄暉敬暉桓彦範袁恕己。率羽林将軍李多祚等挙兵討内乱。迎太子於東宮。斬関入。斬易之昌宗於廡下。遷曌於上陽宮。上尊号曰則天大聖皇帝。是冬殂。年八十二

149　伊通戯謔　　150　淳于滑稽

相国藤伊通公。自微官時。以相種咫尺龍顔。性穎秀。喜戯謔。屢動天笑。一日朝紳会集。公語同列曰。頃褒賞武人未必問勝敗。唯以

殺人多者。為上功。然則三條殿井。亦可以居上功。比来陥入人物許多。衆皆絶倒

淳于髡者。斉之贅壻也。長不満七尺。滑稽多弁。数使諸侯。未嘗屈辱。威王八年。楚大発兵加斉。斉王使淳于髡之趙請救兵。齎金百斤。車馬十駟。淳于髡仰天大笑。冠纓索絶。王曰。先生少之乎。髡曰。何敢。王曰。笑豈有説乎。髡曰。今者臣従東方来。見道傍有禳田者。操一豚蹄酒一盂。而祝曰。甌窶満篝。汙邪満車。五穀蕃熟。穰穰満家。臣見其所持者狭。而所欲者奢。故笑之。於是。斉威王乃益齎黄金千鎰。白璧十双。車馬百駟。髡辞而行至趙。趙王与之精兵十万。革車千乗。楚聞之。夜引兵而去。

151　高時聚犬　152　元宗闘雞

平高時。北條貞時子。任相模守。嘉暦元年薙髪。更名宗鑒。為人放肆。以勢軽人。居権極奢。平素聚獒犬数百。使其相噛闘。見以為楽。又令諸州貢献焉。群牧連率。争而徴発。或十頭。或二十頭。無日而不致之。飼之以魚鳥。繫之以金鏁。是以府中狂犬充盈。及四五十(千)数。其行路養畜之費耗。不可勝計云

元宗好闘雞。貴臣外戚。皆尚之。貧者或弄木雞。識者以為雞酉属。

帝生之歳也。闘者兵象。近難禍也

153 以言紅句

江以言。紀斉名。共有詩名。故勅二人同献詩。以秋未出詩境為題。乃歴御試以以言為優。其一聯云。文峰按轡駒過影。詞海艤舟葉落声。因請具平親王之雌黄。親王曰。改作句駒影。紅葉声。則更可也。以言甚喜服而去。斉名聴之不悦焉

154 賈島敲推

賈島字浪仙。初為浮屠。号無本。居法乾寺。後挙進士。苦吟常跨驢。不避公卿貴人。嘗吟詩云。僧敲月下門。又欲下推字。於驢上以手作敲推勢。不覚衝至京尹韓愈第三節。左右擁至馬前詰之。以実対。愈曰。敲字佳。与共論詩。為布衣交

155 時棟小奴

江時棟者。本布衣也。藤道長公。適行遊。車前有小童。駈馱馬者。公視其為人。天資秀発。且有重瞳。命随後而帰。乃属江匡衡習学。果而広才多芸。匡衡顧遇。遂冒己姓

156 陸羽遺児

陸羽字鴻漸。未知所生。及長以易自筮。得蹇之漸曰。鴻漸于陸。其羽可用為儀吉。乃以陸為氏名而字之。在隴西公幕府。自号東園

先生。又因話録云。羽本遺小児。為竟陵能(龍)蓋寺僧収養。至成人後。他適聞所養僧卒。作歌曰。不羨黄金罍。不羨白玉杯。不羨朝入省。不羨暮入台。千羨万羨西江水。曾向竟陵城下来。

157 美材写屏

小埜美材者。精翰墨。曾奉勅写白氏詩於御屏。書其後曰。太原居易古詩聖。小野美材今草神。蓋美材臨池之妙。為時所推。故自言《ヘリ》亦爾。

158 羲之臨池

王羲之字逸少。導従子也。王敦曰。此吾家佳子弟也。与王承王悦。為王氏三少。仕晋為右軍将軍。会稽内史。羲之臨池学書。池水尽黒。草隷為古今之冠。

159 義家与賊

源義家者。頼義之子也。頼義有子四人。義家受祖父之家督。号八幡太郎。為人有勇力。怒則頭髪上指。目眦尽裂。且又善騎射。従父頼義于東奥。誅貞任宗任。其後又討武衛家衡平之。

160 裴度准夷

裴度字中立。威誉徳業。比郭子儀。以身係天下軽重者三十年。歴事四朝。以全徳終始云云。柳文註曰。元和十二年。十月癸酉。憲宗

命裴度李愬。平呉元済之乱。故子厚為作是詩以美之

161 葦姫竹屋

皇孫天津彦火瓊瓊杵尊。天降坐于筑(筑)紫日向襲《ソノ》之槵《クシ》触《フル》二《フタ》上《カミノ》峰矣。以大《オホ》山《ヤマ》祇《ズミノ》神之子。名神《カン》吾《ア》田《ダ》鹿《カ》葦《アシ》津《ツ》姫為妻。葦津姫。一夜有娠。遂生四児。以竹《アヲ》刀《ヒヱヲ》。截其児《ミコノ》臍《ホソノヲ》。其所棄竹刀。終成竹林《タカハラト》。号其地曰竹《タカ》屋《ヤト》。

162 夸父鄧林

夸父不量力。欲追日影。逐之隅谷之際。渇欲飲。走飲河渭不足。将北走飲大沢。未至道渇而死。棄其杖。尸膏肉所浸。生鄧林。弥望数千里

163 河辺臣船

推古天皇二十六年。遣河辺臣於安芸国。令造船。至山覓船材。便得好材。以名。将伐《キラムト》時。有人曰。霹《カン》靂《トキノ》木也。不可伐。河辺臣曰。其雖雷神。豈逆皇命《キミノミコトニ》耶。多祭《イハイマツリテ》幣帛《ミテクラヲ》。遣人夫《オオムタカラヲ》令伐。則大雨。雷電之。爰河辺臣按剣《トリシハリテツルキヲ》曰。雷神無犯《ナヲカシソ》人夫。当傷我身。而仰待之。雖十余霹靂。不得犯河辺臣。即化少魚。以挟《ハサマリ》樹枝。即取魚焚之。遂脩理《ツクリツ》其船。

164 趙道人琴

霹靂琴。零凌湘水西。震餘枯桐之為也。始枯桐生石上。説者言。有

蛟龍伏其竅。一夕暴震。爲火之焚。至旦乃已。其餘硿然倒臥道上。震旁之民。稍柴薪之。趙(趙)道人聞取以爲三琴云云

165　匡房文預

正二位権中納言大江匡房。博学洽聞。並工詩歌。家系出自音人。従四位信濃守。成衡子也。世継儒業。曾祖匡衡。擅名博識。故蔵書汗充。匡房毎恐古巻蠹腐貼背整頓。標軸印記。人問其故。答曰。予八旻江家文預(猶言筆籍也)也。何翅為己有焉。匡房拝太宰府帥。故時人称江帥不名。

166　劉峻書淫

梁劉峻字孝標。若所見不博。聞有異書。必往祈借。清河崔慰祖謂之書淫。武帝引見。右対不称。乃著弁命論。寄其懐。遊東陽紫巌山。築室居焉。卒謚玄静(靖)先生。

167　国基不食

朝散大夫津守国基者摂州住吉祠神主(神主ハ即チ祭主也)。右大弁吉祥後胤。世襲其職。康平康和年間人也。工和歌及箏。一時赴某家歌筵。偶金吾校尉孝義有秀歌。坐客皆不及。国基帰家不食数日。遂得警作曰。宇須素弥爾(薄墨也)伽倶伲摩都佐登(書玉章也)未由盧軻那(見哉也)伽周売

168　東野苦吟

留曽羅而箇倍流軻理軻祢吟友感称焉。国基歌載于後拾遺集者共三首

孟郊詩寒渋窮僻。琢削不瑕。真苦吟而成。観其句法格力可見矣。其自謂。夜吟暁不休。苦吟鬼神愁。如何不自閑。心与身為仇。而退之薦其詩云。栄華肖天秀。捷疾愈響報。何也

169 天智倹素　　170 孝文敦朴

開別皇子者。舒明天皇子。母天豊財重日足姫。斉明帝御宇。唐与新羅襲百済。百済遣其臣福信。請救於我。帝迺輙(趣)軍。幸于土左国朝倉。開別在東宮摂行軍令。造黒木殿於山中。効采椽不削茅茨不裁之倹。民皆服其徳。謂之木丸殿。帝崩。太子素服聞政。葬帝而後。即位于滋賀宮。謂之天智天皇。

漢孝文帝。従代来即位。二十三年。宮室苑囿。狗馬服御。無所増益。有不便輙弛以利民。嘗欲作露台。召匠計之。直百金。上曰。百金。中民十家之産。吾奉先帝宮室。常恐羞之。何以台為。上常衣綈衣。所幸慎夫人。令衣不得曳地。幃帳不得文繍。以示敦朴為天下先。治覇陵。皆以瓦器。不得以金銀銅錫為飾。不治墳。欲為省毋煩民

171 真備励業　172 李泌嗜学

吉備大臣。始曰下道真備。仕乎元正聖武孝謙光仁之際。再入中華。振名異域。博識声価。為時流所推。故進拝右僕射。帰自華夏。進其所習唐礼百餘巻。軍制亦在其中。聖武帝大嘉之。闔国以為矜式。孝謙(淳仁)天平宝字四年。十有一月。遣春日部三関土師宿祢関成等十六人於太宰府。令就吉備朝臣(此時為太宰大弐)講習諸葛八陣。孫子九地。及結営向背也

李泌字長源。七歳能文。開元中召至。令張説試之。時方奕。令賦方円動静。立就。説賀帝得奇童。張九齢呼為小友。詔賜東帛。勅其家曰。善視養之。粛宗即位。召至。因賜金紫。拝司馬。賊平隠衡山。給三品禄。賜隠士服。代宗召至舎蓬萊殿書閣。賜第。拝杭州刺史。徳宗召。拝平章事。後月蝕東壁。泌曰。吾当之矣。果卒

173 貫之蟻通　174 韓愈衡嶽

紀貫之集。貫之帰自紀伊国時。馬病将斃。路人僉云。此所坐之神為祟。貫之思此所無社。又無誌。而欲祈亦無幣帛。因濯手跪而問名。答曰。蟻通明神。乃詠和歌曰。加枳句毛利。(空濛也)阿夜梅毛志羅奴。(不知文目也)於保曽羅爾。(太虚也)阿里登保志鳥(烏)波。(有星也。但与蟻通和訓相通)於毛布倍志耶波。

（豈思焉也）於是。馬遂能行。古事談曰。貫之還自和泉国時也。昔未詳何時世也。唐将撃我邦、試贈七曲玉環、上下内通。且告曰。以縄貫此玉。衆人不知所為。于時有中将某。取蟻繋細糸其腰。以蜜塗環孔口。而入蟻。蟻聞蜜香。遂得通入而出。於是以其糸所貫玉環。還于唐。唐人驚曰。日本国人其賢哉。遂不肯攻我。其中将進至大臣位。死而為神云云

唐韓愈有謁衡嶽廟詩云。我来正逢秋雨節。陰気晦昧無清風。潜心黙禱若有応。豈非正直能感通。須臾静掃衆峰出。仰見突兀撑清空。云云。一統志巻六十四。衡州府衡山。在衡山県西三十里。五岳之一也

175 景高執弓

鎌倉権五郎景正五世孫。梶原平三景時。及嫡男源太景季。次男平次景高。共雄武超人。寿永三年春。従大将源義経。攻平氏於生田森。（森即群木林也）景高壮歳常志先登。故独赴戦場。景時劇遣使制止之。景高扣馬高吟曰。毛能能府遖（武夫也）登利都多倍拖留（執伝也）阿豆佐由弥（梓弓也）比幾氐波卑等能。伽陛羅母能輌播。（人焉引還也）誦罷進馬駸駸。其驍勇可知矣。景時景季亦死戦得首級

176 孟徳横槊

魏武帝。姓曹名操字孟徳。文帝名丕字子桓。弟植字子建。謚陳思王。又元氏長慶集巻五十六。唐故工部員外郎杜君墓誌銘叙云曹氏父子鞍馬間為文。往往横槊賦詩云云

177 中姫凝鋺

178 李后捧匜

允恭天皇元年。冬十有二月。妃忍坂大中姫命。苦群臣之憂吟《サマヨフ》。而親《ミツカラ》執洗手水進于皇子前。仍啓之曰。大王辞而不即位。位空之。既経年月。群臣百寮愁之。不知所為《センスベ》。願大王従群望。強《アナガチ》即帝位。然皇子不欲聴。而背居不言。於是大中姫命惶《カシコマリテ》之。不知退而侍之。経四《ヨトキ》五刻《イットキ》。当于此時。季冬之節。風亦烈《ハゲシク》寒。大中姫所捧鋺水溢而腕凝。不堪寒以将死。皇子顧之驚則扶起謂之曰。嗣位重事。不得輙就。是以於今不従。然今群臣之請。事理《コトワリ》灼然《イヤチコナリ》。何遂謝耶。爰大中姫命仰歓則謂群卿曰。皇子将聴群臣之請。今当上天皇璽符。於是群臣大喜。即日捧天皇之璽符再拝上焉。皇子曰。群卿共為天下請寡人。寡人何敢遂辞。乃即帝位。是年也。太歳壬子

章懿李后。初在側微。事章献明粛。章聖過閤中。欲盥手。后捧洗而前。上悦其膚色玉耀与之言。后奏昨夕忽夢一羽衣之士跣足従空而下云。来為汝子時上未有嗣。聞之大喜。当為汝成之。是夕召

幸。有娠。明年誕育昭陵。幼年毎穿履襪。即令脱去。嘗跣歩禁掖宮中皆呼為赤脚仙人。蓋古之得道李君也

179　軽王獣行

允恭天皇。二十三年。春三月。甲午朔庚子。立木梨軽皇子為太子。容姿《カホ》佳麗《キラキラシ》。見者自感《メデヌ》。同母妹《イロト》軽大娘皇女《イラツヒメ》。亦艶妙《カホヨシ》也。太子恒念合大娘皇女。畏有罪而黙《モダセリ》之。然感情既盛。殆将至死。爰以為徒非死者。雖有罪。何得忍《シノビエムヤ》乎。遂窃通《タハケテ》。乃悒懐《イキドホリオモフコト》少息《ヤスム》云云。二十四年。夏六月御膳羹《アツモノ》汁凝《コホレリ》以作氷。天皇異之。卜其所由《ユヘヲ》。卜者《ウラベ》曰。有内乱《ツミ》。蓋親親《ハラカラトモ》相姧《タハケタルカ》乎。時有人曰。木梨軽太子。姧《タハケタマヘリ》同母妹軽大娘皇女。因以推問《カムカヘトフニ》焉。辞既実也。太子是為儲君。不得罪。則流軽大娘皇女於伊予。

180　斉襄狐綏

詩経斉風南山首章云。南山崔崔。雄狐綏綏。魯道有蕩。斉子由帰。既曰帰止。曷又懐止。注云。比也。南山斉南山也。崔崔高大貌。狐邪媚之獣。綏綏求匹之貌。魯道適魯之道也。蕩平易也。斉子襄公之妹。魯桓公夫人文姜。襄公通焉者。由従也。婦人謂嫁曰帰。懐思也。止語辞。言南山有狐。以比襄公居高位。而行邪行。且文姜既従此道帰於魯矣。襄公何為而復思之乎

181 嵯篁戯字

嵯峨天皇。大嗜文筆。参議小野篁。博覧多識。且工詩賦。最蒙渥遇。時以文字戯。一日遊幸河陽館。召篁曰。朕適得一聯云。閑閣唯聞朝暮鼓。登楼遥望往来船。汝為朕定敲推。篁対曰。御製句意太好。若改遥字。換空字。則益可也。天皇驚歎曰。此詩本載于白氏文集。即作空字。朕試換一字戯汝。汝与楽天才識同一般也。実可嘉賞矣。蓋白氏文集。船上初来。秘在官庫。篁未得一矚。而与白詩才吻合。奇哉妙哉。

182 曹楊読碑

後漢楊脩字徳祖。太尉震玄孫。好学有俊才。為丞相曹操主簿。語林曰。脩至江南。読曹娥碑。碑背有八字曰。黄絹幼婦外孫齏臼。操不解。問脩曰。卿知否。脩曰。知之。操曰。且勿言。待朕思之。行三十里。乃得之。令脩解。脩曰。黄絹色糸。色糸絶字。幼婦少女。少女妙字。外孫女子。女子好字。齏臼受辛。受辛辞字。操曰。一如朕意。俗云。有智無智校三十里。

183 元信僧正

狩野元信者。大炊助正信子也。正信仕征夷将軍源公。為其臣。嘗師僧周文。及小栗宗丹学画。元信亦跨竈之妙手也。乃世禄叙大

184 道子鐘馗

炊、助。累擢任越前守。時明国起居郎知勒城鄭沢。観元信画。称歎不措。遊与書。略云。余看先生画彩。恰若趙昌。又如馬遠。筆跡甚可観也。若遣貢船来時。遊我国。則必作先生門下弟子云云。爾来声価加倍矣。又将軍家命元信。図鞍馬山僧正像。元信奉命。未知覚其状。於是沐斎専志。以期夢寐。乃経一七夜。果夢僧正威容。驚覚将開硯図之。為睡魔魅去。詰朝尋思不得。乃掻頭彷徨。簷際有蜘蛛。乍結網。網外古杉木末。偉人直立。非僧非俗。威猛可怖。仰望注目。忽失所在。便所夢者也。竟揮毫賦色。以献于公。公奉納諸鞍馬寺。龕中。今猶存焉。一説云。鞍馬寺僧某。聞元信妙工。請写僧正像。元信寤寐竭力。如前文。図成移堂外。乾水墨。須臾疾風飄揚画牌。入雲空去。未幾寺僧来謝。元信寄恵妙画云

逸史云。唐高祖時。鍾馗応挙。不第。触階而死。後明皇夢。有小鬼盗玉笛。一大鬼破帽藍袍。捉鬼啖之。上問之。対曰。臣終南山進士鍾馗也。蒙賜袍帯之葬。誓除天下虚耗之鬼。乃命呉道子図象伝之天下。図絵宝鑑云。呉道玄字道子。陽翟人。旧名道子。少貧遊洛陽。学書於張顛賀知章。不成。因工画。深造妙処。若悟之於性。非積習所能致。初為兗州瑕丘尉。明皇聞之。召入供奉。更今名。以道子為字。由此名震天下。

185 赤人富峰

山辺赤人不知何許人。蓋上代歌仙也。或曰与柿本人麻呂同時矣。有望富山雪之秀歌。載在于万葉集。按都良香富士山記云。富士山者在駿河国。峰如削成直聳属天。其高不可測。歴覧史籍所記。未有高於此山者也。其聳峰欝起見在天際。臨瞰海中。観其霊基所盤。連亘数千里間。行旅之人経歴数日。乃過其下。去之顧望。猶在山下。蓋神仙之所遊幸也云云

186 鄭綮灞橋

鄭綮字蘊武。能為歇後詩。世号鄭五歇後体。或問詩思。答曰。詩思在灞橋風雪中。驢子上。唐乾寧初拝相詔下。綮掻首曰。歇後鄭五作宰相時事可知矣

187 南北二帝

建武間。後醍醐帝。潜出京師。幸南方。以吉埜為皇居。既而崩。第七之皇子義良。践祚於吉埜宮殿。謂之後村上天皇。天皇崩。其子寛成即位。号長慶院。寛成辞位。而譲其子熙成。三品神器。皆在南方云。尊氏亦以後伏見院皇子豊仁即位于京都。為北朝之帝。謂之光明院。当此時土有二帝。称吉埜曰南朝。称京都曰北朝。南北

188 宋魏両朝

相分而各建紀元矣
宋高祖武皇帝。姓劉氏名裕。彭城人也。相伝為漢元王交之後。卒受晋禅謂之南朝。魏道武帝。姓拓跋。名珪。自言其先出於黄帝。至于孝文帝改姓元氏。謂之北朝矣。南朝宋伝之斉。斉伝梁。梁伝陳。北朝自諸国。併於魏。魏後分為西魏東魏。東魏伝北斉。西魏伝後周。後周併北斉而伝之隋。隋滅陳。然後南北混為一

189　為憲吟嚢

源為憲。光孝帝之玄孫也。帝有四子。其一子光(是)恒。生衆望。衆望生忠幹。忠幹生為憲。為文章生。広識博聞。毎有文会。携一嚢。以赴焉。偶有可喜之句。則入其頭嚢中。而吟哦良久。於他人之詩亦然。至正五位下。但州刺史。又任遠州刺史。

190　唐求詩瓢

唐求放曠疎逸。唐末方外人也。吟詩有得。即将藁撚為丸。投大瓢中。後臥病。投瓢於江曰。得之者。方知吾苦心耳。瓢至新渠江。有識之者曰。此唐山人詩瓢也。接得十纔二三。題鄭処士隠居云。不信最清曠。及来愁已空。数点石泉雨。一渓霜葉風。業在有山処。道成無事中。酌尽一盃酒。老夫顔亦紅

191 等楊墨帚

等楊字雲谷。号雪舟。又称楊知客。備中人也。幼而入禅林。掛名於相国鹿苑之籍。天生善画。師如拙。周文両翁。而画得墨之妙術。以為不止於茲。乃入大明。師張有声李在。受設色之旨。明人嘉其能画。又欲試彼心識。令画大廈壁。雪舟不敢辞之。染帚不住手画龍。潑墨溢四隅。一座驚歎。馳名中土。且升四明天童第一座之班。帰朝而後。山陽之間。名区鉅寺。各院留画跡。雪舟当欲画之時。先酙半器之涂。快吹尺八。或唱倭歌。或吟唐詩。箕坐盤礴。而後吮筆和墨。臨紙意気揚揚。如龍得水也。雪舟入洛。与五岳諸彦桂悟彦龍月翁蘭坡正宗恵(慧)鳳天隠。為親交。以詩文唱酬。更無虚日矣

192 摩詰雪蕉

王維画物。多不問四時。如画花。往往以桃杏芙蓉蓮花同画一景。画袁安卧雪図。有雪中芭蕉

193 少彦作醪

伝言少彦名命。造酒神也。神功后摂政十三年。春二月丁巳朔。甲子。命武内宿祢。従太子令拝《ヲカミマツル》角鹿笥飯大神。癸酉。太子至自角鹿。是日皇太后宴《トヨノアカリシキコフ》太子於大殿。皇太后挙觴以寿于太子。因以歌曰。虚能弥企破。此酒也 和餓弥企那邏儒。非我酒也 区之能伽弥。奇神也。私記曰。奇異之義也 等虚予

194 杜康造酒

耳伊麻輸。（坐常世也）伊波多多須。（石立也。私記曰、言如石之立）周玖那弥伽未能。（私記曰、少彦神也。是造酒神也。今有其遺迹也）等予保枳保保枳。（豊礼、礼也）云云

魏武帝楽府短歌行曰、慨当以慷。憂思難忘。何以解憂。惟有杜康。注謂杜康古之造酒者。呂氏春秋曰、儀狄造酒。

195 実頼汲婢

清慎公実頼。号小野宮左大臣摂政忠平公一男也。時称賢相。然性好色。一日挑汲水之婢。識者毀之。

196 謝鯤織婦

謝鯤字幼輿。陳国陽夏人。少知名。通簡有高識。不修威儀。東海王越辟為掾。任達不拘。坐除名。鯤清歌鼓琴。不以屑意。隣家高氏女有美色。鯤嘗挑之。女投梭折其両歯。時人為之語曰、任達不已。幼輿折歯。鯤聞之。傲然長嘯曰、猶不廃我嘯歌。後為王敦長史。嘗使至郡。明帝在東宮。見之甚相親重。問曰、論者以君方庾亮。自謂何如。答曰、端委廟堂。使百僚準則。鯤不如亮。一丘一壑。自謂過之。終予章太守。

197 信頼掘尸

198 道子罵首

平治元年春。右衛門督藤原信頼。乗誇朝恩。望為大将。上皇譏于

少納言入道信西。信西曰。不可。信頼大憤。欲殺信西。与源義朝相謀。義朝亦欲滅平清盛。十二月。清盛詣熊野。信頼義朝同叛。将兵囲三條殿。放火焼之。人多死。時信西逃奔。至菟道郡田原里。遂遣害。令僕従穿坎。身坐其中。外封為墳。口唱仏名。而期命終。於是信頼追騎探知之。発掘塚尸。斬首持去。信頼命梟于街巷。爾後信頼暴逆滔天。未幾亦伏誅矣

世説云。王孝伯死。懸其首於大桁。司馬太傅命駕出至標所。熟視首曰。卿何故輙欲殺我邪。又続晋陽秋曰。王恭深懼禍難。抗表起兵。於是遣左将軍謝琰討恭。恭敗走曲阿。為湖浦尉所擒。初道子与恭善。於(欲)載出都。面相近数聞西軍之逼。乃令於児塘斬之。梟首於東桁也

199 明達啖瓜

生馬仙人者。摂津国住吉県人。入河内高安県東山。棲深谷。寛平九年有斗擻僧明達者。上東山頂。見一菴在谷中。下到其処。菴中有人。顔色似黄栗。被白帽著素衣。明達問誰耶。答曰。我是生馬仙人也。取五瓜啖達曰。此瓜産于此地。可以療飢。達食瓜。其味甚美。達又問曰。居此為何。生馬仙人答曰。我自入山。未見山脚。只求道

200 固言染柳

耳。達帰伝此事云

三峰集。李固言未第時。行古柳下。聞有弾指声。因問之。曰。吾柳神九烈君。用柳汁染子衣矣。科第無疑。未久及第。

201 弁慶乞刀

武蔵坊弁慶。族姓藤原氏。紀州熊野祠別当弁照子也。生未数月。有食牛之気。幼時父命登叡山。入某師室。受髪度。及長倜儻不羈。与老壮僧徒。無日不諍闘。故為衆擯出下山。遊侠洛陽。自謂人貯一色武器満千者。謂之富。我宜得千刀。毎見人佩装刀強乞。多恐与之。一日邂逅牛若丸于清水寺。貪看其金装刀。亦乞之。丸笑答曰。須角膂力以得之。慶易少年稚弱。抽大刀相向。丸雅有奇術。飛捷奮撃。非人力所到也。慶怒力屈術尽。扣頭乞降。丸詰難而後寛赦。以成君臣之約。爾後尽節致忠。未暫離側。遂至于衣川之難。義死殉君。吁慶一旦暴悪。翻成全人。与晋周処。同日之談耶

202 管仲射鉤

斉襄公無道。群弟恐禍及。子糾奔魯。管仲傅之。小白奔莒。鮑叔傅之。襄公為弟無知所弑。無知亦為人所殺。斉人召小白於莒。而魯亦発兵送糾。管仲嘗遮莒道。射小白中帯鉤。小白先至斉而立。鮑叔牙薦管仲為政。公置怨而用之。

203 政顕二恥

勧修寺藤原政顕嘗曰。非其位而向顔者恥也。非其応而往亦恥也。人能知此二恥則無恥矣

204 孫昉四休

孫昉字景初。為大医自号四休居士。山谷問其説。対曰。麤茶淡飯飽即休。補破遮寒暖即休。三平二満過即休。不貪不妒老則休。山谷曰。此安楽法也。山谷云。四休家有二(三)畝園。花木鬱鬱。客来伝酒。煮茗与余相善。因作小詩令家僮歌以侑酒茗。富貴何時潤髑髏。守銭奴与抱(拘)官囚。太医診得人間病。安楽延(年)命万事休。無求不著看人面。有酒可以留人嬉。欲知四休安楽法。聴取山谷老人詩。一病能悩安楽性。四病長作一生愁。借問四休何所好。不令一点上眉頭

205 時頼残醤

鎌倉副元帥平時頼。一宵喚召平宣時。宣時而来稍遅。乃馳介曰。夜陰帽服垢弊何傷。坐侯鼎来。宣時忽至。時頼喜迎曰。我有薄酒。欲与君対飲。奈無肴核。請君捜索屋裏可乎。宣時然紙燭走庖厨。乍見架上小盂。有未醤（国俗醸豆麹呼為未醤。未醤蓋豉類也。）残餘。得之持去。相共尽歓。夜深罷去。

206 晏嬰弊裘

其古人之節倹如此。豈非奢侈者勧戒乎晏嬰字平仲。桓子之子。斉景公以為相。食不重肉。妾不衣帛。一狐裘三十年。越石父賢。在縲紲之中。晏子解左驂贖之。以為上客。太史公曰。仮令晏子在。雖為之執鞭。所忻慕焉

207 朝村籠鳥

上野十郎朝村者。鎌倉之幕下頼経之臣。頗得射芸之名誉也。嘉禎四年春。幕下入朝京師。同年夏五月。一条右府公饗幕下。及酒酣之時。幕下之幼弟王福所愛養之小鳥。脱籠中入庭上茂樹之間。諸人欲執之。而無術。於是幕下使朝村射之。且命曰。誅鳥不死之方而可射之。朝村不能辞。携弓与引目。《矢名也》倚樹下窺之。鳥在梢上密葉之間。僅現半身。於是朝村坐庭上。抜小刀削割引目之根。而後射之。鳥挟于矢根。而落地。朝村執而献之。鳥入籠中。飛鳴飲啄自若矣。見者賛歎之。声洋洋乎盈耳。幕下大嘉之。賜御衣宝剣

208 尭咨葫油

陳尭咨者。省華季子也。字嘉謨。宋咸平中状元。後知制誥。精於弧矢。号小由基。射于家圃。有売油翁。曰。手熟爾。因取銭覆葫蘆口。徐以杓酌油入。而銭不湿。曰。我亦手熟爾

新撰自註桑華蒙求中巻畢

新撰自註

桑華蒙求

下卷

新撰自註桑華蒙求

杳号

1 素盞(戔)娶女
2 赤帝哭嫗
3 喜撰一首
4 李翺二句
5 広相幼敏
6 李頎少悟
7 良基連式
8 陸機文賦
9 力雄開戸
10 魯陽援戈
11 玉姫繘井
12 洛神凌波
13 王依夾矢
14 陶侃得梭
15 浦島垂釣
16 王質爛柯
17 瓊杵鏡剣
18 夏后溝洫
19 衣通喜子
20 楊妃比翼
21 天武五節
22 太宗七徳
23 青砥牛溲
24 阿瞞雞肋
25 彦火乗鰐
26 簫史逐鸞
27 神武宿祢
28 黄帝雲官
29 時平同車
30 斉荘賜冠
31 直幹睎瀬
32 李白識韓
33 維盛烏噪
34 符(苻)堅鶴唳
35 兼季菊亭
36 謝玄蘭砌
37 義興駆雷
38 伯有作厲
39 内侍好賢
40 充容諌帝
41 殿戸龍車
42 李靖馬騣
43 康頼木塔
44 杜孝竹筒
45 護良匿函
46 庾氷伏篷
47 春王被底
48 趙武袴中
49 将門百官
50 趙倫九錫
51 敦光開花
52 向秀鄰笛
53 覚明移書
54 陳琳作檄
55 宗高射扇
56 史懋植的
57 狭穂積稲
58 禄山動鼙
59 允恭探蠙
60 温嶠然犀
61 忠盛出勢
62 郤克聘斉
63 肖柏夢菴
64 柳子愚渓
65 長髄孔舎
66 蚩尤涿鹿
67 武内棟梁
68 郭儀福禄
69 陽勝噉果
70 留侯辟穀
71 渡妻代臥
72 京女新沐
73 小左出水
74 耽(耿)恭拝井
75 入鹿檮岡
76 似道葛嶺
77 信隆雞塒
78 竇毅雀屏
79 盛親芋魁
80 凱(愷)之蔗(蔗)境
81 神功祝胎
82 杜后生歯
83 武雷駕鹿
84 琴高乗鯉
85 重盛促命
86 士燮祈死
87 忠光報讎
88 予讓知己
89 兄媛定省
90 大姒帰寧
91 源順梨壺
92 逸少蘭亭
93 覚猷図画
94 禅月丹青
95 親元減杖
96 劉寛弛刑
97 舎人書紀
98 馬遷史記
99 為朝射目
100 李広猿臂
101 二條再后
102 魏文旧侍

103 杉本詐泣
104 羊志急涙
105 造媛諱塩
106 師徳俛饑
107 鎌子錦冠
108 梁公金袍
109 伊渉(陟)兎裘
110 道隆鳳毛
111 曽我張弓
112 君操挾刀
113 言主架橋
114 嫦娥奔月
115 鎌足奉履
116 釈之結襪
117 文屋旧琴
118 魏徴故笏
119 兼盛合血
120 蕭綜認骨
121 髪長桑津
122 阿嬌金屋
123 峰雄墨桜
124 娥皇斑竹
125 行平布瀧
126 李白廬瀑
127 能因勢松
128 道潜陶菊
129 元丞放魚
130 成湯祝網
131 義兼佯狂
132 阮籍放蕩
133 頼家射鹿
134 蒼(倉)舒称象
135 通円遺影
136 陸羽陶像
137 清明占瓜
138 郭璞移柏
139 隆頼上座
140 戴憑重席
141 良相施財
142 純仁附麦
143 瀬尾悪党
144 聶政刺客
145 誉津問鵠
146 楚荘有鳥
147 延暦神泉
148 文王霊沼
149 良覚堀大
150 子夏冠小
151 高徳献詩
152 君素達表
153 間守覓橘
154 徐市求薬
155 延喜鷺位
156 始皇松爵
157 匡衡改案
158 潘岳代作
159 文時冷泉
160 王勃滕閣
161 戸畔土蜘
162 項羽沐猴
163 浄海物怪
164 王綏髑髏
165 侍従待宵
166 趙嘏倚楼
167 実基返牯
168 允済還牛
169 広相赤犬
170 彭生大豕
171 宗尊鼠穴
172 馬援鳶水
193 師錬釈書
174 賛寧僧史
175 宗易器制
176 伯熊茶理
177 冬嗣学院
178 伯施文館
179 一條脱衣
180 宋帝撤炭
181 義家元服
182 魯襄初冠
183 久秀謀逆
184 陽虎作乱
185 清氏雪簾
186 謝女風絮
187 経家範駆
188 王良善御
189 長明方丈
190 陶潜帰去
191 信謙戦争
192 孫曹割拠
193 広幡(ママ)薫物
194 斉后解環
195 公任長谷
196 安石半山
197 忠綱越川
198 終軍入関
199 豊国猿面
200 漢祖龍顔
201 扶桑中華
202 風馬不及
203 斟酌古史
204 比事彙轄

新撰自註桑華蒙求

香弓

備陽　葵峯豊公定議甫　彙輯

1 素戔娶女　2 赤帝哭嫗

素戔烏尊到於出雲国簸之河上。名鳥髪《トリカミ》地之時、聞河上有啼哭之声《コエ》。故尋声往上。有一老翁《オキナ》与老婆《オフナ》、中間《ナカニ》置《スヘテ》小女《オトメ》而哭矣。素戔烏尊問曰、汝等《イマシタチ》誰《タソ》也。何為哭如此之耶。対曰、吾是国神。号脚摩乳《アシナヅチ》。我妻号手摩乳《テナヅチ》、此童女《オトメ》是吾児。号奇稲田姫《クシイナダヒメ》矣。所以哭者、往時吾児有八箇《ヤタリ》少女《ヲトメ》矣。是為高志《コシ》八岐《ヤマタ》大蛇《ヲロチ》、毎年来喫。今臨被呑時。故哀傷《カナシム》矣。素戔烏尊詔老夫《オキナ》曰、是汝《イマシ》之女《ムスメ》者奉吾之耶。対曰、随勅矣。奏請先殺彼蛇《ヲロチ》。然後幸者為宜也。素戔烏尊立造廻垣、則於其垣作立八門《ヤツノカト》、造八仮棚。各置槽一口而盛酒矣。如此設備而待之時、八岐《ヤマタ》大蛇《ヲロチ》至矣。乃以八頭垂酒。得毎頭一槽飲酔而睡伏寝矣。素戔烏尊乃抜所帯十握剣、寸斬其蛇《ヲロチ》。

漢高祖豊邑中陽里人。姓劉氏。字季。高祖以亭長為県送徒驪山。徒多道亡。自度比至皆亡之。到豊西沢中止飲。夜乃解縦所送徒。曰、公等皆去。吾亦従此逝矣。徒中壮士願従者十餘人。高祖被酒。夜径沢中。令一人行前。行前者還報曰、前有大蛇当径。願還。高祖酔曰。壮士行。何畏。乃前抜剣撃斬蛇。遂分為両。径開。行数里。酔因臥。後人来至蛇所。有一老嫗夜哭。人問何哭。嫗曰。人殺吾子。故哭云之。人曰。嫗子何為見殺。嫗曰。吾子白帝子也。化為蛇当道。今為赤帝子斬之。故哭。人乃以嫗為不誠。欲笞之。嫗因忽不見。後人至。高祖覚。後人告高祖。高祖乃心独喜自負

3 喜撰一首

喜撰法師者。光孝仁和之時人也。未詳姓氏。嘗奉勅作和歌式。其自所作之歌。唯一首伝于世。所謂吾廬都巽之歌也

4 李翱二句

昌黎文集。遠遊聯句。有李翱取之詠灼灼。此去信悠悠句。注葉夢得曰。翱見於遠遊聯句。惟此二語。一出之後。遂不復見。亦可知矣。然以非所工而不作。愈于不能而不強為之云云

5 広相幼敏

橘広相。諸兄公来孫。幼穎悟。読書属文。年九歳昇殿。応製賦暮春即興(ママ)。其結句云。荒村桃李猶応愛。何況瓊林華苑春。及長博学多識。一七日間。電覧蔵経。其敏速如此。仕官累任参議。有橘氏文集行于世

6 李賀少悟

李賀字長吉。七歳能辞章。苦吟。毎旦出騎弱馬。小奚奴。背古錦嚢
随後。遇所得投其中。暮帰。母探嚢見所書多。即怒曰。是児嘔出心
肝乃已。憲宗朝為協律郎

7 良基連式

従一位相国。藤良基公。謚号後普光園院。左府道平公長男也。事
後光厳後小松両帝間。歴任摂関。雅有才識。乃作連歌新式。至亨(享)
徳中一條禅閤兼良公作新式追加。敷衍相国公餘意。自作跋云
応安新式者。此道之亀鑑也。蓋連歌格式。命意造語。用事托物。無
不具載。禅閤褒詞。実不誣焉

8 陸機文賦

陸機字士衡。呉郡人。少為牙門将軍。呉平。太傅楊駿。辟機為祭酒
転太子洗馬。後王穎以機為司馬。参大将軍。機作文賦。序曰。余毎
観才士之所作。窃有以得其用心。夫其放言遣辞良多変矣。妍蚩
好悪。可得而言。毎自属文。尤見其情。恒患意不称物。文不逮意。蓋
非知之難。能之難也。故作文賦以述先士之盛藻。因論作文之利
害所由。他日殆可謂曲尽其妙云云

9 力雄開戸

10 魯陽揮戈

天照大神。謂《カタテ》素戔烏尊曰。汝《シ》猶有黒心《キタナキ》。不欲与汝《イマシ》相《アヒ》見。乃入《イリマシテ》于天石窟《イハヤ》。而閉著《サシツ》磐戸《イハトヲ》焉。於是天下恒闇《トコヤミニ》。無復昼夜之殊《ワキモ》。故《カレ》会《カンツトヘニツトヘテ》八十万《ヤヨロツノ》天神《カミタチヲ》。於天高市《アマノタケチニ》而問《トハシム》之。又天鈿女《アマノウスメノ》命。則手持茅纏之矟《チマキノホコヲ》。立於天石窟《イハヤ》戸《トノ》之前《マヘニ》。巧作俳優《ワサヲキス》。是時天照大神聞《キコシメシテ》之而曰。吾《アレ》比《コノコロ》閉《コモリ》居《ヲリ》石窟。謂《オモフニ》当《マサニ》豊《トヨ》葦《アシ》原中国《ナカツクニハ》。必為長夜《トコヤミユカン》。云何《イカンソ》天鈿女《アマノウスメ》命。㖸楽《エラクスル》如此者乎。乃以御手。細《ホソメニ》開《アケ》磐戸《イハトヲ》窺《ミソナハス》之時。手力雄《タチカラヲノ》神。則奉承天照大神之手。引而奉出。於是中臣《ナカトミノ》神。忌部《イムヘノ》神。則界《ヒキワタシ》以端出《シリクメ》之縄。乃請曰《マウサク》。勿復《マタ》還《カヘリ》幸《イマシ》。然後諸神《カミタチ》帰《ヨセ》罪過《ツミ》於素戔嗚尊。而科《オホスルニ》之以千座《チクラノ》置戸《ヲキトヲ》。遂促《セメ》徴《ハタル》矣。至《イタテ》使抜《ヌカ》髪《カミヲ》。以贖《アカフニ》其罪《ツミヲ》。亦曰。抜《ヌイテ》其手足之爪《ツメヲ》贖《アカフニ》之。已而竟《ツヰニ》逐降《カンヤラヒニヤラヒキ》焉。

魯陽公与韓構難。戦酣日暮。援戈而撝之。日為之反三舎。註。魯陽楚之県公也。楚僭号称王。其守県大夫皆称公。

11 玉姫繙井

12 洛神凌波

兄《コノカミ》火闌降《ホノスソリノ》命。自有《マシマス》海《ウミノ》幸。弟《ヲトノ》彦火火出見尊。自有《マシマス》山《ヤマノ》幸《サチ》。始兄《アニ》弟《ヲト》二人《フタハシラ》。相《アヒ》謂《カタテ》曰。試《ココロミセント云テ》欲易《カヘント》幸。遂相易《カフ》之。各不得其利《サチヲ》。兄《コノカミ》悔《クイテ》之。乃還弟弓箭《ヲトノミコトノユミヤヲ》。而乞己《ヲノカ》釣。弟《ヲトノミコト》時既失兄鉤。無由訪《トフラヒ》覓《マクニ》。故別《コトニ》作新《ニヒシキ》鉤与兄。兄不肯《ウケ》受。而責其《ソノ》故《モトノ》鉤。弟《ヲトノミコト》患《ウレヘテ》之。即以其横刀《タチヲ》。鍛《カタ》作新《ニヒシキ》鉤《チヲ》。盛《モリ》一《ヒト》箕与《アタヘ玉フ》之。兄忿之曰。非《スハ》我《ワカ》故《モトノ》鉤。雖多不取《トラジト云テ》。益《マスマス》復急《セメ》責《ハタル》。故彦《ヒコ》火火《ホホ》出見尊。憂苦《ウレヘマス》甚深《フカシ》。

行吟《サマヨフ》海畔《ウミベタニ》。時逢塩《シホ》土《ツノ》老翁《ヲヂ》。老翁問曰。何故在此愁乎《ウレヘヰマスカ》。対以事之本末《カタヲ》。老翁曰。勿復憂《マタナウレヘマシソ》。吾当為汝計之。乃作無目籠《マナシカタコヲ》。内彦火火出見尊於籠中《カタコノナカニ》。沈之于海。即自然有可怜《ウマシ》小汀《ハマ》。於是棄籠遊行《イデマス》。忽至海神之宮《ミヤニ》。其宮也。雉堞《タカガキヒメガキ》整頓《トトノホリ》。台宇《タカドノヤ》玲瓏《カカヤケリ》。門前有一井。豊玉姫之侍者《マカダチ》。以玉瓶《タマノツルベ》汲水。終不能満。俯視井中《イノナカヲ》。則倒映《サカシマニテレリ》人笑之顔《エメルカホ》。因以仰観有一麗神《カホヨキカミ》。倚《ヨリタテリ》於桂樹《カツラノキ》。故還入白其王《キミニ》。於是豊玉姫遣人問曰。客是誰者。何以至此。火火出見尊対曰。吾是天神《アメノカミ》之孫《ミマナリ》也。乃遂言来意。時海神《ワタツミ》迎拝延入。慇懃奉慰。因以女豊玉姫妻之。故留住海宮。已経三載《トセ》云云

魏曹植字子建。魏武帝第三子也。初封東阿王。後改封雍丘王。洛神謂溺於洛水為神也。植有所感託而賦焉。賦曰。揚軽袿之綺靡。翳脩袖以延佇。体迅飛鳧。飄忽若神。陵波微歩。羅襪生塵云云

13 玉依夾矢

下賀茂御祖。上賀茂別雷。御祖神者。号玉依姫。賀茂健角身命之女也。或時逍遥于瀬見小河辺。有丹塗矢。自河上流下。玉依姫採矢夾屋上。頃之有身。遂生男子。不知其父為誰也。一日謀聚里人設宴。授盃于男子曰。此盃可与汝父。時児擲盃于虚空。蹈破家屋

14 陶侃得梭

曰。我是天神之子也。飛而上天。是即別雷神也。其丹塗矢者。今松尾大明神是也

晋陶侃。字士行。鄱陽人。従潯陽早孤貧。時漁于雷沢。得一織梭掛于壁。後因雷電。化龍而去。侃為県吏。累至太尉。都督荊江等諸軍事。長沙郡公。

15 浦島垂釣

雄略帝二十二年。秋七月。丹波国餘社郡管川人。水江浦島子。乗舟而釣。遂得大亀。便化為女。於是浦島子感以為婦。相逐入海。到蓬莱山。歴観仙家。

16 王質爛柯

信安郡石室中(山)。晋時樵者王質。逢二童子棊。与質一物。如棗核。食之不饑。置斧于坐而観。童子曰。汝斧柯爛矣。質帰郷閭。無復時人

17 瓊杵鏡剣

18 夏右溝洫

二神乃昇天。復命而告之曰。葦原中国。皆已平竟。時天照大神勅曰。若然者。方当降吾児矣。且将降間。皇孫已生。号曰天津彦彦火瓊瓊杵尊。時有奏曰。欲以比(此)皇孫代降。故天照大神。乃賜天津彦彦火瓊瓊杵尊。八坂瓊曲玉。及八咫鏡。草薙剣。三種宝物。又以中

臣《トミノ》上《トヲツ》祖《ヲヤ》。天《アマノ》児《コ》屋《ヤネノ》命。忌《イン》部《ベノ》上《トヲツ》祖《ヲヤ》。太《フト》玉《タマノ》命。猨《サル》女《メノ》上《トヲツ》祖《ヲヤ》。天《アマノ》鈿《ウス》女《メノ》命。鏡《カンミ》作《ツクリノ》上《トヲツ》祖《ヲヤ》。石《イシ》凝《コリ》姥命。玉《タマ》作《スリノ》上《トヲツ》祖《ヲヤ》。玉《タマ》屋《ヤ》命。凡五部神《ヘテイツトモノヲノカミタチ》。使配《ソヘテ》侍《ハンヘテ》焉。因《ヨテ》勅皇《スメ》孫《ミマ》曰。葦原千《チ》五《イ》百《ホ》秋《アキノ》也瑞《ミヅ》穂《ホノ》国《クニハ》。是吾《アカ》子孫《ウミノコノ》可王《キミタル》之地《クニナリ》也。宜《ヨロシク》爾《イマシ》皇《スメ》孫《ミマ》就《ユイテ》而治《シラセ》焉。行《サキク》矣。宝祚《アマツヒツギノ》之隆《サカヘマサンコト》。当《ヘシ》与天《アメ》壌《ツチ》無《ナカル》窮《キハマリ》者矣

夏禹名曰文命。黄帝之玄孫。而帝顓頊之孫也。禹之曽大父昌意。及父鯀。皆不得在帝位。為人臣。尭崩。帝舜問四嶽曰。有能成美尭之事者。使居官。皆曰。伯禹為司空。可成美尭之功。舜曰。嗟《アヽ》然。命禹。女平水土。維是勉《メヨ》之。禹拝稽首。譲於契后稷皐陶。舜曰。禹乃遂与益后稷。奉帝命。命諸侯百姓。興人徒以傅《ワカチ》土。行《メクリテ》山。表木。定高山大川。禹傷《イタム》先人父鯀功之不成受誅。乃労《イタハラシ》身焦《コカラシメ》思。居外十三年。過家門不敢入。薄《ウスフシ》衣食致孝于鬼神。卑《イヤシフ》宮室致費於溝洫。陸《クカヨリ》行乗車。水行乗船。泥行乗橇。山行乗輦。

19　衣通喜子

允恭天皇八年。春二月幸于藤原。密《ヒソカニ》察衣通郎姫之消息《アルカタチヲ》。是夕衣通郎姫。恋天皇而独居《ハンヘリ》。其不知天皇之臨《イテマスルヲ》。而歌曰。和餓勢故餓（我夫也）句倍枳予臂奈利（可来夜也）佐瑳餓泥（泥）能（佐佐蟹也。謂蜘蛛也）区茂能於虚奈比（蜘蛛之行也。言蜘蛛之下稽也）虚予比辞流辞毛（今宵知也）天皇聆是歌。則有感情。而歌之曰。佐瑳羅餓

20　楊妃比翼

多。（佐佐良形也。言小形文也）邇之枳能臂毛於。（錦紐也）等枳含気帝。（解下也）阿麻多絆瀉（浮）受邇。（多不寝也）多懐比等用能未（只一夜也）

唐楊貴妃。玄琰女。小字玉環。姿色無双。初寿王聘為妃。玄宗聞其美。使高力士取於寿邸。天宝四載。冊為貴妃。時天下太平既久。人忘戦。安禄山計天下可取。遂謀反。上与貴妃等幸蜀。至馬嵬。将士皆憤怒云云。帝不得已。与妃訣。力士縊之路祠堂下。以紫茵裹尸。瘞道傍焉。白楽天作長恨歌。其載始終。其卒章云。七月七日長生殿。夜半無人私語《サヽメコトセシ》時。在天願作比翼鳥。在地願為連理枝云云

21　天武五節

天武帝者。舒明子而天智弟也。天智崩後。大友王子。覬覦宝位而起兵。時帝避賊。居吉野瀧宮。一日弾琴。忽有神女。降于九冥。随琴調奏歌舞。五闋既去。仍謂之五節舞。未幾。帝即位于清見原宮。後世天子継祚。行大嘗祭。必奏五節妓舞。以為故事。

22　太宗七徳

唐書礼楽志之自製楽。凡二(三)大舞。一曰七徳舞。二曰九功舞。三曰上元舞。七徳舞者。本名秦王破陣楽。太宗為秦王。破劉武用(周)軍中相作楽曲。及即位宴会必奏之。謂侍臣曰。雖発揚蹈厲異乎文容。然功業由之。被於楽章。示不忘也。封徳彝曰。陛下以聖武戡難。陳

楽象徳。文容豈足道也。帝矍然曰、朕雖以武功興、終以文徳綏海内。謂文容不如蹈厲斯過矣。乃製舞図命呂才以教楽工百二十人。被銀甲執戟而舞。凡三変。毎変為四陣象撃刺往来。後更名七徳舞。

23　青砥牛渡

青砥左衛門藤綱、豆州人。藤満季子也。五世祖大場十郎近郷。承久年間、宇治之役有功。賜上総国青砥郷。因為氏。初藤綱幼依父命為僧、入密寺。及冠歳自還俗。改今名従村儒学。資性伶俐。然無由仕路。時鎌倉副元帥平時頼、詣三島祠設斎会。藤綱微服。伺其行装、適見負官物之牛、渡于片瀬川中、嘲笑曰、這牛与平公作善相似。傍人詰其語。藤綱答曰、是歳旱歉、穀蔬乾枯。今牛不渡田圃還渡満溢之水。平公亦不覩国中貧困、大徳還布施富奢凡僧。豈不相似乎。其人笑服。後平帥聞藤綱才器、召賜食邑参預政事。自此竭忠勤。薦朋僚、睦親族、恵民庶。最一世人傑云

24　阿瞞雞肋

魏曹操平漢中、出教唯曰雞肋而已。外曹莫能暁。脩独曰、夫雞肋、食之則無所得、棄之則如可惜。（後漢楊脩伝）

魏志武帝紀云。帝小字阿瞞

25 彦火乗鰐　26 簫史逐鸞

彦火火出見尊。既失兄鉤、無由訪覓。時依塩土老翁之計、忽至海神之宮。因留息《スミタマフ》焉。海神則以其子《ムスメ》豊玉姫妻《アハセマツル》之。遂纏綿《ムツマカニ》篤愛《シタシミシテ》。已経《ナンヌ》三年《トセ》。及至将《スルニ》帰《カヘリ玉ハント》。海神乃召鯛女《タイヲ》、探《シカハ》其口者。即得鉤焉。於是進《タテマツル》此鉤于彦火火出見尊。因奉教《ヲシヘマツリテ》之曰、以此与《アタヘ玉ハンド》汝兄《イマシミコトノカミニ》。時乃可称《ノタマハク》曰、大《ヲホ》鉤、踉《スノ》踰《ミキハ》鉤。貧《マチ》鉤。痴騃（騃）鉤。言訖、則可以後手《シリヘテニ》授（投）賜《タスヘ》。已而召《メシ》集《ツドヘ》鰐魚、問之曰、天神之孫《ミマ》。今当還去《カヘリマサントス》。爾等幾日《イクカ》之内《ウチニ》、将作以奉致。時諸鰐魚各随《マニ》其《ソノ》長短《ナカサミチカサノ》、定其日数《ヒカスヲ》。中有一《ヒト》尋鰐。自言《ミラマサク》、一《ヒト》日之内則当致《イタシマツルヘシ》焉。故即遣一尋鰐魚。以奉送《ヲクリ》焉。復進《タテマツリ》潮満《シホミツ》瓊。潮涸《シホヒル》瓊。二《フタ》種《クサノ》宝《タカラ》物《モノ》。仍教《ヨシヘマツル》用瓊之法《サマヲ》。又教《ヲシヘマツリテ》曰《マク》、兄《コノカミ》作高田《アケタ》者、汝《イマシミコト》可作《ツクル》洿田《クボタ》。兄作洿田者、汝可作高田。海神尽誠《マコトヲ》奉助《タスケマツル》如此矣。時彦火火出見尊既帰《カヘリ》来。一《モツハラニ》遵《シタカツテ》神教《ワタツミノヲシヘニ》、依而行《ヨコナフ》之。

簫史得道。好吹簫。秦穆公。以女弄玉妻《ハス》之。遂教弄玉吹簫。作鳳鳴。有鳳来止其屋。公為作鳳台。後弄玉乗鳳。簫史乗龍。共昇天去。

27 神武宿祢　28 黄帝雲官

神武帝御宇。宇摩志麻治命。奉献天瑞《アマツ》宝。乃竪《タテヽ》神《カミ》楯《タテヲ》以斎。亦立《タツ》今《イマ》木。亦五十櫛《クシヲ》刺《サシ》繞《メクラシ》於布都《フツ》主《タシノ》剣大神。崇斎殿内。蔵于十《トクサ》宝《タカラ》。以侍《ハヘラシム》近宿。因号足尼。其足尼之号。従此而始矣。又足尼。一作宿祢。黄帝公孫姓。又曰姫姓。名軒轅。有熊国君。少典子也。母見大電繞北斗枢星。感而生帝。炎帝世衰。諸侯相侵伐。軒轅乃習用干戈。以征不享。与蚩尤戦於涿鹿之野。禽之。遂代炎帝為天子。土徳王。以雲紀官。為雲師。

29 時平同車　30 齊荘賜冠

本院左府藤時平公。為人容姿閑雅。才学秀傑。従父大納言経国。有夫人在原氏。美艶絶倫。年纔二十許歳。常窃厭悪経国老醜。公聞之想恋不措。屡来遊経国第。主翁雖与公同族。以其相種待遇甚謹。時春首。公携二三搢紳。復宴于彼第。詠吟絃歌。興趣転酣。夜更公将還。主翁贈以珍器鞍馬。公笑謝曰。此会千載一遇。冀有非常之贈。主翁沈酔。自掲簾帷。把夫人之手。示公曰。老子此外無所秘愛。以奉献公。公遽抱夫人。与倶載還。主翁独眠達旦。宿酔半醒。悔歎無及。公与夫人相愛。遂有弄璋之慶。然議者鄙其婬穢。譏悪之行云。

春秋襄公二十五年。夏五月乙亥。斉崔杼弑其君光。左伝曰。斉棠公之妻。東郭偃之姉也。棠公死。云云。崔子遂取之。荘公通焉。驟如

崔氏。以人崔氏之冠賜人。侍者曰。不可。公曰。不為崔子。其無冠乎。云云

31 直幹睎顔

文章博士橘直幹。天暦八年八月上書。請兼民部太(大)輔。書奏。天皇使侍臣読之。至依人異事。雖似偏頗。代天授官。誠懸運命。天顔勃然。読者股栗。既而至瓢箪屢空。草滋顔淵之巷。藜藿深鎖。雨湿原憲之枢。玉音三四誦之。嘆曰。彼亦一世之文士也。何沈窮之至此乎哉。是朕之過也。即日詔任民部太(大)輔。蓋比上書。倩小野道風浄書。以故帝以為二絶。常珍秘于御牀。天徳四年。禁闕罹災。法燭遷幸。俄顧問左右。直幹上書持去否。其御愛如此。

32 李白識韓

李太白与韓荊州書云。白聞天下談士相聚而言曰。生不用封万戸侯。但願一識韓荊州。何令人之景慕。一至於此。豈不以周公之風。躬吐握之事。使海内豪俊奔走而帰之。一登龍門則声価十倍。所以龍蟠鳳逸之士。皆欲収名定価於君侯。君侯不以富貴而驕之。寒賤而忽之。則三千之中有毛遂。使白得穎脱而出。即其人焉云云。註韓朝宗。元(玄)宗時人。為荊州刺史。人皆景慕之。李白与此書。膾炙人口。学者不可不読。

33 維盛鳥喉

治承四年。源武衛頼朝。竄居豆州蛭島。時承太上皇宣旨。将挙義兵。討平氏。相国平清盛。既聞頼朝陰謀。大怒。命嫡孫羽林次将維盛。為軍将。次男薩州刺史忠度副之。上総刺史忠清。斎藤実盛等。諸士従征矣。其軍号七万騎。九月中旬。発福原新都。旌旗鎧杖。美飾奪目。遂到駿州富士川。張行陣。定計策。忽聞源家有軍兵二十万騎。将卒殆落胆。其地有沼。鳬雁成群。夜驚軍勢。千万水禽。一次翔去。其声如万兵叫奔。平軍以為源軍伐不意。乃棄器械輜重。遥遁奔。明日源軍至。見行営無人。譏笑平将怯懦而帰。

34 符堅鶴唳

晋孝武皇帝。名懼(曜)。字昌明。秦遣兵。分道寇晋。陥諸郡。晋以謝石為征討大都督。謝玄為前鋒都督。督衆八万拒之。符堅登寿陽城。望見晋兵部陣厳整。又望見八公山草木。皆以為晋兵。憮然有懼色。秦兵逼肥水而陣。玄使人謂曰。移陣小卻。使我兵得渡。以決勝負。可乎。堅欲聴晋兵半渡蹙之。麾兵使却。秦兵退。不可復止。朱序在陣後呼曰。秦兵敗矣。遂潰。玄等乗勝追撃。秦兵大敗。走者。聞風声鶴唳。皆以為晋兵至。堅狼狽還長安。

35 兼季菊亭

36 謝玄蘭砌

今出河右丞相兼季。西園寺相府実兼第三子也。家于洛今出河地。仕後醍醐帝。拝右丞相。雅愛菊花。蒔之満庭。毎至時節。翫賞終日。称曰菊庭。亦造亭於其傍。号菊亭。

謝玄字幼度。少穎悟。叔父安。嘗戒約子姪。因曰。子弟亦何預人事。而正欲使其佳。諸人莫有言者。玄答曰。譬如芝蘭玉樹。欲使其生于庭階耳。

37 義興駆雷　38 佾有作属

新田左兵衛佐源義興。左中将義貞之庶子也。義貞戦死後。与弟二人赴越之後州。築城郭拠之。既而武野両州亡卒等。共裁盟書。密献之新田氏。於是義興率軍士百余人。自越適武。事発覚聞于鎌倉。畠山道誓大駭。不安寝食。食客有竹沢良衛者。為人智黠貪冒。道誓夜密召以謀之。良衛許諾。陽為違制令。籍采地。出相州走武州。通志義興曰。公儻宥旧咎。属諸麾下。則致死力。贖前罪。義興始疑不許。漸入賄。進美女。阿諛逢迎。如此半歳。義興遂親昵。大謀密策。靡不預焉。於是時良衛常懐賊害之謀。未嘗能発之。仍密簡畠山。請其族江戸遠江守尭寛等之援助。故尭寛亦偽為令怨亡命走采地稲毛荘。遂属義興麾下。義興従良衛之策。将整軍器赴鎌倉。良衡窃意。及矢口渡殺之。逆命舟子。於舟底鑿二穴。以断木塞其穴。義興率井直秀等。忠勇之士十餘員。駕舟欲渡。比及中流。舟子抜断木。水注于舟。尭寛陣渡口。控馬指顧且笑。義興始悟随彼術中。不勝憤激。怒罵数声。自手刃剳腸。仆死水中。直秀等勇士。或自裁。或泳水殺敵。同共帰尽。尭寛及良衡。献捷於鎌倉。管領足利左馬頭基氏。大喜。加賜尭寛及良衡采地。他日尭寛往新封地。道矢口渡。俄陰雲四塞。荐雷逆浪。乃鞭馬陸行。恍惚見義興。著緋鎧騎龍馬。相逼近。乍覚為大箭被射中。堕馬悶絶。従士扶起輿疾還家。不日而叫死。由是想良衡亦不得善死。而前史略焉

左伝昭公七年云。鄭人相驚以伯有曰。伯有至矣。則皆走。不知所往。鑄刑書之歳二月。或夢伯有介而行曰。壬子余将殺帯也。明年壬寅。余又将殺段也。及壬子。駟帯卒。国人益懼。斉燕平之月壬寅。公孫段卒。国人愈懼。注。駟帯助子晳(皙)殺伯有

39 内侍好賢

弁内侍。見帝殿所絵賢聖障子有言。択我朝忠臣孝子。如許図書焉。則此国亦有忠孝人。須勧励。嗚呼無択之之代哉。時上聴之。大感歎。賜女位。内侍固辞不肯受。蓋内侍者。右京大夫藤信実之女。

40 充容諫帝

聡敏善倭歌。官仕於後堀河。後嵯峨帝之間
唐充容徐氏。名恵。長城人。孝徳女。生五月能言。四歳通
文。太宗聞之。召為才人。手不釈巻。文辞敏贍。帝益礼顧矣。貞観二
十二年。軍旅亟動。宮室互興。百姓頗有労弊。徐氏上疏諫之。其略
曰。古人有云。雖休勿休。良有以也。守保未備。聖哲罕兼。是知業大
者易驕。願陛下難之。善始者難終。願陛下易之。竊見頃年以来。力
役兼総。東有遼海之軍。西有崑丘之役。士馬疲於甲冑。舟車倦於
転輸。且召募投戍（戍）。去留懐死（死生）之痛。因風阻浪。人有漂溺之危。一夫
力耕。年（卒）無数十之獲。一船致損。則傾覆数百之粮。是猶運有尽之
農功。填無窮之巨浪。図未獲之他衆。喪已成之我軍。雖除凶伐暴。
有国常規。然黷武習兵。先哲所戒。云云。太宗甚善其言。特加優賜。
甚厚。

41 廏戸龍車　　42 李靖馬駿

聖徳太子。又称廏戸皇子。斑鳩宮有浄殿。号夢殿。毎入必沐浴。太
子製諸経疏。若有滞疑。即入此殿。金人必自東方来。諭以深義。推
古十六年秋九月。太子入夢殿。閉戸不出一七日。宮中大怪。慧慈
曰。太子入三昧矣。八日之晨。玉几上有一経巻。太子告慧慈曰。是我

先身所持之本耳。一部複一巻也。妹子取来之者我弟子之経也。吾定中取来也。乃以落字之所示慈慈大奇之。十七年秋九月。隋使来曰。去秋皇太子駕青龍車取南嶽旧坊経。凌虚而去。李靖微時。嘗夜投宿一巨宅。有老婦延之。中夜扣門甚急。婦変色曰。吾龍女也。二子倶出。天命行雨。欲煩一行乃出一小瓶子。繫於鞍前。戒曰。馬躍嘶鳴。取瓶中水一滴。滴馬鬃上。謹勿多也。既而雷掣雲間。見所憩村。連下二十滴。既帰老婦曰。一滴水乃地上三尺。此村半夜水深三丈

43 康頼木塔

44 杜孝竹筒

嘉応三年平判官康頼。与丹波少将藤成経。法勝寺俊寛僧都。潜承上皇旨。謀滅平氏一族。時平氏威焔薫天。陰謀発覚。平相国矯詔流竄康頼及二子於薩州鬼界島。千辛万苦。不可勝言。康頼性孝誠。於是相攸於海岸口。祷祀熊野権現。唯奠玄酒。又無他物。且請念諸仏諸神。久之夢寐之間。頻致感応。康頼慕想京師老母。自造小塔婆千本。毎塔彫刻姓名。并二首歌。随潮汐而投波上。時有一僧。康頼族属也。欲聞康頼消息。赴西州。路経芸州。詣厳島古祠。乃徜徉海浜。適一木塔。随波至前。即康頼所刻者也。僧携帰京師。

以遺其母妻。時人為孝感所致。後会赦帰京
杜孝巴郡人。少失父与母居。以孝称。後在城(成)都。母喜食生魚。孝截
大竹筒盛魚一十頭。塞之以草。呪曰。我母必得此。因投中流。婦出
見筒横来触岸。而取視有二魚。含咲曰。此我夫所寄也。熟而進之。
聞者嘆駭。

45 護良匿函　　46 庾氷伏篷

護良親王。後醍醐帝之皇子。初入台山為僧。号尊雲。常好勇事武。有征相陽之志。元弘元年帝幸和州笠置山。東軍諸将攻囲之。久之城兵力竭。帝潜逃外。時親王在般若寺。聞之。孤身踊躋。露殯草宿。既歴数日。有按察法眼好専者。一乗院候(侯)人也。通志武家。忽採聴親王所在。率五百士卒向般若寺。親王進退惟谷。閃避堂内。有経函三箇。一箇開蓋子。擲翻経巻而函未開。親王隠匿其開函。擲巻掩面。手刃当心。微誦隠形呪。士卒唐突闌入堂内。屋上屋下。捜索審悉。竟将不開之函。放却蓋子。既開之函。則舎而不顧。共出門外去。親王率爾免危。以為恐士卒再来。仍出原函。匿他函。果而士卒還来。探索擲函。識認其逃亡。ルヲ而後去矣。少焉親王出寺。信歩遥過。嘗所従徒弟来集。都九員。相与微服。到南紀十津河。倚頼竹原

某。棲遅半年。親王自還俗。改今名。他時栄衰。載在史策。今故不贅于茲焉

蘇峻乱。諸庾逃散。庾氷時為呉郡。単身奔亡。民吏皆去。唯郡卒独以小船載氷。出銭塘口。蘧篨覆之。時峻賞募覓氷。属所在捜検甚急。卒捨船市渚。因飲酒酔還。舞棹向船曰。何処覓庾呉郡。此中便是。氷大惶怖。然不敢動。監司見船小装狭。謂卒狂酔。都不復疑。自送過淛江。寄山陰魏家得免。後事平。氷欲報卒。適其所願。卒曰。出自厮下。不願名器。少苦執鞭。恒患不得快飲酒。使其酒足餘年畢矣。無所復須。氷為起大舎。市奴婢。使門内有百斛酒。終其身。時謂此卒。非唯有智。且亦達生

47　春王被底

源義満。童名春王。康安元年十二月。細川清氏。楠正儀陥京師。時左右奉抱之。夜投東山僧良芳。匿于衣被之中。五日。良芳与赤松則祐善。故扶載便輿。馳到播州白旗城。則祐奉迎之。時僅四歳

48　趙武袴中

春秋時。有趙朔者。事晋。朔生成子襄(衰)。襄(衰)生宣子盾。盾生朔。朔娶成公姉。為夫人。大夫屠岸賈滅朔之族。朔有遺腹子武。賈聞之。索於宮中。夫人置児袴中。祝曰。趙宗滅乎若号。即不滅。若無声。及索竟

無声。已脱

49 将門百官　50 趙倫九錫

平将門者。上総介高望孫也。朱雀帝承平二年。謀非望。而攻殺伯父常陸掾平国香。率兵入下野国。而逐出国司。爾後移上野。略武蔵。相模。徇上総下総。而建都於下総国猿島郡石井郷。一日。建都於相馬郡。自号平親王。備百官。置衆職。其所闕者。特暦博士而已。嗚呼僭踰之甚。是可忍也。孰不可忍也。於是。皇天降災。天慶三年。為官軍被滅

晋孝恵皇帝太子遹。非賈后所生。后廃殺之。征西大将軍趙王倫。矯詔勒兵入宮。廃后殺之。殺張華裴頠。倫為相国。淮南王允。率兵討倫。不克死。倫殺衛尉石崇云云。倫自加九錫。逼帝禅位。党与皆為卿相。奴卒亦加爵位。毎朝会。貂蝉盈坐。時人語曰。貂不足。狗尾続。斉王冏鎮許昌。成都王穎鎮鄴。河間王顒鎮関中。各挙兵討倫。倫伏誅。

51 敦光間(関)花　52 何秀鄰笛

吏部侍郎藤原敦光。幼学渉猟経史。能属文章。生平巻不釈手。雖行歩間。口誦古文。旁人怪問之。答以商量事務。遂得儒雅名。蓋柿

本人麻呂者。上世歌仙也。然前輩未有作之伝者。於是敦光。讃柿
本之画像。有銘并序。爾来人知其所従来也。又敦光過江帥旧宅。
留題。其一聯云。往事渺茫共誰語。閒庭唯有不言花。後後京極藤
良経公。自撰詩十体。乃采此詩而入幽玄部
何秀字子期。河内懐人。清悟有遠識。少為山濤所知。稚(雅)好老荘之
学。荘周内外篇。歴世雖有観者。莫適論其旨統。秀乃為之解。発明
奇趣。振起玄風。読之者。超然心悟。郭象又述而広之。儒墨之迹見
鄙。道家之言遂盛焉。嵆康善鍛。秀為之佐。相対欣然。傍若無人。康
誅。秀入洛。作思旧賦云。嵆博綜伎芸。於糸竹特妙。臨当就命。顧視
日影。索琴而弾之。逝将西邁。経其旧廬。于時日薄虞泉。寒氷凄然。
鄰人有吹笛者。発声寥亮。追想曩昔遊宴之好。感旨而歎。故作賦
云。後為散騎常侍。在朝不任職。容迹而已

53 覚明移書

54 陳琳作檄

大夫坊覚明者。木曽義仲之侍史也。殆通文章。得親近矣。初覚明
南都興福寺之緇徒也。治承年中。園城寺奉戢仁親王之令旨。移
書南都徴兵。時覚明肆其撰裁返牒。其中有清盛者平家之塵芥。
武家之糟糠句。清盛後聞之。怒欲殺之。覚明懼而亡去。終束髪為

義仲之臣云
広陵陳琳。字孔璋避難冀州袁本初使典文章作檄以告劉備言
曹公失徳。不堪依附宜帰本初也。後紹敗琳帰曹公。曹公曰卿昔
為本初移書。但可罪状孤而已。何乃上及父祖邪。琳謝罪曰矢在
弦上。不可不発。曹公愛其才不責之。為司空軍謀祭酒管記室典
略曰。琳作諸書及檄草成呈太祖。太祖先苦頭風。是日疾発臥読
琳所作翕然而起曰。此愈我病。数加厚賜

55 宗高射扇
那須宗高者。下野州人也。以善射発其名矣。元暦之征役従義経
八島之役。平軍使美女出船上。挙扇請源氏之矢射之矣。於是義
経与衆軍議其能者。僉曰。宗高可矣。義経命射之。宗高即射扇而
落之於海中矣。源平之軍皆感嘆焉。施誉于一時流芳於千歳矣

56 史慈植的
呉太史慈。初孔融為黄巾囲急。遣慈求救於平原。慈将両騎各持
一的開門直出。植所持的各射之。明晨復如此。囲下人或起或臥
明晨復如此。無復起者。因突囲出

57 狭穂積稲

58 禄山動鼙

狭《サ》穂《ホ》彦《ヒコ》王者。垂仁天皇之皇后。狭穂姫之兄也。四年秋九月。狭穂
彦叛。欲危社稷。因伺皇后之燕居而語之曰。夫以色事人。色衰寵
緩。今天下多佳人。各進求寵。豈永得恃色乎。冀吾登鴻祚与汝照
臨天下。則永終百年。亦不快乎。願為我殺天皇。仍取匕首。授皇后。
皇后知不得匿謀。而悚恐伏地。曲言兄之反状。天皇曰。是非汝罪
也。命将軍上毛野八綱田令撃狭穂彦。時狭穂彦興師距之。忽積
稲作城。其堅不可破。此謂稲城。踰月不降。遂死于城中也
天宝十四載。安禄山率藩兵十餘万。起漁陽。南向指闕。詭言奉
詔。誅楊国忠。鼙鼓之声動地

59　允恭採蝮　　60　温嶠然犀

允恭天皇十四年。秋九月。癸丑朔。甲子。天皇猟于淡路島。時麋鹿《オホシカ》
猿《サル》猪《ヰ》莫莫紛紛。盈于山谷。焱起蝿散。然終日以不獲一獣。於是猟
止。以更卜矣。島神祟之曰。不得獣者。是我之心也。赤石海底。有真
珠《タマ》。其珠祠於我則悉当得獣。爰更集処処之白水郎。以令探赤石
海底。海深不能至底。唯有一海人。曰男狭磯。是阿波国長邑之海
人也。勝於諸海人。是腰繫縄入海底。差頃之出曰。於海底有大蝮《アハビ》。
其処光也。諸人皆曰。島神所請之珠。殆是蝮腹乎。亦入探之。爰男

狭磯。抱大蝮而泛出之。乃息絶以死浪上。既而下縄測海底。六十尋。則割蝮。実真珠在腹中。其大如桃子。乃祠島神而葬之。多獲獣也

晋温嶠見牛渚磯深不可測。世云多怪物。嶠然犀照水。須臾見水族覆火奇形異状。夜夢人曰。与君幽明道別。何意相及也

61 忠盛出勢

刑部尚書平忠盛者。桓武帝遠裔。京兆尹正盛男也。祖先中微。至忠盛有武備。且献長寿院営構之費。仍知但州。兼授四位升殿。於是公卿妬遅遇。将期五節夜宴暗害忠盛。忠盛予知其謀而運智計得免。時公卿諷伶人歌謡曰。伊勢瓶子者醋瓶也。猶言伊勢平氏者眇目也。以和訓相近也。蓋平氏出自勢州。忠盛生得一眼眇故云

62 郤克聘斉

季孫行父禿。晋郤克眇。孫良夫跛。曹公子手(道)僂。同時聘于斉。斉使禿者御禿者。眇者御眇者。跛者御跛者。僂者御僂者。蕭同叔(姪)子処台上而咲之。客不悦而去。斉人曰。斉之患自此始矣

63 肖柏夢菴

64 柳子愚渓

肖柏者。村上帝之王子。具平之遠裔。而久我家之支葉也。初居洛。嗜倭歌。就種玉菴宗祇。泊東野州常縁学之。窮風雅之蘊奥。兼閲華夏之書。後柏原帝召見便殿。而連歌使柏呈発句。御製賡載。数盈百句。帝大喜。賜天盃。性耽静閒。屏居津陽池田。縛一小菴榜以夢名曰夢菴。好蒔花。自称牡丹花。其行履也。不道其冠。不儒其履。又不耽仏術。不以姓氏為高。常愛酒香花之三。徴于建仁禅衲常菴龍崇。作三愛記。後従栖遅乎泉界。大永丁亥夏四月卒。年八十

五

柳子厚愚渓詩序云。灌水之陽。有渓焉。東流入于瀟水。或曰。冉氏嘗居也。故姓是渓。為冉渓。或曰。可以染也。名之以其能故謂之染渓。余以愚触罪。謫瀟水上。愛是渓。入二三里。得其尤絶者家焉。古有愚公谷。今予家是渓。而名莫定。士之居者。猶断断然不可以不更也。故更之為愚渓。愚渓之上買小丘。為愚丘。自愚丘。東北行六十歩得泉焉。又買居之為愚泉。愚泉凡六穴皆出山下平地。蓋上出也。合流屈曲而南。為愚溝。遂負土累石。塞其隘為愚池。愚池之東為愚堂。其南為愚亭。池之中為愚島。嘉木異石錯置。皆山水之奇者。以余故。咸以愚辱焉云云

65 長髄孔舎

神武天皇戊午年。夏四月《ウツキ》。皇師《ミイクサ》勒《トトノヘテ》兵《ヲ》。歩趣《カチヨリヲモムク》龍《タツ》田《ニ》。而其路狭《ク》嶮《サカシクシテ》。人不得並《ナミ》行《ユクコトヲ》。乃還《テ》更欲《ヲホス》東《ノカタ》踰《コエテ》胆《イ》駒《コマノ》山《ヲ》而入《イラムト》中洲《ウチツクニ》。時長髄彦聞《テ》之曰《イハク》。夫天神子《ミコ》等《タチノ》所以《ユヘハ》来《イテマス》者。必《ス》将《マサニ》奪《ウハイシト》我国《ヲ》。則尽《ニ》起《テ》属《シタカヘル》兵《ツハモノヲ》徼《サヘキリテ》之《ヲ》於孔《クン》舎《サ》衛《エ》坂《ニ》与《トモニ》之会《アヒ》戦《タタカフ》。有《テ》流矢《イタヤクシ》中《レリ》五瀬命《ノ》肱《ヒヂ》脛《ハギ》。皇師《ミイクサ》不能《ハ》進《ムコト》戦《フ》。天皇憂《タマフ》之。冬十《シ》有《ハ》二《ス》月。皇師遂撃《ツ》長髄彦《ヲ》。連《シキリニ》戦《テ》不能取勝《ツコト》。時《ニ》忽然《タチマチニ》天陰《ヒシケテ》而雨氷《ヒサメフル》。乃《チ》有《リ》金色霊鵄《アヤシキトヒ》飛来《テ》止《レリ》于皇弓《ミユミノ》弭《ユハズニ》。其鵄光曄《テリ》煜《カカヤキテ》。状《チ》如《シ》流電《イナヒカリノ》。由《テ》是長髄彦《カ》軍卒《イクサノヒトトモ》皆迷《ヒ》眩《テ》不復力《キハメ》戦《タタカハ》。饒《ニキ》速《ハヤ》日《ヒノ》命。本《ヨリ》知《レリ》天神慇懃《ネンコロニシタマフハ》。唯《タタ》天孫《アメミマ》是《コレ》与《アタヘタマフコトヲ》。且見《テ》夫《カノ》長髄彦《ノ》稟性《ヒトトナリ》愎狠(佷)。不可教以天《キミ》人《タミノ》之際《アヒタヲ》。乃《チ》殺《ツ》之。帥《テ》其衆《モロヒトヲ》而帰順《マツロフ》焉。

66 蚩尤涿漉(鹿)

黄帝軒轅氏。有熊国君少典《ノ》子《ヒ》也。蚩尤作《ス》乱《ヲ》。其人銅鉄額。能《ク》作《ス》大霧《ヲ》。軒轅作《リ》指南車《ヲ》。与蚩尤戦《ヒ》於涿鹿之野《ニ》。禽《トラヘテ》之《ヲ》。遂代《ツテ》炎帝《ニ》為《レリ》天子《ト》

67 武内棟梁

武内宿祢《ハ》者。父《ヲ》曰《ヒ》屋《ヤ》主《ヌシ》忍《タシ》男《ヲ》武《タケ》雄《オ》心《ココロノ》命《ト》。母《ヲ》曰《フ》影《カゲ》媛《ヒメト》。景行皇帝五十一年。秋八月朔。命《シテ》武内《ニ》為《ス》棟梁之臣《ト》。成務皇帝三年。正月己卯為《ル》大臣《ト》。帝与武内同日《ニ》生《ル》之。故《ニ》有《リ》異寵焉。仁徳皇帝《ノ》時《ニ》薨《ス》。年三百餘歳。蓋《シ》歴《タリ》景行成務仲哀神功応神仁徳六朝《ヲ》

68 郭儀福禄

尚父太尉中書令汾陽忠武王郭子儀。以身為天下安危者。三十年。功蓋天下。而主不疑。位極人臣。而衆不疾。嘗遣使至魏博田承嗣西望拝之曰。茲膝不屈於人久矣。今為公拝。投中書令。凡二十四考。家三千人。八子七壻皆顕。諸孫数十人。毎問安不能尽弁。領之而已。年八十三而終。

69 陽勝噉果

70 留侯辟穀

釈陽勝姓紀氏。能州人。母夢呑日有娠。元慶三年。登叡山。師空日。時年十一。性聡明。一聞不忘。学止観兼受瑜伽密教。誦法華勤密供。性慈悲。逢裸者脱与衣。見飢人譲己食。蟣虱蚊虻。饒身飽止。常厭喧囂。修禅定。勇猛精進。脇不印席。後居和州。夏入金峰山。冬下牟田寺。習仙方。初辟穀食菜蔬。次去菜食果蓏。漸止飲食。或日食粟一粒。衣藤蘿。躡雲煙。延喜元年秋。永謝世境。所被袈裟。掛松枝。書曰。譲与堂原寺延命。命見是悲泣。尋求山谷。無蹤跡。勝父病瀕九死。乃歎曰。我有多子。所愛者只陽勝而已。伝聞得仙。若有仙通。知我意。願一見之。勝聞此事。飛至舎上。誦法華。父曰。誰乎。経音絶似陽勝。家人出見。不睹其形。只聞其声。勝白父曰。我離父宅。永去人寰。孝思不違。故来誦経。又曰。毎月十八。焼香散花。願待我。我尋香煙而来。誦経説法。報恩極矣。語已経音絶。張良字子房。父祖以上五世相韓。秦滅韓。良散家財。得力士。始皇東遊。至博浪沙中。良令力士操鉄椎狙撃始皇。誤中副車。及沛公劉季起兵。良従之入関。遂滅秦。良初勧項梁立韓公子成。而相之。後項籍殺成。良帰漢。卒滅項籍。天下初定。従帝入関。即導引不食穀。朱子曰。子房藉漢滅秦誅項。以據其憤。然後棄人間事。導引辟穀。託意寓言。将与古之形解銷化者。相期於八紘九垓之外。使千載之下。聞其風者想像嘆息。不知其心胸面目。為如何人。其志可謂壮哉

71 渡妻代臥　72 京女新沐

阿都磨。一名衣川袈裟。母洛人。居奥州衣川。又帰于洛。故世人号衣川老嫗。阿都磨嫁源渡。而当世之美婦人也。時遠藤武者所盛遠窺見彼妻之美。神気蕩喪。不知所持。遂劫其母。欲為媒。母恐召渡妻泣語之。妻謂不従則殺母。不孝。従之則捨夫。不義。不孝不義。我生不如死。乃詭曰。請入我室殺我夫。然則我為君執箕帚。其夜浴臥者我夫也。証頭髪之濡。而刺之。盛遠大喜。投暗直入。刺其夫獲首。提出検之。乃妻之首也。盛遠感妻之貞潔。而掇喪身之禍。

且悔且泣。祝髪為僧。改名文《モン》覚《ガク》。年十八而為妻《メ》営塚。名曰恋塚。見于鳥羽邑。

京師節女者。長安大昌里人之妻也。其夫有讐人。欲報其夫而無道。径聞其妻之仁孝有義。乃劫其妻之父。使要其女。為中譎父呼其女告之。女計念。不聴之則殺父不孝。聴之則殺夫不義。不孝不義雖生不可以行于世。欲以身当之。乃且許諾曰。旦日在楼上新沐東首臥則是矣。妾請開戸牖待之。還其家。乃告其夫。使臥他所。因自沐。居楼上東首。開戸牖而臥。夜半讐家果至。断頭持去。明而視之。乃其妻之頭也。讐人哀痛之。以為有義。遂釈不殺其夫。君子謂。節女仁孝厚於恩義也。夫重仁義軽死亡行之高者也。論語曰。君子殺身以成仁。無求生以害仁。此之謂也

73 小左出水

景行天皇十八年。春三月。天皇将向《イデマサントシ》京。以巡狩《メクリミソナハス》築紫(筑)国。四月壬申。自海路《ウミツヂ》。泊《トマリ》於葦北小嶋。而進食《ミヲシス》。時召山《ヤマ》部阿弭古之祖小左《ヲヒダリ》。令進冷水《サムキミモヒ》。適是時。嶋中無水。不知所為《センスベ》。則仰之祈于天神地祇。忽寒泉《シミツ》従崖傍涌出。乃酌以献焉。故号曰水嶋也

74 耿恭拝井

後漢耿恭字伯宗。扶風茂陵人。少慷慨多大略。有将帥才。永平末

為戊己校尉也。金蒲城。匈奴攻城。恭乗城搏戦。以毒薬傅矢。伝語匈奴曰。漢家箭神。其中瘡《キズツク》者必有異。因発強弩射之。虜中矢者。視創皆沸。匈奴相謂曰。漢兵神。真可畏也。遂解去。恭以疏勒城旁有澗水可固。引兵拠之。匈奴復攻恭。恭募先登楼千人直馳之。胡騎散走。遂擁絶澗水。恭於城中穿井十五丈。不得水。吏士渇乏。笮馬糞汁而飲之。恭仰歎曰。聞昔弐師将軍抜佩刀刺山。飛泉涌出。今漢徳神明。豈有窮哉。乃整衣向井拝祷。有頃水泉奔出。乃令吏士揚水以示虜。虜以為神明。遂引去。後復攻恭。恭撃走之。数月食尽窮困。乃煮鎧弩食其筋革。恭与士推誠同死生。故皆無二心。虜囲之不能下。関寵上書求救。粛宗用司徒鮑昱議。遣軍迎恭。帰復奏恭節過蘇武。宜蒙爵賞。遂拝騎都尉。

75 入鹿檮罔

皇極天皇三年。冬十一月。蘇我大臣蝦蛦児入鹿臣。双《ナラベ》起《タツ》家於甘《アマ》檮《カシノ》罔。称大臣家。曰宮門《ウヘノミカト》。入鹿家曰谷《ハサマノ》宮門《ミカト》。称男《ヲノコ》女《メノコ》曰王子。家外作城柵《キカキ》。門傍《ホトリニ》作兵庫《ヤクラ》。毎門置盛水舟一。木鉤数十《トヲアマリ》。以備火災《ワザハヒ》。恒使力人持兵守家。大臣使長直於大《オホ》丹穂《ホ》山造桙削寺。更起家於畝傍山東。穿池為城。起庫儲箭。恒将五十兵士繞《メクラシテ》身出入。名健《チカラ》人曰東

76 似道葛嶺

方傔従者。氏氏人等。入侍其門。名曰祖子孺者。漢直等。全侍二門。宋賈似道。建第西湖葛嶺。日娯。五日一乗湖船入朝。不赴堂治事。吏抱文書就第呈署。他相書紙尾而已。内外諸司弾劾。薦辟挙削。非関白不敢行。一時正人端士。斥罷殆尽。吏争納賂以求美職。図為帥閫監司郡守者。貢献至不可勝計。趙溍輩。争献宝玉。貪風大肆。兵喪于外。匿不以聞。民怨于下。誅責無芸（稽）。莫敢言者。

77 信隆雞塒

藤原信隆者。文散位大丞相道隆公之裔孫。而正四品右京兆尹信輔之子也。有子曰信清親輔信定。信隆有女子。曰殖子。信隆願入此女於後宮。有人言曰。人家蓄白雞千頭。則家必出皇后。信隆聞之。養千頭之白雞。已而高倉帝召其女於掖庭。

78 竇毅雀屏

竇毅在周為上柱国。有女方数歳。読列女伝。一過不忘。聞隋祖受周禅。自投床下曰。恨我非男子。不能救舅家難。毅掩口曰。毋妄言。赤吾族。毅嘗謂夫人曰。此女有奇相。不可妄与人。画二孔雀於屏間。請婚者射二矢。陰約中目。李淵最後射。各中一目。遂以帰之。後淵為唐高祖。竇氏為后。

79 盛親芋魁　80 凱(愷)之蔗境

洛北仁和寺附庸真乗院ニ有盛親僧都ト云者。智徳兼備リ。得密学ノ蘊奥ヲ
衆以テ為ス法燈ト也。為リ人ト白皙秀眉。体肥充ニソ有リ膂力。然宏達不羈ニソ。不拘ラ
礼俗ニ。飢来レハ則飯シ。労来レハ則眠ル。乗ソ興ニ而往キ。興尽テ而帰ル。性嗜ム芋魁ヲ。饔(饔飱)飱是レ
供ス。雖誦経講法之際ト無シ不ト云コト以テ喫却セ焉。或ハ罹テ疾ニ。閉テ戸ヲ謝シ客ヲ。恣ニ食ヘハ芋魁ヲ
果シテ得タリ除愈スルコトヲ。初先師臨テ終ニ遺嘱シ授ルニ親ニ以シ旧房ヲ。与フルニ銭二百貫ヲ。他日親売リ
房ヲ得タリ一百貫ヲ。通シテ前ニ三百貫。寄託シテ諸コレヲ京城ノ旧識ニ。毎ニ乞ヒ十貫ヲ為ス芋魁ノ之
資ト。居ルコト数歳。貯銭空竭シテ。無シ顧吝ノ色。実ニ安貧寡欲ノ之道人ナル也哉

顧凱(愷)之字ハ長康。小字ハ虎頭。有リ才気。工ニシテ画ニ而癡ナリ。時ニ称ス其ノ有ルコトヲ三絶。才絶。
画絶。癡絶也。毎ニ食フ甘蔗ヲ自リ尾至テ本ニ云ク。漸ニシテ入ル佳境ニ。晋ノ桓温引テ為ス大司
馬参軍ト

81 神功祝胎　82 杜佑生歯

気《イキ》長《ナカ》足《タラシ》姫《ヒメノ》尊ハ。稚《ワカ》日《ヤ》本《マト》根《子》子《コ》彦太日日ノ天皇ノ之曽孫《ヒヽコ》。気長ノ宿祢《スクネ》王ノ之
女也。母ヲ曰フ葛城ノ高《タカ》額《ヌカ》媛《ヒメト》。足仲《シ》彦ノ天皇ノ二年ニ。立テ為ス皇后トシ玉フ。幼《ワカクシテ》而聡《サトク》明叡《サカシ》
智《クイマス》。貌容《ミカホ》壮麗《ハナハタカホヨシ》。父ノ王異ミ玉フ焉。九年春二月。足仲彦ノ天皇崩《カミアカリマス》於筑紫ノ橿日ノ
宮ニ。時ニ皇后傷ミ玉フテ天皇不シテ従ハ神ノ教ニ而早ク崩シ玉フヲ。以為《オモホサク》知テ所ノ崇《タヽル》之神ヲ。欲《オホス》求《ント》財宝《タカラノ》
国ヲ。是ヲ以テ命《ミコトオホス》群臣及ヒ百寮《ツカサ》ニ。以解《ハラヘ》罪ヲ改《メシト》過ヲ。秋九月。庚午ノ朔。己卯。令《ミコトノリシテ》諸国ニ。

集船舶《フネヲ》。練兵甲時、軍卒《イクサトモ》雑(難)集《ツトヒ》。適当皇后之開胎《ウムカツキニ》。皇后則取石挿腰《サシハサミテコシニ》。而祈《ウケヒテ》之曰、事竟還日、産於茲《コヽ》土。其石今在于伊都《イト》県《アカタ》道辺。冬十月己亥朔辛丑。従和珥津発《タチタマフ》之。時飛廉《カセノカミ》起風、陽侯《ウミノカミ》挙浪。海《ウミノ》中大魚悉浮挟船。則大風順吹《オヒカセ》、帆船《ホツム》随波。不労櫨《カコ》楫《カチヲ》、便到新羅。新羅王於是戦戦《チワナヽキテ》栗栗。厝身《セムスヘ》無所《シラス》。即素旆《シロキハタアケテ》而自服《マツカヒヌ》。素組《キツナ》以面縛《ミツカラトラハル》。封図籍《シルシエフムタヲ》、降於王船之前。於是高麗《コマ》百済《クタラ》二国王、聞新羅収《トリテ》図籍降於日本国、密令伺其軍勢《ミイクサヲ》、則知不可勝《エカツマシキナヲ》、自来于営外《イホリノ》、叩頭而款曰、従今以後、永称《イヒツ》西蕃《ニシノトナリ》不絶朝貢《ミツキタテマツルコトヲ》。故因以定内官家《ウチツミヤケ》。是所謂之三韓《カラクニ》也。皇后従新羅還之十二月戊戌朔辛亥。生《アレマス》誉田天皇於筑紫。故時人号其産処《ミウフヲ》曰字瀰《ミト》也 生産。訓宇瀰ト

成恭杜皇后。諱陵陽。鎮南将軍預曽孫。后少有姿色。然長猶無歯。有来求婚者。輙中止。及帝納采之日、一夜歯尽生。在位六年無子。先是三呉女子、相与簪白花、望之如素柰《ナイノ》。伝言天公織女死。為之著服。至是而后崩。

83　武雷駕鹿

春日四所大明神者、第一殿武雷命。亦名武甕槌神。第二殿斎主命。亦名経津主神。第三殿天津児屋根命。第四殿姫大神也。天照大神之分身。神護景雲元年六月

84　琴高乗鯉

二十一日。武雷命。自常陸国鹿島出求棲処。駕白鹿持榊（賢木 木名）枝為鞭。到于伊勢国名張郡中臣連時風秀行者侍従焉。十二月七日。入於大和国阿倍山。同二年正月九日。至于三笠山。告事於三神所。於是斎主命者。自下総国香取来。天児屋根命者。自河内国枚岡移焉。姫大神者。自伊勢国而従来。共於三笠之山。而太立《アトシキタテ》宮柱於底盤《シタツイハ》之根。以奉崇四所大神。

琴高趙人。能鼓琴為宋康王舎人。行涓彭之術。浮遊冀州涿郡間。二百餘年。後入涿水取龍子。与諸弟子期。某日当返。諸弟子日斎潔待于水傍設祀。高果乗鯉而来。観者万餘人。留一月復入水去。

85 重盛促命　　86 士燮祈死

小松重盛者。平太師清盛之嫡男也。保元平治之両変。助父清盛。戦功居多。寵栄隆盛。累官到内大臣。兼羽林上将。典禁兵。性仁孝。常憂父清盛驕奢。獲罪於天下。諷諫数矣。治承元年。上皇寵臣平章事成親。憤平氏恣逆威。謀討之。事発覚。逮捕成親及党類。連及者数十人。或誅或流。清盛勃怒未霽《ヤマ》。起兵欲犯上皇。躬被金甲。按剣議軍事。重盛聴之。衣冠入来。衆皆駭視。重盛涕泣苦諫。諭以忠義。其言出於至誠。聴者無不嗟歎。猶慮其諌不聴。帰家而聚兵以観之。於是清盛解怒。脱戎衣。朝廷以安矣。其後清盛暴戻自若。重盛諫熊野山。禱神以父自艾遷善。曰。神若不許此願。請奪我命。既而帰京。不幾而寝疾。弥留不瘳。清盛使盛俊告曰。自宋朝良医来。既住本邦。延之求治。重盛諭盛俊曰。居予語汝。延喜帝延異国相士。入京城。識者有議之。況重盛為人臣。求殊域医乎。漢高討黥布蒙創。託天命。却医不用。以為美談。若因宋医薬餌得瘳。則本朝有無医之恥。汝其為我善辞。盛俊唯而退。此後終薨。年四十三。国人皆哭於巷。

左伝成公十七年。晋范文子反自鄢陵。使其祝宗祈死。曰。君驕侈而克敵。是天益其疾也。難将作矣。愛我者。唯祝我。使我速死。無及于難。范氏之福也。六月戊辰士燮卒。禍幾之作也。唯知者能図于未然。鄢陵之不欲戦。文子早知有厲公之難矣。使其不死。安知欒書中行偃之劫。不及于范氏乎。祈死而得死。天之所以全令徳也

87 忠光報讎　　88 予譲知己

忠光者。平氏之従士也。称上総五郎兵衛。後鳥羽帝。建久三年経営永福寺新堂。頼朝検覧之。忠光以魚鱗蔽左眼。偽如眇者。懐剣在縣役之間。欲狙頼朝而刺之。頼朝潜怪之。使景時捕而問焉。忠

光以実答。即命景時而殺之。

予譲晋人也。故嘗事范中行氏。去而事智伯。智伯尊寵之。趙襄子与韓魏合謀滅智伯。三分其地。襄子怨智伯漆《ウルシヌリテ》其頭飲器。譲曰。士ハ為《タメニ》知《シル》己者死。女為《タメニ》説己者容《カタチツクリス》。我必為智伯報讎。乃変名姓為刑人入宮塗廁《カハヤ》中。挾匕首欲以刺襄子。襄子如《ユイテ》廁《カハヤ》心動。捜之則予譲也。襄子義而釈《ユルス》之。又漆《ウルシヌリテ》身為癩吞炭《アラスミ》為唖《オシト》使形状不可知。伏於橋下。襄子至橋馬驚。曰此必予譲。問曰。子事范中行氏。智伯滅之。不為報讎而反臣智伯。智伯已死。独何報讎之深。対曰。臣事范中行氏。衆人遇我。我故衆人報之。智伯国士遇我。我故国士報之。襄子曰。寡人赦子亦足矣。子自為《セヨ》計。譲曰臣固伏誅。然願請君之衣而撃之以致報讎之意。襄子持衣与之。乃抜剣三躍而撃之曰。吾可以下《シモ》報智伯矣。遂伏剣而死。

89 兄媛定省

90 大姒帰寧

応神天皇幸難波。居《マシ》於大隅宮。登高台而遠望。時妃兄媛《エヒメ》侍《ヘリ》之望西大歎。天皇問兄媛曰。爾何歎之甚《キヤ》也。対曰。近日妾有恋父母之情。故望西而歎矣。冀暫還之得省親。天皇感兄媛定省之篤情。謂之曰。爾不視二親既経多年。還欲定省於理灼然。乃聴《ユルス》之。喚淡路

之海人八十人。為水手。送于吉備也
詩経葛覃末章云。言告師氏。言告言帰。薄汚我私。薄澣我衣。害澣害否。帰寧父母。湛甘泉曰。関雎。文王正家之始。后妃始帰時也。葛覃。巻耳。樛木。螽斯。文王正家之中。后妃居家時也。桃夭。兎罝。芣苢。漢広。汝墳。麟趾。文王正家及国之終。后妃化行時也。文王之妃。即太姒也

91 源順梨壺　92 逸少蘭亭

村上天皇。天暦五年。詔石見守坂上望城。近江少掾紀時文。能登守源順。讃岐大掾大中臣能宣。河内掾清原元輔。於昭陽舎巡講万葉集。因同撰後撰和歌集。凡歌一千四百二十首矣。相国謙徳公藤伊尹。時以蔵人少将為撰集之総裁。天皇自揮宸毫。写詔書褒賜焉。即順所製也。載于本朝文粋云。右(左)親衛藤亜将。当世賢士大夫也。雄剣在腰。抜則秋霜三尺。雌黄自口。吟又寒玉一声。遂于跪彼仙殿之綺筵。銜此神筆之綸命。天下弥知忠鮁(鯁)不朽艶情相兼之臣。昔雖柿本太夫。振英声於万葉。花山僧正。馳高輿(輿)於行雲。而亦伝人間之康(虚)詞。未賜聖上之真迹。見今思古。妙哉希哉云云。昭陽舎。又号梨壺。故世称梨壺五人。

法書要録何延年蘭亭記云。晋穆帝永和九年暮春。王右軍。与親友四十二人。修禊于蘭亭。揮毫製序。興楽而書。遒媚勁健。謂有神助。醒後達日再書数十百紙。終不能及。右軍自珍愛之。秘蔵于家。七伝而至智永。子徽之派也。舎俗為僧。居越之永欣寺。以能書名。其蘭亭叙則以授弟子弁才。弁才至愛此帖。蔵之寝室梁上。置匣貯之。人所罕見。又蘭亭真蹟跋云。一十一人詩両篇成。一十五人。詩一篇成。一十六人詩不成。各飲酒三觥。所謂四十二人也

93 覚猷図画

鳥羽僧正覚猷者。西宮高明四世孫也。為三井長吏。補天台座主。世伝。僧正善図画。然近来称其真筆者。只見画馬耳。蓋於画馬得妙処者歟

94 禅月丹青

僧貫休。俗姓姜氏。字徳隠。婺州蘭渓人。初以詩得名。後入両川。頗為王衍待遇。因賜紫衣。号禅月大師。能画。間為本教像。唯羅漢最著。其画像。多作古野之貌。不類世間所得

95 親元減杖

96 劉寛弛刑

房州牧源親元者。家世武臣。白河帝潜藩時。備警衛。為金吾移廷

尉司獄而行陰徳。笞杖減數。刑罰緩法。年過不惑。務仏事。営作一宇於洛東。安弥陀像。華麗耀煌。俗号光堂。嘉保三年。知房州。以俸餘。建蘭若。官務之暇。専唱念仏。兼勧吏民。令以修法。若浄信者。適有犯法。而被勘鞫。則必枉弛其刑。由此州民。前後帰仏衆者。甚衆矣。秩満廻京。黎民遮路泣留。如離父母。長治二年。六十八齢卒

後漢劉寛。字文饒。弘農華陰人。桓帝時。遷南陽太守。典歴三郡。温仁多恕。雖在倉卒。未嘗疾言遽色。吏人有過。但用蒲鞭罰之。示辱即已。霊帝時為太尉。帝頗好学芸。毎引見常令講経。寛常於坐被酒睡伏。帝問太尉酔邪。対曰臣不敢酔。但任重責大。憂心如酔。帝重其言。夫人欲試寛令恚。伺当朝装厳已訖。使婢奉肉羹。翻汚朝服。婢遽収之。寛神色不異。乃徐言曰。羹爛汝手。其性度如此。海内称為長者。

97 舎人書紀

98 馬遷史記

弘仁私記序曰。夫日本書紀者。一品舎人親王。従四位下勲五等太朝臣安麻呂等。奉勅所撰也。清足姫天皇負扆之時。親王及安麻呂等。更撰此日本書紀三十巻。并帝王系図一巻。養老四年。五月二十一日。功夫甫就。献於有司。上起天地混淪之先。下終品彙

甄成之後。神農皇裔。指掌灼然。慕化古風。挙目明白異端小説。怪力乱神。為備多聞。莫不謂博也

文献通考云。史記一百三十巻。晁（鼂）氏曰。右漢太史令司馬遷。続其父談書。創為義例。起黄帝。迄武帝獲麟之歳。撰成十二紀。以序帝王。十年表。以貫歳月。八書以紀政事。三十世家。以叙公侯。七十列伝。以志士庶。上下三千余載。凡為五十二万六千五百言。遷没後欠景武紀。礼楽律書。三王世家。漢興以来。将相年表。日者亀策伝。靳蒯列伝等十篇。元成間。褚少孫追補。及益以武帝後事。辞旨浅鄙。不及遷書遠甚

99 為朝豻目

源為朝者。義朝之弟。為義之八男也。長七尺。豻目猨臂。膂力絶人。能閑勁弓。十三歳至鎮西。謂之鎮西八郎。戦勝攻取。至十五歳遂押領九州。因人訴之。召帰洛。年十八歳。明年保元之乱。与父同護崇徳上皇之宮。射殺敵兵多矣。衆無不辟易。既而上皇南狩。為朝謫伊豆大島。島人並辺夷皆畏伏。在島十年餘。嘉応年中。官兵来攻之。為朝一箭射破蒙衝《イクサブネ》。而遂自殺。年三十三

100 李広猨臂

前漢李広。為人長猨臂《タケタカクシテサルノヒヂナリ》。其善射。亦天性也。雖其子孫他人学者莫

能及広。広訥口少言。与人居則画地為軍陳。射闊狭以飲。専以射為戯竟死。広之将兵。乏絶之処見水。士卒不尽飲。広不近水。士卒不尽食。広不嘗食。寛緩不苛。士以此愛楽為用。其射見敵急。非在数十歩之内。度不中不発。発即応弦而倒。用此其将兵。数困辱。其射猛獣。亦為所傷云

101 二条再后　　102 魏文旧侍

人皇七十八代。二条帝性多猜忌。且耽声色。嘗聞故近衛帝后藤多子美艶。而将聘之再為后。藤氏懼毀義負。不肯応命。群臣亦執不可。帝遂不従。徴入宮掖。於是雖蹈唐高之覆轍。未至神器之墜廃。蓋其天幸乎哉

魏武帝崩。文帝悉取武帝宮人自侍。及帝病困。卞后出看病。太后入戸。見値〔直〕侍並是昔日所愛幸者。太后問何時来邪。云正伏魄時過。因不復前而歎曰。狗鼠不食汝余。死故応爾。至山陵亦竟不臨

103 杉本詐泣　　104 羊志急涙

杉本左兵衛某。不知何許人。為人樸素。無他技。但性無故垂涙啼泣如真。唯人所請焉。河内判官楠正成。智謀雄将也。麾下有松原

五郎。推薦杉本。判官曰。凡異技必有用時。我能任使渠。仍属麾下。同僚竊笑譏。以為匏瓜。至建武二年。官軍与足利源尊氏。合戦于洛中。互有勝敗。判官与都将新田源義貞。部将北畠中納言顕家。薄《シハラク》帰近州坂本之本営。於是判官熟察吾小兵不可抗大敵。設一奇計。便命杉本。扣一律院。泣訴曰。僕主将楠判官。不幸戦死。僕久蒙渥恩。故頼和尚鬚染為弟子。且欲索遺骸於積尸中。斂葬伏乞和尚垂憐憫。主僧熟聴愁告。応其請。与倶往戦場。検視積尸。以無所認焉。悲哭而帰。路上足利軍士偶見問故。杉本答以求判官遺尸。且語新田北畠両将亦戦亡。軍士暗喜。馳中尊氏。是以将卒歓抃。脱甲卸鞍。因判官等官軍襲伐不意。故足利軍駭走。官軍得一朝之利。然依新田色荒。北畠酒悖。違約失機。不能得全勝。実可惜哉

宋殷貴妃薨。上至墓。謂劉徳願曰。卿哭貴妃若悲。当厚賞。徳願応声慟哭。上悦以為予州刺史。令医術羊志哭。亦嗚咽。人問那得此副急涙。志曰。為自哭亡妾爾

105 造媛諱塩　106 師徳俔饑

孝徳天皇。大化五年。三月乙巳朔。戊辰。蘇我臣日向。譖《シコヂ》倉山田大

臣於皇太子曰。僕之異母兄麻呂。伺皇太子遊於海浜。而将害之。将反其不久。皇太子信之云云。喚物部二田造塩。使斬大臣之頭。皇太子妃蘇我造媛。聞父大臣為塩所斬。傷心痛惋。悪聞塩名。所以近侍於造媛者。諱称塩名。改曰堅塩。造媛遂因傷心。而致死焉表師徳給事中高之子。九日出餞。謂客曰。某不忍食。俛首久之

107 鎌子錦冠　108 梁公金袍

孝徳天皇。以中臣鎌子連。一曰鎌子。又鎌足。為内臣。増封若干戸。鎌子懐至忠之誠。拠宰臣之勢。処官司之上。故進退廃置。計従事立。天智天皇八年。及鎌子連病。而天皇憂之極甚。於是遣東宮太皇弟於鎌子家。授大織冠与大臣位。賜姓為藤原氏

則天后武曌。御天下時。狄仁傑最見信重。好面折廷争。曌常屈従。称為国老而不名。賜紫袍亀帯。自製金字十二袍。以旌其忠。仁傑卒。曌泣歎

109 伊渉(陟)兎裘　110 道隆鳳毛

伊渉(陟)者。兼明王之子也。親王薨後。一條帝詔伊渉(陟)曰。親王有遺文乎。対曰。遺文悉散亡矣。旧物惟有兎之裘。帝謂王服。乃令備御覧

伊渉(陟)献一軸。命侍臣披読之。則親王自作菟裘賦也。恣吐忠憤之語。於是帝慚喜交集。深秘納焉。蓋伊渉(陟)才質謭劣。不知菟兎之誤云

宋武帝嘗称謝超宗。殊有鳳毛。右衛将軍劉道隆在座。出候超宗曰。聞君有異物。欲一見。謝曰。懸磬之室。何得異物耶。道隆武人。正触其父諱。曰。方侍宴至尊。説君有鳳毛。謝徒跣還内。道隆謂検覓鳳毛。至暗待不得乃去。

111　曾我張弓

曾我祐成時宗者。河津祐泰之二子也。祐泰没後。育于曾我祐信。故以曾我為氏。自祐成九歳。時宗七歳。雖嬉戯間。張弱弓。挟短矢。以報父仇。寤寐不忘焉。建久癸丑。頼朝狩于富士野。二子潜入営中。而刺殺祐経於臥床。宿衛之士。競争而出。多為二子死傷。戦闘良久。後仁田忠常。斬祐成。小舎人童虜時宗。時宗謁頼朝。吐鬱胸而就死。人皆感賞之

112　君操挟刃

太宗時。有即墨人王君操。父隋末為郷人李君則所殺。亡命去。時君操尚幼。至貞観時。朝世更易。而君操嚢孤。仇家無所憚。詣州自言。君操密挟刃殺之。剔其心肝。噉立尽。趨告刺史曰。父死凶手。歴

二十年。不克報。乃今刷憤。願帰死。有司州上状。帝為貸死

113　言主架橋

役小角者賀茂役公氏。今之高賀茂者也。和州葛木上郡茆原村人。少敏悟博学。年三十二棄家入葛木山。居巌窟者。三十餘歳藤葛為衣。松果充食。持神呪。駕五色雲。優遊仙府。駆逐鬼神。以為使令。日域霊区。修歴殆徧。一日告山神曰。自葛城嶺。跨金峰山。其間危嶮。雖苦行者猶或艱渉。汝等架石橋通行路。衆神受命。夜夜運嵓石。督営構。小角呵神曰。何不早成。対曰。葛城峰一言主神。其形甚醜。難昼役。待夜出。以故遅耳。小角促一言主。一言主不肯。小角怒呪縛繋之深谷。一言主託宮人曰。我是管逆寇之神也。窃見役小角潜窺国家。不急治。殆乎危宮。人以聞文武帝下勅召小角。小角騰空飛去。不得追捕

114　嫦娥奔月

唐詩云。嫦娥応悔偸霊薬。謝畳山註云。有窮后羿。得長生不死之薬。羿妻窃而食之。奔入月中。是為嫦娥。其説怪誕。然楚詞天門〔問〕言之。註尤詳明云云

115　鎌足奉履

116　釈之結襪

中臣鎌足者。御食子連《ムラジ》之子。為人恵(忠)正。有匡済心。皇極帝朝。以鎌《カマ》子連《ムラジ》。拝神祇伯。固辞不就。称病退居三島。憤蘇我臣入鹿失君臣之義。扶闕闘社稷之権。歴試接正宗之中。而求可立功名之哲主。便附心於舒明帝子。中大兄。而疏然未獲展其幽抱。偶預中大兄。於法興寺槻樹之下。打毱之侶。而候皮履随毱脱落。取置掌中。前跪恭奉。中大兄対跪敬執。自是相善。倶述所懐。無所匿。復恐他嫌頻接。而倶手把黄巻。自学周孔之教於南淵先生。

前漢張釈之。字季。南陽堵陽人。以貲為騎郎。事文帝。十年不得調。亡所知名。後拝廷尉。持議平。天下称之。王生者。善為黄老言。嘗召居廷中。公卿尽会立。王生顧曰。吾韈解。顧謂釈之。為我結韈。釈之跪而結之。或譲王生。独奈何辱廷尉。王生曰。吾老且賤。自度終亡益於張廷尉。廷尉天下名臣。吾聊使結韈。欲以重之。諸公聞之。賢王生而重釈之。

117 文屋旧琴

118 魏徴故笏

文屋麻呂ハ。左京人也。仕嵯峨帝。有寵遇。因授琴曲。以為琴師。帝晏駕後。仕仁明帝。伝授光孝帝。及本康王。又文徳清和二帝。亦徴麻呂学琴。

魏謩字申之。徴五世孫。文宗因読貞観政要詔訪徴後。楊汝士薦謩。為右拾遺起居舎人。上問家書有存者乎。対曰。惟故笏在。詔令上送。鄭覃曰。在人不在笏。帝曰。此笏乃今之甘棠。宣宗朝拝相。議事天子前。規諷讜切。上曰。謩名臣孫。有祖風。年八十（六）六薨。贈司空。

119 兼盛合血　120 蕭綜認骨

駿河守平兼盛。妻某氏。有故被出。後兼盛聞其産女。既数歳。探索焉。母愛惜。辞以無此事。竟訴于官。故廷尉大隅守赤染時用判決。援拠某氏言。蓋時用為与某氏姦通也。兼盛恚怒曰。某氏産女必矣。若謂非平氏子。請合両血為明験。然遂不果云。其女冒時用姓氏。称赤染衛門。才貌絶倫。近侍上東門院藤太后。著栄花物語二十巻。盛伝于世。

予章王綜。梁武帝第二子也。綜母呉淑媛。在斉東昏宮。得寵。及見幸於武帝。七月而生綜。宮中多疑之。綜年十四五。恒夢一年少肥壮。自挈其首。如此非一。遂密問淑媛。語夢中形色。頗類東昏。淑媛報之曰。汝七月日生児。安得比諸皇子。幸勿泄。綜日夜泫泣於別室。歳時設席。祠斉氏七廟。又累微行。至曲阿。拝斉明帝陵。然猶無以自信。聞俗説。以生者血。瀝死者骨。滲即為父子。綜乃私発斉東

皆墓。濯血試之。既有徴矣。在西州生次男。月餘日。潜殺之。既瘞。夜遣人発取其骨。又試之験云云

121 髪長桑津

122 阿嬌金屋

応神天皇十一年。冬十月。作剣池。軽池。鹿垣池。廐阪池。是歳有人。奏之曰。日向国有嬢子《ヲトメ》。名髪長媛。即諸県君牛諸井之女也。是国色之秀者。天皇悦之。心裏欲覓。十三年春三月。天皇遣専使。以徴髪長媛。秋九月中。髪長媛至自日向。便安置於桑津邑。爰皇子大鷦鷯尊。及見髪長媛。感其形之美麗。常有恋情。於是。天皇知大鷦鷯尊。感髪長媛。而欲配。是以天皇宴于後宮之日。始喚髪長媛。因以上坐於宴席。時撝大鷦鷯尊。以指髪長媛。乃歌之曰云云。於是。大鷦鷯尊蒙御歌。便知得賜髪長媛。而大悦之。報歌曰云云。大鷦鷯尊与髪長媛。既得夫般勤

漢武帝為太子時。長公主欲以女配帝。帝尚小。長公主指女問帝曰。得阿嬌好不。帝曰。若得阿嬌。作婦当以金屋貯之。公主大喜。乃以配帝。是曰陳后。阿嬌小字也

123 峰雄墨桜

124 娥皇斑竹

従一位関白藤基経。称堀河相国。以寛平三年正月十三日薨。而葬于深草山。諡昭宣公。時篁珥之輩。挽歌太多。上野峰雄之歌殊勝。其詞曰。布伽句佐能。深草也 迺倍能瑳倶羅之。野辺之桜也 胡胡呂阿羅波 若有情也 許登志皤箇理播。今歳限也 須弥曽売爾佐計 須発墨染也 世人称其樹。為墨染桜。

舜南巡不返。尭二女娥皇女英追之不及。至洞庭之山。涙下染竹即斑。二妃死。為湘水神。

125 行平布瀧

正三位。中納言在原行平者。阿保親王子。桓武帝孫也。嘗有和歌才。弟中将業平。亦聞誉相上下矣。業平采邑。在于摂州兎原郡。因行平携二三僚友。往遊其邑館。此去不遠。有沙山布引瀧。乃与倶連袂到瀧水畔。飛流濺沫。最可愛賞。行平作歌曰。和餓予乎播。我世也 計布伽阿須伽登。今日耶明日耶也 磨都軻毗能 待際也 那弥陀能多岐等。瀧与涙之也 伊豆礼多箇気牟。孰高也 業平同詠曰。奴枳弥多留。比登胡曽阿屢羅之。恐有綴錯之人也 志邏拖摩能。白玉也 末奈倶母智留介。無間迸散也 層氏迺世破幾爾 雖袖窄也

126 李白盧瀑

唐李白。盧山瀑布詩。曰照香爐生紫煙。遥看瀑布掛長川。飛流直下三千尺。疑是銀河落九天。蓋瀑布泉。在南康府盧山開先寺

127 能因勢松

能因法師。与兼房同車過京街到二条東洞院。因卒爾下車。徒行数百歩。兼房怪問其故。因曰。此有伊勢御旧宅。庭径結松。今猶存矣。我輩敢不敬歌仙之旧基乎

128 道潜陶菊

呉僧道潜。有標致。常自姑蘇帰西湖。東坡赴官銭塘。過而見之。大称賞。已而相尋於西湖。一見如旧相識云云。趙章泉云。淵明不可得見矣。得見菊花斯可爾。前十四字。或以為坡語。或以為参寥子十四字。師号参寥子。即道潜号也

129 元正放魚

元正天皇養老四年九月。異国襲来。日向大隅国大乱。朝廷祈宇佐神宮。平寇賊。大神託曰。是戦其死傷多矣。我甚憐之。願寇平之後。置放生于諸国。八幡放生会自此始焉。年中行事。載所謂石清水放生会是也。最勝王経長者子流水品。放池魚。是其因縁也

130 成湯祝網

殷王成湯。子姓。名履。其先曰契。帝嚳子也。湯出見有張網四面。而祝之曰。従天降。従地出。従四方来者。皆羅吾網。湯曰。嘻尽之矣。乃解其三面。改祝曰。欲左左。欲右右。不用命者。入吾網。諸侯聞之曰。

湯徳至矣。及禽獣。伊尹相湯伐桀。放之南巣。諸侯尊湯為天子

131 義兼佯狂

源為朝配流豆州。適産男児。倚頼足利義清。為子。乃命名義兼。及長武勇絶勝。右大将頼朝簡請相見。義兼深慮頼朝猜嫉人才。佯狂而去。故生涯安幸矣

132 阮籍放蕩

阮籍字嗣宗。任情不羈。或閉戸読書。累月不出。或登山臨水。竟日忘帰。尤好老荘。能嘯能琴。嗜酒放曠。人謂之癡。聞歩兵厨有酒三百斛。乃求為歩兵校尉。宋陳郁論略云。籍終皆以沈湎避其察微見遠寄託保身。非高出数子之上。其能脱屣於禍穽。吁善観人者。当考其迹而逆察其心。乃可也

133 頼家射鹿

建久癸丑。夏五月。右大将頼朝公。田猟富士野。世子頼家八歳始射鹿。大将大喜。遣梶原景高於鎌倉。急報夫人平氏。平氏曰。君侯嫡嗣適射野鹿。未足為特異。何賀之有。景高恧怩而退。復言大将云

134 蒼〔倉〕舒称象

魏志鄧哀王冲。字倉舒。武帝子。少聡察岐嶷。五六歳。有若成人之

智。時孫権曽致巨象。太祖欲知其斤重。訪之群下。莫能出其理。冲曰。置象大船之上。而刻其水痕所至。称物以載之。則校其可知矣。太祖大悦。即施行焉。時軍国多事。用刑厳重。凡応罪戮而為冲微所弁理。頼以済宥者。前後数十。太祖数対群臣称述。有欲伝後意。会卒。

135 通円遺影

近世山州宇治橋畔。有通円法師者。曽構小店。点茶接待。至今店中刻通円像安置焉。称為通円茶店。

136 陸羽陶像

唐陸羽。字鴻漸。嗜茶。著茶経三篇。鬻茶者至陶羽形。祀為茶神。

137 晴明占瓜

藤原相府道長公。嘗執柄時。術家白藤府言。其日家内有妖怪。至期晡時。有叩門者。問之。対曰。和州瓜使也。開門納之時。太史安晴明。大医重雅等在傍。相国顧安太史曰。家裏有瓜。誰可嘗不。清明曰。瓜中有毒。不可輒啖也。重雅乃袖出一鍼。鍼瓜。其動便止。割見其中。有毒蛇。鍼中其眼云。

138 郭璞移柏

王丞相。令郭璞試作一卦。卦成。郭意色甚悪云。公有震厄。王問有可消伏理不。郭曰。命駕西出数里。得一枸樹。截断如公長。置牀上。常寝処。災可消矣。王従其語。数日中。果震枸粉砕。子弟皆称慶。大将軍云。君乃復委罪於樹木。

139　隆頼上座

勧学院諸生。小集飲宴。時隆頼坐堂上頭。傍人詰曰。足下未及礼譲。歯于吾儕座上。何也。隆頼答曰。席上若有暗誦一部文選。四声切韻者。則僕須立下風。衆皆無対矣

140　戴憑重席

後漢戴憑。字次仲。汝南平輿人。光武時。挙明経。試博士。後拝侍中。正旦朝賀。百僚畢会。帝令群臣能説経者。更相難詰。義有不通。輒奪其席以益通者。憑遂重坐五十餘席。故京師為之語曰。解経不窮。戴侍中。旧本。憑作馮誤

141　良相施財

藤原左(右)僕射良相。閑院左丞相冬嗣公第五子。忠仁公良房同母弟也。童稚有遠識。弱冠游大学。仁明帝承和元年。擢陪侍。齢及不惑。亡配江氏。爾後不娶。性慈仁。軽財重法。勧学院南。建延命院。収養藤氏無家産者。東京別業。置崇親院。保育族女寡窶者。二字割

142　純仁附麦

封戸。納荘田。常延文学士。恵寒苦人。五十五而薨矣

范純仁字堯夫。少時昼夜肆業。置燈帳中。夜分不寝。後貴。夫人収其帳。頂如墨色。以示子孫曰。爾父少時。勤学燈煙迹也。宋元祐初拝右相。諡忠宣公。公少時。奉父命到姑蘇。搬麦五百斛。舟次丹陽見石曼卿。言有三喪。在浅土未葬。公悉以所載麦与之。単騎而帰。文正問過東呉見故旧乎。対曰。石曼卿告以三喪未挙。文正曰。何不以麦舟与之。公曰。已付之矣

143　瀬尾悪党

元徳年間。中原章房。詣于清水寺。帰程已到西門。遥拝八幡祠時有一簑笠奴。衝小雨過。俄爾抽佩刀。墜章房首。電馳逝去。僕従不及。章房仲男章信。悲憤不措。時月後。探聞彼仇讎潜居東山雲居寺傍。乃率家士数十人。乱入奴家。遂伐首帰家。世称孝義。或曰。奴者悪党瀬尾兵衛太郎。応其冤家之請託。而行殺戮。見太平記。異本。

144　聶政刺客

韓相俠累。与濮陽厳仲子有悪。仲子聞軹人聶政之勇。以黄金百鎰為政寿。欲因以報仇。政曰。老母在。政身未可以許人也。及母卒。仲子乃使政図之。俠累方坐府。兵衛甚厳。政直入刺之。因自皮

面抉眼。韓人暴其尸於市。購問莫能識。姉嫈往哭之曰。是深井里聶政也。以妾在。故重自刑以絶蹤。妾奈何畏没身之誅、終没賢弟之名。遂死政尸傍。

145 誉津問鵠

垂仁帝后狭穂姫所産之子。曰誉《ホム》津《ツ》別《ワケ》皇子。長《ヒトトナリ》而逮三十歳。不能言語。時有鵠《クヾヒ》鳥飛鳴。皇子見之。問曰。此何《ナニ》物也。自此後始言語云

146 楚荘有鳥

史記楚世家云。荘王即位。三年不出号令。日夜為楽。令国中曰。有敢諫者死無赦。伍挙入諫。荘王左抱鄭姫。右抱越女。坐鐘鼓之間。伍挙曰。願有進隠。曰。有鳥在於阜。三年不蜚不鳴。是何鳥也。荘王曰。三年不蜚。蜚将冲天。三年不鳴。鳴将驚人。挙退矣。吾知之矣。居数月。淫益甚。大夫蘇従乃入諫。王曰若不聞令乎。対曰。殺身以明君。臣之願也。於是乃罷淫楽聴政。所誅者数百人。所進者数百人。任伍挙蘇従以政。国人大説

147 延暦神泉

延暦十三年甲戌冬十月。車駕遷於平安城新都。起神泉苑。蓋天子遊覧之所也。以近衛次将為別当。有乾臨閣。二条南。大宮西八

148 文王霊沼

町。三條北。壬生東。昔有神龍。現此池。長保年中。道綱卿任別当。孟子見梁恵王。王立於沼上。顧鴻雁麋鹿曰。賢者亦楽此乎。孟子対曰。賢者而後楽此。不賢者雖有此不楽也。詩云。経始霊台。経之営之。庶民攻之。不日成之。経始勿亟。庶民子来。王在霊囿。麀鹿攸伏。麀鹿濯濯。白鳥鶴鶴。王在霊沼。於物魚躍。文王以民力為台為沼。而民歓楽之。謂其台曰霊台。謂其沼曰霊沼。楽其有麋鹿魚鼈。古之人与民偕楽。故能楽也

149 良覚堀大　　150 子夏冠小

良覚僧正。族姓藤氏。中郎将実俊子也。性忿狷。偏房側有大榎樹。故人呼称榎僧正。覚悪其不雅。遂伐其樹。根株尚存。又呼為伐株僧正。覚愈悪其称。穿棄残株。其蹤作大堀。仍又称堀池僧正云

杜欽字子夏。少好経書。目偏盲。茂陵有杜鄴与欽同姓字。故衣冠謂欽為盲杜子夏。欽悪之。乃著小冠。高広才三寸。由是更称為小冠杜子夏而鄴為大冠杜子夏云

151 高徳献詩　　152 君素達表

三宅高徳。備前州児島人也。自号児島三郎。時鎌倉副元帥平高

時。元（正）慶元年恣虐犯上。後醍醐帝与諸将。密謀誅之。高徳亦与焉。事覚。帝播遷于和州笠置山。高時発兵。逼乗輿。将幽隠州。高徳以為道于山陽道。乃発忠憤。与士卒合志。出備播二州。伏兵舟坂山。欲奪乗輿。而途経播之今宿。赴山陰道。高徳大悔恨。又向作州杉坂。士卒悉散。乃不得已。独潜歩詣于行在所。削其傍大桜樹。書一聯曰。天莫空句践。時非無范蠡。監護士皆不識字。以献于帝。帝感其忠義。悟意所属。龍顔暗動喜色。

尭君素仕隋。為撃鷹（鷹撃）郎将。従屈突通。拒唐師於河東。為木鵝係表於頸。浮之黄河。河陽守得之。達於東都。唐太宗詔曰。桀犬吠尭。有乖倒戈之志。疾風勁草。実表歳寒之心。又節義序論曰。盛烈所著。与河海以争流。峻節所標。共竹松而倶茂。

153　間守覓橘　　154　徐市求薬

垂仁天皇九十年。二月庚子朔。天皇命《ミコトノリシ》田道間守《タヂマモリ》。遣常世国。令求非時香果《カウノミ》。今之橘也。九十九年。秋七月。天皇崩。時年百四十歳。冬十二月。葬於菅原伏見陵。明年春三月。田道間守至自常世国。則賚物也。非時《トキジクノ》香果《カクノミ》。八竿《ホコ》八縵《カゲナリ》焉。田道間守。於是泣悲歎之曰。受命天朝。遠往絶域。万里蹈浪。遥度弱水。是常世国。則神仙秘区。俗非所臻。是

以往来《カヨフ》之間。自経十年。豈期《オモヒキヤ》独凌峻瀾《タカキナミヲ》。更向本土《ヌテコントスルコトヲ》乎。然頼《ヨリテ》聖帝《ヒシリノミカトノ》之神霊《ミタマノミニ》。僅得還来。今天皇既崩。不得復命《カヘリコト申コトヲ》。臣雖生之《イケリト》。亦何益《シルシカアラン》矣。乃向《マイリテ》天皇之陵。叫哭《オラヒナキテ》而自死《マカレリ》之。群臣聞皆流涙也

秦始皇二十八年。方士斉人徐市等。上書請与童男童女入海。求蓬莱方丈瀛洲三神山仙人。及不死薬。如其言。遣市等行

155 延喜鷺位

延喜帝幸神泉苑。有一鷺。立池汀。帝詔侍中。令捕之来。侍中欲執之。速歩。而往。鷺刷羽将翔。侍中曰。君王之綸言也。勿飛去矣。鷺俛首如聴之者。留而未去。侍中乃執之。以献帝。帝感歎曰。奇哉。鳥獣之随朕命也。迺自書鷺羽。曰鳥王。而遂放之。後至備之中州而死。名其地。曰鷺森。或曰。此時賜爵於鷺為五位

156 始皇松爵

秦始皇二十八年東行郡県。上鄒嶧山立石。与魯諸儒生議。刻石頌秦徳。議封禅望祭山川之事。乃遂上泰山立石。封祠祀。下風雨暴至。休樹下。因封其松。為五大夫

157 匡衡改案

158 潘岳代作

江匡衡。文才絶倫。寛弘二年。藤公任。将辞大納言。因請紀斉名江

以言作表稿。皆未慊然。更請匡衡。匡衡唯諾而去。以語其婦赤染右衛門。赤染暫尋思報曰。二子資才。亦不愧君。謂藤公相国忠仁公曽孫。而官職尚未貴。且為人矜伐自負。是以此稿載其昔貴今賤。則必称公微旨。匡衡如其言。公果大善称歎其文

楽令広善於清言。而不長於手筆。将譲河南尹。請潘岳為表。潘云。可作耳。要当得君意。楽為述已所以為譲。標位二百許語。潘直取錯綜便成名筆。時人咸云。若楽不仮潘之文。潘不取楽之旨。則無以成斯矣

159 文時冷泉

天暦帝。遊幸冷泉院。召文人同賦詩。菅文時為之序。文成稍遅。時車駕将還宮。文時方奏覧焉。其略曰。夫冷泉院者。万葉之仙宮。百花之一洞也。又云。誰謂水無心。濃艶臨兮波変色。誰謂花不語。軽漾激兮影動脣。帝駐蹕感称久焉

160 王勃滕閣

王勃字子安。太原人。王通之諸孫也。六歳善辞章。麟徳初。劉道祥（祥道）。表其才。対策高第。未及冠。授朝散郎。沛王召署府修撰。時諸王闘鶏。会勃戯為文。檄英王鶏。高宗聞之。怒斥出府。勃既廃。客剣南。登山曠望。慨然思諸葛之功。賦詩見情。又嘗匿死罪官奴。恐事洩。輙

殺之。事覚当誅。会赦除名。父福時坐是左遷交趾令。勃往省覲。途
過南昌。時都督閻公新脩滕王閣成。九月九日大会賓客。将令其
壻作記。以誇盛事。勃至入謁。帥知其才。因請為之。勃欣然対客操
觚。頃刻而就。文不加点。満坐大驚。酒酣辞別。帥贈百縑。

161 戸畔土蜘

神武天皇己未年。春二月。壬辰朔。辛亥。命諸将練士卒。是時層富
県波哆丘岬有新城戸畔者。丘岬此云塢介佐棄又和珥坂下有居勢祝者。坂下此云瑳伽梅苔
臍見長柄丘岬有猪祝者。此三処土蜘蛛並恃其勇力。不肯来庭。
天皇乃分遣偏師。皆誅之。又高尾張邑有土蜘蛛。其為人也身短
而手足長。与侏儒相類。皇軍結葛網而掩襲殺之。因改号其邑曰
葛城。

162 項羽沐猴

項羽引兵西屠咸陽。殺降王子嬰。焼秦宮室。火三月不絶。掘始皇
冢。収宝貨婦女而東。秦民大失望。韓生説羽。関中阻山帯河四塞
之地肥饒。可都以覇。羽見秦残破。且思東帰曰。富貴不帰故郷。如
衣繍夜行耳。韓生曰。人言楚人沐猴而冠。果然。羽聞之烹韓生。

163 浄海物怪

164 王綏髑髏

相国清盛平公。何老円頂。自号浄海。身居威里。権呑宇宙。横恣淫虐。不免目手。晩年家多物怪。公一日早起。回視庭上。数百髑髏累累並列。開眼睨公。公亦対睨。須臾髑髏相展転。混合作一大髑髏。谿眼爛爛。睥睨転急。公亦不瞬不撓。久之髑髏霜消。忽然不見。未幾。公臥疾不起。尋平氏一族。罹西海之禍矣

王綏字彦猷。其家夜中梁上。無故有人頭。堕于床。而流血滂沱。俄拝荊州刺史。坐父愉之謀。与弟納。並被誅

165 侍従待宵

小侍従者。徳大寺亜相実定意中人也。亜相在新都。適往洛陽。顧侍従。一夕合歓。及暁分袂。侍従惜別献歌曰。摩都予比爾（待宵也）数計由久加祢能。胡恵幾気波。（聴深更鐘声也）阿箇奴和伽礼能。登利播毛能伽播。（不足肩催別之難也）亜相不堪感情而去。爾来世称待宵小侍従

166 趙嘏倚楼

趙嘏。山陽人。会昌二年。鄭言榜進士。大中中為渭南尉。嘗早秋賦詩曰。残星数点雁横塞。長笛一声人倚楼。杜牧之呼為趙倚楼。賞歎之也

167 実基返牯

168 允済還牛

従一位相国藤実基公。号後徳大寺公孝。累官為相国。公孝初登為大理時。与同僚評議政事。会徴士章兼之畜牛。奔逸入庁事。登臥于大理座牀。同僚皆謂不祥也。応将此牛与陰陽家。公聴之曰。畜獣無知。且有脚者。何処不登。今微賤官人。始仕朝廷。寧可奪却其一牛乎。於是返牛於章兼。後竟無凶災。

隋張允済。為武陽令。元武民。以牸牛依婦家。蓄十余犢。将帰而婦家不与牛。民訴県。県不能決。乃詣允済。允済因縛民。蒙其首。過婦家云。捕盗牛者。令尽出牛。責所従来。婦家遽曰。此壻家牛。即撤蒙曰。可以牛還主。婦家叩頭伏罪。元武吏大慙。

169　広相赤犬

参議橘広相者。諸兄公裔也。或曰。広相遭藤佐世之讒。触昭宣公之怒。憂恚竟死。其霊化成赤犬。毎入佐世家。必吠之

170　彭生大豕

左伝荘公八年云。冬十二月。斉襄侯游于姑棼。遂田于貝丘。見大豕。従者曰。公子彭生也。公怒曰。彭生敢見。射之。豕人立而啼。公懼隊（墜）于車。傷足喪屨。

171　宗尊鼠穴

172　馬援鳶水

中書令宗尊王者。後嵯峨帝皇子也。先是源二位頼朝築営於相州鎌倉。専握兵権。天下服従。其子頼家襲封。纔三年。為権臣平時政被廃。而立次子実朝。承久元年。為姪僧公暁被弑。無嗣。母堂平政子。与副元帥平義時相議。請左府藤道家公二男頼経。奉其祀。在職十八年。薨。子頼嗣襲。治世八年。有故辞職。於是副帥時頼。奉請宗尊王。登幕府。治世十五年。時頼子時宗執権。迎宗尊王辞職。大帰京師。実文永三年也。宗尊王雖譲職於幼子惟康王。自幽居無聊。不勝憂悶。詠歌曰。登羅等能弥毛智比羅礼之波。牟伽志爾氏。伊摩播祢須未能。阿奈宇予能那加。右辞意謂。見用則作虎。不見用則作鼠。唯嗟歎処世不遇耳

馬援字文淵。馬少游嘗謂援曰。士生一世。但取衣食略足。乗下沢車。御款段馬。郷里称善人。斯可矣。援征交趾。在浪泊西里間。下潦上霧。仰視飛鳶。跕跕堕水中。臥念少游平生時語。何可得也

173 師錬釈書

174 賛寧僧史

釈師錬号虎関。京兆人。出官族藤氏。考左金吾校尉。妣源氏。倶有賢行。事仏甚謹。産五子。師其三也。誕于弘安戊寅元年。風貌清爽。気字超邁。自幼穎悟。時号文殊童子。経書一覧輙誦。甫八歳。依三

聖一宝覚和尚出家。正応辛卯秋。覚下世。師即遊方。徧参名徳。建武
丁丑歳。復住東福。歴応間。奉聖旨。住南禅寺。其能大東福之門。起
済北之道者。莫越乎師。師之所至。皆以担荷大法為己任。燬煉学
徒。孳孳如不及。多有開悟之者。晩年退休海蔵院。貞和乙酉春。俄
患臂疾者累月。至秋七月二十四日。剃浴趺坐。与衆訣別。有遺偈。
師世寿六十九。法臘六十。荼毘獲舎利無算。門弟子。塔于海蔵。賜
号曰本覚国師。師生平。稟性恬憺。嗜禅晏。不与物交。緇白相看者。
略叙寒温而已。一日閲楞厳。至如来蔵性廓爾現前処。忽然開悟。
如夢忽醒。如忘忽記。自是仏祖機縁語句。諸方咬嚼不破者。如観
掌果。其見于著述者。有仏語心論。元亨釈書。十勝論。正脩論。済北
集。并語録等若干巻。並行于世。
釈賛寧。崇寧四年。勅加命号曰。東京左街僧録。史館編修。円明通
慧大師。以旌其学行。師之所著。唯大宋高僧伝三十巻。与僧史略
三巻。奉勅入蔵。僧史略序略曰。原彼東漢。至于我朝。僅一千年。教
法行隆。緇徒出没。高哉事迹。繁矣言詮。蘊結蔵中。従何攸済。以太
平興国初。畳奉詔旨。高僧伝外。別修僧史。及進育王塔。乗馹到闕。
勅居東寺。披覧多暇。遂樹立門題。捜求事類。始于仏生。教法流衍。
至于三宝住持。諸務事始。一皆隠括。約成三巻。号僧史略焉。蓋取

裘子野宋略為曰云云

175 宗易器制　176 伯熊茶理

千宗易者。泉南人。田中氏。其先仕于室町家。而勤同朋役。以名曰千阿弥。子孫以千為称。以数奇道国俗於茶事。其矮蘆小圃之匠。器皿制意之制。皆出意作新奇。謂之数奇者也知名於一時。天正帝行幸于関白秀吉第。此時秀吉択長数奇者数人奏昇綱位。然易独辞而不受命。還請称居士。秀吉命大徳古渓老授利休居士号。又自名抛筌。

陸鴻漸与常伯熊。皆精茶理。御史李季卿宣慰江南。至臨懐県館。或言伯熊善茶。李卿請為之。伯熊著黄帔衫。烏紗幘。手執茶器。口通茶名。区分指点。左右刮目。茶熟。李為歠両杯。既到江外。復請鴻漸為之。鴻漸身衣野服。随茶具而入。如伯熊故事。李公心鄙之。茶畢命孥取銭三十文。酬博士。鴻漸風遊江介。通狎勝流。及此羞愧。遂著毀茶論。

177 冬嗣学院　178 伯施文館

閑院左丞相冬嗣。右丞相藤内麻呂之子。其為人。器度寛弘。英才而有偉略。兼好学。嵯峨帝弘仁十有一年。奉勅撰弘仁格。弘仁式

二部以明法度助政事皆行于世亦立勧学院使藤氏年少者読書於此院淳和帝天長三年薨年五十二贈正一品
唐太宗即位初置弘文館聚四部二十余万選天下文学之士虞世南等以本官兼学士聴朝之隙引入内殿講論前言往行商権政事或夜分乃罷取三品以上子孫充弘文館学士

179 一條脱衣

世伝一條帝在位時冬夜霜寒乍脱御衣藤后侍側訝問曰今宵凜冽徹骨何事遽退衮衣乎帝曰昔延喜帝寒夜脱御服而憫天下蒼生不耐寒苦今朕雖不徳何不逐前蹤乎中外伝聞皆感服焉

180 宋帝撤炭

宋太宗姓趙名炅嘗冬月命徹(撤)獣炭左右或啓曰今日苦寒上曰天下民困是寒者衆矣朕何独温愉哉

181 義家元服

伊予守源頼義嘗祈石清水八幡大神求後嗣果生男子及長携詣于大神霊廟加首服仍号八幡太郎義家其功名爵禄耀于竹帛云

182 魯襄初冠

左伝襄公九年云。晋侯以公宴于河上。問公年。季武子対曰。会于沙随之歳。寡君以生。晋侯曰。十二年矣。是謂一終。一星終也。国君十五而生子。冠而生子。礼也。君可以冠矣。大夫盍為冠具。武子対曰。君冠必以祼享之礼行之云云。今寡君在行。未可具也。請及兄弟之国。而仮備焉。晋侯曰。諾。公還及衛。冠于成公之廟。仮鐘磬焉。礼也

183　久秀謀逆

松永久秀者。阿州人也。仕于三好長慶。数有軍功。築多聞城居焉。信長勃興之時。一降于幕下。復叛信長而執于志貴焉。信長令信忠撃之。久秀術尽。而与子久通。終亡於城中矣。吁久秀也。生于阿東之僻地。而振権勢於五畿之間。身為陪臣。列台駕扈従之班。実一世之栄也。然弑相公於室町第。而挟自立之志。伐義継於若江墨。而忘旧主之恩。加之焚南京之大仏殿。而為防敵之一助矣。其不善之殃。不免焉。父子一時滅矣

184　陽虎作乱

魯定公五年。季平子卒。陽虎私怒。因季桓子与盟乃捨之。七年。斉伐我取鄆。以為魯陽虎邑以従政。八年。陽虎欲尽殺三桓適而更立其所善庶子以代之。載季桓子将殺之。桓子詐而得脱。三桓共

攻陽虎。陽虎居陽関。九年。魯伐陽虎。陽虎走斉。已而奔晋趙氏

185 清氏雪簾

清少納言者。肥後守清原元輔女也。才芸優美。与紫式部赤染衛門相高下。嘗給侍一條帝之藤皇后。(字定子。中関白道隆公女也)冬日雪中。右擁爐。与左右打話。従容言曰。少納言。奈香爐峰何。少納言即起坐。捲珠簾。其意謂寓香爐峰雪撥簾看之句。右顧笑嘉賞焉。左右亦甚感称。其穎敏皆類此。曽著枕草子若干巻。盛行于世。

186 謝女風絮

晋王凝之妻謝氏。字道韞。聡識有才弁。叔父安。嘗問詩何句最佳。道韞称。吉甫作誦。穆如清風。仲山甫永懐。以慰其心。安謂有雅人深致。又嘗内集。俄而雪驟下。安曰。何所似也。安兄子朗曰。散塩空中。差可擬。道韞曰。未若柳絮因風起。安大悦。

187 経家範馭

188 王良善御

平太経家者。氏都築。武蔵州之人也。善御馬之術。嘗為平氏之家臣。平族夷後。鎌倉源幕下因経家属梶原景時。其後自陸奥国献生馬。逸態超越。身大力強。気盛而踶齧人。泛駕之勢不可当。幕下之諸臣。未曽一人有騎之者。景時曰。能御此馬者。天下鮮矣。独因

人経家。有乗馬之美誉。召之使騎之可也。於是。幕下召経家。経家着白水干。葛之袴。危坐庭上。幕下曰。有駿馬于此。強剛不馴。汝能御之否。経家答曰。凡馬之為物。人以乗之為用。何馬之不可御。馬之不見御。人不得術也。於是使経家乗此馬。経家即乗之。執鞍顧眄。範駆馳見者無不驚目。幕下大感賞之。免罪為御史

王良古善御者也。漢書顔師古注曰。参験左氏伝及国語孟子郵無恤郵良劉無正(止)王良。総一人也

189 長明方文

鴨長明者。鴨祠司之属也。号菊大夫。以長和歌管絃之道称揚世。而補和歌所寄人。一旦望賀茂社務職。而不成。忽祝髪号蓮胤退居于大原。撰方丈記。述其心志。常唱仏名。誦経論。兼愛琴琵阮(琓)笙簧焉。元暦帝召而欲還補和歌所。蓮胤詠倭歌一章。遂不仕矣。後遍歴諸州。徜徉関左。往鎌倉。詣法華堂。其吟詠甚多矣。就中世見之小川一篇。膾炙于人口。其遺稿曰無名鈔

190 陶潜帰去

朱文公云。帰去来辞。乃晋陶潜淵明之所作也。潜為彭沢県令。時郡守遣督郵至。吏白。当束帯見之。潜歎曰。吾安能為五斗米折腰向郷里小児耶。即日解印綬帰去。遂作此詞。以見其志。後以劉裕

将移晋祚恥事二姓遂不復仕宋文帝時特徴不至卒謚靖節徴士欧陽公言両晋無文章幸独有此篇耳其詞義夷曠蕭散雖楚声而無尤怨切蹙之病

191 信謙戦争　192 孫曹劉拠

武田信玄姓源新羅三郎二十七代之孫也世伝騎射之礼式知甲州初冠大樹義晴公賜諱字名晴信幼聡敏長有老成之智父信虎攻信州海野口塁堅守不能抜時迫新歳解囲而去信玄代父纔以兵三百急襲促攻城乃陥人以為異焉三十一歳祝髪号機山信玄遂挙信州伐上野屠駿府兼遠州略濃東郡凡所到搴旗抜城者不可勝計矣上杉謙信者梶原景時之裔父曰為景故氏者長尾也後受則政譲冒氏為上杉任管轄職世居越後州初冠拝賜幕下義輝公諱字名輝虎少有英才及壮年驍勇奇策人以為良将也或会戦于北條于武田以雄略名于世此時信玄負出群之才誇武略蔑視天下之諸将特推謙信為敵手云

文選三都賦李善註曰三都者劉備都益州号蜀孫権都建業号呉曹操都鄴号魏又十八史略曰按曽氏云天下非一統者本可各自一国編集又恐初学読者迷其時代之先後今但以一国源

流相接者。為提頭而附同時之国於其間。而曽氏仍陳寿之旧。以魏称帝而附漢呉。刻既遵朱子綱目義例。而改正少微通鑑矣。今復正此書。以漢接統云

193　広播薫物

村上帝寵妃計子。広播黄門庶明女也。仍号広播。御息所会帝賜群妃。以冠履体之御製。暗寓徴薫物之意。試其才志。計子独献薫物。帝愈愛重焉

194　斉后解環

斉閔王遇弑。其子法章変姓名。為呂(莒)太史家庸夫。大(太)史敫女奇其状貌。以為非常人。憐而常窃衣食之。与私焉。法章立。是為襄王。以太史氏(ママ)女為王后。襄王卒。子建立。后事秦謹。与諸侯信。以故建立四十餘年。不受兵。始皇嘗使使者遺后玉連環曰。斉多知。解此環不。后以示群臣。群臣不知解。后引椎椎破之。謝秦使曰。謹以解矣

195　公任長谷

大納言藤公任者。関白廉義公長男也。博文多才。工詩歌。嘗撰著倭漢朗詠集。行于世。以官路尚卑。怏怏不楽。晩年喪愛女。是故漸懐出離之念。万寿二年冬。以創建仏宇於洛北長谷為名。一日儀

196　安石半山

然命駕赴焉。未幾延請三井寺心誉僧都受髪度。於是嫡男定頼等子弟。聞驚弔謁。其他親朋和歌唱和矣。長久三年薨。年六十三

王安石字介甫。宋熙寧中。自参政拝相。変新法。有青苗。市易。保馬。保甲。新経字義。水利。雇役等名色。後罷相。帰金陵。自悔変法之非。於鐘山書院。多写福建子三字。恨為呂恵卿誤也。先是。拝相之日。取筆題窓云。霜松雪竹鐘山寺。投老帰歟寄此生。致仕居金陵白下門外。遊鐘山。題法雲寺。是日正当霜雪。虚窓松竹。皆如詩中之景。公憮然。山谷云。公晩年。詩律精厳。毎諷味之。便覚沆瀣生牙頬間。封荊公。号半山。

197 忠綱越川

足利忠綱姓藤原。下野州之豪族也。其身有三絶。所謂力当百人。声聞十里。歯長一寸也。始属平家。越宇治川而破敵。時歳十七。後党于義広。不遂志。終向西海。駆行。父俊綱為従者相生所害也

198 終軍入関

前漢終軍字子雲。済南人。少好学。以弁博能属文。聞於郡中。年十八。武帝選為博士。歩入関。関吏与軍繻。軍問以此何為。吏曰。為復伝還当合符。軍曰。丈夫西遊。終不復伝還。棄繻而去。及為謁者使行郡国。建節東出関。関吏識之曰。此使者。迺前棄繻生也。後擢諫

大夫。使南越自請願受長纓必羈南越王而致之闕下。軍往説越王。王請挙国内属。其相呂嘉不欲内属。発兵攻殺其王及漢使者皆死。軍死時年二十餘。故世謂之終童。

199 豊国猿面　200 漢祖龍顔

豊臣秀吉。尾州人也。不知所生。或曰。尾州愛智郡中村郷。筑阿弥子。其母夢日輪入懐中。而生之。故名曰吉。永禄元年九月朔日。織田信長。為玩木而帰。秀吉長跪於路傍。訴曰。某父仕織田大和守久矣。而家単窶。某亦屢受奴隷之恥。故不能足蹈君門。唯願仰君之資蔭耳。信長聞而笑曰。汝顔似猿。其心軽捷也耶。遂使奉仕。信長初呼曰小筑。以其謂為筑阿弥子也。信長嘗欲攻尾州犬山城味爽出軍。有乗馬意気揚揚者。信長問曰。何人哉。答曰。木下藤吉郎秀吉也。其後信長平明為放鷹。出于野辺。言曰。何人相従乎。秀吉対曰。藤吉郎在斯。信長嘉之曰。可也。努力焉。自此而後。秀吉受信長之恩顧。漸盛登庸日進。屢有武功。為方面之将。天正十年六月。誅明智光秀。以報君仇。於是兵威大強。遂統領六十餘州。自補関白職。以施政令於諸国。廷臣武士。無不畏服。治世十七年。居摂州大坂城。移洛北聚楽。晩築城州伏見城居焉前漢高祖。諱邦字季。沛豊邑中陽里人。姓劉氏。母媼。嘗息大沢之陂。夢与神遇。是時雷電晦冥。父太公往視。則見交龍於上。已而有娠。遂産高祖。隆準而龍顔美鬚髯。左股有七十二黒子。云云当秦湯方煥。四海鼎沸。蜂合蟻聚者。凡九国。国無定臣。臣無定主。赤帝子豁達大度。無尺土所因。一位所乗。暴起風埃之中。

201 扶桑中華

202 風馬不及

十洲記曰。扶桑在碧海中。樹長数千丈。一千餘囲。即日出処也。弘仁私記序曰。日本国自大唐東去万餘里。日出東方。昇于扶桑。故云日本云云。正字通曰。中夏曰華。言礼楽明備也。風馬不及左伝僖公四年春。斉侯以諸侯之師侵蔡。蔡潰。遂伐楚。楚子使与師言曰。君処北海。寡人処南海。唯是風馬牛不相及也。註言其相去遠也

203 斟酌古史

204 比事彙輯

後漢書班彪伝曰。因斟酌前史而譏正得失云云。礼記経解曰。属辞比事春秋教也。又云。属辞比事而不乱。則深於春秋者也。予窃謂本朝中華史館之設。其来尚矣。野史私史亦不為不多。或至稗

官小説《ニ》。愚管所及《フ》。触《テ》類《ニ》采録《ス》焉。但恨《ラクハ》文献不《ルヲ》足《ラ》。読者無《シハ》以《テ》是《ヲ》罪《スル》我《ヲ》

華甚《ナラン》

新撰自註桑華蒙求巻之下　畢

桑華蒙求跋

古不云乎。悪似而非者。悪萎悪佞。利口鄭声之類是也。天地古今。有配有偶。猶且域殊人異。而有相符合者。桑華蒙求所以作也。備中足守太守豊氏。従少致志於文学。歴攤史籍。夜以継日。孜孜不措。中華也。扶桑也。校挙実同而事異違者。乃採録之。積累為巻。一簣之功。豈不感戢耶。林学士。及自序等。悉述其実。一日得管窺。為之左袒。吁事故姓氏。著顕于此。則可以為肉譜乎。蒙求之名。振古所然。謂雅曰亦可。余嘗通家懇眷。不忍淵黙。乃贅焉

正徳扶嚮秋八月初吉

後学桃原埜沂魯南甫識

『桑華蒙求』概略・出典・参考

はじめに

以下においては、全三巻の標題の下に、先ず各々の故事の内容について概説した上、当該故事の典拠や、その故事に関わる先行・後続文献資料を示すようつとめたが、もとより十全のものではない。今後更に深めてゆかねばならないものと十分認識している。また、本文上や内容について何か問題点があれば、それについて付言したところもある。本書に目をとめられた方々には、本書の更なる活用を願うと共に、江戸期における故事教養の広がりを考える一助にして戴きたく思う。

［上巻］

1　諸尊探海　イザナギ・イザナミの二神は天浮橋に立ち、底に向かい天瓊矛《あまのぬほこ》をかきさぐって滄海をえ、更にその矛先から滴る潮が固まり磤馭盧島《おのごろじま》となった。

出典は『日本書紀』（巻一・神代上）。猶、『日本紀略』（前篇一・神代上）『帝王編年記』（巻一・天神）にも類似文が見える。『扶桑蒙求』（巻上・1諸尊探海）は本書に依る。

2　女媧補天　太古に四方の地が崩れ、九州が分裂し、空も地も欠け、地上の火は消えず、水が広く氾濫し、鳥獣が人を襲った。女媧氏はこの破壊を収めてもとの太平の世界に戻した。

出典は『蒙求』（449「女媧補天」。以下原則として徐注本。『淮南子』所引）。猶、この故事のことは『初学記』（巻一・天）『事文類聚』（前集巻二・天）『祖庭事苑』（巻五・懐禅師前録）『円機活法』（巻一・天）『君臣故事』（巻上・君道門・女媧補天）『金璧故事』（巻四・女媧錬レ石補ニ青天一）『潜確居類書』（巻一・形気・錬石補天）等多くの所謂類書にも見えている。

3　武尊白鳥　日本武尊《やまとたけるのみこと》は東征の帰途、伊勢の能褒野《のぼの》で崩じ陵に葬られたが、白鳥と化して飛去り、大和の琴弾原、河内の旧市《ふるいち》に至ったので各々陵を造り、その三陵を白鳥の陵と呼んだ。

出典は『日本書紀』（巻七・景行天皇四十年是歳）。猶、『日本紀略』（前篇四・景行天皇四十年是歳）も同じ。他に『古事記』（巻中）『本朝神仙伝』（倭武命事第一）『本朝蒙求』（巻上・2武尊草薙）等諸書に見え、『扶桑蒙求』（巻上・19武尊白鳥）は本書に依る。

4　望帝杜鵑　黄帝の子の昌意が蜀の娘を娶り帝嚳が生まれ、その子孫が蜀の王となった。蚕叢・伯灌・魚鳧をへて杜宇が望帝を称した時、鼈霊（霊は令にも作る。音通）の屍が長江を溯って甦り、帝の宰相として仕えるが、帝は自分の徳の彼に及ばぬことを悟って禅譲し、鼈霊が開明帝となり、望帝は化して子規（杜鵑）となり飛去った。

出典は恐らく『円機活法』（巻二三・子規・「望帝魂」。『太平寰宇記』所引）。他に『事文類聚』（後集巻四四・杜鵑）『華陽国志』（巻三・蜀志）『淵鑑類函』（巻四二八・杜鵑）なども比較的近いか。この故事は『蒙求』（92「鼈令王蜀」）『群書類編故事』（巻二四・望帝化二杜鵑一）等の類書や和刻本『六臣注文選』（巻四・左思「蜀都賦」劉淵林注）などの諸書に見え、日本でも『新語園』（巻七・14杜鵑付杜宇事実）等に採られてよく知られる。猶、本書中巻（18鼈令江流）参照。

5　敏蔭教琴　清原敏蔭は才識あり遣唐使となり、渡唐の時、船が覆没するも、神助を得、波斯国に暮らすこと数年。琴曲を授けられて帰朝し、御前に奏して帝を感嘆せしめた。京極の旧宅に帰隠し、才貌にすぐれた愛娘に尽く琴曲を授けた。

出典は『宇津保物語』（俊蔭）。『扶桑蒙求』（巻中・1敏蔭教琴）は本書に依る。

6　蔡邕絶絃　琴の名手蔡邕の娘蔡琰は六歳の時、弾琴していた父の琴の何番目が絶絃したか聞き当てた。

出典は『事文類聚』（続集巻二二・琴）であろう。『芸文類聚』（巻四四・琴）『白氏六帖』（巻一八・知音）『事類賦』（巻一一・琴）『群書類編故事』（巻二〇・「女知二絶絃一」）『潜確居類書』（巻七九・琴）『淵鑑類函』（巻一八八・琴）などの類書もこれに近く、『瑚玉集』（巻一二・聡恵篇・「蔡琰二絃」）『蒙求』（469「蔡琰弁琴」）『日記故事大全』（巻二・生知類）など多くの書に散見する故事。聴き分けた時の蔡琰の年齢を六歳とするものと九歳とするもの（蒙求・瑚玉集）の違いや、絶絃を二・四絃（芸文類聚・瑚玉集・蒙求・事類賦・潜確居類書・淵鑑類函）、一・四絃（白氏六帖・群書類編故事・日記故事大全）とするものもあるが、本書のように十・四絃とするものは管見ではない。十は一又は二の誤刻か。

7　時政授鱗　平（北条）時政は微賤の時に江島《えのしま》弁才天に祈り、神女降臨を夢にみて、子孫繁栄して天下に冠たることを予言された。神女は龍と化して去るが、後《あと》に残されたその三箇の鱗を貴重し、家紋とした。

出典は『太平記』（巻五・時政参二籠榎島一事）であろう。他に『本朝神社考』（下之六・江島）『本朝故事因縁集』（巻三・榎島弁財天）などにも見える。『扶桑蒙求』（巻中・70時政授鱗）は本書からの抄出で、「黙禱七日」とその本文にあるのが証。『太平記』『神社考』など一般的には「三七日夜」（二十一日めの夜）とある。本書並びに『扶桑蒙求』は「三」を脱するか。

8　楊震感鱣　後漢の楊震は博覧窮究をもって関西の孔子と言われた。後に三匹の鱣魚《うみへび》をくわえた鸛雀《こうのとり》が、彼の教授する講堂の前に現われた。それは大夫の服の象で、三台に昇る予言と解された。その通り彼は五十の時に仕え始め、安帝の時に大尉となった。

出典は『蒙求』（57「楊震関西」）。この故事は他に『後漢書』（巻五四・楊震列伝第四四）『事文類聚』（後集巻四七・衆禽。新集巻一一・三公）『潜確居類書』（巻四五・堂。巻一一五・飛躍一二・魚）『氏族大全』（丁集・十陽・楊「鱣堂」）『五車韻瑞』（巻一〇・六魚・魚「三鱣魚」。巻一〇四・一五翰二・鸛「啣鱣鸛」）『淵鑑類函』（巻三四六・堂三。巻四二〇・鸛三）等にも見えて有名なものだが、本朝の『絵本故事談』（巻七・楊震）が『蒙求』ではなく、わざわざ『続蒙求』（巻上・「伯起三鱣」）を出典としているのは興味深い。

9　仁徳煙竈　仁徳天皇は登高遠望され、炊煙の無いことで百姓の貧窮を歎かれた。そこで三年間の課役をとどめ民の苦しみを除かせたところ、五穀豊かに人々のくらしも良くなり、天皇への称賛の声が巷に満ちた。

出典は『本朝蒙求』（巻上・82仁徳望煙）。勿論もともとの典拠は『日本書紀』（巻一一・仁徳天皇四年二〜三月）だがその直接引用ではなかろう。この所謂仁徳天皇の国見の逸話はよく知られ、『本朝語園』（巻一・23仁徳天皇賑二給民竈一）『本朝世説』（政事・16）にも見える。『扶桑蒙求』（巻上・25仁徳烟竈）の本文は『本朝蒙求』『桑華蒙求』

の系譜の流れの中にあるが、堤正勝『日本蒙求初編』（巻上・10仁徳望烟）は孫引きではなく逸話を自ら漢文化したもの。

10　虞舜薫風　舜は名を重華という。堯の相となり政治を行い、国内では舜の功績を称え、「南風」詩を琴歌した。

出典は『十八史略』（巻一・五帝・帝舜有虞氏）。勿論舜のことは『史記』（五帝本紀第一）にも見えているが、詳細煩瑣に過ぎ、「南風之薫兮」に始まる「南風」詩も記されていない。「南風」詩は『孔子家語』（巻八・弁楽解第三五）に見えるのが有名か。

11　諸兄賜橘　橘諸兄は敏達帝の玄孫で初め葛城王と称したが、天平元年に橘姓を賜り、名を諸兄と改めた。井手左大臣と号し七十四歳で薨じた。

出典は『本朝蒙求』（巻中・116諸兄献橘）。文中の橘姓下賜は天平八年（『続日本紀』『日本紀略』『帝王編年記』『尊卑分脈』『公卿補佐』等すべて一致）であり、その誤りは『本朝蒙求』の誤記をそのまま用いたためで、後継の『扶桑蒙求』（巻上・43諸兄賜橘）も同様である。

12　叔虞剪桐　唐叔虞（周武王の子）は幼い頃兄の成王と共に遊んでいて、兄から桐葉を削って圭（珪。諸侯に封ずる印）を授けられ「侯に封じよう」と言われた。そこで史佚が式の日どりを請うたところ、「弟に戯れただけだ」と答えたので、彼は「天子に戯言はない」と諫め、遂に叔虞を唐に封じた。

出典は『十八史略』（巻一・春秋戦国・晋）。この「天子に戯言なし」の故事は勿論『史記』（巻三九・晋世家）にも見える。また、例えば『芸文類聚』（巻八八・桐）『太平御覧』（巻九五六・桐）『事類賦』（巻二五・桐）『事文類聚』（後集巻二三・梧桐。前集巻二二・親王）『潜確居類書』（巻一〇〇・桐「剪葉為珪」）『五車韻瑞』（巻六二・八薺一・弟「剪桐封弟」。巻八八・四寘一・戯「剪桐戯」）『淵鑑類函』（巻四一四・桐三）といった類書にも所収される（『呂氏春秋』所引）。また、本朝の『十訓抄』（第六・可㆑存㆓忠臣廉直旨㆒事・29成王の戯言）にも引かれ、『古文真宝』（後集・弁類）には柳宗元「桐葉封レ弟弁」が所収されていることはよく知られていよう。

13 藤家南北 藤原不比等には四男があり、長男武智麻呂は南家、次男房前は北家、三男宇合は式家、四男麻呂は京家の始めとされる。

この藤家四家については特定の出典が必要であるとは思えないが、敢て挙げれば、『尊卑分脈』などの系譜図が先ずは想起されようか。猶、『本朝語園』（巻一・54藤原四家）は本書に先行し、『見聞談叢』（巻四・藤原四家）などは本書に後行する記事である。『扶桑蒙求』（巻上・53藤家南北）は本書と同文でその影響下にある。

14 李氏西東 晋の司農丞李楷には五子（輯・晃・芬・勁・叡）がいた。叡の子の勗の兄弟は巷東に住み、勁の子の盛は巷西に住んだので、各々叡を東祖、芬と弟の勁を西祖と称し、輯と弟晃は共に南祖と称した。

出典は柳宗元「伯祖妣趙郡李夫人墓誌銘」（『柳河東集』巻一三）。

15 正成守義 楠正成は橘諸兄の遠胤で、河内の金剛山の西に住んでいた。後醍醐帝が笠置に行幸された時、正成の武勇・智謀あることを聞き、藤原藤房を遣わし呼び寄せた。正成は乱を収め太平の世とするには智と勇が必要だと説いて帝を喜ばせ、奇計・策略は適切なものでよく勝利をもたらした。

出典は『本朝蒙求』（巻下・81正成智謀）。もともとは『太平記』（巻三・主上御夢事付楠事）に依る。猶、『絵本故事談』（巻五・楠正成）や『扶桑蒙求』（巻下・77正成守義）あたりも『本朝蒙求』『桑華蒙求』の後を受けている。

16 孔明尽忠 諸葛孔明は誠心を以て公を治め、刑罰は厳しかったが怨む者もなかった。彼は帝に上表して、故郷成都には子孫に十分な田畑もあり、自分が死んでも余裕ある生活ができるから、陛下のお世話になることはないと述べた。卒去して忠武と諡《おくりな》された。

出典は『十八史略』（巻三・三国・後皇帝）。但し冒頭の二十七字は『蒙求』（3「孔明臥龍」）から採っているか。猶、本文中の「史称」以下は『三国志』（巻三五・蜀書・諸葛孔明伝）の孔明卒亡後の評を記した部分から転載したものであることも言い添えておく。

17　景行火見　景行帝は葦北《あしきた》を発し、夜暗くなって火国《ひのくに》に到り、遥かな火の光を目指して着岸。その村名を問われた国人は、八代県豊村と答え、また、かの火の主《あるじ》を尋ねられたので、何人の火でもないと答えた。そこで国を「火国」と名付けた。

出典は『本朝蒙求』（巻上・17景行火国）。もともとは『日本書紀』（巻七・景行天皇十八年五月一日）に見える。猶、『扶桑蒙求』（巻上・8景行火爍）は本書に依る。

18　孝武山呼　漢の孝武皇帝は元封元年に緱氏に幸し、華山の中嶽太室に登ったところ「万歳」の声が聞こえてきた。上下の者に問うが誰一人口にしたものはいなかった。そこで太室を三百戸に封じ崇高村と名付けた。

出典は『史記』（巻一二・孝武本紀第一二、巻六・封禅書第六）か。『漢書』（巻六・武帝紀第六）にも見えるが、この故事はあまりにも有名で、『初学記』（巻二一・嵩高山）『事文類聚』（前集巻一三・嵩山）『円機活法』（巻四・嵩山）『淵鑑類函』（巻二七・崇高山二）といった中国類書や日本の『世俗諺文』（巻上・16「山呼二万歳一」）『文鳳抄』（巻三・山）『続教訓抄』にも見え、平安時代の漢詩文にはよく用いられた。

19　河勝殺覡　東国で大生部多《おおべのおおし》なる者が、村里で常世神と称して虫を祭らせ、巫覡らと結託していた。そこで秦河勝は民を惑わすものとして、多や巫覡らを討ちそれをやめさせた。

出典は『本朝蒙求』（巻下・100不尽祭虫）か。『日本書紀』（巻二四・皇極天皇三年七月）も殆ど同文。『日本紀略』（前篇七・皇極天皇三年七月）には大生部多・秦河勝の名は見えない。猶、『扶桑蒙求』（巻下・5河勝殺覡）は本書に依るだろう。

20　西門投巫　鄴では小家の美しい女子を河伯（川の神）に献ずる風習があった。西門豹は鄴の長官となるや、献ずる良き女子がいないと河伯に知らせて来い、と大巫嫗やその三弟子、また三人の土地の長老を次々に使者と称して河中に投げ込んだ。彼らの戻り報告することなきを知らしめ、悪しき俗習を一掃した。

出典は『五車韻瑞』（巻一一・七虞・巫「投巫」。巻七九・二五有・婦「河伯娶婦」）。『事文類聚』（前集巻一七・衆水・水神水怪附「河伯娶婦」）も近い。標題は『蒙求』（471「西門投巫」）に同じ。また、上記の出典となった『史記』（巻一二六・滑稽列伝第六六）他、『群書類編故事』（巻三・河伯娶婦）『十七史蒙求』（巻四・豹禁㆓河伯㆒）『日記故事大全』（巻五・闢邪類「除㆓河伯害㆒」）『潜確居類書』（巻五六・人倫部九・県令「投巫」）といった類書にも見えている。

21 義経白旗　源義経が平氏と長州赤間関で合戦した時、天より雲の如きもの下り、見ると乗っている船には白旗がたなびいていた。彼はこれを奇験として冑を脱ぎ拝した。

出典は『本朝蒙求』（巻中・76義経拝旗）で、その末尾から抄出。勿論この逸話は『平家物語』（巻一一・壇の浦）『源平盛衰記』（巻四三・源平侍遠兵附成良返忠の事）に見えるもの。『扶桑蒙求』（巻中・44義経白旗）は本書に依る。

22 劉秀赤符　後漢光武皇帝（劉秀）は長沙王発の後胤で、『尚書』を学び大義に通じた人で、蕭王となった。その後、儒生の張華が関中より赤伏符を奉じて来り、劉秀は帝位に即き建武と改元した。

出典は『十八史略』（巻三・東漢・光武帝）。勿論『後漢書』（巻一上・光武帝紀第一上）にも見える。

23 頼之童坊　細川頼之は幼君足利義満を輔佐し、佞臣を退け、正しき人々を勧め、文才あるものを侍らせて教え導いた。法師六人を選んで異装にて大小刀を帯び役者の振舞をさせて、佞坊とか童坊と呼ばれた。それは彼らに嘘・偽り、阿《おもね》り媚び、諸大名を侮辱嘲笑する行為をわざとさせて、義満に口先は上手いが心の悪しき人を憎む心を育てるためであった。

出典は『本朝蒙求』（巻中・101頼之輔佐）。他に『塵塚物語』（巻五・細川武蔵入道事）『細川頼之記』『本朝語園』（巻二・70頼之置㆓同朋㆒）などでも佞坊に言及している。

24　優旃侏儒　優旃は小人《こびと》の俳優でよく人を笑わせた。始皇帝が酒宴を催した折、雨が降って衛兵達が濡れ凍えていたので気の毒に思い、戯言をかわすことで、始皇帝に彼らの辛い状況を悟らせた。

出典は『史記』（巻一二六・滑稽列伝第六六）か。この逸話は『蒙求』（357「優旃滑稽」）『五車韻瑞』（巻六五・一一軫・楯「階楯」。巻六八・一四旱・短「優旃短」）にも見え、本朝でも『語園』（巻下・63優旃雨ニヌレザル事）に引かれている。

25　良貞蛙歌　紀良貞は摂州住吉の女と契ったが、その後多年訪れず、再訪した時には女の行方もわからなくなっていた。海辺をさまよい行くと小さな蛙が自分の前を跳ねて過《よぎ》り、砂上に歌の文字を書きつけたように見える。そこにはあなたと愛し合ったことは忘れていませんという趣旨のことが記されていた。

出典は恐らく『雑和集』（巻上）あたりか。『扶桑蒙求』（巻中・7良貞蛙歌）は本書に依る。

26　冶長鳥語　公冶長は鳥雀のことばを理解した。ある時鳥雀達が「白蓮水の辺《ほとり》に粟をひっくり返した車があり、車脚が泥に沈んで、小牛の角も折れているぞ、皆で行ってその粟を啄もう」と言い合っているので行ってみたらその通りだった。

出典は梁の皇侃の『論語義疏』（公冶長第五の冒頭注）か。猶、この故事は後続の『論語抄』にも受容され、『李嶠百二十詠注』（「雀」）『白氏六帖』（巻二九・鳥獣言）『百詠和歌』（「雀」）『金言類聚抄』（巻二三・「人解㆓鳥語㆒事」）などにも見える。柳瀬喜代志「解鳥語譚考」（『日中古典文学論考』汲古書院・一九九九年）参照。『公冶長弁百鳥語』（『通憲入道蔵書目録』）の書名もこの故事によるもの。類話に楊宣の覆粟を知る故事（『芸文類聚』巻九二・雀では『益都耆旧伝』所引。『事文類聚』後集巻四五・雀）もある。

27　教道硯蓋　藤原公任は娘が教通公に嫁ぐ時、自ら『和漢朗詠集』を撰して進物（聟引出物）とした。

出典は『十訓抄』（巻六・可㆑存㆓忠信廉直旨㆒事・34蔵人貞高の頓死）。『和漢朗詠集抄注』（永済注）、『後拾遺抄注』

などにも同様のこと見える。

28　李漢文序　李漢は韓愈に仕えて古学に通じ詞才があり、愈に愛重されてその娘を妻とした。

出典は『古文真宝後集諺解大成』（序類）の「集二昌黎文一序」の注であろう。猶、李漢の伝は『旧唐書』（巻一七一・列伝第一二一・李漢）『新唐書』（巻七八・列伝第三・李漢）に見える。

29　実定鳳闕　治承四年摂州福原に遷都した。諸卿が中秋賞月のために住吉や須磨などに出かける中で、徳大寺実定だけは旧都の月を恋い京の旧宮（鳳闕）へと歌を吟じつつ帰った。

出典は『平家物語』（巻五・「都遷」「月見」）、或は『源平盛衰記』（巻一七・「福原京の事」「人々名所々々の月を見る事」「実定上洛の事」「待宵侍従付優蔵人の事」）か。『扶桑蒙求』（巻上・34実定旧闕）は本書に依る。

30　袁宏牛渚　晋の袁宏は逸才の持主で美麗な文を作った。謝尚が牛渚を治めていた時、秋夜月下に左右の者と微服して舟を浮かべ遊んでいると、袁宏も舟中で声清らかに詩を吟じていた。その素晴らしさに謝は呼び迎えて共に終夜語り合い、宏の名声は高まった。

出典は『蒙求』（112「袁宏泊渚」）。この故事自体は『晋書』（巻九二・列伝第六二・袁宏）『世説新語』（文学・88話）『事文類聚』（前集巻二・月「牛泊泛月」）や『潜確居類書』（巻三四・磯「牛渚磯」）『氏族大全』（乙集・二二元・袁「月夜泛渚」。辛集・四〇禡・謝「一座顧回」）『五車韻瑞』（巻五九・六語一・渚「袁宏泛渚」）などにも見え、本朝の『絵本故事談』（巻八・袁宏）にも採られる。

31　節信贈蟇　帯刀《たてわき》の藤原節信《ときのぶ》は能因と共に歌人として知られる。時に二人はめぐり会い、能因が錦嚢《にしきのふくろ》の中から長柄橋建設の時の木屑を贈ってくれたのに感謝し、節信は身につけていた井手の蛙の干物をプレゼントしたところ能因も喜んだという。物好きとはそんなものだ。

出典は『袋草紙』（上巻・雑談）。『大東世語』（巻二・文学・19話）『百人一首一夕話』（巻六・能因法師）にもこの話は引用され、『扶桑蒙求』（巻中・28節信乾蛙）は本書に依るだろう。

32　子産献紵　晏平仲は鄭に招かれて子産に会い旧友に会った心地がし、縞帯を与えたところ、子産は彼に紵衣（麻の衣）を献じた。

出典は『春秋左氏伝』（襄公二十九年）。

33　道長牛仏　江州関寺の御堂を造営する時に活躍した牛を、ある人が借り受け使おうとしたところ、夜その人の夢に牛が現われ、自分は迦葉仏の化身であると語った。それから牛仏として人々に尊ばれるようになり、藤原道長公も敬い信じられたとか。

出典は『栄花物語』（巻二五・みねの月）か、それを出典と明記する『本朝語園』（巻九・436牛仏）であろう。勿論『今昔物語集』（巻一二・関寺駈牛化迦葉仏語第二四）『古本説話集』（巻下・関寺の牛の間む事第七〇）にも詳しく記され、『古事談』（巻五・神社仏寺・38関寺牛仏事）『世継物語』『関寺縁起』等の説話類から、『左経記』（万寿二年五月十六日）『扶桑略記』（寛仁五年〈治安元年〉十一月十一日）『日本紀略』（後篇一三・万寿二年五月十七日）などの歴史記録に至る迄、文の長短はさまざまだが、この牛仏の逸話に触れており、よく知られたものであった。猶、『扶桑蒙求』（巻中・78道長牛仏）は本書に依っている。

34　臧孫鶏鶋　臧文仲には不仁が三つ、不知が三つある。つまらぬ装飾を好んだこと（虚器）、しかるべき順序に逆らって祀《まつ》ったこと（逆祀）、鶏鶋という鳥を珍しいとして祭ったこと。これが三不知である。

出典は『春秋左氏伝』（文公二年）であるが、その直接的引用ではなく某書の孫引きかも知れない。

35　有国長押　藤原道長が東三条邸を建てた時、藤原有国は監督役を勤めた。南廊の長く差出た一間の両柱の上部に承塵（長押《なげし》）をうたなかった。数年後、道長女徳子が皇后に立てられた時、その南廊を出て上車したが、それは有国が前もって承塵《なげし》を作らず、后の車が出入りできるようにしておいた先見の明に依るものであった。

出典は『古事談』（第六・亭宅諸道・3東三条造殿の時藤原有国奉行の事）か『十訓抄』（第一・可レ定二心操振舞一事・32有国上長押）あたりであろう。他に『本朝語園』（巻四・211長国長押）『大東世語』（巻三・捷悟・2話）に引かれ、『扶桑蒙求』（巻中・83有国長押）にも見えるが、後者は本書に依るもの。

36 于公高閭　前漢の于定国の父は県の獄吏や裁判官を勤め公平な判決を下したので恨みを抱く者はなく、生きながらに祠を建てて祀《まつ》られた。彼の住んでいた村の入口の門が壊れた時、彼は四頭立ての馬車が入れる大きな門を作らせた。獄吏としての陰徳多く、子孫には必ずや出世する者が出てこの門を出入りするだろうと言うのだったが、果たして子の定国や孫の永のように侯となる者が出た。

出典は『蒙求』（85「于公高門」）。勿論『漢書』（巻七一・列伝第四一・于定国）にも見え、『芸文類聚』（巻六二・門。『説苑』所引）『太平御覧』（巻一八二・門上。『説苑』所引）『事文類聚』（続集巻七・門）『潜確居類書』（巻五八・大理）『氏族大全』（甲集・一〇虞・于「門容駟馬」）等類書にもよく見える。猶、閭は村の入口にある門のこと。

37 藤房掛冠　藤原藤房は後醍醐帝に忠勤してしばしば諫言するが聴き入れられなかった。出雲より龍馬を献上された帝は、天馬来る吉事とみて悦び、群臣も称賀する中、藤房は中国の天馬出現の故事にかこつけて戦乱後の不安定な時に奇物を翫ぶことをやめ、徳政を施すことが肝要だと諫めた。が、帝は怒り聴き入れなかったので、彼が北山に退隠したところ、帝は驚嘆しひどく後悔した。

出典は一応『太平記』（巻一三・「龍馬進奏事」「藤房卿遁世事」）かと思うが、林羅山「藤原藤房伝」（『林羅山文集』巻三八・伝下）に近い部分もある。他にこの故事は『本朝遯史』（巻下・藤原藤房）『扶桑隠逸伝』（巻下・藤藤房）『本朝蒙求』（巻中・70藤房棄官）『本朝語園』（巻七・317藤房隠遁）などにも見えている。猶、『扶桑蒙求』（巻中・66藤房掛冠）は本書に依り、『瓊矛餘滴』（巻下・藤房一去）は独自の本文。

38 辛毘引裾　魏文帝は異州の民十万戸を河南に移住させようとした。群吏は連年の蝗害で不可と考えていたが、帝の強い姿勢の前に何も言えずにいると、辛毘が敢えて諫言する。帝が聴き入れず奥の部屋に入ろうとしたので、毘はその裾にとりすがり、後に帝の譲歩をえた。

出典は『蒙求』（70・「辛毘引裾」）。他に勿論『三国志』（巻二五・魏書・辛毘伝）や『君臣故事』（巻上・臣事門・「辛毘引裾」）『金璧故事』（巻四・毘引二衣裾一見二諍臣一）『氏族大全』（乙集・一七真・辛「引裾」）等の類書にも見える。

39　正行療創　楠正行（正成長男）は二十五歳の時、細川顕氏・山名時氏と闘うも退く。安部野の戦《いくさ》の時渡辺橋が落ちて、敵兵五百余人が水に溺れたのを目にし、愍れみ助けて衣や食糧を与え、体を温め薬を与えて治療に当たらせた上、馬を支給して送還した。後に正行の恩情に感じ入った彼らは四条縄手の合戦で皆討死にした。

出典は『本朝蒙求』（巻中・74正行療疵）。もともとは『太平記』（巻二五・「藤井寺合戦事」「住吉合戦事」、巻二六・「正行参二吉野一事」）に見える。また、『扶桑蒙求』（巻中・69正行療瘡）は本書に依る。

40　呉起吮疽　呉起は用兵にすぐれていた。曽子に学び魯君に仕えたが信頼されず、去って魏文侯に事えた。彼は将となり秦を撃ち五城を抜く活躍をする。最下の士卒とも衣食・労苦を共にし、ある時彼は兵の病む腫れ物の膿を吮い出した。すると兵の母はその話を聞いて大声で泣いたのでわけを尋ねると、その子の父は呉起が膿を吮ってくれたのに感激して死を恐れず討死したが、息子も同様にどこぞで戦死することになるだろうと答えた。

出典は『史記』（巻六五・孫子呉起列伝第五）。『十八史略』にも見えるものの本文は少し遠い。この故事は有名で白居易「七徳舞」に「含レ血吮レ瘡撫二戦士一」と詠込まれたのはよく知られ、『芸文類聚』（巻五九・将帥）『淵鑑類函』（巻二〇七・将帥）等類書にも所収される。

41　孝徳大化　孝徳天皇即位の初めに元号を立てて大化元年とされた。

特に出典を挙げる必要はないかも知れない。例えば『日本書紀』（巻二五・孝徳天皇即位前紀）『日本紀略』（前篇七・孝徳天皇）『扶桑略記』（第四・孝徳天皇）『帝王編年記』（巻九・孝徳天皇）『元亨釈書』（巻二一・資治表二・孝徳天皇）等の歴史書に記載されていてよく知られていることだろう。『扶桑蒙求』（巻下・54孝徳大化）は本書に依る。

42　漢武建元　漢の孝武帝即位して初めて建元とし、年号ここに始まる。

出典は『十八史略』（巻二・西漢・孝武皇帝）。猶、『漢書』（巻六・武帝紀第六）には建元元年の顔師古注に「自二古帝王一未レ有二年号一、始起二於此一」と見えている。

43　伏翁如啞　伏見翁は菅原寺の側に臥して三年、起きず、言わずだったので、人は啞者《おし》と思ったが、天平八年に行基法師が波羅門僧菩提を迎え、菅原寺に帰って来ると、翁もにわかに寺に入った。

出典は『元亨釈書』（巻一五・方志・伏見翁）。この話は他に『本朝神社考』（下之六・伏見翁）『扶桑隠逸伝』（巻上・伏見翁）『本朝蒙求』（巻下・21伏翁啞態）『本朝列仙伝』（巻二・伏見翁）『本朝語園』（巻九・428伏見翁）など諸書に見える。猶、『扶桑蒙求』（巻中・30伏翁如啞）は本書に依る。

44　浄名無言　維摩会で文殊菩薩は無言・無説・無示・無識にしてすべての問答を去ることが菩薩入不二門であると述べ、ついで維摩詰にも菩薩入不二門について説くように言う。摩詰は黙然として無言で、文殊はそれを賛嘆した。

出典は『禅苑蒙求』（巻上・維摩黙然）。『維摩経』（八章・入不二法門）とも関わり、『五車韻瑞』（巻八九・四寘二・二「法門不二」。巻一六〇・一七洽・法「不二法」）にも一部見える。

45　川成図障　飛驒匠某は百済川成と技芸を競う友人である。匠の造った廬の壁に絵を依頼されて川成がやって来ると、四面に戸があり、入ろうとすると閉じて反対側が開くという仕掛けになっている。匠は戸惑う川成を嘲笑する。他日、川成は己の技量を見せようと匠を家に招く。匠が中に入ると傍に腐爛した死尸がある。彼が驚き怪しみ進みかねていると、何とそれは川成が障《からかみ》に描いたものだった。

出典は『今昔物語集』（巻二四・百済川成飛驒工挑語第五）か。もっとも『本朝語園』（巻五・260川成与二飛驒匠一挑二細工一。『今昔』所引）にも見えている。猶、川（河）成のことは『文徳実録』（仁寿三年八月二十四日卒伝）『本朝画史』（巻上・上古画録）に見えるが、飛騨匠との話は記されていない。また、『扶桑蒙求』（巻中・84川成図障）は本書からの抄出ではなく、『大東世語』（巻之四・巧芸・3話）をもとにしている。

46 荀勗画門　鍾会は荀勗といとこ同士だったが仲が悪かった。勗は百万銭もする剣を母の鍾婦人に預けていた。書が巧みだった会は勗の筆跡を真似て手紙を書き送り、剣をまんまと取りよせ返さなかった。その後、鍾会兄弟が千万銭をかけ邸宅を建てるや、勗はその引越しの前に行って、門の傍の堂に兄弟の亡父鍾繇そっくりの画像を描いた。すると兄弟は門に入るやひどい悲しみに襲われ、やがてその家に住む人もなく荒れ果てた。

出典は『世説新語』（巧芸・4話）。勿論『三国志』（巻二八・魏書・鍾会伝。『世説新語』所引）や『太平御覧』（巻一八〇・宅、巻三四三・剣中）『潜確居類書』（巻八九・剣）などの類書にも見える。

47 保胤禅林　慶滋《よししげの》保胤《やすたね》は文章冠絶の人で、菅原文時に師事し高弟となった。少年時から仏教を慕い、『日本往生伝』（日本往生極楽記）を著し、娘の成人後に出家して四方を遊歴した。動物をいつくしみ、長徳三年に東山如輪寺で卒した。

出典は『扶桑隠逸伝』（巻中・13慶保胤）と『本朝文粋』（巻一〇・277「暮秋勧学会於二禅林寺一聴レ講二法華経一同賦三聚レ沙為二仏塔一詩序」の冒頭一節を利用）。このこと他に『続本朝往生伝』（31慶保胤）にも見え、『扶桑蒙求』（巻中・16保胤禅林、94保胤解纓）に影響を与えた。

48 韓愈慈恩　慈恩寺は隋の無漏寺の跡に創建。貞観年間に高宗が文徳皇后の為に建てたので慈恩の名称がある。

出典は韓愈「慈恩寺塔題名」（『韓昌黎文集』所収）とその注。

49 小角虎隊（？）　道昭は一匹の虎の依頼を受け群虎に『法華経』を講じたところ、和語を用いる者がいて、自分は日本の役小角だという。驚いてここにいるわけを尋ねると、日本の神は心がねじ曲がっていて媚び諂《へつら》う奴ばかりで厭《いや》になり、逃れてここで虎になっていると答えた。

出典は『元亨釈書』（巻一五・方応・役小角）。もともとは『日本霊異記』（巻上・孔雀王の呪を修持し異しき験力を得もちて現に仙となりて天に飛ぶ縁第二八）『今昔物語集』（巻一一・道照和尚亘レ唐伝ニ法相一還来語第四）『三宝絵』（巻中・2役行者）『扶桑略記』（第四・孝徳天皇白雉四年）『因縁集』（通鳥語「元興寺道昭姓船氏云々」）『本朝神社考』（中之四・葛城神）『本朝列仙伝』（巻一・役小角）等諸書に見える。猶、大江匡房『本朝神仙伝』（3役優婆塞）ではこの行者は道昭の法話を聞いてはいるが虎になっていたとは記さない。『扶桑蒙求』（巻下・34小角虎隊）は本書の抄引。

50　左慈羊群　左慈は道術を学んで鬼神を使い、天柱山で思いを凝らし『石室九丹金液経』をえ、様々な変化の術を行ったので、曹操に召された。後に曹操に殺されそうになって羊の群れの中に逃げ込み変身した。

出典は『神仙伝』（巻八、左慈）か。左慈の左記の逸話は他に『後漢書』（巻八二下・方術列伝第七二下・左慈）『捜神記』（巻一）『芸文類聚』（巻九四・羊）『太平御覧』（巻九〇二・羊）『太平広記』（巻一一・左慈）『群書類編故事』（巻二四・左慈化羊）『事文類聚』（後集巻三九・羊）『五車韻瑞』（巻一八・一二文・群「入羊群」）。巻三五・七陽・羊「左慈化羊」。巻一三〇・四質一・膝「羝屈両膝」。巻一五六・一四緝二・立「羝立」）『淵鑑類函』（巻四三六・羊二）といった類書、並びに『雲笈七籤』（巻五）『真仙通鑑』（巻一五）『仙苑編珠』（巻上）『玄品録』（巻二）等の神仙譚にも見えている。猶、本朝でも『絵本故事談』（巻一・左慈）に引かれるが、『新語園』（巻九・16左慈釣ニ鱸魚一）『訓蒙故事要言』（巻八・173「左慈奇術」）は鱸魚を釣る故事は引くものの、後の羊に化したことは記さない。その点、『氏族大全』（庚集・三三哿・左「銅盤引魚」）と同様のようだ。

51　興風昔友　藤原興風は和歌に秀れ、定家の『百人一首』に「誰をかも識る人にせむ高砂の松も昔の友ならなくに」（『古今集』909）が採られている。

特に出典は限定しなくても良かろうか。敢て言えば『百人一首』かその注釈書ということになろう。猶、『扶桑蒙求』（巻下・81興風恋友）は本書に依るだろう。

52　子猷此君　王子猷は呉の大夫の家に好竹があるのを見、竹下に至り久しく諷詠していた。また、かつて空き家を借りて竹を植えさせ、語って言うに、どうして此の君（竹のこと）なくておれましょう、と。

出典は『事文類聚』（後集巻二四・竹）か『晋書』（巻八〇・列伝第五〇・王羲之付王徽之伝）であろう。勿論この故事は『枕草子』にも用いられているようによく知られる。『世説新語』（任誕・46話）『蒙求』（176「子猷尋戴」）『事類賦』（巻二四・竹）『太平御覧』（巻九六二・竹上）『群書類編故事』（巻二三・不レ可レ無二此君一）『円機活法』（巻二二・竹）『書言故事大全』（巻一〇・花木題）『潜確居類書』（巻一〇三・竹「此君」）『氏族大全』（丁集・一〇陽・王「西山爽気」）『五車韻瑞』（巻一二六・一屋四・竹「借宅栽竹」）などの類書にも見え、本朝でも『絵本故事談』（巻六・王子猷）に採られている。

53　赤染怨歌　大江匡衡の妻赤染右衛門は、夫が稲荷祢宜の娘に通うのを怨み、歌を作ってかの家に送りつけた。匡衡は大いに恥じ夫妻仲はもとの如くになった。

出典は『今昔物語集』（巻二四・大江匡衡妻赤染読二和歌一語第五一）か、『本朝語園』（巻三・和歌・120匡衡感二赤染之哥一）であろう。その時の詠「わが宿の松はしるしも」云々は勿論『赤染衛門集』（詞書に「今はたえにたりといふ所に、ありと聞きてやる」とある）に所収。

54　若蘭回文　晋の竇滔の妻蘇若蘭は夫が流沙に徙《うつ》されたのを思い、回文詩八百餘字を織込んだ錦を送ったが、何とも思いのこもったものであった。

出典は『五車韻瑞』（巻一八・一二文・文「織錦回文」）。他に巻七・四支・詩「回文詩」、巻九〇・四寘三・字「贈錦字」にも）。その出典は『晋書』（巻九六・列伝第六列女・竇滔妻蘇氏）により、他に『事類賦』（巻一〇・錦）『事文類聚』（続集巻二一・錦繍）『氏族大全』（甲集・一〇虞・蘇「璇璣図」）『淵鑑類函』（巻一九八・詩二。巻三六五・錦四）等の類書にも見える。猶、妻の作った回文七言詩は『初学記』（巻二七・錦）『秘府略』（巻八八三・錦）でも知られる。猶、この逸話は『新語園』（巻二・30織二錦字詩一。出典を「唐書武俗紀・織錦璇璣図」とする）や『訓蒙故事要言』（巻六・28「回文織錦」。出典を『万宝全書』巻三七とする）にも採られている。

55　良縄所天　藤原良縄は風容閑雅、天性謹孝な人であった。赴任先の父が病で危篤状態になり、良縄はかけつけようとするが許されなかった。訃報を聞き、血を吐き息も絶えたが、数刻して蘇生した。

出典は『三代実録』（貞観十年二月十八日卒伝）か、『本朝孝子伝』（巻上・10藤原良縄）であろう。また、『本朝語園』（巻二・73良縄謹孝）にも見えている。猶、良縄卒伝では父の場合のみならず、母の病と死にも心を砕いていたことが記されている。

56　仁傑望雲　唐の狄仁傑は幷州法曹参軍を授けられ任地に在ったが、親は河陽に住んでいた。太行山に登っては白雲がぽつんと空行くのを眺めて言った。わが親はあの雲の下におられると。久しく見ていたが雲も移ったので彼も立ち去った。

出典は『続蒙求』（巻一・36仁傑望雲）。他に『十八史蒙求』（巻一・仁傑顧雲）『日記故事大全』（巻三・孝念類・望レ雲而思）『旧唐書』（巻八九・列伝第三九・狄仁傑）『新唐書』（巻一一五・列伝第四〇・狄仁傑）『氏族大全』（壬集・二〇陌・狄「黄巻聖賢」）『五車韻瑞』（巻九・五微・飛「白雲飛」。巻一八・一二文・雲「白雲」）『淵鑑類函』（巻五・雲二）などにも見える。

57　久米染心　久米仙人は深山に入り仙法を学んだ。ある時空を飛び故里を通り過ぎた折、たまたま婦人が衣を踏み洗いしていた。その脛の白さを目にして心が汚れ墜落してしまった。

出典は『元亨釈書』（巻一八・願雑一〇之三・神仙五・久米仙）か、『本朝蒙求』（巻下・22久米染心）であろう。

周知のようにこの話は有名で、『本朝神仙伝』（久米仙事第八。現存欠で『和州久米寺流記』巻一〈久米仙人経行事〉で補う）『今昔物語集』（巻一一・久米仙人始造二久米寺一語第二四）『久米寺縁起』『扶桑略記』（巻二三・延喜元年八月古老相伝）『発心集』（巻四・42肥州の僧の妻、魔となる事付悪縁を恐るべき事）『徒然草』（八段）『本朝神社考』（下之五・久米）『本朝語園』（巻九・425久米仙人）等諸書に引かれる。また、後の『絵本故事談』（巻三・久米仙人）は恐らく『本朝蒙求』の引用であろうが、『扶桑蒙求』（巻中・25久米染心）は本書の転用であろう。

58　摩達愛慾　達摩達は師子尊者の後嗣になれなかったことを恨んだ。谷川を渡る時、女子が脛を出して洗濯をしているのを見て、「こんなにも白いものか」と言うと、尊者がすぐにやって来て、今のその心では後嗣にはできないと言うのであった。

出典未詳。

59　博雅琵琶　城南の小《こ》幡《はた》山の麓の一盲人はよく琵琶の三秘曲を奏でた。源博雅は毎夜その山麓に行き庭草に伏し隠れ、百夜ならんとして遂にその秘曲を得た。

出典は『本朝蒙求』（巻中・15博雅三曲）か。猶、博雅の三位が盲人（蟬丸とする話もある）から秘曲を得る話は、『江談抄』（第三・63博雅三位習二琵琶一事）『今昔物語集』（巻二四・源博雅朝臣行二会坂盲許一語第二三）『和歌童蒙抄』（第五・宮）『榻鴫暁筆』（巻一八・14流泉啄木調）『源平盛衰記』（巻三一・青山の琵琶流泉啄木の事）『雑々集』（8博雅三位事）『世継物語』『扶桑隠逸伝』（巻上・木幡山盲僧）『本朝語園』（巻七・361博雅琵琶）等から、更に本書の後には、『絵本故事談』（巻八・博雅）『大東世語』（巻四・棲逸・2話）『本朝世説』（巻下・巧芸・13話）『日本蒙求初編』（巻上・蟬丸秘曲）『瓊矛餘滴続編』（巻中・博雅蟬丸）などと広く長く受継がれている。『文机談』（巻二）では源脩が貞保親王から三秘曲を伝授される話になっているが、この博雅説話の枠組に類似する。

60　楊志楽曲　楊志は楽史で琵琶が得意であったが、その姑はそれに輪を掛けて技量が優れていた。彼女はもと宣徽の弟子で、後宮を出た後は永穆観に住んでいた。自分の芸を惜しみ人に聞かれるのを畏れた。楊志は教えを乞うが、断られたので、永穆観の持ち主に贈物をして寄宿させてもらい、こっそりと姑の演奏を聴き帯に記録した。翌日姑の前で奏してみせると彼女は驚嘆し、彼に尽く伝授した。

出典は本文の冒頭に唐・段安節『楽府雑録』と記されているのでそれで良さそうだが、例えば『淵鑑類函』（巻一八九・琵琶三）の「脂鞓帯」の注としてほぼ同文が見えることからすると、存外類書からの引用かも知れない。

61 実方撲冠 藤原実方は和歌・楽舞にすぐれていた。ある日藤原行成と殿上でいさかいをして怒りのあまり笏を振るって行成の冠を打落とした。行成は落着き払ってその訳《わけ》を問うが、実方は恨み恥じて立ち去った。これを御覧になった一条天皇は実方を奥州刺史に左遷。彼は謫所で没した。

出典は『十訓抄』（第八・可レ堪二忍諸事一事・1大納言行成卿と実方中将との口論）、或いは『古事談』（第二・臣節・32藤原実方、藤原行成の冠を小庭に投ぐる事、実方奥州赴任の事）あたりか。猶、この故事は「歌枕見て参れ」につながるものとして有名で、『東斎随筆』（鳥獣三・21話）『源平盛衰記』（巻七・日本国広狭の事）や『大東世語』（巻二・雅量・5話）『百人一首一夕話』（巻四・藤原実方朝臣）『瓊矛餘滴』（巻中・実方歌枕）などにも所収される。『扶桑蒙求』（巻下・実方落幘）は本書に依る。

62 蔡系擲褥 征虜亭で支道林の餞宴が行われた時、蔡系は早く来たので林公に近い席に着いたが、謝万は遅れて遠い席になった。系が席を立つとそのスキに万が座を移した。系は戻って来ると、万を敷物ごと持ち上げ放り出し、元の自分の席に坐った。万は冠を正し衣の塵を払い、平然と自分の席についてから、「お前は変わりもんだ、わしの顔をつぶしおって……」と言うと、系は「お前の顔などはなから頭にないさ」と答え、その後互いに気にとめるようなこともなかった。

出典は『世説新語』（雅量・31話）。『晋書』（巻七九・列伝第四九・謝万）にも見える。

63　室町記文　足利義政は嫡男の義尚に命じて先祖の逸事を調べさせた。その話の中には将軍家に諂《へつら》い阿《おもね》り、信用しかねるものも多かった。ある人が私記を献じたが、その中に幕府将軍家を二、三批判するところがあったので義尚は喜び感謝した。

出典は『天文雑説』（巻三・18室町殿家被ㇾ尋㆓記録㆒）か、或はそれを典拠に掲げる『本朝語園』（巻五・241室町将軍求㆓記録㆒）であろう。『扶桑蒙求』（巻下・50室町記文）は本書に依る。

64　順宗実録　初め韓愈が『順宗実録』を撰し宮中の事を懇切正直に記したが、宦官は喜ばず事実でないと述べたので、帝は路隋に修正を命じた。路隋が申し上げるには、史書の記述に褒貶はつきものである、身分の低い者の善悪とて嘘は記せないし、まして人の上に立つ君主であれば猶更のことである、と。

出典は『新唐書』（巻一四二・列伝第六七・路隋）か。『旧唐書』（巻一五九・列伝第一〇九・路隋）にも見えるが、記事本文は前者に近い。また、『新唐書』の記事は『淵鑑類函』（巻五三・実録）にも引かれるから、所謂類書との関係も考えられよう。

65　谷雄他国　紀長谷雄が長谷寺に祈願したところ、夢に観音のお告げがあり、「そなたは文才に優れているから他国に派遣したいと思う」という。彼はその意味がわからなかったが、都に還るやほどなく病没した。

出典は『江談抄』（第一・38紀家参㆓長谷寺㆒事）か、『今昔物語集』（巻二四・三善清行案相与㆓紀長谷雄㆒口論語第二五）であろうか。或は『本朝語園』（巻四・187長谷雄薨逝）とも関わるか。本書文中に「心願」とあるのを前掲三書は大納言の位を望むことと明記している。『大東世語』（巻四・傷逝・2話）にも見え、『扶桑蒙求』（巻上・37谷雄他国）は本書に依る。

66　卜商冥府　蘇韶が死んで、甦ってから言うには、顔淵と卜商（共に孔子の弟子）は地下世界で修文郎になっている、と。

出典は『蒙求』（183蘇韶鬼霊）か。但し本文を比較する限りでは徐注本より古鈔本（宮内庁書陵部）に近いようにも思われる。猶、『太平広記』（巻三一九・蘇韶）にも見え、『古鈔本蒙求』や本書同様に王隠『晋書』を典拠と記す。

67　本康薫物　本康親王は仁明帝の息子で、香癖があり、薫物を合わせて黒方・侍従などと命名した。

出典は『河海抄』（巻一二・梅枝「八条の式部卿のほうをつたへて」注）か。黒方・侍従の香名については『薫集類抄』（上）にも見えている。また、『扶桑蒙求』（巻中・76本康薫物）は本書に依る。

68　劉安豆腐　豆腐は漢の准南王劉安に創《はじ》まる。黒・黄・白の豆や泥豆・豌豆・緑豆の類で作る。造法は水に浸して砕き、濾過し煎て、塩鹵か山礬葉を用いて沈澱したものを釜やかめに入れて、石で圧力をかけて作る。豆腐の皮（ゆば）という結構なものもできる。

出典は『本草綱目』（巻二五・豆腐）か。それを引用している『和漢三才図会』（巻一〇五・造醸・豆腐）も本書本文と同じだが、本書の刊行の方が先行する。

69　雅忠小童　丹波雅忠は夢の中で七、八歳の小童に告げられる。昔君の祖先の康頼が蔵書を守って欲しいと私に心をこめて祈ったので多年守ってきたが、近日火災が起こるから、予め備えよ、と。家は焼けたが書物は無事で、医術で世に名声を得ることになった。

出典は『続古事談』（第五・諸道・3丹波雅忠、守宮神の夢告で書籍焼亡を免れる事）か、或はそれを引用する『本朝語園』（巻七・331雅忠顧二疱瘡一）であろう。『扶桑蒙求』（巻中・32雅忠小童）は本書に依る。

70　医緩二豎　晋の景侯が病み、秦に医者を求めてきたので、医緩が赴くことになった。すると景侯の夢に病が二人の童子となって現われ、「緩は良医で自分達が傷われる、何とか逃げられないか」と案じ、肓の上、膏の下に移ったため、さすがの緩も治せなかった。

出典は『春秋左氏伝』（成公十年）か。但し、『芸文類聚』（巻七五・医）『太平御覧』（巻七三六・物叙疾病上）『群

書類編故事』（巻一四・病在二膏肓一）『十七史蒙求』（巻五・晋景膏肓）『事文類聚』（前集巻三八・医者）『淵鑑類函』（巻三三一・医）等の類書に引かれる本文にもかなり近く、『医学入門』（巻一・歴代医学姓名・医緩）にも見える。

71　微妙慕親　名妓微妙は源頼家に招かれ鎌倉に来て歌舞した。比企能員によると彼女の遠来は愁訴の為という。問うと、父為成は讒訴され獄に繋がれ奥州に送られた。幼少より芸を学んで父との再会を思い生きて来たと答えたので、頼家は哀れみ父を帰還させようとしたが、父は既に亡せていた。彼女は悲悔し栄西に仕え尼となった。

出典は『本朝孝子伝』（巻下・10舞女微妙）か、『本朝語園』（巻二・78微妙慕レ父）であろう。もともとは『吾妻鏡』（巻一七・建仁二年三月八日、十五日、六月二十五日、八月五日、十五日など）に見え、『本朝列女伝』（巻七・微妙）にも採られている。『扶桑蒙求』（巻中・74微妙慕親）は本書に依る。

72　緹縈請父　漢の淳于意が罪を犯し処刑されることになったが、娘の緹縈《ていえい》は上書して自分が官婢となり父の刑を贖いたいと述べたので、帝は哀れみ死罪を除いて別の刑に処した。

出典は『十八史略』（巻二・西漢・孝文皇帝十三年）。猶、この故事そのものは『史記』（巻一〇五・倉公列伝第四五）『漢書』（巻二三・刑法志第三）はもとより、和刻本『六臣注文選』（巻三六・王融「永明九年策二秀才一文五首其三」に「歌二鶏鳴於闕下一、称二仁漢牘一」とある李善注）や『芸文類聚』（巻二〇・孝）『潜確居類書』（巻五九・女子附）『氏族大全』（癸集・覆姓・淳于）『淵鑑類函』（巻二七一・孝二）等の類書にも見え、本朝でも『新語園』（巻一・49少女救父）に採られている。

73　高光文選　藤原高光は『文選』の「三都賦」を暗誦し羽林次将（近衛少将）を拝したが、世を厭い出家し山に入った。

出典は『本朝遯史』（巻上・藤原高光）か、『扶桑隠逸伝』（巻中・藤原高光）、或は上記の影響を受けたと思われる。『本朝語園』（巻四・200高光暗二誦文選一）であろう。高光の出家については、『多武峯少将物語』『栄華物語』（巻一・

月の宴）『宝物集』（巻四）『長谷寺霊験記』（巻下第一五・高光少将夫妻共出家発心修行事）『三国伝記』（巻一〇・第二四・高光少将遁世事）等諸書に見える。猶、「三都賦」のことはもともと『九暦』（天暦二年八月十九日）の記事に依っており、それを『遯史』以下の近世書が受継いでいるようだ。『扶桑蒙求』（巻上・39高光文選）は本書に依る。

74 伏勝書経　漢が興り学校が開設された。洛南の九十歳を過ぎた伏生なる者が口伝で教授したと伝える二十餘篇の書が『尚書』である。

出典は孔安国「古文尚書序」（『文選』巻四五にも所収）で、その一節を抄出したもの。

75 安徳沈海　平宗盛ら安徳帝を擁して西海に赴くも、戦《いくさ》は利あらず讃岐屋島より長州赤間関へと移り、源義経に追いつめられ、知盛の奮戦あるも、遂に帝は二位尼に抱かれて剣璽と共に海底に沈んだ。

出典を敢て記すなら『平家物語』（巻一一・屋島、壇浦・早鞆）か、『源平盛衰記』（巻四二・屋島合戦、巻四三・二位禅尼入海）などであろうか。また、『吾妻鏡』（巻四・文治元年三月）にも源平合戦の記述はある。猶、『扶桑蒙求』（巻上・36安徳沈海）は本書に依る。

76 帝昺没溟　宋の端宗皇帝弟昺《へい》は八歳で即位し、陸秀夫が左丞相・枢密使として支えてきたが（亡国への道はとめられず）、仕える者達は旧日を思い涙した。禅興二年二月元軍は勝利を重ね朝廷に迫るが、張世傑は蘇劉義と共に舟を繋ぐ綱を断ち十六舟を奪って逃げ、一方、秀夫は帝の舟で脱出を計るが不可能と知り、妻子を海に飛込ませ、自分も帝を背負って入水した。

出典は『十八史略』（巻七・南宋・帝昺）。

77 時頼旅宿　平（北条）時頼は万民の疾苦を知る為に微服して諸国をまわった。ある宿主が星が宿に降ってくるのを見て、天下の執権が来ると思っていたら時頼が来たのだった。時頼は彼を天文博士にとりたてた。

出典は『本朝神社考』（下之六・泰親）か、それを引く『本朝語園』（巻七・351宿主天文）だろう。他に『天文雑説』（巻六・最明寺時頼事）にも見える。時頼の廻国説話は早く『増鏡』『太平記』『北条九代記』『北条時頼記』（元禄四年刊）の諸書や謡曲「鉢の木」でも有名で、浄瑠璃本にも見え、一般に広く浸透していたようである。猶、『扶桑蒙求』（巻下・13時頼旅宿）は本書に依る。中韓を含む比較文化史的視点からの『水戸黄門「漫遊」考』（金海南・新人物往来社・一九九九年。金文京・講談社学術文庫・二〇一二年）がある。他に、佐々木馨『執権時頼と廻国伝説』（吉川弘文館・一九九七年）高橋慎一郎『北条時頼』（吉川弘文館・二〇一三年）など参照。

78　陳寔徳星　陳寔は子らを連れ荀季和を訪れた。その夜、徳星が集まった状態が見られたので、太史はこの五百里内に賢人が集まっていると奏上した。

出典は『事文類聚』（前集巻三・星）か。ただし、『世説新語』（徳行・6話）『蒙求』（99「荀陳徳星」）や『初学記』（巻一・星）『太平御覧』（巻七・星下）『円機活法』（巻一・星）『金璧故事』（巻五・徳星光映二群賢聚一）『淵鑑類函』（巻四・星）といった諸類書にもほぼ同文が見える。

79　義堂台瓦　源基氏は鄴瓦硯を所蔵しており、義堂周信にその記を作らせた。その大意は、この硯は我が国に伝えられて千餘年、いまだにその真贋はわからないということである。

出典は『本朝語園』（巻一〇・549鄴瓦硯）。猶、義堂周信の記とは「源府君所蔵銅雀研記」（『空華集』巻一八・記）のこと。他に『蔭涼軒目録』（文明十九年二月三日）にも鄴瓦硯のことは見えている。

80　唐庚硯銘　唐庚は文才があり進士に挙げられた人である。所蔵する古硯の銘と序を作り言うことには、硯は鋭利ではなく頑鈍を体とし、挙動することなく安静をもって用とする。この鈍と静なる故にこそ長持ちするのである、と。

出典は『古文真宝諺解大成』（後集・銘類・唐子西「古硯銘」）であろう。唐庚の説明もその作品注記に記されている通りである。

81　安世水車　良峯（岑）安世は淳和帝の弟で、才芸に優れて大納言になった。天長六年五月に勅を奉じ、諸国の民に水車を作らせ農耕の資とさせた。

出典は『本朝蒙求』（巻上・73安世水車）。この逸話はもともと『政事要略』（巻五四・交替雑事・〈溝池堰堤〉）『類聚三代格』（巻八・農桑事）『日本逸史』（巻三七・淳和天皇天長六年五月二十七日）あたりの記事が土台になっていよう。猶、『絵本故事談』（巻四・安世）や『扶桑蒙求』（巻上・50安世水車）は『本朝蒙求』や本書の影響下にある。

82　胡宿石塘　胡宿はさわやかで清新な議論をする誠実な人柄であった。二十餘年間文館に勤め、後進に「富貴貧賤は天命に依る。諸君らは己を修めてその時を待て」と教訓した。宋の仁宗の時に十年間翰林に在り、位は枢副に至り文恭と謚された。湖州を治めた時、石の塘《つつみ》を百里に渡って築き水害をなくしたが、それは「胡公塘」と呼ばれた。

直接の出典は未詳。猶、「胡宿字武平……位至枢副謚文恭」の部分は『氏族大全』（甲集・一〇虞・胡「白首不㆑欺」）による。その逸話自体は『宋史』（巻三一八・列伝第七七・胡宿）にも見え、後進に語った言葉は『箋注純正蒙求』（巻中・胡宿進退）にも記される。

83　廷尉流弓　元暦元年讃州の檀浦（屋島の浦の誤り）の合戦の時、源氏は陸に平家は海に船を浮かべ、激しく対峙戦闘をした。源義経は弓を奔流に落としてしまい、馬に鞭うち弓を逐う。一方で敵は熊手で義経の兜をひっかけようとする。それを見た義経の老臣が言う「御身こそが大事。たった一張の弓をそんなに惜しむのは間違いだ」と。義経は「この弓が敵方に渡ったら我が身の矮身弱力が知られ嘲笑される。命より名を惜しむのだ」と答え人々を感動させた。

出典には『平家物語』（巻一一・扇的）、或は『源平盛衰記』（巻四二・屋島合戦附玉虫扇を立て与一扇を射る事）を一応挙げておくが他の可能性もなくはない。有名な那須与一の扇の的の段の後に続く所謂弓流しの章段である。猶、『扶桑蒙求』（巻中・36廷尉流弓）は本書に依る。

84　闔閭失艎　呉と楚が長峯で戦い、楚軍が呉を破り呉王の舟「餘皇」を取った。呉の公子光（闔閭のこと）は人々を前に「先王の船を失ったのは皆の罪である。皆の力で取戻したい」と説き、三人の配下を船の側に忍びこませる。三度「餘皇」と呼ぶ合図をきっかけに楚軍を破り、餘皇を取戻した。

出典は『春秋左氏伝』（昭公十七年）。猶、楚が戦勝し呉王の舟「餘皇」を手に入れたことは、『芸文類聚』（巻七一・舟）『太平御覧』（巻七六八・舟部一）『円機活法』（巻一五・舟）『淵鑑類函』（巻三六八・舟）等他の類書にも見出せるのだが、呉が船を取戻したこと迄は言及しないものが多い。

85　良懐僭帝　菊池武政は九州を鎮護し威を振るっていた。南朝の良懐（正しくは懐良《かねよし》）親王を関西の王と称して明に書を遣わし隣好を通じたので、明では良懐が日本の真の王であると思った。

出典は『本朝蒙求』（巻上・76良懐僭皇）。そのもとは『明太祖実録』（第六八～九〇）『明史』（巻三二三・日本伝）あたりか。『本朝語園』（巻五・239懐良留二明使於筑紫一）にも見える。猶、「良懐」と記すのは明側の記録で、正しくは「懐良」。『扶桑蒙求』（巻下・6良懐僭帝）は本書の抄出。

86　盧芳詐皇　後漢の建武十八年に代王盧芳が匈奴で死んだ。彼は自分が武帝の曽孫の劉文伯だと詐称していた。

出典は『十八史略』（巻三・東漢・光武帝）。猶、盧芳のことは『後漢書』（巻八九・南匈奴列伝第七九）に見え、その注には『東観漢記』が引用されている。

87　義教望富　将軍足利義教が永享四年（一四三二）富士山を見に下向。藤枝の鬼巌寺に至り、国主今川範政はこれを迎え、富士を観望して詠歌のやりとりをした。

出典は『富士紀行』（飛鳥井雅世）『覧富士記』（堯孝）、或は『富士御覧日記』（宗長）あたりか。また、『今川家譜』でも言及され、後の史書『後鑑』（巻一五一・義教将軍記五下・永享四年九月十日）にも見えている。

88　隠公如棠　隠公五年の春、公が棠に行き漁を見ようとしたところ、臧僖伯が諫める。だが、公は国内を広く見たいと言い、遂に出かけ漁を見た。

出典は『春秋左氏伝』（隠公五年）。

89　蘇民縮茅　スサノオの命（武荅天神）が南海に行った時、日が暮れて民家に泊まろうとした。二軒のうち、弟の巨旦の方は裕福であったが泊めてくれず、貧しい兄の蘇民の家に泊ることになり、粟飯のもてなしを受ける。スサノオは感謝し、八年後に訪れ、茅を縮《わが》ねて輪に作り、「蘇民将来之子孫」の札を書き門や衣袂に懸けたら、災厄から免れるだろうと言い残したが、果たしてその通りだった。

出典は『本朝蒙求』（巻上・129蘇民縮茅）。この話は『釈日本紀』（巻七・述義三・神代上。『備後国風土記』所引）『榻鴫暁筆』（追加）『本朝神社考』（上之三・祇園。『簠簋内伝』所引）『二十二社註式』（祇園社）『雍州府志』（巻二・神社内・愛宕郡〈蘇民将来の社〉）や『公事根源』『古事記裏書』など諸書に見える。

90　魏顆結草　魏顆は初め、病気の父に「自分の死後、わが愛妾は嫁に出せ」と命じられていたが、父は危篤になると「殉死させよ」と命じた。父の死後、魏顆は妾を嫁がせ言った。心の乱れていない時の父の命に従ったまでのこと、と。彼は後に秦との戦いで大力の持ち主杜回を捕らえた。それは彼の夢中に現われた先の妾の父が、草を結ぶ仕掛けを作りつまづきころばせて捕らえたら良いと告げたからだった。

出典は『蒙求』（154魏顆結草）。この話は他に『春秋左氏伝』（宣公十五年七月）にあり、『群書類編故事』（巻一七・人類編「死而結草」）『日記故事大全』（巻五・徳報類「従ㇾ治嫁ㇾ妾」）『潜確居類書』（巻七〇・芸習六・遺言「命嫁妾」。巻七一・芸習七・塟「殉妾」）『五車韻瑞』（巻七三・一九顥・草「老人結草」）などの中国類書にも見える。

91　継体三相　武烈帝の崩後、大伴金村・巨勢男人・物部鹿人の三人は論議の上、継体帝を即位させた。

出典は『日本書紀』（巻一七・継体天皇・即位前紀、元年）。他に『扶桑略記』（第三・継体天皇）『帝王編年記』（巻七・継体天皇。金村以外の名は見えない）『日本紀略』（前篇六・継体天皇。金村の名のみ見える）などにも記されている。『扶桑蒙求』（巻上・13継体三相）は本書に依る。

92　恵帝四皓　漢高祖は戚妃を寵愛し趙王如意が生まれた。妻の呂后は疎んじられ、その子も病弱だった為に、高祖は太子を廃して自分似の如意を立てようとした。そこで呂后は張良に助けを求め、帝の尊崇していた商山の四皓（東園公・綺里季・夏黄公・角里先生）を招き帝の思いをとどめさせた。

出典は『十八史略』（巻二・西漢・漢太祖高皇帝）。この話も有名で、勿論『史記』（巻五五・留侯世家）『漢書』（巻四〇・列伝第一〇・張良）に見える他、『芸文類聚』（巻一六・儲宮）『初学記』（巻一〇・皇太子）『太平御覧』（巻一四七・太子二）『金璧故事』（巻一・高飛不レ作二商山鶴一）『淵鑑類函』（巻五九・太子一）など諸書に見える。

93　義仲平茸　源義仲は義方の次男。父が同族の義平に殺され、彼は二歳の時母と共に木曽の旧臣中原兼遠の下にのがれた。成長して勇豪・膂力あり、上皇の意を受け都の警護に当たっていた。猫間中納言光高（隆）の訪問の折、食事に平茸《ひらたけ》の羹《あつもの》を出し、光高に賤しみ嫌悪され心を通わせることができなかった。

出典は『源平盛衰記』（巻二六・木曽謀反の事、巻三三・光隆卿木曽が許に向ふ附木曽院参頑なる事）、或いは『平家物語』（巻六・義仲謀反、巻八・木曽猫間の対面）であろう。

94　王敦乾棗　王敦が舞陽公と結婚した時、厠に行くと乾棗《ほしなつめ》が漆の箱に入れてあった。その棗はもともと鼻をふさぐ為のものなのだが、彼は食用かと思い全部食べてしまった。また、戻ってくると、侍女が金の盥に水を入れ、瑠璃の椀に豆の粉（石鹼として使われた）を盛って差出した。すると彼は粉を盥に入れ、乾飯と勘違いして飲んだので、侍女達は大笑いした。

出典は『世説新語』（紕漏・1話）。他に『北堂書鈔』（巻一三五・澡盤）『芸文類聚』（巻八四・瑠璃）『太平御覧』（巻三九一・笑、巻七一二・澡盤。巻七六〇・盌）『太平広記』（巻二六三）『事文類聚』（続集巻一〇・厠）などにも見える。

95　仲時野堂　鎌倉副元帥高時は、平仲時と時益を京都に遣わし六波羅を分治させた。南朝に後醍醐帝、北朝に光厳帝が立ち、平氏は北朝に加担し、源氏の尊氏・義貞・楠正成は南朝に与した。南軍の六波羅攻めに、仲時・時益は耐えきれず、帝と上皇を守り関東に赴こうとするが、時益は近江にて戦死した。仲時もやがて佐佐木時信が敵に降服したと聞き、野の草堂で自刃し、糟屋宗秋もこれに続いた。

出典は『太平記』（巻九・越後守仲時已下自害事）か。他に『増鏡』（第一七・月草の花）などにも記される。

96　田横海島　漢の高皇帝は田横を王か侯にしようと招く。田横は客分の二人と共に赴くが、途上の戸郷に着くと、彼は「天子におめにかかる前には身を洗い清めるべきだ」と使者に言い、客分には「自分は漢王の上に居たのに、今度仕える身となったのは恥辱。しかもその兄を烹殺した酈商と共に仕えるのは愧ぢずにおれぬ。漢王の招きは単にこの私の顔が見たいだけのこと。この首《こうべ》を斬り御覧に入れよ」と、自ら剄首して皇帝のもとへ届けさせた。高帝は賢者と称え涙し、二人の客分も自刎し、更に海中の島にいた田横の配下五百人も殉死した。

出典は『史記』（巻九四・田儋列伝第三四）。また、『漢書』（巻三三・列伝第三・田儋）もそれに近い記事である。猶、『十八史略』（巻二・西漢・漢太祖高皇帝）『蒙求』（20「田横感歌」）の主意でも、挙げる故事としてはほぼ良いはずなのだが、敢て『史記』に立戻り、本文を詳細に記している。また、『五車韻瑞』（巻一四六・一一陌二・客「田横客」）も断片的である。

97　良香索句　都良香は文才世に冠たる人。羅城門前で「気霽風梳㆓新柳髪㆒」の句を得て対句を考えていたところ、急に楼上から声があって、「氷消浪洗旧苔鬚」（『和漢朗詠集』巻上・早春13）と続けられた。良香が菅原道真にその一聯を示すと、下句は鬼句のようだと言うので、良香は驚き事実を告げた。

出典は『十訓抄』（巻一〇・6都良香の三千世界眼前尽の詩、気晴風梳㆓新柳髪㆒の詩）か、『東斎随筆』（詩歌類・35話）、或は『天文雑説』（巻二・都良香奇異事）あたりか。この話は他に『江談抄』（第四・20）『本朝神仙伝』（第二四・都良香）『撰集抄』（巻八・第三朱雀門鬼詩事）や『和漢朗詠集』の古注、更に『本朝神社考』（巻六・都良香）

『膾餘雑録』（巻二）『本朝一人一首』（巻三・168）『史館茗話』（4話）『本朝蒙求』（巻下・105良香動鬼）『本朝語園』（巻四・152良香動二鬼神一）など広く見えてよく知られ、『絵本故事談』（巻一・都良香）『大東世語』（巻二・文学・6話）『日本詩史』（巻一）『扶桑蒙求』（巻中・良香一聯）『瓊矛餘滴』（巻中・良香感鬼）などにも受継がれている。猶、本文冒頭書出し部分は、『元亨釈書』（巻一八・願雑三・神仙・都良香）や『本朝蒙求』と殆ど同じ。

98　文靖用事　虞文靖が宜黄にいた時のこと、楼で詩を吟じて「五更鼓角吹二残雪一」の句を得るや、谷川を隔てて一童児が「角《ふえ》は吹けますが、鼓《たいこ》は吹けません」と言う。召し寄せようとしたが、既に所在がわからなかった。多分あれは詩鬼であろう。出典は未詳。猶、巻頭の標題目録には「文靖改事」とある。

99　空海仮名　空海は讃岐多度郡の人。沙門勤操に仕え、延暦乙酉（二十四年）入唐（甲申の二十三年入唐が正しい）し、大同元年帰朝。天長の初めに僧都となり、承和乙卯（二年835）、南紀の金剛峯寺で入定。延喜辛巳（二十一年）弘法大師の諡を賜う。その知徳・霊験・学才・書法は僧史に見え、世にいう以呂波の本朝仮名四十七文字は彼の作ったもので、四句の偈の諸行無常・是生滅法・生滅々已・寂滅為楽の意である。

出典未詳。空海の伝は「空海僧都伝」（真済撰）「贈大僧正空海和上伝記」や『本朝神仙伝』（九・弘法大師）『日本高僧伝要文抄』（第一・弘法大師）『元亨釈書』（巻一・伝智一・金剛峯寺空海）『本朝高僧伝』（巻三・空海）『三国筆海全書』（巻一一・弘法大師）といった比較的コンパクトな記述のものから、『大師御行状集記』『弘法大師御伝』『弘法大師行化記』『高野大師御広伝』『弘法略頌抄』等かなりの資料を挙げつつ詳述するものもある。また、以呂波（仮名文字）を空海が作ったというのも、『釈日本紀』（巻一・開題）『河海抄』（巻一一・梅枝）『簾中抄』『運歩色葉集』（跋文）『倭片仮名反切義解』（倭片仮名反切義解序）『高野日記』（釈頓阿撰）『日本書紀纂疏』（綱領）『秇芸日渉』（一一・国音五十母字）『和字正濫鈔』（一・片仮名字体）『同文通考』（巻三・伊呂波）など諸書に見える。

100　程邈隷字　秦の時の程邈は獄吏であったが、罪を得て雲陽に繋がれた時、獄中で大篆を作り、始皇帝に奏上して嘉された。或いは、御史となって書を定めたのは隷書体という。

　出典は『蒙求』（250「史籀大篆」）。他に『晋書』（巻三六・列伝第六・衛瓘子恒）『四体書勢』（衛恒撰）にも近い。『初学記』（巻二一・文字）『淵鑑類函』（巻一九五・文字一）にも見え、『事文類聚』（別集・巻一三・書法部「隷字之始」）『潜確居類書』（巻八一・芸習部一七・書法）は共に唐・張懐瓘の『書断』（巻上）を引用している。また、本朝の『三国筆海全書』（巻二・程邈）にも見える。

101　俊寛鬼界　嘉応三年、俊寛・藤原成経・平康頼らの平氏討伐計画が露見し、三人とも鬼界島に遠流となった。三年後中宮懐妊の恩赦の書がもたらされたが、そこに俊寛の名は無かった。他の二人は舟に乗り、俊寛は号泣して別れを惜しみ、海水に腰までつかりつつ縋るも詮なく、後に悲憤にたえず島で客死した。
　出典は『平家物語』（巻一・成親大将謀叛、巻二・三人鬼界が島に流さるる事、巻三・大赦、有王島下り）か、『源平盛衰記』（巻四・鹿谷酒宴静憲御幸を止むる事、巻六・丹波少将召捕らる附謀叛人召捕らるる事、巻七・俊寛成経等鬼界島に移す事、巻九・宰相丹波少将を申し預る事他）といったところか。『扶桑蒙求』（巻上・38俊寛鬼界）は本書に依る。この逸話は謡曲「俊寛」（『謡曲百番』所収）などでもよく知られるが、やや視点の異なる近松『平家女護島』（第二段）の浄瑠璃は歌舞伎にもなって人気を博し、近代の倉田百三の戯曲（「俊寛」『白樺』一九一八年三月）や菊池寛（「俊寛」『改造』一九二一年十月）、芥川龍之介（「俊寛」『中央公論』一九二二年一月）の小説にも影響を与えた。

102　蘇武胡地　蘇武は漢武帝の時に匈奴に使いして捕らえられ、洞穴に入れられ食糧を絶たれたが、雪をかじり氈毛と共に飲み込み、数日しても死なかったので匈奴は神かと思った。その後、北海に移されて羊の放牧をやらされ、野鼠や草の実で飢えをしのぎ、ほぼ十九年後の始元六年に都に戻った。武帝廟に拝し、秩二千石、銭二百万、公田二頃、一区の宅を賜った。

出典は『蒙求』（269「蘇武持節」）、他に『漢書』（巻五四・列伝第二四・蘇武）も参看しているか。この故事は『十八史略』（巻二・西漢・孝武皇帝、孝昭皇帝）にも見え、『氏族大全』（甲集・七虞・蘇「嚙雪」）『五車韻瑞』（巻一四〇・九屑三・雪「齧雪」）など、中国類書の殆どに掲載される有名な故事である。『日記故事大全』（巻七・臣道類「不レ失二漢節一」）や『勧懲故事』（巻三・杖節牧羝）などは本書本文に比較的近いと言えよう。猶、本朝でも『今昔物語集』（巻一〇・漢武帝蘇武遣二胡塞一語第三〇）などに見えよく知られて、詩文でもよく用いられる故事。

103　親房職原　具平親王の子孫の北畠親房は後醍醐天皇に仕えたが、天下統一後は足利尊氏の反逆により、吉野に移って南朝を建て、南北各々で紀元を定めた。後継の後村上院は幼かったので親房が後見し、興国元年（一三四〇）二月下旬に『職原鈔』を撰し幼帝に教えた。

出典は未詳。林羅山は『職原鈔』の注に手を染め、息の春斎（鵞峰）も『職原抄聞書』『職原会通』『職原抄不審問答』などを記し、「源親房伝」（『鵞峰文集』巻五〇）を執筆していることなどが喚起される。猶、『扶桑蒙求』（巻上・40親房職原）は本書に依る。

104　劉昭官志　『後漢書』百官志に云うには、班固は百官公卿表を著して、漢が秦の官を承けていることを記しているが、その具体的な職分については記されていないので、劉昭が官簿を参照して職分を注した。

出典は『後漢書』（志第二四・百官一）か。猶、梁の劉昭には『後漢書集注』の著がある。

105　広世太素　和気清麻呂の長子広世は博学多才で医術をよくし、『薬経太素』を撰し、その子の時雨が業を継ぎ大医となった。大己貴命《おおなむじのみこと》と少名彦名命が力を合わせて療法や禁厭《まじない》の術を定めたというが、爾来吾が国に良医多く、広世は特段にすぐれた者である。

出典は『本朝医考』（巻上・大己貴命、巻中・和気氏〈広世・時雨〉）か。後半「按」として引用するのは同書「大己貴命」の一節であるが、前半は必ずしも同書の当該人物の説明部分と一致しない。『本朝語園』（巻七・328広世顕二薬経大素二）も『本朝医考』所引。猶、『扶桑蒙求』（巻下・24広世太素）は本書に依る。

106　思邈千金　唐の孫思邈は幼くして聖童と称され、太宗の時に諫議太夫を拝したが固辞して太白山に隠れ、道気を学び、天文をさとり、医業を究めた。『千金方』三〇巻、『脈経』一巻がある。

出典は『医学入門』（巻一・歴代医学姓氏・孫思邈）。他に孫思邈のことは『新唐書』（巻一九六・列伝第一二一・隠逸・孫思邈）の『旧唐書』（巻一九一・列伝第一四一・方伎・孫思邈）に見え、『淵鑑類函』（巻三二二・方術部・医二）にはその引用もある。

107　江妓普賢　書写山の性空上人は仏を奉じ読経に精勤し、生身の普賢菩薩を拝せんことを誓願した。すると夢に摂州神崎の倡妓を見よとのお告げがあり、青楼に鼓して歌う妓を見る。月を閉じ観念すると普賢の清容が重なり浮かんで来、涙して感激したが、帰る時、妓が上人を追ってきて、この事を口外しないように言い、そのうちに亡くなった。

出典は『十訓抄』（第三・不レ可レ侮二人倫一事・15性空上人と普賢菩薩）か、『古事談』（第三・僧行、95性空上人神崎の遊女に生身の普賢を見る事）、或は『東斎随筆』（仏法類・49）『三国伝記』（巻一一・第六・江口室之長者事）か。『本朝語園』（巻九・444性空拝二普賢一）にも見え、『私聚百因縁集』（巻四・4）『法華経鷲林拾葉鈔』（巻二四）『法華経直談抄』（巻一〇末・24）などでも知られ、謡曲「江口」に採込まれている。『扶桑蒙求』（巻下・21江妓普賢）は本書に依る。

108　馬郎観音　金沙灘のほとりの馬郎婦（馬氏の息子の婦）は観音の化身である。その出典はわからないが、遠州の美貌の婦人が若者達とねんごろになり数年後に死んだ。大暦年間に胡人の僧がやって来て、その墓に敬礼し、鎖骨菩薩だと言うので墓を開いてみると、果たして骨が鎖《くさり》状になっていたと『続玄怪録』に見える。馬郎観音もその類だろう。

出典に『伝燈録』と『続玄怪録』（『太平広記』巻一〇一・延州婦人）を挙げているが直接の典拠かどうか不明。猶、馬郎婦のことは『従容録』にも見えている。

109 **中書前後**　兼明親王（醍醐帝皇子）は左大臣に在ったものの、貞元二年に親王とされ中務卿に任じられた。博学多聞の人だが、藤原兼通には嫌われ、洛西に退隠して「菟裘賦」を作し己の思いを述べた。具平親王（村上帝皇子）も中務卿に任じ、文才に優れ能書であった。後の人は兼明・具平の二人を前中書王・後中書王と称した。

出典は『史館茗話』（70・71話）か。『本朝遯史』（巻上・源兼明）『本朝儒宗伝』（巻中・源兼明、具平王）『本朝語園』（巻四・189兼明、190伊渉（陟）奉二菟裘賦一、198具平真名）なども参考になったかも知れない。猶、前後中書王については後に『見聞談叢』（巻二・133前中書王・後中書王）にも言及があり、『扶桑蒙求』（巻上・54中書前後）は本書に依る。

110 **相如古今**　趙の藺相如は十五城と交換すべく璧を奉じて秦に入ったが、秦にその気がなかったので、秦王に対し怒髪冠を衝き璧を砕こうとまでするも、璧を全うして秦から戻った。趙王は彼を上卿とし刎頸の交わりを結んだ。司馬相如（長卿）の「子虚賦」を読んだ漢武帝は同時代人でないことを嘆じた（実は同時代人で、この後に会っている）。長卿は藺相如の為人《ひととなり》を慕って字を相如としたのであった。

出典は、「……刎頸交」迄と末尾の「初長卿……自名相如」は『氏族大全』（辛集・二二震・藺）であり、司馬相如の部分も『氏族大全』（癸集・覆姓・司馬「凌雲気」）による。猶、二人の相如の伝は『史記』（巻八一・廉頗藺相如列伝第二一。巻一一七・司馬相如列伝第五七）、司馬相如のことは『漢書』（巻五七・司馬相如列伝第二七）や和刻本『六臣注文選』（慶安五年刊本、「子虚賦」の作者名下注記）にも見える。

111 **閑院藤波**　和銅三年に藤原不比等が大和の平城に興福寺を建てた。皇極元年に蘇我入鹿は山背大兄王の子弟を殺し、自宅を「宮闕」、子を「王子」と称した。中大兄王子・中臣鎌足は共に愁え、入鹿を誅殺し、以後藤原氏は繁栄する。弘仁四年冬嗣が南円堂を建てたところ、一老翁が「補陀落や南の岸に堂を建て今ぞ栄えむ北の藤波」と詠歌する。それは春日明神の化現であった。

出典未詳。入鹿誅殺の経緯は『日本書紀』（巻二四・皇極天皇二年十一月、三年十一月、四年六月など）『扶桑略記』（第四・皇極天皇）等諸書に見え、弘仁四年に冬嗣が興福寺の南円堂を建てたことは『帝王編年記』（巻一二・嵯峨天皇）『南都七大寺巡礼記』（興福寺）や『興福寺縁起』にも見え、和歌「補陀落や……」は『新古今集』（一八五四、春日大明神）に所収されるところとなった。猶、『扶桑蒙求』（巻中・54閑院藤波）は本書に依る。

112 召公棠陰 周の武王が殷の紂王を滅ぼし、召公奭を北燕に封じた。陝以西は召公が、陝以東は周公が治めた。召公は『君奭』篇（『尚書』所収）を作り周公を不快に思っていたが、周公が伊尹・伊陟ら賢臣の輔佐が殷の治世を安定させていたことを説いて、召公を喜ばせた。召公が郷邑を巡視した時、甘棠《からなし》の木の下で訴訟をさばきすぐれた政事を行った。その死後も人々はその木を伐らずに召公を偲び、「甘棠」の詠を作った。

出典は『史記』（巻三四・燕召公世家第四）。もっともこの故事そのものは有名で、『詩経』（国風召南・「甘棠」）でも知られ、『文選』の注にもしばしば引かれ、『太平御覧』（巻六三九・聴訟。巻九五八・甘棠）や『君臣故事』（句解巻二・聴訟類・「棠下聴訟」）等の類書にも見える。宋・桂万栄『棠陰比事』（江戸期によく読まれた）もこの故事をふまえた書名。

113 崇峻斬猪 崇峻天皇は、威を誇り実権を恣にする蘇我馬子を憎んでいた。山で捕獲された猪が献上されるや、それを指さし、馬子をこの猪の首を断つようにできたら、と語る。帝の寵愛を失っていた大伴小手子はその言葉を耳にして馬子に密告し、天皇は馬子に弑殺された。

出典は『本朝蒙求』（巻上・35崇峻斬猪）。もとは『日本書紀』（巻二一・崇峻天皇五年十月、十一月）に見え、『扶桑略記』（第三・崇峻天皇）『先代旧事本紀』（巻九・崇峻天神）『日本紀略』（前篇七・崇峻天皇五年十月、十一月）『水鏡』（巻中・崇峻天皇）にも引かれる。猶、『扶桑蒙求』（巻上・35崇峻斬猪）は『本朝蒙求』と本書を受ける。

114　晋霊嗾獒　晋の霊公は趙盾を招き暗殺しようとしたが、盾配下の提弥明《しびめい》が察知して彼を連れ帰ろうとする。霊公は大犬をけしかけるが、提弥明がこれを叩殺。盾は「人を大切に扱わず、犬を使うとは」と怒り剣を振るい闘った。後に趙穿が桃園で霊公を殺したので、亡命途上の趙宣子は国境を越えずに引返してくる。董狐は趙盾が君を殺したと記録したが、宣子がそれは違うと咎める。すると逆に董狐に責任を追及された。

出典は『春秋左氏伝』（宣公二年秋九月）。

115　瀧守護桜　南殿の桜は紫宸殿の東南の角にあり、大内草創の時の木である。貞観年間に枯れ朽ちたものの、根からわずかに萌芽あり。これを坂上瀧守に保護させたところ枝葉・花の繁茂するに至った。村上朝に火事で焼け、後に栽え替えられてもいる。

出典は『本朝蒙求』（巻上・102瀧守護桜）。この故事については『禁秘鈔』（巻上）『河海抄』（巻四・第五花宴）の記事が先行する。また、南殿の桜のことは『江談抄』（第一・25紫宸殿南庭橘桜両樹事）『古事談』（第六・亭宅諸道・1南庭の桜樹・楊樹の事）『東斎随筆』（草木類二一・12話）『古今著聞集』（巻一九・草木第二九・4南殿の桜の事）『古今要覧稿』（草木・紫宸殿左近桜）等にも見えるが、いずれも坂上瀧守には言及していない。猶、『絵本故事談』（巻七・瀧守）や『見聞談叢』（巻三・左近桜右近橘）『扶桑蒙求』（巻上・80瀧守護桜）は『本朝蒙求』や本書を受けるもの。

116　夢得題桃　劉夢得「再遊㆓玄都観㆒絶句」の引に次のように見える。貞元二十一年の頃玄都観に桃花はなかったが、地方に十年いて都に戻ってきたら人々が云うに、道士が仙桃を植えたそうで、観に満ち溢れる程である。そこで「看㆑花君子詩」に「紫陌紅塵払㆑面来」云々と作った。後にまた左遷されて十四年経てこの観を訪れたら、一本の桃花なくただ兎葵・燕麦が春風に揺れるだけ。再び詩を作り「百畝庭中半是苔」云々と詠じた。

出典は『事文類聚』（後集巻二一・桃花）か。この話の内容については『劉禹錫集』（巻二四・「再遊㆓玄都観㆒絶句并引」)、或は『劉夢得文集』(巻四)の別集にも勿論載っており、『太平広記』(巻四九八・劉禹錫)には『本事詩』(事感第二)を引用して見え、『唐詩紀事』(巻三九・劉禹錫)『唐才子伝』(巻五・劉禹錫)にも採挙げられ、『円機活法』(巻二〇・桃)『潜確居類書』(巻一〇一・桃「玄都千樹」)『氏族大全』(戊集・一八尤・劉「詩豪」)『五車韻瑞』(巻三一・四豪・桃「玄都桃」)『淵鑑類函』(巻三九九・桃二。『塵史』所引)といった類書にも収められる。

117 菅氏文草 菅原道真は野見宿祢の後。土師古人・道長の時に菅原姓を許さる。博学多聞の清公、家業を継いだ是善は清和帝侍読となり、道真はその子。幼くして優れ、才能は父祖に勝り、詩文を成す。渤海使からは白楽天に似た詩と評された。讃岐守をへて累進して右大臣となる。大宰権帥に左遷され、延喜三年配所で薨じ、その歌集を『菅家御集』、その詩文を『菅家文草』といい、大宰府時代の詩集は『菅家後集』という。

出典は『本朝神社考』(上之二・北野)で、その抄出。『扶桑蒙求』(巻中・13菅氏文草)は本書に依る。

118 屈原離騒 屈原は楚に仕え三閭大夫になった。だが、その才能に嫉妬した靳《きん》尚に陥れられ江南に流謫になった。思いを訴えるあてもなく作ったのが「離騒経」で、その愁苦を述べ、正道を説き、諷諫する作。しかし、結局は顧られず汨羅に身を投じた。

とにかくよく知られた故事で諸書に見えるのだが、直接的な出典は和刻本『六臣注文選』(慶安五年刊本。巻三二・上)の「離騒経」作者名「屈原」下の張銑注と思われる。『絵本故事談』(巻四・屈原)も出典を『史記』(巻八四・屈原賈生列伝第二四)と記すが、『蒙求』(309「屈原沢畔」、310「漁父江浜」)をアレンジしたものである。

119 武文怒浪 元弘の乱で、後醍醐帝は隠岐へ、尊良親王は土佐に配流。秦武文は親王の命を受け、都に上り寵妃藤氏を迎えにゆく。尼崎迄連れて来た時、舟の風待ちをしていた筑紫の武士松浦五郎が妃に欲情し、百餘の兵を動員して奪わんとす。武文は孤軍奮闘するも遂に奪われ、忿怒自裁して海に沈む。五郎が舟中の妃に挑むや鳴門の暴風に弄浪される。龍神が妃を欲しての災いとされ、妃を小艇にて放つと、舟は淡路の武島に漂着した。その後妃は苦辛を嘗め、朝敵滅亡した都で後醍醐が重祚した時、親王も妃も旧邸に会することとなり、武文の忠死に感じ入った。

出典は『太平記』（巻一八・春宮還御事付一宮御息所事）か。『本朝蒙求』（巻下・47築（筑）賊奪妃）も同話であるが、表現はかなり異なる。『扶桑蒙求』（巻中・86武文怒浪）は本書に依る。

120　子胥憤濤　呉王（夫差）は伍子胥に死を賜い、屍を皮袋に入れ川に流した。白い馬と車に乗って潮頭に立つのをある人が目にした。毎年仲秋十五日に潮波が大きく激しくおし寄せ、杭州人は旗をかかげ鼓を打ってそれを迎える。

出典は『円機活法』（巻四・海潮「白馬素車」）。同じく『臨安志』を引く『群書類編故事』（巻三・子胥揚濤）『事文類聚』（前集巻一五・潮「子胥揚濤」）もある。この故事は『芸文類聚』（巻九・濤。『論衡』所引）や『呉越春秋』（巻五）『日記故事大全』（巻七・臣道類「不レ忍二呉亡一」）などにも見える。

121　珍彦授篙　神武帝が船戦《ふないくさ》で東征し、速吸《はやすい》の港に来た時、釣りをしている国の神の珍彦《うつひこ》に遇い、水路の案内をさせるべく椎篙《しいさお》の末を授け、御舟に入れて特に椎根津彦の名を与えた。これは倭直部の始祖である。宇佐に行くと、菟狭津彦・菟狭津媛が宮を造って饗宴し、媛を天種子命に妻合わせた。命は中臣氏の遠祖である。その後天皇は筑紫の岡《おか》水門《みなと》、安芸の埃宮《ちのみや》にいらした。

出典は『日本書紀』（巻三・神武天皇即位前紀甲寅年）。『扶桑蒙求』（巻中・41珍彦授篙）は本書の抄出。

122　呂望釣璜　太公望呂尚の先祖は諸侯の長官となり、禹を助けて治水の功があり、呂・申や枝蔗に封ぜられ、姜氏を称した。が、子孫は庶人で、彼は封地により呂尚と称していたものの困窮して老い、魚釣で周西伯（文王）に見出された。西伯が猟を占ってもらったら「龍・彲・虎・羆でもない、覇王の輔佐が得られる」と出、果たして渭水の北で呂公と出会った。語り合い喜んで「太公（亡父）から賢人が現われ周を栄えさせてくれる」と言われたが、あなたこそ待ち望んでいた人だ、ということで「太公望」と称して師と仰いだ。別に、呂尚が磻渓での釣りで玉璜を手に入れ、それには「姫受レ命、呂佐レ之、報在レ斉」と刻されていたとも、魚の腹中より玉璜を入手したと記すものもある。

出典は『史記』（巻三二・斉太公世家第二）か。有名な呂望非熊の故事だが『蒙求』ではカバーできない。また、末尾の磻渓の故事は『史記』には見えないが、『芸文類聚』（巻八三・玉）『初学記』（巻二二・漁）『琱玉集』（巻一四・祥瑞）『事類賦』（巻九・玉）『太平御覧』（巻六七・谿、巻八四・周文王、等）『事文類聚』（前集巻三七・釣者）などオーソドックスな類書に見えている（『尚書中候』『尚書大伝』所引）。

123 仲王忘鈴　履中帝の太子の時、妃に羽田矢宿祢の娘黒媛《くろひめ》が立てられることになり、納采も終えた。婚儀の吉日を告げに行った住吉仲皇子は太子を騙り、媛を奸し、己の手鈴を忘れて帰った。翌日の夜、太子が媛の家を訪れ、床頭の鈴を怪しみ媛に問い、事の真相を知った。

出典は『日本書紀』（巻一二・履中天皇即位前紀）。他に『日本紀略』（前篇五・履中天皇）『本朝語園』（巻八・379仲皇子奸二黒媛一）などにも見える。猶、『扶桑蒙求』（巻中・12仲王忘鈴）は本書に依る。

124 韓寿窃香　韓寿は美男子である。賈充は彼を下僚に任じ集会のたびに彼を家に呼んだ。その娘は彼を一目見て惚れ、想いこがれて歌を口ずさんだりしたので、下女が寿に告げた。彼は美女と聞いて下女に仲をとりもたせ、家人に知られぬように関係を持った。充は韓寿の異香に気がつく。それは外国産で、帝から寿と陳騫のみに下賜されたものであったから、自分の娘と寿の関係を知り、結局は娘を寿に妻合わせたのであった。

出典は『世説新語』（惑溺第三五・5話）か。但し、『群書類編故事』（巻九・賈女窃香）やこれを受けると思われる『事文類聚』（後集巻一五・淫婦「賈女窃」）もかなり本文は近い。標題も同じ『蒙求』（423「韓寿窃香」）の本文を用いなかったのは何故かわからないが、この故事は他に『晋書』（巻四〇・列伝第一〇賈充付賈謐）『太平御覧』（巻二九二・吟）『五車韻瑞』（巻三五・七陽・香「韓寿香」）等にも見える。

125 顕宗曲水　顕宗帝は地方暮らしをされ、百姓の憂苦を御覧になって心を傷められ、即位されるや徳を布き恵みを施して、貧民や孀婦を哀れまれた。即位元年三月上巳の日に初めて曲水宴を催し、翌二年にも行われ、公卿大夫・

臣・連らを集め、群臣達は万歳を称した。

出典は『本朝蒙求』（巻中・71顕宗曲水）。もともとは『日本書紀』（巻一五・顕宗天皇即位前紀、元年、二年、三年の三月上巳、四月庚辰）の記事に見える。猶、本朝における曲水宴の起源については、『年中行事秘抄』（三月）や『公事根源』（三月曲水宴）などでも言及されており、『日本紀略』（前篇五・顕宗天皇）にも『書紀』の引用がある。また、『扶桑蒙求』（巻上・4顕宗曲水）は『本朝蒙求』や本書の影響下にある。

126　周公泛觴　晋の武帝が摯虞に三日曲水の意義と起源について尋ねると、後漢の時三月初に生まれた徐肇の三人娘が三月に亡くなり、世間は奇怪に思い、水辺で身を清め、杯を浮かべるようになったと言う。一方、束皙は、周公が洛陽に都した時、流水に杯を浮かべたことに依り、また秦の昭王が三日に河辺で飲酒して金人から水心剣を授けられ、諸侯の覇者となると予言されたと言う。武帝は後者の意見を喜んだ。

出典は『円機活法』（巻三・上巳「流杯曲水」）。もっともこの故事は『続斉諧記』に見え、歳時部・三月三日（或は上巳）の部立を有する殆どの類書に所収される記事（『芸文類聚』巻四、『初学記』巻四、『白氏六帖』巻一、『太平御覧』巻三〇、『幼学指南抄』巻三、『淵鑑類函』巻一八、『書言故事大全』巻一〇、等）。他に『晋書』（巻五一・列伝第二一・束皙）『群書類編故事』（巻二・曲水流觴）にも見え、和刻本『六臣注文選』（巻四六・顔延年「三月三日曲水詩序」）の李善注にも引用される。

127　高家青麦　西征した新田義貞は、田の麦を刈ったり民室を犯したりしてはならぬと定めたが、配下の小山田高家は青麦を刈り軍営に入った。高家が部下の飢えた兵卒の為に罪を忘れて行ったことを知り、その田主と高家に褒美を与えた。高家はその恩義に感じて義貞の身代わりとなり死んだ。

出典は『本朝蒙求』（巻下・89高家刈麦）。もともとは『太平記』（巻一六・小山田太郎高家刈㆓青麦㆒事）に依り、後には『絵本故事談』（巻五・小山田高家）『扶桑蒙求』（巻中・24高家青麦）などに影響を与えることとなった。

128　霊輒翳桑　趙宣子が首山で狩をし桑の木蔭で休んだ時、霊輒《れいちょう》なる者が飢えているのを目にした。聞けば三日食ってないとのこと。彼が与えた食物の半分を残したので問うと、家を出て遊学三年、母が気になり故郷も近いので持ち帰りたいと言う。そこで別に竹籠弁当や肉を用意して与えた。その後霊輒は趙の敵方の伏兵となり趙を討つはずだったが、恩に報いる為宣子を庇い危難から救った。

出典は『事文類聚』（別集巻三一・施恩）か、『蒙求』（153「霊輒扶輪」）であろう。もとは『春秋左氏伝』（宣公二年九月）に出るもので、『芸文類聚』（巻八八・桑）『太平御覧』（巻九五五・桑）『五車韻瑞』（巻一四五・一陌一・戟「倒戟」）『淵鑑類函』（巻四一四・桑）等にも引かれる。

129　成範禱桜　通憲の子の藤原成範は風流閑雅で中納言に至った人。桜花を愛し、吉野の桜の頃には情景を慕い想った。住居を囲むように桜を植え、毎年春花の芬芳を楽しみ酔吟した。花の時の数日に過ぎないことを憂え、泰山府君に延寿を祈ったところ、二十一日を経ても衰えないようになり、当時の人は彼を桜町中納言と呼んだ。

出典は『本朝蒙求』（巻下・15成範桜町）。もとは『源平盛衰記』（巻二・清盛息女の事）や『平家物語』（巻一・三台上禄）あたりに見えていること。後の『絵本故事談』（巻七・成範）『扶桑蒙求』（巻上・61成範禱桜）は『本朝蒙求』や本書を継ぐもので、『瓊矛餘滴』（巻上・成範桜町）『日本蒙求初編』（巻上・成範禱桜）と明治に入ってからも採挙げられている故事。

130　放翁化梅　陸游の字は務観、放翁と号した。宋に仕え秘書監となり、梅花を愛して「聞《き》説くならく梅花暁風に拆《ひら》く」云々と詠じている。

出典は陸游「梅花絶句六首」のうちの其三（七十八歳の嘉泰二年〈一二〇二〉の作。『剣南詩稿』の本文と若干異同あるので、詩話書類からの引用かも知れない）。

131　高倉宸楓　高倉天皇は仁孝にして優れた才智の持主で、十歳で霜葉を好んで内園に仮山を築かれ楓を植えた。後に林を成し政務の餘暇に楽しんだが、ある夜暴風が葉を散らし、錦繡が一面敷き展べられたように見えた。天皇は翌日その残紅の美を愛でようと楽しみにしていたが、興趣を知らぬ庭師や衛士達が落葉を集め酒を煖めたりして燃してしまった。天皇は白居易の「林間煖レ酒焼二紅葉一」（『和漢朗詠集』巻上・秋興221）の詩句を吟じ、憂怒されることなく、彼らの雅趣を嘉された。

出典は『平家物語』（巻六・紅葉の巻）。『源平盛衰記』（巻二五・此の君賢聖並紅葉の山葵宿祢附鄭仁基の女の事）にも前掲白詩所引の逸話はあるが、登場人物も筋立ても異なる。猶、高倉院の学才は『古今著聞集』（巻四・23高倉院秀句の事、24高倉院中殿にて作文の事）等によると相当なものであったようである。『扶桑蒙求』（巻上・26高倉宸楓）は本書に依る。

132　景公宮槐　斉の景公は槐《えんじゅ》の木を大切に守り、傷つけたり犯したりした者には刑死を与える事としていた。傷槐衍が酔払って槐を傷つけ、捕らえられ罰せられようとしたところ、衍の娘は恐れて晏子のところに行き、わが君は木を愛して人を賤しんでいると言われよう、と説いた。

出典は『列女伝』（巻六・斉傷槐女）か。この故事は他に『芸文類聚』（巻八八・槐）『太平御覧』（巻九五四・槐）『事文類聚』（後集巻二三・槐）『淵鑑類函』（巻四一三・槐三）等にも見え、すべて『晏子春秋』の引用である。

133　定家九品　藤原定家は九品の和歌を詠じた。

出典未詳。九品和歌と言えば藤原公任『和歌九品』を念頭に置くのが一般であろう。『扶桑蒙求』（巻中・63定家九品）は本書に依る。

134　王粲七哀　王粲は漢時の戦乱を哀れみ「七哀詩」を作った。

出典は和刻本『六臣注文選』（巻二一）の「登楼賦」作者「王仲宣」の注記と、同書（巻二三）の曹植「七哀詩」題下の呂向注を合わせたもの。

135　良秀笑焚　絵師良秀は己の家の火事に憂えることもなく、傍に立ち幾度もうなずき笑った。或る人が「お前は火事が嬉しいのか」と問うと、「長年不動尊の図を描いてきたが上手《うま》く火炎が書けなかった。今この目で真実を見ることができたのだ。生業に打込めば家財など自と盈ちるもの、焼失を惜しいとは思わぬ」と答えた。

出典は『本朝蒙求』（巻下・32良秀笑焼）。もとは『十訓抄』（第六・可レ存二忠臣廉直旨一事・35絵仏師良秀のよぢり不動）や『宇治拾遺物語』（巻三・6絵仏師良秀家の焼くるを見て悦ぶこと）に見える有名な説話で、『本朝語園』（巻五・263良秀之不動）『本朝画史』（上巻）などにも受継がれている。

136　柳元賀災　柳宗元に「賀二進士王参元失火一書」がある。茅坤によると、晋公の蔵宝台が焼けた時、晏子ひとり束帛して賀したという。柳の文に「祝融・回禄（共に火の神の名）が君を助けたのだ」とあった。当時の人々は王参元のところには賄賂で財産が積むが如くあると言われていたので、焼亡で潔白だと言えるようになったのは良かったね、ということである。

出典は『唐宋八大家文鈔』（茅坤の批評付）。猶、『事文類聚』（続集巻一八・火災「祝融陰相」「火焚蔵室」）も関連するところがある。

137　円臣燔宅　安康帝は眉輪王に父の仇として殺された。雄略天皇は即位後にその事実を知り、眉輪王《まよわのおおきみ》・坂合黒彦皇子を問い詰める。恐れた二人は円大臣《つぶらのおおきみ》家に匿れるものの、官軍に囲まれる。大臣は二王の為に叩頭して韓媛《からひめ》を献じたりして許しを乞うたが許されず、火を放たれ、燔《あぶ》られて死んだ。

出典は『日本書紀』（巻一四・雄略天皇即位前紀）。『日本紀略』（前篇五・雄略天皇）にも見える。『扶桑蒙求』（巻中・87円臣燔宅）は本書に依る。

138　仲由結纓　仲由（字は子路）は粗野で勇力を好み気が強く、孔子に暴力をふるおうとしたが、教えさとされて弟子となった。衛の霊公の寵姫南子との間に過ちを犯し出奔した蕢《き》聵《かい》は孔悝を脅して加担させ、霊公の後継となった自分の子の出公を襲撃して衛から追い出し、即位して荘公となった。その孔悝に仕えていたのが子路で、主人を蕢聵のもとから救出しようとしたが叶わず、遂に蕢聵に殺された。子路はその直前に冠の纓《ひも》を断ち切られるが、「君子は死んでも冠はぬがない」と纓を結び直して死んだ。

出典は『史記』（巻六七・仲尼弟子列伝第七）。

139　淑望詞林　延喜帝は紀貫之に命じて『古今和歌集』を撰進させた。貫之「仮名序」と共に、淑望に「真名序」を作らせ、和歌は心を根とし、詞を花とするものと説いている。

出典は『古今和歌集』の真名序。猶、『大東世語』（巻三・品藻・1話）にも言及があり、『扶桑蒙求』（巻下・90淑望詞林）は本書に依る。

140　長卿詩城　劉長卿は若い時嵩山に住み、後に鄱陽に移った。開元二十一年に科挙に及第し随州の刺史に終わった。灞陵の谷あいに別荘があった。彼は秦系と詩を贈答し合った。権徳輿は、長卿は自分を「五言詩の長城」と言っているが、秦系は「偏師」（小編成の軍）でこれを攻めたてている、と評した。

出典は『唐才子伝』（巻二・38劉長卿、巻三・69秦系）か。権徳輿の論評部分については『五車韻瑞』（巻四一・八庚・城「五言長城」）によるとみるべきかも知れないが、他に『古今合璧事類備要』（前集巻四四・詩律）『事文類聚』（別集巻九・詩上「五言長城」）『円機活法』（巻一一・詩「五言長城」）『十七史蒙求』（巻一四・秦攻長城）『新唐書』（巻一九六・列伝第一二一隠逸・秦系）などにも（断片なら『郡斎読書志』巻四上のようなものにも）見える。

141　釈阿九旬　藤原俊成は和歌の才を称せられ、保元二（実は文治三）年に『千載和歌集』を撰し、寛元（実は安元）二年に出家して釈阿と号した。建仁三年には詔ありて和歌所にて九十の賀を賜るという未曽有の栄に預り、元久元年九十一歳で没した。

出典は『二十一代集才子伝』（散位・皇太后宮大夫俊成）か。但し、文中には前掲の他にも誤りがあり、「中納言信忠」は「権中納言」、「叙㆓正二位㆒」は「叙㆓正三位㆒」が正しい。『扶桑蒙求』（巻中・68釈阿九旬）は本書に依る。

142　桓栄五更　永平二年、後漢の明帝は養老の礼を行い、李躬を三老とし、桓栄を五更とした。三老は東面し、五更は南面する。帝自らもてなした後、栄や弟子を引連れ、堂上で諸儒に経典を執らせ質疑が行われた。見聞きした者は億万あったという。

出典は『十八史略』（巻三・東漢・孝明皇帝）。猶、関連記事は『後漢書』（巻二・顕宗孝明帝紀第二・永平二年、巻三七・列伝第二七・桓栄）にも見える。

143　義満花亭　源（足利）義満は義詮の子、祖父尊氏は清和帝の後胤で、頼朝と同祖。鎌倉北条氏滅後、尊氏は後醍醐帝に寵され、関東八州を領して征夷大将軍となった。都で諸国を統制し治世三十年で薨じ、義詮も継ぐこと十年で没したので幼い義満が位を嗣ぎ、細川頼之が輔佐した。彼は才智あり威権父祖に過ぎ、皇室に擬する政事を行った。永和四年花亭に移り室町殿と号して多くの名花を植え、その奢沢ぶりは挙げる迄もない。征夷大将軍・太政大臣・従一位・準三宮に至り、応永十五年に五十一歳で没した。

出典未詳。猶、室町の花の御所については『貞丈雑記』（巻一四・家作）等諸書に見え、『扶桑蒙求』（巻下・15義満花亭）は本書に依る。

144　亜夫柳営　前漢の文帝の時、匈奴が侵入し、将軍周亜夫は命ぜられて細柳に、劉礼は覇上に、徐厲は棘門に駐屯防備した。帝が陣中見舞いに覇上や棘門を訪れると、大将以下送迎に出たが、細柳では将軍の命令がなければ兵は天子の詔をも聞き入れず、詔が周将軍より伝えられてはじめて門が開かれた。帝は周こそ真の将軍で、先の二営など児戯の類だと語った。

出典は『十八史略』（巻二・西漢・孝文皇帝）。勿論『史記』（巻五七・絳侯周勃世家第二七）や『漢書』（巻四〇・列伝第一〇・周勃伝付亜夫）にも見える。また、『芸文類聚』（巻五九・将帥）『太平御覧』（巻二三七・総叙将軍）

『氏族大全』（戊集・一八尤・周「真将軍」）等の類書にも見える。

145　博雅双吹　源博雅三位は音楽に通じていた。月明りに乗じ朱雀門あたりを徘徊し、一晩中笛を吹いていた。すると、冠服姿の人が現われ同じように笛を吹く。余りの音色の素晴らしさに、相対して吹き合わせたが、一言も話したことはなかった。笛を取替えて吹くなどしてそれを手元に留めた。その後博雅が亡せると、その笛を帝は献上させ楽人に吹かせたが、本来の音色が出ない。久しくして浄蔵が吹くと本来の音色が出たので、朱雀門で吹かせたところ、楼上で「すぐれた楽器だ」と大声で嘆息する者がいた。浄蔵が宮中に還って報告すると、帝はこれは鬼の笛だと言い、葉二と命名した。

出典は『十訓抄』（第一〇・可レ庶ニ幾才能芸業一事・20博雅三位の笛）か。猶、『東斎随筆』（音楽類一・9）『榻鴫暁筆』（第一八・楽器・1青葉二）『本朝語園』（巻七・362葉二）などの記事も近い。この「葉二」に関する記事は他に『江談抄』（第三・50葉二為ニ高名笛一事）『教訓抄』（巻七・舞曲源物語）『続教訓抄』（巻一一上）『糸竹口伝』『体源抄』（巻二上）などにも見える。

146　桓伊三弄　桓伊（字は野王）が蔡邕の柯亭の笛を吹いていた時、王徽之は上洛の途中で、清渓に舟を留めていた。伊の顔は知らないが、彼が岸辺を通りかかると、ある人が「あれが桓野王です」と言う。そこで徽之は「笛が上手《うま》いと聞くが一曲所望したい」と申込み、伊も下車してこれに答え、胡床《こしかけ》で三度《みたび》奏し、立去ったが、二人は一言も言葉を交わさなかった。

出典は『円機活法』（巻一七・笛「拠レ床三弄」）。もとは『世説新語』（任誕第二三・49話）で、『晋書』（巻八一・列伝第五一・桓宣伝附桓伊）にも見える。勿論有名な故事なので、『芸文類聚』（巻四四・笛）『太平御覧』（巻五八〇・笛）『氏族大全』（乙集・二五寒・桓「胡床三弄」）『五車韻瑞』（巻八五・一送・弄「三弄」。巻一〇八・一八嘯・調「笛三調」）等の類書にも見えている。

147　道長狗功　藤原道長は法成寺を創建する。毎日進行状況を見に門に至り、履物をはこうとした時、愛する白犬が近付き、彼の朝服をくわえて頻りにその場に留めようとする。不審に思い安倍晴明に占わせると「呪《まじない》で道長を害そうとする者がいる、道を掘ったら証拠が出るはず」というのでやってみると、黄色のこよりを十字にからげた一双の土器が出てきた。開けて見ると朱で文字が記されている。晴明は「この術はわが家の秘術だ」（他に知る者はいないはず）と驚き、試しに式神（陰陽師が使う精霊）を使い調べようと、鳥形の紙を空に投げると忽ちに白鷺と化して去り、六条坊門・万里小路の小竹のある家に至った。捜索させると晴明の弟子の道満法師がいて、左府顕光の密命でやったと白状した。道長は法に依らずきつく戒め、道満を播州に放逐した。

出典は『十訓抄』（第七・可ㇾ専㆓思慮㆒事・21御堂入道殿の白犬道摩法師の厭術）か、『古事談』（第六・亭宅諸道・62藤原道長を呪詛の道摩法師、安倍晴明に顕はさるる事）。ただ、『宇治拾遺物語』（巻一四・10御堂関白の御犬晴明等奇特の事）もほぼ同じで、それを引用書に挙げる『本朝語園』（巻七・341晴明捕㆓道満㆒）にも近く、これも有力か。猶、『扶桑蒙求』（巻中・34道長狗功）は本書に依る。

148　周象虎夢　狩を好む周象が汾陽令となった時、夢に一匹の幼い虎が迫るとみた。驚き目覚めると病にかかっていた。僧海寧が周の家を通りかかり、隣家の者に「この家には妖気がある。長引くと助けられまい」と言われたので周に告げた。彼が僧に御禳《おはらい》をしてもらうと、床下に虎の声がし、周は不覚にも床下に落ち気を失うも、僧が水を吹いてくれたのでもとに戻った。出典未詳。

149　長清折桑　藤原長清は儒学を学び和歌をよくした。『万葉集』や二十一代集以外にも和歌の世界は広く深いものであるから、その道に研鑽する為にも千万の歌詞を編纂することが必要と、題を分類し三十六巻にまとめた。歌材を求むるならこの書を頼って欲しいと思いつつ、書名をえずにいたところ、夢中の白衣の翁（大江匡房）の啓示（『扶桑集』とすべし）に依り、師の冷泉為相の助言（「扶桑」の両字の偏旁を除く）をえて『夫木和歌鈔』とした。

出典は『夫木和歌鈔』（刊本）の跋文。『扶桑蒙求』（巻上・62長清拆桑）は本書に依る。

150　揚雄吐鳳　楊（揚が一般か）雄は学を好むが、吃音だったので激しい話し方はできなかった。嶓山の南に住し、漢の成帝の時に推薦されて仕えた。甘泉賦・河東賦・校（羽か）猟賦・長楊賦を作る。甘泉賦を作った時には夢の中で白鳳を吐いたという。

出典は『氏族大全』（丁集・一〇陽・揚「奏四賦」）。『漢書』（巻八七上・揚雄伝第五七上）にも見えている。「又……」以下十二字の「甘泉賦」を作り夢の中で白鳳を吐いた故事は『事文類聚』（別集巻一一・賦）『円機活法』（巻一一・文章賦）にも記されるが、『事類賦』（巻一八・鳳）や『太平御覧』（巻九一五・鳳）では『西京雑記』（巻二）を引いて、『太玄経』を著して白鳳を吐いたことになっている。

151　忠常窮穴　仁田《にった》忠常は清和源氏、桃園親王貞純の末裔である。建仁三年に源頼家が富士山麓に狩した折、洞窟が発見されたので、忠常に探険させた。報告に依れば、洞穴の口は狭く引返せないので進むも難渋した。中は真暗で道もわからず、へとへとに疲れ、従者達も灯火をとり進むが、水流に足をひたしたり、蝙蝠《こうもり》が飛び交い先を遮ったりする。前に大きな川があり、逆巻いて漲っていた処を渡り、足場を失ったと思った時、火の光の怪異を目にした。四人の従者は死に、忠常は剣を河中に投じて生還した。

出典は『本朝蒙求』（巻中・119忠常人穴）。この忠常洞窟探険譚は他に『吾妻鏡』（巻一七・建仁三年六月三、四日）『本朝神社考』（中之四・富士山）『日本古今人物史』（巻四・勇士部・6仁田忠常伝）『本朝語園』（巻一・15伊東崎洞并富士之人穴）『絵本故事談』（巻五・新田忠常）などにも見える。猶、別に「富士之人穴」（御伽草子）では人穴中に地獄世界がある話となっており、それは『広益俗説弁』（巻一三・士庶・仁田忠常富士の狩に野猪をとどむる説附同人富士の人穴に入って地獄をめぐる説）などにも見えている。『扶桑蒙求』（巻下・94忠常窮穴）は本書に依る。

152　毛萇尋洞　洞庭に二穴あり。闔閭は令威に洞を探索させ、灯火を乗り昼夜七十日進ませても窮められなかった。

報告し云うに、初め入口は狭く屈んで入ると、数里程で高さ二丈程の石室に至る。天井から水が滴り、石床・枕硯があり、石の机上には素書三巻があったので持ち帰り、闔閭に献上した。孔子に尋ねると、それは夏禹の書で神仙のことが記されているという。再び別の穴に入り二十日して戻って来て云うに、前回とは違って、上に風水や波濤を聞くばかりだったと言い、また、変な虫や石燕・蝙蝠などがいて前進困難だったと言う。毛萇は毛公とも言い、今の洞庭には毛公の宅がある。

出典には冒頭に『庭山記』とあるが、某書からの孫引きの可能性もあり、未詳。また、『分類故事要語』（巻一）に引く『呉地記』にやや近い内容でもあり、『太平御覧』（巻五四・穴）引用の『要地記』にも一部近いところがある。

153　伊尹慟哭　藤原伊尹《これただ》には挙賢《たかかた》・義孝の二子がいた。母は恵子女王で、二人とも容姿良く才もあった。共に少将に任じられ、前少将・後少将と称されたが、不幸にも同日（天延二年九月十六日）に病没し、父母は悲哭した。

出典は『大鏡』（巻中・太政大臣伊尹）。但し、本書は「公及夫人呑レ声悲哭」とあるが、二人の子は実際には伊尹没後に物故しているので、伊尹が現世で悲しむことはありえない。猶、義孝卒去の記事は『日本往生極楽記』（34少将義孝）『扶桑略記』『法華験記』（巻下・103右近中将藤原義孝）『今昔物語集』（巻一五・左近少将藤原義孝朝臣往生語第四二）『普通唱導集』（巻下）『元亨釈書』（巻一七・願雑二・王臣・羽林次将藤義孝）にも見え、『百人一首一夕話』（巻四・藤原義孝）にも受継がれている。『扶桑蒙求』（巻中・22伊尹慟哭）は本書に依る。

154　孟郊悲悼　孟郊は嵩山に隠栖し貧居苦吟する生活を送り、五十歳の時進士となった。鄭餘慶の下で参謀をつとめ没した。張籍が「貞曜先生」の諡号をおくった。韓愈の文「孟東野失レ子序」に依ると、孟郊は三子を設けたがいずれも数日のうちに亡くし、老いて子のないことを悲しんだ。

出典は『新唐書』（巻一七六・列伝第一〇一・孟郊）と『韓昌黎集』（巻四・「孟東野失レ子幷序」）か。猶、『氏族大全』（辛集・四三敬・孟「以レ詩鳴レ世」）と一部記述が重なる部分もある。

155　仲子罹疾　藤原仲子は兼綱女で後円融帝母であり、梅町殿・崇賢皇后と称す。病臥して医薬の功なく命も危かった時、諸卿は神社への奉幣や泰山府君への祈禱を行おうとしたが、仲子は国の冗費となる何の益もなきこと、これも天命であると述べて留め、九十三歳で崩じた。

出典は『本朝蒙求』（巻上・134仲子止禱）。もとは『倭論語』（巻七・貴女部・従二位仲子）に見える記述。『扶桑蒙求』（巻下・4仲子罹疾）は本書に依る。

156　長孫止禱　文徳長孫皇后は九成宮で病になったが、折しも柴紹らによる急変事態が起こり、帝が甲冑を身につけると、后も病をおして従おうとされたので諫止された。太子が大赦を発し災いを払おうとされたが、生死は天命である、悪行をなさなかったから福あれば寿命も延びるだろう、赦令は国の大事であり、自分の為に天下の法を乱してはならぬと語った。

出典は『新唐書』（巻七六・列伝第一・后妃上・文徳長孫皇后）か。『旧唐書』（巻五一・列伝第一・后妃上・太宗文徳皇后長孫氏）にもその伝は見えている。

157　師賢袞衣　平高時は朝廷の討幕の動きを知り、都に使者をやり、天皇と皇太子を遠隔地に遷そうと考えたが、天皇は都を脱出し笠置に留住した。この時藤原師賢が天皇の衣裳（袞衣）をまとい身代わりとなって叡山に登り軍を聚めた。幕府の兵はこれを聞き叡山を攻め、天皇は笠置に軍兵を召し集めることができた。

出典は『本朝蒙求』（巻上・74師賢繡裳）。もとは『太平記』（巻二・師賢登山事付唐崎浜合戦）に見えるもので、他に『増鏡』（第一五・むら時雨）にも関連記事がある。『扶桑蒙求』（巻上・68師賢繡裳）は『本朝蒙求』と本書を受ける。

158　紀信左纛　漢の紀信は（漢王に仕え）将軍となった。項羽が（漢王の居る）滎陽《けいよう》を囲みさし迫った状況下にあった時、彼は漢王の身代わりとなり、夜に王の車（左纛《さどく》とは天子の車の左側に立てた旗で、天子の車の意）に乗り城外に出て注目をひき、その隙《すき》に漢王を脱出させた。が、紀信は項羽に焼き殺された。

出典は『蒙求』（390「紀信詐帝」）。勿論この故事は『漢書』（巻一上・高帝紀第一上）にも見え、『源平盛衰記』（巻二〇・高綱姓名を賜ふ附紀信高祖の名を仮る事）『太平記』（巻二・主上臨幸依レ非二実事一山門変儀事付紀信事。かなり詳述し随所に引用される）でも知られるあまりに有名な忠臣献身譚。

159　兼良驕矜　一条兼良は博学多才で著書多く、神・仏・歌道に通じていた。七十二歳で出家して覚恵、後成恩寺と号し、自負して菅原道真公の再生と言っていた。文明十三年に八十歳で薨じた。
出典は『本朝蒙求』（巻下・46兼良博厚）。猶、兼良が菅丞相（道真）に勝る点が三つあるとして張合う話は『本朝一人一首』（巻七・346藤原兼良）『鵞峰先生林学士文集』（巻七九・哀悼七・〈西風涙露下〉）『本朝語園』（巻四・210兼良三勝）などにも見える。『扶桑蒙求』（巻上・65兼良驕矜）は本書に依る。

160　審言蹇傲　杜審言は才を誇るあまり傲慢で人に疾《にく》まれた。蘇味道が天官侍郎の時、彼は選試に預り、それが終わるや「味道はきっと死ぬ」と言った。人がわけを問うと、「俺の文を見て己の才を恥じ死ぬのさ」と。また、自分の文才は屈原や宋玉、書の才は王羲之の北面に匹敵すると言っていた。
出典は『旧唐書』（巻一九〇上・列伝第一四〇上・文苑上・杜審言）『新唐書』（巻二〇一・列伝第一二六・文芸上・杜審言）のいずれか、或いは『唐才子伝』（巻一・7杜審言）あたりか、猶未詳。但し、蘇味道と関わる前掲逸話は『太平広記』（巻二六二・軽薄・杜審言）や『南北史続世説』『潜確居類書』（巻八一・芸習部一七・文章）『氏族大全』（己集・九虞・杜「文章四友」）などにも見える。

161　藤太勢多　俵藤太秀郷《ひでさと》は逆臣平将門を討ち、鎮守府将軍を拝し、関東に栄えた。彼が近江の瀬田橋を渡ると橋上に恐しい大蛇がいたが、恐れ怯《ひる》むことなく跨ぎ、蛇も驚かなかった。これを見た人が「この橋の下に二千年いるが君のような剛勇の者はなかった。我が為にあれを退治してくれ」というので承諾すると、湖水の朱楼紫閣《りっぱなごてん》で接待《もてなし》を受けた。やがて比良峯の百足馬蚿が襲うも、これを射て退治する。先に依頼した人は実は龍宮世界の人で彼に絹や鎧・俵・鐘などの褒美の品を与え、子孫はきっと将軍になるだろうと言う。目をつむり波の音を聞くや、彼はもとの橋の側に立っていた。不思議なことに、彼がその絹を裁つと長くなり、その俵に米を入れるとすぐ一杯になる。そこで俵藤太と号し、鐘は三井寺に寄進した。その鐘を山徒（叡山）は無動寺岩下に捨て毀したが、小蛇がそれを修復したという。出典は『本朝神社考』（下之五・俵藤太）。この話は『太平記』（巻一五・三井寺合戦並当時撞鐘付俵藤太事）、御伽草子の『俵藤太物語』などにも見える。『本朝蒙求』（巻中・40秀郷射蚣）に比べ、本書はかなり長文で直接のつながりはないか。『扶桑蒙求』（巻中・15藤太勢多）は本書に依る。

162　漁客武陵　晋の太元中に武陵の人が渓谷に入り道に迷って、美しい桃花咲く地に至り、山の穴を見つけて進んでゆくと、忽然と広く平和な田園の村落に出、人々に歓待される。そこの人の話では秦の世の乱を避けてこの地に来、外の世界に出たことがないと言い、漢・魏・晋の国さえ知らない。数日留まって去る帰途処々に目印を付けたものの、再び尋ねることはできなかった。

出典は陶潜「桃花源記」で、ほぼそのままの引用。

163　高綱渡河　佐佐木高綱は、石橋の合戦後しばしば頼朝が襲われるのを防いだので、頼朝は日本を領有できたら半分を彼に与えると約し、馬を下賜したりした。彼は宇治での先陣争いでも名高い。文治の初め頃、頼朝から七州守護職を授けられるが、約束が違うと出家隠遁したのは惜しまれる。建仁の頃に子の重綱らと共に叡山攻略に参加。息子のもとを訪れ、武具が体に合わないのを見て、戦死を免れないと涕泣し、果たしてその通りとなった。

出典は『日本古今人物史』（巻四・勇士部・4佐佐木高綱伝）か。猶、高綱の活躍は『平家物語』『源平盛衰記』にも描かれよく知られている。

164　王覇踏氷　光武帝は従う王覇に「多くの者は逃亡したがお前だけはわが下に留まった。疾風勁草を知ると言うが頑張ってくれ」と言う。敵の王郎の軍が背後に迫り、彼は先行して滹沱河迄来たところ、河は流れていて舟なくしては渡れぬと知る。だが、彼は軍兵がパニックに陥るのを恐れ、河が氷結していたと帝に奏上した。実際全軍がやってくると氷結し、渡河の後で融け、王覇の機智は天祐の如く人々を救った。

出典は『蒙求』（494「王覇氷合」）。勿論『後漢書』（巻二〇・列伝第一〇・王覇）にも見え、要略は『事文類聚』（前集巻五・氷「滹沱氷合」）『五車韻瑞』（巻四三・一〇蒸・氷「滹沱氷」。巻一五七・一五合・合「滹沱氷合」）『淵鑑類函』（巻三一・氷「河流澌」）といった類書にも見える。

165 鷲尾釈褐 平氏の一谷攻めに源義経は難渋する。一計を案じ、丹波路にまわり鵯越《ひよどりごえ》の谷を攻めることにしたが、根雪が消えておらず道筋がわからない。そこで管仲の老馬の智に倣うべく弁慶が連れて来たのが鷲尾武久なる猟師だが、老い長けていたので、十八歳の息子熊王が代わって道案内をつとめる。義経は鷲尾三郎義久の名を与えて仕えさせ、困難を克服して勝利し平氏を滅ぼした。頼朝は讒言を信じて義経を責め、義経は難を避け身分を匿して北陸をへて東北に逃れるが、衣川城にて頼朝軍に攻められ自尽し、義久もそれに従った。

出典は『平家物語』（巻九・三草山・鷲の尾案内者の事）か『源平盛衰記』（巻三六・鷲尾一谷案内者の事）であろう。但し、上記書をもとにする武林伝あたりの可能性もある。『扶桑蒙求』（巻下・19鷲尾釈褐）は本書に依る。

166 灌嬰販繒 絹商人の灌嬰《かんえい》は中涓で漢の高祖の下に戦い、垓下で敗れた項羽を追撃し、部下五人と共にこれを斬った。この功で爵を賜い、潁陰侯に封ぜられ、文帝の時に丞相となった。

出典は『蒙求』（568「灌嬰販繒」）。もとは『史記』（巻九五・列伝第三五・灌嬰）『漢書』（巻四一・列伝第一一・灌嬰）に見える。

167 暁月詠虱 歌人暁月なる者は狂詞に巧みで妙を尽くした。蟣虱《しらみ》（虱は蝨の俗字）の百詠が世に行われている。昔の滑稽をこととする人で、或る人は藤原俊成の孫というが定かでない。

出典は『本朝蒙求』（巻下・113暁月蟣蝨）。もとは『碧山日録』（長禄三年九月一日）に依るだろう。暁月は藤原為守のことで、『狂歌百人一首』『北窓瑣談』（後編巻四・15）『松屋筆記』（巻九・1）『一言一話』（巻三・7）などにも暁月のことは見えている。『扶桑蒙求』（巻中・67暁月百詠）は本書に依る。

168　欧陽憎蠅　欧陽脩は尹師魯と師友の関係であった。古文を執筆するその才は冠たるものがあった。蘇内翰には韓愈の後三百年にして欧陽ありと記され、『五代史記』を撰して『春秋』の意を汲み、酔翁・六一居士などと号した。かつて「憎二蒼蠅一賦」を作し、その物を害すること、姦人・邪佞の君徳を敗るにも似ると論じたてた。

出典は恐らく『古文真宝後集諺解大成』（賦類）。その「秋声賦」の作者名「欧陽永叔」下の注記に依り伝を先ず記し、同書所収「憎二蒼蠅一賦」題下注の記事を追加して本書本文は成立しているか。猶、「憎二蒼蠅一賦」は『事文類聚』（後集巻四九・蠅）にも所収。

169　頼光四王　源頼光は武勇で知られ、鎮守府将軍に至った。伊吹山の凶賊（酒顛童子）を誅し、市原野の狡童（鬼童丸）を殺し、その他の奮戦ぶりも言い伝えられている。その下に源綱・平貞道・平季武・平公時の四雄士がいて四天王と言われた。持国・増長・広目・多聞という仏法を護る四天王に擬したのである。

出典は『日本古今人物史』（巻一・武将部・8源頼光）。本文の「在二口碑一」迄は上記の文をそのまま襲用。以下は特に出典は要しないと思うが、因みに御伽草子の「酒顛童子」（伊吹山系）や『古今著聞集』（巻九・武勇第一二・源頼光鬼同丸を誅する事）にも四天王の名は出てくる。

170　漢高三傑　漢の高祖は即位した時に酒宴を設け、自分が天下を手にし項羽が失ったのは何故かと問うた。高起・王陵が答え、「陛下は城を攻め落としたら攻略者に与えたが、項羽は功ある者を殺し賢者を疑い、人に利を与えなかったからだ」と言うと、高祖は「作戦立案の張良、国家安撫と食糧を確保した蕭何、軍兵運用巧者の韓信といった三人の傑物を用いることができたことだ」と言い、項羽は范増一人さえ十分に用いられなかったと説いた。

出典は『十八史略』（巻二・西漢・漢太祖高皇帝）。他に『史記』（巻八・高祖本紀第八）『漢書』（巻一下・高帝紀第一下）『訓蒙故事要言』（巻二・169「漢高任用三傑」）にも見える。

171　経信多芸　円融上皇の大井河御幸では詩歌管絃の三船を泛かべた。その時に公任は和歌の船に乗り秀歌を献じたが、詩船に乗れば良かったと後悔した。また、白河帝の大井河行幸では、源経信が管絃の舟に乗り、演奏した上に詩歌を献じたので、その多芸に人々は帰服した。嘉保九（元が正しい）年六月に大宰帥となり八十二歳で薨じた。

出典は『本朝蒙求』（巻中・79経信多芸）。この三船譚は古くからよく知られ、『袋草紙』（上巻・雑談）『十訓抄』（第一〇・可レ庶二幾才能芸業一事）『東斎随筆』（興遊類・76・78話）『古今著聞集』（巻五・和歌第六・168御堂関白大井川遊覧の時四条大納言公任和歌の船に乗る事）『本朝一人一首』（巻六・262源経信）『史館茗話』（83話）『本朝語園』（巻三・108御堂関白分二詩歌船一、109経信乗二三船一）の他、『大東世語』（巻二・文学・21話）『本朝世説』（巻下・品藻・73話、巧芸・97話）『扶桑蒙求』（巻中・4経信三舟。『大東世語』所引）『百人一首一夕話』（巻五・大納言公任、巻六・大納言経信）『皇都午睡』（初編下の巻）などにも見える。

172　世南五絶　虞世南は隋に仕え秘書郎となり、次いで唐に仕え秘書監となった。太宗文武皇帝は、世南は一人で五絶を兼ねると称した。それは博学・徳行・書翰・詞藻・忠直を指し、その中の一つでも有すれば名臣に足るものである。

出典は未詳。勿論五絶の逸話そのものは『新唐書』（巻一〇二・列伝第二七・虞世南）『旧唐書』（巻七二・列伝第二二・虞世南）『唐詩紀事』（巻四・虞世南）『氏族大全』（甲集・一〇虞・虞「五絶」）『三国筆海全書』（巻九・虞世南）『新語園』（巻四・41虞世南五善。『国史異纂』『国朝雑事』所引）などに見える。

173　頼業学庸　清原頼業はいつも『礼記』を読み、大学・中庸の二篇はきっと後世の達理の人なら抽出して一書とするだろうと思った。四書集註が中国から渡来した時、程顥《ていこう》・程頤《ていい》兄弟が学庸を抜き、論孟と合わせて四書とした。頼業の思った通りであった。

出典は『本朝蒙求』（巻下・19頼業学庸）。この『大学』『中庸』標出説は『康富記』（享徳三年二月十八日）あたりに発するのであろうか。『本朝儒宗伝』（巻下・清原頼業）『本朝語園』（巻四・209頼業標㆓出大学中庸㆒）などにも見えている。

174　茂叔図説　周惇頤、字は茂叔、濂渓《れんけい》先生と号した。黄山谷が言うに、茂叔は人品がとても高く、光風霽月のようだと。若い頃から自由に生き、『太極図』『通書』などを著し、千年の儒学の伝統を継いだ。

出典は『氏族大全』（戊集・一八尤・周「吟風弄月」）。猶、茂叔の風貌為人については『純正蒙求』（巻中・茂叔光霽）『伊洛淵源録』や『続蒙求』（巻一・20濂渓霽月）『書言故事大全』（巻五・身体説類・顔貌類「光風霽月」）『古文真宝後集諺解大成』（説類・「愛蓮説」の作者名下に付された注記）『性理大全』（『太極図説』『通書』を所収）『訓蒙故事要言』（巻一・50「胸中如㆓光風霽月㆒」）等に見えている。

175　心願雨泥　佐佐木心願は鎌倉幕府の宗尊王に仕えていた。ある日近臣と蹴鞠をすることになったが、折しも雨の後でぬかるみがあった。心願は木のけずりくず数台分を献じ地に敷いた。人々は常日頃の備えの良さに感心した。

出典は『徒然草』（一七七段。もっともその注釈書、例えば林羅山『野槌』、青木宗胡『鉄槌』、加藤磐斎『徒然草抄』、浅香山井『徒然草諸抄大成』、北村秀吟『徒然草文段抄』といった類。恐らく加藤著書によるだろう）と関わる。『扶桑蒙求』（巻中・85心願雨泥）は本書に依る。

176　陶侃庁雪　陶侃《とうかん》は晋の成帝の時に八州の軍事の都督となり、長沙公に封ぜられ、七十六歳で薨じた。大司馬を贈られ、諡《おくりな》を桓という。かつて船を造った時の餘りの木屑や竹片をとっておいた。元日の朝会の時、大雪は晴れたが役所の前はぬかるみがあった。そこで先の木屑を地に敷いた。

出典は『徒然草』古注釈書（前項参照）、又は『晋書』（巻六六・列伝第三六・陶侃）。猶、陶侃の木屑の話は他に

『世説新語』（政事第三・16話）『十八史略』（巻四・東晋・粛宗明皇帝〜顕宗成皇帝）『十七史蒙求』（巻七・竹頭木屑）『事文類聚』（前集巻四・雪）『円機活法』（巻二・雪）『五車韻瑞』（巻四六・一尤三・頭「竹頭」。巻一三八・九屑一・屑「布二地木屑一」）『淵鑑類函』（巻一七・元正三「木屑襯レ地」）などの諸書に見える。

177　菟道反魚　応神帝の崩後、菟道稚郎子《うじのわきのいらつこ》は兄の大鷦鷯皇子《おおさざきのみこ》に位を譲り、これを輔佐しようとしたが、大鷦鷯は受け入れず、各々が譲り合ったので空位が続き三年たった。ある海人が鮮魚を献じたが、菟道・大鷦鷯双方が譲り合い、魚は腐ってしまった。郎子は兄の心を変えることができないと知り、自ら死を選び、兄はそれを知って哭し、菟道の山上に葬った。

出典は『本朝蒙求』（巻上・92菟道譲位）からの抄出か。もとは『日本書紀』（巻一〇・応神天皇、巻一一・仁徳天皇即位前紀）に見え、『日本紀略』（前篇四・応神天皇、前篇五・仁徳天皇）にも抄出されている。

178　伯夷采薇　孤竹君の子に伯夷・叔斉があり、父は弟の叔斉を後継にしたいと思っていた。父の死後、叔が伯に譲ろうとすると、伯は拒否して逃亡し、叔もまた逃げたので国人は二人の間の子を立てて国君とした。その後二人が西伯昌（周文王）を尋ねると、子の武王が父の位牌を抱えたまま殷紂王を討とうとしていた。そこで父を葬ってもいないのに戦をするなど孝とは言えぬし、臣下の身で君主を弑殺するなど仁とは言えぬ、と諫言した。やがて武王が殷を平定し、人々は周を仰ぐようになったが、伯夷・叔斉は恥じて周に仕えず、首陽山に隠れ、薇を採って食べ、いよいよ餓死せんとする時「登二彼西山一兮」云々の歌を作った。

出典は『史記』（巻六一・伯夷列伝第一）。この採薇の故事はよく知られていて、『十八史略』（巻一・周・周武王）『続蒙求』（巻一・15伯夷採薇）のみならず諸書に見える。

179　伊実挽褌　藤原伊実は鳥養中納言と号する。少壮の頃より学業につとめず、競馬や相撲を嗜むばかりだったので父はきつく戒めた。力士に某なる者がおり、頭から相手の腹に突込んで倒し百戦無敗だったので、人は「腹くじり」

と呼んだ。父は伊実に対し、その力士に勝ったなら相撲をやめろとは言わぬ、もし負けたらもう相撲はするな、と約束させて争うこととなった。力士は伊実に頭をつけたが、彼は力士のまわしの結び目をとって強く引張ったところ、痛くてたまらず力士は地に倒れた。父は驚きがっかりし、力士は行方をくらました。

出典は『古今著聞集』（巻一〇・相撲強力第一五・9中納言伊実相撲腹くじりに勝つ事）。猶、『続本朝通鑑』（巻五八・二条天皇中・永暦元年九月）の伊実伝の記事も『著聞集』を基に漢文化しているので、本書本文と比較するのも一興であろう。

180　令文圧衣　宋令文は書に巧みで豊かな詩文の才があり、勇力もあったので三絶と号した。五本指で唐臼の杵をとって壁に四十字の詩を書いた。大学生の時、手で講堂の柱をはさみ、学生仲間の衣を柱下に押しつけ、酒席を設けることを許した。

出典は『朝野僉載』（巻一〇・宋令文）か、又はそれを引用する『太平広記』（巻一九一・宋令文）。猶、宋令文は宋之問の父で、三絶のことは『新唐書』（巻二〇二・列伝第一二七・文芸中・宋之問）『旧唐書』（巻一九〇中・列伝第一四〇・文苑中・宋之問）『氏族大全』（辛集・一送・宋「三絶」）にわずかに触れられているが、本書の話は見えない。

181　橘氏答戯　小式部内侍は橘道貞と式部江氏（和泉式部）の娘である。母が藤原保昌に再嫁して丹後に居た時、宮中の歌会に預った。中納言定頼がその部屋の前を通る時「丹後からの手紙はあったかな」と揶揄したところ、「大江山生野の道の遠ければまだふみも見ず天の橋立」と即吟して定頼を驚かせた。

出典は『十訓抄』（第三・不レ可レ侮二人倫一事・1小式部内侍の大江山の歌）か『古今著聞集』（巻五・和歌第六・41小式部内侍が大江山の歌の事）、もしくは『百人一首』（その注釈書も含む）あたりであろう。勿論、その前に『袋草紙』（巻一・13置二白紙一作法）や『俊頼髄脳』（15歌と故事）等にも見えているので特定は難しいか。他に『絵本故事談』（巻六・小式部内侍）『百人一首一夕話』（巻五・小式部内侍）『瓊矛餘滴』（巻下・式部掺袪）等にも継承されている。『扶桑蒙求』（巻中・56和泉答歌）は本書に依る。

182　謝女解囲　謝道韞《しやどううん》は晋の王凝之の妻で、聡明で弁の立つ人であった。凝之の弟献之が賓客と談論してやり込められそうになった時、下女に「あなたの為に相手を論破してあげましょう」と告げさせ、衝立で隔てて、献之の議論を引継ぎ相手をやり込めた。

出典は『蒙求』（136「謝女解囲」）。もとは『晋書』（巻九六・列伝第六六・列女・王凝之妻謝氏）に見え、『太平広記』（巻二七一・謝道韞。『独異志』所引）『事文類聚』（後集巻八・人倫部・嫂叔「為二小郎一解レ囲」）『潜確居類書』（巻五九・人倫部一二・女子附）他にも見える。

183　禅尼繕障　松下禅尼は秋田城介景盛の娘で平時氏に嫁し時頼を生む。その為人は貞秀清倹で晩年の節操はいよいよ堅固であった。ある日自ら障子を繕っていると、訪れた兄の義景が「何もそなたがそんな事をせぬとも、障子張の者にさせれば良いではないか」と言う。そこで彼女は「破れは小さい時に繕っておけば大きくはならない。今日は時頼が来るので、そのことを悟らしめたいと思いこうしているのです」と答えた。

出典は『徒然草』（一八四段。古注釈書類を用いている）か。この逸話は他に『本朝女鑑』（巻二・賢明下・松下禅尼）『本朝列女伝』（巻三・孺人伝・松下禅尼）『倭論語』（巻七・貴女部・松下禅尼）『本朝語園』（巻四・217松下禅尼繕二障子一）等にも見え、『扶桑蒙求』（巻上・183禅尼繕障）は本書に依る。

184　孟母断機　墓地近くに住むと幼い孟子が墓遊びをした。母は住むにふさわしくないと市場の側に移った。すると今度は商人ごっこを始めたのでここもふさわしくないと学校のそばに移った。すると学校ごっこで恭しい仕草を身につけたのでこここそ住むべき処と母は思った。孟子が学校を休んで家に戻ると母は学問の進み具合を尋ねた。変わらないと答えると、母は刀で織物を断って、学問を途中でやめるのは布をこんな具合に断つのと同じだ、と言った。孟子は懼れ朝夕に学問に精出し名儒となった。

出典は『蒙求』（134「軻親断機」）。この孟母三遷と断機の故事はあまりにも有名で、例えば『列女伝』（巻一・母儀・鄒孟軻母）『事文類聚』（後集巻六・人倫部・教子・母教「三徙択隣」）『書言故事大全』（巻一・父母類・三徙択隣）『君臣故事』（句解巻二・勤学類・以レ刀断レ機）『潜確居類書』（巻五九・人倫部一二・父母祖父母部・「三遷」「断機」）や『語園』（巻上・13三度隣ヲ遷ス事。14孟子ノ母機ヲ断事）などにも見える。

185　源融塩竈　源融《とおる》は嵯峨帝の子で左大臣・儀同三司に至った。遊楽を好み動植物を愛し、都の六条に河原院を建てた。陸奥の塩釜の景観を模して築山や池を造り、潮水を浪速《なにわ》の浦から運ばせ、塩作りの煙を上げさせた。また、西嵯峨野に棲霞観を造ったりもし、七十三歳で没した。後に紀貫之が河原院の荒廃ぶりを見、「君まさで煙たえにし」の悲歌を詠じた。

出典は『本朝蒙求』（巻中・69源融乗輦）と『本朝語園』（巻八・401融霊）あたりか。但し、この融の故事は『伊勢物語』（八一段）以来古くから知られ、『今昔物語集』（巻二七・川原院融左大臣霊宇多院見給語第二）『宇治拾遺物語』（巻一二・15河原院融の霊住む事）などの説話でも採挙げられ、『顕注密勘』（巻一六）『花鳥餘情』（巻一〇・松風。棲霞観にも言及する）他の注釈書にも広く見え、『二十一代集才子伝』『百人一首一夕話』（巻二・河原左大臣）等の近世書にも受継がれている。また、貫之のことは『古今集』（哀傷・852）『今昔物語集』（巻二四・於二河原院一歌読共来読二和歌一語第四六）などに見えてよく知られ、『本朝語園』や『一夕話』などにも引かれている。『扶桑蒙求』（巻上・57源融塩竈）は本書に依る。

186　徳裕平泉　唐の李徳裕は宝暦中に浙西観察使となり、太和中に剣南に移った。蜀川に籌辺楼を建て、平泉荘を置き、周回十里に台榭を百餘り設け、様々な花木怪石を配した。会昌年間の初めに宰相となり、諸藩鎮を平らげて、大尉となり衛国公に封ぜられた。

出典は前半は『氏族大全』（己集・四紙・李「丹扆六箴」）、後半は『賈氏談録』の引用と記すが、これは恐らく『潜確居類書』（巻四七・区宇四二・荘「平泉荘」）からの引用ではないかと思われる。猶、『旧唐書』（巻一七四・列伝第一二四・李徳裕）『新唐書』（巻一八〇・列伝第一〇五・李徳裕）では平泉荘のことは記さない。『事文類聚』（続集巻九・居処部・園池）には李徳裕「平泉山居戒二子孫一記」や『劇談録』の平泉荘の記事が引かれている。また、『五車韻瑞』（巻三六・七陽・荘「平泉荘」。巻八八・四寘一・翅「檜名雁翅」）にも簡略に見えている。

187　道風筆病　小野道風は延長七年に醍醐天皇に召され、賢聖図像障子の姓名を書き、康保三年に七十一歳で卒した。晩年手がふるえ、字勢も震掉したが、気韻は愛賞すべきものがあった。世に伝えるところでは、道風が空海の額書を批判したという。

出典については、前半が『本朝蒙求』（巻中・4道風書廂）を利用し、後半は『古今著聞集』（巻七・能書第八・2大門の門の額の事）に依るか。勿論賢聖障子のことは『古今著聞集』（巻一一・画図第一六・1紫宸殿の賢聖障子幷に清涼殿等の障子画の事）や『日本紀略』（後篇一・延長六年六月二十一日、七年九月）『太平記』（巻一二・大内裏造営付北野天神事）『考古図譜』（巻四・計部・賢聖御障子）『本朝語園』（巻五之上・247道風震筆）『絵本故事談』（巻六・道風。前半は『本朝蒙求』に依り、後半には柳にとびつく蛙の逸話を載せる）『三国筆海全書』（巻一四・道風）等に見え、『扶桑蒙求』（巻中・53道風筆病）は本書に依る。

188　張旭草顛　張旭は草書にすぐれ、大酔しては叫び走って筆を下し、頭を墨でぬらして書いた。酔いから醒めると自分でもすばらしいと思った。世間では彼を「張顛」と呼び、その草書は、びっくりした蛇が草むらに入り、鳥が林から飛び出すようだと形容される。

出典は『事文類聚』（別集巻一三・書法部・草書）。張旭のことは他に『新唐書』（巻二〇二・列伝第一二七・文芸中・張旭）『宣和書譜』（巻一八・草書六）『論書賸語』（第一〇章・草書）等に見える。

189　直実先鋒　熊谷直実は平治の乱の時は源義平に属し、郁芳門を守った十六騎のうちの一人である。後に頼朝に属し、常州佐竹の役や一谷の合戦で平山秀重と先陣を争って軍功多かった。敦盛を斬り武名を知られた人だが、後に出家して蓮生と称し、洛東黒谷の寺の源空に師事した。

出典は『日本古今人物史』（巻四・勇士・5熊谷直実伝）。『絵本故事談』（巻五・熊谷直実）は本書に依るようだ。

190　祖逖著鞭　祖逖は英気のある人で、晋元帝の時予州刺史となった。長江を渡る時に楫で舟べりを叩いて「中原の賊を粛清せず江を渡るくらいなら、この大江の流れの如く去って返らぬつもりだ」と誓い河南を平定し、河を渡り冀朔を一掃した。妖星が出現したのを見て、狄は「私の為であろう」と言い、果たして没した。劉琨は逖が用いられると聞き、親類や馴染みの友人達に手紙を送って「いつも祖逖が私より先に事を成してしまうのではないかとおそれている」と言った。

出典は、前半は『氏族大全』（已集・九麌・祖「撃楫誓江」）により、「劉琨」以下は同書（戊集・一八尤・劉「乗月清嘯」）による。他に、『晋書』（巻六二・列伝第三二・祖逖、劉琨）や、一部重なるものに『蒙求』（530「祖逖誓江」）『十八史略』（巻四・東晋・中宗元皇帝）『五車韻瑞』（巻一五八・一六葉一・楫「中流撃楫」）の他、本朝の『絵本故事談』（巻一・祖逖。『晋書』所引）などもある。

191　道灌江城　太田持資（道灌）は上杉の家臣で江戸城を草創した。村菴・肅菴の文に依ると城内には静勝軒、西に含雪斎、東に泊船亭などがあり、万里集九を招いて銘や詩文を作らせて、数千巻の蔵書を静勝軒に収めた。医方・兵書・史伝・小説及び日本の歌書や代々の撰集、家々の私記等である。道灌は暇をみて詩歌の雅宴を催し賓友を集めた。又、天満宮を江戸城の北に作り菅公を信敬した。父の名を道真というが、当時の人は真灌と称した。当時は上杉の両家（山内の顕定と扇谷の定正）が争っており、彼は定正を助け尽力したが、顕定方の陰謀で定正に殺される。死に臨み「定正は家を亡ぼす兆《きざし》なり」と言い、果たして彼の没後、定正の権威は振わなかった。

出典は『日本古今人物史』（巻二・名家部・7太田道灌伝）。猶、『本朝蒙求』（巻上・111持資起宇）にも少し類似するところがある。『扶桑蒙求』（巻上・84道灌江城）は本書に依る。猶、万里集九（『梅花無尽蔵』第六）に「静勝軒銘詩并序」がある。

192　王維輞川　王維は字を摩詰といい開元年間に尚書左（右の誤り）丞となった。弟の王縉も蜀州刺史となったが、兄の五短・弟の五長を挙げて説いたりしている。輞川に別荘があり、裴迪と共に遊び、詩を賦して楽しんだ。蘇東坡が言った、「摩詰の詩中には絵があり、その描いた絵の中には詩がある」と。安禄山の乱で捕らえられ、凝碧池に宴した詩に「万戸傷レ心生二野煙一」云々の詩があるが、賊平定後にその詩により宥された。

出典は『氏族大全』（丁集・一〇陽・王「輞川」）。王維の伝は『旧唐書』（巻一九〇下・列伝第一四〇下・文苑・王維）『新唐書』（巻二〇二・列伝第一二七・文芸中・王維）に見える。輞川荘のことは、上記の他に『事文類聚』（続集巻六・居処部・第宅）『唐才子伝』（巻二・36王維）『潜確居類書』（巻六四・方外部四・游覧・輞川別墅）『箋注唐詩選』（巻一・「送別」詩の王維注）等にも見える。蘇東坡の批評（『東坡題跋』巻五・「書二摩詰藍田煙嵐図一」）は『詩人玉屑』（巻一五・王維・詩中有レ画画中有レ詩）に、凝碧池賦詩については『唐詩紀事』（巻一六・王維）などにも見えている。

193　持統臨朝　持統天皇は鸕野讃良皇女《うののさららのひめみこ》といい天智帝の二女である。斉明帝三年に天武帝に嫁ぎ、草壁皇子を生み、天武に従い吉野に入った。天武帝の元年六月に東国に難を避け、軍兵を整え、七月に美濃の軍将と共に大友皇子を誅し、二年に皇后に立てられ天皇を輔佐した。天武崩ずるや政を代行し、後に皇太子に譲位した。

出典は『日本書紀』（巻三〇・持統天皇・称制前記、朱鳥元年九月、持統天皇十一年八月）。『扶桑蒙求』（巻上・10持統臨朝）は本書に依る。

194　宣仁垂簾　神宗が崩じ哲宗が即位したものの、彼はまだ十歳だったので太皇太后が政務をとった。かつて熙寧年間のこと、太后は泣いて神宗の為に言った、王安石の変法はよくない、と。天下の厭苦を知り、兵馬や保馬をやめ、東西の物資場をやめ、地価や息銭・免行銭をやめ、提挙・保甲・銭量・巡教等の官を廃した。元祐八年に崩じ、「女中の堯舜」と称えられた。

出典は『十八史略』（巻七・宋・哲宗皇帝）。

195　新田詠鬚　新田部皇子は勝間の池に遊び興趣にたえなかった。涼気に乗じて夕方帰り、愛妾に語った。「池の蓮はかぐわしく美しい、帰るのを忘れる程だった」と。妾は信じず「勝間田の池は我知る蓮無し然《しか》言ふ君がひげなきがごと」（『万葉集』三八三五）と詠んだ。澄（證〈証〉が正しい）観法師が云うに、勝間田池にはもともと蓮はないので、親王は立派な鬚の持ち主だが、それを鬚無しと言うようなことで、嘘なのだと説いた。

出典は『本朝語園』（巻三・和歌・91勝間田池蓮）。もとは『袋草紙』（上巻・雑談）に「万葉集云」として見えるのだが、「證観法師」を「澄観法師」とする『本朝語園』を承けると考える。『扶桑蒙求』（巻中・29新田詠髭）は本書に依る。

196　退之誤髯　世間の人が韓愈を描くと小顔で美しい頬ひげがあり、江南（南唐）の韓熙載そのままだ。熙載も諡は文靖とするから愈と同じで、且つ韓文公と呼んでいるので、間違って愈のこととしてしまったせいである。愈は太っていて髯《ほおひげ》もなかったが、後世では区別できなくなっていた。

出典は『夢渓筆談』（巻四・弁証・77）。

197　保憲暦道　賀茂保憲の先祖は彦命尊。後胤は吉備真備で、彼は霊亀二年に中国に渡り五経・三史・陰陽の諸芸を日本に伝え、右大臣に至った。孝謙帝世に一族は賀茂の姓を賜り、その七世の後胤保憲は暦を造った。天文・暦数を掌る陰陽寮は賀茂氏が担当していたが、保憲は暦道を子の光栄に伝え、天文道は弟子の安倍晴明に伝えた。

出典は『本朝神社考』（下之六・泰親）であろう。『本朝蒙求』（巻中・127賀安天文）も近い。この故事に関連する説話は『続古事談』（第五・諸道・13安倍晴明、賀茂保憲に入内、その子光栄と正統を争ふ事）『帝王編年記』（永延元年条）など諸書に見え、『本朝語園』（巻七・338天文道暦道）にも受継がれている。『扶桑蒙求』（巻下・87保憲暦道）は本書に依る。

198　京房易占　京房の字は君明、『易』を学び災害や変異を当てるのに優れていた。六〇〇卦を分け一年の日数にあて、風雪寒温を占った。

出典は『氏族大全』（戊集・一二庚・京「易学」）。但し、『漢書』（巻七五・列伝第四五・京房）『蒙求』（313「京房推律」）『十八史略』（巻二・西漢・孝元皇帝）を混成したようにも思える。

199　実時墨印　金沢（北条）実時は書籍に耽り、金沢文庫を営んで万巻の書を納めた。金沢文庫の四字を印に刻み、仏書には朱印、儒書には墨印を押した。実時の後裔貞顕は清原敦隆に『群書治要』を講じさせ、今の世に行われているのはその遺本である。

出典は『日本古今人物史』（巻二・名家部・4金沢実時伝）。墨印・朱印のことは他に『林羅山文集』（巻六一・本朝地理志略）『鵞峰文集』（巻七九・西風涙露下）『本朝蒙求』（巻上・47金庫二印）『本朝語園』（巻五・書籍・229金沢文庫。『鎌倉大草紙』所引）『見聞談叢』（巻四・367金沢文庫）など諸書に見え、『扶桑蒙求』（巻中・23実時黒印）は本書に依る。猶、巻頭の標題目録には「実時黒印」とある。

200　鄴侯紅籤　鄴侯の李泌は書を多く有し、経書には紅牙の籤《ふだ》、史書には緑牙の籤、子書には青牙の籤、集書には白牙の籤を用いた。

出典は『古文真宝前集諺解大成』（五言古風長篇）に見える韓退之「送下葛覚往二随州一読上書」（「鄴侯家多レ書、架挿二三万軸一、一一懸二牙籤一、新若二手未レ触一」詩句）の「懸牙籤」の注。他に『五車韻瑞』（巻五〇・一四塩・籤「牙籤」）にも見える。

[中巻]

1　冉尊感鴿　伊弉諾尊と伊弉冉尊は交合し国を生まんとするもその術《すべ》を知らず、そこに鶺鴒が飛来り、首尾を揺がす様を見て交わることができた。

出典は『日本書紀』（巻一・神代上・第四段）であろう。但し、『日本紀略』（前篇一・神代上）『帝王編年記』（巻一・天神〈伊弉冉尊〉）も『書紀』と殆ど同文であり、『古今著聞集』（巻八・好色第一一・序）にも見える。

2　簡狄呑鳦　殷の契《せつ》の母簡狄は有娀氏の娘で、帝嚳《こく》の次妃である。女三人で水浴をしている時、鳦《つばめ》（玄鳥）が卵を生み落としたのを見、狄がそれを呑んで孕み契が生まれた。彼は成長して禹の治水事業を助けた。帝舜は「人々が互いに親知せず、五品（父母兄弟子）の秩序が乱れている。司徒となり五教（義慈友恭孝）を徐々に天下に弘めよ」と彼に命じ、商に封じ子氏の姓を賜った。契は唐虞大禹の時に起こり功業著しく、民生は安定した。

出典は『史記』（巻三・殷本紀第三冒頭）。部分的には『十八史略』（巻一・殷・殷王成湯）や『芸文類聚』（巻一〇・符命。『史記』所引。巻九二・燕。『列仙伝』所引）『太平御覧』（巻九二二・燕。『史記』所引）『円機活法』（巻二三・燕）『事文類聚』（後集巻四五・燕）『淵鑑類函』（巻四二四・燕二。『列仙伝』所引）等の類書にも見える。猶、巻頭の標題目録の「鳦」は「鳦」の異体字。

3　鈿女俳優　天照大神が天石窟《あまのいわや》に隠れたので、天鈿女命《あめのうずめのみこと》はその前で滑稽な俳優《わざおき》をした。その声を聞いた大神は、常《とこ》夜《やみ》のはずなのに鈿女がどうして戯れ楽しみ笑うのかと思い磐戸を細めに開けると、手力雄神が大神の御手を引きだした。

出典は『日本書紀』（巻一・神代上・第七段）で、その本文と「一書曰」の記事を交えて成文化しており、『日本紀略』（前篇一・神代上）も殆ど同文。猶、『本朝蒙求』（巻上・100鈿女俳優。巻中・73手力引手）も同内容だが直接の典拠ではあるまい。

4　伶倫呂律　黄帝は伶倫に命じ、嶰谷の竹を取り竹管を作らせ、十二音の鳳鳴の音を定め、十二律（六律六呂）の音階に当てた。これが音調の基準となった。

出典は『漢書』（巻二一上・律暦志第一上）か。猶、この故事は他に『芸文類聚』（巻五・歳時下・律。『呂氏春秋』所引）『太平御覧』（巻一六・律。巻九六二・竹上。共に『呂氏春秋』所引）『事類賦』（巻二四・竹。『呂氏春秋』所引）『事文類聚』（後集巻二四・竹）『円機活法』（巻二二・竹。『呂氏春秋』所引）等の類書や『十八史略』（巻一・三皇・黄帝軒轅氏）などにも見えている。

5　蟬丸藁屋　蟬丸は仁明帝代の人だが出自不明、古の隠者であろう。相（逢）坂に庵を結び琴瑟琵琶や和歌をよくし、「世中はとてもかくても同じ事宮も藁屋も果てしなければ」の詠あり、平素手にする琵琶は無名という。深草（仁明）帝は良岑宗貞に命じて和琴を習いにやらせた。相坂の関の明神は蟬翁であるという。

出典は『本朝蒙求』（巻下・20蟬丸琶琴）。文中の和歌は『和漢朗詠集』（巻下・述懐763）『俊頼髄脳』『和歌童蒙抄』（第五）『古本説話集』（上・蟬丸の事第二四）『新古今和歌集』（巻一八・1851）『源平盛衰記』（巻四五・内大臣関東下向附池田宿遊女君歌の事）『榻鳴暁筆』（第三・蟬丸）等にも引かれ、無名の琵琶のことは『教訓抄』（巻八・管絃物語・絃類・琵琶）にも記され、相坂の関の明神のことは『無名抄』（巻上・関明神）や『神社考詳節』（関明神）などにも見える。よく知られるように蟬丸説話は『今昔物語集』（巻二四・源博雅朝臣行二会坂盲許一語第二三）『無名草子』（33兵衛の内侍）『平家物語』（巻一〇・重衡東下り）『源平盛衰記』（巻三一・青山の琵琶流泉啄木の事）等の諸書に見えて、『本朝遯史』（巻上）『扶桑隠逸伝』（巻上）『本朝列仙伝』（巻二）『本朝語園』（巻三・87蟬丸非二盲人一）『絵本故事談』（巻七・蟬丸）『扶桑蒙求』（巻中・5蟬丸琵琶）『百人一首一夕話』（巻二・蟬丸）『日本蒙求初編』（巻上・蟬丸秘曲）等にも受継がれている。猶、『絵本故事談』の記事の前半は本書の記事を利用していよう。博雅三位との関連は本書上巻（59博雅琵琶）参照。

6　禹錫陋室　劉禹錫は進士となり博学宏辞科に合格。文章巧みで「陋室銘」を作して「山は高くなくとも仙人がいれば有名となり、水は深くなくとも神龍がいれば霊名あり。わが陋室（狭い部屋）には徳がかおり、堦上には緑苔、簾越しに青々とした草、談笑する鴻儒の客などあり、素琴を奏で聖典に親しみ、俗曲や公案文書に煩わされることもない。諸葛孔明や揚雄の居にも似ているわが部屋は、孔子の言うようにどうして狭いことがございましょう」と言う。出典は『古文真宝後集諺解大成』（銘類・「陋室銘」）であろう（『箋解古文真宝後集』巻五にも所収）。

7　夏井留二　紀夏井は美濃守善岑の第三子。容貌美しく身長六尺三寸、温和で母に仕えて至孝。才思あり隷書に巧みで、文徳帝の詔で小野篁に書を学び、「紀三郎は真書の聖なり」と称嘆さる。仕えては冠服粗悪で笑われもしたが帝の恩寵をえた。讃岐守として大いに功あり、民も慕い、任満つるも留まること二年、豊かな収穫があり倉四十棟を新造す。帰任の贈物は紙筆以外は一切受け取らず返した。占いをよくし医術も巧みで囲碁は無敵であった。出典は『三代実録』（貞観八年九月二二日卒伝）か、それを引用する『本朝語園』（巻二・68夏井多芸）あたりであろうか。彼のことは他に『本朝孝子伝』（巻上・12紀夏井）『本朝儒宗伝』（巻下・紀夏井）『大東世語』（巻二・識鑑・1話）などにも見える。

8　寇恂借一　後漢の寇恂は上谷昌平の人。光武帝は彼を河内太守に任じ大将軍の事を行わせ「高祖は蕭何を留めて関中を治めさせたが、吾は公に河内を任せ、軍糧を足らしめ士馬を督励して守らせる」と言った。後に潁川太守や執金吾となる。潁川に盗賊の起こるや、帝に親征を促し、悉く帰順させた。恂はその郡の長官を拝命していなかったが、百姓は道を遮って「どうか寇恂様を一年間拝借させて下さい」と帝に願い出た。それで留まり治めることとなった。出典は『後漢書』（巻一六・列伝第六・寇恂）。猶、『十八史略』（巻三・東漢・世祖光武皇帝）でも言及されている。

9 武尊築波 日本武尊《やまとたけるのみこと》は蝦夷を平定し、甲斐の酒折宮に火をともし食事をとった。侍者に「にひばりつくばをすぎて幾夜かねつる」と問うが答える者はない。燭をとる者がその歌に続けて「かがなべて夜には九夜《ここのよ》日には十日を」と詠ったので、嘉して褒美を与え、靫部《ゆげいのとものを》の職を大伴連の遠祖《とおつおや》武日《たけひ》に賜った。

出典は『日本書紀』（巻七・景行天皇四十年是歳）。『日本紀略』（前篇四・景行天皇四十年是歳）にも見える。

10 漢武柏梁 漢武帝の元封三年に柏梁台を作り、群臣二千石のよく七言詩を作る者に座を与えた。詩は毎句に韻を用い、後人はこれを柏梁体と言う。聯句の起源である。

出典は『古詩源』（巻二）か。柏梁台聯句については『芸文類聚』（巻五六・詩）『円機活法』（巻五・台。巻一一・詩）『文体明弁』（巻一六・聯句詩〈七言古詩・述懐・柏梁詩〉）『古文苑注』『古詩紀』（巻一）『古今詩刪』（巻六）『古詩韻範』『全唐詩話』『日知録』（芸文・柏梁台詩）『陔餘叢考』（柏梁体）『淵鑑類函』（巻一九八・詩四）等諸書に見える。鈴木虎雄「柏梁台の聯句」（『支那文学研究』弘文堂書房・一九六七年）参照。

11 弟媛衣通 衣通《そとおり》郎姫は允恭帝の皇后忍坂大中姫命の妹で弟媛《おとひめ》といい、容姿比類なく、その艶色が衣に通りかがやいたので衣通姫と言われた。帝に寵愛され、姉皇后が嫉妬したため、河内の茅渟《ちぬ》に居を与えられ、帝もそこをしばしば訪れた。

出典は『本朝蒙求』（巻上・70衣通徹晃）。他に『日本書紀』（巻一三・允恭天皇七年十二月、八年二月）『日本紀略』（前篇五・允恭天皇七年）『水鏡』（巻上・允恭天皇）『扶桑略記』（第二・允恭天皇七年）『和歌色葉』『本朝神社考』（中之三・玉津嶋明神）『女郎花物語』（巻上・25衣通姫の事）『本朝女鑑』（巻一・衣通姫）『雑々集』（28そとをり姫）『本朝列女伝』（巻一〇・衣通姫）『本朝美人鑑』（巻一・衣通姫）等にも見え、後の『瓊矛餘滴』（巻上・弟媛光彩）にも受継がれている。

12 寿陽梅粧 宋の武帝の娘寿陽公主が人日に含章殿の簷下に臥していると、梅花が額の上に散り落ち雪の花のようになり、梅花の化粧が誕生した。

出典は『円機活法』（巻二〇・梅花）か。他に『太平御覧』（巻三〇・人日。『雑五行書』所引。巻九七〇・梅。『宋書』所引）『事類賦』（巻二六・梅。『宋書』所引）『文鳳抄』（巻八・梅）『事文類聚』（前集巻六・人日）『書言故事大全』（巻五・身体譬類）等にも見える。

13　聖武鑄像　聖武帝は仏教を崇め東大寺を創建、盧舎那仏の銅像を鑄造し、発願の疏を作り天下に布告した。天平勝宝元年十月に大像成ったが、三年をかけ改鑄八度であった。

出典未詳。但し大仏鑄造のことは『続日本紀』（巻一五・天平十五年）『扶桑略記』（巻六・聖武天皇上。『扶桑略記抄』第二・聖武天皇下・孝謙天皇）『元亨釈書』（巻二二・資治表三・聖武）等諸書に見える。

14　梁祖建堂　梁の高祖武帝（蕭衍）は達摩《ママ》大師に「即位以来、寺を造り、経を写し、僧を度すること数知れないがどんな功徳があるか」と問うた。無いと答える師に、更に「いかなるものが真実の功徳か」と問うと、「浄智妙円、体自空寂」と答えた。

出典は『景徳伝燈録』（巻三・第二八祖菩提達磨）か。猶、梁武帝の説明は『十八史略』（巻四・南北朝・梁高祖武皇帝）の冒頭と重なる。

15　季仲黒帥　藤原季仲《すえなか》は実頼の子孫、中納言となり康和四年六月に大宰権帥となった。顔面黒き故に時人は「黒帥」と呼んだ。長治二年十一月に常陸に移された。

出典は『本朝蒙求』（巻中・129季仲黒帥）。猶、この逸話は『平家物語』（巻一・殿上闇打）『源平盛衰記』（巻一・兼家季仲基高家継忠雅等拍子附忠盛卒する事）『本朝一人一首』（巻八・394藤原季仲）などにも見え、後に『見聞談叢』（巻四・307大江匡房）などにも受継がれている。

16　何晏粉郎　何晏は色白の美男子で、あまりの白さに魏明帝は白粉を付けているのかと疑い、真夏の最中に熱湯の餅を食べさせた。食後大汗をかいたので朱衣で顔をふいたところ、色白の顔はいよいよ白く輝いた。

出典は『世説新語』（容止第一四・2話）であろう。この故事はよく知られ、他に『三国志』（巻九・魏書第九・何晏伝）『初学記』（巻一〇・駙馬第七。『魚豢魏略』所引）『北堂書鈔』（巻一二八、一三五）『太平御覧』（巻三七八・美丈夫上。『語林』所引）『事文類聚』（後集巻一七・餅湯餅付。『語林』所引。後集巻一八・頭面）『潜確居類書』（巻一三・容止）等でも知られる。同じ話柄なのに『蒙求』（259「平叔傅粉」）の本文を直接利用してはいないようだ。『氏族大全』（丙集・七歌・何「傅粉」）『五車韻瑞』（巻七七・一三梗・餅「湯餅」。巻一〇七・一七霰二・面「白面」）では、疑ったのは明帝ではなく文帝になっている。

17　蛭子滄海　伊弉諾尊と伊弉冉尊は磤馭盧島《おのごろじま》を作り、天照大神や月神を生み、次に蛭児《ひるこ》を生んだが、三年にして立たなかったので船に乗せて流し棄てた。

出典は『日本書紀』（巻一・神代上・第四～五段）。『日本紀略』（前篇一・神代上）にも見え、『本朝蒙求』（巻中・12蛭児葦船）と同じ話柄だがその本文を用いてはいないようだ。

18　鼈令江流　鼈令が死に、屍は流れて成都に至り、蜀王杜宇に見《まみ》えて相となる。杜宇（望帝）はわが徳は彼に及ばずとして国を禅譲した。

出典は『蒙求』（92「鼈令王蜀」）。猶、本書上巻（4望帝杜鵑）参照。

19　道臣設宴　神武天皇は国見丘に八十梟帥《やそたける》を討った後、道臣命《みちのおみのみこと》に残党狩りを命じた。彼は忍坂村に大きな室を作り、敵の残党をだまして宴を設け、酒酣わにして自らが起《た》ち舞うのを合図に、配下の者に敵を皆殺しにさせた。

出典は『日本書紀』（巻三・神武天皇即位前紀戊午年十月）。他に『日本紀略』（前篇三・神武天皇即位前紀）にも見える。

20　張良運籌　張良は下邳《かひ》の圯上で一老父に遇い、王者の師となる太公の兵法書を授けられた。兵法を漢高祖に説いて策を入れられた。高祖は、作戦をめぐらし勝利を千里の外に決したのは張良の功だと賞し、留侯に封じた。

出典は『蒙求』（527「子房取履」）でその抄引か。猶、張良のこの故事は『史記』（巻五五・留侯世家第二五）や『漢書』（巻四〇・列伝第一〇・張良）などにも見え、『十八史略』（巻一・西漢・太祖高皇帝）にも関連記事がある。

21　菅相止狩　菅原道真は藤原時平と共に天子の輔佐となったが、宇多上皇が彼の才を特に帝に奨めたので、時平らの謀略により太宰府に左遷された。宇多帝の時殺生を禁じたものの、次年には頻りに帝が遊猟されたので、道真は奏上してやめさせた。

出典は前半が『本朝神社考』（上之二・北野）で、止狩の故事は『続古事談』（第一・王道后宮・29菅原道真、宇多帝を諫言し、三善清行、道真を諫言する事）か、それを継承している『本朝語園』（巻二・人臣・58菅丞相止二御狩一）であろう。また、『本朝儒宗伝』（巻中・大臣・菅原道真）『読史餘論』（巻一・上）にも見えている。

22　申屠諫遊　後漢の申屠剛は正直な人で、賢良方正科に挙げられ、答案を提出したが、王莽には耳障りな内容だったので官を解かれた。後に光武帝の時に召し出されたが、帝の出遊を諫止するなどして御機嫌を損ね、平陰令に出され大中大夫となった。

出典は『蒙求』（410「申屠断鞅」）。猶、申屠剛のこの故事は『後漢書』（巻二九・列伝第一九・申屠剛）や『君臣故事』（句解巻一・諫争類・「軔輪諫遊」）『日記故事大全』（巻六・忠諫類・「頭軔輿輪」）『十七史蒙求』（巻一・申屠軔輪）等にも見えている。

23　頼員泄事　後醍醐帝が平家討伐を企て、土岐頼員は頼貞・多治見国長らと共にその陰謀に加わったが、彼は臆病で次第を妻の斎藤氏に語ったため露見し、頼貞・国長は六波羅の将帥らにより討たれ、帝は蒙塵した。

出典は『太平記』（巻一・頼員回忠事）。『増鏡』（第一四・春の別れ・正中の変）でも簡略にこの正中の変に言及している。

24　盧蒲告謀　斉の慶封は狩と酒を好み、政治は子の慶舍に任せた。盧蒲癸の妻姜氏は慶舍の娘で、かねがね夫に「事ある時は私に打明けなさい。さもないと失敗するわよ」と言っていた。そこで夫の葵が父の慶舍を攻めるのに加担すると話すと、父の性格を知りつくした妻が助けてくれて、慶舍を殺すことができた。

出典は『春秋左氏伝』（襄公二十八年）。

25　県守斬虬　仁徳天皇の御代に吉備国の川島河にミズチが出て人を苦しめ、毒で多くの人が死んだ。そこで勇悍強力の笠臣祖県守は剣を手に淵に入りミズチを斬った。そこを県守淵という。「虬」は「虯」に同じ。猶、本文に「川鳴河」とあるが「川嶋河」が正しい。

出典は『本朝蒙求』（巻下・27県守斬虬）。この話は『日本書紀』（巻一一・仁徳天皇六十七年是歳）『扶桑略記』（第二・仁徳天皇六十七年）『日本紀略』（前篇五・仁徳天皇六十七年是歳）などや『本朝語園』（巻六・武勇・288県守斬虬）にも見えている。

26　周処殺虎　晋の周処は並外れた力持ちで、世間並みの振舞をしなかったので、村人達は迷惑していた。父老の三害を聞いて憎まれていることを悟った彼は心を改め励まし、猛虎と蛟を除き、学を修め義烈・忠信を期した。

出典は『蒙求』（28「周処三害」）か、『晋書』（巻五八・列伝第二八・周処）。猶、三害の故事そのものは、『世説新語』（自新第一五・1話）『芸文類聚』（巻九六・蛟。『世説』所引）『太平御覧』（巻三八六・健。『世説』所引）『事文類聚』（後集巻三三・龍。『世説』所引）『日記故事大全』（巻二・感励類「改励除害」）『氏族大全』（戊集・一八尤・周「三害」）『五車韻瑞』（巻二九・三肴・蛟「斬蛟」。巻六〇・七霰二・虎「白額虎」。巻一四六・一陌二・額「虎白額」）『淵鑑類函』（巻四三八・蛟。『世説』所引）等にも見える。

27　佐国蝴蝶　大江佐国《すけくに》はとても花を愛した人で長楽寺や雲林院での花の詠があり、庭前の桜を詠じ、手ずから植えた梅が花開いたと詠じ、晩年の吟でも「六十餘回看不レ足、他生定作二愛レ花人一」などと詠んでいる。没後はその子の夢に現われ、蝶になっていると伝えたので、子は春になると花房に蜜をぬって蝶に供したという。

出典は『本朝蒙求』（巻中・39佐国化蝶）。猶、この話のもとは『発心集』（巻一・8佐国花を愛し蝶と成る事）で、『史館茗話』（94話）がこれを受け、それは更に『本朝語園』（巻四・164佐国愛花）と『本朝蒙求』に影響を与えることになる。『本朝蒙求』『桑華蒙求』が佐国を出自不明としたのは『本朝一人一首』（巻六・281大江佐国）を見ていなかったためであろうか。文中に挙げられている詩は『本朝無題詩』（巻三・127 128 133 134）や『新撰朗詠集』（巻上・花付落花・111）にも所収。

28　禰衡鸚鵡　後漢の禰衡《でいこう》は若い頃より才弁あり、傲気を尚んだ。曹操の招きに赴かず、その忿りをかうも才名を惜しまれ殺されずにすんだ。黄射は衡と仲良しで、客人を招き宴会を催した。その時鸚鵡を献ずる者がいて、衡に作賦を望んだので、筆を認め立ちどころに彩麗なる作を成した。後に黄祖（射の父）に殺された。

出典は和刻本『六臣注文選』（巻一三・「鸚鵡賦」）の作者名「禰正平」に付された李善注（『蒙求』556「禰衡一鶚」の一部も参看か）。この故事は『後漢書』（巻八〇下・文苑列伝第七〇下）『太平御覧』（巻九二四・鸚鵡）『事文類聚』（後集巻四三・鸚鵡。「作レ賦見レ忌」）『金璧故事』（巻二・援レ筆空成二鸚鵡賦一）等諸書に見える。

29　東人壺碑　奥州宮城郡の壺碑《つぼのいしぶみ》（多賀城碑のこと）は高さ六尺・幅三尺で、「その銘に京を去ること一千五百里、蝦夷国を去ること一千百二十里（「千」は衍字）……大野東人朝臣所レ建也（「大野朝臣東人之所レ置」が正しい）……」とある。

出典未詳。多賀城碑のことについては『遠碧軒記』（黒川道祐著、巻下）あたりに見えるのが比較的早く、江戸後期の随筆にはよく記されている。『塩尻』（天野信景著。巻二三）『卯花園漫録』（石上宣続著。巻四）『笈埃随筆』（百井塘雨著。巻二）『松屋筆記』（小山田与清著。巻八七）『翁草』（神沢貞幹著。巻五、四八、一一七）『好古小録』（藤井貞幹著。巻上）『年山紀聞』（安藤為章著。巻一）『年々随筆』（石原正明著。巻二）『草廬漫筆』（武田信英著。巻

二）『海録』（山崎美成著。巻一四）『古京遺文』（狩谷棭斎著。「修造多賀城碑」）等の諸書参照。

30　伏波銅柱　後漢の馬援は若くして大志あり、「困窮の時こそ堅い志を立て、老いては壮気を保つべし」と言った。光武帝の時虎貴中郎将となり、鬚髪眉目共に美しく、礼法に通じ、戦略もよくし、伏波将軍として交阯・蛮夷を征討し新息侯に封ぜられた。交阯に到り銅柱を立て漢の領地の境界としたのは馬援である。

出典は『蒙求』（17「伏波標柱」）。猶、馬援については『後漢書』（巻二四・列伝第一四・馬援）に詳しく、その注に「広州記曰、援到㆓交阯㆒立㆓銅柱㆒為㆓漢之極界㆒也」とも見えている。

31　政子尼将　平政子は北条時政の娘で、源頼朝に嫁ぎ頼家・実朝を生む。頼朝没後に政子は尼となり、後に従二位を授けられ、二位の禅尼と称され、実朝没後は二位の尼として政を執り「尼将軍」と呼ばれた。

出典は『本朝蒙求』（巻下・11政子尼将）。政子が尼将軍として政を執ったことは、一条兼良『樵談治要』（「簾中より政務を行はるる事」）『小夜のねざめ』や『吾妻鏡』（巻二五・嘉禄元年七月十一日）『増鏡』（第二・新島守・摂家将軍の下向）等にも窺え、明治期の『瓊矛餘滴』（巻中・政子函鳩）『日本蒙求初編』（巻下・政子与鏡）などにも受継がれている。猶、政子の略伝の代表的なものに『本朝列女伝』（巻二・夫人伝・平政子）『本朝女鑑』（巻二・二位尼）などがある。

32　呂后女主　呂太后は漢高祖劉邦の微賤の頃からの妻で、孝恵帝と魯元公主を生んだ。孝恵帝・高后（呂太后）の時代は戦争から解放され、高后は女君として政を執り、後宮を出ずに治めて天下安泰であった。刑罰の執行や罪人もまれで、民は農務に励み衣食豊かになった。

出典は『史記』（巻九・呂太后本紀第九）。他に『漢書』（巻九七上・外戚伝六七上・高祖呂皇后）にも見える。

33　企儺向臀　欽明帝の二十三年正月に任那が新羅に滅ぼされ、七月に大将軍紀男麻呂・副将河辺瓊缶《にえ》を派遣。瓊缶は転戦連勝し、新羅は白旗を揚げ降伏したかに見えたが偽りで、逆に攻めたてられ捕虜となった。同時に捕まった調吉士《つきのきし》伊企儺《いきな》は勇猛で屈服せず、新羅の闘将に日本に尻を向け「日本の将、我が尻くらえ」と言えと強いられるが、「新羅の王よ、我が尻くらえ」と叫び殺された。

出典は『日本書紀』（巻一九・欽明天皇二十三年正月、七月）。この話は他に『日本紀略』（前篇六・欽明天皇二十三年正月、七月）にも見え、『本朝蒙求』（巻中・100佐用振巾）『本朝語園』（巻六・292河辺臣責㆓三韓㆒、293伊企儺扣㆓尻臂㆒）なども本書に近い。

34　秀実唾面　李希烈の乱で、鎮圧の命を受けた姚令言の軍は、朝廷から十分な慰安が受けられず憤慨して都に乱入し、朱泚を頭目に立てた。自ら皇帝に即《つ》こうとした泚の顔に、段秀実は唾を吐きかけて罵り、笏《しゃく》でその頭を撃ったが、殺されてしまった。

出典は『十八史略』（巻五・唐・徳宗皇帝）。猶、この故事は他に『旧唐書』（巻一二八・列伝第七八・段秀実）『新唐書』（巻一五三・列伝第七八・段秀実）や『十七史蒙求』（巻一〇・段撃朱泚）『事文類聚』（続集巻一九・朝服「笏撃朱泚」）『勧懲故事』（巻三・奪笏撃賊）『氏族大全』（辛集・二五願・段「挙笏撃賊」）『五車韻瑞』（巻一三五・六月二・笏「撃賊臣笏」。巻一五〇・一二錫・撃「笏撃」）等にも見え、白居易「青石」詩（『白氏文集』巻四）にもこの故事が詠込まれている。

35　聖徳勝鬘　聖徳太子は用明帝の第一子。その母の夢に救世菩薩が衆生救済に現われ、その胎を借りたいと口より入ったかと思うと娠《はら》み、敏達二年正月に厩屋で誕生したが、赤黄の西光が宮中を照らした。同六年百済より仏経論書が伝わるや、彼が昔陳国の南嶽で読んだものだと言うので帝も驚く。推古三年高麗の慧慈が来り太子の師となる。十四年に帝は太子に『勝鬘経』を講じさせ、了《おわ》ると天より蓮華が降ったので喜び、その地に橘寺を建て、十七年に『勝鬘経疏』が成った。

出典は『元亨釈書』（巻一五・方応八・聖徳太子）。猶、この説話に関しては、『聖徳太子伝暦』『上宮聖徳太子伝補

闕記』『日本往生極楽記』(1聖徳太子)『三宝絵』(巻中・1聖徳太子)『扶桑略記』(第三・欽明天皇三十二年)等の諸書に見える。

36 昭明文選 梁の昭明太子蕭統は『文選』三〇巻を撰し自ら序文を認めた(以下序文の後半が引用される)。

出典は恐らく和刻本『六臣注文選』(慶安五年か寛文二年刊本)であろう。

37 房平徳帥 藤原房平の曰く、わが心には善と悪が存し、この二者(善を味方、悪を敵とする)が戦いを行う。仁義を前軍の将、礼信を後軍の将として、日夜大敵を滅すべく努めている。たとえ妄念邪志が巧みな戦術をとろうと、明徳の帥将《かしら》はスキなく備えて敵は自と敗れるのだ、と。

出典は『本朝蒙求』(巻上・57房平二戦)。『本朝蒙求』は更に溯る『倭論語』(巻四・公卿部下・藤房平)の記事を参考にしている。

38 閔損心戦 閔子騫は肥満で、子貢が「何で肥《ふと》っているのか」と問うと、「出かけると美しい馬車が欲しくなり、教室に入り先生の言葉を聞くとそうありたいと思う。この二つの心が共に戦って、今先生の言葉が勝ったので肥《ふと》っているのさ」と答えた。

出典は『太平御覧』(巻三七八・肥)か(但し、「先生」を「先王」に作る)。或いは以後の類書の可能性もある。閔子騫は孝子として有名で、その故事(例えば『蒙求』296「閔損衣単」)の方が諸書に見えて知られていよう。

39 加賀伏柴 待賢門院加賀は作りおいた「かねてより思ひしことよ伏柴のこるばかりなる歎きせんとは」を秀作と思い、用いる機会を待っていた。花園左府源有仁と恋愛し、この歌を用いたところ、大変賞美され「伏柴の加賀」と呼ばれた。

出典は『本朝蒙求』(巻下・25加賀伏柴)。この逸話は『今物語』(22伏柴の加賀)『十訓抄』(第一〇・可レ庶二幾才能芸業一事・11伏柴の加賀のかねてよりの歌)『古今著聞集』(巻五・和歌第六・30待賢門院の女房加賀の伏柴の歌事)

『東斎随筆』（詩歌類五・37）等をへて、『女郎花物語』（内閣文庫写本巻上・13。万治四年刊本巻中・26）『本朝女鑑』（巻一〇・弁通下・5待賢門院加賀）などにも見え、本書の後にも『絵本故事談』（巻二・伏柴加賀）に録されている。

40　婕妤棄扇　漢の宮女班婕妤は帝の寵愛が衰えた時、「怨歌行」（新裂斉紈素……）を作った。

出典は恐らく『古文真宝前集諺解大成』（五言古風短篇所載「怨歌行」注）であろう。もっともこの作は『玉台新詠』（巻一）『文選』（巻二七）『芸文類聚』（巻二・雪。巻四一・楽府古詩。巻六九・扇）『初学記』（巻一・月。巻二・雪、霜）等、後の諸書に引用される名高い作。

41　宿祢探湯　応神帝九年四月、武内宿祢を筑紫に派遣し民を監察させた時、弟の甘美内宿祢が兄の謀反を帝に訴えた。忠君の身の災いと兄は慨嘆し赤心を訴え、二人は相争ったが決せず、磯城川の浜での探湯《くがたち》により兄の冤罪は晴れ、弟は処刑された。

出典は『本朝蒙求』（巻上・62宿祢探湯）か、その改変。他に『日本書紀』（巻一〇・応神天皇九年四月）『日本紀略』（前篇四・応神天皇九年四月）『扶桑略記』（第二・応神天皇八《ママ》年四月）『水鏡』（巻上・応神天皇八《ママ》年四月）などにも見え、後世の『瓊矛餘滴続編』（巻中・武内沸湯）『日本蒙求初編』（巻上・武内探湯）にも受継がれている。

42　述古模鐘　陳述古が浦城令となった時、県に物を失《な》くした人がいて、盗んだ者がわからなかった。彼はそこでいつわって「盗人を明らかにする鐘があり、盗人がさわると鳴る」と言い、陰《ひそ》かに鐘を帷で囲み墨を塗らせておいた。囚人達は中に入り鐘にさわらせられたが、一人だけ手を墨で汚していない者がいて、問い詰めるとそれが犯人だった。

出典は『五車韻瑞』（巻一五四・一三職四・墨「盗模鐘墨」）か、『潜確居類書』（巻五六・県令「墨鐘訊盗」）であろう。この故事は『事文類聚』（別集巻二三・治盗偸盗「託鐘弁盗」）にも見えている。

43　田村討賊　坂上田村麻呂は八尺八寸の偉丈夫で勇烈武毅の人。延暦年間に詔を承けて東夷を討ち、弘仁元年には藤原仲成を誅した功臣である。征夷大将軍中納言に至り左近衛大将を兼ねた。

出典は『日本古今人物史』（巻一・武将部・1坂上田村麻呂伝）。猶、田村麻呂の伝には「田邑麻呂伝記」（嵯峨天皇作）『日本後紀』（弘仁二年五月二十三日薨伝）等があり、『公卿補任』（延暦二〇年～弘仁二年）で略歴も知られ、後にも『扶桑名将伝』（巻上）他の武人伝にその名を見る。

44 衛青征匈 前漢の衛青は、平陽侯に仕えた父鄭季《ていき》とその妻陽信長公主に仕えた衛媼との間に生まれ、羽振りの良い母方の姓を名乗った。車騎将軍となり匈奴を討伐して長平侯となり、武帝の元朔年中には三万騎を率いて討って出、匈奴の右賢王を追い払い、その配下の副将十人以上と民一万五千、家畜数十百万を生け捕り帰任して大将軍を授けられた。

出典は『蒙求』（387「衛青拜幕」）。猶、衛青のことは『史記』（巻一一一・衛将軍驃騎列伝第五一）『漢書』（巻五五・衛青霍去病伝第二五）などにも見えている。

45 活目逐雀 崇神天皇は兄の豊城命《とよきのみこと》と弟の活目尊《いくめのみこと》（後の垂仁天皇）のいずれを後嗣にするか夢占いで決めようとする。兄は東に向き武力を行使した夢をみ、弟は四方に縄を渡して粟を食む雀を逐う夢をみたので、弟を皇太子とし、兄には東国を治めさせることとした。

出典は『日本書紀』（巻五・崇神天皇四十八年春正月）。

46 肅宗見龍 唐の肅宗は春宮の時、諸王と共に玄宗に従い太清宮に詣でた折、殿の東梁に龍を見た。玄宗が「何か見えたか」と諸王に問うと皆「いいえ」と言う。太子にも問うと、彼はうつむいて答えないので、更に「頭はどこにあるか」と問うと、「東の上です」と答えた。玄宗は太子を撫で「まさに我が子だ」と言った。

出典は『江行雑録』（宋・廖瑩中撰）か。後の『淵鑑類函』（巻四三七・龍二）に引用されているので、それ以前の類書の可能性もある。

47 兼家関雪 藤原兼家が大納言になった時、夢の中で逢坂関を過ぎ深雪を見た。凶兆かと思ったが、占う者は吉夢で明日斑牛が献上されると言い、その通りとなった。大江匡衡に語ると、彼は「大吉の夢だ。逢坂は関で、雪は白い。即ち関白になるだろう」と言い、その通りとなった。

出典は『江談抄』（第一・摂関家の事・31大入道夢想事）。『大東世語』（巻三・捷悟・1話）にも見え、『扶桑蒙求』（巻上・79兼家夢雪）は本書に依る。

48　丁固腹松　呉の丁固は孫皓に仕え司徒となった。尚書だった時、松が腹の上に生える夢を見て、人に語って言うには、「松は十八公に分解できるから十八年経ったらわしは公になる」と。その夢の通りとなった。

出典は『蒙求』（214「丁固生松」）。この故事は他に『三国志』（巻四八・孫皓伝所引の張勃『呉録』）『芸文類聚』（巻八八・松。『呉録』所引）『事類賦』（巻二四・松。『呉録』所引）『太平御覧』（巻三九八・吉夢。巻九五三・松。共に『呉録』所引）『事文類聚』（後集巻二二・夢。新集巻一・三公）『円機活法』（巻二三・松）『氏族大全』（戊集・一五青・丁「松夢」）『淵鑑類函』（巻六二・三公総載。『呉嗣主伝注』所引。巻四一二・松二。張勃『呉録』所引）等に見え、『語園』（巻上・82松ヲ夢ニ見ル事〈蒙求〉）にも引かれている。

49　物主笥蛇　大物主神《おおものぬしのかみ》は倭迹々百襲《やまとととももそ》姫命《ひめのみこと》を妻とした。妻は夫が夜にしか来ないので、昼に尊顔を拝したいと願った。そこで、夫は明旦櫛笥の中に居ると答え、見ると中に小蛇がいて妻は驚き叫んだ。夫に羞《はじ》をかかせた妻は陰《ほと》に箸を突きさして薨じ、その墓を箸墓という。

出典は『日本書紀』（巻五・崇神天皇十年九月）。他に『日本紀略』（前篇三・崇神天皇十年）にも見える。

50　王喬網鳧　後漢の王喬は楚の葉県《しょうけん》の令となったが、神仙の術の心得があった。毎月の一日、十五日に彼は宮中にやって来た。乗物の気配がないので顕宗（明帝）は不審に思い探らせたところ、南方から飛来する二羽の鳧が彼かということになり、網を張って捕らえたら一足の舃《くつ》にすぎなかった。天帝から下された玉棺に沐浴服飾して入り葬られ、廟を葉君祠という。

出典は『蒙求』(247「王喬双鳧」)。その典拠は『後漢書』(巻八二上・方術列伝第七二上・王喬)にあるが、この故事自体は『白氏六帖』(巻二九・鳧)『太平御覧』(巻六九七・舄。巻九一九・鳧。共に『風俗通』所引)『事文類聚』(前集巻三四・仙。続集巻二〇・履。後集巻四七・鴨〈鳧付〉。外集巻一四・県尹)『潜確居類書』(巻五六・県令)『群書類編故事』(巻一〇・王喬飛鳧)『氏族大全』(丁集・一〇陽・王「鳧舄」)『五車韻瑞』(巻一一・七虞・鳧「王喬双鳧」。巻一四七・一一陌三・舄「王喬舄」)他諸書に見え、本朝でも『文鳳抄』(巻四・州県)『語園』(巻上・43王喬鳧ニ乗事)などに採られている。

51 有馬不軌 蘇我赤兄は有馬皇子に天皇の三つの過失を説いてクーデターを唆《そそのか》し、皇子が兵を起こすと言った時、偽って承諾し、その夜皇子の居処を軍兵で囲み、一件を奏上した。斉明帝は紀州の藤白坂での絞殺を命じたが、皇子は岩代の松が枝を引結び詠じて、赦免されんことを祈った。

出典は『日本書紀』(巻二六・斉明天皇四年十一月三日)。引用されている有間皇子の当該和歌は『万葉集』(巻二・141)に見える。猶、巻頭の標題目録では「有間不軌」に作っている。

52 呉濞伏誅 漢の時、呉王濞《び》の子である太子が入朝し、皇太子と博奕をして争い殺された。それで父の濞は病と称し入朝しなくなったので、帝は呉王に床几と杖を与えた。景帝三年に濞は反し、東越に敗走し殺されている。

出典未詳。『史記』(巻一〇六・呉王濞列伝第四六)『漢書』(巻三五・荊燕呉伝第五・呉王劉濞)のいずれかであろうが、本書本文が余りに短いので決し難い。他に『十八史略』(巻二・西漢・孝景皇帝)『事文類聚』(前集巻二一・皇太子。巻二二・親王)等にも関連記事が見える。

53 宗清去国 弥平左衛門尉宗清は池禅尼の臣季宗の子で、平治の乱の折、源頼朝を捕らえて清盛に献じ、保護する役となり、十三歳で孤苦の身の頼朝を憐れむ。後に平氏を討った頼朝は宗清の恩を忘れず、報いるべく池頼盛を遣わし鎌倉に招くも、彼は源氏に恩を受けることを恥とし応じなかった。

出典は『日本古今人物史』（巻四・義士部・左衛門宗清伝）。猶、宗清のこの逸話は『平治物語』（巻下）『平家物語』（巻一〇・池の大納言関東下り）『源平盛衰記』（巻四一・忠頼討たる附頼盛関東下向の事）『吾妻鏡』（巻三・元暦元年六月一日）『本朝語園』（巻六・303宗盛西海）にも見えている。また、本書の後には『扶桑蒙求』（巻中・5宗清宥死）にも見える。

54　范蠡泛湖　范蠡《はんれい》は越王句践《こうせん》に事《つか》えて深謀をめぐらすこと二十年。遂に呉を滅ぼし会稽の恥を雪いだ。名声を揚げたらその地位に久しく居るべきではないし、句践は患《うれ》いを共にできても、安楽は同じくできないと、彼のもとを去った。猶、「句践」は「勾践」にも作る。

出典は『蒙求』（274「范蠡泛湖」）。そのもとは『史記』（巻四一・越王句践世家第一〇。巻一二九・貨殖列伝第六九）。猶、「泛湖」に関わる逸話は『芸文類聚』（巻九・湖。『風俗通』所引）『初学記』（巻七・湖。『国語』『徐州先賢伝』所引）『事類賦』（巻一六・舟。『呉越春秋』所引）『事文類聚』（前集巻一七・湖）『潜確居類書』（巻六四・游覧）『氏族大全』（庚集・五三豏・范「扁舟五湖」）『淵鑑類函』（巻三八六・舟二。『呉越春秋』所引）等諸書に見える。

55　清盛福原　平清盛は小石に『法華経』の一字を写し海に沈めて経島を作り、舟行の便をはかった。そして、福原に都を遷すことを奏上し、治承四年六月に天皇・法皇・公卿や上下貴賤は福原に移った。が、程なく清盛没し、旧都に還幸した。

出典は『平家物語』（巻六・入道病ひの事～兵庫の築島）や『源平盛衰記』（巻一七・福原京の事～巻二六・入道病を得附平家亡ぶべき夢の事）あたりか。猶、幸若舞曲や説経浄瑠璃に「築島」があるが、そこでの清盛は、人々を捕らえて人柱にしようとした悪者となっている。

56　曹操許都　曹操は董卓を討つ時から滎陽《けいよう》に戦い、河内に駐屯し、東郡太守となり東武陽を治め、更に兗州《えんしゅう》に入って拠点としてその刺史となり、天子が長安から洛陽に移るや、操は入朝し、天子を許に移した。

出典は『十八史略』（巻三・東漢・孝献皇帝）。

57　源順和名　源順の先祖は弘仁帝より出で、楊院大納言定《さだむ》、中大夫左京兆尹至《いたる》、そして挙《こぞる》（擧に作るは誤り）と続いて順に至る。彼は博聞強記でよく詩文を作し和歌を詠じた。村上帝は天暦五年に順らに『後撰集』を撰集せしめた。彼は『和名類聚抄』を著してもいる。

出典は『本朝蒙求』（巻中・43源順博識）。もとは林羅山「題㆓倭名鈔㆒」（『新刻倭名類聚鈔』刊行の冒頭文）により、その抄出文である。

58　周公爾雅　『爾雅』三巻の釈詁は周公の書であり、他の篇は仲尼・子夏・叔孫通・梁文が増加したもの。郭璞の注によると文字の学には体制・訓詁・音韻があり、訓詁の書には『爾雅』『方言』等があるという。芸文志や経籍志は本書を『孝経』や『論語』の類に入れるが、四庫分類の小学に置くべきものである。

出典は冒頭に記される通り『文献通考』（巻一八九・経籍考一六）。

59　雅経白河　飛鳥井雅経は和歌・蹴鞠の名手で知られる。洛陽白河の最勝寺に名高い桜があり、花の時節になると貴顕が来遊し蹴鞠の催しがあり、雅経も名手だったのでお呼びがかかった。ある時その桜が枯れて他の木に移し変えられたので懐旧の情もだし難く、「馴れなれて見しは名残りの……」の歌を詠んだ。歌意を釈するに、長らく白河の花下に遊んできたが、一本も残らなかったとは、古き昔が恋しく思われてならぬ、ということだ。

出典は『新古今集』（巻一六・1455）であろうか（その注釈類も含む）。猶、雅経のことは『古今著聞集』（巻一・神祇第一・32二条雅経賀茂社の利生を蒙ること）にも見え、『百人一首一夕話』（巻八・参議雅経）でも歌と鞠にすぐれていたことは記すが、この話柄自体を受継ぐものは他には余りなさそうだ。

60　裴度緑野　唐の裴度《はいど》は憲宗の時に宰相をやめて園池を治め、緑野堂・子午橋などのすぐれた別荘を作り、詩人達と觴詠し楽しんだ。穆宗・敬宗（文宗）の時に政の輔佐の任に在ったが特に何もしなかった。だが、四朝の宰相となったのでその威光・声望は四方の夷《えびす》にも達し、唐の使節に見《あ》うと彼の安否を問うのが常だった。

出典は『十八史略』（巻五・唐・文宗皇帝）。裴度の伝は『旧唐書』（巻一七〇・列伝第一二〇・裴度）『新唐書』（巻一七三・列伝第九八・裴度）に見え、緑野堂のことは『事文類聚』（前集巻三二・致仕。続集巻六・第宅。外集巻七・留守。新集巻五・部省部）『群書類編故事』（巻一八・人事類「作二緑野堂一」）『五車韻端』（巻三七・七陽・堂「緑野堂」）などにも見えている。

61　仲綱惜騮　源仲綱は愛馬樹下《このした》（木の下）を清盛の子の宗盛に強要され献上するが、宗盛が馬の額に仲綱と烙印し、怒罵鞭笞したので憤激した。茂仁《もちひと》親王の平氏討伐が発覚して頼政・仲綱父子はこれに従い宇治で交戦する。時に仲綱の家臣渡辺競が平氏の陣営に入り、主人の仲綱を怨んでいると訴え、喜んだ宗盛より一馬を与えられ帰った。そこで仲綱はその馬の額に平宗盛の名を烙印して六波羅に放った。

出典は『平家物語』（巻四・競）か、『源平盛衰記』（巻一四・木の下馬の事、三位入道入時の事）であろう。『本朝蒙求』（巻下・13仲綱木下、14宗盛煖廷）と話柄はほぼ同じだが、文章はかなり異なる。猶、後の『絵本故事談』（巻五・源仲綱）は『本朝蒙求』を訓読した内容のようだ。

62　宋地奪馬　宋の公子地は蘧富猟《きょふりょう》を愛し家財の十一分の五を与えた。その中に白馬四頭があったが、宋公は寵臣向《こう》魋《たい》が欲しがったのでそれをとりあげ、尾とたて髪を赤く染めて与えた。地は怒り魋から取り戻した。恐くなった魋が他国に逃げようとすると、宋公は門を閉め泣いて止めた。宋公の同母弟の辰が地に言うには「家財を分け猟に与えておいて、魋を蔑むのは不公平だ。ひとまず逃げなさい。国境を出るまでもなく宋公がお留めになるだろうから」と。そこで地は陳に走ったが、宋公は留めもしなかった。辰は「これでは兄を騙《だま》したことになる。国の主《おも》だった人と私が逃亡したら宋公は一体誰と暮らされるつもりか」と意見した。

出典は『春秋左氏伝』（定公十年）。

63　源空稲岡　源空は作州稲岡の人で、その母は剃刀《かみそり》を吞む夢をみて孕み彼を生んだ。四、五歳で挙止西向するので、菩提寺の観覚は弟子としたが、大器とみて延暦寺の源光に推薦。光もまたその俊才を嘆じ、功徳院皇円に薦め、十五歳で受戒した。睿空に密乗・大乗律を学び、『往生要集』を見て浄土専念の宗に入り、高倉帝に戒を授け、藤原兼実に召されて浄土のことを問われた。後、讃岐に謫されたが衆生教化の幸いとし、都の大谷に戻って病み、建暦二年正月二十五日に仏名を唱え寂した。その二、三日前に紫雲が彼の坊の上に垂れていたという。

出典は『元亨釈書』（巻五・慧解二之四・大谷寺源空）。

64　慧遠蓮社　慧遠は雁門楼（婁）煩の人で、若い頃から書を好み、十三歳で遊学して六経・老荘を学び、宿儒英達に心服された。二十一歳で江東に渡り中原の寇乱に遭う。時に釈道安の名声を聞いて師事し、その『般若経』の講説に豁然として悟達した。『仏祖統紀』に謝霊運が廬山に至り慧遠に会って心服し、台を築き『涅槃経』を翻読したという。白蓮池を作り、浄土の業を修して白蓮社と号した。

出典は梁の慧皎の『高僧伝』（巻六・義解篇三・晋廬山釈慧遠）でその抄出。末尾の方は『仏祖統紀』（巻二六・蓮社七祖・慧遠）からの引用。

65　入鹿覆尸　蘇我入鹿は皇極帝の時大臣となって政権を牛耳り、奢侈姦虐であったので人々は目をそむけたが、中大兄皇子と藤原鎌足は同心して、三韓進調の日に入鹿を誅殺した。その日雨水が庭に溢れたので席障で屍を覆った。

出典は『日本書紀』（巻二四・皇極天皇三年正月一日、四年六月八日、十二日）。他に『日本紀略』（前篇七・皇極天皇四年）『扶桑略記』（第四・皇極天皇四年）でも入鹿誅殺から屍を覆うところ迄記されるが、例えば『水鏡』（巻中・皇極天皇）や『本朝蒙求』（巻上・38入鹿姦邪）のように誅殺の記事迄にとどめるのがむしろ一般であろうか。

66　董卓然臍　呂布は董卓のお気に入りだったが、些細なことで機嫌を損ない戟《ほこ》を投げつけられた。王允は呂布と結んで董卓を殺そうとし、卓が入朝した時北掖門で兵に討たせた。車から墜ちた卓が布を大声で呼ぶと、「詔あって賊臣を討つ」と言い卓を刺殺した。卓は三十年分の穀物と山の如き金銀財宝を貯え「うまくいけば天下を、だめでもこの財を守って老いればいい」と言っていたが、屍を市井に曝すことになった。卓は肥満でその臍《へそ》に大きな燈芯を置きもやしたところ、数日もえたという。

出典は『十八史略』（巻三・東漢・献帝）。他に『三国志』（巻六・魏書六・董卓伝）などにも見える。

67　善成河海　四辻善成は順徳院の曽孫で学才豊かにして『源氏物語』に注し、『河海抄』を著した。詳細に解き明かし、引用典拠も詳しく、その書名は仏書に言う「四河入レ海」に依る。この物語は寛弘の初めに上東門院の侍女の紫式部が著したもので、本朝女史による最もすぐれた作品である。

出典は特にないか。『本朝蒙求』（巻下・103義成博渉）も善成の『河海抄』に言及するが本書の直接の典拠というほどのものではあるまい。

68　方回瀛奎　元の方回は『瀛奎律髄』を撰した。「十八学士登二瀛洲一」（唐太宗の時文学館を作り房玄齢・杜如晦ら十八人を学士とし、像・賛を書かせ書府に蔵せしめ、天下の人に慕向せしめた。名誉をうる意）「五星聚レ奎」（『宋史』太祖紀に見え奎は学問・文芸を掌る星で、天下太平を暗示する）、そして、五・七言の近体を律、皮骨を得る意を髄に託したのである。

出典は『瀛奎律髄』（序文）。かの書は唐宋の五言七言の近体詩を撰集し、評語や異聞逸事を記しており、明・清刊本・朝鮮刊本等の他に寛文十一年（一六七一）刊の和刻本もある。

69　衫子茨田　茨田堤の二処が決壊した時、仁徳帝は夢の中で、武蔵の強頸《こわくび》と河内の茨田衫子《まむたのころものこ》二人に河の神を祭らせれば塞ぐことができると告げられた。そこで強頸は水に入り死して堤と成った。衫子は瓠《ひさご》二箇を水中に投じ、その浮沈に依って河神の意を占い、彼は死なずして堤を成すことができた。当時の人はその両処を強頸の断間《たえま》・衫子《ころもこ》の断間と呼んだ。

出典は『日本書紀』（巻一一・仁徳天皇十一年十月）。他に『日本紀略』（前篇五・仁徳天皇十一年）『帝王編年記』（巻五・仁徳天皇十一年）にも記されている。

70　李広桃蹊　前漢の李広は武帝の時の人で、匈奴は漢飛将軍と呼んで恐れ、数年侵入することはなかった。四十年間に七郡の太守を歴し、上《おかみ》の賞賜品は配下に分与し、士卒と共に飲食し、士卒は彼に用いられることを楽しんだ。賛に、李将軍は朴訥な田舎人で口のきき方は下手だったが、その亡くなった日には天下の諸人が皆涙した。誠実さが士大夫に信用されていたのだ。諺《ことわざ》に、桃花は何も言わないが、その下には自ずと通う小道ができるものだ、と。

出典は『蒙求』（70「李広成蹊」）。彼の伝は『史記』（巻一〇九・李将軍列伝第四九）『漢書』（巻五四・列伝第二四・李広）などにも見え、賛以下の「桃李不レ言、下自成レ蹊」の評言は殊に有名で、『芸文類聚』（巻八六・桃）『事文類聚』（後集巻二一・桃花）『淵鑑類函』（巻三九九・桃四）等諸類書に引かれる。

71　頼家窃妾　安達景盛は源頼家に仕えていた。彼の愛妾は姿色美《うるわ》しかったので、頼家は言い寄り、景盛を三河の室平重広討伐に出した隙《すき》に彼女を劫奪した。景盛が凱旋して怨みを口にしたので誅殺し、母政子に詰《なじ》られた。

出典は『吾妻鏡』（巻一六・正治元年七月十日、十六日、二十日、八月十八〜二十日）か。後の『百人一首一夕話』（巻八・鎌倉右大臣実朝）でもかなり詳説されている逸話である。

72　康王奪妻　韓朋（或いは韓憑とも）の妻は美人だったので康王が略奪し、朋は怨んだ。それで王が朋を捕らえると、朋は自殺した。その妻も人知れず衣を腐らせ、王と高台に登った時に自ら身を投げ、左右の誰も留めえなかった。遺書を残して夫と合葬されんことを願ったが、怒った王は間を置いて埋めさせた。ところが墓の二本の梓木は伸び、枝と根が各々互いに絡み合い、鴛鴦が棲みつき朝暮に悲鳴した。南方の人は鴛鴦は韓朋夫婦の魂の化したものと思った。

出典は『捜神記』（巻一一）か。猶、この説話は「韓朋賦」としても広く知られ、『法苑珠林』（巻二七・至誠篇第

一九・感応縁「宋韓馮妻康王奪」。『捜神記』所引）『芸文類聚』（巻四〇・冢墓。『捜神記』所引）『太平御覧』（巻五五九・冢墓三。『捜神記』所引）『太平広記』（巻四六三。『嶺表録異』所引）『太平寰宇記』（巻一一四・済州鄆城県・韓憑冢。『捜神記』所引）『日記故事大全』（巻七・妻道類）『潜確居類書』（巻一〇五・鴛鴦「交頸」）『五車韻端』（巻九三・七遇一・樹「相思樹」）等に見え、本朝でも『三国伝記』（巻一・第二六・宋韓馮妻事）『榻鳴暁筆』（巻一三・怨念・21宋韓次《ママ》夫婦）『新語園』（巻七・13韓朋為二鴛鴦一）『宣験記』『嶺表録』『捜神記』の書名を付す）『訓蒙故事要言』（巻六・29「鴛鴦之契」。『事文類聚』『古今類書纂要』にも見えると記す）などに特筆されている。

73　助種退蝮　清原助種《すけたね》が左近衛府で禁護していると、夜に一匹の蝮《まむし》が近づいて来て、毒牙で咬《か》もうとしたが、彼は泰然自若として笛で還城楽を奏でた。音色美しく響き渡り、蛇も聴いているようだったが、俄かに逃げてしまった。それでその笛を「蛇逃《じゃのがれ》」という。

出典は『本朝蒙求』（巻下・7助種蛇逃）か。もともとは『十訓抄』（巻一〇・可レ庶二幾才能芸業一事・26伶人助光（元）の笛）『古今著聞集』（巻二〇・魚虫禽獣第三〇・54伶人助元笛を吹きて大蛇の難を遁るる事）『古事談』（第六・亭宅諸道・11清原助元、還城楽を吹いて、蛇難を遁るる事）『続教訓抄』（巻一一下・吹物・横笛名物等物語）『日本古今人物史』（巻七・芸流部・5助元伝）『本朝語園』（巻七・管絃付雑事・363助元遁二蛇之害一）等にも見えるが、笛の吹き手は殆ど助元（光とも）となっている。猶、本書の後の『絵本故事談』（巻四・助種）は主人公を助種としており、『本朝蒙求』や本書を継承していると言える。

74　瓠巴躍魚　孫卿子（荀子）が言うに、瓠巴《こは》が琴を鼓すと游魚が出て聴き、伯牙が琴を弾ずると六馬が仰ぎ食《くら》うという。注に、瓠巴は楚の人で音楽に優れていて、感動させるに十分であることを言う、とある。

出典は『荀子』（勧学篇）か。この故事は『芸文類聚』（巻四四・琴）『白氏六帖』（巻一八・琴）『事類賦』（巻一一・琴）『太平御覧』（巻五七七・琴上）『白氏六帖』（巻一八・琴）『文鳳抄』（巻六・琴）『淵鑑類函』（巻一八八・琴

二）等類書にはよく引かれているが、殆どが『列子』所引である。猶、『事文類聚』（続集巻二二・琴）は『荀子』所引であり、『文選』（巻三五・張協「七命八首」其一）所引の李善注に「孫卿子曰、昔者瓠巴鼓琴而鱏魚出聴、伯牙鼓琴而六馬仰レ秣」とあるのも注意される。

75 泰親焦衣 安倍泰親は占いがよく当たり指神子《さすのみこ》と称された。ある時雷が家に落ち衣服を焦《こ》がしたが無事だった。治承三年十一月都が震動したので入朝して勘文を奉った。その時平清盛が兵を率い宮中を囲み上皇（後白河）を鳥羽離宮に幽閉した。翌年五月鳥羽殿ではイタチやネズミが群を成したので、泰親に占わせたところ、「三日にして喜あり、三日にして憂あり」と出た。前者は幽閉を解かれたこと、後者は茂仁《もちひと》親王の挙兵であった。

出典は『本朝神社考』（下之六・泰親）で、その抄出と一部修正から成るか。この逸話は他に『平家物語』（巻三・法印問答。巻四・高倉宮謀叛）『源平盛衰記』（巻一一・大地震の事。巻一三・鳥羽殿鼬の沙汰の事）等にも見える。猶、泰親の他の逸話は『続古事談』（第五）『古今著聞集』（巻一、四、一七）に見える。

76 夏侯読書 夏侯玄は風格高朗で弘弁博暢な人であったが正始年間に曹爽に誅殺された。嘗て柱にもたれ読書していた時、暴雨雷鳴があってその柱を破り、その衣服を焦がしたが、彼は顔色も変えず読書していた。

出典は『世説新語』（方正第五・6話所引劉孝標注で人物紹介をし、雷鳴で衣を焦がしたことは雅量第六・3話）か。猶、夏侯玄の伝は『三国志』（巻九・魏書九・夏侯玄伝）に見え、衣を焦がした故事も『事文類聚』（前集巻四・雷）『潜確居類書』（巻三・雷）『淵鑑類函』（巻九・雷三）等に見える。

77 武正落馬 下野《しもつけの》武正《たけまさ》は法性寺相公に随い天王寺への途次、山崎を通った時に落馬した。その折は問わず、また山崎を通りかかった時、「ここが武正（落馬）の地か」と言うので「はい」と答えた。やがて彼自身が山崎村を所領にして言うに「この地を武正の処と殿下が言われたからには誰も文句は言えまい」と。

出典は『古今著聞集』（巻一六・興言和口第二五・6下野武正山崎を領知の事幷に競馬に負けて酒肴を供する事）。

『大東世語』（巻四・任誕・11話）にも採られている。猶、下野武正は他にも様々な逸話を残しており、『古事談』（第六）『今物語』『宇治拾遺物語』（巻八、一五）『十訓抄』（第一）等に見える。

78　葛恪賜驢　呉の諸葛瑾は面長の驢馬顔だった。孫権は一頭の驢馬を牽《ひ》かせて面に「諸葛子瑜」と題した。その子の恪はそれを請いうけ「之驢」と二字を付足したので人々は歎称し、この驢馬を彼に与えた。

出典は『円機活法』（巻二四・驢）か。この故事は他に『三国志』（巻六四・呉書巻一九・諸葛恪伝）『芸文類聚』（巻九四・驢）『初学記』（巻二九・驢）『太平御覧』（巻九〇一・驢）『事文類聚』（後集巻一八・頭面）『淵鑑類函』（巻四三五・驢二）等に見え、これらの類書は「呉志」（『三国志』の『呉書』）所引とするものが多く、引用本文も類似する。

79　継信中矢　佐藤継信・忠信は鎮守府将軍秀衡の家臣である。源義経の平氏征伐に際し、二氏を彼に託し、彼らは処々で武功を挙げた。八（屋）島の合戦で継信は群を出でて進み、軍将を護るために矢に中《あ》たって死に、弟忠信は敵を射殺した。

出典は『日本古今人物史』（巻四・勇士部・6佐藤継信同忠信伝）。忠信らの活躍については『義経記』（巻五）、継信の屋島の合戦での最期は『平家物語』（巻一一・屋島）『源平盛衰記』（巻四二・源平侍共の軍附継信光政孝養事）などにも見える。『本朝蒙求』（巻下・87忠信義勇）は本書の記事に通ずるところもあるが直接の関係はないか。

80　嵇紹護輿　嵇紹は字を遠（延の誤り）祖といった。父の嵇康は山濤と仲良しで、誅殺される時、「巨源（山濤）がいるから独りぼっちじゃないよ」と言った。濤は彼を秘書丞に推薦した。紹の風貌を見てある人が王戎に言った「気品があってまるで鶏の中に一羽の鶴がいるようだった」と。裴頠もまた「もし彼が吏部尚書（人事担当の長）についたら人材のとりこぼしはなかろう」とその器量を認めた。乱の為に恵帝が蒙塵した時行在所に駆けつけ、軍の敗れて崩れる中、いかめしく衣冠を正して身を以て帝の輦を守り防いだが、雨の如き弓矢を受け帝の側で死に、その血は帝の衣に及んだ。乱の鎮定後、帝は彼の死を傷み、衣の血を洗い落とすことなく忠義をたたえ太尉の号を贈った。

出典は『蒙求』（278「嵇紹不孤」）。嵇紹の逸話は『晋書』（巻八九・忠義列伝第五九・嵇紹）に見え、「野鶴在二鶏群一」の件は『十七史蒙求』（巻一五・鶴入鶏群）にも採られている。

81 押坂喫芝　皇極帝の時、押坂直が一童子を連れて雪上で遊び、莵田山に登ると雪の下から紫菌が六寸ばかり四町程にわたって生えているのが見えた。童子に採らせて隣人に尋ねたが知らず、毒かと疑ったものの、押坂と童子が煮て食べてみるととても良い味だった。翌日行ってみると紫菌は消えていた。二人は菌の羹を食べ無病長寿であった。これは恐らく芝草のことを知らずに菌と言ったものだろう。

出典は『本朝蒙求』（巻下・90押坂喫芝）。そのもとは『日本書紀』（巻二四・皇極天皇三年三月）であり、『日本紀略』（前篇七・皇極天皇三年三月）にも節引されている。

82 劉晨飯麻　漢明帝の時、劉晨・阮肇《げんちょう》が天台山中に入り迷った。谷川に流れる杯と胡麻飯を見、人里のあるを知り、行くと美女二人に逢い、招かれて手厚いもてなしを受け枕席を勧められる。半年の逗留後彼らが帰還を口にすると、送別の宴を催して見送り、指示通りにして帰郷できたが、既に知人はおらず、七代後の子孫を見つけたものの、身を寄せえず、前に戻ろうにも道はわからなくなっていた。

出典は『蒙求』（344「劉阮天台」）。この逸話は他に『続斉諧記』『捜神記』『幽明録』に見え、『法苑珠林』（巻三一・潜遁篇第二三）『芸文類聚』（巻七・天台山。『幽明録』所引）『太平御覧』（巻四一・天台山。巻九六七・桃。共に『幽明録』所引）『太平広記』（巻六一。『神仙記』或いは『捜神記』所引）『事類賦』（巻二六・桃。『幽明録』所引）『群書類編故事』（巻一〇・劉阮天台）『事文類聚』（前集巻一四・衆山。後集巻二五・桃実。共に『捜神記』所引）『金璧故事』（巻一・胡麻盃裏覚二神仙一）『潜確居類書』（巻九六・飯「胡麻飯」）『氏族大全』（戊集・一八尤・劉「仙婚」。庚集・二〇元・阮「天台仙遇」）『五車韻端』（巻六〇・七麌・脯「山羊脯」。巻九五・八霽一・壻「桃源壻」。

巻一〇二・一四願・飯「胡麻飯」）等の類書にも見える。

83　重衡牡丹　平清盛の子重衡は戦に敗れ捕虜となった。源頼朝はひどく憐れみ千寿の琴瑟でその心を慰めたが、彼も善くする琵琶で憂さを晴らした。ある夜重衡が憂いにたえかねて橘広相《ひろみ》の詩句「燈暗数行虞氏涙」（『和漢朗詠集』巻下・詠史693）を吟ずるのを聞き、頼朝は「弓矢の他にこのような風流もあったのか」と嘆じた。側近の親義は「平氏には歌才ある者多く、その一族を百花に喩えるなら重衡は牡丹でしょう」と言った。

出典は『本朝蒙求』（巻下・63重衡牡丹）。この逸話のもとは『平家物語』（巻一〇・重衡東下り、千手重衡遊宴）や『源平盛衰記』（巻三九・重衡酒宴附千手伊王の事）に依る。後に『大東世語』（巻三・品藻15話）もこの話を受継ぎ、本書は『扶桑蒙求』（巻上・48重衡琵琶）に影響を与えた。

84　昌宗蓮華　則天太后は唐の宗室を殺し、皇帝を称して周と号し、張易之・昌宗兄弟を寵愛した。佞者は「人は昌宗が蓮花に似ていると言うが、蓮花が彼に似ているのだ」と言った。

出典は『十八史略』（巻五・唐・中宗皇帝）。張兄弟のことは『旧唐書』（巻七八・列伝第二八・張易之、昌宗）『新唐書』（巻一〇四・列伝第二九・張易之、昌宗）に見え、この故事は『氏族大全』（丁集・一〇陽・張「六郎」）『五車韻瑞』（巻五六・四紙二・似「蓮花似」）『淵鑑類函』（巻四〇七・芙蕖二）にも引かれ、本朝の『新語園』（巻二・41蓮華似二六郎一〈旧唐書〉）にも採られている。

85　茂光鳴篳　市允《いちのじょう》茂光は觱篥《ひちりき》で名声があった。彼が旅途海辺で海賊に遭い「平素音楽を嗜む。是非一曲吹いてから殺してくれ」と言って奏すると、賊は感嘆し立ち去った。その篳篥を海賊丸という。

出典は『本朝蒙求』（巻上・103茂光鳴篳、104時光弄笙）。この説話には『発心集』（第六・70時光茂光数寄天聴に及ぶ事）『源平盛衰記』（巻二五・時光茂光方違ひ盗人の事）『今鏡』（昔語第九・賢き道々）等がもとにあり、『大東世語』（巻二・雅量・9話）に受継がれる。猶、『続教訓抄』『体源抄』『楽家録』等にもこれに関わる記事が見える。

86 劉琨吹笳 晋の劉琨が晋陽にいた時胡賊に囲まれた。夜中胡笳を奏したところ、胡騎は流涕歔欷して故郷を思い、夜明け前に囲みを棄て立ち去った。

出典は『円機活法』（巻一七・笳）か。末尾の履歴は『十八史略』（巻四・東晋・中宗元皇帝）を利用しているか。この逸話は他に『晋書』（巻六二・列伝第三二・劉琨）『芸文類聚』（巻四四・笳。『世説』所引）『太平御覧』（巻五八一・笳。『世説』所引）『十七史蒙求』（巻一二・越石清嘯）『事文類聚』（続集巻七・楼閣。巻二三・笳）『潜確居類書』（巻七九・胡笳。『晋書』所引）『氏族大全』（戊集・一八尤・劉「乗月清嘯」）にも引かれる。猶、現存の『世説新語』にはこの話は見えない。

87 俊長万軸 紀俊長は書を読み歌に優れ従三品に叙せられた。後小松帝の遊宴に召され、侍従となり内昇殿を許されたが、栄利を求めず出家して南紀に居し宗傑と改名した。数百株の梅林と千茎の竹林があり、竹隠・梅隠と称し、万軸の書籍を楽しみ、酒徒楽友を招き宴遊した。

出典は『日本古今人物史』（巻二・名家伝・5俊長伝）。猶、上記『人物史』は『本朝遯史』（巻下・紀俊長）からの節引である。俊長のことは他に『扶桑隠逸伝』（巻下・紀俊長）にも見え、『扶桑蒙求』（巻下・97俊長梅竹）は『遯史』に依っている。

88 恵施五車 恵施は多才で蔵書も五車に満ちる程だったが、学問にまとまりがなく議論も的はずれだった。事物の意味を検討し十の命題にまとめ、すぐれたものと自負して天下に示した。

出典は『荘子』（雑篇・天下第三三）。猶、恵施五車の故事は早く鮑照「擬古詩三首」其三（『文選』巻三一）の李善注に「荘子曰、恵施其書五車、道蹐駮也」と見え、『白氏六帖』（巻二六・書籍）『太平御覧』（巻六一一・博学）『事文類聚』（別集巻三・蔵書）『円機活法』（巻一一・儲書）『淵鑑類函』（巻一九四・書籍四）等類書にも引かれるが、十の命題にまで言及することは殆どない。

89　垂仁埴像　野見宿祢は天穂日命十四世の孫で出雲を居としていたが、纏向珠城宮《まきむくたまきのみや》の御宇に詔を奉じて大和に来り、当麻蹶速と相撲をして勝った。その時帝が殉葬に心痛めていたのを知り、彼は土部《はじべ》三百人を率い埴像《はにわ》を造ってそれに代え、土師《はじ》の姓を下賜された。

出典未詳。但し、前半の野見宿祢の説明は『続日本紀』（天応元年六月二十五日。土師古人らの菅原氏への改姓言上文）を用いているか。この相撲のことは『日本書紀』（巻六・垂仁天皇七年七月七日）『日本紀略』（前篇四・垂仁天皇）『河海抄』（巻一七・椎本）などにも見え、『本朝語園』（巻六・324捔力）『本朝蒙求』（巻上・21野見相撲）『絵本故事談』（巻七・野見相撲）に受継がれ、『見聞談叢』（巻四・312相撲起源）は本朝相撲の権輿とする。また、埴輪のことは『日本書紀』（巻六・垂仁天皇三十二年七月六日）の他『日本紀略』（前篇四・垂仁天皇）『帝王編年記』（巻四・垂仁天皇三十二年七月）『水鏡』（巻上・垂仁天皇）等に見えてよく知られ、『本朝蒙求』（巻中・132土師主葬）にも採られた。臆測になるが『本朝蒙求』に本条のヒントがあったか。

90　梁武麪牲　梁武帝は夢中に水陸の大斎を行い群霊を済《すく》えと諭され、儀文を作り金山寺で執り行った。『涅槃経』を見、仏の大慈悲を損なう食肉を断ち、生類を薬とせぬよう命じ、郊廟のいけにえには麪（麦粉で作った食物）を代用し、宗廟の祭りには蔬果を用いた。出典未詳。

91　赫耶竹胎　竹取翁がある日林中の一竹根に光を見出し、割いて三寸程の小さな美しい女児を得、掌《てのひら》に乗せて帰り老婆に養わせた。爾来竹を伐る毎に筒の中に金《こがね》を得、次第に豊かになり、竹を採る業は廃した。三ケ月後女児は成人し赫耶《かくや》媛《ひめ》と名付けられた。公子や軽薄の徒から花鳥の使いをおくられるが応じず、後に美しさを耳にした帝からも召されたが赴かなかった。媛は月夜のたびに仰ぎ見て嘯いたりしていたが、にわかに仙女が群れなし天楽を奏し迎えに来て、老夫婦と永訣し雲に乗って去った。

出典は『竹取物語』。猶、竹取翁のこの物語は『今昔物語集』（巻三一・本朝附雑事・竹取翁見二付女児一養語第三三）にも見える。かぐや姫の名は『宇津保物語』（内侍の督）『源氏物語』（蓬生・絵合・手習）『浜松中納言物語』（巻四）『夜の寝覚』（巻一）『狭衣物語』（巻一）『栄花物語』（楚王の夢）などに古くから見えているが、『海道記』『古今集為家抄』『古今和歌集序聞書』などの中世書では、かぐや姫は竹林中の鶯の卵から生まれることになっている。

92 任氏螺生 任氏《じんし》の子という貧しいが孝行で知られた人が巨大な螺《たにし》を手に入れた。その中に女子がいたので連れて帰った。機織りがうまく、その布を識者は龍須布だと言い、高値で買ったので親を養うに十分であった。

出典は『閩越記』と本書冒頭に記す。或いは類書の引用か。猶、有名な類話に『発蒙記』（東晳撰）『述異記』（任昉撰）『捜神後記』『芸文類聚』（巻九七・螺。『捜神記』所引）『初学記』（巻八・嶺南道。『発蒙記』所引）『太平広記』（巻六二。『捜神記』所引）『太平寰宇記』（巻一〇〇・福州侯官県。『捜神記』所引）などに見える謝端の白水素女説話があり、『原化記』（皇甫氏撰）『太平広記』（巻八三・呉堪。『原化記』所引）『夷堅志』（洪邁撰）に見える呉堪の逸話も類似する。

93 義経一谷 寿永二年秋、平氏は幼主を擁して一谷の仮城に拠り、重山林巌の地を得たが、東軍の将源義経は長期戦を好まず、勝れた兵を選び、城背後の高峰懸崖に鹿の跡を認め、駿馬に鞭《むち》うち幽谷をくだり敵陣に殺到した。平氏は幼主を護り数艦に乗り移動した。東軍の勝利はこれから始まる。

出典未詳。但し、『平家物語』（巻七・平家一門都落。巻九・鵯越、小宰相身投ぐる事、など）『源平盛衰記』（巻三一・平家都落ちの事。巻三六・一谷城構への事。巻三七・義経鵯越を落す事、一谷落城、など）あたりを背景とする。猶、義経伝については所謂武林伝や『日本古今人物史』（巻一・武将部）のようなものにも見え、一谷合戦についても言及はある。

94 鄧艾陰平 漢の姜維《きょうい》が魏を攻め、司馬昭は鄧艾《とうがい》・鍾会に反撃させ、鄧軍は姜軍を牽制し戦って敗走せしめ、陰平に到着した。山を掘って道を作り、桟道を架し、鄧は高い山谷では毛氈に身を包み転がるようにして懸崖を下って進軍し、四川に入って諸葛瞻を討ち、鄧が成都に着くと、帝は城を出て降伏したので安楽公に封じられた。

出典は『十八史略』（巻三・三国・後皇帝）。猶、鄧艾と姜維の伝は『三国志』（巻二八・魏書巻二八・鄧艾伝。巻四四・蜀書第一四・姜維伝）にある。

95　泰時分財　平泰時は北条義時の子で、清廉慈愛にして論を聞くのを好んだ。ある人が理を説くと喜び感じ入り涙を浮かべるのだった。叔父時房と共に五十条式目を定め、大外記清原教隆に記させた。その政事に私なく、国内は安寧に治められた。父は泰時より弟の朝時・重時を愛した。そこで、彼は父の死後その意を重んじて、朝時らに多くの采地を与えたので、人々に褒め称えられた。

出典は『本朝蒙求』（巻上・8泰時悦理）。猶、弟達への分与も含めた彼の為人に触れるものには『渋柿』（『明恵上人伝』所引）『太平記』（巻三五・北野通夜物語事付青砥左衛門事）『倭論語』（巻五・平泰時）等があり、『神皇正統記』（人巻・後嵯峨院）でも筆を尽くして泰時を絶賛し、『五代帝王物語』でも評価は高い。

96　田真伐荊　田真は三人兄弟である。堂の前に紫荊が一株あり、三分割したところ程なく枯れた。兄弟は「本は同じ株だったのに三分したので弱ったのさ。まして、兄弟であるなら互いに思い合い離れるべきではない」と語り合い、株を合わせたところ荊も茂った。

出典は『氏族大全』（丙集・一先・田「荊株複茂」）。また、『事文類聚』（後集巻八・兄弟「紫荊枯死」。『続斉諧記』所引）にも近い。この逸話は有名で『芸文類聚』（巻八九・荊。周景式『孝子伝』所引）『初学記』（巻一八・離別。『続斉諧記』所引）『太平御覧』（巻四二一・義中。巻四八九・別離。共に『続斉諧記』所引。巻九五九・荊。周景式『孝子伝』所引）『書言故事大全』（巻一・兄弟類）『君臣故事』（句解巻二・兄弟類）『日記故事大全』（巻三・友悌類）『金璧故事』（巻五・田真有レ機能敦睦）等の類書にも採られ、『純正蒙求』（巻上・田真荊花）『五車韻端』（巻一四一・一〇薬一・斫「紫荊分斫」）にも見える。本朝では『今昔物語集』（巻一〇・震旦三人兄弟売レ家見二荊枯一返レ直住語第二七）『榻鳴暁筆』（第二二・田達兄弟荊。『兼名苑』所引）に田達・田旬・田烟三兄弟のこととして載る。陸機「豫章行」（『文選』巻二八）に「三荊歓レ同レ株」とある劉良注にもこの故事が引かれるので早くから知られていたと知れる。

97 蒲見焼鳥　仲哀帝は父が崩御し白鳥と化したことを念い、養育する白鳥の貢進を諸国に求めた。越州の使いが白鳥を携え宇治川に宿した時、弟の蒲見別王は何処からの使いか問い、白鳥を焼けば黒鳥になるぞと言い強奪した。越人が訴えると、帝は先王に対し無礼ということで弟を誅した。彼は天（父）を慢り、君（兄）に背いたのである。

出典は『日本書紀』（巻八・仲哀天皇元年十一月一日〜閏十一月四日）か、又は『本朝蒙求』（巻下・59浦（蒲）見慢天）にも殆ど同内容で採られるので、それに依ったとみることも可能。他に『先代旧事本紀』（巻七・天皇本紀・仲哀天皇）『日本紀略』（前篇四・仲哀天皇元年十一月一日〜閏十一月四日）にも見え、『瓊矛餘滴』（巻下・芦髪黒鳥）にも採られている。猶、巻頭の標題目録で「浦見焼鳥」と作るは誤り。

98 趙高指鹿　趙高は秦の権力を握るため、試しに鹿を二世皇帝に献じ馬だと言い、二世皇帝の左右の鹿だと言う者を厳罰に処した。すると高の過ちを誰も言わなくなった。これより先、高は「関東の盗賊は何もできない」と言っていたが、秦軍が敗れたので二世が怒るのを恐れ、高はこれを殺して嬰を立て秦王とした。嬰は即位すると趙高一族を殺した。

出典は『十八史略』（巻二・秦・二世皇帝）。猶、これは周知の故事で『史記』（巻六・秦始皇本紀第六）や『芸文類聚』（巻九五・鹿）『太平御覧』（巻九〇六・鹿）『事類賦』（巻二一・馬）『事文類聚』（後集巻三六・鹿）『円機活法』（巻二四・馬）『淵鑑類函』（巻四三〇・鹿二）等の類書にも見える。

99 百川不睡　藤原百川《ももかわ》は藤原良継と謀り白壁王を皇太子とし、六十二歳で天皇に即《つ》け光仁天皇とした。帝は春宮を定めるべく群臣に議論させ、百川は山部《やまのべの》皇子を、藤原浜成は稗田《ひえだの》親王を推した。帝が決めかねていると、百川は歯をくいしばり殿前に立ち四十日間一睡もせず、「東宮決定までここを退きません」と言い、遂に帝は山部を皇太子とし、帝位に即かせた。これが桓武天皇である。

出典は『本朝蒙求』（巻上・94百川不睡）。この逸話は『水鏡』（巻下・光仁天皇）に詳説される他、『神皇正統記』（地巻）にも百川の「はかりごとめぐらしさだめ申てき」と言及されるところであり、後の、『日本蒙求初編』（巻下・百川忠蓋）も話柄は同じである。

100　史丹俯伏　前漢の史丹は元帝に仕えた。時に定陶王は才芸があり寵愛されて、一方皇太子は酒色の失態があり、その地位も廃されかねないと噂されていたので、皇太子の母は不安だった。帝が病み臥せっている時、側に仕えていた史丹は青蒲の上に伏し「太子を廃するなら臣に死を賜りたい」と涕泣して諫め、結果太子は後嗣となり、成帝となった。

出典は『蒙求』（205「史丹青蒲」）。史丹の伝は『漢書』（巻八二・列伝第五二・史丹）に見え、右の故事の抄引は『芸文類聚』（巻八二・蒲）『太平御覧』（巻九九九・蒲）『氏族大全』（己集・四紙・史「伏青蒲」）等にも見える。

101　玄昉還郷　玄昉は義淵に唯識を学び、霊亀二年に入唐して智周より法相宗の深旨を稟《う》け、唐帝から紫衣を下賜されて天平七年に帰国した。書五千余巻と仏像等を将来して宮中に献じ、翌年封百戸・田百畝と八人の童子を賜り、九年に僧正となった。十八年に筑紫の観世音寺が成り、昉が慶導師となり乗輿して入ると、空中に捉え上げられ見えなくなったが、後日彼の頭は興福寺の唐院に落下した。恐らく藤原広嗣の霊の所為で、その霊は松浦明神である。昉の将来した書は興福寺に納められた。風説に依れば、唐人が彼を占い「君は帰国したら身を亡ぼす。この地に留まるにこしたことはない」と言ったので、憚るところあったが、故国への思いたえ難く帰国して、この害に遇ったのだった。

出典は、彼の将来した書が興福寺に納められる迄が『元亨釈書』（巻一六・力遊・興福寺玄昉）、その後の所謂還亡（玄昉と音通）説話は『平家物語』（巻七・玄昉の沙汰）や『源平盛衰記』（巻三〇・大神宮行幸の願附広嗣謀反並玄昉僧正の事）に見えるのに依るだろう。猶、玄昉の説話については他に『続日本紀』（天平十八年六月十八日卒伝）『今昔物語集』（巻一一・玄昉僧正亘レ唐伝二法相一語第六）『扶桑略記』（聖武天皇天平十八年六月五日）『本朝神社考』（中之三・松浦）などにも見え、後の『日本蒙求初編』（巻上・玄昉熒惑、広嗣恚憤）にも受継がれる。

102　岑彭投宿　岑彭は王莽の時に棘陽の長官であったが、漢が兵を起こし棘陽を攻め落とした。その後、彭は武陽に至り、延岑の軍の背後に出て、蜀の人々を驚かせた。公孫述が地面を杖でたたき、彭の営地を「彭亡」と罵り名付けた。それを聞いた彭は悪《にく》んだが、蜀の刺客に殺されてしまった。だが、その首は武陽へと長駆して軍を維持すること整斉であった。王任貴は彭の威信を聞き遠くから使いを送り降ったが、已に彭は死んでいて、帝は任貴の献上品をすべて彭の妻子に贈った。

出典は『後漢書』（巻一七・列伝第七・岑彭）。

103　野篁憑螢　小野篁は詩書に巧みで嵯峨・淳和・仁明・文徳四帝に仕えて参議左大弁となった。承和三年遣唐大使藤原常嗣の下に副使となり、翌年出発したが、大使の第一船が破損し、篁は第三船となったので不満だった。彼は病と称して帰り、文で常嗣を譏《そし》った。上皇は御上を軽んずる彼を隠岐配流とした。その折の旅の歌「わたの原八十島かけて……」を友に寄せている。七年に赦され帰洛し、八年に本官に復し、『令義解』編纂の下命を受け、藤（清が正しい）原夏野の下で筆を奮った。下野守の時足利村に学校を建て、仁寿二年五十三歳で卒した。

出典は未詳。但し、篁の履歴や遣唐副使の時の不祥事を含む伝は『文徳実録』（巻四・仁寿二年十二月二十二日薨伝）に見え、隠岐配流と詠歌（『古今集』407。『百人一首』）については『今昔物語集』（巻二四・小野篁被レ流二隠岐国一時読二和歌一語第四五）『撰集抄』（巻八・第五・野相公左遷時詩歌事）や後の『百人一首一夕話』（巻二・参議篁）にも詳しい。また、『本朝一人一首』（巻三・136小野篁）『本朝孝子伝』（巻上・5小野篁）『本朝儒宗伝』（巻下・野篁）『本朝語園』（巻四・183篁才芸。巻五・228足利学校）等には足利学校のことも見えている。

104 **賈誼賦鵬**　前漢の賈誼は十八歳で詩を誦し、才学を見出されて文帝に召され、博士をつとめて、帝の御下問に際しては老博士達をも感服させた。彼は暦を改め、服色や諸制度を改正すべく上奏した。帝は彼こそ公卿たる人物と思ったが、旧臣の嫉妬に遇い長沙王の太傅に左遷された。長沙生活の三年め、ミミズクが官舎に飛び込んだ。不吉な鳥なので滅入ったが、「鵩鳥賦」を作り心を慰めた。その後都に戻り、帝より鬼神について問われるや詳しく語り、その学問の深さにより梁王の太傅に任じられて、三十三歳で没した。孔臧の「鴞賦」に、賈生は有識の士だがミミズクを嫌った、とある。

出典は『蒙求』（39「賈誼忌鵩」）。「鵩鳥賦」は『文選』（巻一五）に所収され、彼の伝は『史記』（巻八四・屈原賈生列伝第二四）『漢書』（巻四八・列伝第一八・賈誼）にあり、この逸話は他に『十七史蒙求』（巻六・鵩止誼坐）『潜確居類書』（巻七〇・死喪）などにも抄引される。

105 **秋津到門**　宗岡秋津は奉試登第し、帝より書を賜り感激して大庭に舞い、興に乗じて、月下白髪の書生姿のまま建礼門に到る。ふと二句を思い得て「今宵奉レ詔歓無レ極、建礼門前舞踏人」と高吟し、衛士に怪しまれて、自分は新進士老学生の宗岡秋津だと名告ると、ここはそなたのような者の来る所ではないと言われ、彼は驚き謝った。

出典は『本朝蒙求』（巻中・84秋津吟門）。もともとは『江談抄』（第四・75）に見え、『本朝一人一首』（巻八・400）『史館茗話』（13）を経て『本朝蒙求』に至る。本書は『本朝蒙求』に従うが、『本朝語園』（巻四・169秋津至二建礼門一）や『本朝世説』（巻下・65）は『史館茗話』に依っていよう。他に『大東世語』（巻二・文学・4話）や『扶桑蒙求』（巻下・59秋津舞踏）にも見える。

106 **夏竦対墀**　夏英公の竦《しょう》は江州の人で、制科に挙げられ対策した。老宦官が呉綾の手巾に詩を乞うたので「殿上袞衣明二日月一……」の句を認めた。百官志によると尚書郎は明光殿にて奏上するが、その殿舎の壁には胡粉を塗り古賢烈士が描かれ、床は丹朱で漆ぬりしたので丹墀というのである。

出典未詳（恐らく詩話書か）。夏竦のことは『宋史』（巻二八三・列伝第四二・夏竦）に見え、本書に引用された詩は「廷試」（『全宋詩』巻一六一）と題する作。猶、後半の「百官志」の引用は『宋書』（巻三九・百官上）からの引用か。『通典』（巻二二・尚書上・歴代郎官）にも類似文が見え、『淵鑑類函』（巻七三・尚書総載三）では蔡質『漢官典職』所引の類似文を挙げている。

107 吉平勧杯 安倍晴明の子の吉平は占卜を善くした。官医の丹波雅忠と飲み、その杯を挙げた時に、吉平が「すぐにも地震があるから飲み干せ」と言うやいなや大地が揺れ杯酒がひっくり返った。猶、本文の「清明」は「晴明」の誤り。

出典は『古今著聞集』（巻七・術道第九・2陰陽師吉平地震を予知する事）か、それを受ける『本朝語園』（巻七・医陰占相・347吉平知二地震一）であろう。猶、『今鏡』（昔語第九・賢き道々）によると、丹波雅忠邸で地震到来を予言したのは有行（晴明の曽孫）で、その通りになった次第を語ったのは実宗（藤原資宗の子）ということになっている。

108 張衡造儀 張衡は文を善くし大学に入って五経に通じた。天文陰陽暦算を学んで渾天儀や候風地動儀を造った。地動儀は銅製でさしわたし八尺もあり、形は酒樽に似ていた。地が動くとその樽が揺れ、龍形の口から丸い玉が出て、カエル形のものがのみ込み音をふるわせたてる仕掛けで、震源の方向もわかる仕組みだった。遠く隴西の地震まで察知できたのである。

出典は『後漢書』（巻五九・張衡列伝第四九）か。張衡が地動儀を造ったことは『初学記』（巻五・総載地第一。『続漢書』所引）『潜確居類書』（巻六・地「地動儀」。『続漢書』所引）『淵鑑類函』（巻二三・地二。『続漢書』所引）などの類書にも見え、殊に後掲二類書は詳述している。

109 藤綱買炬 青砥《あおと》藤綱《ふじつな》は相模守平貞時に仕えた。倹約質素で慈仁にして人を愛する人であった。夜出かけて滑川で銭十文を落とした。それを取り戻すのに村民達を雇い、松炬《たいまつ》代に五十銭程かかったので、ある人が「失うもの甚だ多く、得る所ひどく少ない」と批判した。すると彼は「民に恵み世を治めるということを知らないのか。捜さずいれば落とした銭は永遠に失われたまま何の役にも立たないが、こうして私が銭を出せばそれが民間に流通して役立ち、十銭も戻ってきたからこれも生かせるというので両得さ」と言うと、その人は感服した。

出典は『太平記』（巻三五・北野通夜物語付青砥左衛門事）か。この逸話はその後『倭論語』（巻六・武家部下・青砥誠賢）『本朝蒙求』（巻中・16青砥十銭）『絵本故事談』（巻八・青砥左衛門。『本朝蒙求』に依る）『扶桑蒙求』（巻上・71青砥渉川）『大東世語』（巻一・政事・9話）などに受継がれ、『諼草小言』（小宮山楓軒著）や『橘窓自語』（橋本経亮著）といった江戸期の随筆類などでも言及される。猶、青砥藤綱の逸話は早く『弘長記』に見え、時頼の治政を支えたことが知られるが、買炬の故事は見えない。その伝説は井原西鶴『武家義理物語』（巻一・我物ゆへに裸川）や曲亭馬琴の読本『青砥藤綱模稜案』などでも広く知られるようになった。

110　公儀抜葵　公儀休は魯の相となり、官《おかみ》が民《しもじも》と理を争うことのないようにした。自分の家の野菜が美味ということで葵を捨てさせ、織布が立派に仕上がると怒って婦に暇を出し機を焼いた。そして、「買うべき自分が買わないでいては、農民工女は飯の食い上げだ」と言った。

出典は『続蒙求』（巻二・公儀抜葵）。猶、「抜葵」の故事そのものは『史記』（巻一一九・循吏列伝第五九・公儀休）『芸文類聚』（巻八二・葵）『太平御覧』（巻九七九・葵）『五車韻瑞』（巻一三七・八黠・抜「園葵抜」）等にも見えている。

111　高忠循吏　多賀高忠は応仁の乱の時、京都所司代に任じられた。雑務を掌り人々の訴えを聞き、善政を行って称えられ、その事跡は伝承されている。嘗て朝鮮に使節をやり盟約を交わした。

出典は『日本古今人物史』（巻二・名家部・6多賀高忠伝）。

112　仲淹良医　范仲淹は刻苦して読書し、六経に通じ進士に及第した。若い時から貧しく、毎日野菜のあえもの（漬物とも）と粥を食べた。秀才の時、天下の人に役立つ人になりたいと思い、宰相や名医になれるか占ってもらった。占者はその仁心は宰相にふさわしいと感心した。仁宗の時に右司諫となり、諸州に恵政を施し、延州を治めた時は西方の賊も彼を恐れた。召されて中央で政事に参画して卒し、文正と諡され楚国公に追封された。

出典未詳。但し、占いの逸話を除いた前後の部分（彼の履歴などに関わる）は『古文真宝後集諺解大成』（記類・「岳陽楼記、范希文」の題下注）に依ったものであろう。猶、范仲淹の伝は『宋史』（巻三一四・列伝第七三・范仲淹）にあり、その逸話は『宋名臣言行録』（朱熹撰）にも見える。

113 弘計屯倉 弟の弘計《おけ》（顕宗天皇）と兄の億計《おけ》（仁賢天皇）は父市辺押磐《いちのへのおしはのみこ》が讒死した時、日下部使主《おし》父子に守られ播磨に逃れた。弘計は兄億計に、明石に赴き、縮見屯倉首《しじみのみやけのおびと》らに仕えることを勧めた。その地で兄弟の徳行は称えられ、来目部小楯《くめべのおだて》と会することになる。小楯は皇孫を敬して宮殿を供し、彼が事の次第を都に言上すると、兄弟は迎えられ養育されて、億計は太子に立てられた。天皇没後、億計と弘計は帝位を譲り合い、姉の飯豊青皇女《いいどよのあおのひめみこ》が政を秉ったが、その没後も兄弟は譲り合った。

出典未詳。但し、話の内容は『日本書紀』（巻一五・顕宗天皇即位前紀）に見えるので、その抜萃と考えても良いか。また、『日本紀略』（前篇五・顕宗天皇）『扶桑略記』（第二・顕宗天皇）『水鏡』（巻上・顕宗天皇）でも知られ、『本朝孝子伝』（巻上・天子・2顕宗天皇）『本朝儒宗伝』（巻一・天皇・4顕宗帝）に継承されている。

114 病已詔獄 前漢の孝宣皇帝の名は病已《へいい》という。生後すぐ巫蠱《ふこ》（巫術で人心を惑わす）の事件に巻き込まれ父と共に捕らえられた。時に雲気を占う者が獄中に天子の気があるというので、武帝は使者に獄中の者の皆殺しを命じたが、獄吏の丙吉が拒んだ。病已は学問を好み義気を喜び、政治の得失を弁えていた。昭帝の時、泰山の大石が立ち、上林苑の倒木が立ち、蚕が葉を食い「公孫病已立」の五文字が現われた。

出典は『十八史略』（巻二・西漢・孝宣皇帝）。漢の宣帝については他に『漢書』（巻八・宣帝紀第八）に詳しい。

115　柿本明石　人麿は孝昭天皇の皇子天足彦国押人命《あめたらしひこくにおしひとのみこと》の子孫。敏達帝の頃その家に柿樹があったので氏の称としたという。持統・文武朝に仕えた有名な歌人で、滋賀の旧都に感ずる作や雷岳の御遊を頌し、吉野行幸の折は山桜を白雲かと歌い、紀州行幸では小松を結んで後の栄えを願った。長皇子・高市皇子・新田部皇子・弓削舎人・忍坂部皇子・伯瀬部皇女・丹比真人ら当時の貴顕と交遊した。播磨・讃岐・筑紫での旅の詠歌や、とりわけ明石浦の朝霧の舟の歌は絶唱で人口に膾炙する。晩年石見国で没する時に自ら悼む歌を詠み、妻依羅娘女《よさらのおとめ》が和している。

出典未詳。但し、『柿本朝臣人麻呂勘文』の記事に近いところもある。また、後の『百人一首一夕話』（巻一・柿本人麿）でも詳説されている。猶、本書で言う明石浦の詠とは「ほのぼのと明石の浦の朝霧に島かくれ行く舟をしぞ思ふ」（『古今集』409）のこと。

116　李老函谷　老子は母八十一歳の時にその左腋から生まれ、李を指《ゆびさ》したのでそれを姓とした。周武王の時柱下史となり、九丹・八石・玉醴・金液で心性を養治し、また鬼神を使い、道徳を五千言で語った。かつて青牛の車に乗り、徐甲が御者となり、函谷関を通った時、関吏の尹喜は遠くから紫気を望み見て知り、長生の術を授けられた。

出典は『氏族大全』（己集・四紙・李「紫気浮関」）。但し、『事文類聚』（前集巻三四・仙「老子之生」。続集巻三・関市「老子度関」）と近い部分もある。老子のことは『史記』（巻六三・老子列伝第三）『神仙伝』（巻一）『列仙伝』（巻上）はじめ、『水経注』（巻一七）『芸文類聚』（巻一九、七八）『初学記』（巻一、二三、八六）『太平広記』（巻一）『太平御覧』（巻九、三六三、三六九、三七〇、六〇二、六一六、六五九、九〇〇）『事類賦』（巻二六・李）『群書類編故事』（巻一〇・老子之生）『仙苑編珠』（巻上）『三洞珠嚢』（巻八、九）『三洞群仙録』（巻一）『高士伝』（巻上）『列仙全伝』（巻一）等にも見える。

117　寛蓮金枕　釈寛蓮は肥前摂津の人で俗名を橘良利と言った。出家して寛平上皇に殊遇され、共に囲碁をして金枕を賭けて入手するが、若い郎官に奪われんとして井中に投げ込んだ。後で探ったところ、金箔を貼った木枕であったので郎官が申し上げると、上皇は大笑した。寛蓮はその金枕の資で洛北の弥勒寺を造った。

出典は『本朝語園』（巻五・雑芸・276寛蓮囲碁）。そのもとは『今昔物語集』（巻二四・碁擲寛蓮値二碁擲女一語第六）で、『古事談』（第六・73碁聖寛蓮、醍醐帝に囲碁に勝ち、賭物金の枕にて弥勒寺建立の事）も短いが同じ話柄。猶、良利の名は『大和物語』（第二段）『大鏡』（巻一・宇多天皇）『打聞集』『宝物集』（第三・二六）『十訓抄』（第六・9話）『古今著聞集』（巻一二・博奕第一八・2、3話）などに見え、『河海抄』（巻二〇・手習）『花鳥餘情』にも記される。後の『大東世語』（巻四・仮譎・1話）『扶桑蒙求』（巻上・77寛蓮碁局）は碁の相手が「延喜帝」になっており『古事談』と同じである。猶、大曽根章介「碁聖寛蓮の話」（『大曽根章介日本漢文学論集』第三巻・汲古書院・二〇〇九年）参照。

118 道古博局 李道古は曹成王の皐の子で、うまく宦官にとり入り、口先が達者で人を手なずけ、公卿達と遊んでは博打をしていた。わざと負けると手厚く褒美を与えられたので、利にさとい人は彼を喜ばせた。若い頃は名声もあったが、死んだ時は家を売って葬られた。

出典は未詳。李道古のことは『旧唐書』（巻一三一・列伝第八一・李道古）『新唐書』（巻八〇・列伝第五・太宗諸子・道古）に見えるので、それらからの抄引か。また、『事文類聚』（前集巻四二・棊「偽為レ不レ勝」）は『続世説』（唐・李垕撰）所引でこの道古の逸話を載せる。

119 成範鸚鵡 藤原成範は通憲の子で、罪を得て左遷されたが数年して戻って来た。ある時宮中で女官が「雲の上はありし昔に変はらねど見し玉垂れのうちや恋しき」の和歌を寄せたので、彼は匆卒に焦げた燈心で「そ」の一文字を（「や」字の傍に）書きつけ返答した。このようなスタイルの作を古来鸚鵡《おうむ》返《がえし》と称する。

出典は『十訓抄』（第一・可レ定二心操振舞一事・26盛範民部卿の一字の返歌）。猶、『悦目抄』にも見えている。

120 謝尚鴝鵒 謝尚は八歳で並外れて賢かった。父が彼の手を引き客人を見送った時、ある人が「この子は座中の

（孔子が最も評価した）顔回だね」と言うと、尚は「この場に孔子先生はおられないですから、どうして（多くの弟子の中から）顔回を区別できましょう」と言い、一座の人を感服させた。王導に召されてその属官となった。王導が宴会で、尚に「君は鴝鵒《くよく》の舞が上手《うま》いんだってね（やってもらえないか）」と頼むと、彼は早速衣裳と頭巾をつけ、人々に手拍子をとらせ舞いすました。

出典は『蒙求』（120「謝尚鴝鵒」）。謝尚の伝は『晋書』（巻七九・列伝第四九・謝尚）に見える。また、前半の座中の顔回の逸話は『日記故事大全』（巻二・生知類「座称ニ顔回一」）『語園』（巻上・8謝尚客ニ答ル事〈蒙求〉）に、後半の鴝鵒舞は『事文類聚』（続集巻二四・歌曲舞）『五車韻瑞』（巻六〇・七麌一・舞「鸜鵒舞」）にも見える。猶、巻頭の標題目録で「鴝」を「鸜」に作るは異体字。

121　欽明韓像　欽明帝十三年に、百済の聖明王から釈迦銅像や経論・幡蓋等が貢進された。帝は大いに悦び、仏法のようなすぐれた教えはこれまで聞いたことがないとし、群臣に諮ると、仏教を受け入れる蘇我稲目の意見と、蕃神を拝むと国神の怒りを招くという物部尾輿・中臣鎌子の反対意見が出された。帝は試みに稲目に像を与え、彼は向原に寺を建て安置した。

出典は『元亨釈書』（巻二〇・資治表一・欽明天皇）。他に『日本書紀』（巻一九・欽明天皇十三年十月）『日本紀略』（前篇六・欽明天皇十三年十月）『扶桑略記』（第三・欽明天皇十三年十月十三日）にも見え、『本朝蒙求』（巻下・75稲目捨家）『本朝語園』（巻九・釈門・430初渡ニ仏法一）にも受継がれている。所謂仏教初伝の説話である。

122　漢帝竺神　漢明帝が夢に金人を見た。背は丈餘、日の光を帯び、空を飛んでやって来た。群臣に問うと、傅毅が「西域の神で仏と言い、長丈六尺、黄金色で軽々と飛ぶというから、それでしょう」と。そこで帝は蔡愔・張騫・秦景・王遵らを天竺にやり、仏経四十二章を写しとらせた。その経典を摩騰・竺法蘭が持ち帰り、蘭台の石室に蔵《おさ》めた。また、白馬寺を建て、摩騰を住せしめて、以後仏法が中国に広まることとなった。

出典未詳。但し、ほぼ同じ内容が『芸文類聚』（巻七六・内典）『初学記』（巻二三・仏、僧、寺）『群書類編故事』（巻一〇・漢明帝迎仏、建寺之始）『事文類聚』（前集巻三五・仏）等の類書にも見え、また、『高僧伝』（巻一・訳経篇上・漢洛陽白馬寺摂摩騰）『法苑珠林』（巻一二・千仏篇第五・後漢明帝時三宝具行）『洛陽伽藍記』（巻四）『魏書』（巻一一四・釈老志）等に見える記事も近い。

123　桓武土像　桓武帝が平安城に遷都した時、勅して王都長久の策を議論させた。そこで、八尺の土偶を作り、鉄の甲冑を着せ、鉄の弓矢を持たせて、帝は京の守護神となるよう祈り、東山に埋めた。西向きに立つ今の将軍塚がそれである。

出典は『本朝語園』（巻一・13将軍塚）。もとは『平家物語』（巻五・都遷し）『源平盛衰記』（巻一六・遷都附将軍塚附司天台の事）あたりに依るか。猶、『将軍塚絵巻』も知られ、平安奠都の時に王城鎮護の為に東山山頂に築かれた由来が記されている。

124　秦始金人　秦王は天下統一し、その功徳は三皇五帝にも勝ると、皇帝と号して制詔を定め、朕と自称した。また、諡法を廃し、始皇帝より順次二、三世の計数を以て万世無窮に伝えよ、とした。天下の武器を咸陽に集めて鋳《い》潰《つぶ》し、鐘やそれを吊す台、金人の像を十二造った。重さは各々千石もあった。

出典は『十八史略』（巻一・秦〈秦始皇帝〉）。この関連記事は『史記』（巻六・秦始皇本紀第六）にも見える。

125　岑継改励　橘岑継は仁明天皇の外舅右大臣氏公の子である。帝は岑継を近侍とし寵遇した。彼は身長六尺餘り、遅愚で読書もしなかった。帝が「彼は不才で親戚ではあるが登用できぬ」と言うのを耳にし、心を改め学業につとめた。

出典は『本朝語園』（巻四・才智・194岑継改節）。猶、そのもとになったのは『三代実録』（巻四・貞観二年十月二十九日の岑継薨伝）。

126 **張充自新**　張充は若い頃から自由気儘に遊んでいた。父が休暇で帰郷した時、彼は鷹犬を従え猟をしていたが、遥かに父の姿を見て拝した。父は苦言を呈するが、彼は「三十にして立つと申します。今二十九ですので来年には心を改めます」と言い、その通り学問に精出し、古籍を博覧して名士となった。

出典不明。但し、『梁書』（巻二一・列伝第一五・張充）『南史』（巻三一・列伝第二一・張裕付充）にほぼ同内容のことが見えている。

127 **摂男刈蘆**　摂津難波に身賤しからぬ夫婦がいたが、貧しく儲《たくわ》えもなく生活に窮していた。離縁して、人に使役される以外生きる手立てがないと男は思い、ましな生活ができるようになったら再会しようと約して別れた。女は都に入り、知人の伝《つて》で富家に仕えたが、想うのは旧夫《もとのおっと》のことばかり。が、その家の主人が妻を亡くし彼女を妻とした。それでも彼女は旧夫が忘れられず、ある日夫に偽り「故郷がひどく恋しく遊びに行きたい」と訴え、下女を従え赴いた。その途次、ボロ衣《ぎぬ》を纏《まと》う憔悴しきった男が芦の葉を担ぎ通りかかったので、女は呼びとめてそれを買った。簾越しによく見れば旧夫で、女は涙して慙じて悔い、多くの銭を与えて去った。後日女はひそかに和歌と衣帯を贈った。

出典未詳。但し、この話は『大和物語』（一四八段）『今昔物語集』（巻三〇・本朝付雑事・身貧男去妻成二摂津守妻一語第五）『源平盛衰記』（巻三六・忠度名所々々を見る附難波浦賤の夫婦の事）『神道集』（巻七・第四三）等に見え、和歌は『拾遺集』（540・541）『宝物集』（巻三・求不得苦）などにも見えて名高い。世阿弥の「芦刈」（能・謡曲）や御伽草子の「あしやのさうし」、浄瑠璃「摂津国長柄人柱」などもこの物語を背景としている。猶、中国での類話に徐徳言説話があるが、近年の論に新間一美「大和物語芦刈説話の原拠について」（『平安朝文学と漢詩文』和泉書院・二〇〇三年）日向一雅「平安文学における『本事詩』の受容について」（『源氏物語東アジア文化の受容から創造へ』笠間書院・二〇一二年）などがある。

128 **買臣売薪**　前漢の朱買臣は貧しかったが読書を好み、薪を売りつつ節をつけて誦した。妻は恥ずかしくとめようとするが、聞き入れられず離縁を求めた。すると彼は「自分は五十になったら豊かになる。もう四十を越えたのであと少しだ。恩返しするから待ってくれ」と言ったが、妻は怒り「溝にはまって餓死するのがオチだ」と言うので許した。後に彼は推薦されて武帝の前で講義し、認められて侍中となり、会稽太守に任ぜられた。彼は帝に「富貴にして帰郷しないのは錦の美服を着て夜出かけるようなものだと思うがどうかね」と言われ、帰郷すると、昔の妻とその夫が、太守のお通りということで道路掃除に出ているのに出遭う。彼は夫婦を呼び車に載せて官舎で食を供したが、妻は恥じて首をくくり死んだ。彼は夫に銭を与えて葬らせ、旧友を招いて飲食し、恩人達に報いた。

出典は『蒙求』（227「買妻恥醮」）。朱買臣のことは『漢書』（巻六四上・朱買臣列伝第三四）にも見える。この故事は名高く、『芸文類聚』（巻三五・貧。『漢書』所引）『群書類編故事』（巻八・車載故妻）『事文類聚』（後集巻一四・夫婦「車載故妻」。前集巻四六・年歯。外集巻一〇・総官府）『日記故事大全』（巻二・学知類「売レ薪読レ書」）『金璧故事』（巻五・翁子遭レ貧志益堅）等の類書にも採られ、本朝の『十訓抄』（第八・可レ堪二忍諸事一事・9朱買臣の妻）『唐物語』（第19話・朱買臣を捨てし妻、後に悔やみて死ぬる語）や『新語園』（巻二・13朱買臣妻）などにも見える。

129　宝字薬院　称徳帝天平宝字元年十二月の勅により、疾病貧乏の徒を救養する為に、越前の墾田百町を山階寺施薬院に寄進し、帝と衆生が病苦を減し延寿の楽しみを保てるよう願った。

出典は『続日本紀』（巻二〇・孝謙天皇天平宝字元年十二月八日）。『日本紀略』（前篇一〇・孝謙天皇天平宝字元年十二月八日）も同文。猶、施薬院の名称は『江談抄』（第一・40藤氏の氏寺事）『三宝絵』（巻下・13法花寺花厳会）にも見える。光明皇后が施薬・悲田の二院を作ったことは『元亨釈書』（巻一八・願雑三・尼女・皇后光明子）『膾餘雑録』（巻五）『本朝列女伝』（巻一・光明子）『本朝蒙求』（巻上・126光明浴槽）等に見えている。称徳（孝謙）女帝は光明子の娘。

130　大観局方　宋の徽宗の大観年間に陳師文らが『太平恵民和剤局方』を撰し奉った。上表文には「昔神農が百薬の味を嘗めて万民の疾を救い……わが宋朝も至仁厚徳を以て生類を涵養し……救恤の術有り。……太医局・熟薬所を都に設け……七局を増置して和剤恵民の名称を掲げ……会府に詔して薬局を置かせた」などとある。『文献通考』に『和剤局方』は十巻とあり、鼂氏によると大観中に通医に命じて薬局方の書を校正させたものである。

出典は『太平恵民和剤局方』と『文献通考』（巻二二三。経籍考五〇・子〈医家〉）。猶、前者については明刊本が将来されていた他、例えば正保四年（一六四七）、寛文十二年（一六七〇）等の和刻本も出版されている。

131　金岡図馬　巨勢金岡は詔により紫宸殿の障子に聖賢の像を描いた。彼はまた濃淡の墨汁で山を十五層に描《か》き、遠近も描き分けた。言い伝えでは、金岡が仁和寺の壁に馬を描いたところ、その後毎夜その馬が近村の禾《いね》を食った。そこで、絵の眼を刺したところ害がなくなったという。

出典は『本朝画史』（巻上・上古画録・巨勢金岡）か。『本朝語園』（巻五・書画・261金岡画図。『高名録』所引）もかなり近く、いずれも『古今著聞集』（巻一一・画図第一六・2仁和寺御室に金岡が画ける馬近辺の田を食ふ事）あたりがその源であろう。猶、金岡のことは『菅家文草』（巻一）『源氏物語』（絵合）『扶桑略記』（巻二一・仁和四年九月十五日）『日本紀略』（前篇二〇）『帝王編年記』（巻一四）『平家物語』（巻一・二代后）『源平盛衰記』（巻二・二代后附則天武皇后の事）『太平記』（巻一二・大内裏造営事附聖廟御事）など、様々な書に断片的に見える。本書に金岡の履歴を記して大納言に至ったとあるのは否。『本朝画史』や『本朝語園』の誤りを継いだもの。

132　李王画羊　宋の太宗の時、李王が画いた羊を献上した。昼は欄《かこい》の外で草を食い、夜は欄の内に帰り臥すのだった。理由は誰もわからなかったが、僧の賛寧が「これは幻薬のなせることだ。南海の倭国には蚌涙《ぼうるい》（ドブ貝の涙）なるものがあり、物に付けると昼見えるが、夜には見えなくなるという。また、沃焦山の石を磨《す》って染めると、昼は見えず、夜に見えるという」のであった。

出典は『事文類聚』（前集巻四〇・画者。『海外記』所引）。賛寧の言以下については他に『瑯琊代酔編』（巻二四・

別画）に類似する記事も見える。

133 頼朝再栄 源頼朝は義朝の三男、母は熱田大宮司藤原季範の女。平治元年に父義朝は藤原信頼と党を組み後白河上皇の宮殿を囲んだが清盛らに誅された。その時頼朝は幼くして父に従っていたが、敗走するところを捕らえられた。清盛の後母の池禅尼が幼い彼を憫れみ清盛に命乞いをして、伊豆蛭島に流罪となる。彼は寿永二年には同族の義仲を征伐し、朝恩年毎に加わり、文治五年に正二位、建久元年には権大納言に任じ右大将を兼ね、三年に征夷大将軍となり、正治元年正月に鎌倉で五十三歳で亡くなった。

出典未詳。頼朝の略伝は『扶桑名将伝』（巻二・源頼朝）のような武人伝に見え、池禅尼の件は『平治物語』（巻下・常葉六波羅へ参る事、頼朝遠流の事附盛安夢合の事）にも見えている。

134 桓公一匡 斉の桓公は名を小白と言い諸侯の覇者となった。兄の襄公は無道の人だったので多くの弟達はその下《もと》を逃れた。子糾は魯に逃れて（管仲を輔佐とし）、小白は莒《きょ》に逃れ（鮑叔牙を輔佐とし）た。兄襄公は弟無知に殺され、無知もまた殺されたので、斉の人が小白を君として迎えようとすると、魯から軍の出動があった。小白が桓公となるや、鮑叔牙は管仲を推薦し政事を行わせた。桓公が諸侯を九合し天下統一して一匡（乱れを正す）したのは仲の策による。

出典は『十八史略』（巻一・春秋戦国・斉）でその抄出。管仲と鮑叔（牙）のことは『史記』（巻六二・管晏列伝第二）にも見える有名な故事。

135 上池三仏 九仏・十仏の業を承けた士仏はやはり医術に通じ、詩歌も嗜んだ。後光厳・後円融・後小松三代に仕えて上池院の号を賜り、法印に叙せられて名声高く、後胤の惟天に至っても益々医名は高く、見立てに優《すぐ》れ奇効も多かった。惟天は足利義輝・織田信長・豊臣秀吉に仕えて寵遇され慶長三年に没した。その子孫は今に至る迄幕府に仕えている。まことに上池の水は尽きることなく、十代あまり迄続き、積善の餘慶あるものと言えよう。

出典は黒川道裕『本朝医考』（巻中）。猶、『本朝語園』（巻七・330上池院三仏。『本朝医考』所引）にも見えている。

136　馬氏五常　馬良は五人兄弟で皆才名があった。人々は「兄弟の中でも白い眉の者が最も良い」と言ったが、良には眉に白毛があったのだ。劉備が皇帝を称すると、彼は侍中となり東の呉を征討し、武陵では五渓の蛮夷《えびす》を味方につけ、蛮夷の長は劉備からの印綬と称号を受け従った。

出典は『蒙求』（569「馬良白眉」）。馬良の伝は『三国志』（巻三九・蜀書巻九・馬良伝）にある。猶、白眉の故事は他に『十七史蒙求』（巻三・季常白眉）『事文類聚』（後集巻八・兄弟）『潜確居類書』（巻五九・兄弟）『氏族大全』（庚集・三五馬・馬「白眉」）等にも見える。

137　假（蝦）夷佾舞　皇極帝の時、蘇我蝦夷《えみし》は大臣となり政権を執行し奢りがあった。己の祖廟を葛城に建て、天子の舞楽とされる八佾の舞を行い、遂には身分をわきまえずに天子と称した。

出典は『本朝蒙求』（巻下・84蝦夷八佾）。勿論『日本書紀』（巻二四・皇極天皇元年是歳）『日本紀略』（前篇七・皇極天皇元年是歳）にも見える。

138　季孫雍徹　『論語』の中で孔子が言うには、季氏が八佾の舞をやらせているのはがまんならぬし、三家（実力者の家）で「雍」の歌（歌うのは天子の礼とされる）で供物を捧げているのは分を過ぎたものだ、と。朱子の注に、三家とは魯大夫で、孟孫・叔孫・秀孫の三公族のこと、「雍」は『毛詩』周頌の篇名で、徹は祭礼が終わり祭器を片付けること。

出典は『論語集註』（八佾第三）。

139　顕季影供　歌人藤原兼房は秀歌のないことを無念に思いつつも柿本人麿を想い慕っていた。ある時彼は夢をみる。西坂本に遊び梅花の地に散り敷き香芬々たる傍に、凡庸ならざる一老翁が袍と袴姿に烏帽子をつけ、左手には紙、右手には筆を持ち考え込む風情である。誰かわからぬが、翁が「君が久しくこの人麿を念ってくれているのでこうして出会えたのです」と言うや見えなくなった。彼はすっかり喜び、絵師にその夢を描かせ、壁に掛けて、朝酒を飲みつつ敬拝し、その後はしばしば佳句が得られるようになった。晩年にその人麿の絵は白河帝に献上され、鳥羽の官庫に宝蔵されていたが、顕季が妙工に模写させ、藤原敦光に讃を作らせ、源（藤原が正しい）顕仲に浄書させ、錦繡で表装した。そして、人麿影供なる祭事を行い、酒肴茶果を出し、灯火焚香の下に歌会を開き終日楽しんだ。顕季の三男顕輔の歌才が第一番だったのでこの肖像画が授けられた。

出典は『本朝語園』（巻三・和歌・84人麿影供）。この話は本来『十訓抄』（第四・不レ誡二人上多言等一事・2粟田兼房及び顕季卿の人丸の画像）をもとにしていよう。猶、人麿影供を行った時の様子は『古今著聞集』（巻五・和歌第六・178修理大夫顕季六条東の洞院亭にて人麻呂影供を行ふ事）にも詳説され、『柿本影供記』（顕季卿影供記、人丸影供記などとも）も残されている。

140 子儀像設 祥符天禧年間（北宋の真宗時代）に楊大年（億）・銭文僖（惟演）・晏元献・劉子儀（筠）らが文章を以て朝廷に在り、皆李義山（商隠）を尚んで西崑体と号した。子儀が義山の像を描き、詩句を写して左右に列ね、貴重とされた。

出典未詳。猶、西崑体についての逸話は『詩人玉屑』（巻一七・西崑体）に見えている。

141 宗信水藻 藤原宗信は以仁王の乳母の子である。源頼政は以仁王と共に平家討伐を計画したが、発覚して共に宇治に拠《よ》ったものの、平知盛軍に敗れ、王も奈良に逃げる途中流れ矢に死し、士卒も死んだ。ただ宗信は新野の池の水藻に隠れ、敵軍の通過を待って脱出し、都に戻って来たところ、人々に唾をかけられ罵られた。

出典は『本朝蒙求』（巻上・136宗信蔽藻）。猶、この逸話は『平家物語』（巻四・高倉の宮最後）や『源平盛衰記』（巻一五・南都騒動始めの事）にも見える。

142 無社井経 楚が蕭《しょう》を討つ時、宋の華椒が蕭を救った。蕭は楚の熊相宜僚と公子丙を捕虜とした。楚王は軍の撤退を条件に捕虜の解放を求めたが、蕭が捕虜を殺してしまったので怒り、蕭を滅ぼした。その折、申公巫臣が陣中の兵達が寒そうにしていると楚王に訴えると、王は兵を暖かく励ました。それで兵は綿入れを着たような気になり蕭を討てたのだ。蕭の還《せん》無社は楚の司馬卯に声をかけ、友人の申叔展を呼んでもらうと、申は「麦のモヤシはあるか（内憂を救う手立てはあるか）」「山鞠窮はあるか（外患を除く手段はあるか）」と謎かけで聞いてきたので、「ない」と答えた。更に「河魚の腹痛はどうか（都が落城したらどうする？）」と問うので、「空井戸を見て助けてくれ」と還は言った。そこで申は「茅経（ちがやの輪飾り）を掛けろ、井戸で哭《な》いたら俺だ」と答えた。翌日都は落城し、茅輪の空井戸を探し、申叔は還無社を救出した。

出典は『春秋左氏伝』（宣公十二年冬十二月）。

143　景時鉞誅　梶原景時はずる賢く口が達者で媚びて源頼朝にとり入り、義経・結城朝光を偽り謗《そし》るなど、彼の讒言毒牙にかかった者は数知らずいた。諸臣は激怒衆議して、景時父子の追放を頼家に請い、聴き入れられた。後に反乱を謀り誅された。

出典は『日本古今人物史』（巻三・姦凶部・2梶原景時伝）。猶、文中の「源二位」は源頼朝のこと。また、この話柄に関わることは『吾妻鏡』（巻一六・正治元年十～十二月、正治二年正月等）の記事にも見えている。

144　商鞅車裂　衛の公孫鞅《おう》は秦に来て孝公に謁し、帝道・王道・覇道を論じ、富国強兵を説いた。井田法を廃し、畦道を耕地とし、新たな賦税法を作り、結果として秦は富国強兵の国となった。孝公は鞅を賞し、商・於以下十五の村を領地として与え、商君と呼んだ。孝公の後に恵文王が即位すると、公子虔の仲間が、鞅が反乱を起こそうとしていると讒言したので、彼は秦から逃げようとしたが、旅券も無い身だったから宿にも泊めてもらえず、魏で捕まって秦に送還される始末となり、車裂《くるまざき》の刑に処せられた。商鞅の法は過酷だった。一歩が六尺を越える者を罰し、道に灰を捨てる者は刑せられた。渭水のほとりで刑を決めたことがあったが、その時渭水は真っ赤に染まったという。

出典は『十八史略』（巻一・春秋戦国・秦）。猶、商君公孫鞅については『史記』（第六八・商君列伝第八）に詳しい。

145　佐用振巾　大伴狭手彦は詔を奉じ兵を率いて海を渡り高麗を破った。妻は佐用姫といい、別れを悲しんで松浦山に登り、領巾《ひれ》を振り見送って、その山は領巾振山と言われるようになった。

出典は『本朝蒙求』（巻中・100佐用振巾）。この故事は『肥前国風土記』（松浦郡・褶振峯）『万葉集』（巻五・871～875詞書）『奥義抄』（巻中・古歌万葉集・一、まつらさよひめ）『林羅山文集』（巻六一・本朝地理志略・肥前国）『本朝女鑑』（巻五・飾義上・狭夜姫六）『本朝列女伝』（巻三）などの諸書に見えて知られる。

146　趙姉磨笄　襄子の姉は代王の夫人であった。襄子は既に簡子を葬ったが、まだ喪服を脱がぬうちに北の夏屋山（山西省）に登り代王を招いた。そして、料理人に命じて銅製のひしゃくで代王とその従者を撲殺させ、挙兵して代の地を平定した。姉はこれを聞き泣いて天に叫び、笄を磨き自殺した。代の人々はこれを憐れみ、その死んだ地を磨笄山と命名した。

出典は『史記』（巻四三・趙世家第一三）。

147　孝謙婬虐　聖武帝の娘の高野姫は光明皇后を母とし、皇位を譲られ孝謙女皇として在位十年。大炊王に禅譲するも、これを廃して淡路に移し、重祚して称徳帝となり、驕奢婬虐の振舞があった。藤原仲麻呂を重用し、恵美押勝の号を下賜したが、後に彼は謀反を起こし誅された。また、山階寺の道鏡を呼んで大臣禅師としたが、道鏡は公卿を蔑視した。宝亀元年女帝が崩御すると、白壁王が光仁帝となり、先皇の醜聞を慮り、道鏡を下野の薬師寺に貶謫した。

出典は『水鏡』（巻中・孝謙天皇。巻下・廃帝、称徳天皇）か。他に『神皇正統記』（地・第四十六代孝謙～第四十八代称徳天皇）にも詳述されており、『元亨釈書』（巻二二・資治表三・孝謙皇帝、廃帝。資治表四・高野皇帝）などにも見える。

148　則天姦迷　則天武后は十四歳でその美を嘉され唐太宗に召されて後宮に入り、貞観十一年に才人と為る。太宗崩後二十四歳で尼になっていたところ、高宗がその寺に行幸し再会した。当時は王皇后と蕭叔妃が寵を争っていたが、王皇后は密かに彼女を還俗させ高宗の後宮に入れた。その結果王・蕭共に寵を失い、武は昭儀に進み、皇后となるや王・蕭を殺した。高宗没後に自分の子の旦を立て、唐の宗室を殺して自ら曌（照に同じ）と名のり皇帝を称して周と国名を改め、僧懐義を寵遇し、張易之・昌宗兄弟を寵愛した。曌が病んだ時、張柬之らが軍を起こし、易之・昌宗を斬り、曌を上陽宮に遷し、則天大聖皇帝の尊号を奉った。

出典は『十八史略』（巻五・唐・中宗皇帝）。

149　伊通戯謔　藤原伊通は微官の時より天皇のお側に仕えた。優秀な人で戯れを好み、よく天皇を笑わせた。ある日朝紳が集う時、彼は言った「この頃は武人を褒賞する時、勝敗を問わず、ただ殺した人数の多い者を手柄とするようだが、されば三条殿の井戸もお手柄ということになる。近頃この井戸に墜ちた者がどれ程多かったことか」と。人々は捧腹絶倒した。

出典は『平治物語』（巻上・信西の子息尋ねらるる事附除目の事）か、或いは『今鏡』（藤波の下第六・弓の音）であろう。猶、伊通は世間の風潮に動ずることなく反骨精神を有し、皮肉・風刺に富んだ言動を行って、『古事談』（第二・臣節・81藤原伊通位官越えられて檳榔を焼く事、伊通昇任異例の事）『十訓抄』（第九・可レ停二怨望一事・8伊通公の辞職）『古今著聞集』（巻五・和歌第六・25伊通公中納言に任ぜられず恨みにたへずして辞職の事）などと説話世界でも採り挙げられている。

150　淳于滑稽　淳于髡《こん》は滑稽多弁な人で諸侯に使いして屈辱を受けたことはない。威王八年に楚が斉を攻めた。斉王は淳于髡を趙に使わし、救援を乞うため賜物に金百斤と馬車十輌馬四十頭を用意した。彼は天を仰ぎ大笑いし、冠纓が切れてしまった。王が「少ないと思うか」と聞くと、彼は「そうは思いませんが」と答える。王が笑った理由を尋ねると、彼は次のように言う。「東から出た時路傍で豊作祈願しているのを見ました。豚の蹄《ひづめ》一つと酒一碗を捧げて、籠や車いっぱいの収穫、熟れた穀物が家にあふれるようにと祈っておりましたが、その捧げ物がささやかなのに対し、求めるものが大きいので、思い出し笑いをしたのです」。かくて、斉王は趙への賜物を黄金千鎰・白璧十対・車馬四百頭にふやした。そこで髡は趙に出かけ、趙王は彼に精兵十万と兵車千乗を与えた。それを聞いた楚は夜のうちに兵を引いた。

出典は『史記』（巻一二六・滑稽列伝第六六・淳于髡）。この逸話は他に『群書類編故事』（巻一三・豚蹄禳田）『事文類聚』（前集巻三六・農家）『氏族大全』（癸集・覆姓・淳于）『訓蒙故事要言』（巻八・107「豚蹄一酒」）などにも見えている。

151　高時聚犬　北条貞時の子高時は相模守に任じ出家して宗鑒という。為人は好き勝手で人を軽んじ驕奢だった。猛犬数百匹を聚めて闘わせるのを楽しみとし、諸国に献じさせた。それで競って犬を徴発し、魚鳥を餌にして育て、金の鎖で繋ぐなどして、鎌倉の町は四五千匹の狂犬で充満した。

出典は『本朝蒙求』（巻下・53高時愛犬）。そのもとは『太平記』（巻五・相模入道弄二田楽一幷闘犬事）であろう。また、『瓊矛餘滴』（巻下・高時闘狗）でも闘犬好きに触れている。

152　元宗闘鶏　元宗が闘鶏を好んだので、貴顕外戚も尚び、貧者も木鶏で遊んだ。識者は、鶏は酉《とり》で、元宗の生まれた年を指し、闘は兵を意味し、近々災禍があると思った。

出典は『事文類聚』（後集巻四六・闘鶏）。

153　以言紅白　大江以言と紀斉名は共に詩名があり、勅命により「秋未レ出二詩境一」題で献詩した。以言作が優れていたが、「文峰按レ轡駒過影、詞海艤レ舟葉落声」の一聯について、具平親王は各下三字を「白駒影」「紅葉声」に改作すると良いと評した。

出典は『史館茗話』（37話）か、それを出典とする『本朝語園』（巻四・詩文163斉名与㆓以言㆒奉㆓省試㆒）であろう。もとは『江談抄』（第四・89）で、『袋草紙』（上巻・雑談）『十訓抄』（第七・可㆑専㆓思慮㆒事・20以言の文峯按㆑轡の詩）『東斎随筆』（詩歌類五・39話）『和漢朗詠集私注』（巻二・276）などにも受継がれ、『本朝一人一首』（巻八・389）『瓊矛餘滴続編』（巻上・以言警聯）にも採られている。

154　賈島敲推　賈島は法乾寺の僧だったが、後に進士となった。驢馬に乗り詩句を苦吟して高貴を避けなかった。ある時詩句を吟じて「僧敲月下門」か「僧推月下門」かで迷い、驢上で仕草をしていて、京兆尹の韓愈の行列に行き当たり、左右の者にとりおさえられ馬前で叱責された。賈島が事の次第を申し上げると、愈は「敲」が佳いと言い、共に詩を論じ、身分の隔てなく交友を持った。

出典は『詩人玉屑』（巻一五・孟東野賈浪仙「僧敲月下門」。『劉公嘉話』『緗素雑記』所引）か。但し、この故事は好箇の詩話としてあまりにも有名で、且つかの詩句の見える賈島「題㆓李疑幽居㆒」詩が『三体詩』に所収されたこともあって、その注に引かれること少なくない。他にこの逸話の主な所収書を挙げれば『唐才子伝』（巻四・118賈島『増修詩話総亀』（前集巻一一・苦吟門）『唐詩紀事』（巻四〇・賈島）『鑒戒録』（賈忤旨撰）『韻語陽秋』（巻三）『唐摭言』（巻一二）『苕渓漁隠叢話』『野客叢談』（巻六）等があり、『事文類聚』（前集巻三五・僧。別集巻一〇・詩下）『円機活法』（巻一一・詩）『群書類編故事』（巻一五・賈島推敲）『潜確居類書』（巻八一・詩歌）『五車韻端』（巻九六・八霽二・勢「堆敲勢」）等の類書にも所収されている。

155　時棟小奴　大江時棟はもとは布衣の身分だった。藤原道長がお出かけになった時、通りすがりに駄馬を駆るいかにも天資秀発な重瞳の小童を見かけた。連れ帰り、大江匡衡に習学せしめたところ、広才多芸で、匡衡は己の姓を与えた。

出典は『十訓抄』（第三・不㆑可㆑侮㆓人倫㆒事・14大江時棟の生ひたち）か、それをもとにしている『本朝語園』（巻四・193時棟重瞳）であろう。猶、この話は『大東世語』（巻二・識鑑・7話）にも採られている。

156 陸羽遺児 陸羽は所生を知らず、長じて自ら易で占い「鴻漸《すすム》二于陸一、其羽可二用為一レ儀、吉」と出たので陸を姓とし羽を名、鴻漸を字とした。隴西公の幕中に在り東園先生と号した。『因話録』（晩唐趙璘撰）によると、羽は捨て児で、竟陵の龍蓋寺の僧に育てられ、成人した後その僧が亡くなったのを聞き、「黄金の酒樽を羨まず、白玉の杯を羨まず……」の歌を作ったという。

出典未詳。猶、彼の姓名のいわれは『新唐書』（巻一九六・列伝第一二一隠逸・陸羽）『唐才子伝』（巻三・74陸羽）『太平広記』（巻八三・陸鴻漸）『氏族大全』（壬集・一屋・陸「桑苧翁」）『淵鑑類函』（巻三九〇・茶二、茶三）などに見え、『因話録』所引の逸話は『唐国史補』（巻中）『唐詩紀事』（巻四〇・陸鴻漸）『太平広記』（巻二〇一・陸鴻漸）等にも見えている。

157 美材写屛 小野美材《よしき》は翰墨に優れ、白詩を屛風に書し、その後に「太原の居易は古の詩聖、小野の美材は今の草神」と書した。その臨池の妙は時人の推すところである。

出典は『本朝蒙求』（巻中・33美材墨妙）。もとは『江談抄』（第五・40美材書二文集御屛風一事）で、『史館茗話』（45話）をへて、『続本朝通鑑』（巻二一・醍醐天皇二一・延喜元年条末尾小野美材伝）や『本朝世説』（巻下・巧芸・84話）などにも見える。

158 羲之臨池 王羲之は字を逸少という。王承・王悦と共に「王氏三少」と称され、晋に仕えて右軍将軍・会稽内史となった。池に臨んで書を学び池水が尽く黒くなったという。草隷（草書と楷書）は古今に冠たるものである。

出典は『氏族大全』（丁集・一〇陽・王「佳子弟」「羲帖」）。他に『晋書』（巻八〇・列伝第五〇・王羲之）にも見える。猶、本来臨池の故事は王羲之ではなく『蒙求』（320「伯英草聖」）で知られるように後漢の張芝の故事である。その故事を王羲之が某人に与えた書簡の中で用い「張芝臨レ池学レ書、池水尽黒」と記していたというのが実際のところである。

159 義家奥賊　源義家は八幡太郎と号する勇力の人で、怒ると頭髪は逆立ち、まなじりが裂《さ》けた。騎射にすぐれ、父頼義に従い東奥の貞任・宗任や武衡・家衡を誅した。

出典は『日本古今人物史』（巻一・武将部・11源義家伝）。他に前九年の役・後三年の役などでの活躍は史書にも見え、『扶桑名将伝』（巻上・源義家）等の武林伝にも記されるが、本書との直接のつながりはないようだ。

160 裴度淮夷　裴度の威声徳業は郭子儀に匹敵する。四朝三十年に渡って政事に貢献した。元和十二年十月、憲宗は裴度・李愬に命じて呉元済の乱を鎮圧させた。柳宗元はそれを詩に詠み賞美している。

出典未詳。但し、裴度の事蹟は『旧唐書』（巻一七〇・列伝第一二〇・裴度）『新唐書』（巻一七三・列伝第九八・裴度）に見え、前者の方が詳細な記述を有する。猶、本文中に見える郭子儀は安史の乱を平定したことで名高く、後には吐蕃や回紇の軍を撃破した功臣で、徳宗から「尚父」の賜号を贈られた。その病没を知った徳宗は震悼して廃朝五日に及んだという。また、文中の柳宗元詩とは「皇武」「方城」（共に十一章、章八句）で、前者が裴度、後者が李愬を称えたもの。

161 葦姫竹屋　天津《あまつ》彦火瓊《ひこほのに》々《に》杵尊《ぎのみこと》は天降りて筑紫の日向襲の槵触二上《くしふるふたかみ》の峰に居て、大山祇神《おおやまずみのかみ》の娘の葦津姫を妻とした。彼女は一夜にして身籠もり四児を生み、竹刀で臍《へそ》の緒を切った。その竹刀を捨てたところが竹林となり、その地を竹屋と呼ぶようになった。

出典は『日本書紀』（巻二・神代下・第九段）。他に『日本紀略』（前篇二・神代下）にも見える。

162 夸父鄧林　夸父は日影を追い、喉が乾き河渭に飲むも足らず、北に走って大沢で飲もうと思ったが、途中で渇して死ぬ。その時棄てた杖が戸のあぶらにひたされ、数千里の鄧林となった。

出典は『列子』（湯問第五）か。この故事は『北堂書鈔』（巻一三二・杖）『初学記』（巻一・日）『白氏六帖』（巻一・日。巻四・杖）『事類賦』（巻一・日。巻一四・杖）『太平御覧』（巻三・日上）『淵鑑類函』（巻二・日三）などの類書では『山海経』（大荒北終）所引で、『事文類聚』（前集巻二・日・「夸父逐日」）『群書類編故事』（巻一・夸父逐日）『円機活法』（巻一・日）では『列子』所引で見える。猶、『淮南子』（地形訓）にも見える故事でもある。

163 河辺臣舶　推古天皇二十六年に、河辺臣を安芸国に遣《や》り舶《ふね》を造らせた。山中に舶の材を求め、好材を得て伐《き》ろうとすると、「霹靂木《かんときのき》なので、伐るべきではない」と言う人があった。が、「皇命に逆らうことはできぬ」と幣帛を捧げて祭り伐らせたところ、大雨雷電にみまわれた。彼は剣を執って「人夫を犯すな。我が身を傷めよ」と訴え、舶を造る役目を果たした。

出典は『日本書紀』（巻二二・推古天皇二十六年）か、『本朝蒙求』（巻下・116河辺霹靂）であろう。他に『日本紀略』（前篇七・推古天皇二十六年）『本朝語園』（巻二・人臣・63河辺臣伐二霹靂木一）にも見える。

164 趙道人琴　霹靂琴は零凌の湘水の西、震餘の枯桐から出来ている。枯桐が石上に生じ、その穴の中に蛟龍がいるのだ、と。ある晩雷を受けて焼け、朝に道上に倒れ、民は薪に利用していたが、超（趙）道人は手にして三琴を作った。

出典は『事文類聚』（続集巻二二・琴）。

165 匡房文預　大江匡房は博学で詩歌に優れていた。曽祖の医衡は博識で知られ、大江家は蔵書も多かったが、匡房は古い書籍が虫に食われるのを恐れ、手入れ整頓した。人がわけを問うと、「私は江家の文預《ふみあずかり》ですから」と答えた。大宰権帥となり江帥と呼ばれる。

出典は『本朝語園』（巻四・才智・195江家文預）。もとは『江談抄』（第一・48亡考道心事）であるが、そこで「江家の文預」を自任していたのは匡房ではなく、彼の父成衡である。つまり本話は誤伝であるが、それは『本朝語園』の誤りをそのまま継承しているからであろう。猶、『大東世語』（巻二・文学・17話）では「江家文預」を「江家秘書監」と表現している。

166 **劉峻書淫**　梁の劉峻（字孝標）は博識でありたいと思い、異書あらば出向いて借りた。崔慰祖は彼を「書淫」と言った。武帝に召されたが、応答かなわず「弁命論」（『文選』巻五四）を著して思うところを述べ、東陽の紫巌山に居し、玄静先生と諡《おくりな》された。

出典は『南史』（巻四九・列伝第三九・劉懐珍従父弟峻）、或いは『梁書』（巻五〇・列伝第四四・文学下・劉峻）か。猶、「書淫」の逸話は『事文類聚』（別集巻三・書籍〈借書・鬻書〉）『円機活法』（巻一一・博学）や『何氏語林』（巻八・文学）などに見えており、「梁武帝引見……」以下は『氏族大全』（戊集・一八尤・劉「絶交論」）に依る。

167 **国基不食**　津守国基は住吉神社世襲の神主で和歌や箏に巧みであった。ある歌筵で藤原孝義の秀歌に誰も及ばなかった。国基は帰宅して数日食事もとれず、遂に秀歌「薄墨に書く玉章と見ゆるかなかすめる空に帰る雁が音」をえた。

出典は『袋草紙』（上巻・雑談）か。猶、「薄墨」の歌は『後拾遺集』（巻一・春上71）に「帰雁をよめる」と題し収められ、『古来風体抄』『和歌口伝抄』にも採られている。猶、「孝義」を『袋草紙』は「孝善」とする。

168 **東野苦吟**　孟郊は自ら昼夜苦吟してやまず、それには鬼神も愁えて「どうして安らかでいられぬのか。心と身が仇敵のようだ」と迄言う始末。韓愈が彼の詩を薦めて「栄華天秀に肖《あやか》り、捷疾愈《いよいよ》響き報《つ》ぐ」と言ったのはどうだろうか。

出典は『詩人玉屑』（巻一五・孟東野賈浪仙・「苦吟」）。『増修詩話総亀』（后集巻二〇・苦吟門）にも見え、『詩人玉屑』に同じく『隠居詩話』（宋・魏泰『臨漢隠居詩話』のこと）所引。また、『漁隠叢話』（前集巻一九）にも見えている。

169 **天智倹素**　斉明帝の御代に唐と新羅が百済を攻め、百済から福信が日本に救いを求めに来た。帝は土佐（筑前の誤り）の朝倉にお出ましになり、東宮に軍令を行わせた。黒木の倹粗な殿舎を山中に建て、美しく椽《たるき》を削ったり、茅茨を整え切ることをせず、「木丸殿」と言った。帝の崩御するや、太子は素服して政を執り、葬後滋賀宮に即位した。これが天智天皇である。

出典は『本朝蒙求』（巻中・68開別木丸）。猶、木丸殿（黒木御所）のことは『俊頼髄脳』（巻下）や『十訓抄』（第一・可レ定ニ心操振舞一事・2天智天皇の木の丸殿）などにも見える。『日本書紀』（巻二六・斉明天皇）により時代背景を述べて木丸殿に言及する後続書に『百人一首一夕話』（巻一・天智天皇）がある。

170 孝文敦朴 漢孝文帝の時、露台を作ろうとして見積もらせたところ、百金かかると聞き、帝は中民十軒分の費用だと難色を示した。帝は常に綈《つむぎ》衣を着、夫人にも衣を曳きずるようなことはさせず、幃帳《とばり》も質朴なものにし、天下に範を示した。覇陵の用器も金銀製ではなく瓦器を用いた。

出典は『史記』（巻一〇・孝文本紀第一〇）。他に『漢書』（巻四・文帝紀第四）『芸文類聚』（巻一二・漢文帝）『十八史略』（巻二・西漢・孝文皇帝）にも見える。

171 真備励業 吉備（下道）真備は元正・聖武・孝謙・光仁朝に仕え、再度入唐してその名は異国でも知られた。博識名声あり、右僕射となり、唐より帰朝して『唐礼』百餘巻を献上した。軍制についての書もその中に収められていた。そこで天平宝字四年に春日部三関・土師《はじの》関成等十六人を太宰府の真備のもとに派遣し、諸葛孔明の八陣や孫子の兵法を学ばせた。

出典は『本朝蒙求』（巻中・117吉備軍制）。

172 李泌嗜学 李泌は七歳で文にすぐれ開元年間に召された。張説は帝と棋を見ていたが、試みに泌に「方円動静」の文を作らせると立ちどころに成したので、説は「奇童を得られましたね」と帝を祝賀した。張九齢は彼を「小友」として遇した。粛宗の時には金紫を賜い、司馬を拝して賊を討ち、衡山に隠栖して三品の禄と隠士の服を賜った。代宗の時に邸第を賜い、杭州刺史を拝し、徳宗の時には平章事となった。

出典は『氏族大全』（己集・四紙・李「奇童小友」）。猶、李泌のことは『旧唐書』（巻一三〇・列伝第八〇・李泌）『新唐書』（巻一三九・列伝第六四・李泌）に詳しい。「奇童」の故事は『金壁故事』（巻五・七歳観ㇾ棋已知ㇾ名）『潜確居類書』（巻八四・幼慧）『五車韻瑞』（巻一・一東・童「奇童」）に、「小友」の故事は『事文類聚』（前集巻四四・幼悟）にも見えている。

173　貫之蟻通　紀貫之が紀伊国から帰洛する時、その馬が病んで死にそうになった。人々はこの地の神の祟りだという。祈ろうにも幣帛もない。名を問うと蟻通明神と言うので、和歌に「かきくもりあやめも知らぬ大空に蟻通しをば思ふべしやは」と詠んだところ、馬は起ち進んだ。

出典は『東斎随筆』（神道類・61話）か。もとは『貫之集』（第一〇・雑部）『袋草紙』（上巻・希代歌・仏神感応歌）あたりで、『榻鴫暁筆』（第一七・1蟻通明神）『和歌威徳物語』（上一・神感・3歌にて神明のとがめをなだめし事）にも採られている。猶、蟻通明神のことは『枕草子』（二二九段「社は」）『俊頼髄脳』『大鏡』（第六・裏書）『奥義抄』（巻中）に見え、謡曲に「蟻通」もある。前掲の貫之歌は他に『古今和歌六帖』（第二・三一九五六）『歌林良材集』（巻下）『雑和集』（巻上）などにも見える。

174　韓愈衡嶽　韓愈に「衡嶽廟に謁する詩」があり、「我来りて正に秋雨に逢ふ。陰気晦昧して清風無し……」という。『一統志』巻六四に、衡州府の衡山は衡山県の西三十里に在り、五岳の一つだとある。

出典は『事文類聚』（前集巻一三・衡山）か。或いは『韓昌黎集』のような別集や詩話書の可能性もあるか。

175　景高執弓　梶原景時には景秀・景高の二子があり共に雄武の人であった。源義経に従い生田の森に戦う時、景高は常に先駆けを心がけていたので、父は使いを遣《や》り制止しようとしたが、景高は「武士《もののふ》のとり伝へたる梓弓ひきては人のかへるものかは」と高吟して馬を進めた。その驍勇ぶりが知られよう。

出典は『平家物語』（巻九・梶原二度の駆《かけ》）か、『源平盛衰記』（巻三七・景高景時城に入る並景時秀句の事）であろう。

176 孟徳横槊　魏武帝の曹操（字孟徳）の子に文帝曹丕と弟曹植がいる。『元氏長慶集』巻五六「唐故工部員外郎杜君墓誌銘」に「曹氏の父子鞍馬の間に文を為《つく》る。往々槊《ほこ》を横たへ詩を賦す」とある。

出典は『元氏長慶集』（巻五六）。猶、この元稹の序は『唐文粋』（巻六九）にも所収される。また、「横槊」は曹氏父子の故事として、『旧唐書』（巻一九〇下・列伝第一四〇下・杜甫）『古文真宝』（後集。蘇軾「前赤壁賦」）等にも見えている。

177 中姫凝鋺　忍坂大中姫命はみずから洗手水《みてみず》を手に皇子の前に立ち、大王退位後の帝位に即《つ》くよう説得するが、皇子は背を向け答えない。退かずにいると、季冬のこととて鋺《かなまり》の水が腕を濡らして凍り、姫が寒さで死にそうになると、皇子は驚いて群臣達の即位の願いを聴き入れた。姫は群臣達に天皇の璽符を奉らせた。

出典は『日本書紀』（巻一三・允恭天皇即位前紀〜元年）。他に『日本紀略』（前篇五・允恭天皇）『扶桑略記』（第二・允恭天皇）『水鏡』（巻上・允恭天皇）などにも見え、『本朝女鑑』（巻三・仁智上・忍坂大中姫）『本朝列女伝』（巻一・大中姫）『本朝蒙求』（巻下・93忍坂五剋）などに受継がれた。

178 李后捧匜　章懿《い》李后は初め章献明粛に仕えていた。上《おかみ》が部屋に立ち寄り手を洗おうとしたので、洗い用具をもって進み出ると、上はその輝く程に美しい彼女を喜び言葉を交わした。后が奏上するに「昨夜羽衣を着た人が素足で空から下りて来て、あなたの子になるって言うんです」と。上は世嗣ぎがなかったので大いに喜び、彼女は召されて孕み昭陵を生んだ。昭陵は靴下が破れると宮中を素足で歩いたので、皆は赤脚仙人と言った。

出典は『揮麈録』（後集巻一・111）。猶、羽衣の人を夢に見た以後の話は『群書類編故事』（巻四・夢㆓赤脚仙㆒）にも所収されている。

179　軽王猷行　允恭帝の二十三年、太子の木梨軽皇子《きなしのかるみこ》は同母妹の軽大娘皇女を愛し、許されざる結婚をする。同二十四年六月、帝は御膳の羹汁《しる》が凍ったので不思議に思い占わせたところ、二人の結婚が明るみになった。が、太子を罰することはできず、大娘皇女を伊予に移した。

出典は『日本書紀』（巻一三・允恭天皇二十三年三月、二十四年六月）。他に『日本紀略』（前篇五・允恭天皇）『扶桑略記』（第二・允恭天皇）にも見える。

180　斉襄狐綏　『詩経』斉風「南山」の初めの章に「南山崔々たり、雄狐綏々……」とあり、注に「比なり。南山は斉の南山なり。崔々は高大な貌なり。狐は邪媚の獣、綏々は匹を求むる貌……言わんとするところは、南山に狐がいるとは襄公が高位に居て邪行を行うことを比喩している」ということである。

出典は『詩集伝』（斉風「南山」）。勿論文中の注は朱熹の注である。

181　嵯篁戯字　嵯峨帝は詩文を嗜み、博覧多識で詩賦にすぐれていた小野篁は寵遇された。河陽館に行幸した折、「閉レ閣唯聞朝暮鼓、登レ楼遥望往来船」と帝が作って、篁に推敲せよとのこと。彼は「遥」を「空」にかえたら益々素晴らしいだろうと申し上げた。すると帝は驚嘆して「これは『白氏文集』の中の句で、もともと「空」とあったものなのだ。そなたと楽天とは才識同一じゃな」と賞賛された。当時『白氏文集』は将来されて官庫に秘蔵されていたが、篁は見ていなかった。

出典は『史館茗話』（1話）か、『本朝蒙求』（巻上・100白埜同情）、或いはそれらの影響を受けた『本朝語園』（巻四・150嵯峨天皇与レ篁為二文字戯一）であろう。もとは『江談抄』（第四・5話）である。猶、この逸話はよく知られて、『仕学斎先生文集』（巻一）『異称日本伝』（巻上二）『大日本史』（巻二一四・列伝一四一・文学二）『詩轍』（巻四）『作詩質的』『作詩詩彀』『梧窓詩話』（巻二）『大東世語』（巻二・文学・1話）『南柯酒夢』（巻二）『柳橋詩話』（巻上）『皇都午睡』（初編下の巻）『百人一首一夕話』（巻二）などにも見える。

182　曹楊読碑　後漢の楊脩は好学俊才で曹操の主簿となった。『語林』に次のように見える。脩は江南に至り「曹娥碑」を読んだ。碑背に「黄絹幼婦外孫韲臼」の八字があった。操は意味がわからなかった。解し得た脩にしばし口止めして、考えゆくこと三十里にして思い得て（絶妙好辞の意）、その才学の差を感じたという。

出典は『蒙求』（219「楊脩捷対」）。他に『北堂書鈔』（巻一〇二・碑）『太平御覧』（巻九三・魏太祖武皇帝。巻四三二・聡敏。巻五八九・碑）『潜確居類書』（巻八〇・文章・「絶妙好辞」）では『世説』（捷悟第一一・3話）を引き、『群書類編故事』（巻一二・黄絹幼婦）『十七史蒙求』（巻九・楊脩黄絹）には『蒙求』同様に『語林』所引で見え、また、『五車韻瑞』（巻一六・一真・辛「受辛」、『魏志』所引。巻二〇・一三元・孫「幼婦外孫」、『韻府』所引。巻七九・二五有一・婦「黄絹幼婦」。巻八八・四寘・智「三十里智」。巻一〇七・一七霰二・絹「色糸黄絹」）では五箇処に記載されている。猶、『事文類聚』（前集巻六〇・墓銘）は「語林」とあるべきところを「語レ操」と作っている。また、『氏族大全』（丁集・一〇陽・楊「機捷」）は出典も解説も記さぬが二人の能力の差は示す。

183　元信僧正　狩野元信は僧周文・小栗宗丹に画を学んだ。越前守の時、明の鄭沢がその絵を見て称嘆して書を送り、趙昌・馬遠の如き秀れた筆跡で、我が国に来られたら先生の門下生になりましょう、と記した。以後声価益々高く、将軍家の命で鞍馬山僧正の像を描くに際しては、その威容を知らず、沐斎し夢見した像を描いた。鞍馬の某僧によると、元信が僧正の像を描いた後に水墨を乾かしていると疾風に飄揚されて空に消えた。すると程なく元信のところへ僧正が妙画の御礼に来たという。

出典は『本朝画史』（巻下・専門家族・狩野元信）か、それをもとにする『本朝語園』（巻五下・270祐勢画二金殿一　271元信画達二大明国一　272元信画二僧正像一）によるであろう。

184　道子鍾馗　『逸史』に言う、唐高祖の時、鍾馗《しょうき》は科挙に落ちて死んだ。明皇の夢に、小鬼が玉笛を盗むと大鬼がこれを喰った。帝が尋ねると、「己は南山の進士鍾馗という者で、袍帯の葬を賜ったので天下の鬼を除こうと誓った」

と答えた。そこで呉道子に命じてその像を描かせ天下に伝えた。『図絵宝鑑』によると、呉道子は若い頃から貧しく、洛陽に出て、書を張顛・賀知章に学んだが、思うに任せず、図画の方が巧みだった。その人の性分こそが大切で、多く学べば良いわけではないと悟った。

前半の出典は『逸史』とあるが不明。但し、『事物紀原』（巻八・歳時風俗部・鍾馗）『夢渓筆談』（補筆談巻三・雑誌）『陔餘叢考』（巻三五・鍾馗）『氏族大全』（甲集・二冬・鍾「終南進士」）などや、本朝の『塵添壒嚢抄』（巻一五・39疫治能治事付鍾馗神事）『絵本故事談』（巻四・鍾馗。『事物紀原』所引）等にも見えている。後半の記述は『図絵宝鑑』（巻二・唐）で良かろう。猶、呉道子の逸話は『唐朝名画録』『図画見聞誌』『宣和画譜』『酉陽雑俎』等にも見える。

185　赤人富峰　山辺赤人は柿本人麿と同時代の歌仙。富士の雪を望む秀歌が『万葉集』にある。都良香「富士山記」には「富士山は駿河の国に在り、峰は削成せるが如く、直ちに聳えて天に属す。……蓋し神仙の遊幸する所なり」とある。

出典は『万葉集』（巻三・317 318山辺宿祢赤人の不尽山を望める歌一首幷短歌）と『本朝文粋』（巻一三・371富士山記）。猶、『万葉集』の「田児の浦ゆうち出でて見れば」（318）の歌は『新古今集』（巻六・675）や『百人一首』にも採られている。また、都良香「富士山記」は冒頭の部分からの抄出。本書は末尾「蓋神仙之所㆓遊幸㆒也」に作るが、『文粋』本文は「蓋神仙之所㆓遊萃㆒也」。

186　鄭綮灞橋　鄭綮《ていけい》はよく歇後詩を作り、世に「鄭五歇後体」と号する。ある人がその詩思を問うと「灞橋の風雪の中《うち》の驢子の上に在り」と答えた。唐の乾寧の初めに宰相となり、綮は頭を掻いて「歇後の鄭五、宰相と作《な》る」と言った。

出典は『氏族大全』（辛集・四三敬・鄭「雪驢詩思」）。猶、この逸話に関わることは『新唐書』（巻一八三・列伝第一〇八・鄭棨）『事文類聚』（別集巻九・詩上）や『古今詩話』『北夢瑣言』（巻七）『唐詩紀事』（巻六五・鄭棨）『増修詩話総亀』（前集巻二六・寄贈門）などといった詩話書類にも見えている。

187　南北二帝　建武年間に後醍醐帝は京都を出、吉野に皇居を定め崩御した。第七皇子義良が吉野で践祚し後村上帝となり、その後は子の寛成が即位して長慶院となり、煕成（後亀山天皇）が継ぎ、三種神器は吉野側にあった。一方、足利尊氏は北朝の帝に豊仁を推して光明院とし、二朝併立し、南北朝共に紀元を建てた。

出典は『本朝蒙求』（巻下・101二帝南北）。

188　宋魏両朝　宋の高祖武皇帝は劉裕といい彭城の人。漢の元王交の後胤で、晋の禅を受けた。これを南朝と呼ぶ。魏の道武帝は拓跋珪といい、黄帝の子孫と自称し、孝文帝の時に元氏に改正した。こちらを北朝と謂う。南朝は宋の後、斉・梁・陳と伝えられ、北朝は魏に併呑され、後に西魏・東魏に分かれ、東魏は北斉、西魏は後周へと伝え、後周は北斉を併せて隋に伝え、隋は陳をも滅ぼして南北を統一した。

出典は『十八史略』（巻四・南北朝・宋）。他に『南史』（巻一・宋本紀上第一、他）『北史』（巻一・魏本紀第一、他）などに関連記事が見える。

189　為憲吟嚢　源為憲は文章生となり、博識広聞で知られる。作文の会がある毎に一嚢を携えて出向いた。そして、気に入った句ができると、その袋の中に頭を突っ込んで吟じるのであった。他人の詩の場合も同様だった。

出典は『本朝蒙求』（巻中・6為憲入嚢）。猶、この逸話は『江談抄』（第四・92）に発し、『古今著聞集』（巻四・文学第五・114源為憲大江以言の佳句披講の座にて感泣の事）『史館茗話』（38話）『本朝語園』（巻四・165為憲詩嚢）や後の『瓊矛餘滴』（巻中・為憲詩嚢）にも見えている。詩人と嚢の逸話と言えば、李賀の古錦嚢の故事も想起されよう（本書巻下・6李賀少悟）。

190　唐求詩瓢　唐末の唐求は詩を吟じ、できると詩藁を丸めて大きな瓢箪の中に投げ入れた。後に病に臥し、その瓢を川に投げて言った。「この瓢を手に入れた者はわしの苦心がわかろう」。瓢は新渠江に流れ至り、見知る者がいて「これは唐求の詩瓢だ」と言った。「鄭処士が隠居に題する」作（以下引用）がある。

出典は『詩人玉屑』（巻二〇・方外）か、『氏族大全』（丁集・一〇陽・唐「詩瓢」）。詩瓢のことは他に『唐詩紀事』（巻五〇・唐球《ママ》。『茅亭客話』『古今詩話』所引）『増修詩話総亀』（前集巻四六・隠逸門。『古今詩話』所引）『唐才子伝』（巻一〇・270唐求）『五車韻瑞』（巻四六・一一尤三・求「唐求」）にも見える。

191　等楊墨帚　等楊雲谷は雪舟や楊知客とも称した。幼くして禅林に入り相国寺に学び画をよくした。如拙や周文に師事し、明にも留学して張有声・李在らを師とした。明人が彼を試して、高い建物の壁に描かせたところ、雪舟は帚《ほうき》に墨をつけて龍を描いた。あまりに生き生きと見えたので一座の者は驚いた。中国でも名を馳せ、四明天童第一座の班に昇り、帰朝後は山陽に在って、名刹に画筆を留めている。彼は描く時、酒を飲み、尺八を吹き、和歌を唱《とな》え、唐詩を吟じ、無作法に両足を前に投げ出し、筆をなめ、墨をつけて紙に対し、意気揚々とまるで龍の水を得たるが如くであった。彼は都で了庵桂悟・彦龍周興・月翁周鏡・景茝《けいさい》蘭坡・正宗龍統・恵鳳翶之・天隠龍沢らと親交があり詩文を贈答している。

出典は『日本古今人物史』（巻七・芸流伝・22雪舟伝）。逸話は他に『本朝画史』（巻中・中世名品）にも見える。

192　摩詰雪蕉　王維は四季にこだわることなく絵にした。だから往々にして桃・杏・芙蓉・蓮花を同じ一景の中に描いたりし、袁安臥雪の図では、雪の景の中に芭蕉が描かれていた。

出典は『円機活法』（巻一八・画）。この話は『夢渓筆談』（巻一七・書画・4話）『事文類聚』（前集巻四〇・画者。「雪中芭蕉」）などにも見える。

193　少彦作醞　少名彦命《すくなひこなのみこと》は造酒の神である。神功皇后の摂政十三年二月に、太子が武内宿祢を従え、角鹿笥飯《つのかのけいいの》大神を拝んで戻ると、皇后は彼を宴し祝して「このみきはわがみきならずくしのかみ常世にいますいはたたす少名御《み》神のとよほき……」と歌った。

出典は『釈日本紀』（巻二四・和歌二・神功）。猶、『日本書紀』（巻九・神功皇后摂政十三年春二月）『日本紀略』（前篇四・神功十三年三月《（ママ）》八日）などにも関連記事がある。

194 杜康造酒　魏武帝「短歌行」に「……何を以て憂へを解かん、惟《ただ》杜康有るのみ」とある注に、杜康は昔の酒造人とある。『呂氏春秋』では狄儀（儀狄が正しい）が酒を造ったとある。
出典は『蒙求』（221「杜康造酒」）。「短歌行」は『文選』（巻二七）に所収される有名な作でもあり、『芸文類聚』（巻四二・楽府）『初学記』（第一・月）など類書にも所収されること少なくない。また、儀狄造酒の故事は『芸文類聚』（巻七二・酒）『初学記』（巻二六・酒）『事類賦』（巻一七・酒）『事文類聚』（続集巻一三・酒）『円機活法』（巻一五・酒）『淵鑑類函』（巻三九三・酒四）等殆どの類書に見え、杜康造酒と共に採挙げられる。

195 実頼汲婢　清慎公藤原実頼は賢相と称されたが、色好みで水汲みの下女に挑んで識者にけなされた。
出典は『本朝語園』（巻八・好色・385小野宮殿不㆑忍㆓女事㆒）。もとの話は『十訓抄』（第七・可㆑専㆓思慮㆒事・12女事に賢人なし）『古事談』（第二・臣節・39藤原実資女事により藤原頼通の揶揄に赤面の事）『東斎随筆』（好色類・73）『寝覚記』（巻三）『古事談抄』（61話）等に見えるが、主人公は伝承としては清慎公実頼ではなく、小野宮右大臣実資のこととするのが正しい。従って、巻頭の標題目録に「頼実汲婢」とあるのも誤り。

196 謝鯤織婦　謝鯤は若い時から有名で、高識の持主だったが、威儀に欠け、東海王の下で掾となるも、気儘で物事に拘わらない性格だったので、除名された。彼は清歌鼓琴して意に介さなかった。また、隣家の美女に挑んでは機織の梭《ひ》を投げつけられて両歯を折り、当時の人に「気まま勝手が過ぎて歯を折った」と評された。後に王敦の下で長史となり、使いとして都に出向き、東宮時代の明帝に会う機会があったが、とても丁重な対応を受けた。「世間の論者は君を庾亮に比べるがどう思うかね」と東宮が問うと、「朝廷に在ってはとても亮にはかないませんが、丘谷に気儘に遊び楽しむ点では勝っておりましょう」と答えた。

出典は『蒙求』（542「謝鯤折歯」）。猶、謝鯤の伝は『晋書』（巻四九・列伝第一九・謝鯤）に見え、隣家の美女へのアタックは『事文類聚』（後集巻一九・歯）『氏族大全』（辛集・四〇禡・謝「一丘一壑」）『淵鑑類函』（巻二六・歯二）などにも見えている。

197　信頼掘尸　平治元年春、藤原信頼は朝恩を誇り大将を望む。後白河上皇が信西に諮り不可としたので、彼は憤慨し、信西を殺すべく源義朝と謀り、清盛熊野参詣のスキを突き反乱を起こし、三条殿を焼き多くの死人を出した。信西は宇治田原に逃れたものの殺された。彼は下僕に穴を掘らせ、中に坐し塞ぎ込め、墳に作って、仏名を唱えつつ命を終えたが、信頼の追手はその墳をあばき、首を斬って持ち帰り巷に曝した。
出典は『平治物語』（巻上・信頼信西不快の事、信西南都落の事、信西の首実検の事）。他に『源平盛衰記』（巻五・小松殿教訓の事）『本朝蒙求』（巻中・93通憲埋土）などにも見えている。

198　道子罵首　『世説』によると王孝伯（恭）が死んで大桁で首が曝された。司馬道子は出向き首を見つめつつ「お前はどうしてわしを殺そうとしたのか」と言った。注の『続晋陽秋』によると、王恭が挙兵すると左将軍謝琰が討伐に遣わされた。恭は敗れて阿に逃れたが、湖浦の尉により捕らえられた。初め司馬道子は恭と仲良しだったので、車に同乗させ都を出たが、西軍が迫ってきたので斬られて梟首されたのだった。
出典は『世説新語』（仇隙篇・7話）。『続晋陽秋』の部分は上記の劉孝標の注の部分の引用である。

199　明達啖瓜　生馬仙人は河内の高安の東山の深谷に住んでいた。寛平九年、僧の明達が東山の頂に登り、谷中の一庵を発見し、到ると顔色が黄栗に似た白帽素衣の人がいたので問うと、生馬仙人だった。五つの瓜を達に与え「この地の産物で、飢えをいやすものさ」と言い、食べてみると甚だうまかった。「ここにどれくらいいるのか」と尋ねると、「山に入ってから麓は見ていない（人に会ってない）。ただ仙道を求めているだけさ」と言うばかりだった。

出典は恐らく『本朝神社考』（下之五・生馬仙人）か、そのもとになった『元亨釈書』（巻一八・願雑三・神仙）であろう。猶、『本朝列仙伝』（巻二・生馬仙人）『本朝蒙求』（巻下・121生駒白帽）は『元亨釈書』に依っているようであり、後の『絵本故事談』（巻八・生駒仙）は『本朝蒙求』に依っている。

200　固言染柳　李固言がまだ科挙に及第していなかった時、古い柳樹の下で指を弾《はじ》いている音を耳にし、声をかけたところ、「わしは柳の神の九烈君だ。柳の汁を用いてお前の衣を染めろ。及第は間違いないから」と。ほどなく及第した。

出典は『円機活法』（巻二二・柳）。他に『氏族大全』（己集・四紙・李「柳汁染衣」）『淵鑑類函』（巻四一四・楊柳三）にも見え、いずれも『三峰集』所引である。猶、李固言の伝は『旧唐書』（巻一七三・列伝第一二三・李固言）『新唐書』（巻一八二・列伝第一〇七・李固言）に見える。

201　弁慶乞刀　武蔵坊弁慶は紀伊熊野神宮別当の弁照の子で、生まれて数月もせずに牛を食うかという気があった。幼時に叡山に入り、長じて諍闘せざる日なく、山を追われて都の遊侠の徒となっていた。千本の刀を得ようと決め、立派な刀の持ち主に強要した。ある日、牛若丸に出遭い、刀を乞うも「力ずくでとってみよ」と笑みつつ言われる。少年と侮り、彼は太刀をもって向かうが、牛若は飛捷奮撃し、彼は屈服した。後に君臣となり、彼は牛若に忠節を尽くして側を離れず、衣川の合戦で死んだ。ああ暴悪の人も立派な人となるという点で、あの晋の周処の話と同じであろうか。

出典未詳。但し、『義経記』（第三・熊野別当乱行の事、弁慶生まるる事、弁慶山門を出づる事、弁慶洛中に於て人の太刀奪ひ取る事、弁慶義経に君臣の契約申す事。巻八・衣川合戦の事）の枠内には一応入っているかと思う。勿論弁慶のことは、軍記のみならず、能・舞曲・浄瑠璃などでも知られ、『弁慶物語』『白剃弁慶』などの御伽草子他、街談巷説の類にも広く浸透している。

202　**管仲射鈎**　斉の襄公は無道の人だったので、弟達は災いの及ぶことを恐れ、子糾は魯に逃げ管仲がこれを支えた。また、小白は莒《きよ》に逃れ鮑叔が輔佐した。襄公は弟の無知に殺され、彼もまた殺されたので、斉の人は莒より小白を招く。その一方で、魯は兵と共に子糾を送った。管仲はかつて小白を射て帯鈎に当てたことがあったが、小白が即位した時、鮑叔牙は管仲を推薦して政務に当たらせた。

出典は『十八史略』（巻一・春秋戦国・斉）。勿論関連記事は『史記』（巻三二・斉太公世家第二）や『五車韻瑞』（巻四六・一一尤三・鉤「射帯鉤」）にも見える。

203　**政顕二恥**　藤原政顕は、その位にあらずして人に対するのは恥、また、求められてもいないのに出かけてゆくのも恥で、この二つの恥を忘れなければ、恥をかくことはない、と言った。

出典は『本朝蒙求』（巻中・45政顕二恥）。そのもとは恐らく『倭論語』（巻四・公卿部下・藤政顕）であろう。

204　**孫昉四休**　孫昉は大医となり四休居士と号した。黄山谷がその号の意味を問うと、「粗茶淡飯で心足れば休み、衣の破れを繕い寒さを防げれば休み、三つのうち二つが満たされれば休み、貪らず妬まず老いて休む」と答えた。山谷はこれこそ安楽の方法だと言った。昉には三畝の園があり、花木が茂り、来客があると酒茶を供した。山谷と仲良しで、詩作して家僮に歌わせ、酒茶に興を添えた（以下に詩三首を引用する）。

出典は黄山谷「四休居士詩三首幷序」。山谷の詩文集には明・清の刊本や朝鮮古活字版があり、慶長・元和・寛永年間には和刻本も出ている。また、『氏族大全』（乙集・二二元・孫「四休居士」）もほぼ同文。

205　**時頼残醤**　平（北条）時頼は、平宣時を召したが来るのが遅れたので、夜だから服装などどうでも良いとせっついた。宣時が来ると、「酒があるので一緒に飲もうと思ってね。肴《さかな》がないが家中捜してみてくれんか」と言うので、宣時は紙燭《あかり》を手に厨房に入り、味噌の残りを得て戻って共に歓を尽くした。古人のつましさはこんな具合で、奢侈を戒めるに足る。

出典は『徒然草』（二一五段）。恐らくは注付の刊本を見ていたろう（巻頭の「『桑華蒙求』について」注（7）参照）。

206　晏嬰弊裘　晏嬰は斉の景公の時に相となり、肉食を控え、妻にも帛を着せず、一枚の狐裘を三十年用いた。越石父は賢者であったが、牢内に在った。晏は車馬の馬を解いて、それで彼をうけ出して上客とした。太史公は「今晏子が存在していたら、その馬車の御者としてでも仕えたい程に慕っている」と。

出典は『氏族大全』（辛集・三二諫・晏「解驂」）。晏嬰については他に『史記』（巻六二・管晏列伝第二）『十八史略』（巻一・春秋戦国・斉）に見える。猶、晏嬰の節倹ぶりについても『晏子春秋』（内篇雑下第六）『蒙求』（90「晏嬰脱粟」）『箋注純正蒙求』（巻中・晏嬰狐裘）などで知られ、『淵鑑類函』（巻二八三・倹二、倹三。巻三七四・裘四）にも引かれる。

207　朝村籠鳥　上野十郎朝村は九条頼経の家臣で弓射の名手である。嘉禎四年上洛し、一（二の誤りか）条右府良実邸にて饗宴があった。酒酣《たけな》わにして若宮福王丸の飼う小鳥が籠から逃げ、庭の樹木の間にまぎれてしまって、捕らえる手立てがない。すると、頼経は「死なぬよう射よ」と朝村に命じた。彼は葉間に半身を現わす鳥を矢羽根に挟んで射落とし献上した。籠に戻った小鳥は飛鳴も餌をついばむ様もこれ迄と変わらず、見ていた者達は賛嘆し、彼は頼経から御衣と宝剣を賜った。

出典は『吾妻鏡』（巻三一・嘉禎四年〈暦仁元年〉五月十六日）か。後の『絵本故事談』（巻六・朝村）は本書の影響を受けている。

208　堯咨葫油　陳堯咨は宋の咸平中の状元で後に知制誥となった。弓矢に精しく「小由基」と号し家で射ていた。油売りの翁が見て「熟練の技だ」と言った。すると、葫蘆の口を穴あき銭で覆った翁は、ゆっくり杓《ひしやく》で油を入れ、銭が全くぬれなかったので「わしも熟練だの」と言った。

出典は『帰田録』（宋・欧陽脩撰）。猶、『氏族大全』（乙集・一七真・陳「三尭列侍」）の一節に引かれる文に「堯咨字嘉謨、宋咸平中、状元後知制誥、精㆓於弧矢㆒、号㆓小由基㆒、母怒之以㆑杖撃之、金魚墜㆑地、謚㆓康粛㆒」とあるのにも一部類似する。「射㆓于家圃㆒……」以下は『五車韻瑞』（巻四四・一一尤・油「銭孔油」）と同文である。猶、『群書類編故事』（巻一四・康粛善射）『事文類聚』（前集巻四二・射。「康粛善射」）にも『金坡遺事』を引用して同類の話が記されており、類書の他に『宋名臣言行録』にも見えている。猶、陳堯咨のことは『宋史』（巻二八四・列伝第四三・陳尭咨）参照。

［下巻］

1　素戔娶女　素戔烏尊《すさのおのみこと》が出雲の簸《ひ》の川上の鳥髪の地に到ると、老翁老婆が童女を前にして啼いていた。理由を問うと、これ迄毎年八人の乙女が八岐大蛇《やまたのおろち》に食われ、今年もまたその時となったので哀泣すると答えた。素戔烏はその娘奇稲田《くしなだ》姫を自分に奉らせ、大蛇を殺すべく垣を作り、八門八棚を造って各々に酒槽を置き待ちうける。大蛇がやって来て飲酒酔臥するや彼は十握剣《とつかのつるぎ》を手に大蛇をずたずたに斬った。

出典は『日本書紀』（巻一・神代上・第八段）で、「一書曰」の部分も取込んで記述。他に『釈日本紀』（巻二三・和歌一・神代上）『日本紀略』（前篇一・神代上）『帝王編年記』（巻一・地神・天照大神）などにも類似の記事が見える。猶、巻頭の標題で「素盞娶女」に作るのは誤り。

2　赤帝哭嫗　漢高祖劉季は亭長の時、県の命令で人夫を酈《り》山に護送するが逃亡者がでた。彼は豊県の西の沢中で会飲し、人夫を解放して「皆逃げろ、俺も逃げる」と言った。彼が壮士十餘人を従え、酒をあおり夜道を行くと大蛇が横たわっていたが、彼は畏れず剣で斬り、その先で酔臥した。後続の者がやって来たところ、夜に老嫗《ばあさん》が声をあげ泣いているので理由を問うと、自分の子は白帝の子で蛇に化けて道にいたが、赤帝の子に斬られたという。老嫗が嘘をついていると思い笞打とうとするや嫗の姿は消えた。高祖に事の次第を報告すると、彼は心中喜び自信を持ったのであった。

出典は『史記』（巻八・高祖本紀第八）か、『漢書』（巻一・高帝紀第一上）であろう。猶、『十八史略』（巻二・西漢・漢太祖高皇帝）や『芸文類聚』（巻一〇・符命部符命、巻一二・帝王部二・漢高帝。共に『史記』所引）『太平御覧』（巻八七・漢高祖皇帝）『五車韻瑞』（巻三四・六麻・蛇「漢祖斬蛇」）などにも関連する記事が見え、白居易「漢高皇帝親斬二白蛇一賦」（『白氏文集』巻二一・一四一六）はその故事を詠んだ賦として知られ、本朝の『訓蒙故事要言』（巻九・124。『金璧故事』所収の『胡曽詠史詩』とその注所引）にも見える。

3　喜撰一首　喜撰法師は勅を奉じて和歌式を作り、「吾が廬《いほ》は都の巽《たつみ》」云々の和歌一首を伝えている。

出典は特に必要ないか。敢て挙げるなら『古今集』（仮名序）や『百人一首』の注か。本書本文中の「奉レ勅作二和歌式一」は『千載集』序「宇治山の僧喜撰といひけるなん、すべらぎの詔を承りて大和歌の式を作れりける」などの反映なのかも知れない。猶、喜撰の伝は『本朝遯史』（巻上）や『扶桑隠逸伝』（巻上）にも見え、『扶桑蒙求』（巻上・56喜撰一首）は本書に依る。

4　李翱二句　韓愈の「遠遊聯句」に李翱が「取レ之詎灼々、此去信悠々」と詠んだ句があるが、その二句の後に（韓愈・孟郊は繰返し継いでいるが）李翱の句が他に見えない。それは葉夢得によると彼が巧みではなく、韓愈も強いて求めなかったからであると。

出典は『石林詩話』（巻下。宋・葉夢得撰）。本文所引の李翱の二句は『唐詩紀事』（巻三五・李翱）『中山詩話』等にも引かれる。他の詩話関係書からの可能性もある。李翱の伝は『旧唐書』（巻一六〇・列伝第一一〇・李翱）『新唐書』（巻一七七・列伝第一〇二・李翱）に見える。

5　広相幼敏　橘広相《ひろみ》は幼少より聡明で書を読み詩文を成した。九歳で昇殿し暮春の即興詩を詠じ、結句に「荒村桃李猶応レ愛、何況瓊林華苑春」と詠む。博学多識で『大蔵経』を瞬時に閲覧したと言う。参議となり『橘氏文集』がある。

出典は『本朝一人一首』（巻八・377橘広相）か。これを受けた『本朝語園』（巻四・158広相敏速）にも近い。広相の七言二句は他に『江談抄』（第四・102）『史館茗話』（3。但し「桂林華苑」を「九重城裡」に作るは不審）『大東世語』（巻三・夙慧二・2話）等にも引かれ、彼の伝は『本朝儒宗伝』（巻下・橘広相）にも見える。『扶桑蒙求』（巻下・70広相九歳）は本書に依る。

6　李賀少悟　李賀は七歳で詩文をよくするも苦吟した。毎朝馬で出かけ、下人に錦嚢《ふくろ》を背負わせて従え、詩句を得るとその中に投入れた。暮れ方に戻り、母が袋を探ると詩句で一杯だったので、母は「この子は心肝を吐き出している」と怒った。

出典は『古文真宝前集諺解大成』（七言古風短篇「刺二年少一」李長吉）所引の注か、『氏族大全』（己集・四紙・李「古錦嚢」）。但し、李賀の錦嚢の故事は李商隠「李賀小伝」（『李義山文集』巻四）以来よく知られた逸話で、『唐詩紀事』（巻四三・李賀）『詩人玉屑』（巻一五・李長吉）『唐才子伝』（巻五・115李賀）の詩話書や『旧唐書』（巻一三七・列伝第八七・李賀）『新唐書』（巻二〇三・列伝第一二八・文芸下・李賀）の正史、また、『事文類聚』（別集巻九・詩上）『円機活法』（巻一〇・詩人）『潜確居類書』（巻八一・詩歌）『群書類編故事』（巻一五・「李賀錦嚢」）『古今合璧事類備要』（巻四四・詩律）『五車韻瑞』（巻三八・七陽・嚢「詩嚢」）等の類書にも広く見える。

7　良基連式　藤原（二条）良基は後光厳・後小松両帝に事えた。幼少より才識があり、『連歌新式』を作り、一条兼良が追加して敷衍し、跋文で応安の新式（良基）を称えている。

出典は『連歌新式追加並新式今案等』か。『扶桑蒙求』（巻下・48良基連式）は本書に依る。

8　陸機文賦　陸機は若くして牙門将軍となり、楊駿に招かれて祭酒・太子洗馬を経て、王穎には司馬・大将軍に任じられた。「文賦」の序に「才士の作を観るに心中得るところあり。その言辞を発するやまことに変化多く、その好悪を述べる自作には情が表れる……」（以下略）と。

出典は和刻本『六臣註文選』（巻一七・「文賦」）であろう。陸機の説明には上記巻一六所収「歎逝賦幷序　陸士衡」下に記された呂延済注に、『晋書』（巻五四・列伝第二四・陸機）の記事が加味されているか。

9　力雄開戸　天照大神は素戔烏尊の黒心《きたなきこころ》を知り天石窟《あまのいわや》に隠れ、天下は恒闇《とこやみ》となった。そこで八十万神《やおよろずのかみ》は相談し、天鈿女命《あまのうずめのみこと》が石窟の前で巧みに舞う。大神がいぶかり磐戸を少し開けたので、手力雄神が大神の手を引出した。神様達は素戔烏に罪ありとし、髪や手足の爪を抜き追放した。

出典は『日本書紀』（巻一・神代上・第七段）。『日本紀略』（前篇一・神代上）にも殆ど同文が見え、『本朝神社考』（中之三・手力雄）『本朝蒙求』（巻中・73手力〈力雄〉引手。巻上・108鈿女俳優）もほぼ同じ内容と言えよう。

10　魯陽援戈　韓との戦い酣《たけな》わのところで日が暮れかかったので、魯陽公が戈をとりさし招くと、日は三星宿も戻ったのであった。

出典は『淮南子』（覧冥訓。恐らく『淮南鴻烈解』を用いるか）。この故事は他に『芸文類聚』（巻一・日）『初学記』（巻一・日）『事文類聚』（前集巻二・日）『古今合璧事類備要』（巻一・日）『淵鑑類函』（巻二・日）等の諸類書にも見える。

11　玉姫繘井　火闌降命《ほのすそりのみこと》（海幸）と彦火々出見尊《ひこほほでみのみこと》（山幸）兄弟は互いの生業を換えた。弟は兄の鉤《つりばり》を亡くし責めたてられ、憂えて海畔を行くと塩土翁と出遇い、その助けを得て海神宮《わたつみのみや》に至る。その殿閣は美麗で、門前に井戸があり、豊玉姫の侍者が瓶《つるべ》で水を汲んでいると、井中に人の笑顔が逆さに映っている。そこで仰ぎ観ると、麗しい神（山幸）が杜樹《かつらのき》に寄り立っていた。豊玉姫が人を遣り問うと、山幸は来意を述べる。すると海神《わたつみ》は女豊玉姫を妻《め》合《あ》わせ、彼は海神宮に三年留まることとなった。

出典は『日本書紀』（巻二・神代下・第十段）。他に『日本紀略』（前篇二・神代下）にもほぼ同文が見え、『本朝蒙求』（巻上・3火折乗鰐、106火進責鉤）の関連記述もある。

12　洛神凌波　曹植は魏武帝の第三子で東阿王・雍丘王に封ぜられた。彼は洛水の神を賦に詠じ「美しい薄衣を飄し、長い袖をかざしてたたずむ。その体は飛び立つ鴨よりも軽く素速く、神の如くで、波を踏んでやや歩めば、薄絹の靴下より塵が立つ」とある。

出典は和刻本『六臣註文選』（巻一九・「洛神賦」）。曹植の説明もその李周翰注に依っている。

13　玉依夾矢　玉依姫（賀茂健角身命の女）は瀬見の小河（鴨川）を逍遥し、流れる丹塗りの矢を得る。それを屋上に夾《さしはさ》んでしばらくするとみごもり、父不明の男子を生んだ。ある時、里人をもてなし、男子に盃を持たせ、父親に与えよと言ったところ、子は盃を大空に投げ、家を蹴破って天神の子だと言い、天に昇った。これが別雷神であり、丹塗りの矢は松尾大明神である。

出典は『本朝神社考』（上之一・賀茂）。この説話は他に『釈日本紀』（巻九・述義五・神武。「頭八咫烏」の注）『古事記伝』（巻一二）『本朝月令』（四月・中酉賀茂祭事。『秦氏本系帳』所引）『伊呂波字類抄』（加・諸社。『本朝文集』所引）に見え、『扶桑蒙求』（巻上・2玉依夾矢）は本書に依る。

14　陶侃得梭　晋の陶侃は潘陽の人で、潯陽に移り住み、早くから孤独で貧しかった。雷沢で漁をしている時、機織《はたおり》の梭《ひ》を手に入れ、壁に懸けておくと、雷電《いなびかり》を受け龍と化して去り、彼は県吏から太尉に至り、長沙郡公となった。

出典は『晋書』（巻六六・列伝第三六・陶侃）と『蒙求』（574「陶侃酒限」）か（略歴部分は『蒙求』で、逸話部分は『晋書』）。他に『氏族大全』（丙集・六豪・陶「龍梭」）にも見える。

15　浦島垂釣　雄略天皇二十二年七月、丹波（丹後が正しい）の餘社郡管川の水江浦島子は舟で漁をしていて大亀を得た。すると化して女となったので妻とし、共に海に入り蓬莱山に至り仙界を見てまわった。

出典は『本朝蒙求』（巻中・78浦島得亀）。他に『日本書紀』（巻一四・雄略天皇二十二年七月）『日本紀略』（前篇五・雄略天皇二十二年七月）『浦島子伝』『扶桑略記』（第二・雄略天皇二十二年七月。『続伝略抄』所引）『釈日本紀』（巻一二・述義八・雄略。『丹後国風土記』所引）『本朝神仙伝』（付）や御伽草子「浦島太郎」、謡曲「浦島」等でも知られ、『日本紀竟宴和歌』（「得二浦島子一」大江朝望）『河海抄』（巻一五・夕霧。『丹後国風土記』『浦島子伝記』所引）『本朝列仙伝』（巻一・浦島子）『訓蒙故事要言』（巻八・180「浦島子」）等にも見える。『扶桑蒙求』（巻中・2浦

島垂釣）は本書に依る。猶、近年の関連本に三舟隆之『浦島太郎の日本史』（吉川弘文館・二〇〇九年）があり、平安朝から中・近世への展開について記している。

16　王質爛柯　晋の樵夫《きこり》王質は二童子が囲碁するのに出逢う。棗核のようなものを与えられ食べると飢えず、斧を置いて対局に見入る。童子に「お前の斧の柄は腐っているよ」と言われ、彼が故郷に戻ると、知人はいなかった。

出典は『事文類聚』（前集巻四二・技芸部・棊。『述異記』所引）か。この逸話は有名で『太平御覧』（巻七五三・工芸部一〇・囲碁。『晋書』所引。巻七六三・器物部八・斧。『東陽記』所引）『円機活法』（巻一〇・樵夫。巻一六・囲棋）『氏族大全』（丁集・一〇陽・王「柯山」）『淵鑑類函』（巻三二九・巧芸部六・囲棊三）などの類書に所収され、本朝の歌学書でもよく詠まれる故事として採挙げられている。平安時代を中心とするものだが近年の論に上原作和「《爛柯》の物語史—『斧の柄朽つ』る物語の主題生成—」（『光源氏物語学芸史』翰林書房・二〇〇六年）、田中幹子「「王質爛柯」と「劉阮天台」—中世漢故事変容の諸相—」（『和漢・新撰朗詠集の素材研究』和泉書院・二〇〇八年）がある。

17　瓊杵鏡剣　天照大神は芦原中国《あしはらなかつくに》に子の天津《あまつ》彦々火瓊々杵尊《ひこひこほのににぎのみこと》をやり治めさせるべく、八坂瓊曲玉・八咫の鏡・草薙剣の三種の宝物を与えて、天児屋命・太玉命・天鈿女命・石凝姥命・玉屋命の五部神を侍らせ、勅語を下された。

出典は『日本書紀』（巻二・神代下・第九段）。他に『日本紀略』（前篇二・神代下）にも見え、『扶桑蒙求』（巻上・3瓊杵鏡剣）は本書に依る。

18　夏后溝洫　舜が「堯の事業を成し遂げる者はいるか」と問うと、諸侯は禹が司空になれば立派にやると言うので、水土を治めさせた。禹は益・后稷と共に人夫を集めて全土に配置し、木柱を立てて高山・大川の名を定めた。衣食質朴で鬼神を祀《まつ》り、田畑の溝作りに費を投じ、陸行には車、水行には船、沼沢には橇《そり》を用いた。

出典は『史記』（巻二・夏本紀第二）。猶、本書本文には欠落がある。即ち「禹拝稽首、譲二於契后稷皐陶一。舜曰」

とある後に「女其往視二爾事一矣」の一文が必要なはずで、それでないと文意が通らない。

19　衣通喜子　衣通郎女《そとおりのいらつめ》が允恭天皇を恋い、「わが背子が来べき宵なり……」と歌ったところ、天皇は心動かされ、「ささらがた錦の紐を……」の歌を詠じた。

出典は『釈日本紀』（巻二六・和歌四・允恭）。他に『日本書紀』（巻一三・允恭天皇八年二月）にも見えるが、『日本紀略』（前篇五・允恭天皇八年二月）では和歌が省略されている。また、『瓊矛餘滴』（巻上・弟媛光彩）でも同話に言及する（本書巻中「11弟媛衣通」参照）。

20　楊妃比翼　楊貴妃は初め寿王の妃であったが、美人だったので玄宗は高力士を使って奪い、天宝四年貴妃とした。安禄山の謀反で蜀に逃れる途次、馬嵬で将兵の憤怒に遭い、彼女は力士に縊死され、紫茵に包まれ道傍に埋められた。白居易「長恨歌」の末尾に「在レ天願作二比翼鳥一、在レ地願為二連理枝一」とある。

出典未詳。白居易「長恨歌」の注（例えば『古文真宝前集諺解大成』など）と関わるか。他に『新唐書』（巻七六・后妃伝上・玄宗楊貴妃）『楊太真外伝』『楊貴妃外伝』や『事文類聚』（前集巻二一・帝系部・宮嬪）『潜確居類書』（巻七一・芸習七・葬）等の類書にも言及するものがある。本朝では『今昔物語集』（巻一〇・唐玄宗后楊貴妃依二皇寵一被レ殺語第七）『唐物語』（第一八・玄宗皇帝と楊貴妃の語）『太平記』（巻三五・北野通夜物語の事附青砥左衛門が事。巻三七・畠山入道誓謀叛附楊国忠が事）『楊貴妃物語』（寛文三年〈一六六三〉）や謡曲「皇帝」「楊貴妃」等でもよく知られている。

21　天武五節　天智崩御後、大友皇子が挙兵するや、天武は吉野瀧宮に逃れた。彼が弾琴していると、神女が降臨し五曲歌舞して去った。これを五節の舞と言う。天武は清見原宮で即位し、後世大嘗祭では五節の舞を奏する故事となった。

出典は『本朝蒙求』（巻上・10乙女節舞）。猶、この故事の関連記事は『江家次第』（第一〇）『政事要略』（巻二七・年中行事。『本朝月令』所引）『江談抄』（第一・11浄御原天皇始二五節一事）『袋草紙』（希代歌）『年中行事秘抄』（十一月・五節舞姫参入幷帳台試事。『本朝月令』所引）『公事根源』（十一月・五節）『十訓抄』（第一〇・可レ庶二幾才能芸業一事・18五節の舞の起源とをとめごがの歌）『源平盛衰記』（第一・五節の夜の闇打附五節の始め並周の成王臣下の事）『河海抄』（巻九・乙通女。『本朝月令』や三善清行「意見封事」、『寛平御遺誡』等所引）にも見える。『扶桑蒙求』（巻上・14天武五節）は本書に依る。

22　太宗七徳　七徳舞は秦王破陣楽ともいい、唐太宗が秦王の時に劉武用（周が正しい）を破った時に作ったもので、即位後は功業を忘れぬよう宴会で必ず演奏させた。彼は武功により興ったが、文徳により国内を安んじた。七徳舞の図も製《つく》り、楽工百二十人に銀甲を着せ、戟を執らせて舞わせ、三変するたびに四陣を成さしめた。

出典は『新唐書』（巻二一・志第一一・礼楽一一）か。また、『旧唐書』（巻二八・志第八・音楽一、二）『十八史略』（巻五・唐・太宗文武皇帝七年）『楽府詩集』（巻九七・新楽府辞八）『淵鑑類函』（巻一八六・楽部三・舞二）などにも関連記事が見え、『白氏文集』（巻三）新楽府冒頭に「七徳舞」詩が挙げられていることもよく知られよう。

23　青砥牛溲　青砥藤綱は父の命に依り幼時に僧となるも成人後には還俗し学問をしたが、仕官の手蔓がなかった。平（北条）時頼の三島明神詣の折、官物を負う牛が片瀬川で小便をしたので、彼は「この牛と時頼公のやることは同じだ」と嘲笑した。この年は日照りで凶作となったが、牛は田畑に小便せず、あふれる川の中でした。それは、時頼公が国中の貧困の者に施すことなく富裕な僧どもに布施するのに同じだと言うのだった。時頼がその才器を知り施政に参加させると、彼は忠勤を尽くし一世の人傑とされた。

出典未詳。藤綱の故事と言えば巻中（109藤綱買炬）のものが有名。『扶桑蒙求』（巻下・33藤綱牛溲）は本書に依る。

24　阿瞞雞肋　魏の曹操は漢中郡を平定し、教（命令）を出したが、ただ一言「雞肋」とあるだけで、誰も意味が解せなかったが、ひとり楊脩のみ、雞のあばら骨は食べても得るところないが、捨てるには惜しいという意味だと言った。

出典は『蒙求』(219「楊脩捷対」)。本文の引用の仕方をみると『後漢書』(巻五四・列伝第四四・楊脩)と『三国志』(巻一・魏書・武帝紀第一)に依るようにも見えるが、『蒙求』で事足りるか。末尾の「帝小字阿瞞」は例えば『曹瞞伝』にも見えるが特に出典を要することではないだろう。

25 彦火乗鰐 兄の鉤《つりばり》を亡くした彦火々出見尊《ひこほほでみのみこと》は塩土翁の導きで海神の宮に至り、豊玉姫と結婚。三年を経て帰る時、鯛女の口から鉤を得、二種の宝物(潮満瓊と潮涸瓊)と教えを授かり、一尋《ひろ》の鰐魚《わに》に乗って戻り、海神《わたつみのかみ》の教えに遵ってことを行った。

出典は『日本書紀』(巻二・神代下・第一〇段)。他に『日本紀略』(前篇二・神代下)『先代旧事本紀』(巻六・皇孫本紀・彦火々出見尊)や『本朝蒙求』(巻上・3火折乗鰐。巻中・114塩土投櫛)などとも関連するところある。『扶桑蒙求』(巻上・6彦火乗鰐)は本書に依る。

26 簫史逐鸞 簫史は好んで簫を吹き、秦の穆公は娘の弄玉を妻合わせた。弄玉に簫を吹かせると、鳳が屋に来り止まったので、公は鳳台を築いた。弄玉は鳳に、簫史は龍に乗って昇天した。

出典は定め難いが『太平広記』(巻四・蕭〈簫〉史。『神仙伝拾遺』所引)が近いか。この故事は『芸文類聚』(巻四四・簫。巻七八・仙道。巻九〇・鳳)『初学記』(巻一六・簫。巻一九・美婦人)『蒙求』(535「簫史鳳台」)『太平御覧』(巻一五四・公主下。巻一七八・台下。巻五八一・簫。巻九一五・鳳)『事文類聚』(続集巻二三・簫)『古今合璧事類備要』(別集巻一六・簫。前集巻五〇・神仙)『金璧故事』(巻二・吹レ簫猶聴二鳳凰声一)『円機活法』(巻一七・簫)『氏族大全』(丙集・三蕭・簫「鳳簫」)『淵鑑類函』(巻七九・管。巻二九〇・簫二)といった類書や『文選』(巻三一・江淹「雑体詩三十首」其二所引李善注)などにも見え、その引用書名の殆どは『列仙伝』である。

27 神武宿祢 神武帝代に宇摩志麻治命《うましまちのみこと》が天の瑞宝《みづら》を奉り、神楯を斎し、今木を立て、布都主《ふつぬし》の剣の大神に五十櫛《いそぐし》をさしめぐらして殿内をまつり、十宝《とくさのたから》を収蔵し、宿直して足尼《そこね》と号した。足尼は宿祢にも作る。

出典は『先代旧事本紀』（巻七・天皇本紀・神武。巻五・天孫本紀・弟宇摩志麻治命）。猶、『扶桑蒙求』（巻上・7神武宿祢）は本書に依る。

28 黄帝雲官　黄帝（軒轅）は有熊国の君少典の子で、母は電光が北斗七星の第一星をめぐるのを見て感じ彼を生んだ。炎帝の代に戦乱となり軒轅が征伐し、蚩尤と涿鹿の野に戦い捕虜とし、炎帝に代わり天子となり、雲の字を官に付けて雲師とした。
出典は『十八史略』（巻一・三皇・黄帝軒轅氏）。関連記事は本書下巻「66蚩尤涿鹿」、『芸文類聚』（巻一一・黄帝軒轅氏。『帝王世紀』所引）『初学記』（巻九・総叙帝王。『帝王世紀』所引）以下の類書などにも見える。

29 時平同車　藤原時平は容姿閑雅・才学秀傑であった。従父の経国（国経が正しい）の夫人在原氏は二十歳程の美艶で、夫の老醜を嫌悪していた。それを知った時平はその邸をしばしば訪れ詠吟絃歌して交遊を持つようになった。主人が贈物をしたいと言うと、彼は常ならぬ物をと期待し、酔った翁が夫人を差出したので、時平はかき抱き車に載せて帰った。翁は酔いからさめて後悔した。
出典は『今昔物語集』（巻二二・時平大臣取二国経大納言妻一語第八）か。他に『世継物語』やそれを引書とする『本朝語園』（巻八・383時平奪二国経之妻一）あたりにも詳しく見え、『十訓抄』（第六・可レ存二忠信廉直旨一事・23時平と国経大納言の室）にも略記されて、『百人一首一夕話』（巻三・菅家）では時平濫行譚として採挙げられている。

30 斉荘賜冠　襄公二十五年五月、斉の崔杼は主君の光を殺した。斉の棠公の妻は東郭偃の姉である（偃は崔に仕えていた）。棠公が死ぬと崔が娶ったが、荘公が彼女に足繁く通った。そこで崔の帽子を人に与えたので、近侍の者が止めると、「崔でなくても帽子はいるさ」と勝手に振る舞った。
出典は『春秋左氏伝』（襄公二十五年）。

31　直幹晞顔　文章博士橘直幹は天暦八年に民部大輔兼任を請う表を奏上した。天皇は侍臣に読ませたが、その文言に顔をくもらせ、何度か誦し、優れた文士がこのように沈窮しているのは朕の過ちだと嘆き、即日民部大輔に任じた。この上表文は小野道風に浄書させたもので、帝は「二絶」として珍重し、天徳四年の火災の時には持出したかどうか左右の者に問うた。

出典は『史館茗話』（62話）か、それをもとにした。『本朝語園』（巻五・224天暦帝問ニ直幹之上書一）であろう。この逸話は『十訓抄』（第一〇・可レ庶ニ幾才能芸業一事・29橘直幹の依レ人而異レ事の文）『東斎随筆』（人事類四・28）『古今著聞集』（巻四・文学第五・141内裏焼亡の折村上天皇直幹が申文を惜しみ給ふ事）や『直幹申文絵詞』にも見え、文中に引用される申文は『本朝文粋』（巻六・150。天暦八年八月九日付）に所収され、その摘句は『和漢朗詠集』（巻下・草437）にも引かれる。また、本書の後にもこの逸話は『大東世語』（巻二・文学・7話、寵礼・5話）『本朝世説』（巻上・文学35話）等に採られ、『扶桑蒙求』（巻中・69直幹二絶）は本書に依る。猶、直幹は史実では説話のように民部大輔に任じられることはなかった。

32　李白識韓　李白が荊州刺史韓朝宗に与えた書に言う。天下の談論の士は万戸侯に用いられるよりは、韓荊州に見知られたいというが何故か。彼が周公の風を以て処し、国内の賢士を引きつけるからであり、その面識をうれば声価を十倍にすることもできるからだ。だからまだ世に出ぬ者はかれに見定められたいと思う。彼は平原君のように驕らず、恵まれぬ人を疎略にせぬから門客三千中には毛遂のような者も出、功能を顕わすであろう。

出典は『古文真宝後集諺解大成』（巻一〇・書類）。韓朝宗の説明もその注に依っている。猶、この李白の書は『書言故事大全』（巻六・瞻仰類）にも引かれている。

33　維盛鳥噪　治承四年、伊豆蛭島《ひるがしま》の源頼朝が平家を討つべく挙兵した時、平清盛は、維盛を軍将とし、忠度・藤原忠清や斎藤実盛を付け七万の兵を遣した。富士川に陣を張ったが、源氏軍二十万と聞き、戦意を失い、水鳥の飛び立つのを敵兵の声と勘違いして、戦具を放り出し遁走した。

出典は『平家物語』（巻五・平家東国下向、富士川）か、『源平盛衰記』（巻二三・源氏隅田河原に陣を取る事〜実盛京上り附平家逃げ上る事）であろう。このこと『吾妻鏡』（巻一・治承四年十月二十日）にも見える。また、『扶桑蒙求』（巻中・33維盛鳥噪）は本書に依る。

34　苻（苻）堅鶴唳　秦が晋を攻め、謝石・謝玄は軍勢八万で防戦した。秦の符（苻が正しい）堅が寿陽城から敵軍を見ると、晋軍に乱れなく八公山の草木まで晋兵に見えたので、皆嘆き恐れた。秦軍が肥水近くに敷陣。玄は堅に、貴軍が少し退き、わが軍が川を渡ったら決戦しようと提案した。堅は晋の渡河を急襲しようと受け入れたが、一度退却し始めた秦軍は歯止めがきかなくなり、朱序（晋臣で秦の捕虜となっていた）の「秦軍敗れたり」の声で総崩れとなり、逃げる秦兵は風音や鶴声を晋兵の声かと思った。

出典は『十八史略』（巻四・東晋・孝武帝）。猶、関連記述は『晋書』（巻九・帝紀第九・孝武帝。巻七九・列伝第四九・謝安付載。巻一一三〜四・載記第一三〜四・苻堅上、下）にも見える。

35　兼季菊亭　今出川兼季は今出川に住み、後醍醐帝に仕えて右大臣を拝した。菊花を庭に植えて愛し、時節に賞翫したが、菊の庭と称し、傍に亭を作って菊亭と号した。

出典は『本朝蒙求』（巻下・10兼季菊庭）。他に『絵本故事談』（巻三・兼季）『扶桑蒙求』（巻中・10兼季菊亭）『瓊矛餘滴』（巻上・兼季菊亭）などにも受継がれている。

36　謝玄蘭砌　謝玄は年少の頃から賢かった。叔父の謝安が子や甥達に話しかけ「君らは私に何の利害もないが、ただ立派な人物にさせたい」と言うと、玄だけが「譬えて言えば庭先に芝蘭や玉樹を茂らせるということですね」（芝蘭や玉樹は鑑賞に足るが役には立たぬ意を含む）と答えた。

出典は『潜確居類書』（巻五九・人倫一二・子嗣。『晋書』所引）。他に『晋書』（巻七九・列伝第四九・謝安付載）

『世説新語』（言語篇・92話）や『芸文類聚』（巻八一・蘭）『初学記』（巻二七・蘭）『円機活法』（巻一八・芝）『氏族大全』（辛集・四〇禡・謝「芝蘭玉樹」）等の類書にも引かれている。

37　義興駆雷　新田義興は父義貞戦死後弟と共に越後に赴き築城。武・野州に逃亡した兵達は密盟書を作り新田氏に献じたので、義興は武州に進軍した。事は鎌倉に知られ、畠山道誓は不安に思い竹沢良衡と密謀し、彼を義興のもとに送った。義興は初め彼を疑うも、竹沢は美女を進め媚び諂いとり入って、密謀作戦にも関与するようになる。遠江守堯寛と共に竹沢は矢口渡《やぐちのわたし》で義興を討とうと、予め偽り舟底に穴をあけさせた。義興は川の中ばで術中に落ちた事を知り自刃する。事の次第を管領足利基氏に知らせると所領を与えられた。堯寛が新封地に行く途上、矢口渡を通ると、一天忽かにかき曇って雷鳴逆浪起こり、義興が龍馬に跨り来り、彼に大きな矢で射抜かれると思うや落馬し悶絶し、後に叫死した。

出典は未詳。『本朝蒙求』（巻中・23竹沢穴舟）や『太平記』（巻三三・新田左兵衛佐義興自害事）などと関わる部分も多いが、それ以外の資料も参看しているか。当時は平賀源内の『神霊矢口渡』あたりでも話柄はよく知られていたであろう。

38　伯有作厲　鄭の人の間で伯有の名で驚かすことがはやり、「伯有が来たぞ」と言うと皆逃げ隠れた。刑書が彫られた年の二月、伯有が甲冑姿で歩きまわり「壬子に帯を殺し、明年壬寅には段を殺す」と言う夢をある人がみた。すると、駟帯が壬子に、公孫段が壬寅に死んだ。

出典は『春秋左氏伝』（昭公七年）。

39　内侍好賢　弁内侍が聖賢障子を見て「本朝の忠臣孝子を択び図いたら忠孝の勧めになるでしょうに、択ぶ御代がなかったのね」と言うと、帝（後深草）は感嘆し、女位を賜ったが彼女は固辞した。

出典は『本朝蒙求』（巻上・61内侍嘆絵）。そのもとは『倭論語』（巻七・貴女部・弁内侍）に見え、『扶桑蒙求』

（巻下・8内侍好賢）は本書に依る。

40　充容諫帝　唐の充容徐氏は誕生五箇月で話し、四歳で経典に通じ、八歳で詩文を作った。貞観二十二年、軍事・宮室築営が行われたが、百姓は疲弊していたので、徐氏は上書して諫めた。「古人の云う、休むと雖も休むなかれとはまことに理由《わけ》があるのだ」と。太宗はその言を嘉し優賜を加えた。

出典は『旧唐書』（巻五一・列伝第一・后妃上・賢妃徐氏）。他に『新唐書』（巻七六・列伝第一・后妃上・徐賢妃）にも見える。

41　厩戸龍車　斑鳩宮に夢殿という浄殿があり、聖徳太子は入るたびに沐浴して諸経疏を作られた。疑念ある時夢殿に入ると、東方から金人が来り深義を諭した。推古天皇十六年九月、太子が夢殿に十七日間籠もると不審がられたが、慧慈は「太子は三昧に入られた」と言った。八日目の朝、机上に一巻あり、太子が慧慈にこれはわが先身の所持本で、小野妹子が持ち帰ったものはわが弟子の経典であると言う。十七年九月、隋使が来日し、去年の秋に皇太子が青龍の車に乗り、南嶽の旧房の経典を取るや空に上がり飛び去った、と言った。

出典は『元亨釈書』（巻一五・方応八・聖徳太子）。他に『聖徳太子伝略』（下・推古天皇十六年九月）『扶桑略記』（第四・推古天皇十六年九月）『日本往生極楽記』（聖徳太子）『法華経験記』（巻上・第一伝灯仏法聖徳太子）『今昔物語集』（巻一一・聖徳太子於二此朝一始弘二仏法一語第一）『三宝絵』（中巻・聖徳太子）などにも見える。『扶桑蒙求』（巻上・20厩戸龍車）は本書に依る。

42　李靖馬騣　ある夜李靖が一軒の巨宅に泊まろうとすると老婦が手を引いた。夜中に急に門を叩く音がするや、婦は顔色を変え「自分は龍女で、二人の子は共に外出中だ。天命に依り雨を降らせなければならぬが、お助け願いたい」と言い、小さな瓶を出し馬の鞍に懸けて言った。「馬がはねて嘶いたら瓶の水一滴を馬のたて髪に垂らしなさい。決して多く垂らさぬように」と。雲間に稲妻が光り、村が見えたので二十滴も垂らして帰ると、老婦は「一滴の水は地上では三尺じゃ。この村は夜半に三丈の水の中だわさ」と言った。

出典は『円機活法』（巻一・天文門・雨）。他に『太平広記』（巻四一八・龍一・李靖）『事文類聚』（前集巻五・天道部・禱雨）『群書類編故事』（巻一・馬上行雨）『五車韻瑞』（巻一五〇・一二錫・滴「馬鬃連滴」）『淵鑑類函』（巻七・雨）等の類書や『古今説海』（説淵三三。『李衛公別伝』所引）にも見える。

43 康頼木塔 平康頼・藤原成経・俊寛は平家滅亡を密謀するも発覚。清盛は康頼等を鬼界が島に流す。康頼は孝行誠実な人で、熊野権現や諸神諸仏に祈り、都の老母を慕い姓名と和歌二首を刻んだ小塔婆千本を作り波上に投じた。その一本が安芸厳島で拾われ母に届けられた。人々はその孝心が招いたものとし、後に赦され帰京した。

出典は『平家物語』（巻一・成親大将謀叛、巻二・成親流罪・少将流罪、三人鬼界が島に流さるる事）か、『源平盛衰記』（巻四・鹿谷酒宴静憲御幸を止むる事、巻七・信俊下向の事、康頼卒塔婆を造る事）であろう。この逸話は『本朝蒙求』（巻中・29康頼流歌）『本朝語園』（巻二・77康頼流二卒都婆一）にも見え、『扶桑蒙求』（巻上・49康頼木塔）は本書に依る。猶、平康頼は帰京後『宝物集』を著し、鬼界が島のことも記している。

44 杜孝竹筒 杜孝は幼くして父を失い、母と暮らし孝行を称された。彼が成都に居る時、生魚を好んだ母を思い、竹筒に魚を入れ「母さんが必ずこれを手にしますように」と願って川に流したところ、妻が手にして夫の所為と思い、煮て母に進めた。

出典未詳。この説話は『勧懲故事』（巻一・「思母寄魚」。『孝順事実』所引）『五車韻瑞』（巻八〇・二五有二・母「投魚遺母」）『淵鑑類函』（巻三八二・筒二・「盛魚」。『広輿記』所引）や本朝の『訓蒙故事要言』（巻八・182「送二魚於母一」。『孝順事実』所引）などにも見えている。

45 護良匿函 後醍醐帝の皇子護良《もりよし》親王は初め僧となり尊雲と号したが武勇を好む人であった。元弘元年父帝が笠置山で東軍の将兵に囲まれた時、親王は般若寺に在り、按察法眼好専の五百の兵を前に進退きわまり、堂内の一経函に身を匿した。士卒乱入するもうまくかわして発見されずに危機を免れ、寺を脱出して徒弟らと九人で微服して南紀の十津河に到り、竹原某を頼り半年潜んだ。

出典未詳。この逸話は『太平記』（巻五・大塔宮熊野落事）に依るとみるべきかも知れないが、書出し部分の記述には『本朝蒙求』（巻下・80護良擒戮）と一致する処もある。『扶桑蒙求』（巻上・52護良甲冑）は本書からの抄出。

46　庾氷伏篷　蘇峻の乱の時、庾一族はちりぢりに逃亡した。庾氷は当時呉郡大守であったが、兵卒が彼を竹むしろで隠して小舟に乗せ、銭塘江河口に脱出し、山陰の魏家に身を寄せた。乱後氷は兵卒に恩返しに望みを叶えてやると言ったところ、「酒さえあれば満足だ」というので、邸宅を建て百斛の酒がきれないようにしてやった。

出典は『世説新語』（任誕第二三・30話）。

47　春王被底　足利義満の幼名を春王という。細川清氏・楠正儀が都を陥れた時、彼は東山の僧良芳の衣被中に匿われること五日。良芳は赤松則祐と嘉みがあったので輿に乗せて播州白旗城に到り迎えられた。その時春王は四歳だった。

出典は『本朝蒙求』（巻上・52春王匿被）。他に「弘宗定智禅師行状」（『弘宗定智禅師譜録』）にも見え、『扶桑蒙求』（巻下・14春王被底）は本書に依る。

48　趙武袴中　春秋の代に晋に事えた趙夙は成子襄、（衰《し》が正しい）を生み、襄（衰）は宣子盾を生み、盾は朔を生み、朔は成公姉を夫人とした。屠岸賈は朔一族を滅ぼし、朔の落とし種の武も捜索されたが、夫人の袴の中に匿われた。「趙一族が滅びるなら泣け、滅びないなら声をたてるな」と婆が祈って言うと竟に声を立てなかった。

出典は前半が『十八史略』（巻一・春秋戦国・趙）、後半が『史記』（巻四三・趙世家第一二）を利用したものかと思われる。簡略な記述だが『氏族大全』（庚集・二九篠・趙「袴中児」）にも見える。

49　将門百官　平将門は承平二年伯父平国香を攻殺し、下野に入って国司を追い出し、更に上野・武蔵・相模・上総・下総を支配下に置き、下総の猿島の石井郷を都と定め、自ら「平親王」と号した。百官を整備したが、暦博士のみ欠いた。天慶三年官軍に滅ぼされた。

出典は『日本古今人物史』（巻三・逆臣部・1平将門）。猶、将門の乱の顚末は『将門記』『扶桑略記』（第二五・天慶二、三年条）『今昔物語集』（巻二五・平将門発㆓謀反㆒被㆑誅語第一）など諸書に見える。『扶桑蒙求』（巻中・64将門百官）は本書からの抄出。

50　趙倫九錫　賈后は、実子ではない皇太子遹《いつ》を廃し殺した。趙王の倫は詔と詐り兵を率いて宮中に入り、賈后・張華らを殺し相国となった。倫は天子が功臣に賜る九物を自分に与え、帝に譲位させた。彼の一味は大臣・宰相となり、卑位の者にも爵位が与えられたので、朝会には貂蟬の冠があふれ、「貂の尾が足らず、犬の尾で冠を飾っている」と嘲笑された。斉王・成都王・河間王が挙兵し、倫は誅された。

出典は『十八史略』（巻三・西晋・好恵皇帝）。猶、趙王司馬倫の伝は『晋書』（巻五九・列伝第二九・趙王倫）に見える。

51　敦光間（閑）花　藤原敦光は経史に通じ作文に優れ、行歩の間にも古文を誦して儒雅を称された。上世の歌仙柿本人麻呂の画像に讃し、銘と序を作った。また、大江匡房の旧宅に立ち寄り、「往事渺々共㆑誰語、閒庭唯有㆓不言花㆒」の一聯を伝え、その句は藤原良経『詩十体』幽玄部にとられている。

出典は『本朝語園』（巻四・166敦光過㆓江帥旧宅㆒、167敦光讃㆓人麿㆒）か。人麿讃と江帥の旧宅を過る逸話は『古今著聞集』（巻五・和歌第六・36修理大夫顕季人丸影供を行ふ事。巻一三・哀傷第二一・5藤原敦光江帥匡房の旧宅を過ぐとて秀句を作る事）に見えている。猶、「柿本朝臣人麿画讃幷序」は『本朝続文粋』（巻一一）『朝野群載』（巻一）に所収され、その行事関連については前記の他に『柿本影供記』『十訓抄』（第四・可㆑誡㆓人上多言等㆒事・2粟田兼房及び顕季卿の人丸画像）などにも見えてよく知られ、『扶桑蒙求』（巻下・62敦光賦花）は本書からの抄出である。

52　向秀隣笛　向秀（子期）は心清く理に通じて先見の明があり、山濤の知人だった。老荘の学を好み、『荘子』の注解を著してその深遠な趣旨を明らかにし、読む者もよく理解できた。かくて郭象が祖述し広めて道家の言が盛んとなった。彼は嵆康の鍛冶の助手となり、気心も合ったから二人で楽しんでいたが、康が殺されると秀は洛陽に上り彼を追慕した「思旧賦」を作った。序に「嵆康は多くの技芸に優れていたが、特に琴曲に優れていた。……その昔（康が）住んでいた処を通りかかると、日も沈みかかり、寒氷凄然たる下、隣家に笛吹く者があり、康と共に宴遊した昔が想起されてならず、嘆息して賦を作った」と記している。

出典は『蒙求』（117「向秀聞笛」）。猶、上書の出典である『晋書』（巻四九・列伝第一九・向秀）にも見え、「思旧賦」は『文選』（巻一六）にも所収される。また、『氏族大全』（辛集・四一漾・向「聞笛感旧」）にも要略が見える。

53　覚明移書　木曽義仲の侍史覚明は初め興福寺の僧であった。治承年間に園城寺で茂仁親王の令旨を奉じ南都に牒状を送った時の返書を書いたのは彼で、文中で「清盛は平家の塵芥、武家の糟糠」と表現した。清盛は怒り殺そうとするが、覚明は逃げて義仲の臣となった。

出典は『日本古今人物史』（巻七・芸流部・10覚明伝）。覚明のこの逸話は『平家物語』（巻七・木曽の願書）『源平盛衰記』（巻二九・新八幡願書の事）にも見え、『本朝蒙求』（巻下・43道広立成）にも採られている。

54　陳琳作檄　陳琳は冀州に避難していた時、袁紹の下で文章を作し、檄を以て劉備に告げ「曹公徳を失す。依附するに堪えず、宜しく本初（袁紹の字）に帰すべし」と。紹が敗れると彼は曹操に仕えた。操が彼に「わしを責めたのは仕方ないが、何故わしの父祖まで引合いに出したのか」と問うと、彼は「矢がつがえられているのですから、射ないわけには参りませんでした」と答えた。操は彼の才を愛し責めなかった。「典略」に言う、琳が操に檄などの草稿を見せると、寝込む程の頭痛の苦しみも癒えたと。

出典は、前半が和刻本『六臣註文選』（巻四四）所収の「為㆓袁紹㆒檄㆓豫州㆒」の作者名（陳孔璋）下に引かれる李周翰注、後半は『蒙求』（592「陳琳書檄」）を利用したもの。『潜確居類書』（巻八一・文章）にも採られている。

55 宗高射扇 那須宗高は弓の名人で義経の八（屋）島の合戦に従い、平家軍の船上で美女がかざす扇の的を射落とし名声を残した。

出典は『日本古今人物史』（巻七・芸流部・8那須宗高伝）。もともとは『平家物語』（巻一一・扇の的）『源平盛衰記』（巻四二・屋島合戦附玉虫扇を立て与一扇を射る事）でよく知られ、『本朝蒙求』（巻下・118宗高射的）や本書の影響を受けた『絵本故事談』（巻五・那須与一）『扶桑蒙求』（巻中・38宗高射扇）にも採られ、明治の『瓊矛餘滴』（巻中・与一射的）にも漢文化され所収される。猶、与一伝説案内の近刊書に山本隆志『那須与一伝承の誕生―歴史と伝説をめぐる相克―』（ミネルヴァ書房・二〇一二年）がある。

56 史慈植的 孔融が黄巾の賊に囲まれた時、太史慈を使にやり平原に助けを求めた。慈は両騎を連れ、各々に一本の的を持たせて、門を出て的を立て、敵の見守る中で射た。明朝以後もこれを繰返したので、慣れて見る者もなくなり、そのスキをついて囲みを脱出した。

出典は『三国志』（巻四九・呉書四・太史慈伝第四）。

57 狭穂積稲 狭穂彦王は垂仁天皇四年九月に謀反を起こした。彼は妹の皇后狭穂姫に「容色衰えたら帝の寵愛も失われ将来に期待は持てないが、兄が帝位に就いて共に天下を治めたら愉快ではないか。兄の為に天皇を殺せ」と言い匕口《あいくち》を授けたが、姫は兄の反意を帝に告げ、上毛野八綱田が討伐することになった。狭穂彦は稲を積んで城を作ったが、それを稲城《いなぎ》と言う。

出典は『本朝蒙求』（巻上・23穂彦積稲）。もともとは『日本書紀』（巻六・垂仁天皇四年九月、十月）や『日本紀略』（前篇四・垂仁天皇四年九月、十月）『水鏡』（巻上・垂仁天皇）にも見える故事で、近世に入っては『本朝列女伝』（巻一・1狭穂姫）『本朝蒙求』『本朝世説』（巻下・賢媛1）や本書の影響を受けた『扶桑蒙求』（巻上・11狭穂積稲）にも採られる。

58　禄山動鼙　天宝十四年、安禄山は十餘万の兵を率いて漁陽を発し南下して、楊国忠を誅すと詭り、進軍太鼓の音をとどろかせた。

出典は『古文真宝前集諺解大成』（歌類・「長恨歌」）。有名な「漁陽鼙鼓動レ地来」の一句の注を引いたもの。安禄山の乱は『旧唐書』（巻九・本紀第九・玄宗下。巻二〇〇上・列伝第一五〇上・安禄山）『新唐書』（巻五・本紀第五・玄宗。巻二二五上・列伝第一五〇上・安禄山）『十八史略』（巻五・唐玄宗明皇帝）といった史書の記述も知られるが、ここでは煩瑣な記述を避けた。

59　允恭採蠙　允恭天皇は淡路島で猟し、一獣も得られなかった。島の神が明石の海底の真珠を供えれば猟果が得られるというので探らせたところ、男狭磯《おさし》という海人《あま》が死を賭して大きな蝮《あわび》をもたらす。中には桃の実程の真珠があり、それを供えて多くの獣を得ることができた。

出典は『日本書紀』（巻一〇・允恭天皇十四年九月）。他に『日本紀略』（前篇五・允恭天皇十四年九月）『扶桑略記』（第二・允恭天皇十四年九月）にも見え、『扶桑蒙求』（巻上・17允恭採蠙）は本書の抄引。猶、題中の「蠙」は珠を宿す貝（ドブガイの類とも）として文中の蝮（蚫・鮑・鰒も同じ）と通用していると思われる。

60　温嶠然犀　晋の温嶠は牛渚磯の深さは測り知れぬと思った。世間では怪物が多くいると言うので、彼が犀を燃やして水を照らしたところ、奇形異様なものが見えた。夢中に現われた人が「君とは世界が違う。思いも及ばぬだろうよ」と言った。

出典は『群書類編故事』（巻三・「燃犀照水」）か『円機活法』（巻二四・犀「照二水族一」）であろう。猶、この逸話は『晋書』（巻六七・列伝第三七・温嶠）にも勿論見えるが、『太平広記』（巻二九四・温嶠）『事文類聚』（前集巻一七・衆水「然犀照水」）『氏族大全』（乙集・二二元・温「然犀照怪」）『五車韻瑞』（巻五六・四紙二・水「燃犀照水」）。

巻一二四・一屋二・族「照水族」)『淵鑑類函』(巻四三〇・犀三。『晋書』所引)といった類書にも援用されている。

61　忠盛出勢　平忠盛は桓武帝の子孫。武の備えあり、長寿院営構の費を献じて但馬守となり四位昇殿するが、公卿達に妬まれた。五節の夜宴での闇打ちを事前に察知して難を免れたこともあった。公卿らは「伊勢の瓶子(平氏)は醋瓶《すがめ》(片目)なり」と囃し立てたが、それは平氏の出自が伊勢で、忠盛は生まれつき眇目《すがめ》だったことに依る。

出典は『平家物語』(巻一・平家繁盛並徳長寿院導師の事、五節の夜の闇打ち、兼家季仲基高家継忠雅等拍子附忠盛卒する事)に依るか。『扶桑蒙求』(巻下・10忠盛出勢)は本書の抄出。

62　郤克聘斉　季孫行夫は頭髪がなく、晋の郤克《げきこく》はすがめ、(衛の)孫良夫は足萎《な》えで、(曹の)公子手はせむしだったが、同時に斉に招かれ、各々に見合った迎使が立てられた。蕭の同叔の公女(斉侯の生母)が殿上で彼らを笑ったので、彼らは立ち去ってしまったが、斉の人達は「この国の患いはきっとこれに始まる」と言った。

出典は『五車韻瑞』(巻七四・二〇哿・跛「咲跛」。巻七五・二一馬・者「禿者」)か。他に『春秋左氏伝』(巻一三・成公元年)にも見える。

63　肖柏夢菴　肖柏は和歌を嗜み宗祇や東常縁に学んで風雅を窮め、漢籍も読んだ。後柏原帝に召されて連歌をし、御製も載せ百句に至ったので、帝は嘉し天盃を下賜した。摂津の池田に小菴(夢菴)を構えて花を植え、牡丹花と自称した。官儒を事とせず仏法にも耽らず、酒・香・花を愛し、常菴龍崇に「三愛記」を作らせた。

出典は『本朝蒙求』(巻中・46肖柏三愛)。他に『絵本故事談』(巻七・肖柏)『扶桑蒙求』(巻下・89肖柏夢菴)などにも継承される。

64　柳子愚渓　柳宗元「愚渓詩序」に「灌水の北に渓あり。東流して瀟水に入り……冉氏嘗て居る。故に是の渓に姓し冉渓と曰ふと。或ひは曰く、以て染むべきなり……之を染渓と謂ふと。余愚を以て罪に触れ、瀟水の上に謫せらる。是の渓を愛して入ること二三里、其の尤絶なるを得てここに家す。……故に愚渓と為す。……愚邱より東北に行くこと六十歩に泉を得たり。……愚泉と為す。愚泉は凡そ六穴あり。……南するを愚溝と為す。……その隘を塞ぎて愚池と為す。愚池の東を愚堂と為し、其の南を愚亭と為し、池の中を愚島と為す」云々とある。

出典は『柳河東集』（巻二四）。後に清・沈徳潜『唐宋八家読本』（巻八）に所収。

65　長髄孔舎　神武天皇戊午年四月、皇軍は龍田に向かうも路が狭嶮で、東の生駒山を越え中洲に入ったが、長髄彦《ながすねひこ》は「我が国を奪うつもりだ。孔舎衛《くさえ》の坂で迎え討つ」といい合戦となった。五瀬命《いつせのみこと》が流弓を受けるなどして皇軍は進軍できずにいたが、十二月に一天かきくもって氷雨《ひさめ》が降り、金色のトビが飛来して皇弓に止まるや流電を放ち、長髄彦軍を眩惑して戦意を失わせた。

出典は『日本書紀』（巻三・神武天皇即位前紀戊午年四月、十二月）。他に『日本紀略』（前篇三・神武天皇即位前紀）にも見え、『扶桑蒙求』（巻上・83長髄孔舎）は本書の抄出。

66　蚩尤涿鹿　蚩尤が反乱を起こした。彼は銅鉄の額で大霧を起こすことができた。これに対し黄帝は指南車を作り、蚩尤と涿鹿の野で戦い、これを捕らえて炎帝に代わって天子と為った。

出典は『十八史略』（巻一・三皇・黄帝軒轅氏）。本書巻下（28黄帝雲官）も参照。猶、黄帝・蚩尤の涿鹿の野での合戦は『史記』（巻一・五帝本紀第一）にも見える。

67　武内棟梁　武内宿祢は景行帝の五十一年八月に棟梁の臣となり、成務帝三年には大臣となり、仁徳帝の時に薨じた。年は三百餘歳であった。

出典は『本朝蒙求』（巻上・22武内棟梁）。猶、関連記事は『日本書紀』（巻七・景行天皇五十一年八月四日、成務天皇三年正月七日）『尊卑分脈』『水鏡』（巻上）『日本紀略』（前篇四・景行天皇、成務天皇）『公卿補任』（薨去年齢を二九五歳とする）などにも見え、『本朝語園』（巻二・59武内大臣位（二六朝））は諸書の没年齢の違いに言及し、『絵本故事談』（巻二・武内宿祢）は本書より丁寧に記述する。

68　郭儀福禄　郭子儀は一身に天下の安危を荷うこと三十年、功業は偉大で帝にも信用され、人臣の位を極めたが誰にも嫉まれなかった。魏博（の田承嗣）に使いをやると、田は四方を拝し「人に膝を屈《ま》げたことはなかったが、今郭公の為に拝礼する」と言った。中書令以後の最優秀勤務評定は二十四回であった。家族は三千人で、八子七壻すべて顕官に就き、孫も数十人いた。

出典は『十八史略』（巻五・徳宗皇帝）。猶、郭子儀の伝は『旧唐書』（巻一二〇・列伝第七〇・郭子儀）『新唐書』（巻一三七・列伝第六二・郭子儀）に見える。

69　陽勝啗果　母が太陽を呑む夢をみて陽勝は生まれ、天慶三年十一歳で叡山に登り、空日に師事し、聡明で慈愛に富む人であった。禅定を修し精進して、後に夏は金峯山、冬は牟田寺に住した。仙方を習い、穀を断って菜蔬を食い、次に菜を去って果蓏（木や草の実）を食べ、粟一粒を食したとも言い、薜蘿を着て、延喜元年俗世を去り行方をくらました。病む父が会いたいと願うと訪れて『法華経』を誦したが、姿は見えず声のみだった。そして、毎月十八日に焼香散花すれば、誦経説法にやってくると伝えた。

出典は『元亨釈書』（巻一八・願雑三・神仙）。陽勝のことは他に「陽勝仙人伝」（高山寺古鈔本）『本朝神仙伝』（陽勝仙人の事第一八）『日本高僧伝要文抄』（巻一・陽勝仙人伝）『扶桑略記』（巻二三・延喜元年八月条。巻二四・延長元年七月条）『法華験記』（巻中・第四四・叡山西塔陽勝仙人）『今昔物語集』（巻一三・陽勝修二苦行一成二仙人一語第三）『本朝神社考』（下之五・陽勝）『本朝列仙伝』（巻二・陽勝）『本朝語園』（巻九・424陽勝仙人）などにも見え、『扶桑蒙求』（巻下・56陽勝啗果）は本書に依る。

70　留侯辟穀　始皇帝が東遊し博浪沙に至るや、張良は力士に鉄椎を操らせ彼を討たせようとした。劉季の挙兵に良は従い、遂に秦を滅ぼした。また、韓の公子成に仕えたが、項籍が成を殺したのでこれを滅ぼした。彼は穀物を食べなかった。朱子が言う、張良は漢に依って秦を滅ぼし、項籍を誅した後、人間《じんかん》の事を棄て、穀物を避け、姿形を銷して公紘九垓（この世）の外にあらんとし、千年後の人にいかなる人や、と想像嘆息させているのである、と。

出典は『続蒙求』（巻一・16張良辟穀）。猶、張良のことは『史記』（巻五五・留侯世家第二五）『漢書』（巻四〇・張陳王周伝第一〇）『十八史略』（巻二・秦）などに見える。

71　渡妻代臥　阿都磨《あずま》（衣川袈裟）は源渡《みなもとのわたる》の妻で当代きっての美人。遠藤盛遠は一見して心奪われ、その母を脅し仲をとりもたせようとする。話を聞いた妻は自分が死ぬ外《ほか》ないと考え、「夫を殺せば妻になる。夜沐浴して臥しているのが夫だから、髪の濡れているのを確かめ刺せ」と伝えた。盛遠は喜んで首をとったが、それは妻の首だった。彼はその後感ずる所あり僧となり名を文覚と改め、彼女の為に作った塚は「恋塚」と呼ばれ、今も鳥羽にある。

出典は『日本古今人物志』（巻六・列女部・16阿都磨）。盛遠の出家については『源平盛衰記』（巻一九・文覚発心附東帰節女の事）『膾餘雑録』（巻一）『本朝蒙求』（巻中・7盛遠斬婦）などにも見える。話の主人公を源渡の妻として記すものに『本朝女鑑』（巻五・10源渡妻）『本朝美人鑑』（巻三・5袈裟御前之事）もある他、「恋塚寺」「恋塚物語」といった能楽や浄瑠璃物、更に歌舞伎等の世界へと、所謂文覚物には広い浸透が窺われ、芥川龍之介「袈裟と盛遠」（大正七年〈一九一八〉。『中央公論』）の出現もその系譜の中にあるだろうか。

72　京女新沐　節女は長安の都の人の妻だった。その夫に恨みを抱く人がおり、妻のことを耳にし、彼女の父を脅して仲をとり持たせようとした。妻は父と夫の間《はざま》で悩み、己を捨てることとし、「沐浴し臥しているのが夫で、戸を開けておくから」と相手に伝えさせ、自らが沐し楼上に臥す。相手は夜半に侵入し首を断ち持ち帰るが、明けて見ると妻の頭だった。『論語』に云う「君子は身を殺して仁を成す」とはこのことだ。

出典は『列女伝』（巻五・節義・京師節女）。但し、前項との対のヒントは『源平盛衰記』（前記）にあったか。

73　小左出水　景行天皇は筑紫を巡狩し、四月に芦北の小島に宿した。食事の時に小《お》左《ひだり》に冷水を求めたが、島には水がなく、彼が天神地祇に祈ったところ忽かに寒泉が涌出した。

出典は『日本書紀』（巻七・景行天皇十八年三月、四月）。『扶桑蒙求』（巻中・35小左出水）は本書に依る。

74 耿恭拝井 後漢の耿恭は永平末年に金浦城に駐屯するや匈奴の攻撃を受け、毒矢を射て応戦撃退し、疏勒城に陣を張った時も攻められたが、奮戦し蹴ちらした。敵は水を断つも、恭が井を穿ち衣服を整え井に拝禱すると水泉が奔出、敵は神明として退いた。その後も匈奴と戦い食料も尽き困窮するが、武具の筋革《かわ》を煮て兵と生死を共にしたので皆二心なく、敵もその軍を下すことはできなかった。

出典は『蒙求』（512「耿恭拝井」）。耿恭の伝は『後漢書』（巻一九・耿弇列伝第九・国弟子恭）に見える。この故事は他に『芸文類聚』（巻九・泉）『太平御覧』（巻一八九・井）『事文類聚』（続集巻一〇・井）『古今合壁事類備要』（巻九・泉）『君臣故事』（句解巻三・将帥）『金璧故事』（巻五・拝レ泉祈レ泉大丈夫）『潜確居類書』（巻二一〇・泉）『氏族大全』（庚集・三八梗・耿「拝井出泉」）『五車韻瑞』（巻七七・二三梗・井「拝井」）『淵鑑類函』（巻三一・泉二）等の類書にも見える。猶、巻頭標題で「耽恭拝井」に作るのは誤り。

75 入鹿檮岡 蘇我入鹿は甘檮岡《あまかしのおか》に家を起《た》てて谷の宮門《はさまみかど》、子は王子《みこ》と呼ばせ、家の外には城柵をめぐらし、門あたりに兵庫《やぐら》を作り備えた。また、大丹穂山に寺を、畝傍山の東に池と城を造り、矢などの武器を貯え、常時五十人の兵にガードさせ、名付けて東方儐従者などと言った。

出典は『日本書紀』（巻二四・皇極天皇三年十一月）。他に『日本紀略』（前篇七・皇極天皇三年十一月）『扶桑略記』（第四・皇極天皇三年十一月）『帝王編年記』（第八・皇極天皇三年十一月）『水鏡』（巻中・皇極天皇）等にも見え、『扶桑蒙求』（巻上・70入鹿檮岡）は本書に依るか。

76 似道葛嶺 賈似道は西湖の葛嶺に邸を建て、五日に一度登朝するだけだったので、役人が文書を抱え賈の邸に行き決裁を受ける始末で、すべての案件は彼の上奏が無ければ実行されなかった。かくて良い人材は退けられ殆ど姿を消し、一方で賄賂で出世を企てる者が増え、貪欲の風が社会に蔓った。軍が国外で敗れても賈は上聞せず、民が怨み苦しんでいても誰一人声を挙げなかった。

出典は『十八史略』(巻七・南宋・度宗皇帝)。猶、賈似道の伝は『宋史』(巻四七四・姦臣伝四)に見える。

77　信隆雞塒　藤原信隆は娘の殖子の入内を願う。人が白雞千羽を飼うとその家は必ず皇后を出すというので、実行したところ高倉帝の時に後宮に召された。

出典は『本朝蒙求』(巻下・109信隆養鶏)。そのもとは『平家物語』(巻八・四の宮即位)や『源平盛衰記』(巻三二・四の宮御位の事)であろう。猶、『扶桑蒙求』(巻下・58信隆鶏塒)は本書に依る。

78　竇毅雀屛　周の上柱国の竇毅の娘は数歳で『列女伝』を読み、忘れなかった。隋の高祖が周の禅譲を受けるや、彼女は自らを床下に投じ「男子でないのが恨めしい、この難を救えぬのが無念だ」と言うと、父は「妄りに口にしてはならぬ」と注意し、夫人には「娘には奇相がある。妄りに嫁がせるな」と言っていた。二羽の孔雀を描いた屛風を立て婚を請う者に射させ、その目を射たら嫁がせるつもりでいたが、李淵が最後に射当てた。彼は唐高祖となり、娘は后となった。

出典は『氏族大全』(辛集・四九宥・竇「女徳婚姻」)。他に『新唐書』(巻七六・列伝第一・后妃上・太穆竇皇后)も知られ、李淵が孔雀の目を射て彼女を得たことは、『太平御覧』(巻九二四・孔雀)『事文類聚』(後集巻一三・婚姻)『円機活法』(巻八・婚姻)『古今合璧事類備要』(巻六四・孔雀)『五車韻瑞』(巻四一・九青・屛「孔雀屛」『太平広記』所引)『淵鑑類函』(巻五七・皇后総載三)等の類書にも見えており、本朝の『語園』(巻上・74聟ヲ撰事)にも引かれる。

79　盛親芋魁　仁和寺の真乗院の盛親僧都は智徳兼備で密学の蘊奥を得ていた。肥満で力があり、物事にとらわれない性格で、飢えれば食い、疲れたら眠った。芋魁《いもがしら》を好み、食べながら誦経講法を行った。病の時は閉戸籠居して好きなだけ芋魁を食べて治した。先師が臨終時に彼に房と銭を授けたが、彼は房も売払って、全額芋魁の代金とした。

出典は『徒然草』（六〇段。古注を用いていよう）。猶、盛親のことは『扶桑隠逸伝』（巻下・盛親）にも見えている。

80 愷之蔗境　顧愷は画に巧みで三絶（才絶・画絶・癡絶）有りと称された。甘蔗を食べ、尾から本へ至る時に「漸く佳境に入った」と云った。

出典『氏族大全』（辛集・一〇遇・顧「三絶」）。猶、三絶のことは『図絵宝鑑』（巻二・晋・顧愷之）にも見え、甘蔗を食って佳境に入る話は、『世説新語』（排調第二五・59話）『晋書』（巻九二・列伝第六二・文苑伝・顧愷之）や『芸文類聚』（巻八七・甘蔗）『太平御覧』（巻九七四・甘蔗）『能改斎漫録』（巻五）『事文類聚』（後集巻二七・蔗）『円機活法』（巻二一・甘蔗）『淵鑑類函』（巻四〇四・甘蔗二）等の類書にも見える。猶、巻頭標題で「凱之庶境」、本文標題で「凱之蔗境」に作るのは誤り。

81 神功祝胎　神功皇后は聡明叡智で容貌麗しかった。筑紫橿日宮で天皇が早逝した時、神の教えに従わなかった為と考え、罪過を悔い改めた。諸国に命じ船の軍事演習を行った時は、皇后の産み月に当たっていた。彼女は神に祈り、和珥の津を発ち、船の新羅に至るや新羅王は降服し、高麗・百済二国の王も朝貢を欠かさず行うこととなった。かくて内宮家《うちのみやけ》を定めたが、これを三韓という。皇后は新羅から戻り、筑紫で誉田天皇を生んだ。

出典は『日本書紀』（巻九・神功皇后・摂政前紀）。他に『日本紀略』（前篇四・神功皇后）にも見え、『扶桑蒙求』（巻上・9神功祝胎）は本書に依る。

82 杜后生歯　晋の成恭杜皇后は幼少より姿色麗しかったが、成長しても歯無しで、求婚者がいても中断になった。ところが、成帝に嫁ぐ日に一夜で歯が生え揃った。六年間皇后に在ったが子は無かった。三呉地方の女子が白い花を簪にし、眺めると白い柰《からなし》の花のようだった。人々は天の神の織女が亡くなったのだと云ったが、この時皇后も崩じた。

出典は『蒙求』（37「杜后生歯」）。他に『晋書』（巻三二・列伝第二・后妃下・成恭杜皇后）にも見える他、『白氏六帖』（巻九・口歯）『太平御覧』（巻一三八・皇親部四・成恭杜皇后）『事文類聚』（前集巻二〇・皇后）等の類書にも引かれている。

83　武雷駕鹿　春日の四大明神は武雷命・斎主命・天（津）児屋根命・姫大神である。武雷命は常陸の鹿島を出、棲む処を求め白鹿に乗り、榊の枝を鞭とし伊勢の名張にやって来た。三笠山に至り三神に告げると、斎王命は下総香取から、天児屋根命は河内枚方から、姫大神は伊勢から来り、三笠山で宮柱を立てた。

出典は『本朝神社考』（上之一・春日）。猶、『扶桑蒙求』（巻上・5武雷駕鹿）は本書に依る。

84　琴高乗鯉　琴高は宋の康王の舎人となり涓彭《けんぽう》の術を行い、冀州涿郡の間に浮遊すること二百餘年、涿水で龍の子を取った。弟子達に某日に会おうと約し、彼らが水辺で待っていると、高は鯉に乗ってやって来た。観る者も万餘人あり、一月後水中に去った。

出典は『列仙伝』（巻上・琴高）か。他に『太平広記』（巻四・琴高）『事文類聚』（前集巻三四・仙。後集巻三四・魚）『古今合璧事類備要』（巻八六・魚）『潜確居類書』（巻六三・列仙）『五車韻瑞』（巻五七・四紙三・鯉「琴高乗鯉」）等の類書にも見え、本朝の『語園』（巻上・44琴高鯉ニノル事）にも引かれる。

85　重盛促命　平重盛は父清盛を助け内大臣に至り、父の驕りをしばしば諷諫した。上皇の寵臣成親の平氏討伐計画が発覚した時数十人を誅し流罪としたが、父が自ら上皇に対し挙兵しようとした時には、彼は涕泣し忠義至誠を以て父を諫めた。彼はみずからの命をかけ父の熊野詣による修善を祈り、その帰洛後ほどなく病んで癒えなかった。父は本朝に住む宋の良医を招こうとするが、彼はそれで治ったら本朝医学の恥になると諭して辞退させ、終に四十三歳で薨じた。

出典は『日本古今人物志』（巻一・武将部・19平重盛伝）。『扶桑蒙求』（巻下・83重盛促命）は本書に依る。

86　士燮祈死　晋の范文子は鄢陵《えんりょう》の戦《いくさ》から戻ると、巫者に自分の死を祈らせた。「主君が驕奢なのに敵に勝つとは天が国の病を益すということだ。そのうち国難が起こるだろう。御先祖様よ、我を早く死なせ、難に遇わせぬように。それが范氏の福だ」と言い士燮《ししょう》（范文子のこと）は死んだ。

出典は『春秋左氏伝』（成公十七年）。但し、後半の付記部分は典拠未詳。

87 忠光報讐 後鳥羽帝が永福寺の新堂を営んだ時、源頼朝が検覧した。上総五郎兵衛忠光は魚鱗で左眼を蔽って片《すが》目《め》を装い、剣を懐に頼朝を狙ったが、頼朝に怪しまれ、景時に捕えられ尋問されて殺された。

出典は『本朝蒙求』（巻中・21忠光魚鱗）。もとは『吾妻鏡』（巻一二・建久三年正月二十一日、二月二十四日）に依るか。このこと『絵本故事談』（巻五・上総忠光）や『扶桑蒙求』（巻中・6忠光報讐）に受けつがれる。共に『本朝蒙求』に依るか。

88 予譲知己 予譲は智伯に仕え寵遇された。趙襄子は韓・魏と共に智伯を滅ぼし、怨みからその頭を漆で塗り飲器とした。譲は「士は己を知る者の為に死し、女は己を説《よろこ》ぶ者の為に容《かたちづく》る。必ずや智伯の仇を討つ」と言い、名姓を変え刑人となり襄子の宮殿に入り彼の刺殺を試みるも発覚。義を以て許されるも、次に体に漆を塗り癩病を装い、橋下で襄子を待伏《まちぶせ》するもまた捕らえられる。襄子が理由を問うと「智伯が国士を以て遇してくれたので、我も国士を以て報いるのだ」と答えた。そこで襄子はまたも彼を許し、「自分の身のふり方は自分で考えよ」と言うや、彼は襄にその衣を求め剣を撃ちつけて、智伯に報いることができたと言い、剣に伏して死んだ。

出典は『蒙求』（337「予譲呑炭」）。予譲の伝は『史記』（巻八六・刺客列伝第二六）に見え、『芸文類聚』（巻三三・報讐。『戦国策』趙策所引）『事文類聚』（別集巻三一・報讐）『書言故事大全』（巻二・古今譬類）『五車韻瑞』（巻九〇・四寘三・厠「予譲塗厠」）『淵鑑類函』（巻三一二・報讐二。『戦国策』所引）等の類書にも見える。

89 兄媛定省 応神帝が大隅宮の高台で遠望していると、妃の兄媛《えひめ》も近侍して西望し歎息したので問うと、「父母が恋しくて歎いています。できればしばしば帰郷し親に会いたいと思います」と答えた。帝は感じ入り帰省を許し、淡路の海人八十人を漕ぎ手とし、吉備に送らせた。

出典は『本朝蒙求』（巻下・125兄媛省親）。もとは『日本書紀』（巻一〇・応神天皇二十二年三月五日、十四日）で、『日本紀略』（前篇四・応神天皇二十二年三月五日、十四日）や『本朝列女伝』（巻一・吉備兄媛）『本朝孝子伝』（巻下・1兄媛）にも見える。

90　大姒《ママ》帰寧　『詩経』周南「葛覃」の末章に「言《ここ》に師氏に告ぐ、言に告げ言に帰る、薄《しばら》く我が私《けのころも》を汚《もみあら》はん、薄く我が衣を澣《あら》はん、害《なん》ぞ澣ひ害ぞ否《あらはざ》らん、父母に帰寧せんとなり」とある。湛甘泉（字は元明）によると、「葛覃」「巻耳」「樛木」「螽斯」の章は文王正家の中頃、后妃居家の時のことで、文王の妃は太姒であるという。

出典は『詩経』（周南「葛覃」）で、明の湛甘泉の注が付されているものである。巻頭標題目録、本文標題共に「大」に作るも「太」に同じ。

91　源順梨壺　村上帝は天暦五年に昭陽舎にて坂上望城・紀時文・源順・大中臣能宣・清原元輔に『万葉集』を巡講させ、『後撰集』を撰集させた。藤原伊尹が撰集の総裁をつとめ、帝自ら詔書を書した。その文は源順の作で『本朝文粋』に見える。昭陽舎を梨壺と呼び、彼らは梨壺の五人と称される。

出典は『後撰和歌集』か。歴史民俗博物館本（天福二年書写本の透写本）の巻末勘物に「学生順」「御書所預坂上望城」とあるのは（『源順集』でも同様）和歌所寄人になった時の身分だが、本書では極官で記されている。猶、勘物にも引かれる「宣旨奉行文」は『本朝文粋』（巻一二・385）の他、『朝野群載』（巻一二）にもとられている。『扶桑蒙求』（巻中・9源順梨壺）は本書に依る。

92　逸少蘭亭　何延年「蘭亭記」に「晋の永和九年暮春、王右軍は親友四十二人と蘭亭に脩禊し毫を揮って序を製した……（秘蔵されたその）書は七伝して智永に至り、蘭亭叙はその弟子の弁才に授けられ……寝室の梁上に蔵され、拝見されることはめったになかった」とあり、真蹟の跋には十一人が詩二首、十五人が一首を賦し、十六人は詩成らず罰酒三杯を飲んだとある。

出典は『法書要録』（巻三）。何延年「蘭亭記」は『太平広記』（巻二〇八・書三。「購㆓蘭亭序㆒〈法書要録〉」）にも見える。跋文は刻本によるか（『雲谷雑記』の内容とも照応する）。猶、後に沢田東江『書述』（巻下・晋王羲之蘭亭叙）は本書当該部分（「……所㆓罕見㆒」まで）を含む『法書要録』の文を引用している。

93 覚猷図画　鳥羽僧正覚猷は図画をよくした。真筆と称するものは「画馬」があるだけだが妙処をえた作であろう。

出典は『日本古今人物史』（巻七・芸流部・7鳥羽僧正伝）。その後、『遠碧軒記』（下之三・僧侶）や『本朝画史』（巻上・鳥羽僧正覚猷）等にも見え、『扶桑蒙求』（巻下・11覚猷図画）は本書に依る。猶、覚猷の画才は『古今著聞集』（巻一一・画図第一六・12鳥羽僧正絵を以て供米の不法を諷する事、13鳥羽僧正侍法師の絵を難じ法師の所説に承伏の事）でも知られる。

94 禅月丹青　僧貫休は詩名あり、王衍に待遇されて紫衣を賜り禅月大師と号した。絵を善くし羅漢図は最も優れて古野の貌あり、世間のものとは異なっていた。

出典は『図絵宝鑑』（巻二・五代）。

95 親元減杖　安房守源親元は白河帝即位前は衛門府・検非違使勤めで陰徳を施し、四十歳過ぎて仏事に務め、洛東の一宇に阿弥陀像を安置し、光堂と言う。嘉保三年安房守となり俸禄で寺を建て、余暇に念仏を唱え、吏民にも修法を勧めた。法を犯す者にも刑を弛めて対し、仏に帰依する者が多かった。

出典は『本朝蒙求』（巻中・63親元陰徳）。もとは『後拾遺往生伝』（巻上・21前安房守源親元）『発心集』（巻七・86源親元普く念仏を勧め往生の事）『元亨釈書』（巻一七・願雑二・王臣二）等に見えるもの。猶、本文中に「白河帝潜藩時」（『本朝蒙求』も同文）とあるのは誤りで、「延久帝潜藩時」（『元亨釈書』）「後三条天皇在藩之初」（『後拾遺往生伝』）とあるのが正しい。『扶桑蒙求』（巻中・65親元減杖）は『本朝蒙求』や本書の誤りをそのまま継承している。

96　劉寛弛刑　後漢の劉寛は南陽太守に遷り、三郡の太守を歴任し温仁で思いやりがあり、慌ただしい時でも早口になったりあわてた顔をしなかった。過失あれば蒲の鞭で罰し、その羞恥心に訴えるだけだった。霊帝の時三公となり、責任の重さにストレスで酔っているようだと帝に申し上げて嘉された。夫人が彼を怒らせようと召使いに命じ肉羹《にくのあつもの》でわざと彼の衣を汚させた。彼は顔色も変えずゆっくりと「手はただれなかったか?」と召使いを気遣った。

出典は『蒙求』(500「劉寛蒲鞭」)。劉寛の伝は『後漢書』(第二五・列伝第一五・劉寛)に見える。この故事は善政の逸話として有名で、『芸文類聚』(巻八二・蒲)『十七史蒙求』(巻一五・劉寛葦杖)『日記故事大全』(巻六・寛厚類「翻レ羹不レ異」。善政類「蒲鞭示レ辱」)『事文類聚』(外集巻一〇・総管府)『潜確居類書』(巻五五・太守)『氏族大全』(戊集・一八尤・劉「蒲鞭」)等の類書にも簡略に引かれる。

97　舎人書紀　「弘仁私記」序に依ると、『日本書紀』は舎人親王・太安麻呂が勅を奉じ、三十巻幷帝王系図一巻を撰したもの。養老四年五月に献じられ、天地混沌の時より神胤皇裔に至る世界が明白にされ、異端の説も備わり該博なものとなっている。

出典は『釈日本紀』(巻一・開題)。『扶桑蒙求』(巻上・22舎人書紀)は本書の抄出。

98　馬遷史記　『文献通考』に、『史記』一三〇巻は漢の大司令司馬遷が父の談の書に続けて、黄帝より漢武帝迄を記し、十二本紀・十年表・八書・三十世家・七十列伝で、三千餘年、凡そ五二万六五〇〇言から成る。遷の没後、礼楽・律書・二王世家等を欠くも、褚少孫が追補。

出典は『文献通考』(巻一九一・経籍考一八・「史記一百三十巻」)。

99　為朝豺目　源為朝は長《たけ》七尺で、豺《おおかみ》のように鋭い目、猿のように長い臂《うで》、力は甚だ優れ強弓《こわゆみ》を引き、十三歳で鎮西八郎と呼ばれた。連戦連勝し、保元の乱では父と共に崇徳上皇を護ったが伊豆に流され、嘉応年中に攻められ自殺した。

出典は『日本古今人物史』（巻一・武将部・16源為朝伝）。『本朝語園』（巻六・301為朝強勇）も恐らく上記に依り、『扶桑蒙求』（巻中・101為朝豺目）は本書からの抄出であろう。

100 **李広猿臂** 李広は長身で臂が長く弓射に優れ、子孫は誰も彼に及ばなかった。訥弁で口数少なく、地に軍陣を画くことや弓射に生涯を終えた。兵糧に欠く時は兵士達が飲食しないうちは水も食物も口にしなかった。穏やかな人で兵は喜んで彼に仕えた。中《あた》らぬと思えば矢を放たず、発すれば必ず射倒した。

出典は『史記』（巻一〇九・李将軍列伝第四九）。他に『漢書』（巻五四・李広蘇建伝第二四）にも見え、類書等にもその名将ぶりはよく引かれ、「李広成蹊」（『蒙求』168）の故事は殊に有名。

101 **二条再后** 二条帝は猜忌心が強く女色に耽った。近衛帝の后藤原多子の美艶を聞き、招いて再び后にしようとした。藤原氏や群臣も反対したが強行し後宮に入れた。唐高宗の覆轍を踏む（則天武后を指す）かと思われたが、そうならなかったのは幸いであった。

出典は『平家物語』（巻一・二代后）か、『源平盛衰記』（巻二・二代后附則天皇后の事）。猶、『本朝美人鑑』（巻三・3二代の后）『本朝語園』（巻八・381二代文后）でも採挙げられ、明治の『日本蒙求初編』（巻上・二代皇后）にも見える。

102 **魏文旧侍** 魏武帝の没後、子の文帝はその宮女達を自分のものにした。文帝の病臥重くなり、母の卞后が見舞うと、何と宿直の宮女は武帝の寵愛していた者達ばかりだったので嘆息し、「死んで当然だ」と言い、哭泣の礼もしなかった。

出典は『世説新語』（賢媛第一九・4話）。

103 **杉本詐泣** 杉本左兵衛某は涙して泣くのが特技だった。楠正成下の松原五郎が彼を推薦し、正成は必ずや彼を用いることがあろうと言ったが、仲間は一笑に付した。建武二年尊氏軍との洛中合戦後、官軍は近江坂本の本営に戻った。正成は奇計を案じ、杉本に主人の正成が戦死したので僧となり、戦場に遺骸を求めたく助勢を願いたいと泣いて訴えさせた。捜すも見えず悲哭して帰る時、足利軍の訊問に遭い、正成他新田義貞・北畠顕家の戦死を告げる。尊氏軍は聞いて歓喜し、警戒を怠ったところに、正成らの官軍が攻め込んで足利軍を敗走せしめた。

出典未詳。『太平記』（巻一五・将軍都落附薬師丸帰京事）には右の逸話に類する記述はあるが杉本左兵衛のことは記さない。

104　羊志急涙　宋の殷貴妃が亡くなった時、帝が墓に至り、劉徳願に「大声で貴妃の死を悲しんだら手厚い褒美をするぞ」と言うと、劉は慟哭し予州刺史に任じられた。医師の羊志にも哭泣させると、急に嗚咽したので、人が問うと、「亡き妻を哭したのだ」と言った。

出典は『五車韻瑞』（巻八九・四寘二・涙「急涙」）か、『潜確居類書』（巻七二・悼亡「悲当厚賞」）であろう。猶、徳願の伝は『宋書』（巻四五・列伝第五・劉懐慎伝付載）に見える。

105　造媛諱塩　大化五年の春、蘇我日向《ひむか》は詐り訴えた、皇太子の海浜に遊ばれる時に倉山田麻呂大臣が殺害を企てていると。皇太子は信じ、物部塩を呼び大臣の首を斬らせた。その妃の蘇我造媛は父が塩に殺されたと知ってその名を憎み、近侍の者は堅塩と言ったが、遂に媛は傷心して死んだ。

出典は『日本書紀』（巻二五・孝徳天皇大化五年三月条）。『日本紀略』（前篇七・孝徳天皇五年三月二十四日、二十六日、是月条）にも見える。或いは上記より抄出した『本朝列女伝』（巻二・夫人・蘇我造媛）あたりも披見していたかも知れない。『扶桑蒙求』（巻中・60造媛諱塩）は本書に依る。

106　師徳僥餻　袁師徳は高の子。重陽に餻（くさもち・むしもち）を出されたが、（餻が父の名の高と同音なので）「食するに忍びない」と俯いた。

出典は『円機活法』（巻三・重九）か。猶、この故事は『歳時広記』（巻三四・重陽上「請客糕」）『錦繡万花谷』（後集巻四・重九。『嘉話録』所引）『古今合璧事類備要』（前集巻一七・重九。『嘉話録』所引）『淵鑑類函』（巻二〇・九月九日四。『嘉話録』所引）等にも見える。

107　鎌子錦冠　中臣鎌子（藤原鎌足）は孝徳帝の時に内臣となり忠誠心をもって仕え、天智帝八年に病んだ時、帝は心配して東宮（大海人皇子）を遣し、大織冠と大臣位を授け藤原姓を賜った。

出典は『本朝蒙求』（巻中・66鎌子錦冠）。『日本書紀』（巻二五・孝徳天皇即位前紀。巻二七・天智天皇八年十月十日）『日本紀略』（前篇七・孝徳天皇。前篇八・天智天皇八年）にも見える。『扶桑蒙求』（巻上・67鎌子錦冠）は本書に依るか。

108　梁公金袍　則天武后の時、狄仁傑は最も信重され国老と称された。紫袍亀帯を賜り、自ら金字十二袍を作り、その忠義を示した。

出典未詳。但し、『十八史略』（巻五・唐・中宗皇帝）と『事文類聚』（巻一九・朝服）あたりの記事の合綴かも知れない。他に『古今合璧事類備要』（後集巻三五・袍）『五車韻瑞』（巻三一・四豪・袍「金字袍」。『唐史』所引）『淵鑑類函』（巻三七一・袍。『雞跖集』所引）にも見える。猶、狄仁傑の伝は『旧唐書』（巻八八・列伝第三九・狄仁傑）『新唐書』（巻一一五・列伝第四〇・狄仁傑）にある。

109　伊陟兎裘　兼明親王の子源伊陟（渉は誤り）は父亡き後、一条帝に遺文はないかと問われ、悉く散佚したが、ただ「兎の裘」なるものがあると答えた。帝が献じられた一軸を侍臣に読ませると兼明自作の「菟裘賦」で、帝は人知れず所蔵された。伊陟は才学無く菟と兎の違いも知らなかった。

出典は『本朝語園』（巻四・190伊渉奉《ママ》二菟裘賦一）か。伊陟が出てくるこの逸話は『十訓抄』（第一〇・可レ庶二幾才能芸業一事・1伊陟卿のうさぎの裘）『古事談』（第六・34伊陟不覚の事）『花鳥餘情』（巻一〇・松風・「みぶの大夫の君に申給はりて」注）『史館茗話』（70話）に見え、『大東世語』（巻五・紕漏・1話）『瓊矛餘滴』（巻中・兼明文章）等にも受継がれる。『扶桑蒙求』（巻中・伊渉兎《ママ》裘）は本書に依る。

110　道隆鳳毛　宋武帝が謝超宗を「鳳毛有り」と称した。同座していた劉道隆が彼に「変わった物をお持ちと聞いたが一見したい」と言うと、「貧乏屋に変わったものなどありません」と答えた。「帝が宴会で君には鳳毛があると言ってたぞ」と謝の父の名（鳳）に触れて言うと、謝は履き物も履かずに家に戻った。劉は鳳毛を捜しているとばかり思ったが、夜出かけて行っても得られなかった。

出典は『南史』（巻一九・列伝第一七・謝超宗）か。他に『南斉書』（巻三六・列伝第一七・謝超宗）『冊府玄亀』（巻九五四・愚暗）などにも見える。

111　曽我張弓　曽我祐成・時宗（時致が一般か）は父祐泰の没後、曽我祐信に育てられ、幼時から弓矢で遊び、父の仇を討つことを忘れなかった。建久四年（一一九三）源頼朝が富士の野で狩りをした時、その陣営に潜入し、頼朝の寵臣工藤祐経を刺殺し、その後も死闘を行う。兄は仁田《にった》忠常に斬られ、捕らえられた弟は頼朝に胸中を吐き死についた。

出典は『日本古今人物史』（巻四・義士部・5曽我祐成同時宗伝）。もともとは『曽我物語』や『吾妻鏡』（巻一三・建久四年五月二十八、二十九日）あたりを経て、さらに『本朝蒙求』（巻中・47祐成報讐）『本朝孝子伝』（巻中・曽我兄弟）『絵本故事談』（巻五・曽我兄弟）などにも記されるが、絵解きや幸若舞曲・謡曲等で早くから知られ、浄瑠璃・歌舞伎の舞台化で広く浸透する逸話である。猶、『扶桑蒙求』（巻中・37曽我張弓）は本書に依る。

112　君操挟刀　隋末に父を同郷人の李君則に殺された王君操は幼くして亡命した。貞観の年に世が変わり（君則は州府に自首したが）、君操は窶《やつ》れ孤独の身で仇の名を隠さず、密かに刀を手挟み、殺して心肝を割き啗らい尽くさんと州に訴え、「父を殺されて二十年敵討ちも遂げられぬ。今憤懣を晴らし死にたい」と状を上《たてまつ》った。

出典は『新唐書』（巻一九五・列伝第一二〇・王君操）か。猶、『旧唐書』（巻一八八・列伝第一三八・王君操）にも見える。『淵鑑類函』（巻三二一・報讐三）にも採られているので、それに先立つ類書による可能性もある。

113 言主架橋　役小角《えんのおづぬ》（役行者）は五色の雲に乗り仙府に優遊し鬼神を駆使した。葛城の峯と金峯山の間に石橋を架けよと衆神に命じたが、なかなか出来ないので理由を問うと、醜い葛城峯の一言主神《ひとことぬしのかみ》が昼働かず夜にやって来るせいだという。小角は怒って彼を捕らえ深い谷底に繋ぐが、一言主は小角を国を傾ける危殆の人と讒訴した。

出典は『本朝神社考』（中之四・葛城神）か。上記は恐らく『元亨釈書』（巻一五・方応八・役小角）に依り、『本朝蒙求』（巻中・105小角騰空）も『釈書』を利用している。猶、一言主神の架橋説話は『日本霊異記』（巻上・孔雀王の呪法を修持し異しき験力を得もちて現に仙となりて天に飛ぶ縁第二八）『本朝神仙伝』（五・役行者）『今昔物語集』（巻一一・役優婆塞誦㆓持呪㆒駆㆓鬼神㆒語第三）『扶桑略記』（巻五・文武天皇三年五月二四日条）『水鏡』（巻中・文武天皇）『三宝絵』（巻中・役行者）『帝王編年記』（巻一〇・文武天皇三年五月、大宝元年条）『奥義抄』（巻三・いははしの歌第一七）『袖中抄』（第六・いははしの条）『俊秘抄』（上）『真言伝』（巻四・役優婆塞付葛城事）『類聚既験抄』（葛城一言主明神石橋事）『和歌色葉』（巻下・15石橋の夜の契りも絶へぬべしあくるわびしき葛城の神）『源平盛衰記』（巻二八・役の行者の事）『本朝列仙伝』（巻一・役小角）等広く受継がれる。『扶桑蒙求』（巻上・12言主駕（架）橋）は本書に依る。

114 嫦娥犇月　唐詩に「嫦娥応㆑悔偸㆓霊薬㆒」の句があり、謝枋得（一二二六〜八九）の注に「有窮の后羿《げい》が長生不死の薬を得るや、妻は窃み月中に奔った。これを嫦娥とする説は怪しいが、『楚辞』天問章に見える」とある。

出典未詳。文中の七言一句は李商隠「常娥詩」七絶の第三句。猶詩句は『紫薇詩話』『唐詩品匯』『唐詩別裁』『唐詩箋注』『唐人万首絶句選評』など諸書に引かれる。標題からするとわざわざ李商隠の詩句を引用する必然性はなかったかも知れない。「嫦娥奔月」（本書標題の犇は奔に同じ）の故事はよく知られて、『芸文類聚』（巻一・月）『太平御覧』（巻四・月）『事文類聚』（前集巻二・月）『古今合璧事類備要』（前集巻一）『群書類編故事』（巻一）『淵鑑類函』（巻三・月二）等の諸類書にも見えるものである。

115　鎌足奉履　中臣鎌足は匡済の心有り、神祇伯を授けらるるも病と称し三島に退去した。蘇我入鹿が国権を闚《うかが》うのを見て中大兄皇子に心を寄せ、法興寺の槻の木の下の蹴鞠の会で、その脱げた皮履《くつ》を奉じ、皇子と隔てなき交友を持ち、共に南淵先生に学んだ。

出典は『本朝蒙求』（巻上・28鎌足奉履）。他に『日本書紀』（巻二四・皇極天皇三年正月一日）『日本紀略』（前篇七・皇極天皇）にも見え、『本朝儒宗伝』（巻二・中臣鎌足）にも引用される。『扶桑蒙求』（巻中・11鎌足奉履）も本書に依るか。

116　釈之結襪　廷尉の張釈之は公平な裁決を行い称せられた。宮中に召されていた老人王生が「靴下の紐が解けた。結んでくれんか」と言うので釈之は膝まずいて結んでやった。それを見て王生を責める者がいた。すると、王生は「廷尉は立派な名臣だ。自分は老賤の身で彼に何もしてやれぬが、紐を結ばせることで老人に敬意を払う態度を示してもらい、天下に彼の名の重んじられんことを願ったのだ」と答えた。

出典は『蒙求』（巻下・116「釈之結韈」）。襪は韈に同じく靴下の意。張釈之の伝は『漢書』（巻五〇・列伝第二〇・張釈之）『史記』（巻一〇二・張釈之馮唐列伝第四二）に見え、この故事も記されるが、他に『事文類聚』（続集巻二〇・履〈韈〉）『書言故事大全』（巻八・仕進類）『十七史蒙求』（巻一一・結韈取重）『氏族大全』（丁集・一〇陽・張「襦襪」）『潜確居類書』（巻五八・大理）『淵鑑類函』（巻三七五・襪二）等の類書にも見える。

117　文屋旧琴　嵯峨帝に寵遇された文屋麻呂は琴の師である。その後は仁明帝に仕え、光孝帝や本康王に伝授し、文徳・清和両帝も彼に琴を学んだ。

出典は『本朝語園』（巻七・356琴師）か。もとは『三代実録』（巻八・貞観六年二月二日条の文室麻呂卒伝）に見え、

『扶桑蒙求』（巻中・14文屋旧琴）は本書に依る。

118 魏徴故笏 魏謩《ぎぼ》は徴の五代の子孫。唐文宗が『貞観政要』を読んで（登場する）魏徴の子孫のことを訊ねたので、楊汝士は謩を推薦した。帝が「伝来の書はあるか」と問うと、謩は「故《ふる》い笏があります」と答えたので上呈させた。

出典は『氏族大全』（辛集・八未・魏「故笏」）。猶、謩の伝は『新唐書』（巻九七・列伝第二二・魏徴付魏謩）『旧唐書』（巻一七六・列伝第一二六・魏謩）に見え、この故事は『円機活法』（巻一六・笏）『古今合璧事類備要』（外集巻三八・笏。続集巻一二・魏姓）『続蒙求』（巻三・唐文訪笏）『淵鑑類函』（巻三七二・笏二）等類書にも採られている。

119 兼盛合血 平兼盛の妻はわけあって離縁された。娘を生んで数年になると聞き、彼が引き取ろうとすると、女は娘を愛惜して子であることを否定し裁判となった。廷尉の赤染時用が判決を下したが、時用と女が密通したものであろう。兼盛は怒って「私の子でないと言うなら、両者の血を合わせて確かめよう」と言ったが果たさなかった。それが赤染衛門で他にない美貌で、上東門院に仕え『栄花物語』を著した。

出典は『本朝語園』（巻四・214兼盛与二時用一論二赤染衛門一）か。もとは『袋草紙』（上巻・雑談）に見え、『中古歌仙三十六人伝』等にも受継がれている、『扶桑蒙求』（巻下・45兼盛合血）は本書に依る。

120 蕭綜認骨 梁武帝は斉の東昏に寵愛された呉淑媛を愛した。だから蕭綜が生まれた時宮人達は疑念を持った。彼が十四、五歳の頃、幾度も少年が自ら首をかかげる夢をみ、その特徴を母に語ると、東昏に似ており、彼は真実を知って泣く。斉氏の七廟の祠《まつ》りに出向いた時、生者の血を死者の骨に灑ぎ、滲《し》みれば父子だという俗説に従って試すと兆候があった。

出典未詳。但し、この逸話は『梁書』（巻五五・列伝第四九・予章王綜）にも見える。

121 髪長桑津 応神帝はすぐれた容色の髪長媛が気に入り、使いを遣って召し寄せ桑津宮に侍らしめた。すると大鷦鷯尊が彼女の美麗さに恋をしたので、帝は後宮の宴の折に彼に妻合わせることとし、歌をうたい、尊も喜んで返歌した。

出典は『日本書紀』（巻一〇・応神天皇十一年十月、十三年三月、九月）。『釈日本紀』（巻二四・和歌二・応神）『日本紀略』（前篇四・応神天皇十一年十月、十三年三月、九月）にも見え、『扶桑蒙求』（巻中・72髪長桑津）は本書に依る。

122 阿嬌金屋　漢武帝が幼い太子の頃、長公主は娘を配すべく「阿嬌はどう?」と問うと、「阿嬌が妻になったら金屋に住まわせたい」と彼が答えたので、大いに喜び配して陳后とした。

出典未詳。但し、この逸話は『漢武故事』に見え、『芸文類聚』（巻一六・太子妃）『初学記』（巻一〇・皇后）『太平御覧』（巻八八・孝武皇帝）『事文類聚』（前集巻二〇・皇后）『古今合璧事類備要』（前集巻二一・宮嬪）『書言故事大全』（巻一・婚姻類）『五車韻瑞』（巻二七・二蕭・嬌「阿嬌」）『淵鑑類函』（巻五七・皇后総載三）などにも引かれている。また、「漢帝重二阿嬌一、貯二之黄金屋一」（李白「妾薄命」）の詩句もよく知られる。

123 峰雄墨桜　藤原基経は堀河相国と称され、寛平三年に薨じて深草山に葬られ、昭宣公と諡された。その時挽歌が多く詠まれたが、上野峰雄《かみつけのみねお》の歌「深草の野辺の桜の心あらば今年ばかりは墨染に咲け」が殊に勝れ、世間ではその木を墨桜の桜と言った。

出典は『大鏡』（巻上・太政大臣基経）。かの和歌は『古今集』（巻一六・哀傷歌832・上野岑雄）にも所収され、『書言字考節用集』（巻六・生植。「墨染桜〈城州深草〉」）にも見えている。

124 娥皇斑竹　舜は南巡して帰らず、堯の二女娥皇・女英が追慕して洞庭の山で涙したところ、竹が斑《まだら》に染まり、二妃は死して湘水の神となった。

出典は『事文類聚』（後集巻二四・竹）。猶、この故事はよく知られ、『円機活法』（巻二二・竹、斑竹）『古今合璧事類備要』（別集巻五四・竹）『金璧故事』（巻一・湘竹斑成悲涙染）『淵鑑類函』（巻四一七・竹二）等多くの類書に張華『博物志』所引で見え、本朝でも『語園』（巻上・85涙竹ヲ染ル事〈事文〉）に引かれる。

125 行平布瀧　在原行平は弟業平の摂津の兎原郡の別荘を訪ね、近くの布引滝に共に来て、「我が世をば今日か明日かと待つかひの……」と詠み、弟も「ぬき乱る人こそあるらし白玉の……」と詠んだ。

出典は『伊勢物語』（八十七段）。『扶桑蒙求』（巻中・17行平布滝）は本書に依る。

126 李白廬瀑　李白は廬山瀑布詩に「日照㆓香炉㆒生㆓紫煙㆒、遥看瀑布掛㆓長川㆒、飛流直下三千尺、疑是銀河落㆓九天㆒」と詠んだ。その瀑布は南康府廬山開先寺に在る。

出典は特に必要ないか。所引の「望㆓廬山瀑布（水）㆒二首」の其二は極めて著名な作（後半二句の摘句も諸書に見える）で、『文苑英華』（巻一六四）『唐文粋』（巻一六上）『韻語陽秋』（巻一三）『梅磵詩話』『唐詩品彙』（巻四七）『唐宋詩醇』（巻七）『事文類聚』（前集巻一八・泉）『円機活法』（巻四・瀑布泉）『中華若木詩抄』（巻下）等にも採られ、日本の中世以降には李白看（観）瀑図も盛んに賞されている。猶、本書末尾の注記に従えば、廬瀑は南香鑪峯の西瀑（開先瀑布）となるが、一般的には北香鑪峰の方とする見解が多いようだ。『廬山名勝図』は西瀑を描いたもので、他に西瀑を指すとするものには『廬山記』（巻三・叙㆓山南㆒篇）『東坡志林』（巻一・記㆑遊㆓廬山㆒）『輿地紀勝』（巻二五・南康郡）『方輿勝覧』（巻一七・南康郡）などが知られる。松浦友久編『唐詩解釈辞典』（大修館書店・一九八七年）『漢詩の事典』（同上・一九九九年）参照。

127 能因勢松　能因・兼房は同車し二条東洞院にやって来ると、因は俄かに下車して歩むこと数百歩。兼房が理由を問うと、ここが伊勢御の旧宅で庭の小道の〝結び松〟は今もある、と。

出典は『本朝語園』（巻三・100能因下車）か。もともとは『袋草紙』（上巻・雑談）『俊頼髄脳』等に見え、『大東世語』（巻四・企羨・6話）『百人一首一夕話』（巻六・能因法師）『見聞談叢』（巻一・17能因法師）にも受継がれている。『扶桑蒙求』（巻下・55能因望松）は本書に依る。

128　**道潜陶菊**　呉の僧道潜は姑蘇より西湖に帰った。蘇東坡は役人として銭塘に来て彼に会い、一見して古馴染みのようだったと言った。趙章泉が言う「淵明には会えないが菊が見れればそれでいい」の句は、蘇東坡の言葉とも。

出典未詳。道潜は参寥子と号して詩文を善くし（『参寥子集』あり）、東坡とも交遊深く詩文の贈答を行っている。

129　**元正放魚**　元正帝の養老四年に異国が襲来し日向・大隅の国が乱れた時、宇佐神宮に祈り、平定の後、放生会が諸国に置かれ、石清水放生会もこれに始まる。

出典は『本朝神社考』（上之一・八幡）。他に関連記事は『三宝絵』（巻下・八月・八幡放生会）『扶桑略記』（第六・元正天皇四年九月）『水鏡』（巻中・元正天皇）『元亨釈書』（巻二二・資治表・元正）等にも見え、放生会起源譚は年中行事関係書にも記される。『扶桑蒙求』（巻上・18元正放魚）は本書に依る。

130　**成湯祝網**　殷の成湯がある日外出すると、猟師が網を張り「天より降り、地よりわき、四方より来るもの、みなこの網にかかれ」と祈っていた。これでは取り尽くしてしまうと案じた湯は、改めて「左右に行きたいものは左右に、わが命に従わぬものは網にかかれ」と祈った。諸侯は湯の徳が鳥に迄及んでいると思った。

出典は『十八史略』（巻一・殷・殷王成湯）。猶、『史記』（巻三・殷本紀第三）にも見える。

131　**義兼佯狂**　源為朝の遺児は足利義清の子となり義兼と命名された。武勇絶勝の人で頼朝に面会を請うが、彼が人の才を妬む人だと深慮し、佯狂（狂人のふりをする）し安らかな生涯を送った。

出典は『本朝語園』（巻六・302義兼深慮）か。猶、『難太平記』にも関連記事があり、『扶桑蒙求』（巻上・64義兼佯狂）は本書に依る。

132　**阮籍放蕩**　阮籍は心のままに拘《とら》われず、閉戸読書して数月も外出しないかと思えば、山水に登臨し帰宅を忘れることもあった。老荘を好み、嘯き、琴酒を嗜み、廚に酒三百斛あると聞くと歩兵校尉の職を求めたという。

出典は、前半は『氏族大全』（庚集・二〇阮・阮「青白眼」）で後半は『論略』（宋・陳郁撰）の引用。阮籍については『晋書』（巻四九・列伝第一九・阮籍）に詳しく、本書本文はその文とよく似る。猶、「放蕩」の語はその本文中には見えないが、『三国志』（巻二一・魏書二一・王衛二劉傅伝第二一・王粲伝付載）に「瑀子籍、才藻艶逸而倜儻放蕩」とあるのを意識したものか。彼が歩兵校尉を求めた故事はあまりに有名で、『世説新語』（任誕篇・5話）『文士伝』『魏氏春秋』『初学記』（巻二六・酒）『蒙求』（590「阮籍青眼」）『事文類聚』（巻一三・酒）『淵鑑類函』（巻三九二・酒二）など諸書に見える。

133　頼家射鹿　源頼朝が富士の野で狩した時、八歳の息頼家が鹿を射たので喜び、梶原景高を遣わし夫人に知らせると「特に異とするに足らない、賀するに及ばず」と言ったという。

出典は『本朝語園』（巻六・316頼家始射レ鹿）。『吾妻鏡』（巻一三・建久四年五月十六日、二十二日）に詳しい。『大東世語』（巻四・賢媛・14話）にも見え、『扶桑蒙求』（巻上・45頼家射鹿）は本書に依る。

134　蒼（倉）舒称象　魏の曹沖（曹操の子。字倉舒）は幼時より賢かった。太祖（曹操）は孫権が贈った巨大な象の重量を知りたく思ったが、誰も測る術《すべ》を知らなかった。沖は象を船に乗せて水痕を刻んでおき、替えて物を称《はか》ってこれに載せればわかると言った。当時国内の刑罰は厳重だったが、沖の審理で救われた者も多く、太祖は彼を後継に期待したが亡くなってしまった。

出典は『蒙求』（414「倉舒称象」）。曹沖の伝は『三国志』（巻二〇・魏書二〇・鄧哀王沖）に見える。この故事はよく知られて『白氏六帖』（巻二九・象）『太平御覧』（巻七六八・叙舟上。巻八九〇・象）『事文類聚』（前集巻四四・幼悟）『古今合璧事類備要』（別集巻七六・象。外集巻五八・舟）『氏族大全』（丙集・六豪・曹「称象」）等にも見え、本朝の『語園』（巻上・3舟ニテ象ヲ計ル事）にも採られる。猶、『雑宝蔵経』（巻一・4四棄老国縁）『今昔物語集』（巻五・七十餘人流二遣他国一語第三二）にも象の重さを量ることは見えている。

135　通円遺影　宇治橋畔に通円法師なる者が茶店を構え、そこは今に通円の像を伝えて通円茶店と称している。
出典は『本朝語園』（巻一〇・542茶抍宇治通円の店）か。早く『雍州府志』（巻九・古跡門下・宇治郡）にも見え、通円のことは猿楽・狂言でも知られる。『扶桑蒙求』（巻下・91通円遺影）は本書に依る。

136　陸羽陶像　陸羽の字は鴻漸。茶を嗜み『茶経』三篇を著す。茶を商う者は彼の陶像を作り茶神となすに至った。
出典未詳。『潜確居類書』（巻九五・茶茗。『雲渓友議』所引）はやや近いか。陸羽の伝は『新唐書』（巻一九六・隠逸列伝）に見える。『淵鑑類函』（巻三九〇・茶三。『唐書』所引）にも援引されているので、その先行類書に依るか。

137　晴明占瓜　藤原道長に大和国から瓜が届けられた時、傍に安倍晴明と大医の丹波重雅がいた。「瓜があるが食べてみるか」と道長が言うと、晴明は「毒があるので食えない」と言う。重雅が一本の鍼《はり》を出し瓜に刺すと、その動きが止まり、割いて見ると中に毒蛇がいて、鍼はその眼を刺していた。
出典は『本朝蒙求』（巻上・34重雅針瓜）。猶、『古今著聞集』（巻七・術道第九・1陰陽師晴明早瓜に毒気あるを占ふ事）『撰集抄』（巻八・第三三・祈二空也上人手一事）『元亨釈書』（巻四・慧解三・園城寺勧修）『本朝神社考』（下之六・安倍晴明）『本朝語園』（巻七・340三子之精術）などの記述もある。『扶桑蒙求』（巻上・44晴明占瓜）は本書に依る。

138　郭璞移柏　王導は郭璞に一卦を作らせた。郭が「公に震厄が出ている」と言うと、王は「調伏できぬか」と問う。そこで彼は「駕を命じ西方数里に行くと一本の柏樹がある。それを身長と同じ長さに切り、床上に置いて寝起きすればいい」と言う。その通りにすると柏が震動し粉砕した。王敦は「罪を樹に委ねたわけだね」と言った。
出典は『世説新語』（術解篇・8話）。他に『晋書』（巻七二・列伝第四二・郭璞）や『芸文類聚』（巻八八・柏。『晋書』所引）『太平御覧』（巻九五四・柏。『幽明録』所引）『淵鑑類函』（巻四一三・柏二。『晋書』所引）などの類書にも見える。

139 隆頼上座　勧学院の宴会の時、惟宗《これむね》隆頼が上座に就いた。傍の者が「礼儀知らずにも、お前がわしの上座とはどういうことだ」と言うと、彼は「『文選』と『切韻』を暗誦する者がおったら下座に就くが……」と言うと、皆敢えて言う者はなかった。

出典は『本朝語園』（巻四・203隆頼学頭）。そのもとは『古今著聞集』（巻四・文学第五・16勧学院の学生集まりて酒宴の時惟宗隆頼自ら首座に着く事）で、林読耕斎もこの逸話を知っていた（「報二武田杏仙一」『読耕林先生文集』巻三）のは流石と言うべきか。

140 戴憑重席　後漢の戴憑は光武帝の時に明経科に挙げられ博士の試験を受けた。侍中に任命され、正月の朝賀の時、帝は群臣中の経典に通じた者を選んで難詰し、答えられない者の席を奪って、通ずる者に与えた。戴憑は五十餘席も重ね「経を解して行き詰まらぬのは戴侍中だ」と言われた。

出典は『蒙求』（46「戴憑重席」）。この故事については『後漢書』（巻七九・列伝第六九・戴憑）にも見えるが、『芸文類聚』（巻六九・薦席）『初学記』（巻二五・席）『白氏六帖』（巻四・席）『事文類聚』（続集巻一一・席）『群書類編故事』（巻二〇・「説経奪席」）『円機活法』（巻一五・席）『古今合璧事類備要』（巻五・席「奪席重坐」）『氏族大全』（辛集・一八隊・戴「重席」）『五車韻瑞』（巻一・一東・中「解経侍中」。巻一四九・一〇陌五・席「戴憑重席」）『淵鑑類函』（巻三七七・席三）等の類書にも所収される。

141 良相施財　藤原良相《よしみ》は冬嗣の子で、良房の弟。幼時より賢く大学に学んだ。四十歳で妻を失い再婚もしなかった。慈仁の人で勧学院の南に延命院を建てて藤原氏の家産無き者を養育し、崇親院を置いて寡婦や貧しい婦女を助けた。

出典は『本朝蒙求』（巻中・102良相慈仁。巻中・25范藤自合）。良相の伝記に『三代実録』（巻一四・貞観九年十月十日薨伝）『拾遺往生伝』（巻中）『元亨釈書』（巻一七・願雑二・王臣・藤原良相）などがあり、この逸話に触れる。『扶桑蒙求』（巻下・7良相施財）は本書に依る。

142　純仁附麦　范純仁は若い頃昼夜仕事をした。帳中にまで灯火を入れ、夜分まで寝ずに励んで出世した。妻が帳をかたづけると上の方が黒かったので、子供らに「若い頃の父さんが学問に勤めた灯煙のあとよ」と教えた。彼は若い頃父の命で姑蘇に到り、麦五百斛を舟で運ぶ途次、丹陽の宿で石曼卿と出会った。彼が三度の喪葬もできぬと知り、麦舟を与えて単騎で帰った。父が「途中で旧友に会わなかったか」と言うので、「石曼卿が十分な喪葬もできずにいた」と答えると、父は「どうして麦舟をあげなかったのか」と言うので、彼は「もう彼にやったよ」と応《こた》えた。

出典は『純正蒙求』（巻上・10純仁帳墨、115純仁与麦）か、『氏族大全』（庚集・五三鎌・范「帳中煙迹」「麦舟」）であろう。猶、後半の麦舟逸話は『冷斎夜話』（巻一〇・范文正公麦舟）『群書類編故事』（巻一二・「贈以二麦舟一」）『続蒙求』（巻三・忠宣付麦）『日記故事大全』（巻五・仁恩類・麦舟助喪）『潜確居類書』（巻七二・賻賵）『五車韻瑞』（巻三八・七陽・喪「三喪」。巻四五・一一尤二・舟「麦舟」。巻一一六・二五径・贈「麦舟贈」。巻一四五・一一陌一・麦「助葬麦」。巻一五四・一三職四・墨「帳頂煙墨」）『淵鑑類函』（巻三九五・麦四）など諸書に見える。

143　瀬尾悪党　元徳年間に中原章房が清水寺参詣の帰途に暗殺され、犯人は稲妻の如くに馳せ去った。子の章信は仇敵を探索して東山雲居寺の傍の居を襲撃して仇を討ち、世に孝義を称された。犯人は瀬尾兵衛太郎で、章房に怨みを抱く者の依頼によるものであった。

出典未詳。猶、『続本朝通鑑』（巻一一九・後醍醐天皇・元徳二年四月一日条）に詳述される記事内容にほぼ同じ。その注記には「薩州本太平記」により記述したと見える。『扶桑蒙求』（巻中・88瀬尾悪党）は本書に依る。

144　聶政刺客　韓の大臣俠累は厳仲子と不仲だった。厳は聶政《じょうせい》の武勇を聞き黄金百鎰を贈り、彼の母の長寿を祝い、その母没後に俠殺しを依頼した。政は俠を刺殺して、自らの顔を剝ぎ、目を抉《えぐ》り自殺したので、何人か知られることは無かったが、政の姉が気付く。己に累が及ぶことを恐れた賢弟の所為に感じ、彼の屍の傍で彼女も自殺した。

出典は『十八史略』（巻一・春秋戦国・韓）。この文章は『史記』（巻八六・刺客列伝第二六・聶政）に詳説され、

『続列女伝』（聶政之姉〈節義〉）にも所収され、『氏族大全』（壬集・二九葉・聶「刺客」）にも略記されている。

145　誉津問鵠　誉津別《ほんつわけの》皇子は三十歳になっても話さなかったが、鵠鳥《くぐい》が飛鳴するのを見て「これは何？」と言った時から話すようになった。

出典は『本朝蒙求』（巻中・27誉津問鵠）。もとは『日本書紀』（巻六・垂仁天皇二年二月九日、二十三年九月二日、十月八日）で、『日本紀略』（前篇四・垂仁天皇二年二月九日、二十三年九月二日、十月八日）や『帝王編年記』（巻四・垂仁天皇二十三年）等にも見え、『扶桑蒙求』（巻上・27誉津問鵠）は本書に依るか。

146　楚荘有鳥　荘王は即位後三年間号令を出さず日夜淫楽し、「諫める者は死刑だ」と訓令した。伍挙が謎かけで諫めたが、益々ひどくなり、次に蘇従が「この身を賭してわが君の明を開くのが念願だ」として諫めた。すると淫楽をやめて政を聴くようになり、伍挙と蘇従に政を任せた。

出典は『史記』（巻四〇・楚世家第一〇）。『十八史略』（巻一・春秋戦国・楚）にも近い文が見えている。

147　延暦神泉　延暦十三年十月平安京に遷都し神泉苑が作られた。天子遊覧の地で、近衛次将を別当とし、乾臨閣がある。二条の南、大宮の西八町、三条北、壬生の東の地である。

出典は『本朝神社考』（下之六・神泉苑）。そのもとは『拾芥抄』（中末・宮城）の記述で、『古今著聞集』（巻三・政道忠臣第三・2延喜御時菅原道真乾臨閣遊覧をいさむる事）『塵添壒嚢鈔』（巻一〇・緇問上一・五神泉園《ママ》事）『雍州府志』（巻八・古蹟・愛宕郡）などの記事も知られる。また、神龍のことは『続故事談』（巻一・臣節・4藤原実頼神泉苑南面の楼門にて龍の変化を見る事）『富家語』（140話）『本朝語園』（巻一〇・515神泉苑之龍）等に見えている。『扶桑蒙求』（巻上・28延暦神龍）は本書に依る。

148　文王霊沼　孟子が梁の恵王に会った時、王は池のほとりで雁や鹿を眺め「賢者もこんなふうに楽しむのかな」と問うた。そこで、彼は「賢者なればこそ楽しめるのです。『詩経』（大雅）の霊台詩にも……王霊囿に在り、麀《ゆう》鹿の伏す攸《ところ》、麀鹿濯々たり、白鳥鶴々たり。王霊沼に在り、ここに牣《み》ちて魚躍《おど》る、とございます。文王は民の力で台や池を作りましたが、民も歓んで霊台・霊沼と言い、鹿や魚を楽しんだのです。つまり、古の賢人は民と共に楽しんだのです」と。

出典は『孟子』（巻一・梁恵王章句上）。

149 **良覚堀大**　良覚僧正は短気な人だった。房の傍に大きな榎《え》の木があり、「榎《えのきの》僧正」と呼ばれたが、雅名にあらずとて榎を伐った。それでも根株が残ったので「伐株《きりくい》の僧正」と言われ、それを嫌悪して掘り棄てたら、そのあとが堀のようになって「堀池僧正」と呼ばれる始末だった。

出典は『徒然草』（四五段。恐らく古注本）。『扶桑蒙求』（巻下・67良覚堀池）は本書に依る。

150 **子夏冠小**　杜欽（字は子夏）は若い頃から経書を好んだが片目だった。杜鄴なる者と姓字が同じだった。人は欽を「盲の杜子夏」と言い区別した。欽は嫌い高広わずか三寸《ママ》の小冠を作ったが、人は「小冠杜子夏」と呼び、鄴の方を「大冠杜子夏」と呼んだ。

出典は『氏族大全』（己集・九虞・杜「小冠子夏」）。他に『漢書』（巻六〇・杜周列伝第三〇・杜欽）『白氏六帖』（巻四・冠弁冕）『太平御覧』（巻一二・冠）『五車韻瑞』（巻二二・一四寒・冠「小冠」。巻七五・二一馬・夏「杜子夏」）『淵鑑類函』（巻三七〇・冠四）等の類書にも見える。猶、本書本文に「著二小冠一高広才三寸」とあるが、前掲の『漢書』『白氏六帖』は「二寸」、他は「一寸」と異同がある。

151 **高徳献詩**　三宅高徳は備前児島の人。元慶（正慶が正しい）元年後醍醐帝は高徳や諸将と密謀し鎌倉幕府を誅せんとするも発覚し、大和笠置山に依り、幕府軍に迫られ隠岐に幽閉された。高徳は忠憤を発し、帝を奪還せんとするも、士卒散じたので一人行在所に至り、桜の大木を削って詩一聯を書き付け献じた。帝はその忠義を喜んだ。

出典は『本朝蒙求』（巻下・74高徳題木）。もとは『太平記』（巻四・備後三郎高徳事付呉越軍事）で、他に『日本古今人物史』（巻四・義士部・7児島高徳）やそれをもとにしている『絵本故事談』（巻五）にも見え、『扶桑蒙求』（巻中・42高徳献詩）は本書に依る。

152 君素達表　隋の撃鷹（鷹撃が正しい）将軍尭君素は屈突通に従い、唐軍を河東に防いだ。木の鵝鳥を作り上表文を首に掛け、黄河に流したところ、河陽守が入手し東都に迄届けられた。唐太宗は詔して節義を称した。「節義論序」に云う盛烈・峻節にふさわしい存在である。

出典は『氏族大全』（丙集・三蕭・尭）。尭君素のことは他に『北史』（巻八五・列伝第七三・尭君素）『隋書』（巻七一・列伝第三六・尭君素）『通志』（巻一六六・尭君素伝）等にも見える。

153 間守覓橘　田道間守《たじまもり》は垂仁帝の命で常世国に非時香果《ときじくのかぐのみ》を求めに行き、帝が百四十歳で崩じ菅原の伏見陵に葬られる時に戻る。非時香果や八《や》竿《ほこ》八《や》縵《かけ》を齎《もたら》したものの、復命かなわず悲泣し、生きていても益なしと、帝陵に向かい叫哭して自ら死んだ。

出典は『日本書紀』（巻六・垂仁天皇九十年二月、九十九年七月、十二月、百年三月）。『日本紀略』（前篇四・垂仁天皇）『帝王編年記』（巻四・垂仁天皇）にも関連記事がある。『扶桑蒙求』（巻下・2間守覓橘）は本書に依る。

154 徐市求薬　秦始皇二十八年、方士徐市《じょふつ》らは上書して童の男女を授けられ、三神山と不死薬を求めて海に入らんことを請い、遣わされた。

出典は『十八史略』（巻一・秦・二十八年）。他に『史記』（巻六・秦始皇本紀第六。巻一一八・淮南衡山列伝第五八）『氏族大全』（甲集・九魚・徐「入海求仙」）にも見える。また、白居易新楽府「海漫々」（『白氏文集』巻三）詩にも詠まれよく知られた故事であり、日本にも多くの徐福伝説が残されているのは周知の通り。

155 延喜鷺位　延喜帝が神泉苑で鷺を捕らえるよう侍中に命じた。鷺が飛び立とうとすると、「帝の命である、飛び去るな」の言葉に従い留まった。感嘆した帝は羽に「鳥王」と記して放した。後に吉備の国で死んだが、そこを鷺森と言い、鷺は爵位を賜った。

出典は『本朝蒙求』（巻中・28延喜爵鷺）。もとは『平家物語』（巻五・五位鷺）『源平盛衰記』（巻一七・蔵人鷺を取る事）などに見え、『本朝語園』（巻一・25延喜帝盛徳）にも引かれ、『扶桑蒙求』（巻上・15延喜鷺位）は本書に依る。

156 始皇松爵　始皇帝は鄒嶧山《すうえきざん》に登り、魯の儒生達と議し、秦徳を刻み、泰山に登って封禅し、石を立て祀った。帰途暴風にあい松下に休むが、その松を封じて五大夫とした。
出典は『史記』（巻六・秦始皇本紀第六）。猶、関連記事は『漢書』（巻二五上・郊祀志五上）『十八史略』（巻二・秦始皇二十八年。前出巻下「154徐市求薬」の出典部分の直前にあるので、本条でも典拠に用いても良かったか）や、『芸文類聚』（巻八八・松）『白氏六帖』（巻三〇・松柏）『太平御覧』（巻九五三・松）『事類賦』（巻二四・松）『事文類聚』（前集巻一三・泰山）『円機活法』（巻二二・松）『淵鑑類函』（巻四一二・松二）等の類書にも引かれる。猶、この故事は平安朝詩文にもよく用いられ本朝の類書にも所収されている。

157 匡衡改案　藤原公任は大納言の辞表を紀斉名・大江以言に依頼するものの出来に不満で、大江匡衡に請うた。妻の赤染右衛門が「公任は誇り高い人だから、先祖（忠仁公）は貴位に在ったが今は賤しい身分だ、とでも綴れば意に称《かな》うでしょう」と助言し、それに従うと公任は称嘆した。
出典は『袋草紙』（上巻・雑談）か。この逸話は『十訓抄』（第七・可レ専二思慮一事・9四条大納言の辞表）『中古歌仙三十六人伝』にも見え、『史館茗話』（40話）『本朝語園』（巻四・215公任辞表）や本書に受継がれる。また、『扶桑蒙求』（巻中・59赤染案表）の記事はこれ迄とは異なり本書に依らず、『大東世語』（巻四・賢媛・3話）の記事を引き構成しているようだ。

158 潘岳代作　楽令広は河南尹を譲る表を潘岳に依頼した。岳は彼の旨意を聞き名文を成した。時人は楽の意と岳の文が相俟って優れたものになったのだと云った。

出典は『世説新語』（文学第四・70話）。『晋書』（巻四三・列伝第一三・楽広）にも見える。

159　文時冷泉　天暦帝が冷泉院に遊び文人を召して詩を作らせた。菅原文時が序者となるも、その文の成るのが遅く、還御の時になって奏覧されたが、帝は文中の句にしばし車を止め、久しく嘆称された。

出典は『本朝語園』（巻四・171村上帝停駕）か。この逸話は『江談抄』（第六・14）『和漢朗詠集私注』（巻一・116）をへて『史館茗話』（56話）『本朝語園』にもとられる。猶、『本朝世説』（巻下・品藻・72話）は『続本朝通鑑』（巻一一・村上天皇三・応和元年三月五日条）に依り、『扶桑蒙求』（巻下・16文時冷泉）は本書に依る。

160　王勃滕閣　王勃は六歳で詩文を善くした。沛王に召され府の修撰に在職中、諸王の闘雞に「檄二英王雞一」を書き、高宗の怒りに触れて解任される。剣南を旅して山に登り、諸葛を思って詩を賦した。また、死罪の官を匿い殺人を犯したこともあり、その為に父は交趾令に左遷された。彼がそれを尋ねる時、閻公が滕王閣を建てて宴会を設けることがあった。その盛事を記録させるべく勃に請うと頃刻にして文を成し、人々は驚嘆した。

出典は『唐才子伝』（巻一・3王勃）。但し、「滕王閣序」は『古文新宝後集』に採られており、その『諺解大成』の注にも『唐才子伝』の引用が見えることは記しておきたい。『旧唐書』（巻一九〇上・文苑伝）『新唐書』（巻二〇一・文芸伝）にも王勃の伝は見え、「滕王閣序」執筆の故事は他に『唐摭言』（巻五）『摭遺新説』『中源水府伝』『歳時広記』（巻三五）『五車韻瑞』（巻一四三・一〇薬三・閣「滕王閣」）等にも言及がある。

161　戸畔土蜘　神武帝己未年二月、諸将に命じ軍兵を集めしむも、新城《にいき》戸畔《とへ》・居勢祝《こせのはふり》・猪祝《いのはふり》の三処の土蜘蛛は自らの勇を恃み参集しなかったので、帝は誅せしめた。また、皇軍は高尾張村の土蜘蛛を葛の網で掩って襲殺し、その村を葛城と改めた。

出典は『日本書紀』（巻三・神武天皇即位前紀己未年二月）。他に『日本紀略』（前篇三・神武天皇即位前紀己未年

二月）にも見え、『扶桑蒙求』（巻中・48戸畔土蛛）は本書に依る。

162　項羽沐猴　項羽は咸陽で殺戮を行い秦室を焼き、始皇の墓をあばき宝を収奪して東に去ったので、民は失望した。韓生は羽に「関中は要害の地で都にすると良い」と説いたが、羽は帰郷したくなり「富貴の身で帰らねば錦の衣を着て夜行くようなもの（このままではつまらぬ）」と言う。生はある人に「楚人は猿が冠をつけているようなものだと世間では言っているが、その通りだな」と嘲ったが、それを耳にした羽は彼を釜茹での刑にした。

出典は『十八史略』（巻二・漢太祖高皇帝）。他に『史記』（巻七・項羽本紀）にも見えている。

163　浄海物怪　平清盛は出家し浄海と号す。晩年家に物怪《もののけ》多く、早起きして庭を見ると数百の髑髏が並び、眼を開けて睨む。彼も睨みつけると一転して巨大な髑髏となり、眼爛々として睨むので、彼も負けじと対した。しばらくして髑髏は霜の如くに消え去り、彼は程なく病臥した。

出典は『平家物語』（巻五・物怪の巻）か『源平盛衰記』（巻一六・馬の尾に鼠巣ふ例付福原怪異の事）であろう。『扶桑蒙求』（巻下・36浄海物怪）は本書に依る。

164　王綏髑髏　夜中王綏《おうすい》の家の梁上に人の頭があり、床に堕ちて来た。流血滂沱たるものあったが、彼は俄に荊州刺史になったものの父の謀事に連坐して弟と共に誅殺された。

出典は『晋書』（巻七五・列伝第四五・王湛伝付載偸子綏）。

165　侍従待宵　新都福原にいた後徳大寺左大臣実定は旧都に意中の小侍従を尋ね一夕合歓した。別れの時小侍従が献じた「待つ宵に更《ふ》けゆく鐘の声きけばあかぬ別れの鳥は物かは」の歌に感じ入り、これより彼女は「待宵の小侍従」と称されることとなった。

出典は『平家物語』（巻五・月見・待宵の小侍従の沙汰）か『源平盛衰記』（巻一七・待宵侍従付優蔵人の事）。和歌は『新古今和歌集』（一一九一）に所収される。この逸話は有名で、『榻鴫暁筆』（第二〇・異名・7小侍従、8蔵人）『林羅山文集』（巻一五・「小侍従旧跡記」）『本朝女鑑』（巻一〇・9待宵侍従）『本朝蒙求』（巻下・26侍従待宵）『本朝美人鑑』（巻三・6小侍従）『和歌威徳物語』（下四・人愛上・71「大納言なりける人小侍従と聞えし歌よみに……」）『本朝語園』（巻三・127待宵侍従幷艶蔵人）等にも見える。『扶桑蒙求』（巻中・61侍従待宵）は本書に依る。

166 趙嘏倚楼　趙嘏は会昌二年に鄭言の下で進士となり、大中年間に渭南尉となった。早秋に詩を賦し「残星数点雁横レ塞、長笛一声人倚レ楼」と作ると、杜牧は「趙倚楼」と呼んで賞嘆した。

出典は『唐才子伝』（巻七・180趙嘏）か。所掲句の詩題には「長安晩秋」（『唐詩品彙』『全唐詩』）「早秋」（『唐詩紀事』巻五六・趙嘏）「長安秋夕」（『三体詩』巻二）等揺れがあり、この逸話は他に『唐摭言』（巻七）『韻語陽秋』（巻四）『増修詩話総亀』（巻四・称賞門）『詩源弁体』等にも見える。

167 実基返牯　徳大寺右府実基の子公孝が検非違使別当の時、同僚と評議していると、徴士章兼の畜牛が上《あが》り込んで役所の座床に臥した。皆は不祥と思ったが、彼は「動物は無知で、足があるから上がり込むこともあるさ」と言って飼主に返した。

出典は『本朝蒙求』（巻下・112実基返牛）か。もとは『徒然草』（二〇六段）で、『扶桑蒙求』（巻下・九実基返牯）は本書に依る。猶、本書の本文を読むと先の訳の様に実基ではなく息の公孝の逸話に受け取れる記述になっているが、それは『徒然草』『本朝蒙求』とも異なり、誤っていることになる。

168 允済還牛　張允済が武陽令の時のこと。ある民が牝牛《めうし》を妻の実家に貸した。十餘頭の子牛を生んだ後、還してもらおうとしたが、返さなかった。そこで県に訴えたが埒《らち》が明かず、允済の判断を仰ぐこととなった。彼はその民を捕縛し頭を隠した上で、妻の実家に行って、「牛どろぼうを捕まえた。由来を質《ただ》すのですべて牛を出せ」と言った。するとその家では「これは壻の家の牛でして……」と弁明したので、被《おお》いをとってやり、「牛を持ち主に還せ」と命じた。

出典は『五車韻瑞』（巻四四・一一尤・牛「還埍家牛」）か『事文類聚』（後集巻三九・牛）。ただ『十七史蒙求』（巻八・張捕盗牛）『古今合璧事類備要』（別集巻八二・牛）や『淵鑑類函』（巻四三五・牛三）にも近く、本朝の『訓蒙故事要言』（巻六・31「帽面還中」。『隋史』に見えるとする）にも見えている。猶、張允済の伝は『旧唐書』（巻一八五上・列伝第一三五上・張允済）『新唐書』（巻一九七・列伝第一三二・張允済）に見える。

169　広相赤犬　橘広相《ひろみ》は藤原佐世《すけよ》の讒訴により昭宣公（基経）の怒りにあい死んだ。その霊は化して赤犬となり、佐世が家に入る毎に吠えた。

出典は『本朝一人一首』（巻八・377橘広相）か。それを利用したのが『本朝語園』（巻四・158広相敏速）で、もともとは『十訓抄』（第四・可レ誡ニ人上多言等一事・16橘広相勅答の文）に出る話。『扶桑蒙求』（巻中・43広相赤犬）は本書に依る。

170　彭生大豕　斉侯が貝丘で狩をした。大きなイノシシを見た従者が「（魯の桓公を殺した）公子彭生だ」と言うと、侯は怒り「あえて現われたか」と言って射た。するとイノシシは人のように立って啼き、侯は恐れて車から堕ち、足を傷めて靴を亡くした。

出典は『春秋左氏伝』（荘公八年十二月）。他に『白氏六帖』（巻三〇・猪）『太平御覧』（巻九〇三・豕）『事文類聚』（後集巻四〇・豕）『古今合璧事類備要』（別集巻八二・豕）『円機活法』（巻二四・豕）『淵鑑類函』（巻四三六・豕三）等の類書にも見える。

171　宗尊鼠穴　宗尊王は後嵯峨帝の皇子。源頼朝が鎌倉幕府を開き、頼家・実朝を経、後嗣なければ左府藤原道家の息頼経を奉じ、子の頼嗣辞職の後は、宗尊王を将軍に迎えたが、北条時宗が辞職させ、王は帰洛した。無聊憂悶し「虎とのみ用ひられしは」云々の処世の不遇を嗟嘆する和歌を残している。

出典は『増鏡』（第五・内野の雪〈宗尊親王元服・東下〉。第六・煙の末々〈宗尊親王御書始〉。第七・北野の雪

〈宗尊親王の失脚・上洛〉）か。この間のことは他に『五代帝王物語』『保暦間記』あたりにも言及がある。『扶桑蒙求』（巻上・16宗尊鼠穴）は本書に依る。猶、宗尊の和歌は、東方朔「答二客難一」（『文選』巻四五）に「……用レ之則為レ虎、不レ用則為レ鼠。雖レ欲二尽レ節効一レ情、安知二前後一」とあるのをふまえたもの。

172　馬援鳶水　馬少游は「男子の世に在る間は衣食に不自由せず、荷車を駄馬に引かせ、村人には善人と呼ばれるくらいでいい」と馬援に語った。後に援は「交趾を征し、浪泊・西里の間に在った時、下は水溜り、上は霧で（毒気を含んでいたので）空飛ぶ鳶もバタバタと水に落ちたものだ。横になってあの少游の言葉を想い出したが、もはやそれもかなわぬ」と言った。

出典は『後漢書』（巻二四・馬援列伝第一四）。猶、馬援が交趾に遠征した時の瘴気立ちこめる様は『太平御覧』（巻九二三・鳶）『事文類聚』（後集巻四二・鳶）『古今合璧事類備要』（別集巻六六・鳶）『淵鑑類函』（巻四二七・鵰二）等にも引かれている。

173　師錬釈書　虎関師錬は幼時より穎悟で文殊童子と号し、経書も一覧で誦した。八歳で三聖寺の宝覚和尚の下で出家し、東福寺・南禅寺に住し、多くの学徒を育て、晩年は海蔵院に退休した。貞和二年（一三四六）七月に寂す。寿六十九歳、法臘六十年で、本覚国師と諡された。『仏語心論』『元亨釈書』『十勝論』『正脩論』『済北集』並びに語録等がある。

出典未詳。猶、師錬の伝には例えば『扶桑禅林僧宝伝』（巻五）『本朝高僧伝』（巻二七）や『旱霖集』（虎関和尚行状）『虎関紀年録』『延宝伝燈録』（巻一一・臨済宗・東福東山湛禅師法嗣）等がある。『扶桑蒙求』（巻下・23師練《ママ》釈書）は本書に依る。

174　賛寧僧史　釈賛寧は円明通慧大師の号を勅賜され、著に『大宋高僧伝』『大宋僧史略』がある。「僧史略序」に「原《たずぬ》に彼の東漢より我が朝に至るまで僅かに一千年。……詔旨を奉り、高僧伝の外、別に僧史を修し、及び育王の塔を進む……約して三巻と成し『僧史略』と号す。蓋し裴子野が『宗略』に取り題目とす」とある。

出典未詳。序文引用に『大宋僧史略』を披見していることがわかる。賛寧のことは『仏祖歴代通載』（巻二六）『釈史稽古略』（巻四）『釈門正統』（巻八）『律苑僧伝』（巻八）等に見える。

175　宗易器制　千宗易は泉南の人で室町家に仕えた。数奇の道をもって知名あり。天正帝が関白秀吉邸に行幸した時、秀吉は数奇に長ずる数人を奏して綱位につけたが、彼のみ受けず、秀吉は利休居士の号を授けた。
出典は『日本古今人物史』（巻七・芸流部・29千宗易伝〈茶人〉）。『扶桑蒙求』（巻下・12宗易器制）は本書に依る。

176　伯熊茶理　陸羽と常伯熊は茶に精《くわ》しかった。御史李季卿が江南に来た時、ある人が伯熊が茶を善くするというので招いたところ、彼は黄帔衫・烏紗幘を着し、茶器をとって手前を行った。また、羽を招いたところ、野服で茶具を携え入り、伯熊と同様に行ったが、李は心中彼を鄙しみ銭三十文を取り煎茶博士羽に与えた。彼は之を恥じ「毀茶論」を著した。
出典は『新唐書』（巻一九六・列伝第一二一・陸羽）か。右の「毀茶論」執筆に至る逸話は『事文類聚』（続集巻一二・茶）『古今合璧事類備要』（外集巻四二・茶）『円機活法』（巻一五・茶）等に『語林』所引で見えている。

177　冬嗣学院　藤原冬嗣は器度寛弘で英才にして偉略あって学を好み、『弘仁格』『弘仁式』を撰進した。また、勧学院を建て、藤原氏の年少者に学問の場を設けた。
出典は『本朝蒙求』（巻中・122冬嗣格式）。その後の『本朝儒宗伝』（巻中・藤原冬嗣）にも言及があり、『扶桑蒙求』（巻上・69冬嗣学院）は本書に依るだろう。

178　伯施文館　唐太宗は弘文館を置き、経史子集の二十餘万巻の書を聚め、天下の文学の士を選んだ。虞世南らは学士を兼ね、帝は政務の間に彼らを召し、古人の言行や政事を討議研究して夜分に至ることもあった。
出典は『十八史略』（巻五・唐・大宗文武皇帝）。猶、『旧唐書』（巻七二・列伝第二二・虞世南）『新唐書』（巻一〇

二・列伝第二七・虞世南）にも関連記事がある。

179　一条脱衣　一条帝が冬夜の霜寒の時に御衣を脱いだ。皇后が理由を問うと、「延喜（醍醐）帝は寒い夜に御服を脱がれたが、それは天下の民人が寒苦に耐えられぬのを憫んでの事だ。今、私も不徳の身ながらもその先例に倣いたい」と仰った。

出典は恐らく『古事談』（第一・王道后宮・34一条院寒夜に直衣を脱ぐ事）か、『続古事談』（第一・王道后宮・1聖帝寒き夜、夜御殿に衣を脱ぐ事―一条と醍醐）。或いはそれをもとにする『本朝語園』（巻一・26一条帝寒夜脱レ衣）であろう。一条帝のこの話は『中外抄』（上・保延三年三月二十日）『宝物集』（巻六）『月の刈藻』（巻上）にも見え、『十訓抄』（第一・可レ定二心操振舞一事・1仁徳天皇及び延喜帝の御仁政）『大鏡』（巻下・雑々物語）では醍醐天皇のことのみ記されている。『扶桑蒙求』（巻上・23一条退衣）は本書に依る（猶、次項「180宋帝撤炭」の故事も取込んでいる）。

180　宋帝撤炭　宋の太宗は冬に獣炭を片付けさせた。左右の者が「今日はひどく寒うございますが」と申し上げると、「天下の民もこの寒さに苦しんでおろう。朕だけぬくぬくとはできぬ」と言われた。

出典は『榊巷談苑』（35）か。その文中で榊原篁洲（一六五六～一七〇六）は『国老談苑』（宋・王銍）に見える故事であることのみならず、「延喜帝の寒夜に御衣をぬがせ給ひけるによく似たり」と前項「179一条脱衣」の故事と一部対置しているのは注意される。前項の寒夜脱衣の話なら、朱百年（『孝子伝』〈23〉『注好選』〈巻上・62〉『今昔物語集』〈巻九・12〉など）の逸話で対しても悪くはないが、ここは天皇と皇帝を対にする意識があったものと思う。

181　義家元服　源頼義が石清水八幡に後嗣を祈って生まれたのが義家で、その大神霊廟の前で元服し、八幡太郎義家と号し、その功名は史書に輝かしい。

出典は『閫中鈔』（巻二・源義家）か。『扶桑蒙求』（巻下・53義家元服）は本書に依る。

182　**魯襄初冠**　晋侯は河上で宴を催し、襄公に年齢を問うた。十二歳と知ると「国君《くにのあるじ》は十五で子を設けると言うが、まず元服するのが礼だ」と奨めた。すると、季武子は「先祖に酒を進め鐘磬の楽を奏して先祖の廟で行うのが筋だが、今主人は旅先に在り、その用意もないので、親戚の国にお願いして貸してもらいましょう」と答え、衛の成公の廟で元服した。

出典は『春秋左氏伝』（襄公九年）。

183　**久秀謀逆**　松永久秀は三好長慶に仕えて軍功あり多聞城に居した。織田信長の下に降り、叛くと信忠に討たれた。彼は阿波の辺鄙な地に生まれ、権勢を振るって一世の栄華を得たが、室町将軍義輝を殺し、主家の義継を伐ち、奈良大仏殿を焼いたという不善の殃《わざわい》からは免れえなかった。

出典は『日本古今人物史』（巻三・姦凶部・7松永久秀）。『扶桑蒙求』（巻中・26久秀謀逆）は本書に依る。

184　**陽虎作乱**　定公五年に季平子が死ぬと、陽虎は怒って季桓子（平子の子）を捕らえたが、盟を交わし許した。七年に斉は魯を討ち、鄆をとり陽虎に治めさせた。八年に陽虎は三桓の嫡子を滅ぼし、庶子を立てようとし、季桓子を殺そうとするも果たさず、逆に三桓に攻められた。九年には魯が陽虎を討ち、彼は斉、晋へと逃げた。

出典は『史記』（巻三三・魯周公世家第三）。

185　**清氏雪簾**　清原元輔の娘清少納言は一条帝の藤皇后（定子）に仕えていた。冬の雪の時に仲間と火桶を擁し話していると、「少納言、香炉峰の雪はどうかしら」と言われ、彼女はすぐに珠簾を巻き上げた。后は顧み笑顔を見せて嘉《よみ》され、周囲も感動した。『枕草子』なる書は世に盛行している。

出典は『枕草子』（三巻本二八二段）か。この話は有名なので、『十訓抄』（第一・可レ定二心操振舞一事・21清少納言香炉峰の雪）『本朝女鑑』（巻九・清少納言）『本朝蒙求』（巻中・13清紫才女）『絵本故事談』（巻八・清少納言）等にも見えるが、いずれも問うたのは皇后定子ではなく一条帝ということになっている。また、『本朝列女伝』（巻三・紫式部）や『膾餘雑録』（巻三）では、清少納言ではなく、紫式部の話としていて、それを批判しているのが『広益俗説弁』（巻一四・婦女）である。猶、『大東世語』（巻四・賢媛・4話）『百人一首一夕話』（巻五・清少納言）『扶桑蒙求』（巻中・62清女褰簾）『瓊矛餘滴続編』（巻下・清女褰簾）『日本蒙求』（巻下・清氏捷給）などにも採られている。

186 謝女風絮　謝道韞《うん》は物事をよく聴き知り弁舌達者だった。叔父の謝安に「『詩経』で一番の句は？」と問われ、大雅「烝民」の末章を詠ずると、安は雅人の深致があると思った。また、雪の降るのを見て「何に似ているか」と安が問うと、謝朗が「塩を散らしたみたいだね」と言ったのに対し、彼女は「柳絮が風に飛ぶという方がいいわ」と答えたので安は喜んだ。

出典は『蒙求』（136「謝女解囲」）。この柳絮逸話は殊に有名で、『世説新語』（言語第二・71話）『晋書』（巻九六・列伝第六六・列女伝〈王凝之書謝氏〉）や『芸文類聚』（巻二・雪。『世説』所引）『初学記』（巻二・雪。『語林』所引）『太平御覧』（巻一二・雪。『晋書』所引）『古今合璧事類備要』（前集巻三・雪。『世説』所引）『事文類聚』（前集巻四・雪『世説』所引）『円機活法』（巻二・雪。『世説』所引）『金璧故事』（巻一・雪下誰吟二柳絮詩一）『潜確居類書』（巻五九・女子）『五車韻瑞』（巻五七・四紙三・擬「差可擬」。巻九二・六御・絮「因風絮」。巻一四〇・九屑三・雪「謝庭詠雪」）『淵鑑類函』（巻九・雪二。『世説』所引）他、様々な類書に引かれ、本朝の類書にも見えて平安朝には既に詩に詠まれていた。

187 経家範駆　都築《つづき》経家は馬術にすぐれ、平氏の家臣だったが、後に捕らえられ梶原景時の下に属した。陸奥から荒馬が献じられ、誰も騎乗できなかったが、景時が彼に薦めると経家は乗りこなし、皆が驚いた。頼朝は感じ賞して罪を赦し御史とした。

出典は『日本古今人物史』（巻七・芸流部・9都築経家伝）。もとは『古今著聞集』（巻一〇・馬芸第一四・11都築経家悪馬を御する事）であり、『扶桑蒙求』（巻中・50経家馳駆）にも採られている。

188　王良善御　王良は昔のすぐれた御者である。『漢書』の顔師古の注に依ると、『左伝』『国語』『孟子』などを調べると郵無恤・郵良・劉無止・王良はすべて同一人物である。

出典は『漢書』（巻六四下・列伝第三四下・王褒）。

189　長明方丈　鴨長明は菊大夫と号し和歌管絃の道に長け、和歌所の寄人に補せられた。賀茂の社務職を望むも果たさず、出家して蓮胤と号し、大原に退去して『方丈記』を撰し、琴瑟や笙簧を愛玩した。諸国を旅して詠吟多く、「世見《せみ》の小川」の一首は人口に膾炙し、遺稿を『無名鈔』という。

出典は『日本古今人物史』（巻七・芸流部・11鴨長明伝）。他、長明のことは『十訓抄』（第九・可レ停ニ怨望一事・7賀茂長明の出家）『本朝遯史』（巻下・鴨長明）『扶桑隠逸伝』（巻下・鴨長明）『本朝蒙求』（巻上・68長明方丈）等にも見え、『扶桑蒙求』（巻下・75長明方丈）は本書に依る。

190　陶潜帰去　朱文公が云うに「帰去来辞」は陶潜の作で、彭沢県令の時に束帯して上役に拝謁せよと言われ、五斗米の為に腰を折る迄もないと、官をやめて故郷に帰った、その志が窺える作だ。晋・宋に仕えず靖節徴士と諡された。欧陽公（脩）は晋に文章は無いが幸いにこの一篇があると評した。

出典は『古文真宝後集諺解大成』（辞類）。それに所収される「帰去来辞　陶潜明」の作者注に付される文の援引（『箋解古文真宝後集』巻一も同じ）。

191　信謙戦争　武田信玄は機山と号し、幼くして聡敏で、父信虎に代わって信州の海野口の塁《とりで》を兵三百で急襲し勝利した。信州平定後、上野を討ち、駿府を陥れて遠州をかね、美濃東部迄その勢は至った。上杉謙信はもと長尾氏で、上杉家の管領職を譲り受け越後に在った。幼くして英才あり、驍勇奇策の良将と称され、信玄はひとり謙信のみを敵手とした。

出典は『日本古今人物史』（巻一・武将部・35武田信玄、36上杉謙信）。同書の信玄・謙信条から抄出し合綴した文より成る。『扶桑蒙求』（巻上・86信玄戦争《ママ》）は本書に依るか。

192 **孫曹割拠**　『文選』の「三都賦」李善注に「劉備は益州を都として蜀と号し、孫権は建業を都として呉と号し、曹操は鄴に都して魏と号した」とある。『十八史略』で、曽先之は天下統一されていない場合は、一国の源流に続くもの、つまり後漢に接続する魏を中心にすえ、漢呉を付記するが、私劉剡は朱子の『通鑑綱目』に従い、蜀漢を正統として記述することとした。

出典は和刻本『六臣註文選』（巻四）の「三都賦序　左太沖」とある作者名に付記された李善注の一部と、『十八史略』（巻二・三国）の冒頭文を合綴したもの。

193 **広播薫物**　村上帝は沓冠《くつかぶり》折句の御歌を多く妃に送ったが、広播御息所《ひろはたのみやすんどころ》だけが御意を解して薫物《たきもの》を献じたので、益々彼女は寵愛された。

出典は『俊頼髄脳』（巻上・沓冠）か『十訓抄』（第七・可レ専二思慮一事・8村上天皇のあはせたきものの御歌）であろう。巻頭の標題目録では「播」を「幡」に作る（通用）。『扶桑蒙求』（巻下・63広幡献香）は本書に依る。

194 **斉后解環**　斉の閔王が莒《きょ》で殺された。子の法章は名を変え、莒の太史の敫《きょう》の家に雇われていたが、太史の娘はその容貌を見て常人ではないと思い通じた。章は立って襄王となり娘を王后とした。王亡き後は子の建が継ぎ、彼女は秦によく事え、諸侯とも信頼関係を築き、四十年餘り戦争もなかった。秦昭王が后に玉連環を送って来て、「この玉環を解くことができるかな」と言うので、后は椎《つち》で玉環を打ちこわして、「謹んでお解きしました」と言った。

出典は『蒙求』（135「斉后破環」）。上記は『戦国策』（巻四下・斉策）を引き、『古注蒙求』は『春秋後語』を引用。他に、『太平御覧』（巻六九二・環）『淵鑑類函』（巻三七二・環）にも見える（共に『春秋後語』所引）。

195 **公任長谷**　藤原公任は博文多才で詩歌にすぐれ『和漢朗詠集』を撰した。官路拙く心楽しまず、愛娘を失って出家を思い、万寿二年洛北の長谷《ながたに》に仏宇を創建し、三井寺の心誉の下に得度したと聞いて子の定頼らも驚いた。

出典未詳。『百人一首』の注あたりか。猶、この記述内容は『百人一首一夕話』（巻五・大納言公任）に受継がれる。『扶桑蒙求』（巻中・18公任長谷）は本書に依る。

196 **安石半山**　王安石は宰相となり新法を行い、青苗・市易・保馬・保甲・新経字義・水利・雇役等の名を変えたが、職を辞し金陵に帰ってから変法の非を悔いた。宰相になった時、窓に「霜松雪竹鍾山寺」云々と題書した。黄山谷は、公の晩年は詩律精厳で沆瀣が生ずる風味があると評した。荊公に封ぜられ半山と号した。

出典は『氏族大全』（丁集・一〇陽・王「変法」）。王安石の伝は『宋史』（巻三二七・列伝第八六）に見える。

197 **忠綱越川**　足利忠綱は下野の豪族で、身に三絶があった。百人力と十里に聞こえる声、一寸の歯の長《たけ》である。宇治川の合戦で敵を破り、義広に従うも志を遂げず西海に赴き、父俊綱は従者に殺された。

出典は『日本古今人物史』（巻四・勇士部・7足利忠綱）。『扶桑蒙求』（巻中・57忠綱踰川）は本書に依る。

198 **終軍入関**　前漢の終軍は若い頃から学を好み、物事を広くわきまえ文章を作し、郡中で有名だった。武帝は博士に任じた。彼が徒歩で函谷関に入ると関吏は繻を与えた。それは帰る時の手形であったが、彼は「男子が都に行くからには（出世して）、手形などでは還るまい」と繻を棄てて去った。後年、四方への使節となり関を出る時、吏は彼を覚えていた。諫大夫となり南越に使いし、王に漢に入朝するよう説いたが、その宰相の呂嘉が反対して王を殺し、漢使も皆殺された。彼は二十餘歳で死に、終童と称された。

出典は『蒙求』（402「終軍棄繻」）。終軍の伝は『漢書』（巻六四下・列伝三四下・終軍）に見える。この話は『事文類聚』（続集巻三・関市）『潜確居類書』（巻四〇・関。巻八四・志気）『氏族大全』（甲集・一東・終「終童」）などにも所収される。

199 **豊国猿面**　豊臣秀吉は尾張の愛智郡中村郷の筑阿弥の子。母が日輪の懐に入ると夢みて生み、日吉と名付けられた。永禄元年路傍にて織田信長に奉仕を訴え、「お前の顔は猿に似ている……」と許された。犬山城攻めの時や信長の狩においても秀吉は存在をアピールして信頼を得、武功もたてて将となった。天正十年明智光秀を誅して天下統一し、関白となり、大阪城・聚楽第・伏見城に住んだ。

出典は『太閤記』か。秀吉については『大かうさまぐんきのうち』『豊鑑』『新撰豊臣実録』『天正記』『太閤素生記』『続太平記』『絵本太閤記』『真書太閤記』『太閤正伝記』『太閤御実伝』『天正軍記』『太閤真顕記』など多くに記される他、浄瑠璃・歌舞伎にも描かれる。『扶桑蒙求』（巻中・102豊国猿面）は本書に依る。

200　漢祖龍顔　漢の高祖の母は夢中に大沢の堤で神と遇う。時に雷鳴あり、父が往き視ると、母の上に蛟龍が見え、娠《みごも》り生まれた。それが劉邦である。鼻が高く顔は龍に似て面長で、頬や顎ひげが美しく、左の股に七十二の黒子《ほくろ》があった。

出典は『蒙求』（52「漢祖龍顔」）。但し、後半の「云々。当二秦湯方熯一……暴二起風埃之中一」の部分は未詳。劉邦のことは『史記』（巻八・高祖本紀第八）『漢書』（巻一上下・高帝紀第一上下）『十八史略』（巻二・西漢・漢太祖高皇帝）などにも見える。

201　扶桑中華　以下は跋文に当たる部分で、日本と中国の意。殊に出典は要しまいと思う。

202　風馬不及　斉侯は諸侯の軍を率い蔡を討った後、楚を伐とうとしたので、楚子は使いをやり「君は北海、私は南海にいる。（遠く離れていて）発情した馬や牛がけんかすることもありますまい。わが国までやってくるとはどうしたことでしょう」と言った故事（『春秋左氏伝』僖公四年）。ここでは、日本と中国は遠く離れてはいるが、双方の古い歴史を調べ、事蹟を並べ比べて、集めてみたということを述べている。

203　斟酌古史　古い歴史を調べ考えて取捨すること。

204　比事彙輯　日中の史事説話を並べ比べて、集めて編したものであるということ。

人名索引

原則として、日本人名は訓読み、中国人名は字音による。頭字の五十音順に並べ、同じ読みの場合は画数順に従い、二字以下も同様にして排列する。日本の天皇は例えば「嵯峨帝」とせずに「嵯峨天皇」に統一し、中国皇帝については「唐太宗」のように王朝名を付すこととする。

【ア】

【イ】

【ウ】

【エ】

【キ】

【コ】

【サ】

【シ】

【ス】

【セ】

【チ】

【ツ】

【テ】

【へ】

【ホ】

【ヤ】

【ユ】

【ヨ】

あとがき

いつの間にか歳月を重ねてしまい、思えば前著『本朝蒙求の基礎的研究』（和泉書院・二〇〇六年）から十年以上を経てしまった。当初は、歳月を置かずに本書を刊行するつもりでいたのだが、諸般の都合で今日に至ってしまった。

さて、私は江戸期の文学を楽しむ徒ではあっても、専門に研究する者ではない。たまたま『史館茗話』について調べているうちに『本朝蒙求』や『桑華蒙求』などの世界とのつながりを見出し、日本の上代から中世の文学（歴史）が綿々と継承されている一面を垣間見た。また、中国の故事については所謂中国製の類書の利用を想定するのがこの時代の常識と言って良いだろうが、存外本書のような日本人の手になる編成本などの利用もあるのではないかと思う。そんな思いの下、本書を手にされた読者諸氏が各々の立場で御利用になられ、さまざまな発見に繋げられることを期待したい。巻末に付した人名索引はその利用の便をはかるための一助となろう。

本書を亡き父本間直次（平成二十八年一月二十九日に九十歳で逝去）に捧げる。

平成三十年春

相楽茅舎にて

本　間　洋　一

■編著者紹介

本間　洋一（ほんま　よういち）

一九五二年、新潟県生。一九七五年、早稲田大学教育学部卒業。一九八一年、中央大学大学院文学研究科博士後期課程中退。博士（文学）。同志社女子大学名誉教授。

〈専攻〉日本漢文学・和漢比較文学・書道文化史・書表現

〈主要編著書〉

『凌雲集索引』（平成三年、和泉書院）

『本朝無題詩全注釈』注釈篇三冊（平成四～六年、新典社）

『類題古詩本文と索引』（平成七年、新典社）

『史館茗話』（平成九年、新典社）

『文鳳抄』歌論歌学集成別巻二（平成十三年、三弥井書店）

『王朝漢文学表現論考』（平成十四年、和泉書院）

『本朝蒙求の基礎的研究』（平成十八年、和泉書院）

『類聚句題抄全注釈』（平成二十二年、和泉書院）

『墨筆帖』（平成三十年、和泉書院）

研究叢書500

桑華蒙求の基礎的研究

二〇一八年五月三一日初版第一刷発行

（検印省略）

編著者　本　間　洋　一

発行者　廣　橋　研　三

印刷所　亜　細　亜　印　刷

製本所　渋　谷　文　泉　閣

発行所　有限会社　和　泉　書　院

大阪市天王寺区上之宮町七－六

〒五四三－〇〇三七

電話　〇六－六七七一－一四六七

振替　〇〇九七〇－八－一五〇四三

ISBN978-4-7576-0879-5　C3395

研究叢書

古代文学言語の研究	糸井通浩 著	491	一三〇〇〇円
「語り」言説の研究	糸井通浩 著	492	一二〇〇〇円
源氏物語古注釈書の研究 『河海抄』を中心とした中世源氏学の諸相	松本大 著	493	一一〇〇〇円
源氏物語論考 古筆・古注・表記	田坂憲二 著	494	九〇〇〇円
近世初期俳諧の表記に関する研究	田中巳榮子 著	495	一〇〇〇〇円
後嵯峨院時代の物語の研究 『石清水物語』『苔の衣』	関本真乃 著	496	六五〇〇円
中世の戦乱と文学	松林靖明 著	497	一三〇〇〇円
言語文化の中世	藤田保幸 編	498	一〇〇〇〇円
形式語研究の現在	藤田保幸・山崎誠 編	499	一三〇〇〇円
桑華蒙求の基礎的研究	本間洋一 編著	500	一二五〇〇円

（価格は税別）